Als sich Mahbube Hals über Kopf in einen jungen Schreiner verliebt, hört sie nur auf ihr Herz. Für ihn läßt sie ihre Familie, Reichtum und Ansehen hinter sich und folgt ihrem Gefühl. Doch sie muß schon bald feststellen, daß ebendieses Gefühl sie betrogen hat, daß sie den Bedingungen dieser Ehe, dem Alltag als Frau eines Schreiners nicht gewachsen ist. Als verlorene Tochter kehrt sie zurück in ihre Familie, in der Hoffnung, daß ihre Chance auf Liebe und Glück noch nicht verspielt ist ...

»Wie nebenbei lernte man die gute persische Küche kennen, erfuhr vieles über die Welt der iranischen Frauen und bekam eine große Sehnsucht nach den alten persischen Häusern mit ihren Springbrunnen, Weinspalieren und großen gekachelten Innenhöfen.« *Frankfurter Allgemeine Zeitung*

»*Der Morgen der Trunkenheit* ist ein Glücksfall für seine Leser.«
Berliner Zeitung

Fattaneh Haj Seyed Javadi, geboren 1945 in Schiraz, lebt in Isfahan. Sie studierte an den Hochschulen für Literatur und Fremdsprachen in Teheran und Isfahan und arbeitete mehrere Jahre als Lehrerin. Javadi ist verheiratet und hat zwei Töchter. Ihre Romane entwickelten sich im Iran in kurzer Zeit zu Bestsellern. Von ihr ist außerdem erschienen: *In der Abgeschiedenheit des Schlafs* (st 3811).

insel taschenbuch 4093

Fattaneh Haj Seyed Javadi

Der Morgen der Trunkenheit

Fattaneh Haj Seyed Javadi

Der Morgen der Trunkenheit

Roman

Aus dem Persischen von
Susanne Baghestani

Insel Verlag

Die Originalausgabe erschien 1995 unter dem Titel
Bamdade Chomar in Teheran.
Umschlagfotos: Martin Gray/Getty Images;
Ashley Lebedev/Trevillion Images

Meinem Ehemann für seine liebevollen Ermutigungen und Ratschläge
und im Andenken an meinen vorbildlichen, klugen Vater.
Fattaneh Haj Seyed Javadi (Parvin)

insel taschenbuch 4093
Erste Auflage 2012
Insel Verlag Berlin 2012

Vertrieb durch den Suhrkamp Taschenbuch Verlag
Umschlag: bürosüd, München
Druck: CPI – Ebner & Spiegel, Ulm
Printed in Germany
ISBN 978-3-458-35793-3

1 2 3 4 5 6 – 17 16 15 14 13 12

Der Morgen der Trunkenheit

Hast du gesehen, mein Herz, was der Gram des Freundes getan,
wie er das Herz entriß und was er dem treuen Freund getan.
Oh wehe der Zaubernarzisse, welches Spiel sie darbot,
ach der Trunkene, was hat er mit den weisen Leuten getan.
Meine Tränen sind durch die Härte des Freundes gefärbt wie das Abendrot,
schaue, was das unbarmherzige Schicksal mir getan.
In der Frühe strahlte ein Blitz aus Leilis Quartier herüber,
ach, wie sehr hat er das Herz Madjnuns melancholisch gestimmt.
Schenke, gib mir den Becher mit Wein, denn keiner ergründet,
was der Schöpfer der Welt Wunder in Zirkeln getan.
Keiner weiß, was Er, der Maler des sternichten Himmels,
vom Geheimnis bedeckt, hinter dem Schleier getan.
Liebesgedanken haben das Herz Hafis' mit Gram entflammt und verbrannt,
seht, was der alte Freund seinem Geliebten getan.

Hauptpersonen

Mahbube Rahims Ehefrau, später Mansurs Zweitfrau; erzählt Sudabeh ihr Leben
Sudabeh Mabubes Nichte, Tochter von Nahid und Manuchehr
Ashraf Mansurs Zweitfrau
Almass Mahbubes Sohn
Ata od-Doule Adliger; Sohn hält um Mahbubes Hand an
Bassir ol-Mulk Adliger; Mahbubes Vater
Chodjasteh Mahbubes jüngste Schwester
Dadde Chanum Schwarze, Aufwärterin in Mahbubes Elternhaus
Esmat Zweitfrau von Mahbubes Vater
Firuz Droschkenkutscher von Mahbubes Vater
Hadi Esmats Sohn
Hadj Ali Koch in Mahbubes Elternhaus
Koukab Zweitfrau Rahims und seine Cousine
Mansur Mahbubes Cousin und ihr zweiter Ehemann
Manuchehr Mahbubes jüngerer Bruder
Mirza Hassan Esmats Bruder
Nahid Sudabehs Mutter, Tochter von Mansur und Nimtadj
Nazanin Mahbubes Mutter
Nimtadj Mansurs Ehefrau
Nozhat Mahbubes älteste Schwester
Rahim Tischler, Mahbubes erster Ehemann

»Nur über meine Leiche!«

»Sprecht nicht so, Mama, das ist Eurer nicht würdig. Das schickt sich nicht für Sie. Sie wissen doch, mein Entschluß steht fest, ich werde seine Frau.«

»Dein Vater ist damit nicht einverstanden, Sudabeh. Er ist darüber sehr bekümmert.«

»Aber warum? Ich verstehe das nicht, es ist wirklich seltsam. Ein Mädchen in meinem Alter, das studiert hat, kann immer noch nicht über sein Leben entscheiden? Sollte es den Mann seines Lebens nicht selber wählen?«

»Doch, es kann. Ein modernes Mädchen, das studiert hat, kann selber wählen, muß selber wählen. Aber es darf nicht einen jungen Mann heiraten, der mir nichts, dir nichts sein Studium aufgibt, nur um dasselbe zu tun wie sein Vater. Es darf nicht die Frau des Sohnes eines Mannes werden, der trotz seines Reichtums und der Möglichkeiten, seinen Sohn auf die besten Universitäten zu schicken, zu ihm sagt: ›Komm, werd mein Mitarbeiter, der Profit liegt in Gips und Zement.‹ Es darf nicht die Frau eines Mannes werden, dessen Vater nicht einmal imstande ist, den eigenen Namen zu schreiben. Sudabeh, im Leben kommt es nicht nur auf Äußerlichkeiten an. Dein Vater schläft nachts nicht ohne ein, zwei Stunden Lektüre ein. Wie könntest du mit solch einer Familie leben? Mit einem Jungen, dessen Mutter nichts anderes kann als über diese und jene herziehen. Deren größtes Vergnügen und schönster Zeitvertreib darin besteht, herumzuschnüffeln und sich in die privaten Angelegenheiten anderer einzumischen. Du kannst nicht mit denen zurechtkommen. Du bist nicht wie dieser Junge erzogen worden. Du . . .«

Sudabeh erhob sich von ihrem Platz.

»Mama, was gehen mich sein Vater und seine Mutter an?«

»Du irrst dich. Sie müssen dich etwas angehen. Den Jungen hat diese Mutter großgezogen. Er ist unter den Händen dieses Vaters groß geworden. Ihre Umgangsformen unterscheiden sich von unseren wie Tag und Nacht.«

Sudabeh stützte sich mit den Händen auf die Rückenlehne eines Stuhls, sie beugte sich vor:

»Heißt das, daß nur wir gut sind? Daß nur wir vornehmer Herkunft sind? Daß nur wir gebildet und solide sind, sie aber nicht? Sind wir denn etwas Besseres?«

»Nein, verwechsle das nicht. Auch sie sind in ihrer Art sehr gut. Weder sind sie schlecht, noch sind wir gut. Das Problem ist aber, daß wir uns unterscheiden. Einstellungen, Lebensformen und Erziehung unserer Familien unterscheiden sich, ebenso unser Geschmack und unsere Grundsätze. Ich spreche nicht davon, was gut und was schlecht ist. Ich sage nur, daß unsere Familien wie zwei Parallelen sind, die abbrechen würden, wenn sie sich begegnen wollten.«

»Also darf ich mich nicht verlieben? Darf ich nicht wählen? Ja, so ist es, ich habe kein Recht zu wählen. Muß ich etwa warten, bis der Sohn des Grafen Soundso oder der Enkel des Prinzen Soundso um meine Hand anhält? Muß ich ...«

»Nein, Sudabeh, verdreh meine Worte nicht. Wir sagen ja nicht, du darfst nicht wählen, wir sagen nur, sieh genau hin. Fall nicht auf sein Aussehen und sein Äußeres herein. Wähl aus, aber mit offenen Augen. Entscheide dich nicht blindlings. Denk nicht nur an das Hier und Heute. Sei doch vernünftig. Stürz dich nicht selbst ins Unheil, denk mal nach. Sei nicht so eigensinnig. Wir wünschen uns aus ganzem Herzen, daß du heiratest. Um so besser, wenn du einen Mann heiratest, den du dir selbst ausgesucht hast und den du liebst. Aber wir möchten nicht dein Unglück erleben. Deshalb werden wir niemals in diese Heirat einwilligen.«

Sudabeh wandte sich vom Fenster ab.

»Hör zu, Mama, vergiß deine Worte. Vergiß die vornehme Herkunft. Ich habe gesagt, ich bin ein modernes, studiertes Mädchen. Und auch ihr habt ja Gott sei Dank die ganze Welt bereist. Ihr müßt doch wissen, daß man ein Mädchen nicht mehr mit Drohungen und Prügeln verheiraten kann. Ich bin keines dieser Mädchen aus dem *Andaruni* vor hundert Jahren, das man während der Trauung zwickte, damit es ›Ja‹ sagte. Diese Zeiten sind vorbei. Außerdem behauptet Papa zum Glück, ein Intellektueller zu sein.«

Die Mutter antwortete in gequältem Ton: »Nein, Sudabeh Chanum, diese Zeiten werden niemals vorbei sein. Seit sich Töchter und Söhne in die ungeeigneten Menschen verlieben, hat es dieses

Problem zwischen Eltern und Kindern gegeben, und das wird auch in Zukunft so sein. Seit Väter und Mütter die Fallgruben vor den Füßen ihrer Kinder sehen, ohne ihnen die Augen öffnen zu können, und vor Aufregung ganz außer sich sind ...«

Sudabeh schnitt ihrer Mutter das Wort ab, »wollen sie sie gewaltsam mit einem ungestalten Mann edler Herkunft verheiraten oder ihnen die alte Jungfer, Tochter des Grafen Soundso, ans Bein binden. Stimmt's nicht? Nein, Mama, ich jedenfalls werde mich diesem Zwang nicht beugen. Warum wollen Sie denn nicht verstehen? Es ist mein Leben. Ich will es nach meinen eigenen Vorstellungen gestalten. Wir leben ja nicht mehr zu Ururomas Zeiten.«

Eine Idee schoß dem jungen Mädchen durch den Kopf, und es fügte mit lachenden Augen und triumphierender Miene hinzu: »Abgesehen davon, hatten viele Mädchen auch schon zu Ururomas Zeiten ihren eigenen Willen. Sie fügten sich den Zwängen nicht. Sie bauten sich ihr Leben selbst auf. Schauen Sie sich doch Tantchen an! Ist sie etwa nicht die Frau des Mannes geworden, den sie begehrte? Oder? Ist sie nicht? ...«

Für einen Augenblick weiteten sich die Augen der Mutter. Starren Blicks fixierte sie ihre Tochter. Das Mädchen mit den großen hellbraunen Augen, welligem Haar, griechischer Nase, wohlgeformten Lippen und olivfarbenem Teint blickte ihrer Mutter kampflustig in die Augen. Ihre Schönheit verdoppelte den Schmerz der Mutter. Ihre Tochter, ihre studierte, moderne und talentierte Tochter aus vornehmer und solider Familie hatte sich in den einzigen Sohn einer ungebildeten, neureichen Familie verliebt, die durch Zufall ein kleines Vermögen angehäuft hatte. Sudabehs Eltern trauten sich nicht einmal, Erkundungen über den Leumund dieser Familie einzuholen. Sie wußten nur zu gut, daß von Ansehen und Achtung nicht die Rede sein konnte, und zogen es vor, über die Angelegenheit zu schweigen. Die Mutter wünschte sich, dieser Junge entstammte einer, wenn nicht wohlhabenden, so doch aufgeschlossenen Familie. Einer kleinen, achtbaren Familie mit gutem Ruf. In diesem Fall hätten die Dinge anders ausgesehen. Leider war dem nicht so. Wie bedauerlich, daß ihre Worte dem unerfahrenen, hübschen Mädchen nicht in den Kopf wollten. Diesem süßen Inbegriff von Leben, diesem verwöhnten, sorglosen Ding. Ein Juwel, das einem Nichtsnutz in die Hände zu fallen drohte. Wie sehr es seiner

Tante ähnelte. Nicht nur im Aussehen und in der Gestalt, sondern in allen Eigenschaften. Als ob die Tante wieder jung geworden wäre.

Die Mutter brach das Schweigen und begann zu sprechen. Ihre Stimme war kummervoll und leise. Sie war hilflos. Sanft fragte sie: »Du meinst doch unser liebes Tantchen, oder?«

Das Mädchen ahmte sie trotzig nach: »Ja, ich meine unser liebes Tantchen.«

»Ist sie glücklich? Hat es mit ihr ein gutes Ende genommen?«

Das Mädchen erwiderte zornig und heftig: »Ja, natürlich ist sie glücklich. Und wäre noch viel glücklicher, wenn mein Herr Großpapa, ihr verehrter und edler Vater, ihnen das Leben nicht schwer gemacht hätte. Wenn er ihr nicht die kalte Schulter gezeigt, wenn er sie nicht verbannt hätte ...«

Die Mutter zögerte kurz und setzte dann ein bitteres Lächeln auf.

»Schau mal, Sudabeh. Laß uns eine Vereinbarung treffen. Dein Vater will, daß ich dir sage, du sollst dir diesen Jungen aus dem Kopf schlagen. Ihn vergessen. Ihn nicht einmal mehr erwähnen. Aber ich werde mit dir etwas anderes vereinbaren. Behauptest du nicht, deine Tante hätte sich zu Ururomas Zeiten verliebt? Behauptest du nicht, sie hätte die Konventionen gesprengt? Behauptest du nicht, sie hätte dies und jenes unternommen? Und du denkst, das ist es wert gewesen? Du bist überzeugt davon, daß sie richtig handelte, als sie ihren Kopf durchsetzte und bekam, was sie sich wünschte?«

»Genau, das sage ich, davon bin ich überzeugt.«

»Gut, dann laß uns vereinbaren, daß genau das geschehen soll, was dein Tantchen befürwortet. Wenn sie sagt, heirate ihn, dann tu es. Wenn sie sagt, tu es nicht, dann willige ein und tu es nicht. Bist du damit einverstanden?«

Sudabeh zögerte kurz und dachte darüber nach. Hob einen Augenblick den Kopf und sah voller Zweifel die Mutter an. Sie verfiel in Nachdenken und sagte dann: »Unter der Bedingung, daß Sie ihr nichts einreden.«

»Was heißt das? Ich verstehe nicht.«

»Das heißt, daß Sie sie nicht veranlassen, gegen ihren Willen zu handeln und mir abzuraten.«

Die Mutter lachte.

»Nur gut, daß du deine Tante kennst. Sie ist genau wie du. Selbst wenn ich ihr etwas einreden wollte, täte sie nur, was sie will. Sie tut nur, was ihr richtig erscheint, was ihr gefällt. Aber ich verspreche es dir. Unter der Bedingung, daß du ihre Entscheidung akzeptierst und auf sie hörst. Danach steht dir alles frei. Wie du sagst, es ist dein Leben. Wenn du dich ins Feuer werfen willst, dann tu es.«

Die Mutter stand auf, um das Zimmer zu verlassen. Ihre Tochter, bekümmert und wütend, fragte im trotzigen Ton der verzogenen Jüngsten: »Sind Sie schon wieder beleidigt, Mama? Müssen Sie jedesmal schmollen, kaum daß wir wie zwei vernünftige und gebildete Menschen darüber sprechen wollen?«

»Ich schmolle nicht, Sudabeh. Ich geh dein Tantchen holen.«

Sudabeh preßte die Lippen aufeinander. Sie setzte sich auf den Stuhl und bereitete sich auf die Auseinandersetzung mit der Tante vor.

Die nachmittägliche Wintersonne schien durch den Tüllvorhang auf die farbigen Teppiche im Zimmer. Vaters Hafis-Buch lag aufgeschlagen auf dem Intarsientisch in der Mitte des Zimmers. Sämtliche Gemälde an den Wänden waren Originale. Vaters Bücher bedeckten eine ganze Wand des Wohnzimmers, zusätzlich zu der Bibliothek, die er in seinem Schlafzimmer eingerichtet hatte. Der Gärtner war frühmorgens zum Beschneiden der Bäume und zum Sprühen eines Pflanzenschutzmittels gekommen. Anders als im Sommer wirkte das Schwimmbecken vor dem Haus still und fremd, keine einzige Blüte schmückte die berühmten persischen Rosenbüsche. Kurz und beschnitten standen sie in Erwartung des Frühlings. In diesem Jahr war es glücklicherweise nicht sehr kalt geworden. Die Platanen umstanden den großen Hof wie eine Festung. Die frühwinterliche Sonne tauchte ihre roten und gelben Blätter in ein liebliches Helldunkel. Die Tür, die zum Hof führte, stand einen Spalt weit offen. Ein kalter Windhauch strich durch das Fliegengitter ins Wohnzimmer, in dem Sudabeh jetzt saß. Das junge Mädchen sog ihn gierig ein, denn ihr brannte das Herz in der Brust. Korridor und Wohnzimmer waren mit Parkett ausgelegt, das an den passenden Stellen farbige Woll- und Seidenteppiche bedeckten. Zweifellos war ihre Mutter nicht nur hübsch, sie besaß auch Geschmack. Diese elegant gekleidete, attraktive Frau mit dem hübschen Gesicht, die ihrem Ehemann lieb und teuer war, eine Frau, auf deren bequemes

Leben niemals auch nur der Schatten eines Kummers gefallen war – mit Ausnahme der Zeit, in der Vater auf der Straße zum Kaspischen Meer einen Autounfall gehabt hatte, wonach sie wie tot und erst, als es glücklich ausgestanden, wieder aufgelebt war –, diese Frau bewegte sich so, als besäßen ihre wohlgeformten Beine nicht die Kraft, ihr Körpergewicht zu tragen. Mama trug einen schwarzen Plisseerock und eine langärmlige weiße Bluse, über die sie sich eine weiße Kaschmirjacke gehängt hatte. Ihr ergrauendes Haar war kurzgeschnitten und sorgfältig frisiert. Papa gefiel es nicht, wenn sie sich das Haar färbte. Mama hatte seinen Willen respektiert. Behutsam verließ sie das Zimmer, und das Geräusch ihrer orthopädischen Hausschuhe verebbte auf dem Gang, der zu dem Zimmer der Tante führte. Ein zarter Hauch ihres Parfüms blieb im Raum zurück. Im Erdgeschoß gab es außer dem Empfangssalon, dem Eß- und dem Wohnzimmer nur einen einzigen weiteren Raum, das Zimmer von Tantchen. Ein Zimmer, das ein kleines Fenster zum Garten besaß. Die übrigen Räume befanden sich im Obergeschoß, die Schlafzimmer, Vaters Arbeitszimmer und das Zimmer, in dem die Kinder lernten oder spielten. Das Haus zeugte von Geschmack und Sensibilität des Hausherrn. Vater liebte die Kunst und verfaßte Gedichte, außerdem las er viel. Mama malte. Sie war zwar keine sehr begabte Malerin, doch besaß sie Geschmack, und genau das machte sie in Sudabehs Augen noch schuldiger. Wie konnten diese Menschen mit Geschmack, die so viel auf Kunstliebhaberei und Lebenslust hielten, den Zauber ihrer Liebe nicht bemerken und ihre Empfindungen ignorieren? Wie konnten sie ihr die Heirat mit dem Mann verbieten, den sie liebte?

Es dauerte eine ganze Weile. Sudabeh wurde mit jedem Augenblick zorniger. Mama wollte ihr eine Lektion erteilen. Die denken, ich wäre ein Kind. Laß sie doch sagen, was sie wollen. Ich . . . ich . . .

Das tappende Geräusch des Gehstocks ertönte. Tantchen kam mit Mama. Mama hielt sie am Ellenbogen. Tantchen trug Bluse und Rock aus brauner Wolle und dicke Strümpfe. Sie hatte sich ein kleines braun- und cremefarbenes Kopftuch umgebunden und trug einen feinen Karneolring an ihrer runzligen weißen Hand. Ihre hellbraunen Augen, die einst groß und ausdrucksvoll gewesen waren, blickten freundlich hinter der Brille hervor. An den Füßen trug sie bequeme Stoffschuhe, das Gehen erschöpfte sie sehr. Ihre Körpergröße hatte sich halbiert. Sie war ungefähr achtzig Jahre alt, niemand wußte, wie alt genau. Doch hörte sie gut, war wach und besaß einen klaren Verstand. Wie alle betagten Menschen erinnerte sie sich an vergangene Erlebnisse deutlicher als an das, was sich am Tag zuvor oder vor ein paar Stunden ereignet hatte, und diese Erlebnisse waren es, die sie bewegten. Wie hatte sie wohl ausgesehen in ihrer Jugend? Hübsch? Hochgewachsen und anziehend? An ihrem jetzigen Aussehen war nichts abzulesen. Alle behaupteten, Sudabeh ähnele der Tante in ihren Jugendtagen, was Sudabeh natürlich beleidigte, doch sie zeigte es nie, da sie ihre Tante sehr liebte. Dieses harmlose Häufchen Haut und Knochen, das nur erschien, wenn seine Anwesenheit erforderlich war. Früher, als Sudabeh noch jünger war, waren sie, ihr Bruder und ihre Schwester jedesmal, wenn Papa und Mama Gäste hatten oder eingeladen waren, trotz Kindermädchen und Dienerin, trotz Kino, Fernsehen und Büchern im Haus ins Zimmer der Tante gegangen und hatten sich ans Bett neben ihren dürren Beinen hingesetzt, damit sie ihnen eine Geschichte erzählte, oder mit den Gegenständen in ihrem Zimmer herumgespielt. Wenn Mama das sah, schalt sie: ›Kinder, ihr dürft die Sachen eures Tantchens nicht anfassen, seid nicht so neugierig.‹

Tantchen lachte und sagte stets: »Laß sie in Frieden, Nahid Djan, ich habe es ihnen erlaubt.«

Es gab nur ein Kästchen im Wandschrank von Tantchens Zimmer, das von den Erkundungen und Durchsuchungen der Kinder verschont geblieben war. Nicht etwa, daß sie es übersehen oder nicht benutzt hätten, nicht draufgestiegen wären wie auf einen Schemel, um an die höheren Fächer zu gelangen. Der Grund war, daß das Kästchen ein Schloß trug und daß es ihnen nie in ihren kindlichen Sinn gekommen war, die Tante zu fragen, was sich in ihm verbarg. Außer diesem Kästchen gab es eine Laute, die an der Wand von Tantchens Zimmer hing. Seit Sudabeh sich erinnern konnte, hing sie dort. Eine abgenutzte, antike Laute. Von dieser Laute ging eine solche Würde aus, daß selbst die Kinder sie nicht antasteten. Bis auf das eine Mal, als Sudabehs jüngerer Bruder Peyman über die Stränge schlug. Damals war Sudabeh fünfzehn und Peyman acht Jahre alt.

Peyman rannte plötzlich auf die Laute zu, streckte die Hand aus, um sie abzunehmen, und sagte: »Tantchen, ich möchte für Sie Laute spielen.« Seine Hand berührte den Lautenhals, und plötzlich löste sich das Instrument von der Wand.

Zum ersten und letzten Mal in ihrem Leben hörte Sudabeh ihre Tante schreien: »Um Himmels willen, jetzt ist sie zerbrochen!«

Dieser Schrei schreckte Sudabeh auf, und sie fing die Laute gerade noch rechtzeitig auf. Tantchens Augen hatten sich vor Entsetzen geweitet. Sie hatte ihren Oberkörper vorgebeugt und die Hände nach der Laute ausgestreckt. Es schien, als hätte die Laute während des Sturzes ihre Richtung geändert, und sich entschieden, in Richtung von Tantchens Bett zu fliegen und neben ihr zu landen. Peyman war ebenfalls erschrocken. Er war ganz blaß geworden. Nein, er fürchtete sich nicht vor Tantchen, sondern vor dem Zerbrechen eines Gegenstands, der, wie mittlerweile alle begriffen hatten, anscheinend unersetzlich war. Als handelte es sich um Tantchens Lebensuhr. Sudabeh hatte die Laute sorgfältig an ihrem ursprünglichen Platz befestigt und sich anschließend Peyman zugewandt, um wahrzumachen, was sie ihm schon mehrmals angedroht hatte. Sie hatte ihm eine derartige Ohrfeige versetzt, daß es knallte. Seitdem war die Laute von den Kindern verschont geblieben.

Tantchen kam näher und brachte den Duft von Weizenkörnern und Hanfsamen mit. Man konnte nicht an Tantchens Wandschrank gehen, ohne auf Säckchen mit gerösteten Weizenkörnern und Hanfsamen zu stoßen, die zum Anbieten bereitstanden. Nicht, daß es keine Schokolade, Kekse und Bonbons gegeben hätte. Es war, als hätte Tantchen einen Süßwarenladen mit Schokolade, Kaugummis und Bonbons, und stets von der besten Sorte. Sie pflegte zu sagen: »Nimm diese Schokolade hier, Peyman Djan. Aber daß du sie ja erst nach dem Abendbrot ißt, sonst schimpft deine Mutter«, oder »Sudabeh, magst du Kaugummi oder Bonbons?« Oder sie wandte sich an Sudabehs jüngere Schwester und fragte: »Sepideh Djan, magst du Kaugummi oder Schokolade?«

»Ich will Weizenkörner und Hanfsamen, Tantchen.« Und zu dritt leerten sie in einer Sitzung das Säckchen, bis am nächsten Tag das Ganze von neuem begann. Manchmal fragten sich die Kinder, was es wohl in Tantchens Kästchen gab? Welche Eßbarkeiten sich wohl darin verbargen? Aber da sie sich partout keinen Reim darauf machen konnten, ließen sie sie in Frieden und zogen ihrer Wege.

Nun trug Mama, während sie mit der einen Hand Tantchen am Ellenbogen untergefaßt hatte, in der anderen Hand dieses Kästchen. Sudabeh rutschte das Herz bis in die Kniekehle. Es schien, als enthielte dieses reichverzierte Kästchen aus Buchsbaumholz eine Anklageschrift, die sie schuldig spräche.

Tantchen setzte sich, und das Kästchen wurde vor ihr auf den Tisch gestellt. Mama rief nach Djamile, sie sollte Tantchen Tee bringen. Auf dem Tisch stand ein kleines Kristallglas mit Keksen. Tantchen wandte sich an ihre Schwägerin und fragte: »Ist mein Bruder nicht zu Hause?«

Welch sinnlose Frage. In der Garage am Ende des Hofs war der Platz des Wagens ihres Bruders neben Nahids Wagen frei.

»Er ist ausgefahren.«

»Wohin ist er gefahren?«

»Skifahren. Er hat Peyman und Sepideh zum Skifahren mitgenommen.«

Doch Sudabeh wußte genau, daß Papa ausgegangen war, damit er, falls Mutter und Tochter sich anschrien, nicht gezwungen wäre, einzuschreiten und ein Machtwort zu sprechen. Djamile brachte den Tee und verschwand. Mama folgte ihr und sagte, während sie die Zimmertür zuzog: »Reden Sie ihr gut zu. Um Himmels willen, reden Sie ihr bloß gut zu.«

Stille breitete sich im Raum aus. Sudabeh war es leid, daß Tantchen vorgab, von nichts zu wissen, und sagte zornig: »Nun, geben Sie mir doch einen guten Rat, Tantchen.«

Tantchen blieb stumm.

»Mama sagt, wenn Sie zustimmen, werden sie ebenfalls zustimmen, und wenn Sie es nicht tun, werden sie es ebenfalls nicht tun.«

Sie blickte Tantchen an. Sag ein Wort und erlöse mich. Ja oder nein? Aber Tantchen wirkte bekümmert. Sie blickte durch das Fenster nach draußen. Schließlich sagte sie, mit belegter Stimme und so, als ob sie zu sich spräche, sanft: »Endlich ist der Zeitpunkt gekommen.«

»Was?«

Tantchen drehte sich um und starrte sie an: »Wer bin ich denn, ja oder nein zu sagen, mein Töchterchen? Ich kann dir nur meine eigene Geschichte erzählen. Danach ist es an dir, zu entscheiden.«

Sudabeh erwiderte ungeduldig: »Tantchen, Sie haben mir schon Hunderte von Malen solche Geschichten erzählt. Sie haben mir die Geschichten Ihrer Streiche erzählt, als Sie noch ein Kind waren, aber . . .«

»Nein, Djanam. Die wichtigste habe ich nicht erzählt. Die hab ich mir für heute aufgehoben. Wenn ich sie dir einmal ausführlich erzählt hätte, hätte ich mich nicht mehr beherrschen können. Ich hätte sie jedes Jahr hundert Mal wiederholt. Ja, so ist das nun mal mit dem Alter und der Einsamkeit! Dann hätte sie nicht mehr die Wirkung gehabt, die sie haben sollte . . .« Tantchen verstummte wieder. Dann fragte sie unvermittelt: »Liebst du ihn sehr?«

»Ach, Tantchen, ja. Sehr, aber niemand versteht es . . .«

Tantchens Augen glänzten. Einen Augenblick lang schien es, als hätten sich ihre Augen verjüngt. Jugendlich, groß, rehbraun und strahlend. War das tatsächlich Tantchens Blick oder hatte Sudabeh das eigene Abbild in ihren Augen gesehen? Nun verstand sie, warum es hieß, sie ähnele Tantchen.

»Ich verstehe es«, und wieder verstummte sie.

Sudabeh stieß einen Seufzer aus, der einem Atemzug ähnelte, oder war es ein Atemzug, der zu einem Seufzer wurde? Und Tantchen lächelte.

»Sudabeh, mein Liebling, paß auf. Paß sehr gut auf, daß du nicht endest wie ich. Allein, kinderlos. Daß du im Haus den oder jenen störst und zur Last fällst. Nein, ich beklage mich nicht. Deinem Vater gegenüber will ich nicht ungerecht sein. Er hat mich in sein Haus aufgenommen und hat sich um mein Hab und Gut gekümmert. Ich sage nicht, er hätte mich vernachlässigt. Er hat sich um mich bemüht. All meine Habe gehört euch, den Kindern meines Bruders und meiner Schwestern. Es sei euch gegönnt, ich habe ja keine Erben außer euch. Dennoch schäme ich mich. Ich weiß, daß ich deiner Mutter zur Last falle.«

»Aber Tantchen . . .«

»Nein, mein Liebstes, hör mir zu. Auch deine Mutter ist lieb zu mir, sie ist wie eine Tochter. Aber schließlich wünscht sich jede Frau ein privates und unabhängiges Eheleben. Ohne Störenfried. Ich weiß, wovon ich spreche. Es ist sehr schwer, jemanden aus gewissen Rücksichten zu ertragen. Ach, mein Herzchen, so freundlich die Verwandten auch sein mögen, es sind doch nicht die eigenen Kinder.

Selbst ein schlechtes eigenes Kind ist ein gutes Kind. Selbst wenn es einen ärgert, liebt man es.«

»Und was ist mit uns, Tantchen? Sind wir nicht wie Ihre eigenen Kinder?«

»Doch, mein Liebling, doch. Besonders du. Du, die du mein Ich bist. Täglich danke ich Gott hundert Mal, daß du in diesem Haus bist. Jedesmal, wenn du von draußen zurückkommst und aus dem Wagen deiner Mutter steigst, preise ich zehnmal deine Gestalt. Spreche eine Wanjakad und puste von weitem um dich herum, um die bösen Geister zu vertreiben. Bete zu Gott, du mögest glücklich werden. Daß ihr alle drei glücklich werdet. Gott gebe, daß ihr nicht zu leiden habt. Ich hätte mir gewünscht, niemals dieses Kästchen vor dir öffnen zu müssen. Hast du davon gewußt?«

Sudabeh wußte von gar nichts.

Tantchen beugte sich vor, zog einen alten Schlüssel heraus, den sie an einer Goldkette am Hals trug, und öffnete es. Sudabeh sagte erstaunt: »Oh, Tantchen, also da war der Schlüssel?«

Tantchen lachte: »Ja, ihr Teufelchen. Von klein auf wart ihr drei hinter dem Schlüssel her, stimmt's?«

In dem Kästchen befand sich nichts außer ein bißchen Krimskrams, vergilbten Blättern, ein paar Bildern und einer Scheidungsurkunde. Das war also Tantchens Schatz. Weder Puppen enthielt er noch Schokolade, noch Gummiband für Spatzenschleudern, und auch keine Stoffreste und Pailletten zum Nähen von Puppenkleidern. Keine Spur von all den Dingen, die Sudabeh und ihren Geschwistern in Kindertagen wie Schätze vorgekommen wären. Noch nicht einmal Lavashak, Qaraqorut oder getrocknete Sauerkirschen gab es. Weswegen also hatte sie ein dermaßen wertloses Kästchen verschlossen gehalten?

Tantchen trank ihren Tee, sank in den Sessel zurück und packte den Griff des Gehstocks. Sie streckte ihre Beine aus und legte den rechten Fußknöchel über den linken. Es war das erste Mal, daß sie nicht über Beinschmerzen klagte. Sie blickte Sudabeh in die Augen und fragte liebevoll: »Wirst du nicht müde, wenn ich sie dir von Anfang an erzähle?«

Sudabeh erwiderte begeistert: »Nein, Tante. Nein, ich werde nicht müde.«

Erstes Kapitel

Es war Frühling, Sudabeh Djan, Frühling. Verflucht sei dieser Frühling, den ich immer noch liebe. Es war zu Beginn der Regierungszeit von Reza Shah. Ich weiß nur noch soviel, daß ein paar Jahre seit seiner Krönung vergangen waren. Wie viele Jahre? Vier Jahre? Fünf oder drei? Ich weiß es nicht. Frag mich nicht, wann die Qadjaren abdankten und wann Reza Shah kam. Es gab Gerüchte und Aufruhr. Es hieß, die Qadjaren würden gehen. Es ging das Gerücht vom Sardar Sepah. Es ging das Gerücht von der Krönung Reza Chans, aber ich weiß es nicht mehr. Als ob ich mich nicht auf dieser Welt befunden hätte, ich war in einer anderen. Nur an das, was ich mir wünschte, erinnere ich mich.

Tantchen verstummte. Sie stützte ihr Kinn auf den Gehstock und starrte in den vereisten Garten.

Als ob es gerade gestern gewesen wäre ... Ach, Sudabeh Djan, wie schnell doch die Lebenszeit vergeht. Und bei Gott, wie kurz ist das Leben, das Gott uns geschenkt hat, und die meiste Zeit wird auch noch mit Kindheit und Alter vertan. Wie kurz die Zeit der Freuden ist! Wie recht hatten die Alten: vergänglich wie eine Blüte. Auch du wirst die Bedeutung dieser Worte nicht verstehen, ehe du nicht so alt geworden bist wie ich; was es heißt, das Leben sei wie Schnee unter der sengenden Sonne. Gott gebe, daß du ein langes Leben hast, mein Töchterchen ....

Tantchen verstummte und starrte in den Garten. Hatte sie es vergessen? Oder war sie eingenickt?

»Tantchen!«

Stille.

»Tantchen!«

Die Tante weinte.

Ich weiß es nicht. Von den Qadjaren weiß ich überhaupt nichts. Von Reza Chan weiß ich überhaupt nichts. Ich bekam nichts mit von der Welt, Sudabeh Djan. Denn ich war verliebt. *Laß kommen, was kommt, und vergehen, was vergehen mag.* Mochte die Welt aus den Fugen gehen oder nicht, was bedeutete das schon? Nur er sollte bleiben. Oder etwa nicht?«

Tantchen blickte Sudabeh mit tränenerfüllten Augen an und setzte ein bekümmertes, verliebtes Lächeln auf. Wie das Lächeln eines jungen Mädchens. Sudabehs Augen versanken ebenfalls in Tränen.

Tantchen fragte erneut: »Du sagtest also, du liebst ihn sehr?«

Sudabeh antwortete verzückt: »Ja, Tantchen.«

»Gott erbarme sich deiner, mein Töchterchen, Gott erbarme sich deiner.«

Ja, es war Frühling, und unser Haus war ein Meer von Blumen und Grünpflanzen. Das *Biruni* und das *Andaruni* standen voller Blumentöpfe. Der Hof meines Elternhauses, nein, was spreche ich da von Hof, ein Paradies war es. Mittags stieg der Duft von Speisen aus der Küche am Ende des Hofes hinter den Bäumen auf und mischte sich mit dem Blütenduft. Das Wasser des Beckens war sauber und rein. Schließlich lief an unserem Haus ein *Qanat* vorbei, und darüber hinaus besaßen wir eine separate Zisterne mit Zapfstelle. Genau dort am Ende des Hofes, nicht weit von der Küche entfernt. Unsere Amme lief nicht am Becken vorbei, denn sie fürchtete, Wasser könnte auf ihren Rock spritzen und ihn verunreinigen. Firuz Chan, der Droschkenkutscher meines Vaters, der aus dem Süden kam und Wasser liebte, fragte jedesmal, wenn er irgendwelcher Arbeit wegen in den Hof des *Andaruni* kam: »Frau Amme, was ist unreiner, das Qanatwasser oder Kinderpipi?«

»Pferdemist, Vermaledeiter!«

Firuz Chan brach stets in schallendes Gelächter aus. Mittlerweile denke ich mir, das war vielleicht auch eine Art Flirt.

In unserem Haus, dem *Andaruni* und dem *Biruni*, gab es so viele Dienerinnen und Diener, Gärtner und Gesinde, daß ich mich nicht mehr an alle erinnern kann. Es verging kein Tag, an dem nicht sieben oder acht Gäste am Tisch meines Vaters saßen. Der Titel meines Vaters lautete Bassir ol-Molk, und ihm gehörten drei oder vier Dörfer und Weiler. Er war ein gebildeter und studierter Mann. Hatte ein, zwei Jahre in Rußland studiert. Ein Dichter war er, ein Intellektueller. Ein Liebhaber der Oper, die er in Rußland besucht hatte. Ein Gentleman. Ein liebevoller Vater, der mit seinen Kindern sehr gut umging. Nicht daß du denkst, er wäre wie mein Brüderchen gewesen, das mit seinen Kindern über Politik, Wissenschaft und Kunst diskutiert. Für seine Epoche aber war er sozusagen sehr auf der Höhe der Zeit, und wir respektierten ihn. Meine Mutter, Sudabeh Djan, war wirklich reizend. Genau wie ihr Name Nazanin.

Mein Vater liebte sie sehr. Natürlich ebenfalls nach den Gepflogenheiten der Zeit. Sie war fünfzehn Jahre jünger als mein Vater, die Tochter eines namhaften und geachteten Kaufmanns, und hatte meinem Vater drei Töchter geschenkt, von denen die zweite ich war. Sie nannte ihn ›Agha‹ und vergötterte ihn über die Maßen. Meine älteste Schwester hatte geheiratet und einen Sohn, Mahmud. Meine Tante hatte ein Auge auf meine jüngere Schwester geworfen. Sie wollte sie mit ihrem Sohn verheiraten. Meine Schwester war fünf, sechs Jahre jünger als ich, aber als Ältere war zunächst ich an der Reihe.

Meine Mutter wünschte sich einen Sohn. Damals war sie nicht älter als zwei- oder dreiunddreißig Jahre, und seit ein, zwei Wochen wurde ihr vom Essensgeruch übel. Ja, meine Mutter war wieder schwanger und hatte Heißhunger. Mein Vater sagte stets: »Nazanin, streng dich nicht so an«, oder »Nazanin, iß nahrhafte Speisen«, »Nazanin, tu dies nicht, tu das nicht«. Und mitten in diesem Wirrwarr hieß es, daß Freier um meine Hand anhalten wollten. Wir hatten einen Hauslehrer, der uns unterrichtete, und Chanum Badji, seine Ehefrau, war unsere Hausschneiderin. Die arme Frau bekam plötzlich Bauchschmerzen und verstarb über Nacht. Meine Mutter mit ihren Essensgelüsten gab keine Ruhe, Mahbube habe nichts anzuziehen. Meine Amme wiederholte ständig: »Chanum Djan, Mahbube hat eine Truhe voll Kleider. Warum tun Sie sich das an?« Meine Mutter klagte: »Ach, Amme, streu mir nicht Salz in die Wunde. Jedes davon hat sie schon hunderte Male angezogen.«

Schließlich hatte meine Amme einen Einfall. Sie zog sich ihren Tchador über und lief eiligst zum Haus meiner Tante. Diese hatte eine gute und geschickte Schneiderin, die sie in all den Jahren selbstverständlich vor meiner Mutter nie auch nur namentlich erwähnt hatte. Schließlich hat es unter Frauen schon immer solche Eifersüchteleien gegeben. Ich weiß nicht, mit welchen Engelszungen meine Amme auf sie einredete und was sie ihr sagte, daß die Tante, meiner Amme zufolge, mit gerunzelter Stirn antwortete: »Selbst wenn ich weiß, daß Nazanin Chanum es von Anfang auf diese Schneiderin abgesehen hatte und daß dieses Gerede nur ein Vorwand ist, so werde ich sie doch um meiner Nichte willen morgen nachmittag in euer Haus schicken. Doch richte Nazanin Chanum von mir aus: ›Verehrteste, wir enthalten Ihnen nichts von dem vor, was uns zur Verfügung steht, aber behandeln Sie uns dafür auch nicht so gleichgültig.‹«

Mein Vater war im *Andaruni*, als die Amme meiner Mutter diese Nachricht absichtlich in seiner Gegenwart überbrachte. Meine Mutter, deren Augen vor Freude über den Fund einer guten Schneiderin glänzten, zeigte sich von der Nachricht meiner Tante überrascht, sie war zornig. Sie wandte sich an meinen Herrn Papa und sagte: »Pah, so ein Gerede! Sehen Sie nun, wie es ist, Agha? Selbstverständlich wünsche ich ihr ein langes Leben. Als vollendete Dame hat sie Großmut bewiesen und schickt mir ihre Schneiderin. Doch weiß ich nicht, welche Nachlässigkeit oder Dreistigkeit ich Keshwar Chanum gegenüber gezeigt haben soll, daß sie jedesmal unter irgendeinem Vorwand Bemerkungen macht, die zu neuen Verstimmungen führen. Anscheinend gefällt es ihr, mich zu quälen.«

Gefaßt wandte sich mein Vater an meine Mutter und sagte: »Deshalb, Chanum, beweisen Sie ebenfalls Großmut und stecken Sie bitte zurück, damit es zu keiner Verstimmung kommt. Je mehr Sie auf dieser Angelegenheit beharren, desto schlimmer wird sie.«

»Aber, Agha . . .«

»Da gibt's kein Aber. Keine Rose ist ohne Dornen. Sie sind doch mein Augapfel. Also verzeihen Sie meiner Schwester mir zuliebe.«

Meine Mutter sagte beschämt: »Möge Gott mir nicht verzeihen, Agha. Was sagen Sie denn da? Sie sind die Krone auf meinem Haupt. Wie Sie wünschen, um Ihretwillen gehorche ich.«

Mein Vater wandte sich an die Amme und sagte: »Außerdem, Amme, muß man nicht jede Bemerkung weitergeben.«

Gekränkt antwortete die Amme: »Bei Gott, Agha, sie hat es mir befohlen. Und ich habe es gesagt.«

»Von nun an sortieren Sie die Befehle. Erwähnen Sie das Gute und verschweigen Sie das Schlechte.«

Ich merkte sofort, daß meiner Mutter das Herz in die Kniekehlen sank. Wenn die Amme ausgerechnet jetzt, da meine Mutter schwanger war, schmollte und ging, würde die Suche nach einer Amme, die vergleichbar geschickt und so erfahren wäre wie sie, die sich bei uns seit Jahren wie zu Hause fühlte, fast eine Katastrophe auslösen. Meine Mutter lenkte sofort ein: »Nun ja, natürlich bin auch ich nicht ohne Schuld. Ich habe mich umsonst aufgeregt. Schließlich ist man als Schwangere geschwächt und verliert schnell die Geduld.« Damit war der Streit beigelegt.

Die Streitereien meiner Eltern bewegten sich in diesen Grenzen. Als ob sie einen Text rezitierten oder in dichterischem Wettstreit miteinander lägen. Ein jeder wußte, an welcher Stelle er zurückstekken mußte. Kein böses Wort kam über ihre Lippen. Sie ließen sich die Verfehlungen des andern nicht anmerken. Diese Nachsichtigkeit ging so weit, daß wir alle wußten, wenn mein Vater alle zwei Wochen am Dienstagabend ausging und nachts nicht heimkam, schlief er im Haus von Esmat Chanum, seiner zweiten Ehefrau. Doch wir wußten nicht, ob meine Mutter es ebenfalls wußte und sich nicht anmerken ließ oder ob sie es wirklich nicht wußte.

Es war fünf Jahre zuvor geschehen. Als meine Mutter Chodjasteh zur Welt brachte, war ich zehn Jahre alt. Mein Vater äußerte keinerlei Verdruß. Er hatte sogar wie üblich meiner Mutter ein goldenes Kollier gekauft, doch sahen wir ihn oft in sich versunken im Hof oder in den Räumen des Hauses umherspazieren. Bis er eines Abends zu meiner Mutter sagte, er würde Mirza Hassan Chan besuchen gehen. Mirza Hassan Chan war ein geachteter Mann aus ehrwürdiger Familie, dem es finanziell nicht besonders gut ging. Die Amme hörten wir sagen: »Chanum Chanum-ha« – so redeten die Dienstboten meine Mutter an –, »es wird behauptet, er liebe die Poesie und Literatur und er spiele gut Laute, aber sie mögen ihn nicht, da er dem Wein und Schnaps zuspricht. Und wenn der Agha von seinem Haus zurückkehrt, riecht sein Mund jedesmal nach diesem Teufelszeug.«

An dem bewußten Abend trinkt mein Vater anscheinend übermäßig viel Wein, seine Zunge löst sich, und er schüttet sein Herz vor Mirza Hassan Agha aus, wie sehr er sich einen Sohn wünsche und daß sich seine Frau als Töchtergebärerin erwiesen habe. Mirza Hassan Agha ist kein Unmensch und gibt ihm nachts seine verwitwete, häßliche Schwester, die dünn ist wie ein Streichholz, zur Ehe auf Zeit und erzählt ihm, sie habe von ihrem ersten Mann einen zwei- bis dreijährigen Sohn. ›Vielleicht wird sie Ihnen ebenfalls einen Sohn gebären. Seien Sie nur ihr Vormund und halten Sie ihre Hand schützend über sie, das genügt.‹ Morgens, als mein Vater erwacht, packt ihn bittere Reue, doch da ist das Kind schon in den Brunnen gefallen, und er kann sein Versprechen nicht mehr rückgängig machen. In der besagten Nacht wird Esmat Chanum schwanger und gebiert meinem Vater neun Monate später Zwillinge, zwei Mädchen. Beide sterben bei der Geburt. Nach dieser Affäre schwor sich mein Vater, bis an sein Lebensende keinen Becher Wein mehr anzurühren. Allerdings besuchte er, wie er es Mirza Hassan Agha versprochen hatte, alle vierzehn Tage Esmat Chanum, doch schwanger wurde sie nicht mehr.

Ich habe schon erwähnt, daß mein Vater in meine Mutter verliebt war. Für die Begriffe ihrer Zeit war sie hübsch. Üppig, rotbäckig, mit hellem Haar und großen rehbraunen Augen. Von mittlerer Statur, mit vollen, runden Schultern, die, wie ich meinen Vater sagen hörte, den dekolletierten Schultern hübscher und angesehener russischer Damen glichen. Jedesmal, wenn meine Mutter diese Bemerkung meines Vaters vor anderen Frauen aus der Familie erwähnte, mußte sie vor Vergnügen laut lachen.

Ich schweife ab. Wie ich schon sagte, es war Frühling, und es war vereinbart, daß die Schneiderin der Tante am Nachmittag des kommenden Tages zu uns ins Haus kommen sollte. In drei Wochen war der Geburtstag des Imam Reza (Friede sei mit ihm), und es war vereinbart, daß die Frau Prinzessin, die Ehefrau des Ata-od-Doule, uns zur Brautschau besuchen kommen sollte. Um für ihren Sohn um meine Hand anzuhalten.

Sudabeh fragte aufgeregt: »Stimmt das, Tantchen? Der, der jahrelang zu den berühmten Adligen Irans gehörte? Oh, das kann ich nicht glauben. Hat er wirklich um Ihre Hand angehalten?«

»Glaub mir, mein Liebstes, glaube es mir. Aber ich habe ihn abgelehnt.«

»Oh, Tantchen, welche Dumm . . .«

Sudabeh biß sich auf die Zunge.

»Was?«

Tantchen lächelte.

Ja, ich war am Erzählen. Fall mir nicht ins Wort. Ich vergesse sonst etwas. Er war ungefähr zehn bis fünfzehn Jahre älter als ich, und es hieß, er sei gerade aus dem Ausland zurückgekehrt. Töchter angesehener Familien verzehrten sich nach ihm. Seine erste Ehefrau war bei der Geburt gestorben. Damals starben viele Frauen auf diese Weise . . . Es war nicht wie heute, wo es an jeder Straßenecke Ärzte und Medikamente gibt. Jedenfalls war ich damals fünfzehn Jahre alt. Ich bekam das überhaupt nicht mit. Ich war fünfzehn und ein richtiger Wildfang. Guter Laune und quicklebendig. Ich verstand nicht, was ein Ehemann bedeutete. Ich wußte nur, wenn noch ein, zwei Jahre vergingen, würde ich eine alte Jungfer sein ...

Sudabeh lachte schallend. Tantchen lachte ebenfalls.

Ja, jede Zeit hat ihre eigenen Sitten. Damals waren die Achtzehn- bis Zwanzigjährigen schon alte Jungfern.

Meine Mutter befahl Firuz Chan, mit der Kutsche vorzufahren. Sie ging aus, um für mich Stoff zu kaufen, und nahm auch die Amme mit. Als sie zurückkam, ging sie wie üblich in die Vorratskammer, um ihren Tchador abzulegen. Und ich lief ihr und der Amme, die die Stoffe hereintrug, hinterher, um zu sehen, was meine Mutter mir gekauft hatte. Während sie den Tchador abnahm, sagte meine Mutter zur Amme: »Alle werden von Tag zu Tag älter, Amme. Wie jung der alte Schreiner an der Ecke geworden ist!« Und lachte. Sie scherzte mit der Amme.

Die Amme antwortete: »Was reden Sie denn da. Das ist nicht der alte Mann. Der Arme hat doch keine Kraft mehr zum Gehen. Ständig liegt er neben dem Opium-Kohlebecken. Er hat nichts zu beißen, doch Opium raucht er in einem fort. Mittlerweile bleibt er zu Hause liegen und hat das Geschäft diesem Halbwüchsigen anvertraut. Hat sozusagen einen Lehrling eingestellt.«

Meine Mutter sagte: »Ein hübscher Junge.« Das war's. Wir alle vergaßen es. Manchmal sage ich mir, vielleicht hat gerade dieser eine Satz meiner Mutter die Flamme in mir entfacht. Vielleicht hat mich gerade diese Bemerkung neugierig gemacht und auf diesen Gedanken gebracht. Aber vielleicht war es auch Kismet.

Die Schneiderin kam. Es war eine füllige, freundliche und gutgelaunte Frau mit strahlendem Gesicht. Gott hab sie selig. So gut sie konnte, redete sie meiner Mutter nach dem Munde und schmeichelte mir. Ich war gerade erwacht. Das Frühstückstablett vor mir präsentierte süßes Brot und Butter, die man uns aus dem Dorf brachte, Butterkäse und Marmelade. Die Amme goß meiner Mutter, meiner kleineren Schwester und mir unablässig Tee nach. Meine Schwester und ich aßen, während meine Mutter würgte. Amme und Schneiderin baten sie inständig, etwas zu essen, um zu Kräften zu kommen. Am Ende war meine Mutter müde, und wir waren satt. Man brachte ein anderes Tablett für Enis Chanum, die Schneiderin. Wir gingen hinaus, damit sie ungestört frühstücken konnte. Wir wußten, daß sie zu Hause ein Frühstück zu sich genommen hatte, doch das war kein Vergleich zu diesem hier. Das konnte man sich nicht entgehen lassen.

Meine Mutter hatte mittags Gäste. Es sollten die Tanten kommen, die Frau des Onkels väterlicherseits, die Tante väterlicherseits und die Frau des Onkels mütterlicherseits. Aus der Küche jenseits des Hofs stieg der Duft von Huhn, erstklassigem Reis aus Rasht und Fett aus Kermanshah auf und benebelte unsere Sinne. Meine Mutter setzte sich auf den Schemel neben die Schminkutensilien. Ich kann mich erinnern, daß man im Gästezimmer des *Andaruni*, das wir das Fünftürige nannten, rundum schwere Sessel mit dunkelrotem Samtbezug aufgestellt hatte. Je zwei Sesseln war ein relativ kleines Tischchen aus Walnußholz zugeordnet. Sommers saßen wir im Wohnzimmer, das rundum mit Sitzkissen ausgelegt war. Die Sitzkissen waren bestickt und die Rückenkissen mit Pailletten verziert. Winters gab es den Korsi. Im Winter liebte es mein Vater, im Fünftüren-Zimmer neben dem Kamin zu sitzen, dem Knacken der Scheite zuzuhören und mich aus Hafis' Gedichtband oder Nizamis *Leili und Madjnun* vorlesen zu lassen. Es war sehr gemütlich.

Die Frau des Droschkenkutschers Firuz, die wir ihrer dunklen Haut wegen Dadde Chanum nannten, hatte Mutters Schminkkästchen gebracht und blieb mit einem Fächer in der Hand neben ihr stehen. Ständig fächerte sie ihr zu, sie durfte nicht schwitzen, sonst mischte sich das Zinkweiß auf ihrem Gesicht mit dem Rouge. Ich war völlig in ihren Anblick versunken. Meine Mutter schalt mich: »Hast du denn sonst nichts zu tun, Mädchen? Was starrst du so? Bei solchen Dingen gibt es für ein Mädchen nichts zu sehen.« Und während sie sich Antimon auf die Lider strich, sagte sie: »Geh zu Enis Chanum. Gott gebe, daß dein Kleid bis heute abend fertig genäht ist.«

Das Kleid wurde bis zum Abend nicht fertig. Schließlich sei es kein Reissack, wie Enis Chanum bemerkte. Da vereinbart worden war, daß sie mir außer zwei Kleidern noch einen geblümten weißen Tchador aus Voile nähen sollte und all das mindestens zwei bis drei Tage in Anspruch nehmen würde, bat meine Mutter Enis Chanum, ein paar Nächte in unserem Haus zu bleiben. Natürlich kam das Enis Chanum gerade recht. Sie hatte unser Haus vollkommen in Beschlag genommen. Doch mußte jemand ihrem Sohn und ihrer

Schwiegertochter Bescheid geben. Meine Mutter sagte, Firuz Agha solle mit der Kutsche hinfahren und Bescheid geben. Doch der Weg dahin war weit und verwinkelt. Abends, als die Gäste aufbrachen, bestand meine jüngere Tante darauf, mich zu sich nach Hause mitzunehmen. Meine Mutter willigte ein unter der Bedingung, daß ich am nächsten Morgen früh zum Anprobieren meiner Kleider zurückkehre.

Wir wollten gerade in die Kutsche meiner Tante einsteigen, als der Schneiderin Enis Chanum ein Gedanke in den Sinn kam: »Wenn es keine Umstände macht, an der dritten Abzweigung Ihrer Gasse liegt in der Nähe des Trinkbrunnens ein Schreinerladen. Der Lehrling kennt den Weg zu unserem Haus. Sein Haus ist zwei, drei Gassen von unserem entfernt. Der Kutscher soll einen Augenblick am Laden halten und ausrichten, ich würde über Nacht hierbleiben, und bitten, daß er meinem Sohn Bescheid gibt. Dann braucht Firuz Chan nicht mehr zu unserer Wohnung zu fahren.«

Die Tante, meine Kusine, die etwa mein Alter hatte und ich, wir saßen munter und fröhlich hinten in der Kutsche. Ich war die letzte, die einstieg, und saß an der rechten Seite. Kaum waren wir ein Stück gefahren, da war uns dreien Enis' Nachricht entfallen, der Kutscher jedoch war pflichtbewußt und hatte sie nicht vergessen. Die Kutsche hielt in der Nähe eines kleinen, verräucherten Ladens an. Es ging auf die Dämmerung zu. Die Werkstatt war angefüllt mit Holz und Brettern, Holzabfällen und Hobelspänen. In der Mitte stand jemand über einen alten Holztisch gebeugt und hobelte ein Brett ab. Er trug eine weite Hose aus schwarzem Serge, und sein weißes Kattunhemd, das über die Hose fiel, reichte bis zu den Knien. Die Ärmel hatte er hochgerollt, und die langen Haare, die ihm in die Stirn fielen, wogten mit den Bewegungen seines über das Brett geneigten Kopfes auf und ab. Er ähnelte eher einem Derwisch als einem Schreiner. Damals trugen die Männer die Haare kurz und pomadisiert am Kopf klebend, auch die Männer meiner eigenen Familie, soweit ich sie gesehen hatte. Ebenso wie sämtliche Adlige. Doch diese Haare waren wild und ungebändigt.

Als er die Kutsche halten hörte, hob er den Kopf und schaute auf. Sein Blick glitt vom Fuhrmann zu den drei weiblichen Fahrgästen mit Ausgeh- und Gesichtsschleier und irrte zurück zum Kutscher. Er war verblüfft. Was konnten die Frauen in dieser prächtigen Kutsche wohl mit ihm zu tun haben? Der Kutscher rief: »Holla, junger Mann.«

Ungerührt kam er nach vorn, wischte sich mit dem Handrücken den Schweiß von der Stirn und sagte: »Ja, bitte!« Seine Handbewegung, die die Stirn vom Schweiß befreite, erschien mir reizend. Er war hübsch. Sonst nichts. Er hörte sich die Nachricht an und sagte: »Wird gemacht.«

Weder sprach er mit uns, noch wir mit ihm. Und ich vergaß ihn.

»Was für eine Borte hast du denn da gekauft, liebste Amme? Als ob ich eine Komödientänzerin wäre!«

Meine Amme erwiderte protestierend: »Nun ja, Mahbube Djan, woher soll ich denn das wissen, mein Kind? Du sagtest, sie solle rosa sein, aber es gab keine. Da habe ich halt eine rote gekauft.«

Meine Mutter nahm die Borte mißmutig in die Hand: »Ach, Amme. Ich hatte doch ein Muster mitgegeben.«

»Ja, aber er hatte doch keine, Chanum Djan.«

Ärgerlich sagte ich: »Dann geh ich selbst welche kaufen. Wo hast du sie gekauft?«

»Am Eingang zum kleinen Bazar.«

Meine Mutter sagte ungeduldig: »Nimm die Kutsche, damit du schnell zurück bist.«

Die Amme sagte: »Ach wo, Chanum Djan, bis dahin sind es doch nur ein paar Schritte. Ich gehe selbst mit und bringe sie zurück.«

Die Worte der Amme verblüfften mich. Wie kam es, daß diese träge Frau plötzlich so munter geworden war? Sag bloß, sie hatte gelobt, zur Heilung ihrer Kopfschmerzen zwei Kerzen anzuzünden. Die Ärmste hatte Migräne. Wer wußte damals schon etwas über Migräne?

Enis Chanum sagte flehend: »Dann, Amme, sei so lieb und schau nach, ob der Schreiner meinem Sohn und meiner Schwiegertochter die Nachricht überbracht hat oder nicht. Es beunruhigt mich. Dieser Junge ist ein bißchen nachlässig. Sag ihm außerdem, daß er noch einmal zu uns nach Hause geht und Bescheid sagt, sie sollen sich keine Sorgen machen, wenn ich später komme. Vielleicht dauert meine Arbeit hier noch einen Tag länger.«

Es war gegen Mittag. Der Schreinerladen war noch geschlossen. Also gingen wir einkaufen und besorgten die Borte. Bei der Rückkehr hörte ich von fern das Geräusch der Säge. Die Frau Amme sagte: »Sehr gut. Gott sei Dank hat er den Laden geöffnet. So ein fauler Hund! Mahbube Djan, wartest du, damit ich diese zwei Kerzen anzünden kann?«

Ungeduldig stampfte ich mit dem Fuß auf den Boden.

Die Amme flehte: »Sei so lieb, warte nur einen Augenblick.«

»Dann mach schnell. Laß es nicht zu lange dauern.«

»Willst du dem Schreinerlehrling Enis Chanums Nachricht überbringen, damit ich derweil die Kerzen anzünden kann? Aber sag deiner Frau Mama bloß nichts davon, daß ich Kerzen anzünde. Sag, die Amme hätte selbst mit dem Schreiner gesprochen. In Ordnung? Sonst macht sie mir die Hölle heiß.«

Ungeduldig erwiderte ich: »Gut, geht in Ordnung. Zünde sie schnell an und komm nach. Ich gehe ganz langsam, damit du mich einholen kannst.«

Es war sonnig, aber in der Nacht zuvor war ein heftiger Regen niedergegangen, der den Boden mit Schlamm bedeckt hatte. Als ich den Laden erreichte, war der junge Mann wie am Tag zuvor völlig ins Hobeln vertieft. Ich stellte mich an die Ladentür und war in Gedanken bei der Begutachtung der schlammigen Ränder meines Schleiers. Ich hob den Tchador etwas an und sagte unwillkürlich: »O weh!«

Das Hobelgeräusch brach ab, und jemand sagte mit anziehender und wohlklingender Stimme: »Weh mir, junge Dame!«

Ich hob den Kopf und sah seine Augen. Seinen dunklen, langgestreckten Hals und die unter der Haut seines Halses hervortretenden Muskeln; die hochgekrempelten Ärmel und seine kräftigen Arme; seine Haare, die ihm in die Stirn fielen; seine Adlernase und ein Grinsen um den Mund. War er hübsch? Ich weiß es nicht. War er häßlich? Ich weiß es nicht. Aber er war ein Mann. Er war männlich. Diese Arme konnten ein Ort der Zuflucht sein.

Unter normalen Umständen hätte ich nicht einmal seinen Gruß erwidert. Es war unter meiner Würde, mit Menschen dieser Schicht Worte zu wechseln. Aber jetzt war Frühling. Was war in mich gefahren? Ich weiß es nicht. Ich sagte: »Warum weh Ihnen? Sind Sie denn ein Weh?«

»Vermutlich bin ich es und weiß es selber nicht.«

Der Geruch von gehobeltem Holz stieg mir in die Nase. Welch angenehmer Duft. Der Geruch von Arbeit und Mühe. Als ob sich den Frühlingsdüften ein neuer Duft hinzugesellt hätte. Das Resultat der Bewegungen dieser Muskeln. Still sah ich ihn an. Wie hatte er durch den Gesichtsschleier hindurch erraten, daß ich jung war? Vielleicht am Tonfall meiner Stimme. Ich sagte: »Ich habe eine Nachricht für Sie.«

Er sah mich erstaunt an. Eine junge Frau, die ihn höflich siezte und eine Nachricht für ihn hatte. Er fragte: »Für mich?«

»Ja.«

»Ich bin übrigens Rahim, der Schreiner.«

Was für ein hübscher Name. Er gefiel mir. »Ich weiß.«

»Wer sind Sie?«

»Die Tochter von Bassir ol-Molk.«

Vorsichtig legte er den Hobel nieder und nahm eine respektvolle Haltung an. »Guten Tag, Chanum. Verzeihen Sie, daß ich Sie nicht erkannte. Vermutlich ist es eine Nachricht für den Sohn von Enis Chanum.«

»Jawohl, es ist zwar ein Umstand, doch richten Sie ihm aus, ihre Arbeit in unserem Haus würde eventuell etwas länger dauern.«

»Ich stehe zu Diensten.«

»Sie werden es doch nicht vergessen?«

»Wenn ich noch leben sollte, nein.«

Wäre ich doch stumm geworden, daß ich antwortete: »Gott gebe, daß Sie stets leben.«

Einen Augenblick blieb er sprachlos stehen und sah mich an, und jenes Grinsen erschien erneut in seinen Mundwinkeln. Er sagte: »Nur, damit ich die Nachricht überbringe?«

Eiligst sagte ich: »Auf Wiedersehen.«

Nun war er unverschämt geworden. Ich drehte mich um und ging. Die Amme war gerade erst schlurfend vom Trinkwasserhäuschen aufgebrochen. Ich wurde wütend auf sie. Dämliche, träge Frau. Sie mühte sich, mir zu folgen. Ich wurde wütend auf mich. Hirnloses Mädchen. Unter dem Gesichtsschleier machte ich mich zornig nach: *Gott gebe, daß Sie stets leben.* Du Närrin, Schwachkopf, dumme Kuh. Ich wurde wütend auf ihn. Nichtsnutziger Schreinerlehrling. Kaum beachtete man diesen Abschaum, wurde er unverschämt. Liederlicher Habenichts!

Wieder ertönte das Geräusch des Hobels, und mir sank das Herz bis in die Kniekehle. Was sollte dieser Unsinn?!

Alles war vorbereitet. Sie backten gerade Kuchen. Ich, die ich Baqlava über alles liebte, mußte würgen. Vom Kichererbsengebäck wurde mir übel. Die Blumen konnte ich nicht leiden. Ich wollte meine neuen Kleider zerreißen. Was hatte ich bloß? Ich wußte es nicht. Ich wollte nur sterben. Entweder sterben oder aber ...? Oder aber ...? Ich wußte es nicht.

Im Verlauf einer Woche war ich zweimal mit der Kutsche am Schreinergeschäft vorbeigefahren. Hobeln und Hobeln und Hobeln. Der unverschämte Kerl hatte unsere Kutsche erkannt. Seit einer Woche traute ich mich nicht, das Haus zu verlassen. Ich muß es der Amme sagen. Nein, ich sage es Firuz Chan. Ach was, laß das. Er wird ihn umbringen, und das Blut dieses Hundes wird an mir kleben. Ich sage es meinem Vater. Nein, noch schlimmer. Also dann meiner Mutter ... Was sollte ich überhaupt sagen? Sollte ich sagen, daß er jedesmal die Kutsche ansah, wenn wir an der Schreinerei vorbeifuhren? Als ob das verboten wäre! Nun, warum sah ich dann hin? Ich durfte ihn überhaupt nicht beachten. Vielleicht war es auch vorher schon so gewesen. Vielleicht sahen der Metzger, der Bäcker und der Kalbskopfhändler ebenfalls hin. Aus Neugierde. Schließlich sind wir in diesem Viertel bekannte und geachtete Leute. Der Unterschied ist nur, daß ich sie nicht beachte. Laß ihn. Ist doch egal. Sollte er doch so lange gucken, bis er schwarz wurde. Das Problem lag woanders. Ich wußte nicht, weshalb ich das Verdeck der Kutsche gern zurückgeschlagen hätte, damit sein Blick wie eine warme Hand meinen Körper durch den schwarzen Tchador hindurch streicheln könnte.

Es kam die Nachricht, daß mein Schwager beabsichtige, zur Inspektion in sein Dorf zu fahren. »Mahbube Chanum möge für zwei Nächte in das Haus ihrer Schwester zu Besuch kommen, damit sie nicht einsam ist.« Einsam? Mit all dem Gesinde? Ich ging hin. Meine Schwester pries dauernd meinen zukünftigen Freier. Diese Suppe hatte mir ihr Mann eingebrockt. Er war ein Freund des zukünftigen Bräutigams und ein Spielkamerad aus Kindertagen. Er hatte mich Ata od-Doules Sohn vorgestellt. Nozhat pries auch die Mutter des Bräutigams und ihre angesehene Familie. Sie sagte, seine

Mutter gehöre zu den vornehmen und ehrwürdigen Prinzessinnen.

Ich sagte: »Aber, Nozhat Djan, man sagt, ihre Schwester, die Tante des Bräutigams . . .«

»Was ist mit ihrer Schwester?«

»Man sagt, mit ihr stimme etwas nicht. Sie habe einen lockeren Lebenswandel.«

Nozhat fuhr sich mit den Nägeln über das Gesicht: »Au weh, um Gottes willen! Welche Schwester?«

»Was weiß ich? Diejenige, die Tahere heißt.«

»Wer hat das gesagt?«

»Tante Keshwar.«

Nozhat winkte erbost ab: »Hast du schon mal erlebt, daß Tantchen jemanden lobt? Eben, die sind prinzlicher Abstammung, etwas Besseres. Alle reden hinter ihnen her. Alle sind neidisch auf sie. Hast du schon mal erlebt, daß jemand hinter dem Rücken der schwarzen Amme, der anderen Amme und der Dienerin redet? Gerade weil sie etwas Besseres sind, ziehen die Leute über sie her.«

»Warum redet man dann nicht hinter unserem Rücken?«

»Woher willst du das wissen? Vielleicht reden sie, und wir wissen nichts davon.«

Nozhat zeigte mir, wie ich das Gebäck anbieten sollte. Wie ich die Wasserpfeife darreichen sollte. Wie ich sitzen sollte . . . Weshalb ermüdete mich das? Mich, die ich mich niemals vom Haus meiner Schwester losreißen konnte. Weshalb langweilte ich mich? Warum wollte ich nach Hause zurück? Weil ich es nicht mochte, daß sie soviel herumschwatzte? Als es Zeit wurde zurückzukehren, war ich nicht mehr zu halten. Mir wuchsen Flügel.

Meine Schwester fragte: »Soll ich dir die alte Dienerin zur Begleitung mitschicken?«

»Nein, ich werde mit der Kutsche fahren. Da bin ich doch nicht allein!«

Da der Fuhrmann meiner Schwester ein alter, ausgemergelter Mann war, bereitete es keine Schwierigkeiten, allein zurückzukehren. Er klappte das Kutschenverdeck zu. Ich stieg ein. Ich wünschte mir, die Kutschpferde trügen Flügel. Als wir am Eingang der Gasse ankamen, rief ich: »Mashhadi, hier steige ich aus.«

»Kleine Dame, es sind noch ein paar Gassen bis dahin.«

»Das macht nichts. Ich steige hier aus, ich will noch etwas einkaufen.«

»Dann sagen Sie Chanum Chanumha, daß ich Sie bis an die Haustür . . .«

»Schon gut. Hab keine Angst. Fahr los.«

Ich wußte selbst nicht, was ich zu tun hatte. Was ich einkaufen sollte. Weshalb kaufe ich denn nichts ein? Weshalb zittere ich denn so? Ich wollte einen Abstecher zum Schreinerladen machen. Vielleicht aus Neugierde. Weshalb sagte ich denn dauernd zu mir, Gott, laß ihn sterben. Wer sollte denn sterben? Ach, jetzt verstand ich. Ich betete, Gott möge meinen Freier sterben lassen!

Es war eine Stunde vor Mittag, und der kleine Bazar war sehr belebt. Er war damit beschäftigt, die Hölzer umzuräumen. Es schien, als seien alle Leute stehengeblieben und starrten mich an. Sie wiesen einander doch nicht etwa mit Fingern auf mich hin? Nein, ich phantasierte.

Möge ich stumm werden, daß ich sagte: »Frohes Schaffen!« Er drehte sich um und blieb wie angewurzelt stehen. Hatte er mich an meiner Stimme erkannt? Oder an meinem schwarzen Tchador aus Taft mit dem kostbaren, handgenähten Gesichtsschleier? Ich war verwirrt. Stotternd fragte ich laut, so daß es sogar die möglicherweise mißtrauischen Passanten hören konnten: »Stellen Sie auch Rahmen aus Holz her?«

Immer noch stand er starr und stumm. Er hielt ein Brett in der Hand, das länger war als seine hochaufgeschossene Gestalt. Seine Haare waren ihm in die Stirn gefallen. Wieder breitete sich jenes Grinsen um seine Mundwinkel aus.

»Kommt darauf an, was für einen Rahmen.«

»Einen Bilderrahmen.«

»Welche Größe?«

»Ein kleiner Bilderrahmen. Fertigen Sie so etwas an?«

»Für Sie selbstverständlich.«

Der Holzgeruch füllte meine Nase. Der Duft von Holz. Plötzlich rannte ich los. Nach Hause. Mein Herz klopfte, und ich beschimpfte mich. Mädchen, bist du verrückt geworden? Was tust du denn da? Was soll dieses Laufen? Warum bringst du Schande über dich? Möge dich Gott umbringen. Was hatte ich nur angestellt. Von jetzt an komme ich nicht mehr dort vorbei, weder zu Fuß noch mit der Kutsche. Ich gehe auf der linken Seite. Ich mache einen Umweg ... Aber ich kam doch wieder dran vorbei. Jedesmal, wenn die Kutsche vorbeifuhr, stand er da und verfolgte sie mit Blicken. Dreister Kerl. Schamlose Person ...

Langsam näherte sich der Tag der Brautwerbung. Man hatte das Fünftüren-Zimmer vorbereitet. Überall Blumen, Gebinde und Gebäck. *Biruni* und *Andaruni* waren gefegt und mit Wasser besprengt worden. Meine Mutter hatte sich richtig in Schale geworfen. Zobelfellschuhe, von Kopf bis Fuß mit Gold und Juwelen behängt, parfümiert und präpariert. Welch geschäftiges Treiben. Alle lachten fröhlich, wenn sie mir begegneten. Sagten dauernd ›Kleine Dame‹.

Als sich mein Vater nach dem Mittagessen neben meine Mutter setzte und nach Tee verlangte, sagte er zu mir: »Mahbub Djan, bringst du mir eins deiner Baqlavas zum Essen?«, und er lächelte.

Mein Vater nannte mich stets Mahbube oder Mahbub, *Djan* verwendete er seltener. Das Baqlava-Gefäß stand etwas entfernt auf dem Boden. *Dein Baqlava* bedeutete das Baqlava deiner Hochzeit. Das war ein Anzeichen dafür, daß mein Vater sich über diesen Bräutigam freute und mit ihm zufrieden war. Mit beiden Händen hielt ich das Gefäß vor ihn hin. Er nahm und klopfte mir ein paarmal sanft auf die Schulter. Mein Vater war ein milder und gütiger Mann.

Eine Stunde vor Einsetzen der Abenddämmerung klopfte es, und sie kamen. Mit der Kutsche des Bräutigams, die sie uns vorführen wollten. Eine russische Kutsche mit zwei kristallenen, verspiegelten Kerzenlaternen. Sie war glänzend schwarz, mit roten Rädern. Die Sitze aus Ziegenleder, weich gepolstert. Zwei Pferde von gleicher Farbe und Größe. Beide jung. Ein Fuhrmann mit gezwirbeltem Schnurrbart, der eine Fellmütze trug, obwohl es Frühling war und auf die warme Jahreszeit zuging, und ebenso glänzend und geschniegelt wirkte wie die Kutsche. Aufrecht saß er auf seinem Kutschbock und blickte geradeaus, als ob er die Würde dieses Anblicks noch deutlicher zum Ausdruck bringen wollte.

Meine Schwester und ich, wir hatten uns im Nebenzimmer versteckt. Chodjasteh kicherte, und ich beschimpfte sie. Ständig sagte ich, sie solle die Klappe halten, uns nicht blamieren. Doch wie konnte ich sie bändigen?

Sie hatten im Seitenzimmer den Tchador abgenommen und waren in das Fünftüren-Zimmer eingetreten. Ich sah es durch das Loch am Rand des farbig verglasten Fensters, das etwas gesprungen war. Die Mutter des Bräutigams war dick, alt, arrogant, rundum mit Schmuck behangen, doch gehörte sie zu den leutseligen Prinzessinnen mit guten Umgangsformen. Ihre Tochter, also die Schwester des Bräutigams, und ihre Schwiegertochter, die die Ehefrau des älteren Bruders des Bräutigams war, trippelten wie Entenküken hinter ihr her. Und dahinter kam die schwarze Amme des Bräutigams, von hohem und kräftigem Wuchs. Sie war eine von diesen hübschen und gutaussehenden Schwarzen. Noch arroganter als die Mutter des Bräutigams. Ständig sagte sie ›Mein Sohn‹. Auch sie trug goldene Armbänder und hatte ihr Kopftuch mit einer goldenen Nadel unter dem Kinn befestigt. Sie plauderten mit meiner Mutter und setzten sich. Die üblichen Höflichkeitsformeln wurden ausgetauscht: »Herzlich willkommen; danke, daß Sie sich herbemüht haben; es ist uns eine große Freude. Es ist uns eine Ehre, Ihnen unsere Aufwartung machen zu dürfen; Sie haben uns beschämt; er ist Ihr Sklave. Sie ist ihre Sklavin; sie steht Ihnen zu Diensten.«

Dann fragte die Mutter des Bräutigams: »Nun, wo befindet sich denn die Braut? Erlauben Sie, daß wir sie in Augenschein nehmen?«

Meine Mutter sagte: »Ich bitte Sie, Chanum, verfügen Sie über uns. Sie wird Ihnen sofort ihre Aufwartung machen.«

Meine Mutter verließ das Zimmer und sagte mit relativ lauter und förmlicher Stimme, so daß es auch die, die im Zimmer saßen, hören konnten: »Mahbub Djan, komm zur Prinzessin und mach ihr deine Aufwartung.« Dann lief sie rasch, aber geräuschlos in das Zimmer, in dem wir waren, und sagte leise: »Du hast Glück gehabt, Mahbube. Lauf und bring den Tee. Aber schütte nichts auf das Tablett! Und daß er ja heiß ist!«

Meine Mutter betrat das Zimmer, und zwei Minuten später ergriff ich mit zitternden Händen das Tablett, das die Amme vorbereitet hatte, und trat ein. Kaum hatte ich das Fünftüren-Zimmer in all seinem Glanz betreten, als ich begriff, welch einfältige und vergebliche Einbildung der Gedanke an den Schreiner war. Es schien, als ob mir der Abstand zwischen ihm und mir vor Augen stünde. Ich? Ich, zu der derlei Lebensart, derlei Zeremonien und Ehemänner gehörten? Zwischen uns lagen Welten. Als ob mich eine große Welle von meinem Traum fort und in die Welt der Realitäten trüge. Ich sagte: »Friede sei mit euch.«

Die Prinzessin erwiderte: »Ausgezeichnet, Friede deiner hübschen Erscheinung. Was für eine gefällige Tochter Sie haben, Chanum. Mashallah, tausend Mal Mashallah.«

Meine Mutter antwortete: »Sie steht Ihnen zu Diensten.« Während ich überhaupt keine Lust dazu verspürte.

Ich bot den Gästen Tee mit der größten Sorgfalt an, der Wichtigkeit nach. Erst der Mutter des Bräutigams, die sich aufgeplustert an das Kopfende des Zimmers gesetzt hatte. Dann der Schwester des Bräutigams, die entweder älter war als die Schwiegertochter oder deren ungeheure Häßlichkeit sie älter erscheinen ließ. Dann der großen Schwiegertochter, die außerordentlich hübsch, würdevoll und charaktervoll war, und schließlich der schwarzen Amme, bei der ich sofort fühlte, daß ich sie mochte. Sie sagte, während sie lächelnd den Tee nahm: »Mashallah, mögest du lange leben, meine Tochter. Ist der Tee von Mädchenhand gebraut?«

Auf diesen Scherz hin mußte ich lächeln, damit sie sahen, daß meine Zähne in einer Reihe standen und in Ordnung waren.

»Ausgezeichnet, was für Zähne, sie gleichen Perlen.«

Meine eigene Amme stand an der Zimmertür bereit. Ich kehrte um, und wollte mit dem Teetablett hinausgehen. Die Mutter des Bräutigams fragte mit lauter Stimme: »Wohin, Mahbube Chanum? Bleiben Sie doch da, damit wir ein paar Minuten von ihrer Gegenwart profitieren können.«

Ich gab der Amme das Tablett, die es aus dem Zimmer trug. Folgsam kehrte ich um. Die schwarze Amme öffnete ihre Arme: »Komm her, mein Mädchen, damit ich dich küssen kann. Solch einen Tag hatte ich mir für meinen Sohn gewünscht.«

Sie umfaßte mich unter den Achseln und küßte mich kräftig auf beide Wangen, so daß die Feuchtigkeit ihres Mundes darauf zurückblieb. Ich wußte, daß sie prüfen wollte, ob ich nicht unter den Achselhöhlen schwitze. Ob ich Mundgeruch habe. Das Ergebnis aller Prüfungen war gut und positiv. Schließlich hatte mich meine Mutter so stark parfümiert, daß die Ärmste zweifellos ebenso wie ich bis in die Nacht hinein Kopfschmerzen haben würde. Ich setzte mich. Legte meine Hände auf den Rock, senkte den Kopf und beantwortete mit weicher und sanfter Stimme die Fragen mit Ja und Nein. Welch folgsames Mädchen!

Meine Mutter sagte: »Bitte, kosten Sie das Baqlava. Mahbube Djan hat es selbst gebacken.«

Meine ganze Kunst im Backen des Baqlava bestand darin, die Amme zur Vorratskammer zu führen, die Schlösser der Zuckerkannen zu öffnen, ihr die Pistazien und Mandeln auszuhändigen und zum Schluß das Baqlava auf dem Tablett aufzuschneiden und den Zuckersirup darüber zu verteilen.

Die Schwester des Bräutigams musterte mich von Kopf bis Fuß: »Bravo, was für ein Baqlava. Es zergeht einem im Mund.«

Die zukünftige Schwägerin sagte, um nicht als neidisch zu gelten: »Es ist doch offensichtlich, daß Mahbube Chanum in allen Künsten bewandert ist. Sie ist sowohl hübsch als auch talentiert.«

Ich hob den Kopf und betrachtete sie. Sie war wirklich hübsch anzusehen mit ihren verträumten schwarzen Augen, den breiten, zusammengewachsenen Brauen, ihrer schmalen Nase, den vollen Lippen und der überaus zarten weißen Haut.

Nozhat, die neben meiner Mutter saß, bemerkte scharfsinnig: »Nun, das ist doch klar. Die Gnädige Frau hat einen guten Geschmack. Sie hat die Schwiegertöchter einzeln ausgewählt.«

Die hübsche Schwiegertochter lächelte lieblich und voller Charme und errötete.

Heimlich musterte ich meine Brautwerberinnen. Ich fragte mich, ob diese geehrten, angesehenen Damen mit all ihrer Ziererei auch nur im mindesten ahnen konnten, daß ich mein Herz an den Schreinergesellen unseres Viertels verschenkt hatte. Daß ich diesem Leben mit all seinem Brimborium und Bediensteten den Rücken kehren wollte? Daß ich diese geehrten, schmuckbehangenen und in Parfüm eingehüllten Damen am liebsten abweisen und im Laufschritt zum Eingang jener kleinen, dunklen und ärmlichen Schreinerei eilen würde, die schwarz war vor Ruß, um mich wie ein Wachhund an ihrer Schwelle niederzulegen. Nur mich niederlegen und ihn betrachten, wie er Holz zersägte und wie sein Haar sich frei und ungezähmt auf seiner Stirn ringelte. Gott allein wußte, was für ein Palast mir dieses Lädchen zu sein schien. Welch einen Duft das Holz verströmte und welcher Himmelspforte dieses Geschäft glich.

Die Gnädige Frau, die Prinzessin, begann, ihren Sohn anzupreisen.

Meine Mutter sagte: »Mahbub Djan, bring noch mal Tee.« Das sollte heißen, es reicht. Verlaß das Zimmer, damit sie nicht sagen, das Mädchen ist leichtfertig, aufs Heiraten versessen und bleibt aufmüpfig sitzen, um alles mit anzuhören und vor Wonne zu zerfließen.

Ich ging eben am Stuhl der Mutter des Freiers vorbei, als sie meine Hand ergriff: »Nein, Djanam, wohin denn? Setz dich hierhin, gleich neben mich. Sind diese zarten Hände denn zum Arbeiten nicht zu schade? Genau, setz dich auf diesen Stuhl hier. So ist es recht. Deine Frau Amme wird die Mühe auf sich nehmen, den Tee zu servieren.«

Nein, ich schien ihnen ungemein zu gefallen. Meine Mutter, die vor Freude kaum an sich halten konnte, sagte: »Aber Verehrteste, seit wann gilt denn Teeservieren als Arbeit? Davon gehen doch nicht die Hände kaputt. Reden sie nicht so vor ihr, sonst wird sie noch eingebildet, und man muß sie künftig auf Rosen betten«, und sie lachte.

Meine Mutter verfügte über anziehende Gesten und Umgangsformen. Ich weiß nicht, wie es kam, daß sie jeden, mit dem sie sprach, für sich einnehmen konnte. Diese Art von Umgänglichkeit lag in ihrer Natur. Sie selbst pflegte zu sagen: »Bei Gott, ich habe die Herzen aller gewinnen können, außer das von Keshwar-Chanum.« Sie meinte meine Tante.

Die Prinzessin sagte: »Selbstverständlich müssen Sie sie auf Rosen betten. Dieser Platz gebührt all meinen Schwiegertöchtern.«

Nozhat lachte, wandte sich an die hübsche, junge Frau und sagte: »Da können Sie ja von Glück reden.«

Die hübsche Schwiegertochter wiegte leicht den Kopf und lächelte bitter. Sie sagte weder Ja noch Nein. Das bedeutete, macht euch selbst einen Reim darauf, und hieß, daß die Prinzessin zu jener gewissen Sorte von Schwiegermüttern gehörte.

Die Prinzessin bemerkte wie jemand, der einen Schlußpunkt setzen wollte: »Ja, Werteste, die Verstorbene war mir ebenfalls lieb und teuer. Und jetzt, schwöre ich Ihnen, ist ihr Töchterchen mein auserwählter Liebling. Es ist meine Vertraute geworden, dieses winzige Kind. Mahbube Djan soll sich bloß keine Sorgen machen. Ra'na werde ich selber großziehen, bei mir selbst, als wäre es mein Augapfel.«

Wir wußten, daß der Freier eine Frau gehabt hatte und ein Kind. Seine Cousine war ihm schon beim Durchtrennen ihrer Nabelschnur versprochen worden. Vor ein, zwei Jahren war sie während der Geburt verstorben, und das Kind war am Leben geblieben. Allerdings spielte derlei damals keine Rolle, schon gar nicht, wenn der Freier jung und so vermögend war, daß allein der Ring am kleinen Finger seiner Mutter die Größe eines Taubeneis besaß. Ein Bräutigam aus dem Hochadel, der im Ausland studiert hatte. Damit stand alles fest.

Die Mutter des Freiers sagte: »Ach, meine Liebe, dieses Kind ist so unbeschreiblich süß. Ich kann nicht einmal sein Stirnrunzeln ertragen, geschweige denn seine Tränen sehen.« Sie träufelte mir Honig in die Ohren.

Die Großtante brachte die Wasserpfeife. Sie reichte Süßigkeiten und Fruchtsäfte herum, und die Gnädige Frau erzählte von sich und pries ihren Sohn, wie modern er sei. Mit welcher Gewandtheit er sich unterhalten könne – was nicht verwunderte, wenn er seiner Mutter nachgeschlagen war. Sie pries seine Figur und sein gutes Aussehen, wobei ich hoffte, daß er nicht seiner Schwester gliche. Gleichwohl beteuerte sie, ihn nicht loben zu wollen.

Es wurde Zeit zum Gehen, und ich atmete erleichtert auf. Wir alle begleiteten die Prinzessin höflich bis zur Tür. Sie selbst, ihre Tochter und ihre Schwiegertochter wiederholten ständig: »Wir kennen den Weg selbst. Machen Sie sich doch keine Umstände. Sie brauchen uns doch nicht zu begleiten. Wir sind ganz beschämt.«

Im letzten Moment drehte sich die Gnädige Frau um, küßte mich und sagte, erneut an meine Mutter gewandt: »Wir sind mit Ihrer Tochter sehr einverstanden. Ihre Augen sind bezaubernd. Sie haben wirklich ein prächtiges Kind geboren.«

Meine Mutter lachte: »*Ihre* Augen sind schön, Verehrteste. Mögen Sie lange leben. Seien Sie stets willkommen. Haben Sie vielen Dank!«

Nozhat zupfte mich von hinten am Kleid. Das bedeutete, daß ich ins Haus zurückkehren sollte.

Im Nebenzimmer wurde gefeiert. Meine Mutter war außer sich

vor Freude. Meine Amme schnalzte mit den Fingern. Nozhat wiederholte ständig: »Habt Ihr ihre Ringe gesehen, liebe Mutter? Habt Ihr gesehen, was für ein Kollier die Schwiegertochter angelegt hatte?«

Meine Amme sagte: »Djanam, schließlich sind sie von edler Herkunft und stammen aus einer angesehenen Familie. Selbst die Amme des Freiers war eine richtige Dame.«

Meine Mutter bemerkte, um sie für sich zu gewinnen und noch mehr in ihre eigene Freude mit einzubeziehen: »Die Amme der Braut war auch nicht von schlechten Eltern.«

Meine liebe Amme: »Wai, Chanum Djan, mit Ihrer Zunge könnten Sie sogar eine Schlange aus ihrem Loch hervorlocken. Dabei habt ihr noch nicht einmal ihre Kutsche gesehen. Beim Allmächtigen, kein Stäubchen war an ihr zu entdecken. Was, Mahbube Djan? Warum sitzt du denn so schmollend herum, Kind?«

»Weil ich nicht die Kutsche der Prinzessin heiraten will!«

Meine Mutter erwiderte: »Nun denn, das ist doch kein Grund zum Kummer, mein Kind. Wenn du nicht ihre Kutsche heiraten willst, dann nimm halt ihren Sohn.«

Meine Mutter, Nozhat und die Amme kugelten sich vor Lachen. Erzürnt stand ich auf, stellte mich ans Fenster, schlug mir die Hand auf die Brust und starrte in den frisch geputzten, frühlingshaften Hof. Meine Mutter unterbrach ihr Lachen und fragte: »Wie denn? Was gebärdest du dich denn so, Tochter? Was ist denn passiert? Haben sie etwas Schlimmes gesagt?«

Voller Zorn sagte ich: »Nein, sie haben nichts Schlimmes gesagt. Nur daß sich die Gnädige Frau ständig in Reden über ihre verstorbene Schwiegertochter und ihre goldlockige Enkelin erging.« Ich ließ die rechte Hand in der Luft kreisen und schwenkte dazu Kopf und Hals: »Meine Enkelin dies, meine Schwiegertochter das . . . Ich dachte, sie wären zur Brautwerbung gekommen. Dabei hatte sie nur ihre verschiedene Schwiegertochter im Kopf.«

Nozhat sagte: »Hör mal, warum bist du so ungerecht zu ihr? Hat sie dich denn nicht genug über den grünen Klee gelobt?«

Meine Mutter, die ein bißchen unsicher geworden war, sagte: »Nun ja, um gerecht zu sein, Mahbube hat das ganz richtig bemerkt. Das hat mir ebenfalls nicht besonders gefallen. Als ob sie von Anfang an reinen Tisch machen und dem Kind einen festen Platz ei chern wollte. Es stimmt ja, daß das Mädchen bei der Großmutter wohnt, aber schließlich ist es seine Tochter.«

Erbittert fragte ich: »Und ihr könnt vor Entzücken, daß dieser mißgestaltete Sohn der Prinzessin gekommen ist, um mich zur Frau zu nehmen, nicht mehr an euch halten. Noch dazu mit einem Klotz am Bein, der . . .«

»Bravo, Mahbube Djan, bravo . . .«, fiel mir die Amme ins Wort, »jetzt kommt es noch so weit, daß sie den Sohn von Ata'od-Doule häßlich und mißraten nennt! Hättest du ihn gesehen, würdest du nicht so daherreden. Nun hast du es hier schon gesagt, aber sag das bloß nicht anderswo, sonst machst du dich zum Gespött der Leute.«

Ich traute mich ja nicht, meiner Mutter zu widersprechen, also wandte ich mich an meine ältere Schwester und sagte: »Schwesterherz, macht euch bloß nicht umsonst soviel Mühe wegen mir. Diesen Typ werde ich auf keinen Fall heiraten, und damit basta.« Ich hatte das so heftig gesagt, daß ich selbst erschrak.

Meine Schwester spitzte die Lippen und sagte: »Pah . . .! Was geht mich das überhaupt an? Ob du nun seine Frau wirst oder nicht, was hätte ich schon davon?«

Die Amme verließ knurrend das Zimmer, um mit Hilfe der Großtante den Empfangssalon wieder herzurichten.

Meine Mutter fragte: »Warum, Mahbub Djan? Du willst dich doch nicht etwa zieren?«

»Nein, Mutter, wie sollte ich mich denn zieren? Aber ich habe ihn doch noch gar nicht gesehen. Ich weiß überhaupt nicht, wie er aussieht. Soll ich einfach seine Frau werden, ohne ihn gesehen zu haben oder zu kennen? Dazu noch mit einem Kind?«

»Das Kennen geht dich nichts an. Dein Vater muß ihn kennen, und das tut er. Und wenn er ein Kind hat, dann hat er es eben. Das betrifft dich nicht. Es wird im Haus seiner Großmutter großgezogen. Die Prinzessin, die Ärmste, hat es ja ständig wiederholt. Gott sei Dank ist sie ja auch nicht unvermögend, so daß sie dir zur Last fallen könnte oder dich zu kurz kommen lassen würde. Bleibt also nichts weiter, als ihn zu sehen.« Sie überlegte eine Weile und sagte dann: »Nun, zu sehen gibt's nichts. Er ist halt ein Mann. Alle Männer sind gleich.«

Nozhat lachte schallend: »Wai, Frau Mama, was reden Sie denn da? Alle Männer sind gleich? Wenn also Mahbube beispielsweise Hadj Ali sehen würde, hieße das, sie hätte den Sohn der Prinzessin gesehen?«

Diesmal mußte auch ich lachen. Hadj Ali, unser alter, halb tauber Koch mit seinem krummen Rücken, den Augen, die vor lauter Anblasen des Feuers unter den Kochtöpfen stets gerötet waren, dem grauweißen Stoppelbart, den fleischigen Lippen und großen Ohren und dem schütteren, borstigen Haar, das ihm wie Spieße vom Haupt abstand, konnte wirklich als gutes Beispiel für einen vollkommenen Mann gelten.

Nozhat sagte: »Gnädigste wollen also einen Blick auf ihn werfen?«

»Natürlich, was denn sonst? Darf ich nicht sehen, wessen Frau ich werden soll?«

Nozhat fragte: »Wenn du ihn gesehen hast, ist dann Schluß mit dem Gezeter?«

Meine Mutter grub ihre Fingernägel in die Wange: »Wai, Nozhat, möge Gott mir nicht verzeihen, was sagst du denn da?«

Nozhat fuhr, ohne auf meine Mutter zu achten, fort: »Wenn du ihn gesehen hast, ist dann Schluß mit dem Gezeter? Gibt es dann keinen Krach mehr?«

»Nein, erst dann, wenn er mir gefällt, ist Schluß damit. Wenn nicht, fängt wahrscheinlich das Gezeter mit euch und dem Herrn Papa erst richtig an.«

Zwei Tage später stand ich gegen Mittag auf und frühstückte. Ich dachte überhaupt nicht mehr an den Schreiner an der Ecke. Als ob er seinen Reiz verloren hätte. Meine Mutter rief mich: »Komm, Mahbub Djan, laß uns den Tisch decken.«

An jenem Abend erwartete mein Vater Gäste.

Tisch decken, Blumen arrangieren und das Ausschmücken des Empfangszimmers gehörten zu den wenigen Aufgaben, die ich zu erledigen hatte, und all das hatte ich sehr gut von meiner Mutter gelernt. Sie selbst hatte es sich unter der Aufsicht einer ausländischen Lehrerin angeeignet. Unser Haushalt war einer der wenigen, in dem diese Formalitäten mit äußerster Sorgfalt und Genauigkeit beachtet wurden. Meine Mutter, die für ihren guten Geschmack und als vorbildliche Hausfrau berühmt war, sagte, während sie gerade die hübsch verzierten Porzellanteller auf dem Tisch verteilte – das Silberbesteck hielt ich in Händen – unvermittelt: »Donnerstagabend mußt du Nozhat besuchen gehen.«

»Weshalb?«

»Bah, guten Morgen! Weshalb? Deshalb, weil der arme Nassir Chan eine Männergesellschaft arrangiert hat, zu der auch der Sohn von Herrn Ata-od-Doule eingeladen ist, damit Werteste den Bräutigam sehen kann.«

Nassir Chan war der Mann meiner Schwester. Ich starrte meine Mutter an und sagte: »Wartet doch erst einmal ab, ob ich seiner Mutter und Schwester gefallen habe, und trefft dann die Vereinbarungen. Im Haus der Braut wird gefeiert, aber in dem des Bräutigams rührt sich nichts.«

»Was das Gefallen betrifft, so hast du ihnen gefallen. Sie haben uns eine Nachricht geschickt und erwarten eine Antwort. Dein Vater hat geantwortet, daß sie uns etwas Bedenkzeit lassen sollten. Zunächst wolle man mit dem Mädchen sprechen. Die Ärmsten haben es akzeptiert. Außerdem hat ihnen die Fortschrittlichkeit deines Vaters sehr gefallen.«

Voller Angst fragte ich: »Muß ich am Donnerstag auch in das Gästezimmer gehen?«

»Nein, Djanam, wo denkst du hin? Du und Nozhat, ihr könnt von hinter der Tür zuschauen. Da muß man doch nicht hineingehen. Es ist doch keine Frauengesellschaft.«

Ohne ein Wort begann ich den Tisch zu decken. Ein paar Minuten vergingen. Meine Mutter sagte: »Mahbub, willst du nicht auf einen Sprung bei deiner Schwester vorbeischauen?«

»Weshalb denn? Hat sie noch was anderes mit mir zu bereden?«

»Nein, Djanam, es gibt nichts, aber ich glaube, daß du sie gekränkt hast. Geh hin und mach es wieder gut.«

»Sie gekränkt? Warum denn?«

»Am Tag der Brautschau bist du sehr hart zu ihr gewesen. Beim Gehen sagte sie, Mahbube weiß gar nicht, was sich für eine Jüngere gehört.«

Beschämt erwiderte ich: »Wai, wie empfindlich. Nun gut, Mama, am Donnerstag, an dem ich sie besuchen gehe, werde ich es wieder gutmachen.«

»Nein, du mußt gleich heute gehen. Wenn du am Donnerstag

gehst, wird sie sagen, du seist wegen des Freiers gekommen, nicht ihretwegen.«

Lustlos antwortete ich: »Also gut, ich gehe heute hin, nach dem Mittagessen.«

Seit dem Mittag waren ein, zwei Stunden vergangen. Ich zog mir den Tschador und die Pumphosen über und legte den Gesichtsschleier an, ging in das Zimmer meiner Mutter und sagte: »Mutter, soll ich jetzt gehen?«

»Zu dieser Tageszeit? Jetzt schlafen doch alle. Mach ein Nickerchen und geh dann.«

»Nein, Mama, ich gehe jetzt, damit ich abends zurück bin. Sonst behalten sie mich dort. Ich habe noch tausend Dinge zu erledigen.«

»Aber dein Vater ist doch unterwegs, mit der Kutsche. Vor ein, zwei Stunden wird er nicht zurückkehren.«

»Wozu brauche ich eine Kutsche? Bei so schönem Wetter? Es ist doch nicht weit, ich werde zu Fuß gehen.«

»Dann geh nicht allein. Nimm deine Amme mit.«

»Ach, Mama, die Amme macht soviel Getue. Es würde bis zur Dämmerung dauern, ehe wir ankämen. Jetzt ist doch niemand auf der Straße. Ich gehe allein.«

Meine Mutter sagte, ermattet von der Schwangerschaft, schläfrig und sorglos: »Wie kommst du zurück? Vielleicht gerätst du in die Dunkelheit.«

»Ich werde mit der Droschke meiner Schwester zurückkehren. Und wenn die nicht da sein sollte, komme ich mit einer ihrer Bediensteten.«

Kraftlos erwiderte meine Mutter: »Ich weiß wirklich nicht. Mach, was du willst. Hoffentlich merkt dein Vater nichts davon.« Sie streckte sich aus und schlief ein.

Ich verließ das Haus. Die Frühlingssonne war warm und angenehm. Die Gasse lag verlassen da. Nichts rührte sich.

Ich wußte, daß im Basar die Arbeit ruhte, auch die nächsten ein, zwei Stunden würden die Läden noch geschlossen bleiben. Bis zur Schreinerei waren es nur noch ein paar Schritte. Es genügte, wenn ich abbog, um den Laden zu sehen, am Eingang des Basars. Aber das Geräusch des Hobels war nicht zu hören.

Plötzlich erstarb die ganze Freude auf das Wiedersehen mit meiner Schwester in mir. Ich sehnte mich danach, ihn zu sehen. Wie er sich über die Bretter beugte, beschäftigt mit seiner Arbeit. Aber überall war es still.

An der Straßenecke bog ich ab. Kaum war ich zwei Schritte weitergegangen, fuhr ich erschrocken zusammen.

»Guten Tag, kleines Fräulein.«

Er sprang von einem Stapel Bretter, die im hinteren Teil des Ladens aufgeschichtet waren, herab. Bekleidet mit der üblichen Hose aus schwarzem Serge und dem langen weißen Hemd, das ihm bis an die Knie reichte. Die Ärmel hatte er bis an die Ellenbogen hochgerollt, und sein Hemdkragen stand offen. Sofort mußte ich an den Vers denken: »Keiner nähte ein Hemd, das nicht zur Robe wurde.«

Er tat drei große Schritte vorwärts und gelangte bis in die Mitte des Ladens. Dort lehnte er sich an einen Holztisch, auf dem seine Werkzeuge lagen, und blieb stehen. Genau dort, wo er die Bretter abhobelte und die Balken zersägte. Dort, wo er Arbeiten verrichtete, von denen ich nichts verstand. Ich wußte nur, daß man es Schreinern nannte.

Sein Haar, das ihm vorn in Locken auf die Stirn fiel, reichte hinten bis über die Ohren. Als ob er zu den Derwischen gehörte. Seine Arme waren bis zu den Ellenbogen sichtbar. Hervorstehende blaue Adern liefen unter der dunklen Haut an seinen kräftigen Muskeln entlang.

Wieder meldete er sich: »Ich hatte übrigens Guten Tag gesagt.«

Unwillkürlich blickte ich nach links und rechts. Da war niemand.

»Guten Tag. Machen Sie mittags keine Pause?«

»Nicht, wenn ich warte.«

»Warten Sie denn?«

»Jawohl.«

»Auf wen denn?«

»Auf Sie.«

Wieder blieb mir das Herz stehen. Wieder fing es mühsam in meiner Brust zu schlagen an. Gott sei Dank trug ich einen Gesichtsschleier, so daß er mein Gesicht, das wahrscheinlich puterrot geworden war, nicht sehen konnte. Zu mir selbst sagte ich: »War es das, was du wolltest? Die Antwort kanntest du von vornherein und hast trotzdem gefragt. Merkst du denn nicht, wie weit er sich über seine Grenzen hinausgewagt hat? Wann willst du ihn endlich in seine Schranken verweisen?« Dennoch fragte ich erneut mit leiser Stimme: »Hatten Sie mit mir zu tun?«

»Waren Sie es denn nicht, die einen Rahmen wünschten? Nun, den habe ich für Sie angefertigt.«

Er nahm einen kleinen Rahmen vom Tisch auf und streckte ihn mir entgegen. Na, Gott sei Dank, er hegte also keine bösen Absichten. Er hatte ohne Hintergedanken gegrüßt. War nur am Geschäft interessiert. Mein Herzschlag beruhigte sich. Trotz alledem mußte ich morgen meinen Tschador wechseln. Anscheinend hatte er ihn sich gemerkt, hatte mich daran erkannt. An meinem schwarzen, gesäumten Taft-Tschador.

»Aber ich hatte doch keine Maße angegeben«, sagte ich.

»Nun ja, Sie hatten etwas verlangt, und da habe ich halt irgend etwas angefertigt. Wenn er Ihnen nicht gefällt, können Sie ihn ja hinwerfen und unter ihren Füßen zertreten. Dann stelle ich einen anderen her. Seit über einer Woche warte ich mittags hier auf Sie.«

Er kam noch zwei Schritte vor und streckte mir den Rahmen entgegen. Ich nahm ihn. Ich wollte nicht, daß meine Hand die seine berührte, aber es geschah. Sein Daumen und sein Zeigefinger strichen über meinen Handrücken, als er ihn mir aushändigte. Sie waren rauh und grob und erschienen mir sehr männlich. Durch seine Bewegung breitete sich der Duft des Holzes aus. Bis dahin hatte ich nicht gewußt, wie fein es duftete. Die Hobelspäne raschelten unter seinen Füßen wie das Laub der Bäume im Herbst. Wai, wie war es möglich, daß der Duft des Holzes einen so berauschte?

Auf der Gasse war niemand. Und selbst wenn, was hatte ich zu befürchten? Ich war im Begriff, einen Rahmen für meine Schwester zu kaufen, zur Versöhnung mit ihr. Den Rahmen versteckte ich nicht unter dem Tschador. Sollten die Passanten ihn doch sehen! Er maß nicht mehr als zehn mal zwanzig Zentimeter. Ich hatte meine Zunge nicht mehr in der Gewalt: »Wenn Sie mittags nicht nach Hause gehen, wird Ihre Frau da nicht unruhig?«

»Ich habe keine Frau.«

»Und Sie haben auch auf niemanden ein Auge geworfen?«

»Doch!«

Wieder blieb mir das Herz stehen. ›Na, Mädchen, bist du nun zufrieden? Dieser Mann ist im Begriff zu heiraten, und dann erniedrigst du, die Tochter von Bassir ol-Molk, dich so?‹ Wieder sprach meine unbeherrschte Zunge: »Möge es wohl ergehen, wer ist es denn?«

Insgeheim sagte ich zu mir: ›Mädchen, was geht dich denn das an? Tochter des von Soundso, was betrifft es dich, wer die Verlobte des Schreinerlehrlings aus deinem Viertel ist?‹

Er antwortete: »Die Enkelin der Tante meiner Mutter.«

Plötzlich tat er mir sehr leid. Er hatte diesen Satz in einem demütigen und bedrückten Ton ausgesprochen. Als ob er sich in sein Schicksal gefügt hätte, darein, was ihm vorbestimmt war.

»Ich wünsche Ihnen Glück«, sagte ich, »dann werden wir wohl demnächst den Hochzeitskuchen zu essen bekommen?«

Er ließ den Kopf sinken. Wieder fielen ihm seine ungezähmten Haare in die Stirn. Dann hob er den Kopf: »Für meine Mutter ist es ein Glück, ich mag ja nicht. Ach, würden Sie doch meine Trauerspeise essen.«

Ich lachte: »Gott behüte.«

Er verstummte. Nun reichte es aber. Wie lange noch sollte ich auf Zeit spielen? Ich fragte: »Was schulde ich Ihnen?«

»Wofür?«

»Für den Rahmen.«

Mit gekränktem Stolz sagte er so, daß keine Widerrede möglich war: »Solch eine Krämerseele bin ich dann doch nicht.«

»Aber . . .«

»Kein Aber. Schließlich und endlich bin ich ein Geschäftsmann Ihres Viertels.«

Er hob zwei Holzstückchen vom Tisch auf und sagte: »Was können denn zwei so kleine Holzstücke schon wert sein, daß Sie von Bezahlung reden? Möge es ein Erinnerungsstück von mir sein. Nehmen Sie es an.«

»Ich bitte Sie. Sein Besitzer ist es wert. Ich danke Ihnen.«

Unwillkürlich hob ich die Hand, schlug den Gesichtsschleier hoch und starrte ihm in die Augen. Stumm und überwältigt stand er da wie eine Statue, rot bis über beide Ohren, und murmelte: »Gepriesen sei Allahs gelungene Schöpfung!«

Nicht etwa, daß er leise sprechen wollte, nein. Es war die Stimme, die ihm versagte. Ich drehte mich um, ohne Abschied. Und diesmal rannte ich nicht, sondern entfernte mich ganz langsam, mit ruhigen, abgemessenen Schritten. Die Frühlingsluft tobte. Ich wußte, daß er mich von hinten musterte. Wie einen Pfeil spürte ich seinen Blick mich vom Scheitel bis zu den Sohlen durchbohren und ging weiter. Ruhig weiter. Mit wiegenden Schritten ging ich weiter und verfluchte mich insgeheim. Ich phantasierte. »Möge Gott dich erwürgen, Mädchen. Asche auf dein unwertes Haupt. Du unnütze, schamlose Person ... Wai, wie wundervoll der Geruch von abgehobeltem Holz doch war, und ich wußte es nicht ... Mögen dich alle beweinen, bei Gott. Sieh doch, was für eine Schande du über sie bringst! Was denn, um Himmels willen, ist an diesem armseligen Schreinerlehrling, das ihn so begehrenswert erscheinen läßt? Seine wilde Mähne, sein schlanker Hals oder seine mächtige Brust? Oder sein wuchtiger Unterarm, der aus dem Kattunärmel herausschaute? Ach, wärest du doch schon tot. Würde ich doch sterben und erlöst werden. Würde er doch sterben, und ich wäre erlöst ...« Wer sollte denn sterben? Wer sollte sterben, damit ich erlöst wäre? Damit ich frei wäre. Wenn ich es bis gestern nacht nicht gewußt hatte, so wußte ich es jetzt ganz genau. O Gott, würde doch Ata od-Doules Sohn sterben, damit ich frei wäre.

»Ja, so unerfahren war ich. So kindisch. Und so aufgewühlt, daß du es dir nicht vorstellen kannst. Was du hier siehst, ist genau dieser Rahmen.«

Tantchen zog den Rahmen aus dem Gerümpel in der Truhe heraus und reichte ihn Sudabeh. Er war alt und nachgedunkelt. Von Tantchens Küssen, ihren Tränen, vom Lauf der Zeit. Aber es schien, als ob der Zauber, der in ihm ruhte, Sudabehs Fingerspitzen noch immer verbrennen, oder als ob sie, versunken in seinen Winkeln und Kanten, das junge und verliebte Antlitz des Schreiners mit seiner verwehten zigeunerhaften Mähne vor sich sehen könnte.

Am Donnerstag herrschte geschäftiges Treiben in Nozhats Haus. Zur Dämmerstunde hatte Nassir Chan einige seiner Freunde eingeladen. Es war eine Männergesellschaft, und Nozhat brannte darauf, sich selbst zu übertreffen. Als ob sie den Glanz und die Pracht des ersten Bräutigams dem zweiten unter die Nase reiben wollte. Wir mußten uns hinter der Tür verstecken, und ihn durch die Ritzen hindurch betrachten. Ich war dafür gerüstet, einen Fehler an ihm zu entdecken, um ihm daraus einen Strick zu drehen.

Es kam sehr oft vor, daß sich ein Freier als alt entpuppte. Zu meinem Unglück war dieser hier nicht alt. Ich wußte, daß sein Alter, wenn es hochkam, achtundzwanzig oder neunundzwanzig Jahre betrug. Also war er sicher dick oder glatzköpfig. Ach, hätte er doch nur eine Glatze. Oder wäre eingebildet und verzogen. Ein unnütz Verzogener, wobei letzteres am wahrscheinlichsten war. Vielleicht war er ungeschlacht und unhöflich. Vielleicht hatte er, weil er Sohn des Ata od-Doule war und eine Prinzessin zur Mutter hatte, weder etwas gelernt noch besaß er andere Fertigkeiten. O Gott, wenn doch nur neun von zehn seiner Worte leeres Geschwätz wären. Ich wußte, brächte ich jedes einzelne davon als Einwand vor, würde mein Vater sich ohne Wenn und Aber fügen. Insbesondere da er außerdem Witwer war und ein Kind hatte. Schließlich war mein Vater ein gebildeter Mann. Eine Tochter war für ihn keine Ramschware, die man billig verscherbeln mußte.

Ich zitterte wie Espenlaub. Nozhat fragte lachend: »Was ist denn in dich gefahren, Mädchen? Du mußt doch nicht hineingehen. Wenn du so weiterzitterst, wirst du noch gegen die Tür stoßen und mitten ins Zimmer platzen.«

»Um Gottes willen, Schwesterherz, erschreck mich nicht so.«

Ich fand keine Ruhe. Ich konnte mir nicht vorstellen, daß es auf der ganzen Welt je eine Braut gegeben hat, die sich so sehr wünschte, der Bräutigam möge sich als unmöglich und unpassend herausstellen. Vielleicht wunderte sich sogar der Schöpfer selbst beim Anblick dieses fünfzehnjährigen reichen, verzogenen und undankbaren Geschöpfs, das ihn in jeder freien Minute, Sekunde um Sekunde anflehte: »Lieber Gott, laß ihn schielen«, »Lieber Gott, laß ihn kahl sein«, »Lieber Gott, tu was, daß er stottert«, »Ich opfere zehn Kerzen, daß er auf einem Bein hinkt.«

Als jedoch bei Anbruch der Dämmerung die Gäste eingetroffen waren und das Wohnzimmer betreten hatten, waren all meine Bitten und Gelöbnisse vergebens gewesen. Nicht nur mir, die ich mich zitternd hinter der Tür des Zimmers gebückt hatte, und sorgfältig das Innere musterte, sondern auch Nozhat entfloh unwillkürlich ein Seufzer der Bewunderung. Zu meinem Unglück war mein Freier ein adretter, wohlerzogener und gutgekleideter junger Mann, der in seinen eleganten und gutgeschnittenen ausländischen Kleidern sehr stattlich und herrschaftlich wirkte. Ich rannte in den Hof und beklagte mich, gen Himmel gewandt: »Hab vielen Dank, lieber Gott.«

Jedes andere Mädchen an meiner Stelle, oder wäre ich das Mädchen von vor einem Monat gewesen und einigermaßen bei Trost, hätte nicht gezögert. Würde sofort Ja sagen und darum bangen, daß er es sich anders überlegt. Aber was konnte ich dafür, daß er einen Monat zu spät gekommen war? Ich merkte, daß ich im Begriff war, zu stürzen. Dabei war, verlorenzugehen. Bereits verlorengegangen war – daß es aber keine Lösung gab. Ich konnte mich nicht mehr beherrschen.

Nozhat rief mich leise: »Wo bist du hingegangen? Komm doch und sieh ihn dir an.«

Nassir Chan stellte, damit wir besser sehen konnten, einen Stuhl ans obere Ende des Zimmers, der Eingangstür gegenüber, hinter der wir standen, und zwang den armen Bräutigam beharrlich, sich daraufzusetzen. Ständig wiederholte er: »Bitte setzen Sie sich hierhin. Nein, hier ist es bequemer. Da gibt es doch kein Oben oder Unten . . .«

Nozhat kratzte sich vorsichtig die Wange und sagte: »Asche auf mein Haupt, ein Bein dieses Stuhls sitzt locker. Gleich fällt der Bräutigam hin.« Und ihr schwerer Körper erzitterte von einem unterdrückten Lachen.

Auch ich lachte leise. »Um Gottes willen, lach nicht, Nozhat. Sie werden es bemerken.«

Nozhat sagte leise, vom Lachanfall zerhackt: »Schau du nur hin . . . was hast du mit mir zu schaffen?«

Ich begann bei seinen neuen, glänzenden und gamaschenbewehrten ausländischen Schuhen und kam bis zu den Knien.

Er hatte sich leger seitlich auf den Stuhl gesetzt. Den linken Ellenbogen hatte er auf die Stuhllehne aufgestützt und den Knöchel des linken Beins auf das rechte Knie gelegt. Seine rechte Hand lag auf dem Fußknöchel. Zweifellos hatte er den Grund für die heutige Einladung gerochen. Doch er wirkte keineswegs schüchtern oder geniert. War auch er verliebt? Hatte man ihn ebenfalls unter Zwang hergebracht? Mein Blick kletterte aufwärts bis auf seine Brust, die Weste, das weiße Hemd und die Goldkette seiner Uhr, und fiel, unfähig weiterzusteigen, auf seine Hände. Ich wollte sie sehen. Wie waren seine Hände? Wie die von Rahim, unserem Schreiner am Wegesrand, oder nicht? Natürlich nicht. Diese Hände waren sauber und weich. Unverbraucht. Allerdings waren sie nicht sehr viel heller als seine. Auf den Gelenken, auf Handrücken und -ansatz waren ein paar dunkle Haare gesprossen. Es waren schöne Hände, aber sie eigneten sich als Vorlage für einen Bildhauer. Meiner Ansicht nach waren sie überhaupt nicht männlich. Es waren die Hände eines verwöhnten, selbstsicheren jungen Mannes. Hände wie von Menschen, die gewöhnt sind, stets zu siegen. Hände, die mir sagten: »Sieh uns an, sieh unseren Besitzer an, Mann, sieh uns an! Meine Schwester und Mutter hast du ja auch schon gesehen. Mit der Kutsche, der Amme und dem Hofstaat. Wünschst du dir nicht, mir zu gefallen? Fürchtest du nicht, mich zu verlieren?«

Aber ich stand ihm in nichts nach. War nicht bereit, mich dem Zwang zu fügen. Ich hatte das, wonach ich gesucht hatte, gefunden. Warum also sollte ich mich fürchten? Warum nicht sein Gesicht betrachten? Ich hob den Blick und vertiefte mich, soweit es die Türritze erlaubte, in sein Antlitz. Er sah wirklich gut aus. An seinen Augen und Brauen gab es nichts auszusetzen. Ohne Zweifel war er der mütterlichen Sippe nachgeschlagen. Die Lippen klein, aufgeworfen und rot. Adlernase. Schmaler Schnurrbart. Sprechweise bestimmt und gebieterisch . . . aber, aber. Ich sagte mir: ›Zum Teufel, sag, was hast du denn? Was erwartest du denn Besseres? Nein, er riecht doch nach Parfüm, reizt mich überhaupt nicht. Ist einfach fad. Gerade gut für seine liebe Cousine . . .‹

Nozhats Körper stieß an die Tür, und diese zitterte ein wenig. Sofort richteten sich jene schwarzen Augen auf die Tür. Er zögerte kurz. Als ob er mir direkt in die Augen blicken würde. Dann lächelte er und sagte zu meinem Schwager: »Windet es draußen?«

»Nein, wie kommen Sie darauf?«

»Nichts, ich habe gesehen, wie die Tür zitterte . . .«

Mein Schwager wandte sich zur Tür und schnitt ein solch grimmiges Gesicht, daß Nozhat und ich unwillkürlich zurückwichen, und sagte mit demselben Ausdruck: »Nein, vielleicht ist es eine Katze.«

Der Sohn der Prinzessin sagte humorvoll: »Und zwar eine verspielte Katze, wie es scheint.«

Nozhat sagte: »Wai, wie charmant er ist.«

Je mehr seine Vorzüge zum Vorschein kamen, desto wütender

wurde ich. In mich hinein sagte ich: ›Er hält schöne Reden. Denkt, daß ich hinter der Tür an ihm Gefallen gefunden und mich rasend in ihn verliebt habe.‹ Insgeheim lachte ich ihn aus. Ich trat von der Tür zurück, Nozhat ebenfalls. Wieder sagte sie: »Er ist sehr charmant, oder? Einer von diesen Herzensbrechern.«

Zornig erwiderte ich: »Einer von diesen Unverschämten, der einen sogar durch die Tür hindurch mit Blicken verspeisen will. Außerdem ist der Herr sehr von sich überzeugt.«

Nozhat antwortete: »Bei Gott, es scheint, als suchtest du nach Ausflüchten. Was ist denn an ihm auszusetzen? Es ist ein Genuß, ihn von Kopf bis Fuß zu mustern.«

Besser, vorläufig den Mund zu halten.

Sie gingen, und damit begann erst der Ärger. Zu Hause schickte meine Mutter die Amme zu mir: »Nun, Mahbub Djan, Kind, glaubst du jetzt, daß dir dein Herr Vater keine schlechte Partie aussuchen wollte? Was soll ich jetzt als Antwort sagen? Soll ich sagen, er hat dir gefallen?«

»Nein.«

Was hätte ich meiner Amme schon sagen können? Meine Amme sagte lachend: »Nun gut, das verbuchen wir als Ziererei. Nun hab dich nicht so. Sag, was soll ich deiner Frau Mutter sagen?«

»Ah, liebe Amme, wie oft soll man dasselbe denn noch wiederholen? Ich sagte, sag nein.«

Die Amme schlug die Hände auf den Kopf: »Tss, tss, Asche auf mein Haupt. Mädchen, was heißt, ich soll nein sagen? Bist du denn wahnsinnig? Deine Frau Mutter wird einen Rückfall bekommen.«

»Will denn Mama heiraten?«

Die Amme stierte mich ungläubig an und sagte: »Wie dreist du geworden bist, Mädchen! Ich trau mich nicht. Geh und sag es ihr selber. Was ist denn bloß an diesem jungen Mann auszusetzen?«

»Nichts. Nichts ist an ihm auszusetzen. Möge er seiner Mutter erhalten bleiben.«

Wieder sagte die Amme: »Alt – ist er nicht . . .. unannehmbar – ist er nicht . . .., wahrhaftig, ein Gedicht . . ., arm – ist er nicht . . .«

»Wie denn? Was ist los, liebe Amme, hältst du eine Ansprache? Moment mal, worum geht's denn, Mahbube?« Meine Mutter betrat fröhlich und unbekümmert das Zimmer.

»Nichts.«

Meine Mutter wandte sich an meine Amme: »Nun, was sagt sie? Was sollen wir ihnen antworten?«

Statt meiner Amme anwortete ich in ernstem Ton: »Sagen Sie, Mahbube hat nein gesagt.«

Noch während meine Mutter die Amme betrachtete, riß sie die Augen auf, wandte sich dann ganz ruhig zu mir um und fragte: »Was? . . . Wir sollen sagen . . . Was hast du gesagt?«

»Sagen Sie, ich habe gesagt nein.«

»Bist du wahnsinnig geworden, Mädchen?«

»Nein, ich bin nicht wahnsinnig. Aber ich will diesen Mann nicht.«

Meine Mutter sagte in mütterlichem und belehrendem Ton: »Fordere dein Glück nicht heraus, Mahbube. Warum stellst du dich so an?«

»Ich werde nicht die Frau eines Mannes, der ein Kind hat.«

Als ob eine andere statt meiner diesen Satz gesprochen hätte. Sogar ich selbst war erstaunt, ihn aus meinem Mund zu hören. Zu damaligen Zeiten war die Existenz eines kleinen Kindes, eines Winzlings, wie es die Prinzessin nannte, im Haus einer Großmutter wie der Gnädigen Frau und eines Großvaters wie Ata od-Doule kein Problem, das die Heirat eines Mädchens mit einem so attraktiven Freier hätte verhindern können. Aber ich sagte nein und nein und nochmals nein und beharrte eigensinnig. Je weiter das Gezeter und Geschrei zunahmen, je mehr mir gepredigt und gut zugeraten wurde, desto bestimmter wurde mein Entschluß, ihn abzulehnen. Schließlich vermittelte mein Vater mit seiner üblichen Selbstbeherrschung: »Sagt Mahbube, es ist schade darum. Sie soll es sich gut überlegen. Aber wenn sie nicht will, dann beharrt nicht so sehr darauf. Trotz ihrer Kindlichkeit hat sie recht. Das Leben mit dem Kind der ersten Frau ist nicht leicht. Egal, ob sie im selben Haus leben oder nicht. Laßt sie selbst entscheiden. Daß sie nicht später sagt: Ihr hattet es so bestimmt.«

Gras wuchs über die Sache. Ich wurde ruhiger und atmete erleichtert auf.

Es war Frühling. Eine Frühlingsbrise wehte. Der Duft der Levkojen stand über den Blumentöpfen. Es gab die vorwitzigen, gelbgesprenkelten Veilchen. Es gab das Rascheln der Blätter der Platanenbäume im Frühlingswind, und es gab Qamars Gesang. Der Gesang von Qamar. Jeden Abend, an dem er gut aufgelegt war, legte Papa die Schallplatte von Qamar auf, und Gott sei's gedankt, daß in diesem Frühjahr für einen segensreichen Ausgang der Schwangerschaft meiner Mutter und in der Hoffnung, daß das Neugeborene vielleicht ein Sohn werden würde, in unserem Haus fast jeden Abend die Platte von Qamar auf dem Plattenteller lag. Den Gedichtband von Hafis legte ich nicht aus der Hand. Jedesmal, wenn mein Vater fröhlich war, rief er mich zu sich: »Mahbub, lies mir Hafis vor«, »Mahbub, lies mir aus ›Leili und Madjnun‹ vor.« Und jedes Mal, wenn er traurig und niedergeschlagen nach Hause kam, jedesmal, wenn er wütend und zornerfüllt war, sagte meine Mutter: »Mahbub Djan, geh, lies deinem Papa Hafis vor. Er ist schlecht gelaunt. Daß du mir ja dein Bestes gibst. Er ist furchtbar wütend.«

Zu der Zeit, als mein Vater das Weintrinken noch nicht bereut und abgelegt hatte, durfte nur meine Mutter ihm das Tablett bringen. Mit ihren eigenen Händen. Das Tablett mußte silbern sein. Die Karaffe mußte aus Kristall sein. Unbedingt aus geschliffenem Kristall. Yoghurt mit Gurken und trocken gebackenes Brot, Salz und Pfeffer in chinesischen Porzellanschüsselchen. Alles dem Brauch entsprechend und schön angeordnet. Wir mußten das Zimmer verlassen. Einzig und allein meine Mutter hatte bei meinem Vater zu sitzen.

»Daß du mir ja nicht weggehst, mein Liebchen. Geh nirgendwo hin. Setz dich hier neben mich hin. Sei eine Nacht im Jahr auch für mich da.«

Meine Mutter lachte: »Bitte schön, mein Herr, ich habe mich hingesetzt. Ich bin doch dreihundertundfünfzig Tage im Jahr für Sie da.«

Erst wenn mein Vater wieder besser gelaunt war, wenn meine Mutter das Weingeschirr zusammengeräumt und mitgenommen hatte, war es uns erlaubt, das Zimmer zu betreten. Dann las mein Vater entweder die Zeitung oder verlangte von mir, daß ich ihm die Gedichte von Hafis oder Nizami vorlese.

»Mahbub Djan, liest du mir ein Gedicht vor?«

Bis vor einem Monat hatte ich überhaupt nicht gewußt, welche Seite ich aufgeschlagen und was ich vorgetragen hatte. Aber nun verstand ich, was ich rezitierte. Bei den Seiten, die mir gefielen, hatte ich ein Stückchen Papier eingelegt. Ich schlug sie auf und rezitierte. Mein Vater sagte: »Bahbah, wunderbar, hörst du, Liebchen. Wunderbar.«

Meine Mutter lachte mit den Augen.

Mein Herz, vergiß keinen Augenblick Wonne und Trunkenheit,
geh fort erst dann, wenn von Sein und Nichtsein du befreit.
Dem widme dich, den du siehst erfüllt von Leben,
Mehr Liebe als dir selbst dem Anbetungswürdgen sollst geben.

Dann pflegte er zu sagen: »Lies den ›Geliebten‹ vor. Die Hauptsache ist der ›Geliebte‹.«

Dem Ankläger verrat nicht der Liebe und Trunkenheit Geheimnis,
auf daß er ahnungslos sterbe, im Schmerz der Eigenliebe.
Erwähle die Liebe, denn der Welt Werke werden vergehn,
des Vergänglichen Bild verschwinden aus der Werkstatt des Seins.
Wie schön sagte die Geliebte des Nachts, im Kreis der Magier:
Was kümmern dich die Ungläubigen, wenn du nicht verehrst die Götzen.

Was es nicht alles an Vorbereitungen für das Baby gab. Was für Gewänder! Alle warteten. Mein Vater sagte fortwährend: »Liebchen, steig nicht so oft die Treppen auf und ab.«

Meine Tante, jene, die Chodjasteh für ihren Sohn vorgesehen hatte, sagte andauernd: »Liebchen, daß du ja bloß nichts Schweres hebst!«

Meine Amme sagte andauernd: »Chanum Djan, bücken Sie sich doch nicht so oft.«

Nozhat, die als ältestes Kind bei Vater wie Mutter sehr viel Respekt genoß, sagte fortwährend: »Chanum Djan, sagen Sie mir Bescheid, sobald die Schmerzen beginnen?«

»Angenommen, es wird Mitternacht.«

»Das ist doch gleich. Wann immer sie beginnen, müssen Sie mir Bescheid geben.«

Meine Mutter sagte fortwährend: »Gott behüte. Ich würde vor Scham vor Nassir Chan im Boden versinken. In diesem Alter . . .«

Wenn meine Schwester weiter drängte, antwortete sie: »Schon gut, schon gut, ich werde dir Bescheid sagen.« Und Nozhat wußte, daß meine Mutter es nicht tun würde. Sie schämte sich vor ihrem Schwiegersohn.

Es war schon ein, zwei Stunden nach Mittag, als bei meiner Mutter die Wehen einsetzten. Unverzüglich schickte man die Droschke nach der Hebamme. Meine jüngere Schwester Chodjasteh und ich liefen, verwirrt und beunruhigt durch das Stöhnen meiner Mutter, in den Hof, um die Hebamme zu sehen, eine hübsche und reinliche Frau von kleinem Wuchs. Sie ging in das Zimmer meiner Mutter. Chodjasteh rief alle fünf Minuten durch die Tür hindurch: »Hat meine Chanum Djan entbunden?«

Nach einer Weile steckte die Hebamme den Kopf durch die Tür: »Ihr steht hier umsonst herum. Vorläufig tut sich nichts.«

Man brachte heißes Wasser und feine Tücher. Die Kutsche fuhr weg, um die Tante mütterlicherseits zu holen. Hadj Ali lief humpelnd davon, um die Tante väterlicherseits zu benachrichtigen. Das war meiner Mutter überhaupt nicht recht. Falls das vierte Kind ebenfalls ein Mädchen sein sollte, wünschte sie ihre Anwesenheit nicht, doch Agha Djan hatte es so angeordnet. Agha Djan lief ungeduldig auf und ab. Setzte sich in das Nebenzimmer. Stand auf und ging von dort in das Fünftüren-Zimmer. Wanderte erneut umher. Verlangte eine Wasserpfeife und rauchte sie nicht, als man sie ihm brachte. Es herrschte ein seltsamer Wirrwarr, der vom Jammern meiner Mutter dirigiert wurde.

Niemand dachte an mich oder an Chodjasteh. Es herrschte das Chaos, und wir waren uns selbst überlassen. Ich war beunruhigt von den Schmerzen meiner Mutter und verwirrt durch meine Gefühle. Zwei Regungen stritten in mir. Was sollte ich tun? Ich fühlte mich schuldig. Meine Mutter krümmt sich vor Schmerzen, und ich suche nach einem Vorwand, das Haus zu verlassen. Um ihn zu sehen . . . Für einen Moment, einen Augenblick, einen Gruß.

Vorsichtig ging ich ans Ende des Gartens in die Nähe der Küche. Dort standen die Levkojen in voller Blüte. Ich pflückte einen Blütenzweig und kehrte ins Zimmer zurück. Nahm meinen Tchador und rief zweimal: »Liebe Amme«.

Dort war sie nicht. Ich suchte sie: »Liebe Amme!«

Sie trat aus der Vorratskammer: »Hab keine Angst, es ist noch nicht so weit.«

»Ich weiß, daß es noch zu früh ist. Ich gehe gerade zum Trinkwasserhäuschen.«

Erst in dem Augenblick bemerkte sie, daß ich einen Tchador trug.

»Wohin gehst du denn, mein Kind. Ganz allein?«

Sie war zu aufgeregt, um mir zu folgen oder mißtrauisch zu werden.

»Ich komme gleich zurück. Ich gehe nur für Chanum Djan eine Kerze anzünden.«

»Ja, mein Kind, komm schnell zurück. Es schickt sich nicht für ein Mädchen, bei Anbruch der Dämmerung allein unterwegs zu sein.«

»Ich bin gleich zurück.«

Ich wartete ab, bis sich Chodjasteh wieder vor Mutters Zimmertür stellte. Wenn sie mich sähe, würde sie sich an meine Fersen heften. Vorsichtig verließ ich die Vorratskammer und lief in mein Zimmer. Ich nahm den Blütenzweig und versteckte ihn unter meinem Tchador, ängstlich darauf bedacht, daß mich der Blütenduft nicht verriet. Glücklicherweise waren alle viel zu sehr in Anspruch genommen und beschäftigt, als daß sie sich um mich kümmern konnten. Im Laufschritt erreicht ich die Gasse. Dort verlangsamte ich meinen Schritt. Je langsamer ich ging, desto schneller klopfte mein Herz. Als ich die Biegung erreichte, fehlte mir die Luft zum Atmen. Oder es gab sie, doch war sie zu dicht, als daß ich sie hätte einatmen können. Als ob ganz Teheran den Blütenduft durch meinen Tchador hindurch wahrnähme. Als ob mich der gesamte Basar beobachtete. Die erste Gasse, die zweite, an der dritten bog ich ab. Das Geräusch der Säge. Dieses Mal sägte er die Balken in der Mitte durch. Meine Anwesenheit bemerkte er überhaupt nicht.

Ich stellte mich an den Eingang des Ladens. Hob meinen linken Fuß rückwärts ein bißchen an und bückte mich. Als wollte ich meinen Schuh richten. Den Blütenzweig trug ich in der Rechten und stützte mich mit der Hand am Türrahmen ab. Als ob ich mich festhielte, um nicht zu fallen. Von außen war der Blütenzweig nicht sichtbar. Nur er konnte ihn im Rahmen seines Ladens sehen. Schließlich hob er den Kopf, um zu sehen, wer den Ladeneingang versperrte, vielleicht wußte er es auch nur zu genau.

Er sagte: »Salaam.«

Während ich mir noch an meinem Absatz zu schaffen machte, wandte ich mich ihm zu und sagte: »Salaam.«

Ich weiß nicht, wie es mir gelang auszuatmen. Er sah den Zweig in meiner Hand. Ich wartete, bis ein vorbeigehender Mann an der nächsten Biegung verschwunden war. Ich ließ den Blütenzweig fallen und rannte los. Zwei Minuten Stille, dann erneut das Geräusch der Säge. Ich erreichte das Trinkwasserhäuschen. Hob den Gesichtsschleier und zündete in Eile die Kerzen an.

»Im Namen der Fünf Heiligen, Gott gebe, daß Chanum Djan eine leichte Geburt hat.« Als schämte ich mich vor Gott, fügte ich leise hinzu: »Möge auch ich von meiner Qual erlöst werden.«

Ich wollte zurückkehren. Im Basar befanden sich noch ein paar Leute. Ich drückte mich herum und wartete, bis alle gegangen wären. Doch ständig kam und ging jemand vorbei. Schließlich erreichte ich den Laden. Ich wollte vorbeigehen, der Basar war sehr belebt.

»Kleine Dame.«

Ich blieb wie angewurzelt stehen. Der Blütenzweig lag auf dem Tisch des Schreiners. Ich erschrank. Wehe, wenn Agha Djan ihn hier sähe! Ich war doch wirklich noch ein Kind. Als ob es auf der ganzen Welt nur *ein* Haus mit Levkojen gäbe. Als ob ich nicht wüßte, daß Agha Djan und sämtliche Hausbewohner sich um die Geburtsschmerzen meiner Mutter kümmerten. Und selbst wenn Agha Djan unbeschäftigt gewesen wäre, hätte er sich niemals die Mühe gemacht, einen Blick in diesen kümmerlichen Laden zu werfen, geschweige denn, daß er diesen Blütenzweig erkannt und ihn mit seiner tugendhaften, wohlerzogenen Tochter in Verbindung gebracht hätte.

Er ergriff den Blütenzweig: »Gehört der Ihnen?«

»Nein, er gehört Ihnen.«

»Wofür?«

»Als Lohn für den Bilderrahmen.«

Er lachte, und ich freute mich. Seine Zähne standen fest und weiß in einer Reihe. Als sei sein Gebiß das einzige Problem, daß er es mit Ata od-Doules Sohn nicht hätte aufnehmen können. Ich danke dir, Gott. Wieviel besser als der angesehene und hübsche Sohn der Prinzessin sah doch der Lehrling dieses Schreinerlädchens aus. Oder vielleicht erschien es nur mir so. Er gehörte wahrlich nicht hierher, sondern in einen königlichen Palast. Stille breitete sich aus.

Ich sagte: »Lassen Sie ihn nicht offen herumliegen.«

»Wird gemacht.«

Er bückte sich und legte den Blütenzweig hinter die Balken, so daß er von draußen nicht mehr zu sehen war. Dennoch erschien es mir, als würde sein Duft ihn dem ganzen Basar verraten.

»Wie heißen Sie, kleines Fräulein?«

Ich sah mich im Basar um. Wann hatte er sich geleert? Ich wußte es nicht. »Mahbube.« Ich bekam kaum einen Ton heraus. Wenn er es gehört hatte, grenzte es an ein Wunder.

Wortlos nahm er den Blütenzweig erneut in die Hand und roch daran. Scharfsinnig bemerkte er: »Die Levkoje! Wie vom Himmel ist sie mir in den Schoß gefallen.«

So ein Bastard! Er machte zweideutige Bemerkungen. Erneut legte er den Zweig sanft und sorgfältig an seinen Platz zurück und stützte sich mit beiden Händen auf den Tisch in der Ladenmitte. Wieder hatte er die Ärmel bis zum Ellenbogen hochgerollt, und erneut starrte ich auf seine Muskeln. Wieder erschien das schelmische Grinsen um seinen Mund. Seine Haare hingen ihm wirr in die Stirn. Wild, frei und unordentlich. »Sind Sie nicht irgendwem versprochen?« fragte er.

Lauf weg, sagte ich mir. Lauf weg, laß nicht zu, daß er noch dreister wird. Dieser Habenichts. Was ging das diesen Schreinerlehrling an? Laß nicht zu, daß er über die Stränge schlägt. Warum wurde ich nicht wütend? Warum stand ich still da? Ich mußte ihm ins Gesicht spucken. Ich mußte Firuz Chan und Hadj Ali zu ihm schicken, damit sie ihn grün und blau prügelten. Ich öffnete den Mund, um zu sagen, das geht dich überhaupt nichts an, doch ich hörte meine Stimme sagen: »Sie wollten mich, aber ich wollte nicht.«

Wieder lachte er. Wieder sah ich seine Zähne. Er fragte: »Weshalb? Sind Sie etwa geizig? Mögen Sie nicht, daß wir einmal Hochzeitskuchen satt zu essen bekommen?«

»Nein. Ach würden Sie doch meine Trauerspeise essen.«

»Warum?«

Ich starrte in seine Augen wie ein Kaninchen im Bann einer Schlange. Wer von uns war die Schlange? Ich weiß es nicht, wir waren beide gefangen und Spielball der Natur. Er senkte den Kopf und umklammerte mit der Faust ruhig den Griff der Säge. Er hatte begriffen, was er nicht hätte erfahren dürfen. Ich wandte mich um und machte mich langsam auf den Weg nach Hause.

Schließlich schliefen meine Schwester und ich, ohne Matratze und Bettdecke, in der Vorratskammer ein, die durch eine Tür von dem Raum getrennt war, in dem meine Mutter entbinden sollte. Plötzlich schüttelte uns jemand heftig. Wer konnte denn zu dieser Nachtzeit so schallend lachen? »Wacht auf, Kinder, wacht auf!«

»Was ist den passiert, Amme?«

Meine Schwester lag auf dem Boden und rieb sich noch die Augen, als ich mich bereits aufgesetzt hatte.

»Eure Mutter hat entbunden. Einen Jungen!« Die Amme strahlte bis über beide Ohren. »Sieh doch, was mir euer Agha Djan als Geschenk für die gute Nachricht gegeben hat.«

Ich sprang auf und betrat mit meiner Schwester das Zimmer meiner Mutter. Wir standen schüchtern an beiden Seiten der Tür. Unsere Mutter hatte sich kraftlos in dem sauberen Bettzeug mit weißem bestricktem Laken, Kopfkissen und Satinsteppdecke ausgestreckt.

Trotz der Steppdecke sagte sie lächelnd: »Amme, mir ist kalt, bring mir noch eine Decke.«

Die Amme lief in die Vorratskammer und brachte eine Satindecke.

»Ach . . ., nein, . . . die ist doch rosa. Bring mir die blaue.«

Die Amme rannte lachend davon und brachte die blaue Satindecke. Mit Erlaubnis der Hebamme näherten wir uns unserer Mutter, um ihr die Hand zu küssen. Meine Mutter sagte: »Nein, meine Kinder, nicht die Hand, sondern hier«, und deutete auf ihre Wange. »Wißt ihr, daß es ein Junge ist? Nun habt ihr einen weiteren Beschützer.«

Welch Menschenkenntnis die Frauen von damals doch besaßen. Wie klug meine Mutter doch war. Mit diesem einen Satz war alles Entscheidende gesagt worden. Der Neid, der sich in unseren Herzen einzunisten drohte, war durch diesen einen Satz einem Gefühl von Frieden und Sicherheit für die Zukunft gewichen.

Mein Vater rief: »Mahbub Djan, willst du mir nicht aus Hafis vorlesen?«

»Zu so später Stunde, Agha Djan?«
»Die ist genau richtig. Wann, wenn nicht jetzt?«
»Ich komme, Agha Djan, ich komme sofort.«
Meine Mutter lächelte vor lauter Glück und Müdigkeit und bemerkte charmant: »Euer Vater hat ja auch sonst nichts zu tun«, und schlief ein.

Frohe Botschaft, denn gekommen ist ein erlösender Hauch,
liebliche Atemzüge, die Ankunft des Menschen verkündend.

Ich wünschte mir etwas und rezitierte. Mein Vater bezog es auf sich, schließlich war sein Wunsch in Erfüllung gegangen.

Gott allein wußte, was in unserem Haus los war – wie viele Goldmünzen und Besucher es gab, wieviel Gold und Schmuck als Geburtsgeschenke gebracht, wie viele Noql verteilt und Rautenkörner angezündet wurden. Es schien, als feierte der Frühling ebenfalls. Meine Mutter hatte sich im Fünftüren-Zimmer in ihre prächtige Bettstelle gelegt, und die Damen kamen sie in Grüppchen besuchen. Mein Bruder lag fest eingewickelt in einer reich verzierten Wiege neben ihr. Vater wich nicht von ihrer Seite. Ich las ihm so viel aus Hafis vor, daß ich müde wurde.

»Agha Djan, Ihr Wunsch ist doch in Erfüllung gegangen, nun ist es genug der Weissagungen.«
»Ich genieße Hafis' Gedichte aus ganzem Herzen.«
»Dann lesen Sie sie doch selbst.«
»Wenn du sie rezitierst, genieße ich sie mehr.«

Mein Vater liebte Poesie und Literatur. Eines seiner Lieblingsbücher war Nizamis *Leili und Madjnun*. Ein, zwei Abende in der Woche las er Nizami. Damals war es nicht üblich, daß Väter ihre Freude und Zuneigung offen zeigten, mein Vater jedoch scheute sich nicht.

Mehrmals täglich wurden Rautenkörner angezündet. Im Anrichteraum neben dem Fünftüren-Zimmer wurde eine Wasserpfeife nach der anderen vorbereitet. Man brachte Tee und Kaffee, Kuchen und Naschwerk. Sherbet für alle und Behlimu-Saft, Bereshtuk und kräftigende Speisen für meine Mutter.

In der Küche am Ende des Hofes wurde Hackfleisch-Choresh gekocht. Mein Vater hatte ein Gelübde abgelegt, zum Andenken an seine Eltern jährlich einmal Hackfleisch-Choresh und Safranreis kochen und als Almosen verteilen zu lassen. In jenem Jahr veranstaltete er aus Freude über die Geburt seines Sohnes eine zweite Speisung. Zwei Tage lang hatte sich die Menge vor der kleinen Tür, die am Ende des Hofes auf die Gasse führte, in zwei Reihen angestellt. Sie brachten ihre Schüssel Hadj Ali, und der gab sie Dadde Chanum, die Reis auffüllte, eine Kelle gut gewürztes Choresh darüber goß und sie mit einem halben Stück Fladenbrot Hadj Ali reichte, der sie an den Besitzer zurückgab. Vor der Tür war es unruhig, sie stritten sich, wollten einander übervorteilen und sich erneut anstellen. Es herrschte ein unbeschreiblicher Tumult. Meine Schwester Chodjasteh hatte sich zum Zuschauen hingestellt.

»Mahbub, komm, gehen wir zuschauen.«

»Ich komme nicht. Geh du.«

»Warum, es ist wirklich sehenswert.«

»Ich hab keine Lust. Ich will Kerzen anzünden gehen.«

»Pah! Wie oft muß man denn Kerzen anzünden? Das ist das dritte Mal, daß du für Chanum Djan Kerzen anzündest.«

»Das geht dich nichts an. Es ist ja nicht für Chanum Djans, sondern für Brüderchens Gesundheit ... Außerdem ist es erst das zweite Mal.«

»Was geht mich das an! Tu, was du willst.«

Sie lief rasch ans Hofende. Ich ging. Es war gegen Mittag, und ich mußte rasch zurück sein. Ich wußte nicht, unter welchem Vorwand ich in der Nähe des Ladens stehenbleiben sollte. Sobald ich in die Gasse einbog, fing mein Herz so rasend zu klopfen an, daß mein ganzer Körper zitterte. Er stand vor dem Laden. Ich blieb ebenfalls einen Augenblick stehen. Was würde passieren, wenn er mir den Weg versperrte? Ich würde mein Ansehen im Viertel verlieren. Aber er tat es nicht. Sobald er mich erblickte, kehrte er um und ging in den Laden zurück. Ich sah, wie etwas aus seiner Hand fiel. So behutsam, daß nur ich es sehen konnte. Ich glaubte, der ganze Basar habe sich in ein Auge verwandelt und sehe zu. Es war ein Stück weißes Papier. Langsam näherte ich mich und setzte im Gehen meinen rechten Fuß darauf. Es schien, als züngelte eine Flamme von der Fußsohle bis in mein Herz. Ich trug eine Münze in der Hand. Ich ließ sie fallen und bückte mich rasch unter dem Vorwand, sie aufheben zu wollen. Zusammen mit der Münze hob ich das Papier auf.

Meine Augen konnten nichts mehr sehen. Nichts außer jenen erträumten Augen, die auf mich fixiert waren und stumm schrien. Was hast du aufgehoben? Was hast du da aufgehoben? Als ich nach Hause zurückkehrte, wagte ich nicht, jemandem in die Augen zu schauen. Wie turbulent unser Leben damals war! Zu Hause hatte meine Mutter einen Sohn geboren, draußen hatte sich Iran in die Arme Reza Chans geworfen, und ich sehnte mich nach einem Schreinerlehrling. Iran war sehr viel früher erfolgreich gewesen, sehr viel früher und leichter. Als würde die ganze Welt durcheinandergewirbelt.

Der sechste Abend, das Beschneidungsfest, der erste Besuch des Hammams nach der Geburt, all das war mit beträchtlichem Aufwand und Trubel verbunden. An den Abenden, an denen dem Neugeborenen der Gebetsruf ins Ohr gesungen wurde, kam der Mullah. Nach der Bewirtung mit Kuchen und Sherbet überreichte ihm mein Vater feierlich und unter Beachtung aller Formalitäten das eingewickelte Taufkind. Ins rechte Ohr wurde ihm der Aufruf zum Gebet gesungen und in das linke die Schlußformel. Sein Taufname war Mehdi, da mein Vater ihn sehr lange ersehnt hatte, aber wir nannten ihn Manuchehr. Noch am Abend wurde sein Name zusammen mit dem Geburtsdatum auf der Rückseite des Koran eingetragen.

Ich jedoch bekam nichts davon mit. Ich war verwirrt, verrückt. War nur glücklich darüber, daß sich niemand um mich kümmerte. Gott schütze dich, Manuchehr Djan. Über dem Hofbecken hatte man eine Holzbühne errichtet und Musikanten, Tänzerinnen und Sänger geladen. Die gesamte Familie, von den Tanten und Onkeln väterlicher- und mütterlicherseits bis hin zu den Nichten, Neffen, Schwiegersöhnen und -töchtern, war zum Abendessen eingeladen. Es war das Fest zu Ehren von Manuchehrs Geburt und Beschneidung. Mein Vater ließ tatsächlich sieben Tage und Nächte lang feiern. Wohin sollte ich gehen? Wo konnte ich den Brief lesen? Bis zu jenem Augenblick hatte ich nicht darüber nachgedacht, ob er auch lesen und schreiben konnte! Also konnte er, Gott sei Dank. Er war sogar zur Schule gegangen. Vor Furcht, Aufregung und Neugierde zitterte ich am ganzen Körper. Wohin sollte ich gehen? Die Amme stellte sich mir in den Weg und begann sich über Hadj Alis Faulheit auszulassen. Daß er die meisten Tage im Jahr nichts zu tun habe, doch heute, wo er tagsüber das Essen ausgegeben hatte und abends die Einladung meiner Mutter beaufsichtigen sollte, dermaßen geschimpft habe, daß er alle zur Verzweiflung getrieben habe, obwohl ihm seit dem frühen Morgen Dadde Chanum und ein Hauslehrling zur Hand gegangen seien. Überhaupt sei unsere häusliche Ordnung über den Haufen geworfen. Die Freude meines Vaters kannte keine Grenzen.

Die Amme ging, und ich atmete erleichtert auf. Ich zitterte am ganzen Körper. Ganz vorsichtig ging ich in die Vorratskammer, um meinen Tchador abzulegen. Falls jemand kommen sollte, würde ich sagen, daß ich meine Kleider wechselte. Aber es kam niemand, und ich las den Brief. Auf einem quadratischen Stück Papier hatte er in wunderschöner Schrift geschrieben:

Mein Herz verlier ich, Ihr Gotteskenner und Weisen,
Weh mir, wenn dies Geheimnis zum Vorschein kommt.

Tantchen zog den Brief aus der Schatulle und reichte ihn Sudabeh. Die Schrift war wirklich wunderschön. Doch das Papier war im Laufe der Zeit vergilbt und roch nach Tränen. Plötzlich erhielt der Inhalt dieses antiken Kästchens, dieser verblichene Tand, wie Sudabeh gedacht hatte, als die Tante das Kästchen geöffnet hatte, einen Sinn. Er wurde bedeutungsvoll und enthüllte seinen wahren Wert. Als ob in diesem Kästchen nach all der Zeit noch immer ein blutendes Herz schlüge. Tantchen wiederholte:

Mein Herz verlier ich, Ihr Gotteskenner und Weisen,
Weh mir, wenn dies Geheimnis zum Vorschein kommt.

Also konnte er es ebenfalls nicht mehr aushalten? Gott bewahre, wenn er etwas unternahm, das uns bloßstellte. Also hat er begriffen, daß ich ...? Was sollte ich tun? Ich hätte mich ohrfeigen können. Was für eine schöne Schrift er hat. Also beherrscht er auch Kalligraphie. Nun kann ich meinem Vater sagen, er sei Kalligraph. Doch was ist mit dem Schreinerladen? Abgesehen davon ist er dort nur Lehrling ... Ich gehe hin und haue ihm den Brief um die Ohren. Sage, schäm dich, untersteh dich, mich zu belästigen, untersteh dich, mich weiterhin mit Inbrunst zu mustern, untersteh dich, mir weiter unerwünschte Briefe zu schreiben. Doch was war, wenn er sagte, ich habe diesen Brief nicht Ihnen geschrieben? Er trägt keinen Namen und keinen Adressaten. Vielleicht war er gar nicht für mich bestimmt! Konnte es sein, daß er eine andere im Sinn hatte? Warum hatte ich mich nicht umgedreht? Vielleicht war ein anderes Mädchen oder eine Frau hinter mir hergegangen. Warum habe ich mich so entwürdigt? Ich werde hingehen und ihm den Brief ins Gesicht knallen.

Doch statt dessen hob ich das wertlose und zerknüllte Stück Papier an die Lippen und küßte die Zeilen. Ich, Bassir ol-Molks Tochter. Asche über mein Haupt! Wenn ich mir doch bloß ein Bein brechen, wenn ich doch bloß nicht mehr zu seinem Laden gehen würde! Ich werde ihn nicht mehr besuchen, es reicht.

Zwei Wochen lang verließ ich nicht das Haus, und wenn, dann nur mit der Kutsche. Wenn sie an seinem Laden vorbeifuhr, sah ich vor mir seine Augen, die auf der Suche nach mir die Kutschenwände durchbrachen, um mich zu sehen. Er wußte nicht, wer in der Kutsche saß, ob ich es war, meine Schwester oder meine Amme, die eine Nachricht überbrachte. Doch wenn ich in der Kutsche saß, riß ich die Augen hinter dem Gesichtsschleier auf, um durch das Kutschenfenster jene großen Augen, die auf die Kutsche starrten, und jene Haare, die ihm ungezähmt in die Stirn fielen, möglichst genau zu sehen. Ehe ich mich besinnen konnte, war die Kutsche an dem Laden vorbeigefahren und hatte mich dem Palast meiner Träume entrissen.

Ganz allmählich kam das Gespräch auf den Hochzeitstermin meiner jüngeren Schwester Chodjasteh, da meine Tante darauf bestand, sie so schnell wie möglich mit ihrem Sohn zu verloben. Meine Mutter verlangte ein, zwei Monate Bedenkzeit. Mein Cousin konnte es nicht erwarten. Er wollte so schnell wie möglich heiraten und Chodjasteh nach Gilan mitnehmen, wo sie viele Ländereien besaßen. Meiner Schwester widerstrebte es, sich von Mutter zu entfernen. Schließlich war sie wirklich noch ein Kind, gerade elf Jahre alt. Der Cousin liebte die Ruhe Gilans, zumal sein Vater in jenem bewaldeten Landstrich geboren war und seine Jugendjahre dort verbracht hatte. Mittlerweile hatten sich seine sämtlichen Onkel und Tanten väterlicherseits mit ihren Kindern in diesem Gebiet niedergelassen.

Die Tante fragte: »Also wann? Wann wird sich endlich das Schicksal meines Sohnes entscheiden?«

Meine Mutter antwortete stets: »Liebste Schwester, haben Sie doch etwas Geduld, noch ist Mahbub da.«

»Nun, vielleicht will Mahbub nicht heiraten. Vielleicht wird ihr niemand gefallen. Selbst wenn der Shah mit seinem gesamten Heer anrückte, wer weiß? Muß denn Chodjasteh für Mahbube büßen?«

Geduldig und standhaft pflegte meine Mutter sie zu beruhigen: »Nein, Schwesterchen, so ist es auch wieder nicht. Es geht nicht ums Büßen, sondern um den richtigen Zeitpunkt. Wenn Gott will, wird in ein paar Monaten alles geregelt sein. Lassen Sie mich erst einmal vom Kindbett aufstehen, danach.«

Alle Aufmersamkeit galt meinem Bruder. Ganz allmählich fing meine Mutter an, wieder außer Haus zu gehen, und mich nahm sie mit. Ich nahm es dankbar an. Ich wollte mich von unserem Haus, unserem Viertel und jenem kleinen Laden entfernen, damit der Bann vielleicht gebrochen und ich erlöst werden würde. Vielleicht würde ich die Sehnsucht nach ihm langsam vergessen. Die Sehnsucht nach ihm, dem offenem Hemdkragen und den hochgerollten Ärmeln. Dem ungezähmten Haar. Obwohl das Vorübergehen an dem verräucherten Laden nicht ohne Mühe und Anspannung vonstatten ging, begann die Wunde zu verheilen. Allmählich gelang es mir, meinen Blick von diesem Laden zu wenden, mein Herzklopfen in seiner Nähe unter Kontrolle zu bringen und mich in der Kutsche plötzlich meiner Mutter zuzuwenden und wirres Zeug zu reden. Stets wunderte ich mich, wie es möglich war, daß meine Tollheiten weder den Argwohn meiner Mutter noch den Verdacht der anderen erregten. Ich fühlte mich schuldig, weil ich das Vertrauen meiner Eltern mißbraucht hatte. Das bestärkte mich in der Absicht, das Herz aus seinen Fesseln zu befreien. Doch war es nicht nur das Herz, das sich nach ihm sehnte, sondern jeder einzelne Blutstropfen, jede Handbreit meines Wesens, jede einzelne Zelle. Und der einzige Gegner war mein Kopf, der nichts bewirkte, so sehr er sich auch bemühte. Nichts folgte seinen Befehlen, und dennoch kämpfte ich weiter. Kein Kampf ist furchtbarer. Ich wollte mich bezwingen, doch war mir ein anderes Schicksal beschieden. Eines Tages, bei der Rückkehr vom Haus meiner Tante, wandte sich meine Mutter ausgerechnet in der Nähe von Rahims Laden und genau in dem Augenblick, in dem mein Atem schwerer ging und mir das Herz im Halse schlug, an mich und sagte lachend: »Gestern nacht hat mir Agha Djan eine gute Nachricht überbracht.« Und als sie bemerkte, daß ich sie bestürzt anstarrte, fügte sie hinzu: »Für dich hat sich ein guter Bräutigam gefunden. Dein Onkel väterlicherseits will für Mansur um deine Hand anhalten. Er hat zu deinem Papa gesagt: ›Jetzt, wo dir das Glück hold ist, laß es uns auskosten.‹«

Die Amme, die uns gegenüber saß und Manuchehr im Arm hielt, kicherte: »Prima, ich gratuliere, mein Kind, Mansur ist ein sehr passabler junger Mann.«

Meine Mutter sagte: »Amme, kümmere dich um das Kind. Halt es gut fest, daß es nicht fällt.«

»Ah, Chanum, das ist doch nicht das erste Mal, daß ich ein Kind halte. Habe ich etwa die anderen drei fallengelassen, daß ich nun dieses fallenlasse? . . . Als wäre ich ein Tolpatsch.« Und schmollend lehnte sie sich zurück. Meine Mutter lachte. Ich schmollte ebenfalls, was meine Mutter auf meine Schamhaftigkeit schob.

An diesem Freier war nicht mehr herumzumäkeln. Wie meine Amme gesagt hatte, er war mein Cousin. Er sah gut aus, hatte studiert und war vermögend – zwar nicht so reich wie Ata od-Doules Sohn, doch fehlte nicht viel – und er war anständig. Nur fünfundzwanzig war er, rund zehn Jahre älter. Er hatte zu seinem Vater gesagt: »Seitdem Mahbube geboren wurde, sage ich mir, das ist meine Frau. Bis jetzt habe ich auf sie gewartet und werde auch weiter warten. Ich will nur sie, schon zu Kinderzeiten wollte ich nur sie.« Obwohl ich ihn, als Cousin, schon öfters gesehen hatte und diese Begegnungen nicht beschränkt wurden, und obwohl das Sprichwort sagt, daß die Ehe von Cousine und Cousin im Himmel geschlossen wird, hatte er kein einziges Mal ein Verhalten an den Tag gelegt, aus dem ich auch nur eine Spur seiner Gefühle hätte erraten können. Vielleicht hatten ihn Ehrgefühl und Familienstolz bestimmt, vielleicht waren es übertriebene Zurückhaltung und Selbstbeherrschung. Oder vielleicht sah er, da er mich schon für sein eigen hielt, keinen Grund, sich zu beeilen und, wie die Alten zu sagen pflegten, sich zu erniedrigen. Jedenfalls hielten es meine Mutter und meine Tante für ein Zeichen seiner Standhaftigkeit und Wohlanständigkeit. So weit ich auch zurückdachte und sein Verhalten durchforschte, konnte ich keinen Schwachpunkt finden. Ich hatte keinen Vorwand mehr. Jedes Mädchen mußte mich um mein Glück beneiden und diese Heirat herbeisehnen. Jedes Mädchen außer mir. In welche Falle war ich da nur getappt!

Als wir zu Hause ankamen, rannte ich wieder in die Vorratskammer und zog das mühevoll versteckte Stück Papier aus dem unteren Saum des Vorhangs, der hinter der Decke hing, in die das Bettzeug eingewickelt war. Es war ein Vorhang aus hellgrünem Taft, der über und über mit Blumen und Vögeln in Paillettenstickerei verziert war. Mittlerweile jedoch war er, alt, unbrauchbar und hinter dem Bettzeug in der Vorratskammer den Blicken halb entzogen, ein sicheres Versteck, auf das Amme, Mutter und Schwester niemals kommen würden.

Mein Herz verlier ich, Ihr Gotteskenner und Weisen,
Weh mir, wenn dies Geheimnis zum Vorschein kommt.

Erneut küßte ich jenes Stück Papier. Die Wunde, die am Heilen war, brach wieder auf. Durch die Brautwerbung meines Cousins Mansur war sie erneut aufgebrochen. So sehr ich auch suchte, an ihm gab es nun nichts mehr auszusetzen. Was sollte ich an ihm bekritteln? O Gott, was für ein Pech ich hatte! Mein Vater saß draußen vor dem Nebenzimmer und las Nizamis *Leili und Madjnun*. Die Sonne gewann allmählich sommerliche Wärme. Der Frühling ging dem Ende zu. Manuchehr war ungefähr drei Monate alt. Wie sehr die Sonne in ihrer Färbung wechselte. In unserem Haus erhellte sie durch die Fenster, deren farbenreiche und kostbare Vorhänge mit Klammern zur Seite gezogen waren, sanft und fröhlich das Zimmer voller Teppiche, Blumen und Vasen. Sie betonte die Schönheit der schweren, purpurfarbenen Möbel, hochbeinigen Tische und wohlgestalten Schemel, und ihr Licht verlieh den Seiten von Vaters Buch eine weihevolle, poetische Helligkeit, Inbegriff des Glücks. Wenn du jedoch an der Biegung der Gasse zum Schreinerladen am Eingang des kleinen Basars einbogst, war die Sonne, die kaum so weit vordrang, trunken vor Freude. Verzückt und körperlos glich sie *Madjnun* und verströmte ihr Licht über der Tür des *Madjnun*. Eine Aufrührerin, die bewirkte, daß er sich alle Augenblicke aufrichtete, um diese traumhafte Helligkeit zu betrachten. Um den Duft der Winden, die trunken von den Mauern einiger Herrschaftsgärten herabhingen und sich bis dorthin gerankt hatten, einzusaugen. Einen Seufzer auszustoßen und erneut an die Arbeit mit Säge, Hobel, Hammer und Nägeln zu gehen.

Ich nahm ein sauberes Stück Papier und benetzte es mit einem winzigen Tropfen Parfüm. Ich weiß nicht mehr, welches Parfüm es war. Eines, das mir meine Mutter gegeben hatte, ein teures ausländisches. Es war für die Tage vorgesehen, an denen die Brautwerber kamen. Das Papier bemalte ich rundum mit farbigen Bändern und Blumen und Nachtigallen. Es dauerte ungefähr ein bis zwei Wochen. Ich malte und grübelte, was ich tun sollte. Mein Verstand riet mir, die Finger davon zu lassen, doch der ärmste wußte sowieso, daß er verloren hatte. Wußte, daß ich es nicht konnte. Ich wollte auf meinen Verstand hören und zählte mir Hunderte von Gründen und Argumenten auf. Schwor, daß ich nicht gehen würde. Doch war es, als versuchte ich einen Eisennagel in einen Stein einzuschlagen. Ich wußte, ich würde gehen und mich kopfüber ins Verderben stürzen.

Ich erzähle dir etwas, und du verstehst etwas anderes. Damals war die Verliebtheit eines fünfzehnjährigen Mädchens an sich schon ein Vergehen, das ein Blutbad nach sich ziehen konnte, erst recht, wenn es Briefe schrieb oder die Brautwerber ablehnte. Sich verlieben? Dazu noch in den Schreinerlehrling am Wegesrand? Das war der Gipfel des Unglücks. Zumal für Bassir ol-Molks Tochter. Allein der Gedanke ließ einem das Herz stillstehen und das Blut in den Adern gefrieren. Als ob Wasser aufwärts fließen oder statt Regen Blut vom Himmel fallen würde. Es hieß den Stier bei den Hörnern packen – was ich tat, indem ich schrieb. Endlich schrieb ich die Sehnsucht, die mein Herz erdrückte, nieder. Ich schrieb ihm, was mir beim Lesen seiner Botschaft sofort eingefallen war und was ich ihm mit lauter Stimme vortragen wollte:

Des Herzens Zustand dir erzählen, ist mein Begehr.
Des Herzens Botschaft hören, ist mein Begehr.
Sieh, welch vergeblicher Wunsch: vor den Rivalen
ein offenes Geheimnis zu verbergen, ist mein Begehr.

Ich erinnere mich nicht mehr, welche Vorwände ich erfand, um das Haus zu verlassen. Die Amme mußte sich jetzt um Manuchehr kümmern. Manchmal ging ich zusammen mit Dadde Chanum aus und schickte sie unter dem Vorwand, etwas vergessen zu haben, nach Hause zurück. Allerdings wußte ich, daß es ein Weilchen dauerte, bis sie wieder zurückkam. Und manchmal ging ich allein, unter jedem erdenklichen Vorwand. Jedenfalls ging ich außer Haus. An jenem Tag war es wieder zur Zeit der Dämmerung, mein Vater hatte Herrenbesuch, und im Haus waren alle mit ihm und mit Manuchehrs Bauchschmerzen beschäftigt. Ich ging aus.

Er stand zur Ladentür gewandt, hatte seinen Umhang übergezogen und einen Schalbund umgeschlungen. Er war am Gehen. Der Schal war auf der Rückseite gefältelt. Ich sagte mir, wenn das die Amme sähe, würde sie sagen, er gehöre also zu jenen Laffen. Wie gut ihm doch diese Tracht stand, die allmählich außer Mode kam. Die Hände in die Hüften gestemmt, hatte er die Daumen im Schalbund vergraben und sich ein wenig nach hinten gebeugt, als wollte er Schmerz und Müdigkeit des Rückens lindern. Ich stand still da und betrachtete ihn. Ich war gekommen, um die Sache zu Ende zu bringen. Also fürchtete ich mich nicht mehr vor dem Verlust des Ansehens. Ich blickte weder links noch rechts. Sollte doch die Schande offen zu Tage treten. Mein Entschluß stand fest.

Vielleicht hatte sich mein Blick wie ein Pfeil in seinen Rücken gebohrt, denn er blieb in derselben Haltung stehen. Allmählich straffte sich sein Rücken, und plötzlich drehte er sich um. Er vergaß zu grüßen. Wie verzaubert. Leise sagte er: »Bist du endlich gekommen?«

Ich schlug den Gesichtsschleier hoch und sah ihn lächelnd an.

»Weißt du, wie lange du dich schon nicht mehr nach mir erkundigt hast?«

Manchmal duzte und manchmal siezte er mich. Noch genierte er sich vor mir. Ich fühlte mich ihm überlegen. Meine Bosheit erwachte, und ich sagte: »Ich weiß.«

»Wollen Sie mich in den Wahnsinn treiben?«

»Wenn ich wahnsinnig geworden bin, warum nicht auch Sie?«, antwortete ich. Verdutzt starrte er mich an. Er konnte nicht glauben, daß ich so freimütig sprach. Er wußte nicht, was antworten. Ich sagte: »Ich wußte nicht, daß du schreiben kannst.«

Angesichts seiner Scham und Bestürzung war ich kühn geworden, und da ich mich überlegen fühlte, genoß ich es, ihn zu duzen. Leise sagte er: »Ich kann.«

»Wo hast du diese schöne Schrift gelernt?«

»Ich habe sie in Tabriz gelernt. Die ersten zwölf Jahre war ich dort. Mein Vater stammt aus jenem Bezirk. Meine Mutter stammt vom Kaspischen Meer. Wir hatten ein Zimmer bei einem Mullah.

Das Alphabet und die Schönschrift hat der mir beigebracht. Ich hatte sechs, sieben Jahre Unterricht bei ihm. Als mein Vater starb, kamen wir nach Teheran. Noch immer übe ich mich in Kalligraphie, wenn ich Zeit habe.«

»Liest du auch Hafis?«

»Nein, aber mein Mullah gab mir das Abschreiben von Hafis' Gedichten als Hausaufgabe auf.«

»Gehst du nicht mehr zur Schule?«

»Ich würde gern. Ich wollte auf die Dar-ol-Fonun-Schule gehen.«

»Warum bist du dann nicht gegangen?« fragte ich.

»Ich sagte doch, mein Vater ist gestorben. Ich muß für den Unterhalt meiner Mutter aufkommen. Jetzt will ich eine Zeit lang arbeiten. Wenn ich mir etwas zusammengespart habe, gehe ich auf die Militärschule.«

Ich sagte, »Aha, das ist eine gute Idee. Obwohl es schade wäre, wenn man Ihre Locken abschneiden würde.« Wieder blieben wir still. Ich freute mich. Also wollte er es zu etwas bringen. Als ich ihn mir in Uniform vorstellte, wurde ich erst recht schwach. Ich wartete, bis ein, zwei Personen in der Nähe vorbeigegangen waren. Ich streckte meine Hand aus und sagte: »Das gehört Ihnen.«

Wieder erschien jenes bezaubernde Grinsen um seine Mundwinkel. Seine Augen lachten, und er starrte mich durchdringend an, als könnte er meine Gedanken lesen.

»Es gehört mir?«

»Ja.«

Er lachte, und ich sah seine Zähne.

»Was ist es denn?«

»Nehmen Sie, Sie werden es schon merken.«

Rasch trat er vor und ergriff unvermittelt mein Handgelenk. Beide erstarrten wir auf der Stelle. Seine Hand war kräftig und rauh. Er drückte mein Handgelenk so kräftig, daß ich, hätten wir gekämpft, vor Schmerz geschrien hätte. Doch jetzt wünschte ich mir, daß dieser Zustand bis ans Ende der Welt anhielte. Es dauerte jedoch nur einen Augenblick. Er nahm das Papier aus meiner Hand. Ich ging nach Hause. Es gab keinen Weg zurück, ich hatte alle Brücken hinter mir abgebrochen. Bis es Nacht wurde, küßte ich meine Hand zwanzig Mal. Als ich am Morgen erwachte, wusch ich mir nur widerwillig Gesicht und Hände.

»Mahbub Djan, dein lieber Onkel und Mansur sind zu deinem Herrn Papa gegangen und haben um deine Hand angehalten. Was sagst du dazu?«

Ich fragte, »Was hat Papa gesagt?«

»Er hat gesagt, ›Ihre Mutter und ich wünschen es uns ja aus ganzem Herzen, nichts wäre uns lieber. Doch erlaubt bitte, daß wir auch das Mädchen nach seiner Meinung fragen.‹«

»Ach, was für ein Wunder, daß ihr auch das Mädchen nach seiner Meinung fragt! Das Mädchen sagt nein.«

Meine Mutter erhob sich, »Schon gut, hab dich nicht so! Alles Gefeilsche hat seine Grenzen. Wessen Frau würdest du denn zum Beispiel werden wollen? Weißt du, wen Ata-od-Doules Sohn, vor dem du dich so geziert hast, geheiratet hat? Die Tochter von Abdul Ali Chan Sharif-ol-Tojar, ein Gedicht von einem Mädchen. Noch im Kindesalter, gebildet und wohlerzogen. Und der Vater ein Krösus. Trotz dieser Vorzüge war die Familie des Mädchens beim Empfang des Brautgelds dermaßen verunsichert, daß nicht viel gefehlt hätte, und sie hätten dem Bräutigam ein Brautgeld ausgesetzt . . .«

»Na und, schön für Ata od-Doules Sohn.«

Zornig erwiderte meine Mutter, »Und was für Anstalten machte die Gnädigste? Er hat ein Kind; seine Mutter spricht zuviel über ihre verstorbene Schwiegertochter; erst muß ich den Jungen sehen. Und dann hast du den Mensch in Nozhats Haus gelockt und ihn maßlos erniedrigt. Hast nein gesagt. Gehört sich so etwas? Ich verstehe ja nicht, was derlei Anstalten bedeuten!« Und dann sagte sie, gerade so als hätte ich ihr keine Absage erteilt und als kostete sie einen süßen Traum aus, »Wenn wir deine und Chojastehs Hochzeit auf denselben Abend legen könnten –«

Entrüstet sagte ich, »Chanum Djan!«

»Ja, so ist es am besten. Die Hochzeitseinkäufe erledigen wir für euch gemeinsam. Beide gleich. Für die Mitgift alles doppelt. Die Ringe gleich und das Brautgeld gleich hoch. Ja, dein lieber Onkel hatte Recht. Drei Glücksfälle in einem Jahr. Ein Sohn und zwei Schwiegersöhne.«

Es nützte gar nichts. Ich mußte mir etwas anderes einfallen lassen. Meine Eltern hatten sich entschieden. Diesmal war die Sache ernst. Ich mußte es ihnen sagen. Aber wie? Ich traute mich nicht. Es würde einen Aufstand geben. Aber vielleicht danach, nachdem mein Vater Rahim gesehen hätte, seine Art und seinen Umgang gesehen hätte. Wenn er wissen würde, daß er Offizier werden wollte, und wenn er seine Gestalt gesehen hätte – wie ich sie sah –, vielleicht würde er ihn dann ins Herz schließen. Vielleicht würde Papa sich meiner erbarmen. Vielleicht würde er mich mit ihm verheiraten und ihn ins Haus nehmen und ihm helfen. Bis er auf die Militärschule ginge. Bis er sich selbst ernähren und auf eigenen Füßen stehen könnte. Dann würden wir uns ein eigenes Haus kaufen ...

Wie einfältig ich doch war. Ich träumte vor mich hin. Ich wußte nicht, daß man ebenso gut Stoff und Papier hätte verbinden können, wenn man das adlige Blut meines Vaters mit dem gewöhnlichen Blut Rahims des Schreiners vermischen wollte. Allein der Gedanke war eine Sünde, reiner Wahnsinn.

Tage und Nächte vergingen mit Grübeln. Was sollte ich tun? Wie sollte ich mich entdecken? Wem sollte ich es sagen? Mir fiel keine Lösung ein. Ich konnte keine Vertraute finden. Das Problem war zu groß, als daß ich es mit meinem jugendlichen Verstand hätte bewältigen können. Hundert Mal bereute ich und änderte meine Meinung, und dann wieder, sobald ich Mansurs Name hörte, überfiel Sehnsucht mein Herz. Als stünde der Name Mansur in direkter Verbindung mit dem Gesicht eines Jungen, der in der Schreinerei an der Straße mit der Säge hantierte.

Beim Abendessen füllte sich mein Vater vergnügt seinen Teller mit Safranreis, Kräuter-Choresh und Reiskruste auf und sagte, »Brüderchen hat uns eingeladen.«

Das Herz sprang mir aus der Brust und fiel zu Boden. Ich wurde rot bis über beide Ohren und senkte den Kopf. Auch meine Mutter grinste breit. Heimlich wies sie in meine Richtung und fragte, »Wohin?«

»In den Garten in Shemiran. Dort kann man das Angenehme mit dem Nützlichen verbinden. Ihr geht Luft schnappen, und Brüderchen, Mansur und ich gehen auf Rebhuhnjagd ...«

Meine Mutter sagte lachend, »Agha, Sie haben doch Ihr Wild schon vor Jahren erlegt ... Mahbube, warum tust du dir nicht Reis auf?«

Ich war satt, der Appetit war mir vergangen. Ich hatte das Leben satt. Ich wollte aufstehen und flüchten. Doch wohin? Der Gedanke an die Flucht ließ mich erzittern. Lieber ein Ende mit Schrecken. Ich würde es sagen und mich vom Leben erlösen.

Die ganze Nacht hatte ich nachgedacht. Ich war wach geblieben, bis das Licht der Frühe durch die bunten Fensterscheiben farbige Muster auf Wände und Teppiche warf. Dann erst schlief ich ein und stand später auf als üblich. Der Duft von frischem, doppelt gebakkenem Ssangak, von Butter und Käse; das Glucksen des Samowars; das Geklapper der Teegläser und -untersetzer, die man ins Hofzimmer brachte; das Geräusch von Dadde Chanums Schritten, ihr unbekümmertes Gespräch mit meiner Mutter und Manuchehrs Quengeleien weckten mich auf.

Meine Mutter, die Amme und Dadde Chanum waren alle ganz liebevoll. Alle trafen sie Vorbereitungen für die Reise. Und meine Schwester Chodjasteh freute sich über eine Woche Shemiran, das eine Welt für sich war. Zumal es sich bei dem Garten um Onkelchens großen Garten voller Bäume handelte. Nicht wie das Grundstück von Agha Djan in Gholhak, das eher einer ausgedehnten Farm glich, die unter der heißen Sonne die Ebene, so weit das Auge reichte, in ihr grünes Gewand hüllte und uns Tomaten, Gurken und Auberginen zum Geschenk machte. Ein Grundstück, das mein Vater vor kurzem zur Hälfte mit Obstbäumen hatte bepflanzen und umzäunen lassen und auf dem er ein Gebäude errichten wollte.

Onkelchens Garten war ein richtiger Garten. Verwinkelt und mit einem friedlichen kleinen Bach vor dem Gebäude, der beim Eintritt in den Garten noch nicht rauschte. Der Garten stand voller Obstbäume und war überaus idyllisch. Der Geruch der Walnußbäume stieg einem zu Kopf. Die Mandelbäume waren Reihe für Reihe bis ins Unendliche gepflanzt, und wenn sie in Blüte standen, brachten einen ihr Duft und das Summen der Bienen wirklich zum Träumen. Und außerhalb des Gartens, weiter entfernt, die Jagd auf den Abhängen des Elburz-Gebirges.

Ich wusch mir Gesicht und Hände. Dank eines Qanats, der unter unserem Haus verlief, war das Wasser im Becken rein und klar. Da es warm geworden war, wurden morgens die Fenster geöffnet. Es war wie in einer Welt für sich, am Frühstücksgedeck zu sitzen, dem Gegluckse des Samowars zu lauschen und Wasserbecken samt Blumenpracht zu betrachten. Nach dem Frühstück wollte ich unter dem Vorwand, die Tante mütterlicherseits zu besuchen, das Haus verlassen, als sie selbst eintraf. Nach der Begrüßung ging sie geradewegs zu meiner Mutter, setzte sich neben sie, nahm Manuchehr in die Arme und herzte ihn. Als Chodjasteh das Zimmer betrat, war diese an der Reihe, geherzt zu werden. Dann wandte sich die Tante an meine Mutter und sagte: »Nazanin Djan, was wird nun aus meinem armen Sohn? Wie lange noch soll er unverrichteter Dinge herumsitzen? Ich bin heute gekommen, seine Angelegenheit zu regeln.«

Sanft erwiderte meine Mutter, »Schwesterchen, da gibt's doch nichts zu klären. Ich habe von Anfang an gesagt, daß der Agha findet, solange noch Mahbube im Haus ist, kann man Chodjasteh nicht verheiraten.«

»Nun gut, ich verlange ja nicht, daß wir sie verheiraten. Ich möchte nur, daß wir eine kleine Verlobungsfeier veranstalten, um sicher zu gehen, daß das Mädchen uns gehört . . .«

Chodjasteh verließ schamhaft das Zimmer. Meine Mutter sagte: »Aber, Schwesterchen, weshalb haben Sie es denn so eilig? Als wäre eine Witwe zu verheiraten, daß wir nur eine kleine Verlobung feiern. Wir haben Ihnen doch von Anfang an gesagt, das Mädchen gehört Ihnen. Aber es ist erst elf Jahre alt, sein Mund riecht noch nach Muttermilch.«

»Das ist doch Unsinn, Nazanin. Ich selbst war neun, als man mich verheiratete. Und dann behauptest du, Chodjasteh wäre ein Kind? Nein, meine Liebe, ihr macht nur Ausflüchte.«

»O weh, was soll das heißen, Schwesterchen? Welche Ausflüchte? Bei Ihrem Leben, ich wünsche es mir ebenfalls aus ganzem Herzen. Hamid ist mir wie ein eigener Sohn. Und Gott sei Dank hat er auch keine Fehler oder Gebrechen, so daß wir nach Ausflüchten suchen müßten. Nun, wenn es so steht, gut. Ich werde noch einmal mit ihrem Vater sprechen und Ihnen die Antwort überbringen.«

Das war schon das soundsovielte Mal, daß die Tante um Chodjastehs Verlobung gebeten und daß meine Eltern gezögert hatten. Da ich noch nicht geheiratet hatte. Da Hamid seine Frau nach Gilan mitnehmen und dort mit ihr leben wollte. Da meine Mutter das Fernsein ihrer Töchter nicht ertrug.

Als die Tante gegangen war, kam ich zu einem Entschluß. Stand auf und hüllte mich in den Tchador, um meine Schwester zu besuchen. Meine Mutter war mit Manuchehr und den täglichen Hauspflichten beschäftigt. Sie fragte, »Gehst du allein?«

»Mit wem sollte ich denn gehen? Die Amme ist mit Manuchehr beschäftigt, und Dadde Chanum hat Fußschmerzen. Das Wetter ist gut. Ich will heute zu Fuß gehen.«

»Kommst du abends zurück?«

»Ja, ich komme zurück. Schwesterchen Nozhat wird mir schließlich jemanden mitgeben. Sie läßt mich doch nicht allein gehen.«

»Du bist ja auch alle Nas lang im Haus deiner Schwester«, bemerkte meine Mutter.

Im Nu erreichte ich die dritte Nebenstraße. Jetzt, da ich mich entschlossen hatte, fürchtete ich mich nicht mehr vor dem Verlust der Ehre. An diesem Tag jedoch war Rahims Meister, ein hinfälliger Alter, im Laden und sprach gerade mit ihm. Rahim erkannte mich am Zögern vor der Ladentür und geriet völlig durcheinander. Behutsam setzte ich mich wieder in Bewegung. Ich hörte seine Stimme, wie er den Schreinermeister höflich loszuwerden versuchte.

»Geht in Ordnung, Sie können schon gehen. Morgen oder übermorgen mache ich es fertig und bringe es denen an die Haustür . . .« Anscheinend war der alte Mann stur und wollte nicht gehen. Seine Stimme war leise, und ich verstand nichts. Wieder sagte Rahim, »Jawohl, Hadji, wie Sie schon sagten. Geht in Ordnung. Bitte gehen Sie doch, damit ich meine Arbeit erledigen kann. Morgen nachmittag bringe ich es denen vor dem Ruf zum Abendgebet an die Haustür . . .«

Ich ging ziellos am Trinkwasserhäuschen vorbei. Sehr langsam. Inzwischen traute ich mich nicht mehr, Kerzen anzuzünden, um Gott um Hilfe zu bitten. Um zu beten, daß meine Eltern einwilligten, unsere Angelegenheit schneller zum Abschluß zu bringen. Ich zögerte. Der ausgemergelte Alte stand noch immer im Laden. Ich ging weiter. Im Kräuterladen kaufte ich etwas Borretsch. Dann beschäftigte ich mich damit, die Stoffe des Textilgeschäfts neben dem Kräuterladen zu betrachten. Gesenkten Blicks sah ich endlich, wie der Alte ächzend aus der Schreinerei trat. Seelenruhig wedelte er mit seiner Pfeife herum und klopfte sie friedlich auf seinen Schalbund. Strich über die Fersen seiner Stoffschuhe und setzte sich schlurfend in Bewegung. Ich ging auf den Laden zu.

»Ist er endlich gegangen?«

Mit seinem üblichen schelmischen Lächeln sagte er, die Hände über der Brust verschränkt und an den Tisch in der Ladenmitte angelehnt, »Salaam.«

»Salaam.«

Ohne ein Wort ging er nach hinten und nahm aus einer kleinen, aus der Lehmwand ausgesparten Nische etwas neben einer verräucherten Laterne weg und kam auf mich zu, »Das gehört Ihnen.«

»Was ist es denn?«

Ich streckte die Hand aus. Ein abgeschnittenes Haarbüschel, das mit einem Stück Zwirn zusammengebunden war, wurde mir in die Hand gelegt. Ich schlug den Gesichtsschleier hoch und lachte ihn an. Er lachte ebenfalls. »Ein grünes Blatt ist des Derwischs Gabe.« Verzaubert blickte ich ihn an. Ich wollte sprechen. Trat von einem Bein aufs andere, wußte aber nicht, was ich hätte sagen sollen. Als habe er begriffen, sagte er unvermittelt, »Wir wollen euch zur Brautwerbung besuchen.«

Mir blieb das Herz stehen, »Geht nicht!«

»Warum nicht?«

»Sie wollen mich mit meinem Cousin verheiraten.«

Das Lächeln erstarb auf seinen Lippen. »Oh!« Er verstummte. Den Kopf hatte er gesenkt, wie schmollend. Er war gekränkt. Mit der Schuhspitze wirbelte er die Holzspäne durcheinander. Er hob den Kopf und starrte auf die Wand ihm gegenüber. Ich sah nur sein Profil, das mir sehr gefiel. Dieser Hals. Seine Halsader pochte. In kämpferischem Ton fragte er, »Willst du auch?«

»Nein.«

Stille breitete sich aus. In Gedanken versunken betrachteten wir beide den Boden. Schließlich sagte ich, »Ich gehe gerade zum Haus meiner Schwester, um ihr zu sagen, daß ich den Cousin nicht will.«

»Gut, dann wird sie sicher fragen, wen du willst.«

»Den Schreiner unseres Viertels, werde ich sagen.«

Mit lauter Stimme lachte er, und was für ein herrliches Lachen. Er sah mich an. Ich floh nicht vor seinem Blick, obwohl mein Gesicht vor Scham glühte. Er fragte, »Stimmt das?«

»Ja.«

»Dann laß mich doch zur Brautwerbung kommen.«

»Nein, warte noch. Die Zeit ist noch nicht reif. Warte ab. Erst muß meine Schwester es meinen Eltern sagen. Danach sage ich dir Bescheid.«

Wieder fragte er erstaunt, »Du bist also tatsächlich bereit, meine Frau zu werden? Die Frau von mir Habenichts?«

Er sah erst sich an, dann mich. Als wollte er unterstreichen, daß er ein Habenichts ist. Jede seiner Gesten war begehrenswert. Die rechte Hand hatte er auf den Tisch aufgestützt. Mein Blick ruhte auf ihm. Ich sagte, »Ja.«

Seine Augen lachten. Er schüttelte den Kopf zum Zeichen des Kummers und Bedauerns. Seine Locken ringelten sich auf seiner Stirn. Er fragte, »Ist es nicht schade um dich?«

»Was hast du denn für einen Fehler?« fragte ich.

»Mein Fehler ist, daß ich mich mit leeren Händen verliebt habe.«

Ich lachte und sagte, »Gerade darin liegt der Reiz«, und ging zum Haus meiner Schwester. Unterwegs sah ich zehn Mal das Haarbüschel an. Von schöner Farbe und schwungvoll; dasselbe, das ihm ins Gesicht glitt.

Wieder zog Tantchen ein Tütchen aus der hölzernen Truhe und reichte es Sudabeh. Das Tütchen enthielt ein Haarbüschel, das auf ein weißes Blatt Papier aufgeklebt war. In Sudabehs Augen war es nichts Besonderes oder Außergewöhnliches. Die kräftigen, angerauhten und leicht gewellten Haarsträhnen waren aufs Papier gepreßt und mit der Zeit zerfasert. An einigen Stellen waren sie zerknickt und fast gebrochen. Tantchen sah die Haare an. Als sei sie in die Vergangenheit zurückgekehrt, als hätte sie dieses Päckchen soeben erhalten. Sudabeh war Tantchens wegen ebenso aufgewühlt wie diese. Tantchen fuhr fort:

Meiner Schwester sagte ich, »Ich bin zum Mittagessen zu euch gekommen.« Obwohl mein Verhalten sie ein wenig verwunderte, äußerte sie ihre Freude. Sie fragte mich nach dem Befinden aller, und ich spielte mit ihrem Söhnchen, war jedoch in Gedanken woanders. Gelegentlich gab ich ungereimte Antworten. Fragte sie beispielsweise, wie es Manuchehr gehe, antwortete ich, er sei bei der Amme. Der Neffe in meinen Armen begann zu weinen, und zerstreut klopfte ich ihm sachte auf den Rücken und starrte auf den Teppich vor meinen Füßen. Da meine Schwester keine Milch hatte, stillte eine junge Amme ihr Kind. Ihr Sohn war anderthalb Jahre alt und noch immer nicht entwöhnt. Erstaunt nahm ihn meine Schwester mir aus dem Arm und vertraute ihn der Amme an, damit sie ihn wegbrachte und stillte. Dann kam sie und setzte sich neben mich und fragte, »Nun, was gibt es Neues?«

»Es ist beschlossen, daß wir für eine Woche nach Shemiran in Onkelchens Garten fahren.«

»Hat Agha Djan wieder Lust auf Rebhuhnjagd?«, fragte meine Schwester.

»Nein, dieses Mal wollen sie sich über Mansur und mich einigen.«

Meine Schwester strahlte über das ganze Gesicht, »Du Schelm, ich hab doch gemerkt, daß du zerstreut bist. Sag bloß, diese Verwirrung und Zerstreutheit war nicht ganz grundlos. Wunderbar, dann wünsche ich dir viel Glück.« Sie setzte sich näher zu mir und fragte aufgeregt, »Sag schon, erzähl. Hat Mansur um deine Hand angehalten? Was hat er gesagt? Mansur ist wirklich ein liebenswerter junger Mann ...«

Ich stand auf, ging zum Fenster und stützte mich auf, »Möge Gott ihn seiner Mutter erhalten.«

»Kümmer dich nicht um Eftechar ol-moluk. Mansur ist auf keinen Fall wie sie. Er ist ihr nicht nachgeschlagen. Als sei er gar nicht der Sohn dieser Mutter. Hab keine Angst, Onkel Hadji wird schon selbst mit ihr zurechtkommen. Nun erzähl doch, was hat Mansur gesagt?«

Eftechar ol-moluk, die Frau meines Onkels väterlicherseits, war eine neidische und intrigante Frau mit einem Lästermaul, doch glücklicherweise hatte keines ihrer Kinder diese Eigenschaften von ihr geerbt. Denn Onkelchens sanftes Wesen, seine korrekte Erziehung und seine Weisheit hatten ihre Wirkung bei den Kindern nicht verfehlt. Mansur war sanfter, aufrichtiger und zugleich ernsthafter als die anderen und genoß bei allen in der Familie Respekt und Zuneigung. Speziell mein Vater, der bis vor kurzem keinen männlichen Nachkommen besessen hatte, liebte ihn wie seinen eigenen Sohn, und Mansur empfand für ihn ebenfalls besondere Zuneigung und Respekt.

Ich sagte: »Ich kümmere mich nicht darum; sie lassen mich nicht in Frieden. Onkelchen hat gesagt, Mansur sagt, ›Schon als ich zehn Jahre alt war, damals, als Mahbube noch ein Säugling war und ich mit ihr spielte, wünschte ich mir in meiner kindlichen Vorstellung, daß sie als Erwachsene meine Frau wird. Und jetzt ist sie doch erwachsen und verständig ...‹«

Meine Schwester lachte laut auf, »Und du, Mahbube? ... Seit wann hast du ein Auge auf ihn geworfen?«

Bekümmert und teilnahmslos antwortete ich, »Ich? Ich hab doch nichts zu melden. Sie sind es doch, die alles für mich einfädeln. Damals war es Ata od-Doules Sohn, und diesmal ist es Agha Mansur. Ich habe nie ein Auge auf ihn geworfen.«

Erstaunt und neckisch hob sie eine Braue und fragte lächelnd, »Auf wen dann?«

Nach diesem Scherz begann sie, an der Wasserpfeife zu ziehen, die ihr die Dienerin soeben gebracht hatte. Ich starrte auf ihre volle, fleischige Hand, die die silberne Pfeifenspitze fest umklammert hielt. Wie sorglos sie auf dem Sitzkissen saß und Wasserpfeife rauchte. Ich wartete, bis die Dienerin das Zimmer verlassen hatte, die Stufen zum Hof hinabgestiegen und in der Küche auf der linken Seite des *Andaruni*-Hofs verschwunden war.

Behutsam trat ich vom Fenster weg und sah auf die Zimmertür. Auf die paillettenbestickten Vorhänge, die vor der Eingangstür mit zwei breiten, fransenbesetzten Bändern zur Seite gezogen worden waren; auf die stuckverzierten Nischen und die Kaschmirdeckchen, die sie schmückten; die bunten Leuchter und die Petroleumlampen mit Runddocht und weißen oder farbigen Lichtschirmen, die auf das abendliche Anzünden warteten. Der Tisch in der Zimmerecke wurde von vier Stühlen aus Walnußholz eingefaßt. Der Raum war rundum mit Sitz- und perlenbestickten Rückenkissen ausgeschmückt und der Länge nach mit zwei großen dunkelroten Teppichen ausgelegt. All das gehörte zur Mitgift meiner Schwester. Nozhat war zweifellos eine glückliche Frau. Wie meine Mutter. Ich wußte, daß ihr Mann in sie verliebt war, verliebt in diese kindliche, üppige und schelmische Frau. In diese kluge, umsichtige und humorvolle Frau. Ich wußte, daß er Nozhat verwöhnte. Was Nozhat sich auch wünschte, es geschah. Sagte sie, stirb, war Nassir Chan bereit zu sterben. Doch Nozhat war auch klug. Sie war vernünftig und liebte ihren Ehemann auf ihre Weise ebenso sehr. Sie wußte, wann sie sich einschmeicheln und wie weit sie sich zieren konnte. Sie wußte, alles hatte seine Grenzen. Ich fragte mich, was für eine Liebe das wohl war? Wie mein Verliebtsein? Wenn es so war, dann hatte Nozhat Glück gehabt. Sie hatte sich in den Richtigen verliebt. Sie hatte den Passenden erwischt. Ganz langsam schritt ich vorwärts. Ich trug eines der Kleider, das die Schneiderin meiner Tante genäht hatte. Ich erinnere mich, daß es aus rosa Taft war. Und ich trug weiße Strümpfe, die aus Rußland kamen und die Mama immer für Chodjasteh und mich kaufte. Eine Haarlocke hatte ich mir mit Gummitragant mühsam auf die Stirn geklebt. Wie einen Skorpionstachel. Meine Schwester betrachtete mich, und ihr Blick triefte vor Bewunderung. Doch ich war zu bekümmert, als daß ich hätte lächeln können. Ich war im Begriff, zu stechen. Wie ein Skorpion. Ich kniete mich neben sie, spielte mit dem Ende meines Kleidergürtels herum. Ein Gürtel aus dem gleichen Stoff, aber in weiß. Meine Schwester fragte mit einem freundlichen Lächeln, »Mahbub Djan, warum hast du deinen Sherbet nicht getrunken?«

»Ich mag nicht, Schwesterchen.«

»Warum? Was für eine anspruchslose Braut!«

»Um Gottes willen, bitte sagen Sie das nicht, Schwesterchen. Mir gefällt es nicht.«

Meine Schwester fragte lachend, »Weshalb soll ich es nicht sagen? Genierst du dich? Wußte ich doch, daß du Ata od-Doules Sohn nicht grundlos ablehnst! Sag bloß, du hattest andere Pläne. Du warst in Gedanken woanders.«

Ich schwieg. Ich hatte andere Pläne. Mein Körper zitterte, ich fror. Ich war froh, daß mein Schwager im *Biruni* damit beschäftigt war, mit seinen Klienten und Pächtern herumzufeilschen. Ich schaute rechts und links, daß bloß keine Bedienstete einträte. Ich streckte die Hand aus und nahm das Sherbetglas neben der Hand meiner Schwester, die sich an das Sitzkissen zurückgelehnt hatte. Mein Mund war ausgetrocknet. Ich nippte ein wenig am Saft. Es half nichts. Ich wollte das Glas auf den Boden stellen, da fiel es hin, und der Saft ergoß sich. Meine Schwester sagte, »O weh, alles ist klebrig geworden. Zinat, . . . Zinat . . .«

Sie rief nach der Dienerin, damit sie den Sherbet aufwischte. Eiligst legte ich meine Hand auf ihr Knie und sagte, »Um Himmels willen, ruf niemanden, Schwesterchen. Ich wische es selbst auf.«

Ich suchte um mich herum nach einem Lappen. Schließlich sagte meine Schwester, die mich mit offenem Mund ansah und den auf dem Teppich vergossenen Sherbet vergessen hatte, »Was ist denn in dich gefahren, Mahbube? Als wüßtest du nicht mehr, wer du bist. Du bist völlig durcheinander. Fürchtest du dich vor etwas?«

Mir stockte der Atem. Die Worte waren mir im Halse steckengeblieben und erstickten mich. Ich legte meine Hand, die kalt wie ein

Eisklumpen war, auf ihre warme Hand, »Schwesterchen, werden Sie nicht Krach schlagen, wenn ich Ihnen etwas erzähle? Um Papas willen, bitte fangen Sie kein Gezeter an!«

Meine Schwester ergriff meine Hand und fragte, »Warum frierst du so, Mahbube, was ist denn los?« Allmählich begann sie sich zu sorgen. Erschrocken fuhr sie fort, »Sag es, sag mir, was los ist. Hab keine Angst. Sprich es aus. Du hast dich doch nicht etwa verliebt?«

Ich staunte über ihren Scharfsinn. Doch schien sie selbst nicht zu glauben, was sie gesagt hatte. Diesen Satz hatte sie nur zur Betonung meiner Verwirrung und Zerstreutheit benutzt. Ich ließ den Kopf sinken und sagte, »Ja, Schwesterchen, ich habe mich verliebt.« Und plötzlich begann mein Kinn unwillkürlich zu zittern, und Tränen füllten meine Augen.

Meine Schwester sah mich fassungslos an. Sie blinzelte ein, zwei Mal. Vielleicht versuchte sie aus dem Traum zu erwachen. Dann fragte sie behutsam, wie eine, die im Halbschlaf spricht, »Verliebt in Mansur . . .?«

»Nein.«

Es dauerte einen Augenblick, bis sie die Bedeutung meines Wortes begriff, und diesmal war sie es, die entsetzt einen Blick auf die Zimmertür warf. Sie senkte ihre Stimme noch weiter. Ihre rechte Hand umklammerte nach wie vor die Wasserpfeife. Mit der Linken schlug sie sich auf den Kopf. Sie beugte sich zu mir herab und sagte, »Gott laß mich sterben, Mahbube, ist das wahr?« Ich schwieg. Eine Träne tropfte mir aus dem Auge. »Sag, was in aller Welt soll ich tun? In wen hast du dich verliebt?« Und während sie ihr Gedächtnis nach jungen Männern absuchte, denen ich in meinem eingegrenzten Leben hätte begegnen können, zählte sie diese einen nach dem anderen auf, »Du hast dich doch nicht etwa in den Sohn der Prinzessin verliebt, den, von dem du sagtest, seine Tante Tahere Chanum . . .«

»Nein, Schwesterchen.«

»Wer dann? Wer bloß?« Gedankenverloren starrte sie auf den Boden und schüttelte ihren Kopf. Das Feuer der Wasserpfeife war erloschen, und sie hielt die Pfeifenspitze immer noch in die Faust gepreßt. »Der Sohn der Tante väterlicherseits? Aha, du hast dich doch nicht etwa in den Sohn der Tante mütterlicherseits verliebt? Derjenige, der um Chojastehs Hand anhält?«

Ungeduldig antwortete ich, »Nein, Schwesterchen, nein. Die sind es doch nicht.«

»Wer ist es dann? Gott laß mich sterben, Mahbub, wer dann? Es ist doch nicht etwa ein verheirateter Mann? Hat er Zutritt zum *Andaruni*? Ist es ein Verwandter? Wo hast du ihn gesehen?«

»Nein, kein Verwandter, Schwesterchen . . .«, schluchzend begann ich zu weinen.

»Nicht? Wer ist es dann? Begehrt er dich ebenfalls? Habt ihr euch abgesprochen?«

Die Tränen hörten nicht auf, »Ja, Nozhat Djan, er begehrt mich ebenfalls.« Wieder schlug sie sich mit der Hand auf den Kopf und sah mich starr an. Ich sagte, »Daß du dich bloß nicht grämst, Nozhat . . ., denn . . ., denn . . . er ist nicht von besonders geachteter Herkunft.«

»Ist er nicht? Wer ist es denn?« Nun war es ihre Hand, die zitterte. Sie ließ die Wasserpfeife fahren und preßte beide Hände an ihren Kopf. »Es ist doch nicht etwa Kazem Chan, Hadj Nasrollahs Sohn, oder? Der rundliche, lustige.«

Kazem war der etwa achtzehnjährige Sohn Hadj Nasrollahs, des Freundes meines Vaters aus Kindertagen. Von Zeit zu Zeit kam er mit seinem Vater in das *Biruni* zu meinem Vater. Er besaß ein anziehendes und einnehmendes Gesicht, und sein Vater hatte meinem gesagt, daß sich die Frauen trotz seiner übermäßigen Leibesfülle nach ihm verzehrten. Sie behaupteten, er sei apart. Er hatte gesagt, ›Ich weiß ja nicht, wie, vielleicht besitzt der Teufelsbraten einen Liebestalisman.‹ Wir lachten meistens über diese Lobrede des Vaters auf den Sohn. Hadj Nasrollah besaß keine großen Güter, war jedoch ein fleißiger und rechtschaffener Mann, der im Basar eine Ladenzelle hatte und dort Handel trieb. Wie die Alten zu sagen pflegten, lebte er von der Hand in den Mund. Ein blasses, schmerzerfülltes Lächeln erschien auf den Lippen meiner Schwester. Klagend erwiderte ich, »Nein, Schwesterchen, wenn er's doch wäre. Hadj Nasrollah ist doch ein geachteter Mann.«

Diese Worte waren mir unwillkürlich entfahren. Meine Schwester richtete sich halb auf ihren Knien auf. »Willst du damit sagen, sein Vater ist ein Unwürdiger. O Gott, laß mich sterben. Du bringst mich noch um, Mädchen. Nun sag's schon endlich und erlöse mich.«

Nun war es so weit. Es gab keinen Weg zurück. Ich hatte es ausgesprochen. Der Pfeil war von der Sehne geschnellt und kehrte nicht mehr zurück. Wäre ich doch bloß stumm geworden, hätte ich es doch nicht gesagt. Gleich würde diese Frau umfallen. »Ist nichts, Schwesterchen, laß schon.«

Kaum wollte ich aufstehen, packte sie mich am Handgelenk, »Was heißt hier, laß schon? Wo gehst du hin? Setz dich gefälligst. Sag, was du ausgefressen hast. Sag, wer ist dieser Mensch?«

Ich setzte mich. Lautlos fielen meine Tränen, »Ich kann es nicht sagen.«

»Mahbube, du bringst mich um. Gleich bleibt mir das Herz stehen. Heul nicht herum. Sag mir, wer es ist. Hat er dir selbst gesagt, daß er dich begehrt?«

»Ja, Schwesterchen.«

Meine Schwester grub sich die Nägel ins Gesicht, »Dann habt ihr euch also schon besprochen? Und seid euch auch schon einig?« Ich schwieg und starrte sie an. »Nun sag's schon, Mädchen, sag endlich, wo hast du ihn gefunden? Sag mir, was in aller Welt ich tun soll. Sagst du es jetzt endlich?«

Ich werde es sagen. Man stirbt nur einmal. Ich sagte, »Doch, ich werde es sagen ...« Ich schwieg und fuhr dann langsam fort, »Du kennst doch die Schreinerei auf dem Weg zu uns?«

Meine Schwester hatte mein Handgelenk gepackt und preßte es. Halb aufgerichtet hockte sie auf ihren Knien und sah mich an. Sie war ganz Auge und Ohr. Die einzige Bewegung, die ich an ihr entdecken konnte, waren die sich weitenden Augen. Fragend, voller Entsetzen. Kaum brachte sie heraus, »Und?!«

»Der Schreinerlehrling, der dort arbeitet. Er heißt Rahim.«

Die Erwähnung seines Namens erfüllte mich mit Ruhe. Endlich hatte ich dieses drückende Geheimnis jemandem mitteilen können. Hatte die Last einer anderen aufgebürdet. Als sei ich befreit. Und wie sehr ich Rahim begehrte. Meine Schwester fragte wie schlaftrunken, »Wer?« Ohne weitere Erklärung starrte ich ihr in die Augen. Allmählich begriff sie die Bedeutung meiner Worte. Sie bemühte sich zu atmen. Es ging nicht. Ihr Mund öffnete und schloß sich zwei, drei Mal. Wie die Fische im Becken. Dann sagte sie, »O Gott, laß mich sterben. Mädchen, bist du verrückt geworden?«

»Nein, Nozhat Djan, ich bin nicht verrückt geworden. Sag es bitte Papa, um Gottes willen. Sag es Mama. Ich will keinen anderen ...«

»Einen Teufel werde ich tun. Willst du, daß Papa tot umfällt? Und Mama wird eingehen vor Kummer. Die Milch wird ihr versiegen.«

Mir erschien es nicht mehr schwierig. Ich hatte die Furcht verloren. Wieder grub sich meine Schwester die Nägel ins Gesicht. Ihr fülliger Körper lehnte sich vor, sie schlug sich mit der linken Hand heftig aufs Knie und verharrte eine Minute lang in dieser Haltung. Dann hob sie verwirrt und betäubt den Kopf. Als hätte sie meine Worte überhaupt nicht gehört. Oder falsch verstanden. Wie nicht von dieser Welt fragte sie, »Welche Schreinerei meinst du? Die, die der Flickschusterei der Geister gleicht? Die, die dem verräucherten Grab an der Biegung der Gasse gleicht? Die, deren Inneres dunkel ist und aus der nur schnarrende Geräusche kommen?«

»Ja, das ist sie.«

Verwundert fragte sie, »Mädchen, was hattest du dort verloren? Wie bist du dahin gekommen? Wie hast du diesen ... diesen ... Kerl in jenem Loch gefunden?«

Sie war nicht einmal bereit, seinen Namen zu erwähnen. Oder ihn gar einen jungen Mann, Jüngling oder zumindest Menschen zu nennen.

»Ich weiß auch nicht, wie es passiert ist. Vielleicht war das Kismet?«

»Geh, schäm dich. Sogar dem Sohn der Amme geht es besser als dem da. Der hat sich zumindest ein Lädchen im Basar gekauft. Hast du denn überhaupt kein Schamgefühl, Mädchen? Willst du dich selbst ins Verderben stürzen? Zum Gespött der Leute werden? Papas Ansehen ruinieren? Unser aller Ansehen ruinieren? Die Frau eines Schreinerlehrlings willst du werden?«

Sofort merkte ich, daß sie sich mehr vor dem Verlust ihres Ansehens bei ihrem Ehemann, seiner Familie und ihren Gleichaltrigen fürchtete als vor Papas Gesichtsverlust. Obwohl sie recht hatte, wurde ich plötzlich schrecklich wütend. Schließlich fürchtete ich mich nicht mehr vor dieser rundlichen Schwester, die nur zwei Jahre älter war. Bevor sie heiratete, hatten wir wöchentlich ein, zwei Mal Streit, gerieten uns in die Haare und hätten uns, wenn die Amme oder Mama nicht gewesen wären, in Stücke gerissen. Allerdings versöhnten wir uns ebenso schnell, wie wir uns stritten. Wir mochten uns wirklich. Ich schüttete ihr stets mein Herz aus, und sie in ihrer kindlich-jugendlichen Welt versuchte, soweit ihr Verstand reichte, mir zu helfen.

»Sieh mal, Nozhat, es liegt doch nicht in unserer Hand, wenn wir uns verlieben. Ich kenne all diese Worte besser als du. Ich habe alles bedacht. Außerdem hat er mir gesagt, er wolle zum Militär. Daran ist doch nichts Schlechtes. Wenn Agha Djan ihm hilft, kann er es zu etwas bringen. Sag es doch um Gottes willen Mama und Papa. Andernfalls schlucke ich Opium und bringe mich um.«

Ich hatte so entschieden gesprochen, daß sie mir sofort glaubte. Und ich war ebenfalls überzeugt davon, daß ich es tun würde. Leise sagte sie, »Selbst wenn du dich nicht selber umbringst, Papa würde es tun, wenn er davon erführe.«

»Soll er doch, in Teufels Namen. Dann bin ich erlöst. Ich will Mansur nicht. Ich will keinen anderen. Besser, ich sterbe. Überhaupt, wenn du es nicht sagst, sag ich es selber.«

Ich gab mir einen Ruck, um aufzustehen. Erneut packte sie meine Hand. Jetzt war ihre Hand eiskalt, und meine war kochend heiß.

»Setz dich. Laß mich meine Gedanken sammeln, Mädchen. Laß diese Fisimatenten. Komm, sei vernünftig.«

Je mehr sie mir gut zuriet, desto widerspenstiger wurde ich. Sie stieß auf taube Ohren. Nur ihn begehrte ich, ihn. Nur einen Gott gibt es und nur diesen einen Mann. Streitsüchtig erwiderte ich, »Da war ich nun gekommen, damit du mir beistehst und zwischen uns vermittelst. Wenn du es ihnen nicht sagen willst, laß es bleiben. Wovor fürchtest du dich? Dir werden sie doch nichts anhaben! Sie wollen mich umbringen? Sollen sie doch, geschenkt! Außerdem, was ist schon Schlimmes passiert? Ich weiß, du findest keine Lösung. Ich bin ja nicht gekommen, mir Predigten anzuhören. Ich werde mir schon selbst etwas einfallen lassen.«

Zu guter Letzt willigte meine Schwester widerstrebend ein. Das Tuch für das Mittagessen wurde auf dem Teppich ausgebreitet. Mein Schwager betrat das *Andaruni.* Ich hüllte mich in meinen weißen, geblümten Tchador und nahm mit gesenktem Kopf Platz. Der Mittagstisch war mit Sauerkirschenreis, Auberginenmolke, sauer Eingelegtem, Joghurt und Ayran farbig geschmückt, doch ich hatte keinen Appetit. Ich kostete von meinem Essen und war satt. Ich überlegte, welche Meinung wohl mein liebenswürdiger Schwager, der gerade mit mir herumscherzte und mich neckte, von mir haben würde, wenn er wüßte, daß ich mich in den Schreiner Rahim verliebt hatte. Ich zitterte am ganzen Leib. Auch meine Schwester versuchte Haltung zu bewahren.

Mein Schwager fragte, »Mahbube Chanum, warum essen Sie nichts? Wollen Sie, daß Ihr Agha Djan davon reich wird? Es scheint, als ginge es Ihnen nicht gut!« Dann wandte er sich an seine Ehefrau und fügte hinzu, »Nozhat Djan, du bist heute ebenfalls nicht gut aufgelegt. Was ist denn passiert?«

Meine Schwester lächelte ihren 35jährigen Ehemann süß an und sagte sorgenvoll und geziert, »Nichts ist passiert, es scheint nur, als ginge es Chanum Djan nicht so gut.«

Mein Schwager, der von ihrer Leibesfülle betört und begeistert war, wandte sich mit gespielter Sorge an seine siebzehnjährige, vom Glück verwöhnte Ehefrau, »Gott behüte, was für Beschwerden hat sie denn?«

»Sie hat sich nur etwas erkältet, nichts Schlimmes. Aber ich sorge mich um Manuchehr Djan. Wenn Sie erlauben, werde ich sie nachmittags mit Mahbube besuchen gehen. Wir werden auch Mahmuds Amme und das Kind mitnehmen. Vielleicht ist es nötig, daß sie ein, zwei Tage dort bleibt und Manuchehr stillt. Mama sollte ihn in diesem Zustand nicht stillen. Wenn nötig, werde ich Mahmud und seine Amme ein paar Tage dort bleiben lassen. Oder ich bringe Manuchehr mit hierher.«

»Selbstverständlich ist es besser, wenn Sie Ihr Brüderchen herbringen.«

Ich war verblüfft von der Geschicklichkeit meiner Schwester im Erfinden von Lügenmärchen. Während sie für meinen Trübsinn eine Ausrede vorbrachte, arbeitete ihr Gehirn fieberhaft. Nozhat wußte nur zu gut, falls Mama einen Schock erleiden würde, durfte sie Manuchehr nicht mehr stillen. Folglich mußte man zum Stillen eine Amme besorgen. Und das würde Verdacht erregen. Deshalb war der Vorwand der erkrankten Mutter und der Einsatz der Amme meines Neffen die beste Lösung. Meine Schwester sagte, »Sie haben recht, wir werden das Kind und die Amme nicht mitnehmen. Sie könnten sich bei Mama anstecken. Ich werde anordnen, daß unsere

Amme Manuchehr herbringt. Sie werden ein paar Abende zusammensein.«

Sofort bemerkte ich, daß sie es vorzog, das Elternhaus zu räumen, damit mögliche Gerüchte nicht nach außen drangen. Flink und geschickt hatte Nozhat einen Plan entworfen und seine Durchführung vorbereitet.

Meine Mutter fragte erstaunt, »Nozhat, was ist passiert? Weshalb bist du mit Mahbube gekommen?« Sie befürchtete, es könnte zwischen ihr und ihrem Ehemann Streit gegeben haben.

Meine Schwester sagte lachend, »Chanum Djan, wenn es Sie stört, kehre ich um. Anscheinend haben Sie keine Lust, Gäste zu bewirten.«

»Du bist stets willkommen, mein Kind. Aber warum jetzt? Weshalb seid ihr so rasch nach dem Mittagessen aufgebrochen? Weshalb hast du das Kind nicht mitgebracht?«

Meine Schwester zwinkerte meiner Mutter, ohne daß es die Amme bemerkte, zu und sagte, »Als Mahbub Djan erzählte, daß Sie erkältet sind, machte ich mir Sorgen. Ich bin gekommen, um mich nach Ihrem Zustand zu erkundigen. Ich wollte nicht, daß sich das Kind bei Ihnen ansteckt. Der Agha meinte, ich sollte das Kind nicht mitnehmen. Schicken Sie doch Manuchehr mit der Amme zu uns. Unsere Kutsche wartet vor der Tür. Sie werden für ein, zwei Tage dort bleiben. Wenn es Ihnen besser geht, kehren die beiden zurück.«

Erneut zwinkerte sie meiner Mutter zu. Ich sah, daß Mutters Hand zitterte. Sie spürte, daß es sich um eine vertrauliche Angelegenheit handelte, wovon das Personal nichts erfahren durfte. Eines der Probleme der privilegierten Klasse war, daß es kein Privatleben gab. Vielleicht hatte die Amme beim Einhüllen Manuchehrs und während sie ihn, der, gesättigt von der Milch meiner Mutter, einen tiefen Nachmittagsschlaf hielt, auf den Arm genommen und in die Kutsche meiner Schwester eingestiegen war, Verdacht geschöpft; sie wußte jedoch nicht, worum es ging.

Kaum, daß die Amme gegangen war, stellten meine Mutter und meine Schwester, die appetitlos und widerwillig den Tee getrunken und vom Kuchen genommen hatten, die Teegläser auf den Boden und starrten einander an. Der Blick meiner Mutter war erstaunt und voller Fragen. Meine Schwester horchte wie eine erfahrene Leiterin von Passionsspielen dem Geklapper und Getrappel der sich entfernenden Kutsche, um sich vor der Ausführung des nächsten Schnitts von der Leere und Stille des Hauses zu überzeugen.

Meine Mutter fragte rasch und etwas zornig, »Was ist passiert, Nozhat? Weshalb redest du Unfug? Ich hab doch nichts . . .«

Meine Schwester schnitt ihr das Wort ab und sagte zu mir, »Lauf und hol Dadde Chanum.« Es dauerte kaum zwei Minuten, bis Dadde Chanum erschien.

»Dadde Chanum, ich habe ein Gelübde abgelegt. Ich wollte zehn Kerzen in Shah Abdol-Azim anzünden. Selber kann ich nicht gehen, da ich mit dem Kind zu tun habe. Geh du mit Firuz Chan hin und zünde die Kerzen an. Und werft dieses Geld in den Schrein.« Und sie drückte Dadde Chanum das Geld in die Hand. »Der Rest ist für den Dampfzug.«

Dadde Chanum warf einen gierigen Blick auf das Geld und sagte schmeichlerisch, »Möge Gott Ihren Wunsch erfüllen, kleine Chanum. Möge er Ihnen Glück bescheren. Mögen Sie stets gesund und munter sein . . .« Sie zögerte etwas und fuhr dann fort, »Aber wollte der Agha denn heute abend nicht irgendwohin ausgehen? Benötigt er die Kutsche nicht?«

»Nein, Agha Djan wird heute abend zu Hause sein. Ich werde ihm ausrichten, daß Firuz Chan etwas für mich zu erledigen hatte.«

Dadde Chanums Bauernschläue erwachte, »Ich fürchte, daß es spät wird, wenn wir hin- und zurückfahren, so daß wir den Dampfzug nicht mehr erreichen. Schließlich muß ich, wenn ich dorthin fahre, auch auf einen Sprung bei meiner Schwester vorbeischauen.«

»Macht nichts. Sie können bei Ihrer Schwester übernachten, aber morgen früh sind Sie wieder da, ja?«

Ehe sich die Amme entzückt entfernen konnte, fing ich sie bekümmert und verlegen ab, »Hier, Dadde Chanum, zünd auch zwei Kerzen für mich an. Und das hier ist für dich.«

Ich drückte ihr das Geld in die Hand. Sie mimte Bescheidenheit, »Nein, Mahbub Chanum, Ihre Schwester hat mir doch Geld gegeben. Wenn wir schon nach Schah Abdol-Azim gehen, werden wir auch zwei Kerzen für Sie anzünden. Es ist doch reichlich!«

»Nimm, Dadde Chanum. Wenn nicht, nehme ich es dir übel.«

»Danke dir, möge dein Wunsch in Erfüllung gehen.«

Im Zimmer hatte meine Mutter die Schwester mit beiden Händen am Arm gepackt und fragte, während sie ungeduldig darauf wartete, daß Dadde Chanum und ihr Ehemann den Hof des *Andaruni* verließen, mit leiser und besorgter Stimme, »O je, warum gehen die denn nicht? Weshalb machen die so viel Umstände? Ach, du verflixtes Frauenzimmer, nun mach schon! ... Was ist passiert, Nozhat? Was in aller Welt soll ich tun? Hattest du Streit mit deinem Mann? Habt ihr euch zerstritten? Weshalb hast du Manuchehr zu euch bringen lassen? Du bringst mich noch um den Verstand ...«

Vor lauter Sorge hatten sich Mutters Augen mit Tränen gefüllt, und meine Schwester tröstete sie, »Haben Sie noch etwas Geduld, Chanum Djan. Ich schwöre bei Gott, daß von Streit keine Rede ist.«

»Was dann? Weshalb läßt du das Haus räumen?«

Dadde Chanum und ihr Mann gingen fort. Meine Schwester sah es vom Fenster aus und sagte, »Chanum Djan, setzen Sie sich. Und du, Mahbube, komm her und setz dich ebenfalls. Du mußt auch dabei sein.«

Verwundert drehte sich meine Mutter langsam zu mir um und starrte mich mit offenem Mund an. Ruhig kniete ich mich auf den Boden, legte die Hände auf meinen Rock und senkte den Kopf. Mein Herz hatte erneut heftig zu schlagen begonnen, und ich war ganz blaß im Gesicht.

Meine Schwester packte meine Mutter am Arm, »Setzen Sie sich, Chanum Djan. Setzen Sie sich hin, damit ich erzählen kann.«

Meine Mutter befreite sich heftig aus ihrem Griff. Während sie dastand, sagte sie mit einer Festigkeit und Kraft, die sie schlagartig wieder in die allmächtige Mutter verwandelte, »Wirst du endlich sagen, was los ist? Hatte ich nicht mit dir gesprochen, Nozhat? Warum sagst du nichts? Rück schon heraus damit!«

Nozhat stand meiner Mutter gegenüber. Eine Augenblick besah sie sich ihre Finger, die auf den Falten ihres Kleides ruhten. Dann hob sie den Kopf und blickte meiner Mutter direkt in die Augen, »Chanum Djan, Mahbube will nicht Mansurs Frau werden.«

Ich bemerkte, daß ihre Stimme zitterte.

Mama warf einen entgeisterten Blick auf mich und Nozhat und sagte, »Na und, deswegen braucht man doch nicht das Haus zu räumen. Was ist denn an Mansur auszusetzen? Wie sehr ich auch nachdenke, an Mansur kann ich nun keinen Fehler mehr entdecken. Ich weiß nicht, hat er sich vielleicht ihr gegenüber ungebührlich verhalten? Hat er etwas gesagt? Ist irgend etwas vorgefallen? Warum will sie ihn denn nicht heiraten?«

»Sie will Mansur nicht.«

Es schien, als begriffe meine Mutter allmählich, wollte es jedoch noch immer nicht glauben, »Sie will Mansur nicht? Mansur will sie nicht, Ata od-Doules Sohn will sie nicht. Wen will sie denn?«

»Chanum Djan, regen Sie sich bitte nicht auf! Um die Wahrheit zu sagen ... Mahbube hat sich verliebt ...«

Einen Augenblick lang herrschte Stille. Die Augen meiner Mutter weiteten sich in ungläubigem Zorn. Sachte hob sie ihre Hand, stemmte sie in die Hüfte und wandte sich leichenblaß mir zu, die ich nach wie vor mit gesenktem Kopf dasaß.

»Bravo! Das ist ja eine schöne Bescherung! Was erlaubst du dir eigentlich!«

Meine Schwester ergriff ihren Arm, »Chanum Djan, fangen Sie um Gottes willen kein Gezeter an. Wahren Sie das Gesicht.«

»Das Gesicht? Wahren? Das ist schon verloren. Jetzt hat sich das werte Fräulein also verliebt? ... In welchen Hundesohn? ...«

Auch sie forschte in ihren Gedanken nach einem bekannten jungen Mann. Dem Sohn eines Prinzen, Ministers, Anwalts oder Chans, des Grafen Sowieso oder des Fürsten Soundso ...

Im Raum wurde es still. Meine Mutter fauchte meine Schwester an, »Hatte ich nicht mit dir gesprochen, Mädchen? Ich fragte, in welchen Hundesohn hat sie sich verliebt?« Sie schrie Nozhat an, als hätte die etwas verbrochen. Als wäre Nozhat schuldig.

»Regen Sie sich nicht auf, Chanum Djan. Sie kennen ihn nicht. Ich kenne ihn auch nicht ...«

Dieses Mal fragte meine Mutter nur, »Wer?«

»Der Junge da ...., der Junge, der im Laden ... dieser Schreinerei da ... da an der Straße Lehrling ist. Sie sagt, er heißt Rahim. Rahim der Schreiner.«

Meiner Mutter, die meine Schwester ansah, fiel die Hand von der Hüfte. Und selbst wenn man ihr die Kehle zugepreßt hätte, ihre Augen wären nicht so fürchterlich hervorgequollen. Plötzlich fiel sie, ohne ein Wort zu sagen, auf die Knie. Das Geräusch des Aufpralls hallte durch den Raum. Wie ein Kamel, dem man die Fesseln durchtrennt hat. Sie verbarg ihr Gesicht in den Händen. Der Schlag hatte ihr Kraft und Willen geraubt. Ich zitterte, und meine Schwester, die mir einen giftigen Blick zuwarf, biß sich auf die Lippen. Behutsam fragte sie, »Chanum Djan! Chanum Djan! Geht es Ihnen nicht gut?«

Vollkommen verzweifelt hob meine Mutter den Kopf. Als sei alles Blut aus ihr gewichen. Ein schmerzerfülltes und bedrücktes Lächeln trat auf ihre Lippen, und sie sah meine Schwester liebevoll an und fragte, »Du hast doch gescherzt, Nozhat Djan?« Als sie das Schweigen bemerkte, verbarg sie erneut das Gesicht in den Händen und sagte, »O weh! . . .«

Ich hatte Mitleid mit meiner Mutter. Meine Schwester schrie, »Mahbube, lauf und hol Essig aus dem Keller.«

Meine Mutter sagte, »Essig? Zum Teufel mit dem Essig . . .«

Ich lief in den Keller und brachte eine Schale Essig. Meine Schwester redete auf meine Mutter ein. Sie tröstete sie und versuchte sie zu überreden, »Es ist nun mal so, Chanum Djan, sie will seine Frau werden.«

»Kommt überhaupt nicht in Frage. Nur über meine Leiche. O weh, Asche auf mein Haupt, was soll ich dem Agha antworten? Er wird sagen, wie du deine Tochter aufgezogen hast, ist gerade mal deine Zöpfe wert.«

Ich hielt ihr den Essig unter die Nase. Sie schlug ihn mit dem Handrücken heftig beiseite. Der Inhalt der Essigschale schwappte mitten ins Zimmer. Meine Schwester fuhr dazwischen, »Was tun Sie denn da, Chanum Djan? Sie sind doch kein Kind mehr! Nun sprechen Sie erst einmal mit Agha Djan. Überhaupt werde ich dableiben. Heute nacht werde ich selbst mit ihm reden.«

Meine Mutter schlug sich mit der einen Hand auf die andere, »Gott, laß mich sterben, um Himmels willen, Nozhat. Schämst du dich nicht? Hast du keinen Funken Ehre? Hast du auch noch deinen Verstand dieser Vermaledeiten geopfert?« Und sie wandte sich an mich, »Ein Unheil werde ich über dich bringen, daß dich die Vögel des Himmels beklagen. Du wagst es, dich zu verlieben? Noch dazu in den Schreinerlehrling an der Straße! Asche auf dein würdeloses Haupt, Tochter des Bassir ol-Molk. Asche auf mein Haupt, daß ich diese Tochter großgezogen habe!«

Meine Mutter heulte laut auf.

Meine Schwester sagte, »Nicht, Chanum Djan, tun Sie das nicht.

Sonst wird Ihre Milch versiegen! . . .« Sie warf meiner Mutter den Arm um den Hals und küßte sie.

»Besser, daß sie versiegt. Besser, daß mein Kind diese Milch des Zorns nicht zu trinken bekommt. Hab recht schönen Dank, Mädchen. Da hast du uns ja ein schönes Malheur beschert . . . Was soll ich nun deinem Vater sagen? Soll ich sagen, deine Tochter hat sich in Leili verwandelt? Hat sich in den Taugenichts von Schreiner aus dem Viertel verliebt? Soll ich ihm sagen, du mußt der Schwiegervater des Schreiners an der Straße werden? Des gemeinen, hungerleidenden Schreiners?«

Nach und nach schwoll ihre Stimme an vor Zorn. Ich weiß nicht, wie die Wut jäh in mir aufstieg und ich mich traute, ebenfalls die Stimme zu erheben. Vielleicht hatten die Leere des Hauses und die Abwesenheit meines Vaters mir diese Kühnheit verliehen. Ich sagte, »Na und, wenn er hungert, soll er doch. Müssen denn alle reich wie Krösus sein? Er arbeitet, er stiehlt doch nicht! Nozhat hat es nicht gesagt, also tu ich es selbst. Er will zum Militär, Offizier werden.« Ich holte Luft und fuhr fort, »Arbeit ist doch keine Schande! Agha Djan selber liest jede Nacht das Buch *Leili und Madjnun*. Und dann sagen Sie . . .«

Meine Mutter ging auf mich los, »Schlag gefälligst deine schamlosen Augen nieder, ehrloses Mädchen. Hast du keinen Funken Ehre im Leib? Schämst du dich nicht?«

Sie krallte sich an meinem Rock fest. Mit aller Kraft riß ich mich los und flüchtete. Ich hörte ihre Stimme, wie sie schrie, »Weh dir, wenn dein Herr Vater heute nacht käme, würden sie dich als Leiche aus dem Haus tragen.«

Weinend stand ich neben der Tür, »Um so besser, dann hab ich meine Ruhe.«

»Ich spucke auf dein schamloses Gesicht.«

Nozhat schrie mich an, »Hör endlich auf, Mahbube, halt die Klappe. Geh raus.«

Ich lief aus dem Zimmer und kauerte mich in die Ecke des Eiwans. Bis in die Nacht hinein pendelte meine bedauernswerte Schwester zwischen mir und meiner Mutter hin und her. Mal versuchte sie mich zu überreden, Vernunft anzunehmen, mal redete sie meiner Mutter gut zu.

»Chanum Djan, hat sich etwa nur Mahbube verliebt? Es gibt

doch viele, die jemanden begehren, heiraten und glücklich leben bis an ihr Ende.«

»Ja, sie begehren jemanden, aber nicht den Schreinerlehrling von der Straße. Nur über meine Leiche.«

Meine jüngere Schwester Chodjasteh beobachtete uns derweil starr vor Erstaunen.

Meine Mutter schrie, »Denkt sie nicht an den Ruf ihres Vaters? An den Ruf ihrer Mutter und ihrer Schwester? An dieses unschuldige Kind? . . .«, und sie wies mit der Hand auf Chodjasteh.

Nozhat sagte, »Chanum Djan, Mahbube hat recht. Bald wird er zum Militär gehen und sich einen Namen machen.«

Meine Mutter schrie, »Sie will sich wohl über uns lustig machen? Mahbube soll sich unterstehen. Dieser Habenichts geht zum Militär? Und übermorgen wird dir dein Mann entweder Vorhaltungen machen und dich aus dem Haus werfen, oder er wird dir eine Nebenfrau aufhalsen. Kaum machst du den Mund auf, wird er dir deine Schwester unter die Nase reiben. Und Chodjasteh, dieses ahnungslose Kind? Wer wird noch um sie werben? Werden die Leute nicht sagen, die ist wie ihre Schwester? Sie ist gerade mal die Zöpfe ihrer Mutter wert. Denkst du, es klopft noch jemand an unsere Tür oder kommt uns besuchen? Die Leute werden nicht mal erlauben, daß Chodjasteh mit ihren Töchtern spazierengeht, mit ihnen redet. Sie werden nicht zulassen, daß ihre Kinder mit uns verkehren, geschweige denn werden sie selbst zur Brautwerbung kommen. Und sie haben recht. Ich würde auch nicht erlauben, daß meine Tochter mit solch einem frechen und schamlosen Mädchen verkehrt. O Gott, was hast du mir da angetan?«

Nach und nach wurde meine Mutter müde. Sie wickelte sich in einen Tchador, hockte sich an die Zimmerwand und saß still da. Ich weiß nicht, ob sie den Anbruch der Nacht und die Ankunft meines Vaters erwartete, oder ob sie erschöpft war und keine Kraft mehr hatte aufzustehen.

Inzwischen hatte sich Chodjasteh, die mir die Nachrichten überbrachte, ebenfalls neben mich gekauert. Meine ältere Schwester war bei meiner Mutter.

Die Nacht brach herein, und die Rückkehr meines Vaters rückte näher. Mir war, als stülpte sich mir der Magen um. Mein Mund war ausgedörrt. Soviel Wasser mir Chodjasteh auch brachte, es half nichts. Ich zitterte von Kopf bis Fuß. Als wartete ich auf den Henker. Meine Schwestern halfen einander beim Anzünden der Petroleumlampen. Auf Chodjastehs Anweisung kam Hadj Ali aus der Küche und fegte den Hof mit einem feuchten Besen.

Ich hörte die Stimme meiner Mutter, wie sie verärgert und jammernd zu Chodjasteh sagte, »Kind, schließ die Fenster und Türen, mir ist kalt.«

Chodjasteh erwiderte ängstlich und vorsichtig, »Mitten im Hochsommer, Chanum Djan? Es ist doch sehr warm.«

»Wenn ich sage, ›Schließ die Tür da‹, gehorchst du. Mir geht es nicht gut.«

Ich hörte das Geräusch des Schließens der Fenster und Türen, die sich auf den Eiwan öffneten. Vor den Fenstern hingen Vorhänge mit weißer Tüllborte, die man in der Mitte zusammengebunden hatte, um den Unbefugten den Blick ins Zimmer zu verwehren. Bestimmt wollte meine Mutter nicht, daß die Stimme meines Vaters nach außen drang und womöglich den halbtauben Hadj Ali im Küchenwinkel am Ende des Gartens aufstörte.

Nun, da die Amme und Dadde Chanum nicht anwesend waren, deckten meine Schwestern das Speisetuch. Wieder mit Ayran und Sauerkirschensaft, den mein Vater so sehr liebte und meine Mutter überhaupt nicht. Wieder mit sauer Eingelegtem, das meine Mutter in jenem Frühling zum ersten Mal zubereitet hatte und das noch nicht seinen vollen Geschmack hatte.

Ich hörte das Klagen meiner Mutter, die ohnmächtig und hilflos zu Nozhat sagte, »Ständig haben sie mir gesagt, leg bloß kein saures Gemüse ein, das bringt Unglück. Ich hab nicht auf sie gehört. Ich habe gelacht über ihre Worte. Ich habe nicht geglaubt, daß solch ein Unheil über mich hereinbrechen würde.«

Nozhat lachte gekünstelt und mit belegter Stimme, »Ach wo, dummes Geschwätz! Sie reden wie die Waschweiber. Noch ist nichts passiert. Na und, Sie verheiraten ihre Tochter. Unter uns gesagt, es wurde höchste Zeit.«

»Nozhat, schäm dich was. Nicht einmal Mahbubes Sarg würde ich diesen Taugenichts tragen lassen. Soll er weiterträumen. Sie hat etwas ausgefressen, und du unterstützt sie? Heute nacht muß ich die Angelegenheiten dieses Mädchens mit deinem Vater klären.«

»Chanum Djan, um Gottes willen, fangen Sie bloß nicht davon

an, wenn Agha Djan ankommt. Lassen Sie ihn erst einmal ausruhen, etwas essen, dann ... Und schüren sie es nicht zu sehr an.«

Meine Mutter seufzte auf, »Du brauchst mich nicht zu belehren.«

Zunächst hörte ich Vaters Schritte aus dem *Biruni*. Nach einem Weilchen ertönte seine verdutzte Stimme aus dem Hof des *Andaruni*, »Wo sind Sie, Chanum? Warum ist niemand da?«

Chodjasteh suchte mich im Eiwan auf und sagte mit leiser, erschrockener Stimme, »Mahbube, steh auf und komm erst mal ins Zimmer, damit Agha Djan keinen Verdacht schöpft. Nach dem Abendessen kannst du gehen.«

Mit bekümmerter Miene setzte ich mich zum Essen. Mein Vater zog die Schuhe aus und betrat das Zimmer mit dem Spazierstock aus Ebenholz, den er wegen der Eleganz dabei hatte. Beim Anblick des Spazierstocks durchfuhr mich der Blitz.

»Weshalb hat Hadj Ali mir geöffnet? Wo ist denn Firuz Chan? Ach, Nozhat, du bist ja auch da!«

Chodjasteh begrüßte ihn und rannte ans Hofende, um Hadj Ali die Speisen, die mein Vater bei seiner Ankunft aufzutragen befohlen hatte, abzunehmen.

Nozhat lachte gequält und sagte, »Gefällt es Ihnen nicht, daß ich da bin, Agha Djan?«

»Doch, mein Liebes, natürlich! Du bist herzlich willkommen. Aber zu dieser Nachtzeit ... ohne deinen Ehemann ...?« Dann schaute er sich verdutzt um und sagte zu meiner Mutter, »Geht es dir nicht gut, Chanum? Du bist ganz blaß.« Während er sein Jackett, das er ausgezogen hatte, auf ein Sitzkissen warf, ließ er sich zum Essen nieder.

Meine Mutter antwortete, »Doch, es geht mir gut. Ich habe nur ein wenig Kopfschmerzen. Ich glaube, ich habe mich verkühlt. Mögen Sie kein sauer Eingelegtes?«

Mein Vater tat sich Linsen-Pilav auf den Teller. Er hatte noch keine zwei Bissen zu sich genommen, als er meine Mutter fragte, »Wo ist denn Manuchehr? Von ihm ist ja nichts zu hören.«

Meine Mutter wechselte das Thema, »Nozhat Djan, warum schenkst du dir nicht Saft ein?«

Mein Vater, der mit einem Mal die unnatürliche Atmosphäre bemerkt hatte, fragte mich, »Mahbube, was ist los mit dir? Weshalb bist du so trübsinnig?« Und dann fragte er besorgt und ziemlich laut, »Chanum, wo ist Manuchehr? Was ist los mit euch? Wo ist die Amme? Wo sind Firuz und seine Frau? . . .« Als er merkte, daß wir alle schwiegen, steigerten sich seine Angst und Besorgnis. Vermutlich fürchtete er, Manuchehr sei ihm auf irgendeine Weise entrissen worden, ein Unglück, wie es den Neugeborenen zur damaligen Zeit leicht zustoßen konnte. Diesmal fragte er voller Nachdruck entsetzt, »Chanum, ich hatte gefragt, wo Manuchehr ist?«

Meine Mutter sagte mit einer Stimme, die wie aus der Tiefe eines Brunnens kam, »In Nozhats Haus.«

Ich säuberte sorgfältig wie gewohnt meinen Rock. Nicht, daß etwa Speisereste auf ihn gefallen wären, schließlich hatte ich fast nichts gegessen. Behutsam stand ich auf und verließ das Zimmer. Vier Paar Augen folgten mir mit unterschiedlichen Gefühlen und Gedanken. Meine Mutter, die mich nicht ansehen mochte, wandte sich voller Abscheu von mir ab. Unverzüglich ertönte die Stimme meines Vaters, »Was ist heute abend los in diesem Haus?«

Ich eilte ins Nebenzimmer, dachte aber, es würde nichts nützen, dort zu bleiben. Ich war der Gefahr noch zu nah. Mein Vater würde hinter mir her zunächst hierher kommen und dann in die Vorratskammer, die seit der Kindheit mein bevorzugtes Versteck war. Ich nahm meinen Gebetsschleier in die eine Hand und meine Schuhe in die andere. Auf Zehenspitzen ging ich zur Tür und spähte durch den Türspalt. Mein Vater hatte die Hände auf dem Rücken verschränkt und stand über meiner Mutter. Meine Mutter sagte flehentlich und klagend, »Agha, setzen Sie sich um Gottes willen, damit ich es Ihnen erzählen kann. Wenn Sie so über mir stehen, verschlägt es mir die Sprache.«

In vollkommener Stille ging mein Vater mit ein paar langen Schritten ans andere Ende des Zimmers und nahm einen Holzstuhl vom Beistelltisch, kehrte zurück, stellte ihn genau vor meine Mutter und setzte sich darauf. Er kreuzte die Arme vor der Brust. Inzwischen hatte er die Manschetten aufgeknöpft und hochgeschlagen. Auch ein, zwei Knöpfe seines Hemdkragens standen offen. Seine bestrumpften Füße ruhten nahezu aneinandergeklebt auf dem Boden, und die Knie hatte er geöffnet. Als wollte er dem Körper meiner Mutter den erforderlichen Raum schaffen.

»So, ich sitze. Nun schießen Sie los.« Seine Stimme klang befehlend.

Meine Mutter wandte sich an Chodjasteh, »Kind, geh schlafen.«

Mein Vater hob wortlos eine Braue und sah Chodjasteh an.

Chodjasteh, die den Kopf so weit gesenkt hatte, daß man ihren Haaransatz sah, hob den Kopf und fragte, »Wollen Sie nicht, daß ich abräume?«

»Nicht nötig. Nozhat und ich sind da. Wir werden abräumen.«

Chodjasteh kam heraus. Ich verzog mich zur Seite. Sie schloß die Tür und sah mich erschreckt an. Sie biß sich auf die Lippe und sagte leise, »Bleib nicht hier. Versteck dich. Agha Djan wird dich in Stücke reißen. Geh und versteck dich.«

Zum Zeichen des Stillschweigens legte ich einen Finger an die Lippen und bedeutete ihr schlafen zu gehen. Ich zitterte am ganzen Leib und konnte nicht richtig ins Zimmer hineinsehen.

Mein Vater fragte meine Mutter, »Nun?!«

»Ich habe die Amme und Manuchehr zu Nozhats Haus geschickt, damit . . .«

Mein Vater schnitt ihr das Wort ab, »Braucht das Kind denn keine Milch?«

»Eben, deshalb habe ich es zu Nozhat geschickt. Ich habe Mahmuds Amme angewiesen, Manuchehr ebenfalls zu stillen. Und Firuz Chan und Dadde Chanum hat Nozhat unter dem Vorwand, sie sollten ihr helfen, ein Gelübde zu erfüllen und Kerzen anzünden, nach Shah Abdol-Azim geschickt. Ich wollte das Haus räumen.«

»Das Haus räumen? Weshalb? Wofür?«

Meine Mutter hockte sich auf die Knie, stützte sich mit ihren Händen auf und sagte, »Ich habe etwas mit Ihnen zu besprechen.« Ihre Stimme zitterte.

»Worum geht es?«

»Mahbube.« Meine Mutter senkte den Kopf und fuhr fort, »Sie hat Nozhat gesagt, daß sie Mansur nicht will.«

»Was soll das heißen? Warum macht sie solch ein Theater? Erst sagt sie, sie wolle Ata od-Doules Sohn sehen. Nachdem sie ihn gesehen hat, sagt sie, ›Ich will ihn nicht, er hatte Frau und Kind.‹ Als hätte sie nicht im voraus gewußt, daß er verheiratet ist. Und jetzt will sie Mansur nicht?«

»Bei Gott, Agha, ich habe ihr dasselbe gesagt.«

»Was will sie dann? Wie lange will sie noch zu Hause sitzen? Sie ist doch kein Kind mehr. Sie ist doch fünfzehn oder sechzehn. Weiß sie immer noch nicht, was sie will?«

»Doch, Agha, sie weiß, wen sie will.«

Mein Vater erstarrte und fragte nach einem Augenblick, »Was hast du gesagt?«

»Agha, bei deinem Vorfahr, wenn du anfängst zu schreien . . ..«

Mein Vater war Sseyyed. Meine Mutter zögerte und fuhr kaum hörbar fort, »Sie sagt . . . sie sagt . . . um ehrlich zu sein, hat sie selbst ein Auge auf jemanden geworfen.«

»Ein Auge auf jemanden geworfen? . . . Auf wen denn?«

Mein Vater glich einem Henker, der bedächtig eine zum Tode Verurteilte betrachtete, deren Kopf er in wenigen Augenblicken seelenruhig vom Körper trennen würde. Also gewährte er ihr eine Schonfrist. Er kaute auf einem Zipfel seines Schnurrbarts herum. Meine Mutter senkte den Kopf.

»Was soll ich sagen, Agha . . .«

»Ich fragte, wen?« Die Stimme meines Vaters wurde lauter. Wie vernünftig von meiner Mutter, daß sie Fenster und Türen hatte schließen lassen.

»Agha, ich fürchte mich, es zu sagen. Er ist nicht sehr geachtet.« Die Stimme meiner Mutter verebbte mit einem Stöhnen. Eine lastende Stille senkte sich über das Zimmer.

»Wo hat sie ihn gesehen?«

Die üppige und hellhäutige Gestalt Nozhats stand hinter meinem Vater und spielte mit ihren Fingern.

Meine Mutter, die den Kopf gesenkt hielt und mit den Fingern den Umrissen der Blumenmuster des Teppichs nachfuhr, sagte tonlos, »An der Straße.«

Mit einer Stimme, die der Ruhe vor dem Sturm glich und die das Explodieren einer Kanonenkugel ankündigte, sagte mein Vater, »Nazanin, ich frage dich im Guten. Auf wen hat sie ein Auge geworfen?« Offenkundig vermied er die Erwähnung meines Namens.

»Werden Sie sich nicht aufregen, wenn ich es sage? Ich bitte Sie, um Gottes willen . . .«

»Ich fragte, wer ist dieser Mensch?«

»Ein Schreinerlehrling. Der an der Straße. Er heißt Rahim.«

Mein Vater saß statuengleich mit gekreuzten Armen da und rührte sich nicht. Bis zu jenem Abend hatte ich nicht gesehen, wie sich die roten Lippen eines Menschen jäh weiß entfärben. Vaters Lippen erblaßten. Über den Kopf meiner Mutter hinweg stierte er die Wand gegenüber an.

Meine Mutter hob entsetzt den Kopf und starrte ihn an. Sein Schweigen war beängstigender als jeder Ausbruch. Ruhig fragte sie, »Agha?!« Und da mein Vater weiterhin schwieg, sagte sie mit hoffnungsvollem Ton, »Agha, er will zum Militär. Er wird schließlich nicht ewig Schreiner bleiben.«

Mein Vater öffnete, während er weiterhin die Wand anstarrte, den Mund. Seine Stimme klang ruhig, tief, erstickt und beherrscht. Nur mit Mühe brachte er es hervor. Als preßte ihm jemand die Kehle zu. »Wo ist sie? . . . Wo ist dieses Mädchen?«

Meine Mutter umklammerte mit beiden Händen die Knie meines Vaters, »Agha, bei Ihren Vorfahren, was haben Sie mit ihr vor?«

»Auf der Straße treibt sie sich herum? Streunt durch die Stadt und treibt, was ihr gefällt? Wo ist sie? Ich fragte, wo sie ist?«

Meine Schwester sagte flehend, »Agha Djan, um des Himmels willen, verzeihen Sie ihr. Sie hat da was angestellt. Überhaupt war es mein Fehler, Sie darauf anzusprechen. Kindisch hat sie etwas ausgefressen . . .«

Mein Vater schoß wie ein Knallkörper vom Stuhl, »Kindisch? In ihrem Alter hatte deine Mutter schon ein zweijähriges Kind. Ich habe ihr zuviel Auslauf gelassen. Ich werde dieses Mädchen auspeitschen, bis es grün und blau ist und ihr das Verliebtsein vergeht.«

Meine Schwester stöhnte und klagte, »Agha Djan, was heißt hier Verliebtsein? Was reden Sie denn da? . . .«

Meine Mutter sagte, »Agha, verlieren Sie nicht das Gesicht. Es wird nach außen dringen. Wir schaden nur uns selbst.«

Mein Vater brüllte. Offensichtlich hatte er die Fassung verloren, »Das Gesicht verlieren? Noch weiter als jetzt? Soll das heißen, die Amme und die Diener haben es nicht bemerkt? Sind die etwa blöde? Und wenn sie es nicht gemerkt haben, es ist noch nicht zu spät dafür. Freu dich nicht zu früh. Die Schande wird über uns kommen. Meine Schwester hatte recht, als sie sagte, ich solle meinen Töchtern nicht soviel freie Hand lassen. Ich sagte, sie soll gefälligst herkommen. Wo ist dieses Luder?«

Bei der Erwähnung der Tante preßte meine Mutter haßerfüllt die

Lippen aufeinander. Voller Zorn durchmaß mein Vater mit großen Schritten das Zimmer. Er hatte die Hände auf den Rücken gelegt, und meine Mutter und meine Schwester, die einander dauernd im Weg standen, liefen ihm aufgeschreckt hinterher und flehten ihn an. Mein Vater wartete wortlos vor Wut auf mein Erscheinen. Meine Mutter sagte, »Agha, Sie sind selbst schuld. Ständig Hafis' Gedichte, ständig *Leili und Madjnun*, ständig Qamars Lieder. Ich hatte schon bemerkt, daß sie in letzter Zeit entweder die Schallplatten von Qamar hörte oder Gedichte las. Und das ist das Ergebnis . . . Hat sich etwa nur dieses eine Mädchen verliebt?«

Mein Vater stellte sich vor ihr auf und sagte, seinen Zeigefinger auf sie richtend, »Nein, Chanum, wegen Hafis' Gedichten, *Leili und Madjnun* und Qamars Liedern verliebt man sich nicht. Erst verliebt man sich, dann kommt man auf solche Gedanken. Und dann gelüstet es einen nach *Leili und Madjnun* und *Amore mio*. Dieses Mädchen ist auch nicht das erste, das ein Auge auf jemanden geworfen hat. Aber es ist das erste, das sich einen Habenichts ausgesucht hat . . . Offizier will er werden? Ha, ha! Daß ich nicht lache! Ich bin doch kein Idiot, Chanum. Sag ihr, daß sie herkommt . . . Du sagst es nicht? Dann geh ich selber.«

Mein Vater stürmte zur Tür. Ich sprang zurück. Ich hörte, wie meine Mutter fragte, »Was haben Sie vor, Agha? Sie sind wütend. Tun Sie nichts, was Sie später bereuen könnten!«

»Geh zur Seite, Chanum. Geh mir aus dem Weg.«

»Bei Manuchehrs Leben, Agha, regen Sie sich doch nicht auf. Haben Sie um Manuchehrs willen Erbarmen.«

»Bei Manuchehrs Leben? Hat dieses Mädchen zugelassen, daß ich etwas von Manuchehr habe? Hat es etwa zugelassen, daß ich nach so vielen Jahren ein paar ruhige Augenblicke verbringe? Sie hat mir alles verdorben. Einen . . . Betrüger, einen Nichtsnutz. Einen Stutzer. Mein Ansehen ist zum Teufel . . .«

Meine Schwester bettelte, »Agha Djan, Ihr Abendessen wird kalt. Essen Sie doch zuerst zu Abend. Ich könnte mich ohrfeigen. Es ist alles meine Schuld.«

Ein fürchterliches Geräusch folgte. Ich begriff, daß mein Vater die Reisplatte mit einem Fußtritt an die Wand geschleudert hatte. Meine Mutter und meine Schwester schrien im gleichen Augenblick auf, und ich rannte entsetzt zum Hof, die Stufen hinab und floh in den Garten. Die Schuhe hielt ich in der Hand, damit mein Vater meine Schritte nicht hören konnte. Ich hörte das Zuschlagen der beiden Türflügel und das Geschrei meines Vaters, der wie ein Löwe mit Schaum vor dem Mund brüllte, »Wo hast du dich verkrochen, Mädchen?«, und wie er nacheinander alle Räume, die Vorratskammer und das *Houzchaneh* nach mir absuchte.

Ich rannte ans Ende des Gartens. Neben der Küchentür warf ich mir den Tchador über, zog meine Schuhe an und stieg langsam und vorsichtig die zwei zersprungenen Lehmziegelstufen hoch und betrat die schwärzliche, verräucherte Küche. Ein Windlicht hing an der Küchenwand. In die gegenüberliegende Wand waren nebeneinander drei große Herdstellen eingelassen. Zu beiden Seiten der Herde waren Rohziegel aufgeschichtet zum Abstellen der Töpfe. Alle rauchgeschwärzt. Eine Ecke öffnete sich auf eine grubenähnliche Vertiefung, die direkt an die Küche anschloß und angefüllt war mit Brennholz. Als Kinder trauten wir uns aus Angst vor den Djinnen nicht, die Küche zu betreten. Jedes Knacken aus der Brennholzkammer war ein Anzeichen für die Existenz der Geister und eine Bestätigung der Märchen, die uns unsere Amme am Korsi erzählte. Auf dem Küchendach waren Eierbriketts für den Korsi im Winter zum Trocknen aufgeschichtet. Links befand sich eine niedrige kurze Holztür, durch die man nach drei bis vier Metern an den Wasserspeicher gelangte, zu dessen Hahn ein paar Stufen hinabführten. Der arme Hadj Ali mußte nach jeder Mahlzeit das Geschirr dorthin schleppen und es mit Seifenkraut, Asche und Lehmstaub reinigen, es dann wieder in die Küche zurückbringen und in einer dafür vorgesehenen sauberen und ordentlichen Vorratskammer aufschichten. Die Vorratskammer hatte eine Ablage. Auf die stellte man die kleinen Gefäße, wie Tabletts, Kebabspieße und die kleinen Schüsseln und Töpfe. Darunter standen die großen Kupfertöpfe, das kupferne Kohlebecken und Sieb und dergleichen mehr. Ich zog es vor, in die Küche zu gehen, da dort wenigstens ein Licht brannte. Hadj Ali, der seine Mahlzeit soeben mit fettigen Fingern beendet hatte, hob den Kopf, sah mich verwundert an und erhob sich mühsam von seinem Platz.

»Haben Sie einen Wunsch, kleine Chanum?«

Wieder hörte ich den Schrei meines Vaters. In der Küche war verschwommen die Helligkeit der Lichter vom Anfang des Gartens und vom Herrenhaus zu sehen. Erst jetzt bemerkte ich, was für einen schönen Anblick der Hof, der Garten, die farbigen Fenster und die vom Lampenlicht erhellten Türvorhänge boten, zumal ihr Licht sich im Becken in der Mitte des Hofes spiegelte. Das Purpur der Geranien war eine Pracht. Noch nie hatte ich die Arbeit des betagten Gärtners und seines Sohns, der auch das Wasser aus dem Bekken abließ, so bewundert, und noch nie hatte ich mir so sehr gewünscht, diese Umgebung zu verlassen, um in jener verräucherten Schreinerei Zuflucht zu suchen.

Ruhig wandte ich mich an Hadj Ali. Ich hoffte, seine Taubheit und Unbekümmertheit verhinderten, daß er den Schrei meines Vaters hörte. Ziemlich laut sagte ich, »Ich ... ich ... Chanum Djan möchte eine Wasserpfeife. Hast du keine Glut?«

Hoffentlich trug meine Stimme nicht bis an die andere Seite des Hofs.

Erstaunt sah er mich an, »Wo ist denn der Pfeifenkopf?«

»Ich geh ihn gleich holen.«

Hadj Ali sagte müde und träge, »Ich wollte doch das Geschirr zum Wasserhahn bringen und waschen. Bis Sie den Pfeifenkopf gebracht haben, bringe ich das Geschirr hin und komme zurück.«

»Du brauchst nicht zurückkommen. Bring das Geschirr weg. Ich nehme mir selbst von der Glut.«

Er sah mich an. Erstaunt schob er die Unterlippe vor. Er nahm das Geschirr auf, um es wegzubringen. Er wunderte sich. Wußte nicht, ob er das Windlicht mitnehmen sollte oder nicht! Wenn er es mitnahm, würde ich im Dunkeln bleiben. Als er ohne Licht gehen wollte, sagte ich, »Nein, nein, ich brauch kein Licht. Nimm die Lampe mit.«

Verblüfft nahm der alte Mann die Lampe und ging schlurfend zum Hahn des Wasserspeichers. Ich wußte, daß er in den nächsten zwei Stunden nicht zurückkehren würde. Ich wickelte mich in den Gebetsschleier und hockte mich in der Dunkelheit auf die Küchenstufen. Diese Dunkelheit war gottgesandt. Es dauerte eine ganze Weile. Ich blickte immer noch auf das Gebäude. Der gedämpfte Aufruhr, der im Gange war und nur für mich Bedeutung hatte, steigerte und legte sich allmählich wieder. Ich weiß nicht, wie lange es dauerte. Eine Stunde? Zwei? Ich weiß nur, daß mir vom Sitzen auf den Küchenstufen der Rücken schmerzte. Ich wagte nicht, mich zu rühren. Als träumte ich. Es war ein Alptraum. Ich starb und wurde wieder lebendig, bis nacheinander die Lichter ausgingen. Ich hörte Hadj Alis Schritte, wie er mit dem Windlicht hinkend die Stufen des Wasserspeichers wieder hinaufstieg. Müde erhob ich mich von meinem Platz. Mein ganzer Körper schmerzte. Als hätte ich Prügel bezogen. Hadj Ali sah mich. Er sah mich und warf mir einen mißtrauischen Blick zu, sah dann auf das Gebäude und betrat schlurfend die Küche.

Auf Zehenspitzen kehrte ich ergeben zum Hauptgebäude zurück. Als ginge ich zur Schlachtbank. Ich war halbtot vor Angst. Glücklicherweise schienen alle zu schlafen oder versuchten mit vorgetäuschtem Schlaf, ihre Wut zu ersticken, um die Tötung dieses widerspenstigen und rebellischen Mädchens zu vermeiden.

Vorsichtig öffnete ich die Tür zum Zimmer, in dem, wie ich wußte Nozhat schlief, trat lautlos ein und schloß die Tür hinter mir. Sofort erhob sich meine Schwester und setzte sich auf. Das Mondlicht erfüllte den Raum und umspielte die farbigen und kostbaren Gegenstände. Mit müden Gliedern streckte ich mich im Tchador, in den ich mich gewickelt hatte, neben ihr aus. Sie legte sich auf den Rücken und starrte an die Decke. Ich näherte meinen Kopf ihrem Ohr. Die rechte Hand hielt ich unter dem Kopf. »Was ist geschehen?«

Sie hatte ihre Hand auf die Stirn gelegt und die Bettdecke bis zum Kinn hochgezogen, so daß ich nur ihren Ärmel und die beiden großen Augen sah.

»Was sollte denn nach deiner Vorstellung geschehen? Siehst du nun, was du angerichtet hast? Agha Djan hat dir verboten, das Haus zu verlassen. Und wenn es nötig sein sollte, dann nur mit der Kutsche, und das auch nur zusammen mit Chanum Djan oder Dadde Chanum und mit Chanum Djans Erlaubnis.«

»Oh . . .«, entfuhr mir.

»Agha Djan hat gesagt, er würde den Onkel benachrichtigen, daß ihr in ein paar Tagen zu seinem Garten in Shemiran fahrt. Sie wollen dich mitnehmen, um die Abmachungen für deine Hochzeit mit Mansur zu treffen.«

Wieder sagte ich, »O weh«, wandte mich ab und lag ebenfalls rücklings da. Ich war vollkommen in Gedanken versunken. Ich sah nichts und niemanden. Von Gott wünschte ich mir nur den Tod. Ich war so wütend auf Mansur und verspürte solch einen Haß, daß man es gar nicht beschreiben kann.

Meine Schwester fuhr fort, »Außerdem hat er verboten, daß irgend jemand aus diesem Haus den direkten Weg zum kleinen Bazar nimmt. Ihr müßt alle einen Umweg machen. Links um drei, vier Häuser herum. Ihr müßt zur anderen Seite gehen . . .«

Ich war still. Wie gestorben. Ich sah nur ihr Haar – gewellt und voller Locken auf der Stirn. Und ich sah Mansur – mit pomadisiertem Haar, das am Kopf klebte. Steif und streng, ohne jedes Gefühl. Ich wollte nicht, es war doch kein Zwang. Ich wollte Mansur nicht.

Nun hatte meine Schwester ihre linke Hand unter den Kopf geschoben und sich neben mir aufgestützt, »Komm schon, Mahbube, nun übertreib nicht. Denk ein bißchen nach. Siehst du nicht, was du uns allen eingebrockt hast? Als könntest ausgerechnet du mit deinem ganzen Gehabe, bei diesem Lebensstil und diesem Luxus die Frau eines Schreinerlehrlings werden? Als könntest du mit einem Herumtreiber und Habenichts zusammenleben? Was ist denn so Besonderes an diesem Jüngling außer dem Gestank von Holz? . . .«

Ich schnitt ihr das Wort ab und drehte ihr den Rücken zu, »Laß mich in Ruhe. Schlaf endlich!«

Meine Schwester fragte, »Nun sag schon, woran denkst du?«

»An ihn.«

Ich sehnte mich nach dem Geruch von Holz.

Die Türen fielen vor mir ins Schloß. Ich war eine Katze, die in eine Falle getappt war, wütend, wild und widerspenstig. Ich traute mich nicht, meinem Vater unter die Augen zu treten. Die Amme, die nach zwei Tagen zurückgekehrt war, musterte mich mißtrauisch und sprach kein Wort, sie brachte mir das Mittag- und das Abendessen. Meine Mutter versuchte mir möglichst aus dem Weg zu gehen. Jedesmal, wenn ich das Zimmer notgedrungen verlassen mußte und ihr begegnete, grüßte ich sie mit gesenktem Kopf, schüchtern und beschämt. Eine Antwort bekam ich nicht. Chodjasteh war zur Vermittlerin zwischen meiner Mutter und mir geworden. Anscheinend hatte sogar Manuchehr schlechte Laune. Er bockte, trank seine Milch nicht und schlief nicht. Wenn er herumquengelte und tagsüber sein Weinen ertönte, wurde auch Mutters Stimme laut.

»Mein Ärmstes. Seitdem dieses Kind die Milch des Zorns getrunken hat, ist es wie ausgewechselt, solche Schauer hat mir dieses

Mädchen über den Rücken gejagt. Würde Gott mich doch sterben lassen und erlösen. Was für eine Natter habe ich da an meinem Busen genährt?« Dennoch nahm sie Manuchehr an die Brust und zürnte weiter.

Fünf, zehn, zwanzig Tage lang war ich eine Gefangene des Hauses. Ich war verzweifelt, verwirrt und voller Leidenschaft. Ich dachte an nichts außer ihn. Die verschlossenen Türen hatten das Feuer in mir noch stärker entfacht. Hatten bewirkt, daß ich keinen anderen Gedanken hegte außer dem an ihn. Versuchte ich mich auf etwas anderes zu konzentrieren, gelang es mir nicht. Und das machte mich wahnsinnig. Ich war ratlos. Jedesmal, wenn ich in die Nähe der Tür des *Biruni* kam, folgte mir Dadde Chanum unter irgendeinem Vorwand oder meine Mutter rief mich oder die Amme gesellte sich zu mir.

»Geh ja nirgendwo hin, Mahbub Djan. Dein Agha Djan hat es verboten.«

»Mach dir keine Sorgen. Wohin sollte ich denn gehen? Ich gehe, um hinten im Garten Blumen zu pflücken. Ich will nach der Vorlage sticken.«

Tatsächlich war ich sehr geschickt im Sticken. Ich bestickte Tischdecken, daß es alle in Erstaunen versetzte. Veilchen, Rosen und Nelken pflückte ich und zeichnete sie auf dem Stoff ab. Dann betrachtete ich die Blume und stickte sie mit ihren Farben auf. Ich wollte ein kleines Taschentuch besticken. Für jemand, dessen Namen ich sogar insgeheim zu erwähnen mich scheute. Aber nein, ich hatte gehört, daß Taschentücher Entfernung mit sich brachten. Ich würde ihm ein Deckchen für das Kamingitter sticken, damit er es auf die Ablage über dem Kamin legen konnte. Damit er den Spiegel darauf stellen, jeden Morgen hineinsehen und sein ungezähmtes Haar kämmen konnte.

Mein Vater hatte das Grammofon weggeschlossen. Qamars Schallplatten waren spurlos verschwunden. Kein Zeichen mehr von *Leili und Madjnun* oder von Hafis' Gedichtband. O weh, weshalb hatte man sie eingesperrt? Weshalb waren sie in Ungnade gefallen? Sie waren doch Balsam für mein Herz. Was sollte ich denn tagsüber allein und unbeschäftigt im Haus tun? Wie ein geköpftes Huhn umherflattern? Ich wünschte mir Mansur einen Kopf kürzer.

Es war Ende August. Meine Eltern saßen im *Houzchaneh*. Es war nach dem Mittagessen. Der Springbrunnen war angestellt und ließ das Wasser mit sanftem Laut in das geflieste Becken rieseln. Mein Vater rauchte Wasserpfeife, und meine Mutter trank Tee. Ich hatte mich auf Zehenspitzen nach unten geschlichen und horchte. Keines der Gespräche handelte von mir. Als existierte ich nicht. Es stimmt, mein Vater war nach den Vorfällen jenes Abends mürrisch und wortkarg geworden. Meistens runzelte er die Stirn. Meine Mutter betrachtete ihn besorgt, und ich stand meistens vor der Tür des Zimmers, in dem sie saßen, auf Horchposten. Doch war überhaupt nicht die Rede von mir und meiner Verliebtheit. Das war schlimmer als Zeter und Mordio, Tadel und Prügel. Wenn sie doch nur etwas sagen würden. Wenn mein Vater mir doch nur drohte und mich halbtot prügelte. Sobald er Rahims Namen erwähnen und von der Schreinerei am Straßenrand sprechen würde, hieße das, daß Rahim in seiner Vorstellung existierte und ihm Kopfzerbrechen bereitete. Daß er ein Problem darstellte, das auf irgendeine Weise gelöst werden mußte. Dann könnte ich sagen, es gibt keinen Ausweg außer unserer Vereinigung. Doch was bedeutete dieses Schweigen? Es hieß, daß gar kein Problem existierte. Es hieß, daß meine Worte nichts wert waren, wie Luft. Es bedeutete also, daß mein verrücktes Herz so lange in der müden Brust schlagen sollte, bis es müde, sanft und folgsam wurde, wenn es das doch nur geworden wäre. Doch jedes Mal, wenn eine Brise aufkam, mußte ich an seine Locken, den verlegenen Blick und die gottergebene Haltung denken. Würden diese Locken jetzt ebenfalls in der Brise zittern? Wie sehr sehnte ich mich nach jenem Lädchen und dem Geräusch von Säge und Hobel.

Meine Mutter stieg aus dem *Houzchaneh* herauf und rief nach Dadde Chanum. Ächzend erschien diese. Ich hörte meine Mutter sagen, »Sag Firuz Chan, daß er morgen früh die Kutsche bereithält. Der Agha ist eingeladen. Er wird sich zum Garten seines Bruders in Shemiran begeben.«

Mir sank das Herz in die Kniekehlen. Weshalb ging Agha Djan denn nicht nach Gholhak? In seinen Garten, der allmählich zu einem richtigen Garten wurde. Weshalb ging er nach Shemiran? In den riesigen Garten von Onkelchen und mutterseelenallein? Zu einem Zeitpunkt, an dem wir alle in der Stadt waren und wegen Mutters Entbindung und den folgenden Ereignissen die Reise zum Sommersitz nicht in Frage kam. Zur Sommerzeit siedelten sämtliche Bewohner von Onkelchens Haus in den Garten in Shemiran um. Meistens lud die Frau meines Onkels Mutter ein. Meine Mutter wich ihr aus, sie mochte sie nicht. Sie hatte eine böse Zunge. Wie war es gekommen, daß sich mein Vater in diesem Jahr plötzlich nach Shemiran aufmachte? Ich bat Chodjasteh, es auszukundschaften. Sie verstand es hervorragend, sich ahnungslos zu stellen und Mutter die Antworten auf meine Fragen aus der Nase zu ziehen.

Chodjasteh sagte, »Chanum Djan sagt, Onkelchen hätte Agha Djan eingeladen. Er hat gesagt, ›Besuchen Sie mich doch, damit wir für die Zukunft unserer Kinder einen Entschluß fassen können.‹ Und Agha Djan wird hinfahren, um möglichst rasch deine und Mansurs Angelegenheit zu regeln.« Chodjasteh zögerte und fuhr fort, »Agha Djan hat gesagt, es sei nicht ratsam, daß du länger in diesem Haus bleibst. Man müßte sich dich vom Hals schaffen. Er sagte, ein Mädchen mit Flausen im Kopf muß man schnell verheiraten, sonst beschwört es vielleicht einen noch größeren Skandal herauf.« Chodjasteh errötete, »Es ist beschlossen, daß Chanum Djan der Tante mütterlicherseits ausrichten läßt, früher zu kommen, damit sie auch meine Angelegenheit mit Hamid regeln können ...« Sie lachte und fügte hinzu, »Aus Angst vor dir wollen sie auch mich Hals über Kopf verheiraten.«

Ich sagte, »Meinen Glückwunsch, Chodjasteh. Aber ich will Mansur nicht. Ich kann ihn nicht ausstehen. Mit dieser klatschsüchtigen Hexe von Mutter. Sollte ich einwilligen, geschähe es mir recht! Wenn ich Mansur sehe, kommt es mir vor, als hätte ich den Todesengel gesehen.«

»Chanum Djan sagt, sie kann wollen, soviel sie will. Will sie nicht, werde ich ihr eins überziehen und sie selbst ans Trauungstuch setzen.«

»Ich bringe mich um. Ich schlucke Opium und bringe mich um. Du wirst schon sehen. Ich werde auf keinen Fall Mansurs Frau.«

»Der arme Mansur ist doch nicht so übel. Er tut mir wirklich leid. Du hast den Verstand verloren, Mahbub!«

»Ja, bei Gott, das hast du gut gesagt, Chodjasteh, ich habe den Verstand verloren. Ich selbst weiß das am allerbesten.«

Frühmorgens fuhr Agha Djan mit der Kutsche fort. Ich war noch im Bett, als ich das Kommen und Gehen hörte, und war erleichtert. Als die Sonne hoch am Himmel stand, wechselte meine Mutter die Kleider und rief nach Chodjasteh, »Komm, Chodjasteh, komm, mein Kind, mach dich schnell bereit, damit wir deine Tante besuchen gehen können.«

»Nein, Chanum Djan. Wohin kann ich noch mitkommen? Ich schäme mich.«

Ich hörte meine Mutter lachen, »Möge das Gesicht der Scham schwarz werden. Komm schon, steh auf! Wo wollen wir schon hin? Wir gehen deine Tante besuchen. Als wärst du nicht schon hundert Mal dorthin gegangen. Niemand will dir etwas.« Wie kam es, daß meine Mutter lachte? Daß sie munter und zu Scherzen aufgelegt war?

Meine Mutter und meine Schwester brachen auf, und zu meiner Verwunderung folgte ihnen auch die Amme mit dem Kind auf dem Arm. Meine Mutter ordnete an, daß Hadj Ali vorausgehen und eine Droschke für sie beschaffen sollte, damit sie zusammen fahren könnten. Beim Fortgehen sah Dadde Chanum meine Mutter zweifelnd an und fragte, »Wird Mahbube Chanum nicht mit Ihnen fahren?«

Meine Mutter brauste auf, »Was geht dich das an?«

»Wenn Mahbube Chanum ebenfalls mitginge, könnte ich mit Ihrer Erlaubnis auf einen Sprung bei meiner Schwester vorbeischauen.«

Mitten in das Staunen von Dadde Chanum, der Amme und mir sagte meine Mutter kaltblütig, »Gut, dann geh doch. Was kümmerst du dich um Mahbube Chanum?«

Unwillkürlich blickten Dadde Chanum und ich meine Mutter erstaunt an. War denn nicht beschlossen, daß stets jemand auf mich aufpassen sollte? Wie konnte meine Mutter es Dadde Chanum bloß so ohne weiteres gestatten? Für gewöhnlich bekam das Personal nicht so einfach die Erlaubnis zu Urlaub oder zum Besuch von Verwandten. Zumal wenn meine Mutter mich allein zu Hause zu lassen beabsichtigte, so daß naturgemäß Dadde Chanum für meine Überwachung verantwortlich war.

Vor sich hin murmelnd warf mir Dadde Chanum einen Blick zu und sagte dann, »Gut ..., dann ... dann soll ich wirklich ausgehen?«

Ungeduldig erwiderte meine Mutter, »Nun geh schon, was redest du soviel herum? Aber daß du mir ja vor Sonnenuntergang zurückkehrst. Wir haben tausend Sachen zu erledigen. Vom gestrigen Abend ist noch Essen übrig. Mahbube Chanum wird dir einen Topf füllen. Nimm ihn deiner Schwester mit.«

Meine Mutter hatte meinen Namen erwähnt, sollte das etwa Versöhnung bedeuten? Hatte sie den Waffenstillstand erklärt? Ich konnte es nicht feststellen, da sie durch die Tür trat und entschwand. Was jedoch Dadde Chanum betraf, kaum zu glauben, wieviel Umstände diese Frau machte. Als wäre es eine Ewigkeit her, seit sie ihre Schwester zum letzten Mal besucht hatte! Ich ging in die Küche und gab acht, daß Hadj Ali einen Topf mit Essen für ihre Schwester füllte. Für Hadj Ali und mich blieb soviel übrig, daß er nicht zu kochen brauchte. Dennoch widerstrebte es ihm, den Topf zu füllen. Ich mußte mich mit ihm streiten.

»Hadj Ali, es ist doch soviel Essen da, weshalb sträubst du dich ihn zu füllen?«

»Schließlich muß alles seine Ordnung haben. Sonst wird diese Dadde Chanum frech.«

Bei jeder anderen Gelegenheit hätte ich gelacht, an diesem Tag stampfte ich jedoch ungeduldig mit dem Fuß auf, »Nun beeil dich schon! Füllst du den Topf oder soll ich ihn selber füllen?«

Murrend machte Hadj Ali den Topf voll, »Bitte schön, meinem Vater gehört es ja nicht. Ich fülle ein, soviel Sie wollen. Sollen sie essen, bis sie platzen.«

Hadj Alis Zimmer befand sich im *Biruni* nahe der Hoftür. Humpelnd kehrte er dorthin zurück. Seine Augen waren vom allmorgendlichen und -abendlichen Anpusten des Feuers unter den Töpfen stets gerötet und tränten. Er ging gebückt und stemmte beim Gehen eine Hand in die Hüfte. Er hinkte. Es war nicht zu erraten, ob Gelenkschmerzen oder ein angeborenes Gebrechen der Grund dafür war. Obwohl er in der Küche jederzeit Gelegenheit hatte, etwas zu stibitzen, und zusätzlich zu seiner Essensration stets die Kochtöpfe mit Appetit leerte, blieb er hager und knochig und genoß, obwohl alt und gebrechlich, Achtung und Zuneigung meiner Eltern. Nicht nur aufgrund seiner unvergleichlichen Kochkunst, sondern auch wegen seiner blinden Treue.

Ich wußte, daß er die Gelegenheit nutzen und schlafen würde. Wie kam es, daß mich meine Mutter allein zu Hause ließ? Hatte sie etwa Mitleid mit mir? War die Zeit meiner Gefangenschaft beendet? Dachten sie etwa, daß ich nach diesen ungefähr dreiundzwanzig Tagen entmutigt und zur Besinnung gekommen wäre? Oder hatte sich, da Agha Djan nicht in der Stadt war, die Haft gelockert? Aus welchem Anlaß auch immer! Ich werde jene Locken besuchen gehen, jene Hände, die Ader, die an jenem langgestreckten Hals unter der dunklen Haut pochte. Zu jenem Holzgeruch, dem Geräusch der Säge und dem verräucherten Paradies . . .

Ich legte den Tchador an, zog den Gesichtsschleier über und machte mich auf den Weg. Hadj Ali schlief in seinem Zimmer. Ich entriegelte die Tür und war frei. Während der ganzen Zeit hatte ich das Haus nur einmal verlassen, zu einem Besuch meiner Schwester, in der väterlichen Kutsche und begleitet von Dadde Chanum. Außerdem linksherum durch die Gasse. Jetzt schien mir, als wäre ich dieser Gasse, diesem Durchgang und diesem Lädchen ein Jahrhundert fern geblieben. Ich sah, daß alles immer noch genauso hell, fröhlich und lebendig war. Die Menschen kamen und gingen wie früher. Nichts hatte sich verändert. Nur ich, die leicht war und schwebte. Ich wollte laut lachen. Ich schlug den Gesichtsschleier hoch, um ihn besser zu sehen. Damit er mich besser sehen konnte. Ach, könnte ich doch nur wie eine Bettlerin neben der Tür seines Ladens hocken und jeden Tag sein Kommen und Gehen betrachten. Sein Atemholen betrachten.

Ich näherte mich der Abbiegung der dritten Seitengasse. Plötzlich schoß mir Blut siedendheiß ins Herz. Mein Mut sank. Meine Arme und Beine wurden schwer. Ich traute mich nicht, an der Ecke abzubiegen, um ihn zu sehen. Ich blieb stehen. Doch konnte ich auch nicht stehenbleiben.

Ich atmete durch und bog ab. Plötzlich wurde mir kalt. Ich fror und blieb wie angewurzelt stehen. Die Ladentür war geschlossen. Wie eine Welle war ich, die auf einen Felsen geprallt ist. Wie war das möglich? Zu dieser Tageszeit? Zwei große Bretter waren x-förmig über die geschlossene Tür genagelt. Also war der Laden nicht geschlossen, sondern aufgegeben worden. Für lange Zeit, auf ewig. Sprachlos blickte ich nach links und nach rechts. Niemand war da, der mir sagen konnte, was geschehen war. Wen sollte ich fragen? Wohin sollte ich gehen? Erneut starrte ich die Tür an. Als betrachtete ich die Leiche eines Vertrauten. Unwillkürlich machte ich kehrt und lief nach Hause. Ich hielt den Kopf gesenkt. Als hätte mein Hals keine Knochen. Nicht umsonst hatte mir meine Mutter die Fesseln abgenommen. Nicht umsonst sagte sie ›Mahbube‹. Nicht umsonst lachte sie. Sie wollte, daß ich herkam und es mit eigenen Augen sah. Was auch immer geschehen war, mein Vater steckte dahinter. Hatten sie ihn verhaftet? Ermordet? Was war geschehen? Alles, was sie ihm antaten, taten sie meinem Herzen an. Ich verabscheute meinen Vater und das Lachen meiner Mutter. Je grausamer sie wurden, je mehr Steine sie mir in den Weg legten, desto ruheloser wurde ich. Laßt mich in Frieden! Überlaßt mich meinem Schicksal. O Herr, wie konnte ich ihn wiedersehen? Wo sollte ich ihn finden? Sie hatten ihn fortgescheucht, und er war gegangen. Ich ging nach Hause, doch meine Füße kamen nicht voran. Als hätte man mir Steine an die Unterschenkel gebunden. Ich war erschöpft, müde und lustlos – wie weit doch der Weg nach Hause war. Ich zog die Füße nach, stützte mich an den Wänden ab, atmete mühsam. Ich war gealtert. Weshalb war die Luft so trocken und glühend geworden? Weshalb hatte sich alles verändert? Weshalb hatte sich die Sonne verfinstert? Die Menschen waren mürrisch geworden. Das Leben war ernst und bitter geworden. Weshalb hatten es die Passanten eilig und waren so bedrückt? Weshalb ging von den Schatten auf den Wänden dieser Kummer aus? Ich erreichte das Haus. Die Platanen standen um den Hof Spalier. Das Wasser des Hofbeckens war ungekräuselt. Ich ging in das *Houzchaneh*. Auch dort war die Luft warm. Ich warf mich auf das Sitzkissen. Keine Träne trat in meine Augen, es gab nur Zorn und Empörung. Über meinen Vater, über die Hinterhältigkeit meiner Mutter, mit der sie mir die Realität vor Augen geführt hatte. Über Mansur. Sollten sie doch sitzen und warten, bis ich seine Frau würde. Jetzt, da es so ist, werde ich zum letzten Mittel greifen.

Hadj Ali näherte sich dem Hauptgebäude, stellte das Tablett mit meiner Mahlzeit auf die Stufen und entfernte sich humpelnd. Seit Mittag waren zwei Stunden vergangen. Kraftlos erhob ich mich und legte den Tchador wieder an. Vielleicht war er inzwischen an die Arbeit zurückgekehrt. Ich gehe nachsehen, ob er gekommen ist oder nicht. Obwohl ich angesichts der mit Brettern zugenagelten Tür begriffen hatte, was ich hatte begreifen müssen. Dennoch würde ich hingehen. Gehen, um seine Abwesenheit zu sehen. Die verschlossene Tür anzusehen und mir dahinter seine Gestalt vorzustellen. Kraft- und lustlos machte ich mich auf den Weg, passierte die beiden Seitengassen und erreichte die Abzweigung der dritten. Die Tür war im selben Zustand wie am Morgen. Willenlos schritt ich durch die Hallen des kleinen Basars. Es fiel mir schwer, den Tchador auf dem Kopf zu halten. Konfus und fassungslos ging ich umher und wußte nicht wohin. Was wollte ich eigentlich? Ich blieb neben dem Trinkwasserhäuschen stehen, zündete jedoch keine Kerze an. Zu nichts hatte ich Lust. Ich war am Ersticken. Mutter und Vater hatten recht, ich hatte mich in *Leili* verwandelt und irrte wie *Madjnun* kopflos umher. Ich war durcheinander. Ich mußte nach Hause zurück. Wozu sollte ich hier herumstreunen? Der Vogel war ausgeflogen. Ich mußte in meinen Käfig zurück und an meinem Kummer eingehen.

»O, Chanum, helfen Sie mir, um Gottes willen. Ich bin Waise . . .«

Das hatte mir gerade noch gefehlt. Ein zehn-, zwölfjähriger Betteljunge mit offenem Hemdkragen und schmutzigem, altem Umhang lief mir barfuß nach. Wenn der Laden offen und ich guter Laune gewesen wäre, hätte ich diesem zerlumpten Bettler wegen des Wiedersehens gewiß ordentlich Geld gegeben. Doch jetzt war ich über seine Hartnäckigkeit erbost. Ich zürnte Gott und der Welt. Bittend ergriff er den Zipfel meines Schleiers, »Ich bin Waise, Chanum. Dem Leben Ihrer Kinder zuliebe, helfen Sie mir Armem.«

Mein Tchador würde schmutzig werden. Zornig stieß ich ihn fort, »Verzieh dich!« Er blieb etwas stehen und lief mir erneut nach. Beim Gehen sagte ich, ohne mich umzusehen, »Ich hatte gesagt, verzieh dich.«

Er senkte seine Stimme und sagte, »Der da hat einen Brief für Sie mitgegeben.«

Ich blieb stehen. Das Bürschchen kam rasch näher und streckte seine Hand aus.

»Wer ist der da?«

»Er sagte, ich soll sagen, der Schreiner.«

Unter dem Vorwand, ihm Geld geben zu wollen, riß ich ihm eilig das Papier aus der Hand und machte mich auf den Weg. In der achteckigen Vorhalle des Hauses entfaltete ich das Blatt. Es war dieselbe schöne Schrift, angesichts derer mein Herz zu klopfen und das Blut in meinem vereisten Körper wieder zu fließen begann. Die Sonne hellte sich wieder auf, und das Leben geriet in Bewegung.

Tantchen reichte Sudabeh ein weiteres Stück Papier. Auch auf diesem hatte die Zeit ihre Spuren hinterlassen und es gelblich gefärbt. Auf dem Blatt stand in schöner Schrift: Ich werde hinter dem Garten Eures Hauses warten.

Das Gefühl von Zärtlichkeit und Verlangen drang durch die Worte und durch den Staub der Zeiten mitten in Sudabehs Herz. Tantchen hatte sämtliche Erinnerungsstücke aufbewahrt. Während sie das Blatt wieder an sich nahm und es an seinen Platz ins Kästchen legte, fuhr sie fort:

Nun war es um mich geschehen. Ich war nicht mehr an die Ehre gebunden. Ich wußte, daß meine Eltern sich meinetwegen nicht mehr sorgten. Daß sie wegen des Schreiners aus dem Viertel beruhigt waren. Also würde meine Mutter bestimmt spät heimkehren, und bis zur Dämmerung hätte ich noch ein paar Stunden Zeit. Hadj Ali zählte ohnehin nicht. Der arme Alte kümmerte sich um seine eigenen Angelegenheiten. Beschwingt kehrte ich um und machte mich gemessenen Schritts links die Gasse hinunter auf den Weg. Ich ging bis ans Ende unserer Hausmauer. Dort gab es vorwiegend Gartenmauern, die sich hier und da annäherten. Auch die Durchfahrt der Kutsche, die auf Anweisung meines Vaters eine Zeit lang von dieser Seite stattgefunden hatte, war mit Schwierigkeiten verbunden gewesen. Als ich das Ende der Mauer erreichte, bog ich nach links ab. Es war ein schmaler Gartenpfad, von Platanen beschattet, die über die Mauern unseres Gartens und die des gegenüberliegenden ragten. Der Boden war holprig und voller Gestrüpp. Hier und da sah man Exkremente von Hunden und Menschen. Der nahezu verödete Pfad führte auf ein verlassenes Grundstück, auf dem ebenfalls Gestrüpp und ein paar Bäume zu sehen waren. Noch nie hatte ich diesen Durchgang oder das Grundstück dahinter auch nur eines halben Blicks gewürdigt. Doch an jenem Tag bedeutete mir dieser verlassene Durchgang das Paradies.

Mitten auf dem Pfad blieb ich stehen. Es war drei Stunden nach Mittag. Bei dieser Sommerhitze hielt sich keine Menschenseele in dieser Gegend auf, und wenn, dann hätte mich niemand in dem abgetragenen Tchador samt Gesichtsschleier erkannt. Ich stand mit dem Rücken zur Hauptgasse. Am Geräusch seiner Schritte hörte ich, wie er hinter mir in den schmalen Durchgang trat. Ich hörte das Knacken des Gestrüpps und schämte mich für die Bescheidenheit dieses Orts. Als sei ich für den verwahrlosten Zustand des Pfads verantwortlich. Wenig später überholte er mich und stellte sich vor mich hin. Ein schüchternes Lächeln umspielte seine Lippen. Unter seiner Filzkappe, die er etwas nach vorn gezogen hatte, waren die Locken zu sehen. Auch am Nacken lugten seine Haare unter dem Hut hervor. Wieder stand der Kragen seines Kattunhemds unter dem Umhang offen. Er hatte sich einen Schal um die Hüfte gebunden, und ich wunderte mich, daß es diese Kleidungsstücke immer noch gab. Wie würde er aussehen, wenn er diese Tracht den Zwängen der Zeit gehorchend ablegen und einen Anzug anziehen würde?

Er legte beide Handflächen gegeneinander und sagte, »Salaam.«

»Salaam.« Die Schatten der Platanenblätter zeichneten Muster auf sein Gesicht.

Er fragte, »Wo warst du diese dreiundzwanzig Tage?«

»Ich war eingesperrt.« Seine linke Braue hob sich vor Erstaunen. »Ich habe es meinem Vater gesagt, und er hat mir verboten, das Haus zu verlassen. Weshalb hat er deinen Laden schließen lassen?«

Das bekannte spöttische Grinsen erschien um seine Mundwinkel. In seinen Augen blitzte der Schalk auf, »Weißt du es nicht?«

»Nein.«

»Frag deinen Vater.« Also hatte ich richtig geraten, es war das Werk meines Vaters. Jedoch wie? »Dein Vater hat den Laden gekauft. Es ist etwa zehn Tage her. Eines Morgens sah ich, als ich zur Arbeit kam, daß man die Ladentür geschlossen und zugenagelt hatte. Ich roch den Braten sofort und begriff, wer dahintersteckte. Ich ging zum Meister und fragte ihn, ›Weshalb haben Sie das Geschäft geschlossen?‹ Er sagte, ›Bassir ol-Mulk hat jemanden geschickt und ausrichten lassen, ich solle ihm den Preis des Ladens nennen. Ich sagte, Ich verkaufe nicht. Er sagte, Bassir ol-Mulk hat dich nur nach dem Preis des Ladens gefragt. Beantworte seine Frage. Und ich nannte einen Preis, der über dem Tagespreis lag. Sein Gesandter ging und kehrte zurück und sagte, Bassir ol-Mulk hätte gesagt, Ich würde ihn zum doppelten Preis kaufen, vorausgesetzt, daß es nicht später als morgen geschieht. Und ich habe angenommen. Das war's.‹«

Ungläubig schlug ich den Gesichtsschleier zurück und fragte, »Also hat mein Vater dich arbeitslos gemacht? Dich ums tägliche Brot gebracht? Hat er sein Gift verspritzt?«

Beim Anblick meines Gesichts errötete er und sagte, »Dafür hat mich dieses Gegengift geheilt.«

Ich wiederholte, »Hat er dich ums tägliche Brot gebracht?«

»Vermutlich wußte er, daß ich fern von dir keinen Bissen die Kehle hinunterbringe! ...«, und er lachte. Seine Zähne wurden sichtbar. Weiß und ebenmäßig, wie ein Gemälde. Er nahm seine Mütze ab und befreite das Haar, das ihm frei und gelöst in die Stirn fiel. Dicht und schwungvoll. Er glich einem Derwisch, der zu tanzen beginnt. Die Mütze drehte und knetete er in den Händen. Er wollte etwas sagen, traute sich jedoch nicht. Er hob den Kopf und betrachtete die Baumwipfel. Sein Gesicht wurde ernst. Er lächelte bitter, »Ich wußte von Anfang an, daß sie dich mir nicht geben würden.«

»Komm zur Brautwerbung. Komm und sag meinem Vater, daß du zum Militär gehen willst. Daß du Offizier werden willst. Willst du denn nicht? Oder?«

»Doch, ich will. Aber es nützt nichts. Er läßt mich gar nicht ausreden.«

»Doch, doch. Wenn er dich sehen würde ....«

Er schnitt mir das Wort ab, »Dein Vater hat mich schon gesehen.«

»Wie? Wann? Wo?«

Erneut nestelte er an seiner Mütze herum und sah zu Boden, »Als dein Vater den Laden gekauft hatte und ihn zunageln ließ, bin ich noch ein, zwei Tage gekommen, habe dort gestanden und Wache gehalten. Ich hielt Wache, bis du kämest, doch du bist nicht gekommen. Ich wußte nicht, was ich tun sollte! Wie ich dich sehen könnte. Ich fürchtete, man hätte dich verheiratet. Mit dem betreffenden Cousin ... Wie hieß er noch mal?«

»Mansur.«

Er blickte mir ins Gesicht und setzte ein vielsagendes Lächeln auf, »Ach ja, dieser Herr Mansur. Er ist wohl ziemlich gut betucht, oder?«

Auch seine Augen lächelten bedeutungsvoll und tadelten mich. Auch er zielte auf mein Herz und meine Seele. Was war geschehen, daß alle auf Streit erpicht waren? Wollten sie mir das Herz brechen? Ich war doch bereits am Ende, mein Herz war schon in tausend Stücke zersprungen. Mit einem traurigen Lächeln beantwortete ich seinen Blick.

Erneut senkte er den Kopf und sagte, »So sehr ich wartete, du kamst nicht. Bis ich eines Tages die Kutsche deines Vaters sah, die am Geschäft vorbeifuhr. Ihr Verdeck war zurückgeschlagen, und dein Herr Papa hatte es sich darin bequem gemacht. Als er das Geschäft erreichte, sah er unter gesenkten Lidern, wie ich in ehrerbietiger Haltung dastand. Er ließ sich nichts anmerken. Ich verlor die Selbstbeherrschung. Ich fragte mich, wo er seine Tochter versteckt hielt. Was er ihr angetan hatte. Ich sprang vor und packte das Zaumzeug der Pferde, die vor dem Abbiegen langsamer geworden waren, und sagte, »Agha, ich hätte Ihnen etwas mitzuteilen.«

Unwillkürlich grub ich mir die Nägel ins Gesicht, »O Gott, laß mich sterben.«

Erneut erschien das Grinsen um seine Mundwinkel, »Weshalb? Gott behüte, daß ein Engel von Ihrer Schönheit sterbe. In Ihrem Gefolge würden die jungen Männer in Massen zugrunde gehen ...« Er verstummte, und sein bohrender Blick drang in mich.

Um mich davon zu befreien, fragte ich mit rauher Stimme, »Und? Was dann?«

»Der Herr sah mich so zornig an, daß mir die Knie weich wurden. Hätte er ein Gewehr gehabt, er hätte angelegt. Er beugte sich vor und sagte leise und tief, aber voll Wut, ›Sprich!‹ Ich streckte den Kopf vor, da ich nicht wollte, daß es jemand hörte. Daß der Kutscher oder die Bewohner des Viertels etwas verstanden. Gedämpft flüsterte ich, ›Weshalb quälen Sie sie? Lassen Sie sie in Frieden. Ich bin es, dessen Frau sie werden will. Mich müssen Sie ansprechen.‹ Dein Vater verfärbte sich, als hätte ihn eine Schlange gebissen. So dunkel, daß ich dachte, er würde, Gott behüte, gleich vor mir umsinken und krepieren. Mit haßerfülltem Blick musterte er mich vom Scheitel bis zur Sohle. Ein, zwei Mal versuchte er durchzuatmen und etwas zu sagen, doch die Stimme versagte ihm. Dann schnellte er wie eine Feder von seinem Sitz. Ehe sich der arme Fuhrmann versah, packte er ihn mit der Linken hinten an der Schulter und riß ihn derart zurück, daß er mit einem Bein in der Luft hing und nicht viel gefehlt hätte, daß er gestürzt wäre. Die Peitsche in der Rechten des armen Mannes fuhr in die Höhe. Dein Vater knurrte wie ein Löwe, ›Gib sie mir gefälligst!‹ Er entriß dem Fuhrmann die Peitsche, und ehe ich mich rühren konnte, zog er sie mir so heftig über, daß sie sich von oberhalb des Knies bis zur Schulter um mich schlang. Dein Vater wollte die Schnur zurückziehen, doch sie war wie festgeklebt, und ich wurde auf ihn zu gewirbelt. Mein Hemd zerriß, und aus den Striemen sickerte Blut. Als dein Vater sah, daß sie sich nicht von meinem Körper löste, brüllte er mit zusammengebissenen Zähnen, ›Schwuler Bastard, wenn du sie noch einmal erwähnst, laß ich dir den Nacken zertrümmern. Wenn du dich noch einmal in dieser Gegend blicken läßt, werde ich deine Mutter um dich trauern lassen.‹

Die Schnur löste sich und fiel von mir ab. Dein Vater warf die Peitsche dem Fuhrmann zu und sagte, ›Fahr zu!‹, und verschwand. Sieh, was er getan hat!« Er streckte mir ein weißes, blutbeflecktes Stück Stoff entgegen und sagte, »Nimm es. Behalt es als Andenken. Nun habe ich deinetwegen auch Blut vergossen. Was kümmert's mich?«

Beim Anblick seines Bluts wurde mir übel. »Weh«, sagte ich, als hätte die Peitsche meinen Körper getroffen.

Tantchen zog ein Stück Stoff hervor, auf dem die Blutspur wie ein schwarzer Strich zurückgeblieben war, warf einen sehnsüchtigen Blick darauf und fuhr fort.

Er fragte mich, »Was, meinst du, sollte ich nun tun? Ich will zur Brautwerbung kommen. Selbst wenn es mich meinen Kopf kostet, ich gebe nicht auf.«

»Warte, ich werde dir Bescheid geben.«

»Wie denn?«

»Gib mir die Anschrift eures Hauses.«

Besorgt fragte er, »Was nützt dir die Anschrift des Hauses? Es ist gemietet. Wenn dein Vater Lunte riecht, wird er es ebenfalls kaufen.«

Ich hatte eine Idee, »Gut, ich werde durch den Hof unseres Hauses bis ans Ende des Gartens gehen und dir ein Stück Papier zuwerfen. Hier, an dieser Stelle. Ich werde das Papier um einen Stein wikkeln und es über die Mauer werfen. Komm ab und zu her und schau dich um!«

»Ab und zu? Ich streune jeden Tag in dieser Gegend herum. Was sollte ich sonst tun? Dein Vater hat mir die Arbeit geraubt und du mir meinen Frieden.«

Ich wußte, daß ich seine Frau werden mußte. Um jeden Preis würde ich seine Frau werden. Nicht für ein Haar dieses Schreinerlehrlings würde ich Hunderte von Chans, Prinzen und Grafen nehmen. Ich sagte, »Jetzt muß ich aber gehen.«

Er sagte, »Ich habe dir so viele Andenken gegeben. Eine Haarlocke . . ., mein Blut . . . Was wirst du mir als Andenken schenken?«

»Mein Herz«, und ich rannte stolpernd davon. Durch Gestrüpp und Disteln, die sich in meinem Tchador verhedderten, die mich staubig machten und mir Hände und Füße zerkratzten, rannte ich davon und wünschte mir, daß mir die Beine verdorrten und ich bis ans Ende der Welt dort stehenbleiben könnte.

Eine Nacht verging, und kein Zeichen von meinem Vater. Am zweiten Tag kehrte seine Kutsche gegen Mittag nach Hause zurück, doch er saß nicht darin. Firuz Chan kam eilig in den Hof des *Andaruni* und verlangte nach meiner Mutter. Sie legte den Gebets-Tchador an und ging in den Hof. Firuz Chan stand ehrerbietig vor ihr. Hinter meiner Mutter stand die Amme mit dem Kind auf dem Arm.

Firuz Chan sagte, »Der Herr hat befohlen, daß ich Ihnen die Kutsche bringe, und er hat ausrichten lassen, daß sein Bruder Sie eingeladen hat. Gleich morgen früh sollen Sie sich zusammen mit dem Herrensohn, der Amme und den kleinen Herrinnen zum Garten in Shemiran begeben, um sich dort sieben, acht Tage zu erholen.«

Ich war zu klug, um nicht zu bemerken, daß die Angelegenheit Mansur und mich betraf. Unverzüglich setzte geschäftiges Treiben ein. Chodjasteh in Vorfreude auf die Spiele mit ihren Cousinen, meine Mutter in Vorfreude auf meine Vermählung und das Ende des Ärgers, und die Amme in Vorfreude auf die Erholung in der kühlen Luft Shemirans. Jede dachte nur an sich.

Frühmorgens stiegen wir ein und brachen nach Shemiran auf. Die Kutsche fuhr rechts durch die Gasse. Die Ausgangssperre war vorbei. An der dritten Seitengasse fiel mein Blick wieder auf die verschlossene Tür der Schreinerei. Als wäre nichts geschehen. Als meine Mutter, die mich verstohlen musterte, sah, daß ich kalt und ungerührt dasaß, war sie beruhigt. Vielleicht hatte ich aufgehört, an ihn zu denken. Doch so war es nicht. Ich war erst recht entschlossen. In der vergangenen Nacht hatte ich nachgedacht und einen Plan ausgeheckt.

Unsere Einfahrt in den Garten wurde von den Freudenschreien und dem Getriller meiner Cousinen und meines jüngeren Cousins begleitet. Die kühle Luft Shemirans und der baum- und wasserreiche Garten meines Onkels, der weder Anfang noch Ende zu haben schien, versetzten mich ebenfalls in Begeisterung. Auch Manuchehr war, obwohl er mit allen gefremdelt hatte, an diesem Tag wieder guter Laune. Vor Freude über die Kinder krähte er und stieß sich aus den Armen der Amme ab, um in ihre Arme zu gelangen. Es war gegen Mittag. Vater war mit Onkelchen und Mansur auf Rebhuhnjagd gegangen. Seine Frau, die in puncto Scharfzüngigkeit, Klatschsucht und Sarkasmus der Tante väterlicherseits in nichts nachstand und in der Familie berüchtigt war, empfing uns diesmal mit offenen Armen. Sie zog mich an sich, küßte mich und sprach mich fortwährend mit ›Meine Tochter‹ und ›Meine hübsche Braut‹ an. Meine Mutter lachte aus ganzem Herzen, und meine nur zwei, drei Jahre jüngeren Cousinen, mit denen ich von Anfang an aufgewachsen war und mit denen ich mich immer herumgeschlagen hatte, waren bei meinem Eintreffen verstummt und hatten mir respektvoll Platz gemacht. Als sei ich ein zerbrechliches Ding, das sie zum ersten Mal sähen. In meiner Gegenwart senkten sie ihre Stimmen. Sie sprachen höflich und wollten mir zu Diensten sein.

Gegen Mittag herrschte im Garten und dessen altem, heruntergekommenem Haus ein reges Treiben. Das Mittagessen war bereit, das Speisetuch ausgebreitet. Es wurde im großen Zimmer ausgelegt, und Onkelchens Bedienstete liefen geschäftig umher. Immerhin war dieses Gastmahl ein Auftakt für die Hochzeit des Sohns ihres Herrn. Sie brachten frische Kräuter, Ayran und Sherbet, frische Gurken sowie Trauben und Birnen, die zu den Delikatessen aus Onkelchens Garten zählten. Das Speisetuch war mit Joghurt und Brot vom Bauern geschmückt. Einer fachte hinter dem Gebäude das Feuer für den Kebab an, und ein anderer stellte die Platten mit Pferdebohnenreis und Lammfleisch auf das Tuch. Die Amme, die Manuchehr an meine Mutter übergeben hatte, um mitzuhelfen, ließ das Glutkörbchen kreisen, um den Samowar für die Zeit nach dem

Mittagessen vorzubereiten. Allein der Anblick dieser Vorbereitungen ließ mich in meinem Entschluß wanken und meinen Plan lächerlich erscheinen. Ich gehörte in diese Welt, in der Rahim fehl am Platz war. Der Gedanke an ihn war ein unausgegorener Traum, vergebens. Wie wollte ich in all dieser Pracht und Herrlichkeit, inmitten dieser familiären Gepflogenheiten und gesellschaftlichen Zwänge allein gegen alle revoltieren? Schon der Gedanke war kindisch, unmöglich, unvorstellbar.

Mein Vater, Onkelchen und Mansur kamen angeritten – alle drei fröhlich und gut aufgelegt. Sie wurden von zwei, drei Lastträgern begleitet. Sie kehrten von den Abhängen des Albors-Gebirges zurück und hatten ein paar Rebhühner erlegt. Onkelchen sagte, ›Für Mahbub.‹ Was sollte ich mit Rebhühnern? Man hatte die unglücklichen Tierchen zerfetzt. Sie hatten kaum Fleisch auf den Knochen. Zum Teufel mit ihnen! In was für ein Schlamassel war ich geraten! Am schlimmsten war Mansurs Verhalten. Er war durcheinander und genierte sich. Mal siezte er mich, und mal sprach er mich wie in Kindertagen mit ›du‹ an. Er bot mir Ayran an, tat mir Reis auf und fuhr seine Schwestern an, daß sie mir Platz machten. Und die beiden, die mir zur Seite saßen, waren einen halben Meter abgerückt. Wann immer ich ihn nicht ansah, wußte ich, starrte er mich an, und wenn ich mich ihm zuwandte, errötete er und sah schleunigst anderswo hin. Ich würde ihn, sagte ich mir, so lange ignorieren, bis er von sich aus aufgab. Doch er tat es nicht. Er begriff nicht. Der Ärmste ahnte nicht einmal, was in meinem Herzen vorging. Dabei war er, um nicht ungerecht zu sein, ein stattlicher und gutaussehender junger Mann. Auch an seinen Manieren und an seinem Charakter gab es nichts auszusetzen, und nahm man noch das Riesenvermögen und die Titel seines Vaters dazu, wurde deutlich, weshalb alle heiratsfähigen Mädchen sich danach sehnten, ihn zu heiraten. Alle außer mir. In meinen Augen glich er einer Schlange. Bei seinem Anblick wurde mir übel. Beim Betrachten seiner unschuldigen Schamhaftigkeit und Verlegenheit, die bei Chodjasteh und meinen Cousinen Getuschel und heimliches Gelächter hervorriefen, schauderte mich. Es war mein Pech, daß er so gut war. Daß ich so schlecht war. Daß es mir, und wenn ich mich noch so sehr bemühte, nicht gelang, ihn in mein Herz zu schließen.

Nach dem Mittagessen lehnte er sich in das Sitzkissen zurück. Er winkelte das linke Bein senkrecht an und setzte den rechten Ellbogen darauf. Inzwischen war er kühner geworden. Gelegentlich musterte er mich verstohlen, nachdem er sich davon überzeugt hatte, daß niemand es merkte, und lächelte. Sein Lächeln war schön und ließ seine Augen strahlen. Er begehrte mich tatsächlich. Ich wußte nicht, seit wann! Nie hatte er mich etwas merken lassen. An jenem Tag begriff ich das sehr wohl und litt darunter. Als bohrten sich seine bewundernden Blicke wie Pfeile in meinen Leib. Ich verabscheute seine weichen und zarten Hände, seine kostspieligen Gewänder, daß er Stiefel trug, seinen schmalen Schnurrbart, dessen Enden leicht nach oben gezwirbelt waren, seine gutgekämmten Haare, deren jedes sorgfältig an seinem Platz lag, seinen höflichen und gezierten Tonfall und all das, was in den Augen anderer als Vorzug erschien, und ich ekelte mich davor.

Was mich am meisten erzürnte, war seine Annahme, daß ich ihn ebenfalls begehrte. Möglicherweise noch glühender und heftiger. Er war überzeugt davon, daß es so sein mußte. Das stand außer Frage und durfte gar nicht anders sein. Er dachte, er hätte mir mit der Brautwerbung einen Gefallen getan, und ging, ohne sie gehört zu haben, von meiner Zustimmung aus. Sein Egoismus und sein Selbstvertrauen stießen mich mehr als alles andere ab.

Gegen Abend legte man den gesamten Eiwan, der nur durch eine Stufe vom Rasen getrennt war, der bis zu einem großen Schwimmbecken reichte und sich dahinter zwischen den Reihen der Obstbäume im Unendlichen verlor, mit Kelims aus. Für meinen Vater und Onkel wurde eine Liege aufgestellt und ebenfalls mit Kelims bedeckt. Angeboten wurden Salat und Ssekandjebin, Halim Bademdjan, Obst, Tee, Wasserpfeife und selbstverständlich salziges Knabberzeug. Die Frauen saßen auf dem Boden. Die Frau des Onkels hatte sich neben dem großen Kohlen-Samowar plaziert und schenkte Tee ein. Jedes Teeglas stellte sie auf einem goldumrandeten Untertäßchen auf ein kleines Messingtablett, samt einer Zuckerdose aus Kristall oder Messing, die einige Stücke Würfelzucker enthielt. Chodjasteh und Onkelchens Kinder tobten herum und trieben Schabernack. Gelegentlich kam eines gelaufen, um von den Salatblättern und Ssekandjebin oder vom Knabberzeug zu stibitzen, und kehrte mit vollen Händen zurück. Die Rufe der Frau des Onkels, meiner Mutter oder der Ammen, die sie aufforderten, sich hinzusetzen und wie wohlerzogene Kinder zu Abend zu essen und anschließend zu spielen, beachteten sie nicht.

Manuchehrs Wickeltuch hatte man gelöst, unter ihn jedoch ein Wachstuch mit ein paar Windeln gelegt, damit er nicht alles durchnäßte. Er lag auf dem Rücken, und die leichte Decke knüllte sich bei seinem Gestrampel in einem fort zusammen und glitt zur Seite. Angesichts der Freude der Kinder krähte Manuchehr vor Entzücken. Mein Vater deckte ihn liebevoll wieder zu und sagte, »Schäm dich, Sohnemann.« Und Onkelchen lachte.

Was für eine glückliche Familie wir doch waren! Welch wunderbarer Anblick! Und hätte sich Gott meiner erbarmt und mein Wesen durch Vernunft bestimmt, wie sehr hätte ich mich über das Glück, das mir zuteil werden sollte, gefreut und wäre dankbar gewesen dafür. Doch war mir ein anderes Schicksal beschieden. Ich selbst war dort und mein Herz anderswo.

Das Wasser des Schwimmbeckens, das man auch zum Bewässern des Gartens, der Blumen und des Obstgartens verwendete, war grünlich und hatte am Grund Schlamm angesetzt. Zwei große Schildkröten tummelten sich darin, sehr zum Vergnügen der Kinder. In einem Winkel des Gartens saßen zwei Hasen im Käfig. Ein Rehkitz, das man mit einem langen Seil an einen Baum gebunden hatte, lief im Garten herum und äste vor sich hin.

Chodjasteh kam mit einer der Cousinen angerannt, »Komm, Mahbube. Komm, schau dir das Reh an. Du weißt nicht, was für Augen es hat! Es ist wunderschön!«

Die Cousine sagte, »Wir haben auch zwei Hasen. Die mußt du sehen. Steh auf und komm doch, sei nicht so träge! Komm mit, damit ich sie dir zeigen kann.«

Mein jüngerer Cousin deutete auf seine beiden Schwestern, »Wir haben auch zwei Kühe.«

Die eine Schwester gab ihm eins aufs Haupt und lachte.

Ich sagte, »Im Moment habe ich keine Lust. Später.«

Mein Vater warf mir einen verstohlenen Blick zu. Seitdem wir uns im Garten zur Wahrung der Form begrüßt hatten, war außer meinem Gruß und seiner Antwort kein Wort zwischen uns gefallen. Doch von finsterer Miene war ebenfalls nicht die Rede. Er gab sich große Mühe, seine Wut auf mich zu unterdrücken und das Ansehen zu wahren. Doch war er kühl. Nur ich spürte, wie kühl und gleichgültig er geworden war. Als wäre ich ein Mühlstein um seinen Hals. Er wollte mich loswerden.

Es wurde langsam dunkel, und die Diener zündeten die Windlichter an. Die Frau des Onkels sagte, »Jetzt ist es ja Nacht geworden. Morgen wird sie mit Mansur Djan anschauen gehen ...« Dann lachte sie und fügte hinzu, »Selbstverständlich mit Erlaubnis Ihres Agha Djan und Nazanin Chanums.«

Mein Vater lächelte gezwungen, und meine Mutter lachte aus vollem Halse mit der Freude einer Frau, deren Tochter im Begriff ist zu heiraten. An Mansurs Blick bemerkte ich, wie sehr er sich wünschte, daß wir nachts spazierengingen. Der Ärmste hatte keine Ahnung, was in meinem Herzen vor sich ging. Er wußte nicht, daß mir nicht nach einem Spaziergang im Garten zumute war. Daß ich auf nichts Lust hatte.

In jener Nacht brütete ich in dem Zimmer, in dem ich zusammen mit meiner Mutter, Chodjasteh, der Amme und Manuchehr schlief, erneut bis zum Morgengrauen Pläne aus. Die günstige Gelegenheit, die ich mir von Gott erfleht hatte, hatte mir die Frau des Onkels in den Schoß geworfen. Also war mir Gott vielleicht wieder freundlich gesinnt. Vielleicht hatte er sich meines Herzens erbarmt ...

Woran ich dachte – und wovon wohl Mansur träumte? Die Amme sagte auf ihrem Lager, »Mahbub Djan, möge dir Gott eine glückliche Zukunft bescheren. Du hast Glück gehabt, mein Kind. Sei mir nicht böse, aber dein Cousin gleicht einem Buchsbaumzweig, maschallah.«

Es mißfiel mir, doch ließ ich es mir nicht anmerken. Ich kehrte ihr den Rücken zu und antwortete nicht. Chodjasteh lachte, und meine Mutter sprach in kindlichem Ton mit Manuchehr, der noch wach war und spielen wollte. An ihrem Tonfall, ihrem Verhalten und ihrer Friedfertigkeit spürte ich, wie froh sie war. Sie war mit der Amme einer Meinung.

Wieder sagte die Amme, »Chanum, hoffentlich ist der Tag des ›Kuchenessens‹ nicht zu bald! Wir haben tausend Dinge zu tun, es würde hektisch werden.«

Meine Mutter antwortete, als hätte sie vergessen, daß ich seit Monaten meuterte und Tag und Nacht stur darauf beharrte, daß ich den Schreiner des Viertels wollte, »Ich weiß nicht so recht, Frau Amme. Ich glaube, es wird auf den Vorabend des Mab'ass-

Fests fallen. Allein das Backen des Kuchens dauert eine Woche. Andererseits wird die Luft allmählich herbstlich kühl. Ich wünschte, wir würden uns schneller entscheiden, damit man die Tische und Stühle noch im Hof aufstellen könnte. Heute früh hat mir die Frau des Onkels heimlich einen Fingerring gezeigt. Mit einem Stein groß wie ein Daumennagel. Sie sagte, sie hätte ihn für Mansurs Frau beiseite gelegt. ›Gefällt er dir oder nicht.‹ Sie haben große Hoffnungen. Sie wollen für ihren Sohn alles nur Erdenkliche tun. Und schlimmer als mich beunruhigen sie die Vorbereitungen für die Hochzeit. Sie hat ja auch recht. So langsam mache ich mir auch Sorgen . . .«

Ich kochte vor Zorn. Meine Mutter gab mir einen Wink mit dem Zaunpfahl. Das bedeutete, ›Du mußt den Cousin heiraten. Tot oder lebendig, es ist wie es ist. Das hast du dir selber eingebrockt, da hilft kein Zetern und kein Schreien.‹ Aber ich sagte mir, ›Laß sie in diesem Glauben.‹ Wie heißt es doch so richtig: Vorfreude ist die halbe Freude.

Am Morgen frühstückten wir alle miteinander auf dem Eiwan vor dem Schwimmbecken. Erneut herrschten ausgelassene Fröhlichkeit und geschäftiges Treiben. Die Sonne war bereits ganz aufgegangen, als Onkelchen und mein Agha Djan, die vom Spaziergang im Garten zurückgekehrt waren, das Haus betraten und in eines der Zimmer gingen, um der Frau meines Onkels zufolge über ihre Ländereien zu sprechen. Mansur, der sich bis zu diesem Augenblick in der Nähe herumgetrieben und anschließend auf der Liege sitzend eine alte Zeitung gelesen hatte, legte diese auf die Erde und kam direkt auf mich zu. An meine Mutter gewandt, fragte er, »Frau Tante, es war abgemacht, daß ich heute Mahbube das Reh und die Hasen zeige. Erlauben Sie, daß sie mich begleitet?«

Als hätte er meine persönliche Einwilligung vorab erhalten. Als sehnte ich mich ebenfalls danach, ihn zu begleiten. Mit keinem Wort fragte er mich, die ich den Kopf gesenkt hielt und meine Hände betrachtete, nach meiner Meinung.

Meine Mutter sagte, »Was sitzt du noch herum, Mahbube? Steh auf, Agha Mansur wartet.«

Ich streckte die Hand aus, um meinen Tchador zu nehmen und anzulegen. Die Frau des Onkels sagte, »Ach wo, mein Kind, der Tchador ist doch nicht nötig. Im Garten gibt es doch keine Unbefugten. Und Mansur ist dein Cousin. Die Ehen von Cousin und Cousine werden im Himmel geschlossen.«

Ich errötete. Nicht vor Scham, sondern vor Zorn. Sie waren im Begriff, mich mit aller Gewalt an das Trauungstuch zu setzen. Mansur warf seiner Mutter einen scharfen Blick zu und sagte barsch, »Mama!« Ich empfand Schadenfreude. Doch hätten sie sich davon abschrecken lassen? Die Frau des Onkels und Chanum Djan brachen in Gelächter aus, das gar nicht aufhören wollte.

Es schien, als hätte eine geheime Anweisung den Kindern verboten, den Garten zu betreten und uns zu folgen. Eine Anweisung, die absolut zu befolgen war und die keinen Scherz duldete. Es war still und menschenleer. Nur das Gezwitscher der Spatzen war zu hören und das Rauschen des Bachs, der durch den Mauerdurchbruch am Ende des Gartens hereinströmte. In Shemiran war die Luft nicht so warm wie in Teheran. Zu dieser Jahreszeit besaß sie eine angenehme Frische, die zusammen mit der Stille der großen, grünen Gärten und den sich dahinschlängelnden kühlen Bächen ein Hochgenuß war. Wie im Garten des Paradieses. In diesem etliche Hektar großen Garten des Onkels gab es alle Arten von Bäumen. An einigen Stellen waren Weinstöcke ans Spalier gebunden, und auf einem kleinen Abschnitt hatte man Mais angepflanzt. Wir Kinder fielen stets wie die Heuschrecken über die Maiskolben her. Je weiter wir uns dem Ende des Gartens näherten, desto zahlreicher wurden die Obstbäume und desto dichter standen sie beieinander. Apfelbäume und Birnbäume, auf die mein Onkel besonders stolz war, und dann der Duft der Walnußbäume, den ich so sehr liebte.

Mansur begann ruhig und behutsam zu sprechen. Ich verstand überhaupt nicht, was er sagte. Ich zitterte am ganzen Körper aus Furcht vor dem, was ich tun wollte. Hundert Mal bereute ich und änderte doch wieder meine Meinung.

Mansur fragte sanft, »Mahbube, hat deine Mutter mit dir gesprochen?«

Ich stellte mich dumm, »Worüber?«

Er lächelte sanft, »Du weißt ganz genau worüber.«

Ich schwieg.

In mildem Tonfall sagte er, als wollte er ein Kleinkind zum Narren halten, »Sag mir, was du dir wünschst, ich werde dir alles erfüllen. Ich mag nicht, daß du denkst, es ginge alles nur nach meinem Willen oder dem meiner Eltern. Wenn du es wünschst, werde ich dir ein separates Haus kaufen. Du brauchst nichts zu tun. Du mußt Klavierspielen lernen. Ich werde dir eine Lehrerin besorgen. Ich wünsche mir, daß du Französisch lernst . . .«

»Ich habe bei Agha Djan Französisch gelernt.«

»Um so besser, dann wirst du es vervollkommnen. Und du wirst sticken. Ich wünsche mir, daß du nur zu Einladungen ausgehst oder angesehene Damen bewirtest. Gäste wie dich selbst, wenn auch nicht von deiner Schönheit.«

Mit einem Mal tat er mir leid. Er empfand für mich, was ich für Rahim den Schreiner empfand. Es war ein verrücktes Spiel. Er lächelte liebevoll, und sein warmer Blick fuhr über mein Gesicht. Er war ein Mann, der seine Ehefrau wirklich glücklich zu machen versuchte. Die Achtung, die er dem Familienleben entgegenbrachte, hatte er von seinem Vater geerbt. Mit einem Wort, Mansur hatte Adel. Er war wirklich ein Mensch. Das konnte nicht einmal ich leugnen. Und an diesem Punkt verzweifelte ich. Ich liebte ihn. Ohne Zweifel liebte ich ihn und war nicht bereit, ihn in Unglück und Elend zu sehen. Genau so, wie ich meine Cousinen liebte. Genauso, wie ich Manuchehr liebte.

Wir gingen am Bach entlang. Mansur pflückte mir einen Apfel vom Baum. Inzwischen waren wir bei den alten Walnußbäumen angelangt. Jeder von uns blickte nur vor sich hin und war sich der Anwesenheit des anderen bewußt. Erneut war ich von einem gnadenlosen Zittern ergriffen. Jenem Zittern, das mich stets dann überfiel, wenn ich beschloß, jemandem mein furchterregendes und zerstörerisches Geheimnis zu enthüllen, das mich in Todesangst versetzte. Schon einmal war ich dem männlichen Ehrgefühl meines Vaters heil entronnen, und dieses Mal mußte ich auf die Konfrontation mit demselben Fanatismus und Ehrgefühl von seiten meines Cousins gefaßt sein. Ich mußte ihm eine Abfuhr erteilen und die handgreiflichen Folgen in Kauf nehmen. An jenem Tag sahen wir weder das Reh noch die Hasen. Wir gingen lediglich spazieren. Ich widerstrebend und lustlos und er voll unschuldiger Begeisterung und Zuneigung. Ich hielt an und setzte mich auf den Stumpf eines Walnußbaums neben das Wasser. Lächelnd fragte er, »Bist du müde?« Aus Boshaftigkeit antwortete ich nicht. »Weshalb sprichst du nicht? Als

Kind warst du nicht so schüchtern. Hat dir die Katze die Zunge gestohlen?« und er fügte lächelnd hinzu, »Hier, den habe ich für dich gepflückt. Magst du keinen Apfel?«

»Ich mag nicht.«

Erneut verstummte ich. Ich spielte mit meinem Rockzipfel herum. Er faßte sich ein Herz und trat einen Schritt vor. Vertraulich stützte er seinen rechten Arm über meinem Kopf an einen Baum und stemmte die Linke in die Hüfte. Der Apfel lag noch in seiner Hand und hing über meinem Kopf. Unendlich sanft, so daß es vielleicht jedem anderen Mädchen in den Ohren geklungen hätte, fragte er, »Begehrst du mich ebenso sehr, wie ich dich begehre?«

Nicht im Traum wäre ihm eingefallen, daß meine Antwort negativ ausfallen könnte. Unversehens hörte ich meine eigene Stimme. Ich weiß nicht, auf wessen Befehl meine Zunge sich rührte und »Nein« sagte.

Mein Tonfall war dermaßen bitter und bissig, daß ich selbst darüber erschrak. Ich will nicht übertreiben, aber Mansur erbebte. Er faßte sich und fragte, »Weshalb?«

»Nun, ich will halt nicht.«

Er geriet außer sich und fragte, »Aber weshalb? Habe ich etwas Böses getan? Hat jemand etwas gesagt? Ist meine Frau Mutter mal wieder ins Fettnäpfchen getreten?«

Flehentlich hob ich den Kopf, »Nein, nein. Um Gottes willen, nein, Mansur.«

»Dann sag, was geschehen ist!«

Er sah mich forschend und hartnäckig an. Ich fuhr fort, »Ich möchte es sagen, aber ich fürchte mich. Schwörst du, daß du kein Geschrei anfängst? Schwörst du, niemandem etwas zu sagen? Versprichst du es? Schwör es bei Onkelchens Leben.«

Er war verstört, fand jedoch langsam wieder zu sich. Er sagte, »Sprich, ich sage es niemandem.«

»Versprichst du es mir? Schwörst du es?«

»Ich hatte gesagt, sprich. Beim Leben meiner Mutter werde ich niemandem ein Wort sagen. Was wolltest du sagen?«

Ich befürchtete, seine Ungeduld würde sich, wenn ich noch weiter zögerte, in Zorn verwandeln. Ich sagte, »Mansur, ich ... ich ..., nicht, daß ich dich etwa nicht liebte. Du bist mir wie ein Bruder. Bei Gott, ich liebe dich wie Manuchehr, aber ...«

Er lehnte sich an den Baum gegenüber. Er legte die Arme auf die Brust und starrte mich fühllos an. Als seien seine Augen zwei seelenlose Glasscherben. »Wie Manuchehr?«, fragte er.

Ich senkte den Kopf, »Ja doch.«

»So, so! Und das sagst du erst jetzt?«

In Anbetracht dessen, daß er mir den ganzen Weg über ins Ohr geflüstert und sich lächerlich gemacht hatte, zürnte er mir und sich selbst. Sein Stolz meldete sich und verdrängte alle anderen Empfindungen. Seltsam nur, daß er mir in diesem Zustand reizvoller vorkam. Ich fragte, »Wann hätte ich es denn sagen sollen?«

»Nun ja, du hättest von vornherein sagen müssen, ›Ich will Mansur nicht.‹«

»Habe ich gesagt.«

»Wem hast du es gesagt?«

Er war perplex und verstand nicht. Er konnte sich keinen Reim darauf machen.

»Ich habe es allen gesagt. Meiner Chanum Djan, meinem Agha Djan. Doch sie hören mir nicht zu. Ständig schaffen sie mir Brautwerber heran. So sehr ich sie auch beschwöre, beim Namen aller Heiligen niemanden zu wollen, es geht ihnen in das eine Ohr rein und zum anderen hinaus . . .«

»Weshalb willst du nicht? Lassen wir mich mal beiseite, was ist mit den übrigen Brautwerbern? Was ist denn an den anderen auszusetzen? Sind sie zu alt oder blind oder taub? Was fehlt ihnen?«

Sein Blick bohrte sich wie zwei kalte, scharf gewetzte Messer in meine Augen.

»Nichts, nichts fehlt ihnen. Der Fehler liegt bei mir . . .«

»Bei dir?«

»Ja . . . bei mir. Ich begehre einen anderen.«

Ich sah ihm nicht in die Augen, spürte jedoch am Ton seinen heftigen Stolz, eine Mischung aus Familienehre und Eifersucht.

»Was fällt dir ein?«

Er befand sich in einem derartigen Zustand, daß ich mir sagte, gleich schlägt er zu. Doch er tat es nicht. Er besaß zuviel Charakter, als daß er die Hand gegen eine Frau erhoben hätte. Ich sagte, »Psst, fang um Gottes willen nicht an zu schreien. Mein Vater würde mich umbringen. Du hast es versprochen. Du hast es beim Leben deiner Mutter geschworen.«

Er schwieg und preßte die Zähne derart zusammen, daß der Kiefer hervortrat. Er wurde rot vor Zorn und ging auf und ab. Kaute an seiner Lippe. Er fragte, »Weiß es der Onkel? Weiß es seine Frau?«

»Ja, ich habe es allen gesagt. Deshalb wollen sie mich *zwingen* zu heiraten. Sie denken, daß ich von ihm ablassen würde.«

»Ha! Sie wollen dich mit Zwang verheiraten, damit du von ihm abläßt. Einen Dümmeren als mich haben sie wohl nicht gefunden?«

Erneut beschwor ich ihn, »Mansur, um Gottes willen, fang nicht an zu schreien.«

»Wer ist es?«, fragte er.

»Du wirst es nicht glauben.«

»Doch, werde ich. Dir ist alles zuzutrauen. Sag, wer ist es?«

Ich wußte nicht, ob es günstig war, es zu sagen oder nicht. Doch ich riskierte es. Komme, was da wolle. Ich weiß nicht, ob es aus Rachsucht gegen meine Eltern war, oder ob ich jemandem mein Herz ausschütten wollte, auch wenn der Betreffende selber an dem Spiel beteiligt war. In jenem Augenblick betrachtete ich ihn als älteren Bruder und fürchtete mich nicht vor seiner Zurechtweisung.

»Ein Schreinerlehrling.«

Auch er stand wie festgenagelt. Auch ihn fror wie alle anderen, als er es erfuhr, und er erstarrte. Langsam drehte er sich um zu mir und lachte laut vor Zorn und Verachtung, »Ein Schreinerlehrling!« Einen Moment lang schwieg er und sah mir in die Augen, um in ihnen eine Spur von Schalk und Belustigung zu entdecken. Er dachte, ich verspottete ihn, und sagte, da dem nicht so war, haßerfüllt, »Oh ... da dreht sich einem ja der Magen um. Schämst du dich nicht?«

Rasch sagte ich, »Noch ist er Schreiner. Sobald er genügend gespart hat, will er zum Militär gehen.«

Er lächelte verächtlich, »Ach so, er will also zum Militär gehen? Wann, bitte schön?«

Weshalb glaubte mir niemand? Weshalb lachten alle, wenn vom Militär die Rede war? Was war denn daran auszusetzen? War es etwa unmöglich? Spöttisch sagte ich, »Du wirst es schon merken, wenn er geht. Dürfen nur diejenigen, die Gärten und Ländereien besitzen, Offiziere werden?«

Er sah mich so grimmig an, daß ich verstummte. Er machte ein paar Schritte und sagte dann, »So ist das also . . . Also bin ich nicht einmal so viel wert wie ein Schreinerlehrling?«

Ihm war nicht zu helfen. Erneut hatte er ›Schreinerlehrling‹ gesagt. Ich wollte ihn trösten, »Doch, bei Gott. Was redest du da? Du bist weitaus mehr wert. Aber was soll ich tun? Ich wundere mich ja selbst. Ich bin ihm verfallen . . .«

Wie er war ich über meine Schamlosigkeit und Offenherzigkeit entgeistert. Scharf erwiderte er, »Gut, das reicht. Kehren wir um.«

»Nein, so geht es doch nicht. Was willst du ihnen denn sagen?«

»Was ich ihnen sagen soll? Ich sage, ›Mahbube will mich nicht. Und bis jetzt hat sie mich an der Nase herumgeführt.‹«

»Nein, sag das um Gottes willen nicht. Agha Djan bringt mich um.«

»Was meinen Sie, soll ich also sagen?«

»Sag, ›Ich will Mahbube nicht‹ . . .«

Er schnitt mir das Wort ab, »Ich werde mich doch nicht selber zum Narren machen. Bis gestern sagte ich ›Ich will‹ und heute soll ich sagen ›Ich will nicht‹? Vermutlich darf ich anschließend deine Hand in die Hand des Herrn Schreiners legen. Nein, meine Liebe, diese Feigheit nicht mit mir.«

»Hab Erbarmen, Mansur, um Gottes willen. Es wird einen Skandal geben . . .«

»Erbarmen mit dir? Als hättest du mit jemandem Erbarmen! Verlier doch deinen Ruf. Vollkommen schamlos sagst du mir ins Gesicht, du hättest es auf einen anderen abgesehen. Wenn es wenigstens ein anständiger Mensch wäre. Ein Schreiner! Wie wenig du fürchtest, deine Ehre zu verlieren!«

Wieder flammte der Zorn in mir auf. War ich auch diesem Jüngling, dessen Schnurrbart gerade erst zu sprießen begann, Rechenschaft schuldig? Mußte ich dulden, daß er mich anschrie? Er war doch mit mir gemeinsam aufgewachsen, so daß er mir nichts voraus hatte. Daß er kein Anrecht auf mich hatte. Und der will sich vor mir als Mann aufspielen? Er kommandiert mich herum. Ich will ihn nicht, es ist doch kein Zwang. Heftig erwiderte ich, »Wäre ich nur achtbar, wenn ich dich begehrte? Muß ich nun mein Gesicht verlieren, da ich nein sage? Es ist doch kein Zwang. Geh nur und stell mich bloß, um dein Mütchen zu kühlen. Geh und posaune es aus. Sollte ich das Gesicht verlieren, wirst du es noch vor mir verlieren.«

»Ich das Gesicht verlieren? Was geht's mich an? Bin etwa ich bis über beide Ohren verschossen?«

»Nein, mein Lieber. Ich bin es, deine Cousine. Geh nur und sag allen, Mahbube begehrt einen Schreinerlehrling. Laß dich von allen auslachen. Laß dich von allen kritisieren und dir, wie du es selber ausdrückst, vorwerfen, ›War Mansur nicht einmal soviel wert wie ein Schreinerlehrling?‹ Laß deine Schwestern das Haus hüten, bis ihre Haare weiß sind wie ihre Zähne. Spuck nach oben, damit du's ins Gesicht bekommst. Damit alle sagen, Mahbubes Cousinen sind genau wie sie. Hast du denn nicht geschworen? Aber es macht nichts. Geh nur und sag es, damit mich Onkelchen und Agha Djan unter ihren Füßen zerquetschen und du zufrieden zusehen kannst.«

Er schwieg und hörte zu. Er sah, daß ich die Fassung verloren hatte und konnte mir, einer Fünfzehnjährigen, diese Meuterei nicht glauben. Dann erwiderte er nachdenklich, »Hast du gesagt, was du sagen wolltest? Als was für ein Ungeheuer du dich entpuppt hast! Steh auf und geh. Doch unter einer Bedingung. Ich will dir nie mehr in die Augen sehen müssen.« Er warf den Apfel mit Empörung ins Wasser und sagte angewidert, »Ich wußte nicht, daß du einen so miserablen Geschmack hast. Wie dreist und frech du geworden bist. Nur gut, daß ich es rechtzeitig bemerkt habe.«

»Und was wirst du ihnen nun sagen?«

»Irgendwas werde ich ihnen schon sagen.«

»Hör auf, die Stirn zu runzeln. Setz nicht diese Miene auf.«

»Willst du, daß ich die Trommeln schlage? Willst du, daß ich für dich Freudentänze aufführe?«

»Nein, aber so merken sie alles.«

»Nur keine Sorge, die lassen sich nicht einmal träumen, als was du dich entpuppt hast.«

Er hatte recht.

Langsam drehte er sich um und machte sich auf den Weg. Er war am Boden zerschmettert. Mein Kummer hatte sich auf ihn übertragen. Ich fürchtete ihn nicht mehr, aber ich spürte Gewissensbisse. Ich schämte mich vor mir selbst.

Ein Geflüster setzte ein. Die Frau des Onkels ging von Zimmer zu Zimmer und drehte sich wie ein geköpftes Huhn im Kreis. Schließlich suchte sie meine Mutter auf. Gemeinsam betraten sie ein Zimmer und schlossen die Tür. Chodjasteh, meine Cousinen und mein jüngerer Cousin, die noch getuschelt und gekichert hatten, als wir ans Ende des Gartens gingen, waren mittlerweile verstummt und beobachteten aus verschiedenen Winkeln bestürzt das Geschehen. Das Personal war bemüht, lautlos aufzutreten, und die Amme nörgelte zum ersten Mal über Manuchehr.

»Ach Kind, was quengelst du denn dauernd?«

Meine Mutter verließ zornrot das Zimmer der Frau des Onkels, kam direkt in unseres und befahl der Amme gekränkt und mit finsterer Miene, »Pack alles zusammen. Morgen früh fahren wir ab.«

Die Amme schlug sich aufs Knie, »O weh, Chanum Djan, wohin sollen wir denn fahren? Es war doch abgemacht, daß wir sieben oder acht Tage hierbleiben. Was wird dann aus Mahbubes und Herrn Mansurs Angelegenheit?«

»Nichts, was sollte daraus werden? Es hat sich zerschlagen.«

Die Amme sagte wie vom Blitz getroffen, »Es hat sich zerschlagen?«

»Der Junge hat seiner Mutter gesagt, ›Ich will nicht.‹«

»Ach, wie denn? Bis gestern warb er um sie.«

Meine Mutter erwiderte ungeduldig, »Nun, jetzt tut er es halt nicht mehr.«

»Was ist denn bloß geschehen? Weshalb?«

»Er hat seiner Mutter gesagt, ›Mahbube ist zu kindisch. Verwöhnt und verzogen. Ich will eine Frau, nicht mit Puppen spielen. Bis heute dachte ich, ich wollte. Jetzt merke ich, daß ich nicht will. Wann immer man den Schaden verhütet, es ist ein Gewinn. Überhaupt erscheint sie mir wie eine Schwester.‹ Und dann ist er ausgeritten. Seine arme Mutter weiß auch nicht wohin, ob in die Stadt oder zur Rebhuhnjagd.«

Die Amme, die sich weiterhin bekümmert aufs Knie schlug und sich vor und zurück wiegte, wandte sich schließlich an mich, »Ach, würde ich doch statt deiner sterben, Kind. Gräme dich bloß nicht . . .«

Ich konnte ein Lächeln nicht unterdrücken, »Nein, liebste Amme, da gibt es doch nichts zu grämen.«

Meine Mutter, die hinter der Amme stand, die mit unserem Gepäck beschäftigt war, warf mir einen barschen Blick zu.

Wir waren soeben vor unserer Haustür aus der Kutsche gestiegen, und ich hatte noch nicht die Abstellkammer betreten, um den Tchador abzulegen, als meine Mutter ungeduldig schrie, »Dadde Chanum, sag Firuz Chan, er soll dem Heizer ausrichten, daß er morgen früh kommt und das *Hammam* anheizt. Und du selbst lauf und richte Aqa Beygum aus, daß wir morgen das *Hammam* anheizen, damit sie kommt und die Kinder badet. Und falls sie Fisimatenten machen sollte, von wegen, sie habe Kunden und so weiter, gib einer der anderen Arbeiterinnen Bescheid, daß sie kommt. Egal welche, ich hab keine Lust, jemanden zu hofieren.«

Meine Mutter konnte Staub und Dreck nicht ausstehen. Insbesondere wenn wir ins Dorf oder in den Garten fuhren, plagte sie diese Marotte. Vermutlich wurde das kleine *Hammam* unseres Hauses häufiger angeheizt als jedes andere. Und meist kam Aqa Beygum, die Badewärterin, die für ihre Geschicklichkeit im Abschrubben berühmt war, zum Waschen in unser häusliches *Hammam.*

Chodjasteh packte mich am Arm, zog mich, während wir den Tchador ablegten, in die Abstellkammer und schloß die Tür. Die Schritte meiner Mutter, die aus dem Hof ins *Andaruni* zurückkehrte und die Stufen hochstieg, kamen mit jedem Augenblick näher. Hastig fragte Chodjasteh, »Was ist geschehen, Mahbube? Weshalb ist Mansur auf einmal wie verhext?« Während ich den Tchador abnahm und seelenruhig zusammenfaltete, sagte ich, »Du hast dir den günstigsten Moment ausgesucht. Jetzt kann ich doch nicht sprechen. Gleich wird Chanum Djan erscheinen. Warte bis heute nacht, vor dem Einschlafen werde ich dir . . .«

Die Tür der Abstellkammer mit dem Kuppeldach öffnete sich und schlug heftig an die Wand. Als erste trat meine Mutter wütend ein und hinter ihr die Amme mit dem Kind auf dem Arm. Chodjasteh zog sich überrascht und erschreckt in einen Winkel zurück. Meine Mutter kam direkt auf mich zu. Ich wollte fliehen, als sie mir die Hand heftig vor die Brust stieß. Ich fiel auf die Holztruhe mit den unvernähten Stoffen und blieb gezwungenermaßen sitzen. Meine Mutter fragte, »Wohin? Setz dich gefälligst! Was hast du Mansur gesagt, daß er es sich anders überlegt hat?«

Die Amme betrachtete die Szene fassungslos und mit offenem Mund und verstand nichts. Verschreckt antwortete ich, »Nichts, Chanum Djan. Bei Gott, nichts.«

»Weshalb ist er dann plötzlich vom Heiraten abgekommen?«

»Woher soll ich das wissen?«

Sie bückte sich und packte mit beiden Händen die Haut meiner Oberschenkel durch das Kleid und kniff mich mit aller Kraft. »Woher du das wissen sollst? Überall hast du Feuer geschürt. Glaubst du, ich merke das nicht? Willst du mich hinters Licht führen? Du weißt es nicht? Soso, du weißt es nicht!«

Sie verdrehte mir dermaßen die Haut, daß mir schwindelte und ich schrie, »Aua, du reißt mir das Fleisch vom Leib, Chanum Djan!«

»Das habe ich gut gemacht. So sehr ich mich auch zurückhalte, so wenig ich es mir anmerken lasse . . .« Sie ließ meine Oberschenkel los und attackierte meine Unterarme, die ich auf den Rock gelegt hatte. Sie kniff mir ins Fleisch und drehte. »Hast du es auf unseren Ruf abgesehen? Willst du deinen Vater umbringen? Wieviel Zornmilch soll ich diesem armen Kind noch zu trinken geben? Du hast uns um unseren Ruf gebracht. Hast uns mit Schande übergossen.«

Vor Schmerz zog ich den Kopf zwischen die Schultern. Ich hatte mich zusammengerollt und schrie, »Aua, Chanum Djan.«

Chodjasteh bettelte, »Chanum Djan, du wirst sie noch umbringen. Du hast ihr das Fleisch ausgerissen.«

Als wäre meine Mutter wahnsinnig geworden. Die Amme sagte in einem fort, »O weh, Chanum Djan, lassen Sie sie los. Sie bringen sie um.«

Sie drehte sich im Kreis. Sie wollte meine Mutter aufhalten, trug jedoch Manuchehr auf dem Arm. Die sagte, ohne auf Manuchehr zu achten, der vor Angst kreischte und schrie, »Dachtest du, ich hätte es nicht bemerkt? Willst du mich beschwindeln? Gott segne Mansurs Vater, daß er unseren Ruf gewahrt hat. Daß er nicht alles aufgedeckt hat. Asche auf mein Haupt. Was in aller Welt soll ich tun, wenn die Frau deines Onkels es merkt? Sie wird die ganze Welt unterrichten. Noch ist es nicht zu spät. Sie wird es schließlich merken. Gott laß mich sterben, damit ich erlöst werde.«

Dieses Mal packte sie meine Oberarme und kniff in beide. Sie riß dermaßen an meinem Fleisch, daß ich mich vor Schmerz halb von der Truhe erhob. Ich war wirklich nah dran, ohnmächtig zu werden. Schließlich gab die Amme das Kind Chodjasteh und sagte, »Nimm mal.« Sie umklammerte meine Mutter von hinten und löste sie von mir. »Sie haben mein Kind umgebracht, Chanum. Lassen Sie doch los, es reicht.«

Der Tchador war meiner Mutter vom Kopf geglitten. Sie setzte sich auf eine Ecke der Truhe und lehnte sich ans Bettzeug. Die Knie hatte sie angewinkelt und gespreizt. Die Ellbogen auf die Knie gestützt, hatte sie den Kopf in die Hände gelegt und heulte mit lauter Stimme. Ich sah nur ihre kleinen, zarten Handrücken und ihr Haar. Ich stöhnte und rieb mir die Arme. Meine Mutter schluchzte, und Manuchehr kreischte verstört. Chodjasteh streichelte ihn und trug ihn aus dem Zimmer.

Die Amme fragte entgeistert, »Was ist denn bloß geschehen, Chanum Djan? Was machen Sie denn da?«

»Was geschehen ist? Sie hat ein Auge auf jemanden geworfen. Sie hat sich verliebt.«

Ich wußte nicht, ob die Enthüllung meiner Mutter dadurch bedingt war, daß sie ein Geheimnis, das sie nicht einmal ihrer Schwester mitzuteilen vermochte, nicht mehr für sich behalten konnte, oder ob es aus taktischen Gründen geschah. Hatte das Personal etwa Lunte gerochen? Hatten sie die Peitschenhiebe für Rahim den Schreiner und die Schließung seines Ladens mit meiner häuslichen Gefangenschaft in Verbindung gebracht? Und falls ein Getuschel im Gange war, dann war die Amme mit Dadde Chanum und Firuz Chan gemeinsam daran beteiligt. Doch von nun an würde die Amme, die das Privileg besaß, von meiner Mutter ins Vertrauen gezogen worden zu sein, zur Demonstration ihrer Überlegenheit und als Ausdruck ihrer Treue gegenüber meiner Mutter, sich den Dienstboten entgegenstellen, ihnen den Mund verbieten und die Verbreitung jeglichen Gerüchts verhindern.

Meine Mutter, Inbegriff einer Frau mit Persönlichkeit, Selbstbeherrschung und Standhaftigkeit, eine Frau, die das Beispiel einer vollkommenen, besonnenen und angesehenen Dame war, eine Frau, die Zorn und Wut nur mit einem kleinen Stirnrunzeln, dem Schürzen der Lippen oder mit der Wendung des Halses und einem starren Blick zum Ausdruck brachte und deren Freude wir nur an ihrem graziösen Lächeln erraten konnten, saß jetzt in einem Winkel der Abstellkammer und weinte bitterlich, und die Amme tröstete sie. Meine Mutter sagte, »Halsstarrig beharrt sie darauf, ›Ich will . . .‹ Wie kann man nur so dickköpfig sein?«

Sie sprang auf und wollte erneut über mich herfallen. Die Amme kam ihr zuvor und schrie mich an, »Nun geh schon endlich, verschwinde. Willst du, daß sie dich umbringt?«

Ich lief, so schnell ich konnte. Mit dem Tchador in der Hand sprang ich aus der Abstellkammer. Wie kam es, daß ich nicht selbst daran gedacht hatte? Ich weiß es nicht. Ich hörte das Geflüster der Amme und meiner Mutter. In einem Winkel meines Zimmers hatte ich ein Stück Kordel versteckt. Ich nahm es. Eilends fand ich ein Stück Papier und schrieb darauf:

Ich habe den Cousin abgelehnt. Ich habe ihm gesagt, ich begehre ihn nicht. Ich habe ihm gesagt, daß ich nur dich begehre, Rahim. Nur dich.

Ich rannte zum Hof, als Chodjasteh mit dem Kind auf dem Arm erschien, »Wohin? Willst du das Haus verlassen?«

»Nein, Chanum Djan will mich immer noch schlagen. Ich gehe nach hinten in den Hof, bis sie auf die Stimme der Vernunft hört.«

Chodjasteh sagte tadelnd, »Du hast Nerven. Du bist es, die Vernunft annehmen muß.«

Ich warf mir den Tchador über und rannte ans Ende des Hofs des *Andaruni* unter die Bäume. Ich fand einen kleinen Stein. Wikkelte das Papier darum und band es mit der Kordel fest. Ich warf einen Blick auf das Gebäude. Unwahrscheinlich, daß sie mich sehen konnten. Die Mauer war nicht besonders hoch. Ich warf den Stein über die Mauer. Ich vergaß die schmerzenden Glieder und kehrte langsam zu meinem Zimmer zurück.

In dieser Nacht kam die Frau Amme an mein Lager aufs Dach und sprach eine ganze Weile mit mir. Ich, müde von der holprigen Fahrt von Shemiran in die Stadt und geplagt von meinen Arm- und Beinschmerzen, vergoß Tränen, fügte mich jedoch nicht. Ich beharrte dickköpfig.

Die Tante mütterlicherseits ließ nicht locker. In einem fort sandte sie Botschaften und verlangte nach Chodjasteh. Chodjasteh sagte weder ja noch nein. Sie war über den drohenden Umzug ans Kaspische Meer und das Leben fern der Familie bekümmert, jedoch keine Rebellin wie ich. Sie war gerade eben elf Jahre alt geworden. Ein Kind noch, doch hübsch. Sie besaß schönes Haar und eine zarte Haut. Ihre Figur war noch in Verwandlung. Meiner Meinung nach war sie zu gut für unseren Cousin Hamid. Sie war sehr begabt. Bei meinem Vater lernte sie Französisch, und sie hatte auch eine Hauslehrerin. Sie wollte die Mädchenschule besuchen, doch mein Vater erlaubte es ihr nicht. Er hatte es lieber, wenn seine Töchter zu Hause Unterricht nahmen. Am Ende ließ meine Mutter ausrichten, »Gedulden Sie sich noch ein Weilchen. Die Angelegenheit von Mahbube und ihrem Cousin ist noch nicht geregelt. Ich werde Ihnen Bescheid geben.«

Am Tag der Rückkehr aus dem Garten hatten meine Eltern erneut begonnen zu schmollen und finstere Mienen aufzusetzen. Erneut herrschten Verbot und Ausgangssperre.

Anderntags heizte man das *Hammam* in aller Frühe an. Bei Tagesanbruch war es bereit. Aqa Beygum, die Badewärterin kam, trank Tee und aß Kuchen im Zimmer von Dadde Chanum und stieg schnurstracks die beiden Stufen zum *Hammam* hinab. Sie entkleidete sich in der gemütlichen, kleinen Garderobe und betrat das Bad. Zunächst badete sie Chodjasteh. Dann nahm meine Mutter Manuchehr, der gerade erwacht war, mit sich ins *Hammam.* Ich hatte meine Kleider bereitgelegt, als die Frau Amme kam. Meine Augen waren vor lauter Weinen in der vergangenen Nacht verquollen. Die Amme sagte, »Sieh nur, was sie mit sich angestellt hat! Hast du dein Gesicht im Spiegel betrachtet? Hast du deine Kleider bereitgelegt? Hast du alles mitgenommen?«

»Ja, liebe Amme.«

Gummitragant und Seife waren ja bereits im *Hammam.* Die Amme sagte, »Wasch dein Gesicht, es ist arg verquollen. Diese Aqa Beygum ist eine ganz Durchtriebene. Wenn sie dein Gesicht sieht, werden es die Spatzen von den Dächern pfeifen. Außerdem wird sie es kräftig ausschmücken. Zu allem Überfluß ist sie täglich in einem anderen Haus. Sie wird alles laut ausposaunen.« Sie ergriff meine Oberarme, ich sollte mich erheben. Ich stöhnte vor Schmerz derart auf, daß sie wie von der Schlange gebissen ihre Hände fortzog und fragte, »Was ist geschehen?«

»Die Kneifstellen von Chanum Djan schmerzen.«

»Schlag sie hoch!« Ich schlug meine Ärmel hoch und erschrak selbst, als ich an meine Unterarme gelangte. Beide waren handtellergroß schwarz verfärbt und blutunterlaufen. Meine liebe Amme sagte, »O weh, mein Gott, laß mich sterben. Sieh nur, wie sie dieses

Mädchen zugerichtet hat. Schlag sie hoch, daß ich deine Oberarme sehen kann.«

Der Zustand meiner Oberarme war noch schlimmer. Als hätte man sie mit einem dunklen, auberginefarbenen Stück Stoff überzogen, das hier und da rote und violette Flecken trug. Meine Amme untersuchte auch meine Oberschenkel. Sie sahen nicht besser aus. Meine Mutter, die soeben das *Hammam* verließ, hatte über ihrem Badekopftuch einen weißen, geblümten Gebetsschleier angelegt und hatte den rotbackigen Manuchehr in einem weißem Wickeltuch samt Badekopftuch bei sich. Als hätte man den Kopf einer hübschen Puppe auf einen Stößel gepfropft. Zornig rief sie, »Liebe Amme, sag ihr, daß sie kommt. Aqa Beygum wartet.« Und da sie keine Antwort vernahm, rief sie, als sie die Stufen erreicht hatte, erneut, »Mahbube, Mahbube, hatte ich nicht mit dir gesprochen?«

Die Amme schob das Fenster hoch. Sie steckte den Kopf hinaus und rief mit lauter Stimme, so daß es auch Aqa Beygum im *Hammam* hören konnte, »Chanum, Mahbube Chanum kann heute nicht baden. Sie ist verhindert.«

Meine Mutter, die inzwischen das Zimmer betreten hatte, sagte zur Amme, die noch den Kopf hinausgestreckt hielt, »Weshalb brüllst du so, Frau Amme? Es ist eine Schande. Hadj Ali ist in der Küche, er wird es hören.« Und mit der Hand wies sie auf mich, »Ich weiß doch, daß der überhaupt nichts fehlt. Was soll das Getue? Schnell, Mädchen, steh auf und geh ins *Hammam*!«

Die Amme ergriff meine Hand und schlug meinen Ärmel hoch. »Soll sie so ins *Hammam* gehen? Sehen Sie nur, wie Sie sie zugerichtet haben. Das hatte uns gerade noch gefehlt, daß Aqa Beygum ihren verfärbten Körper sieht und mit dieser Nachricht die Runde macht.« Und an mich gewandt fügte sie hinzu, »Ich gäbe alles für dich, mein Kind. Sobald Aqa Beygum gegangen ist, werde ich dich selbst ins *Hammam* mitnehmen und baden.«

Meine Mutter sagte im Hinausgehen, »Na eben. Wenn dieses Gehätschel nicht wäre, wäre sie nicht so frech geworden.«

Die Amme ging ihr nach. »Sie ist nicht mein Fleisch und Blut, aber ich habe sie großgezogen. Sie ist ein Kind. Als ich ihre Arme und Beine gesehen habe, sagte ich mir ›Chanum Djan, möge dir Gott die Hand brechen.‹ Du hast ihren ganzen Körper grün und blau verfärbt.«

Erstaunt schwieg meine Mutter, und ich hörte von draußen keinen Laut außer das Murren der Frau Amme. Vielleicht nahm meine Mutter Rücksicht auf ihr Alter. Vielleicht hatte sie sich die Achtung vor ihrer Anteilnahme und Treue bewahrt. Oder vielleicht bedauerte auch sie meinen Zustand.

Wieder schrieb ich einen Brief, den Bericht meiner Mißhandlung. Als mein Vater zu einer Einladung zum Mittagessen ausgegangen und meine Mutter im Zimmer neben Manuchehr in einen sommerlichen Nachmittagsschlaf gesunken war, spazierte ich gemächlich ans Ende des Hofs. Hadj Ali wusch das Mittagsgeschirr am Wasserhahn. Es war zwei Stunden nach Mittag. Ich wollte den Stein werfen, als ich das Geräusch von Schritten hörte und zögerte. Wer konnte dort sein? Auf diesem schmalen und verlassenen Pfad? Ich warte, bis er geht, dann. Das Geräusch der Schritte verstummte. Als sei die Person stehengeblieben. Plötzlich kam mir in den Sinn, daß es Rahim sein könnte. Wie konnte ich es feststellen? Ich stellte mich mit dem Rücken zur Mauer und sagte mit verhältnismäßig lauter Stimme, »Hadj Ali, wo bist du? Weshalb ist heute niemand im Garten hinten?«

Sofort hörte ich ein Hüsteln und dann Rahims Stimme, »Wieviel Gestrüpp es in dieser Gasse gibt!«

Behutsam fragte ich, »Rahim?«

»Mahbub, bist du es? Bist du allein?«

»Ja«, und ich warf den Stein. Es dauerte einen Augenblick. Es schien, als läse er den Brief.

»Schlagen sie dich?«

»Macht nichts.«

»Macht nichts? Macht sehr viel. Sie schikanieren dich zu Tode.«

Ich sagte, »Sie glauben nicht, daß du zum Militär gehen willst. Willst du denn nicht?«

Er zögerte, »Zum Militär? Doch, ich will .... Sie werden es schon merken, wenn ich gegangen bin.«

»Wann gehst du?«

Wieder zögerte er, »Tja, ich habe mich schon darum gekümmert ... Es dauert ein paar Monate ... Aber es wird nicht später werden als nächstes Jahr. Kommst du, damit wir fliehen?«

»Oh, nein, Gott laß mich sterben. Willst du, daß ich vollkommen schutzlos, vogelfrei bin? Wart ab und laß mich sehen, wie es kommt.«

»Wie lange soll ich noch warten? Ich bin verzweifelt.«

Ich sagte, »Wenn sie nicht einwilligen, werden wir uns etwas einfallen lassen.«

Er sagte, »Laß dir möglichst schnell etwas einfallen. Ich kann nicht mehr.«

Hadj Alis hinkende Gestalt tauchte auf, und ich sagte leise, »Auf Wiedersehen. Hadj Ali ist gekommen.«

Rund zwanzig Tage waren seit unserer Fahrt zum Garten vergangen. Es war gegen Ende des Sommers. Trotzdem schliefen wir noch alle auf dem Dach. Sommers, wenn man das Bett meines Vaters im Hof des *Andaruni* aufschlug, war unser Platz auf dem Dach, und wenn es ihn gelüstete, auf dem Dach zu schlafen, mußten wir im Hof schlafen. In diesem Fall waren wir gezwungen, früh aufzustehen, damit Hadj Ali, der zur Erledigung der täglichen Arbeit den Hof des *Andaruni* betrat, uns nicht im Bett sah. In diesem Jahr hatte man wegen Manuchehrs Geburt und weil mein Vater nicht wollte, daß er unter der Hitze litt, unsere Schlafstellen auf dem Dach eingerichtet. Meine Mutter stieg stets eine Weile nach uns hinauf. Die Amme, Manuchehr und Chodjasteh schliefen. Doch ich konnte nicht einschlafen. Wie sehr wünschte ich mir, daß Rahim in Uniform durch die Tür treten und sich neben Mansur setzen würde. Erhobenen Haupts und in straffer militärischer Haltung. Dann würde ich mit tadelnden Blicken die steife und geschniegelte Gestalt meines lieben Cousins von Kopf bis Fuß mustern und grinsen.

Das Geräusch des Türklopfers ertönte. Die verworrenen und hastigen Laute der Worte meiner Eltern waren zu hören, die sich über das Klopfen zu dieser Nachtzeit wunderten. Dann wurde die Tür entriegelt, und anschließend ertönte das Geräusch männlicher Schritte, das Geplauder meines Vaters und schließlich meine Mutter, die höflich sagte, »Daß man Sie auch mal wieder sieht! Zu dieser Nachtzeit haben Sie sich an uns erinnert?«

Also war der Gast ein Vertrauter. Er gehörte zur Familie. Doch wer war es?

Die Stimme meines Onkels ließ mich auf der Stelle erstarren. Schlechtgelaunt sagte er, »Ich störe Ihre Ruhe. Ich bin vorstellig geworden, um ein paar Worte mit Ihnen und Brüderchen zu wechseln . . .«, und die Stimmen entfernten sich. Anscheinend stiegen sie die Stufen zum *Houzchaneh* hinab. Ich hörte nichts mehr. Mein Instinkt sagte mir, daß dieses unzeitige Erscheinen mit mir zu tun haben mußte.

Behutsam stieg ich barfuß die Treppe vom Dach hinab. Im Haus war niemand. Bestimmt waren sie ins *Houzchaneh* gegangen. Sie wollten nicht, daß jemand sie hörte. Die Angelegenheit war geheim. Es war meine Angelegenheit.

Vorsichtig stieg ich die Stufen des Anrichteraums hinab, der auf einer Seite zum Hof und auf der anderen zum *Houzchaneh* führte, und hörte ihre leisen Stimmen. Ich spähte durch die Ritze der verriegelten Tür. Mein Onkel saß auf einem Holzbett, das neben dem kleinen Becken stand und mit Kelims belegt war. Ich sah sein Profil. Mein Vater hielt die eignen Knie umschlungen, und meine Mutter saß neben meinem Vater auf der Kante des Holzbetts. Sie hielt den Kopf gesenkt und sprach nicht. Nur einen Augenblick hob sie den Kopf und sagte, »O weh, ich sitze einfach herum. Ich sollte gehen und eine Wassermelone, Tee oder eine Wasserpfeife bringen.«

Mein Onkel wedelte ungeduldig mit der Hand, »Nein, Chanum. Bitte bleiben Sie sitzen. Ich bin gekommen, um ein paar Worte zu sagen und zu gehen. Ich bin doch nicht gekommen, um bewirtet zu werden. Lassen wir das für ein andermal.« Plötzlich fragte er übergangslos, »Nun, wie habt ihr euch schließlich entschieden?«

Mein Vater hob verwundert eine Braue, »Inwiefern, Brüderchen?«

»In Bezug auf den Fauxpas deiner Tochter. Ich meine Mahbube.«

Als hätte man mir das Firmament auf den Kopf geschlagen. Zum Teufel mit dir, Mansur! Hast du schließlich deinen Mund doch nicht halten können?

Meine Mutter hob besorgt den Kopf und sah meinem Onkel ins Gesicht. Mit den Augen bat sie ihn, das Geheimnis zu wahren. Mein Vater blieb still. Kein Zweifel, mein Onkel wußte sehr viel. Dann fragte mein Vater ruhig, aber bekümmert, »Wie haben *Sie* denn Wind davon bekommen?«

»Weil ich wußte, daß Mansur Mahbube von Anbeginn begehrte. Weshalb sollte er seine Meinung dann nach einem einstündigen Spaziergang und Gespräch mit ihr komplett ändern? Ich setzte Mansur zu. Ich ließ ihm keine Ruhe. Endlich habe ich mich heute abend, am frühen Abend, als seine Mutter und die Kinder nicht zu Hause waren, hingesetzt mit ihm und ausführlich mit ihm gesprochen. Er sagte, ›Mahbube will mich nicht.‹ Sie hätte gesagt, ›Laß mich in Ruhe. Laß mich die Frau desjenigen werden, der mir gefällt.‹«

Meine Mutter grub sich die Nägel ins Gesicht, »O weh, Gott lasse mich sterben.«

Mein Onkel sagte beherrscht, »Chanum, was tun Sie da? Das macht doch keinen Sinn. Man muß das Problem mit Gelassenheit lösen.«

Meine Mutter sagte, »Agha, dieses Problem ist nicht lösbar.«

Mein Vater fragte, »Hat Mansur nicht gesagt, wessen Frau sie werden wollte?« Seine Stimme klang bedrückt.

Mein Onkel sagte, »Doch, sie hat es gesagt. Sie sagte, es sei eine Person, die später zum Militär gehen will.«

Mein Vater fragte wieder, »Hat sie nicht gesagt, was er von Beruf ist?«

Der Onkel senkte den Kopf. Er wollte meinen Vater nicht beschämen, »Doch. Sie hat gesagt, er sei gegenwärtig Schreinerlehrling.«

»Das hat er richtig gesagt. Meine Frau Tochter hat sich verliebt. Sie begehrt einen Schreinerlehrling. Sie hat es sich in den Kopf gesetzt, seine Frau zu werden.« Er zögerte und fuhr dann fort, »Ha, dieses lange Elend . . . Der will zum Militär? Mit diesem Gerede hat er dem törichten Mädchen den Kopf verdreht.«

»Nun gut, geben Sie sie ihm und lassen Sie sie ziehen.«

Meine Eltern hoben beide erstaunt die Köpfe. Zweifellos waren auch meine Augen in dem dunklen Winkel ganz groß geworden.

»Sie ihm geben und die beiden ziehen lassen? Was ist das für ein Gerede, Brüderchen? Ich würde diesen Betrüger nicht einmal ihre Leiche schultern lassen. Sieh nur, welchen Skandal dieses Mädchen heraufbeschworen hat! Wie sie unsere Ehre ruiniert hat! Gleich heute nacht werde ich meine Rechnung mit ihr begleichen. Ich werde ihre Leiche auf den Eiwan werfen.«

Er wollte aufstehen. Mein Onkel packte ihn am Arm. Meine Mutter sprang ebenfalls auf, stellte sich vor meinen Vater und sagte zu meinem Onkel gewandt, »Agha, halten Sie ihn um Himmels willen zurück!«

Onkel, der der ältere Bruder meines Vaters war, fuhr ihn barsch an, »Was soll dieses Benehmen? Weshalb gebärdest du dich so kindisch? Nehmen wir einmal mal an, Sie würden hingehen und sie töten, wäre Ihre Ehre dann wiederhergestellt? Ein Hin und Her mit Polizisten, Verhaftung und Arrest. Oder wenn Sie ihr eine ordentliche Tracht Prügel verabreichten, würde das etwas nützen? Man muß eine pragmatische Lösung finden. Das Mädchen ist, laut Mansur, außer sich. Mansur sagte, ihr Blick sei wie der Blick einer Schwermütigen. Er sagte, ›Ich hatte Angst, sie hätte sich, wenn ich zu sehr mit ihr herumgestritten hätte, die Kleider vom Leib gerissen und wäre in die Wüste geflohen.‹ Nun gut, dann vermählen Sie sie mit diesem jungen Mann. Er wird zum Militär gehen, und Sie werden ihm helfen . . .«

Mein Vater schnitt ihm das Wort ab, »Er wird zum Militär gehen? Was reden Sie da? Dieser nichtswürdige Lump? Wenn der sich für das Militär interessiert hätte, wäre er schon längst dort. Wenn der zum Militär geht, ändere ich meinen Namen. Darauf verwette ich mein Leben. Wenn er wenigstens dazu fähig wäre, täte es mir nicht so leid . . .«

Mein Onkel sagte sanft, »Seien Sie doch vernünftig. Für alles gibt es eine Lösung. Wie soll es denn ausgehen? Sie sagt, sie begehrt diesen Jüngling? Gut, dann benachrichtigen Sie ihn mit Anstand und Würde. Legen Sie ihre Hände ineinander, damit sie ihr eigenes Leben führen können. Sie verstößt doch nicht gegen die religiösen Gesetze. Sie will heiraten.«

Mein Vater setzte sich, als trüge er eine schwere Bürde auf dem Buckel, an seinen Platz und lehnte sich an die Einfassung des Holzbetts. Er war leichenblaß. Er sagte, »Jawohl, großer Bruder. Sie beaufsichtigen das Feuer von fern. Stehen daneben und wissen alles besser. Aber was soll ich sagen? Meine Ehre steht auf dem Spiel. Es ist ja nicht Ihre Tochter, es ist meine. Wäre es Ihre eigene Tochter, wüßten Sie, was ich meine. Wäre es Ihre eigene Tochter, würden Sie sie dann so umstandslos ziehen lassen?«

Mein Onkel fiel ihm ins Wort, »Nein, so was! Meine Tochter ist es nicht? Richtig, es ist nicht meine Tochter, aber die Tochter meines Bruders ist sie doch! Trotz ihrer Torheit hat sie Mansur etwas Richtiges gesagt. Sie sagte, wenn ich meine Ehre verliere, wird die ganze Familie ihre Ehre verlieren. Alle werden sagen, ihre Cousinen sind wie sie. Wenn ich es mir überlege, stelle ich fest, daß ihre Worte etwas für sich haben. Nun bestellen Sie ihn her, sehen Sie ihn sich an und prüfen ihn. Vielleicht ist er ein anständiger Mensch. Sie sagen, er wird kein Offizier, er sei gegenwärtig Schreiner? Meinetwegen, soll er Schreiner sein. Arbeit ist doch keine Schande. Gilt denn etwa der Beruf als Maßstab? Sie haben ihn doch noch nicht gesehen, oder? Vielleicht sagt er ja auch die Wahrheit und geht zum Militär.«

»Wie sollte ich ihn nicht gesehen haben, Agha? Ich weiß nur nicht, was diesem dämlichen Mädchen an ihm gefallen hat. Weder schön noch vollkommen. Er ist lediglich ein nichtsnutziger, dreister Mensch mit rauher Stimme. Redet wie ein Prolet. Den Kragen so weit geöffnet, daß noch das Takelwerk seiner breiten Schultern zu sehen ist. Sein Kopfhaar hängt ihm vorn und hinten wirr herab. Wie ein Strichjunge. Impertinenter Blick und schamlose Augen. So ein Mensch soll Offizier werden? Das ist alles nur schönes Gerede, mein Bruder. Ich verwette mein Leben darauf. Wenn er nicht schlimmer wird, als er schon ist, darf er mir auf den Bart spucken.«

Nicht zu fassen! Wie kam es, daß mein Vater und ich, zwei Menschen mit offenen Augen und Ohren, denselben jungen Mann so unterschiedlich sehen konnten? Die Stimme, die ich als männlich und angenehm empfand, erschien ihm rauh und ungehobelt. Seine wirren und verschlungenen Locken, mit denen er mir wie ein Sufi vorkam, wirkten in den Augen meines Vaters liederlich. Seine großen Augen mit dem wilden, leidenschaftlichen Blick empfand er als dreist und schamlos. Wie brachte er es übers Herz, jene Mähne und jenen kräftigen, sonnenverbrannten Nacken, dessen Adern unter den Sehnen hervortraten, als Takelwerk zu bezeichnen.

Mein Onkel fragte, »Was willst du nun tun, Bruder? Es ist geschehen. Das Mädchen hat doch keine Schande bereitet! ...«

Sofort verstummte er selbst. Schande. Genau das war es, was ich heraufbeschworen hatte. Angriffslustig erwiderte mein Vater, »Sie hat keine Schande bereitet? Was soll denn Schande sonst bedeuten? Wie könnte man es anders nennen?«

Onkelchen sagte, »Mensch, sie will heiraten. Verliebtsein ist doch keine Sünde. Hat sich denn Heidar Chans Tochter etwa nicht verliebt und geheiratet? War denn Morteza Qoli Chans Sohn etwa nicht von jener alten Witwe mit zwei Kindern betört und hat sie schließlich geheiratet? Es gibt doch keine Höhergestellte als Mahd-e Oulia, die sich in den Bräutigam ihres Kochs verliebte! ...«

Mein Vater wedelte ungeduldig mit der Hand, »Was Sie nicht sagen, Bruder! Zitieren Sie die Geschichte? Jener Bräutigam war der Koch vom Wesir des Shahs. Aber meine Tochter hat sich in einen Taugenichts verliebt. In einen Bastard von niederem Stand. Dieser Mensch ist unter unserer Würde. Wie Nazanin sagt, er paßt nicht zu uns, er ist fehl am Platz.«

Onkelchen sagte, um zum Ende zu kommen, »Was auch immer ich versuche, Sie machen all meine Bemühungen zunichte. Doch sollten Sie wissen, daß es in Ihrem Interesse ist, diese Angelegenheit zu beenden. Morgen könnte sie einen weitaus größeren Skandal heraufbeschwören! Was, wenn sie Opium schluckt? Wenn sie auf die Idee käme zu fliehen? Am Ende wird sie Ihnen noch großen Ärger bereiten. So, wie Mansur sich anhörte, glaube ich, daß diese Angelegenheit kein gutes Ende nehmen wird. Lassen Sie sie möglichst rasch ziehen, und setzen Sie einen Schlußpunkt.«

Meine Mutter schlug sich mit der Hand sacht auf den Kopf, »O weh, ließe Gott mich doch sterben. Was werden die Leute sagen?«

Mein Vater sagte, »Nichts, Chanum. Die Leute werden uns verspotten. Sie werden sagen, Bassir ol-Molks Tochter, die keinen auch nur eines Blicks würdigte, die mit dem großartigen Getue, ist die Frau des Schreiners aus dem Viertel geworden . . .«

Meine Mutter sagte, »O Gott, ich weiß nicht, welche Sünde ich begangen habe, daß ich diese Strafe verdiene? Weshalb muß dieses Unglück ausgerechnet mir zustoßen? Jedem armen, bedürftigen Mädchen habe ich eine Aussteuer gegeben. Jedem, der schutzlos und in Not geraten war, habe ich geholfen . . .«

Als spräche er zu sich, sagte mein Vater, »Nazanin zufolge besitzt der Sohn der Frau Amme mehr Würde. Der Schwiegersohn von Dadde Chanum und Firuz Chan ist achtbarer als diese Person. Wir haben noch Glück gehabt, daß sie sich nicht in den Gärtnerssohn verliebt hat. Den, der das Wasser aus dem Becken abläßt. Und jetzt sagt mein Brüderchen, veranstalte ein Spektakel und benachrichtige alle, daß sie kommen und zuschauen. Leg die Hand deiner Tochter in die Hand dieses Kerls, damit er dich verspotten kann.«

Meine Mutter schlug sich erneut auf den Kopf, »O weh, wie soll ich den Leuten Rede und Antwort stehen?«

Onkelchen sagte, »Chanum, ständig reden Sie von den Leuten. Was meinen Sie damit? Wenn wir selber das Haupt hochhalten und den Leuten über den Mund fahren, werden sie sich hüten, etwas zu sagen.«

Mein Vater seufzte, »Alle wehklagen über das Leid, das andere ihnen angetan, Hafis klagt über sich.«

Es war eindeutig, auf wen mein Vater anspielte. In der Großfamilie gab es zwei Frauen, mit denen die Familienmitglieder nur dann eine Angelegenheit besprachen, wenn sie diese zwar öffentlich machen, jedoch nicht selbst bekanntgeben wollten. Diese beiden waren Tante Keshwar und die Frau des Onkels selbst. Beide waren neugierig, neidisch und intrigante Klatschbasen, die kein Wort für sich behalten konnten. Für die Tante, deren Mann seit längerem tot und, wie meine Mutter stets sagte, aus Kummer über diese Frau eingegangen war, bedeutete diese Verhaltensweise an sich schon eine Art Vergnügen und Zeitvertreib. Sie, die ein ansehnliches Vermögen von Ehemann und Vater geerbt hatte, kränkte, während sie ihren Brüdern um den Bart ging, deren Frauen mit spitzen Worten, die wirksamer waren als der Biß einer Viper. Als meine Mutter noch keinen Sohn hatte, sagte die Tante jedesmal, wenn sie meine Mutter sah, »Weiß Gott, ich gäbe mein Leben für meinen Bruder. Du weißt nicht, wie sehr ich mich danach sehnte, seinen Sohn im Arm zu halten.« Als Manuchehr auf die Welt kam und mein Vater meiner Mutter einen Diamantring zur Geburt schenkte, sagte sie, »Glück muß man haben. Ich habe drei stattliche Söhne geboren. Mein Ehemann hat mir für jeden eine Goldmünze auf die Stirn gedrückt. Du solltest meinen Bruder zu schätzen wissen.«

Die Tante selbst brachte meiner Mutter zur Entbindung ein Paar läppisch leichte Goldohrringe als Geschenk und rieb dies fortan überall und allen unter die Nase und sagte, »Nun, ich dachte, obwohl Witwe, daß Nazanin Chanum unter Umständen beleidigt wäre, wenn ich ihr nichts Goldenes mitbringen würde. Endlich hat sie einen Sohn geboren. Sie erwartete es. Ich sagte mir, selbst, wenn ich Schulden machen müßte, ich muß ihr etwas Goldenes mitbringen.«

Schließlich schickte ihr mein Vater, um sich von dieser Schuld zu befreien und damit die Leute ihn nicht tadelten, weil seine Frau von ihrer verwitweten Schwägerin Gold erwartet hatte, unter dem Vorwand, sie hätte eine segensreiche Hand gehabt und das Kind wäre deshalb ein Sohn geworden, weil sie für Nazanin eine Wöchnerinnensuppe gekocht hatte, einen breiten Goldarmreif und versiegelte ihr damit die Lippen.

Die Frau meines Onkels stand Tante Keshwar in nichts nach. Allerdings betrieb sie es nicht so ausgeprägt, da sie von Ehemann und Kindern in Anspruch genommen war und Respekt vor Mansur und dem Onkel hatte. Dabei litt sie selbst unter der bösen Zunge der Tante und steckte vor dieser zurück. Würden nun diese beiden intriganten Frauen erfahren, was vorgefallen war, wären sie außer sich vor Freude. Beides, ihre Neugierde und ihr Neid auf das Glück meiner Mutter, würden dazu führen, daß sie unsere Schande ausposaunten. Mein Vater wußte dies sehr wohl, wagte jedoch nicht, dies vor meinem Onkel offen auszusprechen.

Mein Onkel war ein sanfter und nobler Mann. Doch litt auch er unter den bösen Zungen seiner Ehefrau und seiner Schwester. Deshalb sagte er, »Weshalb redest du in Andeutungen, Brüderchen? Falls du meine Frau meinst . . .«

Meine Mutter ritzte sich mit den Nägeln die Wange, »Gott, laß mich sterben. Agha, was reden Sie denn da?«

Mein Onkel überhörte ihre Worte und fuhr fort, »Falls du meine Frau meinst, die überlaß Mansur und mir. Es genügt, daß ich ihr sage, ›Mahbubes Schande bedeutet die Schande deiner eigenen Töchter, und du wirst sie ein Leben lang am Hals haben‹, oder daß Mansur sie anschreit, damit sie ihre Zunge hütet. Was jedoch Schwester Keshwar betrifft, werde ich ihr ausrichten lassen, andere würden tausenderlei Schmach auf sich laden und ihre Familien hielten es geheim. Müßten wir uns vor der Zunge unsrer eigenen Schwester etwa mehr fürchten, als vor unseren eingefleischten Feinden? Ich werde ihr ausrichten lassen, daß ich beim Grab unseres Vaters und bei der Herrlichkeit Gottes schwöre, ihren Namen nie wieder zu erwähnen, falls sie ein Sterbenswörtchen über diese Angelegenheit verliert, falls sie beleidigende Anspielungen macht und falls sie sich vor diesem und jenem ahnungslos und unwissend stellt und andeutungsweise ausplaudert, was die Familienehre beschmutzt und einen Skandal heraufbeschwört. Sie soll sich vorstellen, ihr Bruder sei gestorben, ein Totengebet sprechen und sich den Gedanken an mich aus dem Kopf schlagen. Wir sehen uns erst am Jüngsten Tag wieder. Beim Grab meines Vaters, das würde ich tun.«

Meine Mutter atmete erleichtert auf. Alle wußten, der Onkel war ein Mann, der Wort hielt. Bis zu diesem Abend hatten weder mein Vater noch Onkelchen jemals in diesem Ton von Tante Keshwar oder der Frau des Onkels gesprochen. Erst an diesem Abend begriffen meine Mutter im *Houzchaneh* und ich hinter der Tür, daß die beiden Männer wie alle anderen zutiefst verärgert über sie waren. Doch was sollten sie tun? Die eine war ihre Schwester und die andere eine angeheiratete Verwandte.

Meine Mutter wandte sich an meinen Vater, »Wahrlich, der Agha hat recht. Das Mädchen will doch nicht gegen die religiösen Gesetze verstoßen. Sie will heiraten. Was bleibt uns schon übrig? Wir müssen sie ziehen lassen.«

Mein Vater sah sie empört an, »Bist du ebenfalls wankelmütig geworden? Warst du es nicht, die sagte, ›Mahbube muß über meine Leiche gehen‹? Wie kommt es, daß du deine Meinung geändert hast?«

Meine Mutter sagte mit bebender Stimme, »Was bleibt mir anderes übrig? Was in aller Welt soll ich tun?« Und sie wandte sich an Onkelchen und fügte hinzu, »Bei Gott, Agha, mir blutet das Herz. Halte ich zu meiner Tochter, muß ich befürchten, daß es meinen Ehemann ruiniert ...« Die Tränen flossen aus ihren Augen, und sie fuhr fort, »Halte ich zu ihm, muß ich befürchten, daß mein Kind zugrunde geht. Wie Sie gesagt haben, sie könnte etwas schlucken und sich umbringen. Täglich hundert Mal wünsche ich mir von Gott den Tod. Eines Tages wollte ich Opium schlucken und mich umbringen. Bei Gott, es tat mir weh, mir Manuchehr als Waisenkind vorzustellen.«

Mein Vater war bestürzt. Er sah meine Mutter schmerzerfüllt und verliebt an und sagte, »Was sagst du da? Vielen Dank auch! Das fehlte mir noch, daß du mich in diesem Unglück allein läßt und fortgehst. Als hätte ich nicht genug Kummer, daß du mir noch Salz in die Wunden streutest!«

Meine Mutter versuchte vergebens, sich die Tränen mit dem Zipfel ihres Tchadors vom Gesicht zu wischen. Auch ich hinter der Tür war tränenüberströmt und befürchtete, daß sie das Glitzern meiner Tränen im Zimmer sehen könnten. Meine Mutter sagte, »Sie ist mein Kind, mein Augapfel. Ich bin tief unglücklich. Mir blutet das Herz. Ich weiß, daß es Ihnen genauso geht, Agha.« Mit der Hand wehrte sie die Entgegnung meines Vaters ab und fuhr fort, »Nein, behaupten Sie nicht, daß es nicht so ist. Ich beobachte Ihr Verhalten. Da Sie wissen, daß sie es morgens aus Furcht vor Ihnen nicht wagt, in den Hof zu kommen und dort ihre rituelle Waschung vorzunehmen, solange Sie da sind, stehen Sie früher auf und verrichten das Gebet im Zimmer. Dann sehe ich, wie Sie sich neben das Fenster stellen, um sie zu sehen.« Und an meinen Onkel gewandt, »Seit dem Tag, an dem sich dieser Vorfall ereignet hat, hat er Mahbube keines Blicks mehr gewürdigt. Er erlaubt ihr nicht, ihm unter die Augen zu treten. Und sie hat einen Heidenrespekt vor ihm. Ja, Agha, er lugt aus einem Winkel des Fensters und betrachtet Mahbube, die zitternd wie eine Taube, die sich vor dem Überfall einer Katze fürchtet, ans Becken kommt und die rituelle Waschung vollzieht. Sie wischt sich die Tränen ab und wäscht sich. Kaum, daß sie ein Stück gegangen ist, ist ihr Gesicht erneut tränenüberströmt. Wieder kehrt sie zurück, um die rituelle Waschung zu vollziehen. In einem fort geht und kehrt sie zurück. Manchmal bleibt sie erstarrt am Becken sitzen, und Sie, Agha, seufzen im Zimmer auf. Ihr Herz fliegt ihr entgegen. Sie gehören nicht zu der Sorte Väter, die die Hand gegen sie erheben. Hundert Mal haben Sie gesagt, ›Ich werde sie unter meinen Füßen zerquetschen.‹ Wo denn? Weshalb haben Sie es nicht getan? Gehen Sie und töten Sie sie! Ich wäre nicht die Tochter meines Vaters, wenn ich Sie nicht davon abhalten würde . . .«

Meine Mutter begann zu schluchzen. Onkelchen sagte behutsam, »Chanum, wie reden Sie denn? Mäßigen Sie Ihre Zunge!«

Mein Vater hielt den Kopf gesenkt. Er hatte das linke Knie untergeschlagen, benutzte das angewinkelte rechte als Stütze für seine rechte Hand und stützte sich mit der Linken auf den Boden. In dieser Haltung sagte er schwermütig, »Statt ihre Tochter zu rügen, ist sie um sie bekümmert. Mir liest sie die Leviten. Ist schon recht, Chanum, sagen Sie, was Ihnen gefällt!«

Meine Mutter sagte mit etwas lauterer Stimme, die alle Augenblicke von ihrem Schluchzen unterbrochen wurde, »Glauben Sie, ich hätte ihr nicht die Leviten gelesen? Ich hätte sie nicht verprügelt? Ihr das Fleisch nicht mit Kniffen vom Leibe gerissen? Ihr Körper hat sich dermaßen verfärbt, daß es der Amme leid tat. Sie sagte, ›Gott möge dir die Hand brechen.‹ Recht hat sie gesprochen. Es ist mir zu Herzen gegangen. Möge mir doch die Hand brechen. Als ich sie kniff, sah ich, daß sie nur noch aus Haut und Knochen besteht. Ihre

Gliedmaßen sind erschlafft. Mir blutet das Herz. Mein Kind ist ganz blaß geworden. Sie hat nicht die Kraft zu reden oder zu gehen. Und wir sind alle gemeinsam über sie hergefallen. Sie haben recht, Agha, ich bin tatsächlich ihretwegen bekümmert. Als ich sah, daß sie nicht ißt, war ich anfangs erzürnt. Ich dachte, sie trotzt. Ich schickte die Amme, damit die sie ermahnt. Sie ging, kam zurück und sagte, ›Chanum, Gott segne Sie. Ich mische mich nicht ein. Diese Welt war nicht für mich, wollen Sie, daß es die andere ebenfalls nicht ist? Wenn Sie und der Agha Gott nicht fürchten, ich tu es.‹ Ich fragte, was geschehen sei? Sie weinte, wie sollte ich es nicht tun? . . .«

Das Weinen unterbrach die Worte meiner Mutter. Ich zitterte ebenfalls und schluchzte. Ich fürchtete, sie würden mich hören, und biß mir auf die Hand. Meine Mutter faßte sich etwas und sagte, während sie sich mit dem Zipfel ihres Tchadors ununterbrochen die Tränen von Augen und Nase wischte, »Die Amme sagte, ›Chanum, wissen Sie, was Mahbube sagt?‹ Sie sagt, ›Was willst du mir sagen, liebe Amme, was ich mir nicht schon hundert Mal selbst gesagt hätte? Ich sage mir, denk an den Ruf deines Vaters. Denk daran, wie er deine Mutter tadelt. Denk an Chodjasteh, die ebenfalls entehrt wird . . . Ich weine die ganze Nacht. Beim Niederwerfen zum Gebet flehe ich Gott an, er möge mich sterben lassen oder mich erlösen, daß ich nicht mehr an ihn denken muß. Doch er tut es nicht, was soll ich tun?‹ Die Amme sagte, Ich sage, ›Mahbube Djan, weshalb schmollst du und ißt nicht?‹ Sie sagt, ›Amme, bei Gott, ich bin nicht bockig. Ich bekomme keinen Bissen hinunter. Was ich auch tue, es gelingt mir nicht. Je mehr ich mich bemühe, desto schlimmer wird es. Ständig steht sein Gesicht vor meinen Augen. Denkst du, ich wüßte nicht, daß er Schreiner ist? Daß er nicht zu uns paßt? Denkst du, ich merke nicht, daß er nicht den kleinen Finger des Prinzen oder Mansurs wert ist? Denkst du, ich hätte mir das nicht schon hundert Mal gesagt? Doch was kann ich dafür, daß mich dieser Schmerz heimsucht! Bei Gott, es ist eine Krankheit, liebe Amme. Ach, hätte ich doch nur die Masern, Cholera oder Pocken. Zumindest würden Agha Djan und Chanum Djan an mein Krankenbett kommen und sich um mich kümmern. Sie würden einen Arzt kommen lassen, daß er mich heilt. Doch jetzt, mit diesem Schmerz, haben sie mich, die ich nicht mehr aus noch ein weiß, mir selbst überlassen. Sie haben es auf mein Leben abgesehen. Ich würde mich gern umbringen, damit sie und ich erlöst wären. Doch ich fürchte Gott. Liebe Amme, sag es um Gottes willen meinem Agha Djan. Sag ihm, er will zum Militär. Sag ihm, er will Offizier werden. Sag ihm, ›Denk, du hättest mich umgebracht. Laß mich seine Frau werden und gehen. Denk, du hättest eine Sklavin gekauft und freigelassen. Stell dir vor, du hättest für Manuchehrs Gesundheit einen Hammel geopfert. Denk, alles Übel von Chanum Djan, Manuchehr, Chodjasteh und Nozhat hätte sich auf mich übertragen. Stell dir vor, ich sei gestorben, als ich Scharlach bekam. Du würdest bei Gott eine gute Tat tun.‹ Was soll ich tun? Weshalb hilft mir denn niemand? ›Stellen Sie sich vor, ich sei eine zweite *Leili*. Sie haben doch soviel Nizami gelesen!‹«

Meine Mutter verstummte und fuhr wieder fort, »Sie schmilzt dahin wie ein Kerze. Ich fürchte, daß mein Kind wahnsinnig wird.«

Eine Stille trat ein, die nur von den Schluchzern meiner Mutter unterbrochen wurde. Schließlich sagte mein Onkel, »Nun ja, ich habe gesagt, was es zu sagen gab. Es liegt an Ihnen, zu entscheiden. Wenn Sie auf mich hören, geben Sie sie ihm und lassen Sie sie ziehen. Es gibt keinen anderen Ausweg. Je mehr Sie es ignorieren und Gewalt anwenden, desto heftiger wird ihr Verlangen. Solange diese Welt besteht, ist es so gewesen. Tun Sie gleich, was Sie zu guter Letzt doch tun müssen.«

Mein Vater drehte seine rechte Handfläche ratlos nach oben und sagte, »Ich weiß auch nicht mehr, was tun!«

Onkelchen sagte, »Nichts. Traue die beiden nach den religiösen Gesetzen. Es wäre ein gutes Werk. Vermähle sie leise und unauffällig und schick sie fort, ihr eigenes Leben zu leben.«

Mein Vater hob den Kopf und wandte sich an Onkelchen. Dann zeichnete er mit der Rechten ein X auf die linke Handfläche und sagte, »Denken Sie an meine Worte, Brüderchen. Mahbube wird gehen, aber sie wird zurückkehren. Bei diesem Zeichen, sie kehrt zurück. Tut sie es nicht, ändere ich meinen Namen.«

Der Onkel sagte traurig und bekümmert, während er sich von seinem Platz erhob, »Daran ist nichts zu ändern. Hoffentlich wird es einen glücklichen Ausgang haben.«

Meine Mutter sagte, »Um Gottes willen, ohne jede Bewirtung ...«

»Ich bitte Sie, Chanum. Ich war doch nicht zu einem Empfang gekommen. Auf Wiedersehen.«

Meine Eltern, die beide ermattet dasaßen, gaben sich einen Ruck und sagten gemeinsam, »Wohlan denn. Auf Wiedersehen. Es war uns eine Ehre. Danke für Ihr Kommen.«

Weder dachten sie daran, aufzustehen, um die Umgangsformen zu wahren, noch bemerkte der Onkel ihre Unaufmerksamkeit. Alle drei waren zu verstört, als daß sie auf solche Formalitäten achteten. Der Onkel öffnete die Tür des *Houzchaneh*, die auf den Hof führte, stieg die Stufen hoch und verschwand in der Finsternis. Mein Vater seufzte auf und sagte zu meiner Mutter, »Sag Mahbube, sie soll diesem Jungen Bescheid geben, daß er am kommenden Dienstag eine Stunde vor der Abenddämmerung herkommt, damit ich höre, was er zu sagen hat.«

Meine Mutter sagte matt, »Sein Geschäft ist doch geschlossen, wo könnte Mahbube ihn finden?«

»Wie leichtgläubig Sie sind, Chanum. Mahbube weiß genau, wie sie ihn finden kann.«

Behutsam stieg ich die Stufen zum Dach hoch und kroch unter die Bettdecke. Als hätte man mir eine Bürde von den Schultern genommen. Ich war erleichtert. Ich sah die Sterne funkeln. Ein frischer Wind wehte aus der Richtung Shemirans. Die Luft wurde allmählich herbstlich. Wie still und schön doch alles war. Waren die Sterne schon immer da gewesen? Waren Teherans Nächte immer so friedlich und beruhigend? Strich der Wind immer mit so liebevoller Hand über die Gesichter? Wo war ich gewesen? Weshalb hatte ich es nicht gesehen? Weshalb hatte ich es nicht bemerkt?

Am nächsten Morgen wurde ich beauftragt, Rahim die Botschaft meines Vaters zu überbringen. Bei der ersten Gelegenheit warf ich ein Stück Papier mit einem Stein auf die andere Seite der Mauer.

Am Dienstag war ich bereits früh am Morgen ungeduldig. Ich war durcheinander. Chodjasteh kam stündlich angerannt und fragte, »Wie sieht er aus?«

»Laß mich in Ruhe, Chodjasteh. Er wird schon kommen. Durch das Fenster kannst du ihn nach Herzenslust betrachten.« Ich dachte, daß es einen umfangreichen Empfang geben würde. So wie man den Prinzen und seine Mutter bewirtet hatte. Doch davon war keine Rede. Meine Mutter wirkte wie eine Fiebernde. Sie fragte nicht mal nach Manuchehr. Die Amme zündete den Samowar an und stellte ein Gefäß mit altbackenem Kichererbesen-Gebäck in einen Winkel des Fünftüren-Zimmers. Eine quälende Stille lastete auf dem gesamten Haus. Die Stille besiegter Kaiser. Mein Vater saß müde und lustlos direkt unter dem Lüster auf einem der Stühle, die einen Blick auf den Hof erlaubten. Die Fenster hatte man hochgeschoben, und Hadj Ali hatte wie an anderen Tagen den Hof gewässert und gefegt. Die Amme stellte eine Schale mit schönen, roten Wassermelonenstücken neben das Gebäck auf den Tisch. Nur soviel. Vor meinem Vater stand ein Stuhl.

Eine Stunde vor der Abenddämmerung traf er ein. Chodjasteh saß neben mir im Nebenzimmer. Meine Mutter war im Anrichteraum geblieben, und ich war mir sicher, daß sie dort hinter der verschlossenen Tür stehen würde, um ihn durchs Fenster ungehindert zu betrachten. Im Hof aus relativ weiter Entfernung musterten ihn Dadde Chanum und die Amme neugierig vom Scheitel bis zur Sohle.

Er trug ein weites Obergewand und eine neue Hose. Sein Hüftschal hatte auf der Rückseite drei Falten. Seine Stoffschuhe waren neu, und ich bemerkte zum ersten Mal, daß er die Fersen hochgezogen hatte. Sein wirres Haar sah unter der Filzkappe hervor und bedeckte seinen Nacken. Ich wünschte mir, daß er die Kappe schneller abnahm, damit ihm seine verschlungenen Locken in die Stirn fielen und Chodjasteh sie sehen und meinen Geschmack bewundern könnte. Wieder stand sein Hemdkragen ein wenig offen. Anscheinend hatte er keinen Knopf oder Rahim erstickte, wenn er den Hemdkragen schloß. Auf Anweisung der Amme stieg er die Stufen zum Eiwan hoch und betrat das Fünftüren-Zimmer. Sobald er auftauchte, zuckte mein Vater zusammen und schlug ein Bein übers andere. Er war an der Tür stehengeblieben und hatte die Hände vor sich aufeinandergelegt. Mein Vater hatte uns den Rücken zugewandt, und wir betrachteten verstohlen den anderen, der uns gegenüberstand. Ich bemerkte, daß seine festen Hände ein wenig zitterten. Schüchtern sagte er, »Ich grüße Sie.«

Mein Vater sagte steif, »Salaam. Komm herein. Nein, nein, du brauchst deine Schuhe nicht auszuziehen. Komm herein.«

Es war, als bohrte sich ein Dorn in mein Herz.

Er trat ein und ließ einen Blick des Erstaunens und der Bewunderung im Zimmer kreisen. Er nahm die Kappe ab und hielt sie in den

Händen. Vor Aufregung verbog er sie. Sein Haar fiel herab. Mein Vater sagte in einem Ton, der seinen Mißmut und Widerwillen deutlich verriet, »Setz dich!« Er wollte sich auf den Boden setzen. Mein Vater sagte gebieterisch, »Nicht dorthin, auf den Stuhl.«

Chodjasteh lachte auf und fragte, »Den begehrst du?«

Ich sagte, »Halt den Mund. Er wird es merken.«

Doch ich war verdrossen. Ich ärgerte mich nicht nur über das herrische Verhalten meines Vaters, sondern hatte auch nicht erwartet, daß der andere so folgsam und eingeschüchtert sein würde. Er setzte sich auf die Stuhlkante. Die Beine hatte er zusammengepreßt und die Hände auf die Knie gelegt. Ich sagte mir, ›Warte ab, ob mein Vater ihn weiter so behandelt, wenn er Offizier geworden ist!‹ Ich stellte ihn mir in Uniform mit Stiefeln, Kappe und Degen vor, und mir schwindelte.

Mein Vater fragte, »Wie alt bist du?« Er beantwortete seine Frage, während er erneut das Zimmer ringsum musterte. Wieder fragte mein Vater, »Wo ist dein Vater?«

»Ich war noch ein Kind, als er starb.«

»So, so. Dann ist also dein Vater verstorben. Wie steht es mit deiner Mutter. Gibt es die noch?«

»Jawohl.«

»Und wen sonst?«

»Niemanden.«

Mein Vater, der sich offenbar fürchtete, weiter zu bohren, sagte, »Du begehrst meine Tochter?«

Er senkte den Kopf und verstummte für eine Weile. Dann hob er langsam den Kopf und starrte auf die Tür des Nebenzimmers, in dem wir uns befanden. Er konnte meinem Vater nicht in die Augen sehen. Er sah mich nicht, doch schien mir, als sähe ich ihm direkt in die Augen. Er sagte, »Jawohl.«

»Willst du sie heiraten?«

Überrascht wandte er sich meinem Vater zu, »Von Gott wünsche ich mir nichts sehnlicher.«

Zornig erwiderte mein Vater, »Und Gott hat sie dir beschieden.«

Rahim senkte den Kopf und verstummte erneut. Wieder sehnte ich mich nach ihm. Ich wollte nicht, daß mein Vater ihn quälte. Mein Vater sagte, »Hör mir gut zu. Wirst du, falls ich dir meine Tochter gebe, dir eine geregelte Existenz für sie aufbauen? Eine rechtschaffene Existenz?« Mit der Hand zeigte er ringsum in das Zimmer und fügte hinzu, »Ich meine nicht solch eine, sondern eine gepflegte, gutsituierte, respektable, angenehme und würdige Existenz.«

»Ich werde alles tun, was in meinen Kräften steht. Für sie würde ich mein Leben geben.«

»Behalt dein Leben für dich. Ich weiß nicht, was du ihr eingeflüstert hast, daß du sie blenden konntest. Doch hör mir gut zu. Ich werde ein Haus auf den Namen meiner Tochter übertragen, in dem ihr leben könnt, mit einer Schreinerei, in der du arbeiten kannst. Die Frau Amme wird ihr monatlich dreißig Tuman als Unterstützung bringen. Ihr Brautgeld wird zweitausendfünfhundert Tuman betragen. Weh dir, wenn sie auch nur den geringsten Kummer zu erdulden hat. Ich werde dir das Leben zur Hölle machen. Ich werde dich mit Stumpf und Stiel vernichten. Ich werde deine Sippe ausrotten. Hast du das richtig verstanden?«

»Jawohl, Agha.«

»Geh und überleg es dir gut und sag mir dann Bescheid.«

»Da gibt es nichts zu überlegen. Ich habe mir alles gut überlegt. Ich begehre sie. Selbst wenn ich sterben müßte, würde ich nicht von ihr ablassen.«

Mein Vater winkte haßerfüllt und verdrossen ab, »Es reicht. Hör auf damit. Komm Donnerstagnacht in zehn Tagen hierher. Es ist die Nacht vor dem Mab'ass-Fest. Du wirst mit deiner Frau den Ehevertrag abschließen, sie an der Hand und mit dir nehmen. Und bring alles mit, was du mitbringen mußt. Kannst du lesen und schreiben?«

O weh, weshalb redete mein Vater nur so? Wollte er etwa einen Diener einstellen, daß er ihn so ausfragte? Ich kochte vor Zorn.

»Jawohl. Ich übe mich auch in Kalligraphie.«

Mein Vater zog ein Stück Papier aus der Tasche, auf dem, wie ich später erfuhr, die Anschrift des Hauses von Hassan Chan, seinem zweiten Schwager stand, und reichte es ihm. Rahim ergriff es unterwürfig mit beiden Händen. »Morgen früh gehst du zu dieser Anschrift. Ich habe angeordnet, daß dieser Herr dich mitnimmt und dir einen Anzug und ein Paar Lederschuhe kauft. Am Donnerstag kommst du in tadelloser Aufmachung hierher, hast du das begriffen?«

»Jawohl, Agha.«

»Auf Wiedersehen.«

Ich war bedrückt. Ich wußte nicht, ob durch die Arroganz meines Vaters oder die Armut meines künftigen Ehemanns. Mein Vater wußte, daß wir aus dem Verborgenen zusahen. Er demütigte ihn. Er wollte mir unsere Überlegenheit und seine Minderwertigkeit unter die Nase reiben. Ich war wütend.

Er stand auf. In dieser luxuriösen Behausung war er befangen. Er war nicht er selbst, jener wilde, leidenschaftliche Rahim. Er glich einem wilden Tiger, der in einem Käfig gefangen war und den man gezähmt hatte. Dennoch faßte er sich ein Herz und murmelte, »Richten Sie Mahbube meine Grüße aus.«

Zornig aufbrausend erwiderte mein Vater, »Geh!«

Der andere fuhr sich mit den Fingern durchs Haar und schob es hoch, um den Hut aufzusetzen. Wieder brachte er mich um den Verstand.

Im Lauf der nächsten zehn Tage bestellte mein Vater die Amme zu sich und wies sie an, zusammen mit Hassan Chan ein kleines, gemütliches und nicht allzu kostspieliges Haus in einem mittleren Viertel zu kaufen und es auf meinen Namen zu überschreiben. Außerdem ließ er einen sauberen und angemessenen Laden in dessen Umgebung auf meinen Namen kaufen. Die Amme richtete das Haus nach ihrem Geschmack mit den notwendigen Dingen des Lebens ein und legte es mit Teppichen aus, die allerdings aus grober Wolle waren. Von den rund zwölf kompletten Satin-Bettgarnituren, die man mir zuvor für die Aussteuer bereitgelegt hatte, brachte sie nur zwei, drei in jenes Haus. Täglich ging und kam sie und nahm Haushaltsgegenstände mit. Töpfe, Messingtabletts, Siebe, etwas Porzellangeschirr, ein Tablett samt Teeglashaltern aus Silber. Eine Wasserpfeife samt Pfeifenkopf aus Silber, eine Besteckgarnitur, zwei kleine Lampen und eine große mit tulpenförmigem Glasschirm. Ein paar Sitzkissen, zwei Petroleumlampen und ein Windlicht. Es war die Frau Amme, die meine Aussteuer ganz allein in meinem zukünftigen Haus arrangierte, das ich noch nicht gesehen hatte.

Wie sehr sich all dies unterschied von der Überbringung von Nozhats Aussteuer. Zu ihrer Hochzeit hatte man aus dem Haus des

Bräutigams Präsentierteller voller Gebäck gebracht, Spiegel samt Kerzenhaltern, *Termeh*, Henna, Noql und Kandis. Und meine Mutter schickte ihrem Schwiegersohn Nassir Chan tragbrettweise die Aussteuer. Maulesel um Maulesel mit Bettwäsche aus Satin und Samt und Seidenteppichen. Farbige Leuchter mit Glasverkleidung, Lüster und mehrere Lampen mit tulpenförmigem Glasschirm. Alles, was es gab, von schneeweiß bis rabenschwarz. Perlenbestickte Sitzkissen. Von Schminkutensilien bis hin zur Kücheneinrichtung. Porzellan-, Kristall- und Silbergeschirr aller Art. Paillettenbestickte Vorhänge und Schals aus Kaschmir und *Termeh*. Eine vollständige Ausstattung fürs Bad. Einen kleinen Garten neben dem Garten meines Vaters in Gholhak. Außerdem die Hälfte eines kleinen Orts, dessen andere Hälfte für mich bestimmt war, was mein Vater geflissentlich übergangen hatte.

Was für eine Hochzeit hatte man Nozhat ausgerichtet! Sieben Tage und Nächte Jubel und Trubel im *Andaruni* und *Biruni*. Was für ein Trauungstuch es gab! Die Tischdecke aus *Termeh* und den Spiegel mit mannshohen Kerzenleuchtern aus Silber. Das Kandiskörbchen war sehenswert. Auf Anweisung meiner Mutter hatte man es farbig gestaltet. Das Tablett für den Weihrauch war silbern. Ein Ssangak-Brot mit dem Hochzeitsglückwunsch als Verzierung. Mein Vater übergab meiner Mutter vergoldete Münzen, um sie über dem Brautpaar ausstreuen zu lassen. Hinter der Gartenmauer war die Menge in dichten Reihen zum Zuschauen gekommen. Das Brautkleid war traumhaft. Eine armenische Madame, die in der *Lalehzar* ein Geschäft besaß, hatte es angefertigt. An dem Tag, als man das Gesichtshaar der Braut mit einem Faden auszupfte, herrschte eine Schlemmerei fast wie am Hochzeitstag. Meinen Eltern waren Flügel gewachsen. Wie schnell hatte mein Vater sich mit Nassir Chan angefreundet. Unentwegt klopfte er ihm auf den Rücken und lachte und scherzte mit ihm.

Meine Hochzeit war von anderer Art. Wie ausgestorben. Niemand hatte Lust dazu. Und ich selbst war am ungeduldigsten. Ich wollte so schnell wie möglich aus dem Haus fliehen, um von dem Druck befreit zu werden.

Am Donnerstag verzogen sich meine Eltern bereits früh am Morgen in einen Winkel des Hauses. Meine liebe Amme arrangierte mit Chodjastehs Hilfe im Nebenzimmer den Kuchen, Sherbet und

Obst und stellte die Lampen mit tulpenförmigen Glasschirmen auf. Keine Spur von Spiegel samt Kerzenleuchtern, keine Spur von einem Trauungstuch. Von der Hochzeit meiner Schwester unterschied sich die meine wie die Nacht vom Tag. Doch ich beklagte mich nicht. Ich achtete gar nicht darauf, sondern dachte an etwas anderes. Wäre die Amme nicht gewesen, hätte es nicht mal das bißchen Gebäck in dem kleinen Zimmer gegeben. Meine Schwester Nozhat kam zum Mittagessen. Ihr Ehemann hatte sich einen Vorwand ausgedacht und war zur Inspektion aufs Dorf gefahren. Ich wußte, daß er sich solch eines Schwagers schämte. Keiner fragte, weshalb Nassir Chan nicht gekommen war! Meine Schwester hatte vor Scham nicht einmal ihr Kind mitgebracht, um die Amme nicht mitbringen zu müssen, die den Bräutigam sehen würde. Nassir Chans Einstellung unterschied sich nicht sonderlich von der meiner Eltern.

Es wurde allmählich kühl. Der Herbst hatte begonnen. Man hatte die Türen zum Hof geschlossen. Ungefähr eine Stunde vor Anbruch der Dämmerung traf der Trauungsbeauftragte zum Rezitieren des Ehevertrags ein. Dann erschienen Rahim und seine Mutter. Rahim trug neue Kleider, einen Anzug mit Weste und schwarze Lederschuhe. Wieder war sein Haar wirr. Er war wirklich schön und begehrenswert anzusehen, obwohl ich ihn mit langem Umhang und offenstehendem Hemd viel lieber hatte. Offensichtlich fühlte er sich in dieser Bekleidung ein wenig unwohl.

Seine Mutter war eine kleinwüchsige, abgezehrte Frau, die Ziwar Chanum hieß. Ihr weißes Haar hatte sie mit Henna gefärbt und in der Mitte gescheitelt, was unter ihrem Samtkopftuch zu sehen war. Sie hatte kleine schwarze Augen, die durch Antimon noch dunkler wirkten. Ihre schmale Nase und ihre wohlgeformten Lippen waren denen Rahims nicht unähnlich. Nur die großen Augen mußte Rahim von seinem Vater geerbt haben. Ziwar Chanum war flink und gewitzt. Sie trug ein neues geblümtes Kattunkleid. Sobald sie das Zimmer betreten hatte, stellte sie den mitgebrachten Zuckerhut auf den Boden und drückte mir ganz entzückt zwei dicke Küsse auf die geschminkten Wangen und sagte, »Diesen Tag hatte ich mir für meinen Sohn gewünscht.«

Sie duftete nicht nach Rosenwasser. Ich saß mit enthaartem und geschminktem Gesicht in meinem rosa Satinkleid da, das man für die Brautwerbung des Sohns der Prinzessin genäht hatte, und dachte, ich träume. Ich wünschte mir nur, daß Rahim, der bis zur Trauung im Hof stand, schneller kommen und mich mitnehmen würde. Um den neugierigen, bekümmerten oder unzufriedenen Blicken, um der künstlichen Betriebsamkeit, die Dadde Chanum und die Frau Amme an den Tag legten, und der kläglichen Zeremonie, die man für mich ausgerichtet hatte, schneller zu entkommen. Der Trauungsbeauftragte ging ins Fünftüren-Zimmer, in dem mein Vater apathisch und mit finsterer Miene saß, begab sich an die Tür zum Nebenzimmer, in dem ich mich befand, und begann die Formeln des Ehevertrags zu rezitieren.

Als er beim Betrag des Brautgelds anlangte, das mein Vater mit zweitausendfünfhundert Tuman angesetzt hatte, grub sich Rahims Mutter die Nägel ins Gesicht und sagte, »Gott, laß mich sterben!«

Die Formel wurde dreimal aufgesagt. Ich mußte warten und nach Erhalt des *Zir Lafzi*-Geschenks ja sagen. Doch ich befürchtete, daß sie nichts Entsprechendes besaßen. Deshalb gab ich nach dem dritten Mal unverzüglich mein Jawort. Dadde Chanum streute Noql und Münzen über mein Haupt, welche Rahims Mutter und Chodjasteh lachend einsammelten. Die Ärmlichkeit der Zeremonie war bedrückend. Chodjastehs naive Bemühungen und die liebevollen Anstrengungen Dadde Chanums und meiner lieben Amme genügten nicht. Sie genügten nicht, um die Tatsachen in ihr Gegenteil zu verkehren. Um die Tatsache zu kaschieren, daß meine Eltern diesen Schwiegersohn nicht wollten. Um seine Armut zu verbergen. Rahims Mutter lachte fröhlich und steckte sich Noql in den Mund. Dann kam Rahim, und ich sah nur noch ihn. Dieselben großen Augen, der dunkle Teint und dasselbe verschmitzte Lächeln. Ich hatte mich geirrt, im Anzug wirkte er noch begehrenswerter. Die Amme nahm ihn an der Hand, führte ihn herbei, und er setzte sich neben mich. Er griff in die Jackentasche, zog ein Paar Goldohrringe heraus und legte sie in meine Hand. Dann näherte sich seine Mutter. Sie streifte mir einen goldenen Armreif über das Handgelenk und küßte mich erneut. Keine Spur von einem juwelengeschmückten Ring, dessen Funkeln die Blicke aller auf sich gezogen hätte. Statt dessen bestaunte ich das Funkeln seiner Augen. Keine Braut dieser Welt war betrübter und glücklicher als ich. Besonders, als er mit seiner kräftigen Hand meine kleine, weiche Hand ergriff und sagte,

»Zu guter Letzt bist du doch noch meine Frau geworden!« Und wieder öffneten sich seine Lippen zu jenem verschmitzten Lächeln und zeigten seine perlenförmig aufgereihten Zähne.

Meine ältere Schwester, die bedrückt und mutlos an der Schwelle des Zimmers gestanden und schweren Herzens zugesehen hatte, näherte sich mir. Sie streifte mir ein Paar breiter Armreife über die Hand und küßte mich. Mit Rahim sprach sie kein Wort. Ich bezweifelte, daß sie sein Gesicht auch nur eines Blicks gewürdigt hatte. Ich wußte nicht, ob sie ihn auf der Straße wiedererkennen würde. Quälende Stille breitete sich aus. Um sie zu beenden, begann Rahims Mutter zu trillern und Jubelschreie auszustoßen. Die Amme nahm ein Tablett und trommelte im Rhythmus dazu. Rahims Mutter, Dadde Chanum und Chodjasteh klatschten in die Hände. Mein Vater hämmerte mit der Faust gegen die Tür. Als hätte er auf mein Herz eingehämmert. Mit lauter Stimme sagte er barsch, »Was hast du? Ist dir etwas zu Kopf gestiegen, Frau Amme?«

Die Amme sagte sichtlich gekränkt diesseits der Tür, »Ach, Agha, unsere Tochter hat doch geheiratet. Wir feiern. Das bringt Glück.«

Mein Vater schrie gebieterisch, »Gib ihnen die Trommel, daß sie sie nach Hause mitnehmen und bis zum Morgengrauen so oft schlagen, wie es ihnen gefällt. Veranstalte hier nicht solch einen Lärm.«

Die Amme legte das Tablett verdrossen und gedemütigt auf den Boden zurück. Wir wußten nicht mehr, was tun. Meine ältere Schwester ging fort, kam zurück und richtete aus, »Mahbub, komm, Agha Djan hat etwas mit dir zu erledigen.«

Nur mit mir. Als existierte Rahim gar nicht. Ich stand auf, betrat das Fünftüren-Zimmer und schloß die Tür hinter mir. Mein Vater lag auf einem Sessel. Das Haupt hatte er auf die Rücklehne des Sessels gelegt und die Füße mitten ins Zimmer gestreckt. Sein rechter Fußknöchel lag über dem linken. Nicht nur der Knopf seines Jacketts, sondern auch die Knöpfe von Hemd und Weste standen bis zur Mitte offen. Als litte er unter Atemnot. Noch nie hatte ich ihn dermaßen durcheinander und unordentlich bekleidet gesehen. Die Arme hatte er erschöpft auf die Sessellehnen gelegt, und seine Hände hingen von den Lehnen herab. Sein Gesicht war blaß, und er starrte an die Zimmerdecke. Man hatte ihn eines Juwels beraubt.

Meine Mutter saß auf der Kante des Fensterbretts und betrachtete die farbigen Scheiben des Schiebefensters. Auch sie schien bar jeder Kraft. Sie hatte nicht einmal den Tchador angelegt. In einem geblümten Kleid saß sie da und hatte die Hände ermattet auf die Knie gelegt. Als sie mich sah, erhob sie sich und kam auf mich zu. Sie zog einen verhältnismäßig großen Diamantring heraus und legte ihn mir in die Hand. Sie sagte nicht, ›Herzlichen Glückwunsch‹, sondern, »Behalt das als Andenken von mir«, und verließ durch die andere Tür weinend das Zimmer.

Mein Vater schwieg eine Weile. Ich wußte nicht, was tun. Ich stand nach wie vor mit gesenktem Kopf und gefalteten Händen da. Meine Schwester war bei mir. Mein Vater sah an die Zimmerdecke und sagte leise und matt, »Hatte ich dir gesagt, daß ich dir monatlich dreißig Tuman zur Unterstützung schicken werde?«

Ich wollte sagen, ›Wann hatten Sie mit mir gesprochen?‹, doch erwiderte ich lediglich, »Nein, Agha Djan.«

»Ich werde das Geld der Frau Amme geben, daß sie es dir zu jedem Monatsersten bringt.«

Mühsam hob er die rechte Hand und steckte sie in die Westentasche. Er zog ein prächtiges goldenes Kollier heraus und streckte es mir hin, »Hier, nimm. Das ist für dich.« Respektvoll trat ich ein paar Schritte vor und nahm das Kollier. »Leg es an.«

Mit Hilfe meiner Schwester legte ich das Kollier an. Mein Vater warf einen Blick darauf und auf mein junges, geschminktes Gesicht. Wie ein Kranker verzog er schmerzverzerrt das Gesicht. Erneut legte er seinen Kopf auf die Rückenlehne, und seine Hände sanken von den Sessellehnen herab. Für Rahim gab es kein Geschenk. Nicht einmal sein Name wurde erwähnt.

»Nun gut, geh in Frieden.«

Ich faßte mir ein Herz und sagte mühsam, »Agha Djan, sprechen Sie kein Gebet für mich?«

In unserer Familie war es Sitte, daß die Väter ihren Kindern in der Hochzeitsnacht beim Abschied ihren Segen mitgaben und ihnen Glück wünschten. Ich hatte die Segenswünsche meines Vaters für Nozhat erlebt, die alle, sogar das Brautpaar zu Tränen gerührt hatten. Damals glaubte man noch an so etwas. Damals wirkten die Gebete.

Ein bitteres Lächeln erschien auf den Lippen meines Vaters. Schweigen senkte sich über uns. Es schien, als dächte er nach, was für einen Segen er spenden sollte. Mein Vater hob, so wie er dasaß, kraftlos zwei Finger der rechten Hand. Sein Haupt lag nach wie vor auf der Rückenlehne. Er sagte, »Ich gebe dir zwei Wünsche mit. Einen guten und einen bösen.«

In ängstlicher Erwartung stand ich da. Meine Schwester streckte unwillkürlich beklommen und beschwörend die Hände aus und sagte, »Oh, Agha Djan ...«

Ohne sie zu beachten, legte mein Vater eine lange Pause ein und sagte dann, »Mein Segenswunsch ist, daß dich der Herrgott nicht an diesen Mann fesselt.« Erneut herrschte Schweigen. Mein Vater seufzte auf, sein Brustkorb hob und senkte sich, und er fuhr fort, »Doch nun zu meiner Verwünschung. Meine Verwünschung lautet, daß du hundert Jahre leben sollst.« Ich erstarrte an Ort und Stelle. Meine Schwester und ich wechselten erstaunte Blicke. Was war das denn für eine Verwünschung? Das war doch gewissermaßen ebenfalls eine Art Segenswunsch! Mein Vater bemerkte, was sich in unseren Köpfen abspielte. Er sagte, »Insgeheim sagst du dir, das sei doch keine Verwünschung, sondern sogar sehr günstig. Ich jedoch bete dafür, daß du hundert Jahre lebst und jeden Tag sagst, ›Was für einen großen Fehler ich doch begangen habe‹, um anderen als mahnendes Beispiel zu dienen. Nun geh.«

Ich hatte fast die Tür erreicht, als mein Vater erneut nach mir rief. Nicht, daß er mich etwa beim Namen genannt hätte. Er sagte lediglich, »Warte, Tochter.«

»Jawohl, Agha Djan.«

»Solange du die Frau dieses jungen Mannes bist, wirst du weder meinen Namen erwähnen, noch dieses Haus betreten.«

Ich sagte nur, »Auf Wiedersehen.«

»Geh in Frieden.«

Chodjasteh und Nozhat küßten mich. Im Gegensatz zu der damals üblichen Sitte, wonach die Mädchen beim Verlassen des Elternhauses weinten, weinte keine von uns. Weinen ziemte sich für Hochzeiten, bei denen nicht allen das Herz blutete.

Wir bestiegen die Kutsche meines Vaters. Das Verdeck hatte man hochgeschlagen, entweder wegen der Beschämtheit meines Vaters oder wegen des kühlen Wetters zu Herbstbeginn. Die Amme stellte etwas Gebäck, Zucker und einen großen Topf mit Essen in die Kutsche und stieg ebenfalls ein. Als Rahims Mutter einsteigen wollte, bückte sich Rahim und sagte, »Nein, Mama, es ist kein Platz. Geh nach Hause.«

Seine Mutter sagte, »Heute nacht ist doch deine Hochzeitsnacht.«

Erneut erschien jenes spöttische Lächeln auf seinen Lippen.

»Gerade deswegen sagte ich, du solltest nach Hause gehen.«

Wieder bohrte sich mir ein Dorn ins Herz. Das gefiel mir nicht.

Wir saßen wie zwei Statuen der Amme gegenüber, sittsam mit den Händen auf den Knien. Auf Anweisung der Amme fuhr die Kutsche durch eine Reihe von Straßen und Gassen und hielt in einem verhältnismäßig belebten Viertel vor der Tür eines kleinen Hauses.

Die Amme zog einen Schlüssel aus der Tasche und schloß eine kleine grüne Holztür auf. Wir betraten einen dunklen Korridor. Rechterhand lag die Toilette. Der Korridor führte am Ende über eine Stufe auf den Hof. Linkerhand befand sich ein Zimmer, das mit der anschließenden Vorratskammer durch eine Tür verbunden war. In einem Winkel der Vorratskammer hatte man ein wenig Brennholz aufgeschichtet. Rechts am Hof befand sich die Öffnung eines dunklen Durchgangs mit gewölbtem Ziegeldach. Dieser Durchgang führte über ein paar Stufen hinab zu einer kleinen, verräucherten Küche. Mitten im Hof befand sich ein kleines Becken mit grünlichem, schlammigem Wasser. Der Eingangstür gegenüber führte eine Treppe aus einer Ecke des Hofs hinauf zu einem kleinen Eiwan mit zwei Räumen. Ein größerer, der Hauptraum, der sozusagen das Wohnzimmer bildete und durch eine Tür mit dem Eiwan verbunden war, führte zu einem kleineren Raum, der uns künftig als Schlafzimmer und Abstellkammer diente. Dieser Raum besaß ein Fenster zum Eiwan. Um ihn zu erreichen, mußte man allerdings durch den Hauptraum gehen, den ich Salon nannte. Was für ein Salon! Viereinhalb mal fünf Meter.

Die Fußböden hatte die Amme mit meinen groben Wollteppichen ausgelegt und die Sitzkissen an die Wand des größeren Zimmers gelehnt. Dort hatte sie einen geblümten und verhältnismäßig hübschen preiswerten Vorhang aufgehängt. Der kleinere Raum besaß auf der Saalseite eine Einbuchtung in der Wand. Anscheinend war dies der Platz für eine Kommode, die nie eingebaut worden war. Die Amme hatte auch vor diese einen Vorhang gehängt und dahinter die Truhe mit meinen Kleidern und Utensilien aufgestellt.

Auf das Sims der Wandnische hatte sie eine Kamindecke gelegt und diese mit einer hübschen Nadel geschmackvoll in der Mitte gerafft, so daß sie einem Schmetterling glich. Darauf hatte sie eine Lampe mit tulpenförmigem Glasschirm gestellt sowie einen kleinen Spiegel und einen Kamm gelegt. Ich war eine Braut, die nicht mal einen Spiegel mit Kerzenleuchtern besaß. Die andere Lampe mit tulpenförmigem Glasschirm stand im größeren Zimmer, dem Salon, wie ich ihn sehnsüchtig nannte. In diesem Raum befand sich zu beiden Seiten der Tür je ein Fenster zum Eiwan hin. Neben dem Becken lag ein Gärtchen, zwei mal ein Meter groß und trocken wie die Wüste. Die Gesamtfläche dieses Hauses betrug nicht einmal hundertfünfzig Quadratmeter.

Die Amme lud das Gepäck aus der Kutsche und brachte es in die Küche beziehungsweise ins Wohnzimmer. Ich betrat den Hof und starrte sprachlos auf Türen und Mauern. Das gesamte Haus war nicht einmal so groß wie der Hinterhof meines Elternhauses. Die ärmliche Hochzeit, das bescheidene Häuschen und dieser schwere und schmerzliche Tag, der mein Hochzeitstag war, hatten mich schachmatt gesetzt. Unterhalb des großen Zimmers befand sich ein kleines Wasserreservoir, und ich fürchtete, die Decke des Reservoirs, die den Fußboden des Zimmers bildete, würde einbrechen und uns mit sich in die Tiefe reißen. Müde stand ich neben der Mauer, starrte auf das Ziegelpflaster und auf die Türen und Mauern des Hofs, die im Halbdunkel der nahenden Dämmerung fremd und traurig wirkten. Ich war ein Rehkitz, das sich allein in einer dürren und fremden Steppe verirrt hatte, hinter ihm stand ein Jäger, und vor ihm erstreckte sich ein rätselhaftes und unbekanntes Land. Ich war einsam und niedergeschlagen. Ich haderte mit Vater und Mutter und mit der ganzen Welt. Ich wünschte mir, Rahim wäre bei mir. Doch der lief hin und her und half der Amme. Das Haus, das auch ihm neu war, schien sich ihm in einem anderen Licht darzustellen. Er verließ das Zimmer und bemerkte mich, die ich immer noch in einem Winkel des Hofs gekrümmt an der Mauer lehnte. Er gesellte sich zu mir, stützte seine rechte Hand über meinem Kopf an die Mauer und bedeckte mich mit seinem Schatten. Zum ersten Mal sah ich sein wirres Haar und sein verschmitztes Grinsen aus dieser Nähe. Er fragte, »Weshalb stehst du hier? Bitte begeben Sie sich ins Zimmer. Beehren Sie uns heute nacht.« Er lächelte, seine kräftigen, weißen Zähne blitzten auf, und wieder wurde ich schwach. Als würde mir ein sanfter, klarer Strom alle Kümmernisse aus der Seele schwemmen. Wie Nebel im Sonnenschein lösten sie sich auf und verschwanden. Rahim hatte sich derart meiner Seele bemächtigt, daß mich ein Blick, ein Lächeln oder ein Wort von ihm überwältigte. Wenn es nötig sein sollte, würde ich noch einmal kämpfen. Noch einmal auf den Glanz prächtiger Hochzeitsfeste verzichten. Ich würde sogar in einer Hütte wohnen, wenn auch unter der Bedingung, daß dieser Mann mich beschirmen und seinen schützenden Schatten über mich breiten würde. Erst jetzt bemerkte ich, daß er mich um einen Kopf überragte. Obwohl die Amme das Speisetuch ausgebreitet und das Abendessen angerichtet hatte, war ich nicht mehr hungrig. Ich mochte nicht zu Abend essen. Ich wünschte mir nicht einmal mehr die Anwesenheit der Amme. Ich sehnte mich nur nach Einsamkeit und nach Rahim. Ich genoß seine Neckerei. Mittlerweile duftete er nicht mehr nach Holz, doch sein Haar war nach wie vor wirr, und seine Augen verbreiteten solch einen Glanz, daß sie von meinem Dasein Besitz ergriffen. Seine bloße Anwesenheit schenkte mir Frieden und besänftigte meine Qualen. Sie stimmte mich fröhlich, als hätte ich eine gute Nachricht erhalten.

Rahim fragte abermals, »Beehren Sie uns heute nacht?«

Ich lehnte meinen Kopf an die Mauer, schloß die Augen und sagte, »Heute nacht und jede Nacht.«

Er warf seinen Kopf zurück und lachte laut auf. Ich begehrte ihn immer mehr. Die Amme zündete die Lampen mit den tulpenförmigen Glasschirmen an, stellte sie in die Wandnischen der beiden Zimmer und rief uns zum Abendessen. Nach langer Zeit konnte ich mich endlich wieder satt essen. Ich wußte nicht, weshalb. Weil der Druck meiner Eltern von mir gewichen und ich aus dem Käfig befreit worden war, in dem ich unter Aufsicht gestanden hatte, und nun mein Leben selbst in die Hand nehmen konnte, oder deshalb, weil ich erreicht hatte, was ich begehrte? Ich fühlte mich frei wie ein Vogel. Gelöst, ohne Furcht und Bedenken. Beschwingt.

Die Amme erhob sich von ihrem Platz, und mir sank der Mut. Sie sagte, »Mahbub Djan, ich muß jetzt gehen. Du weißt doch, Manuchehr verlangt nach mir. Die Chanum hat gesagt, ich soll rasch zurückkehren und mich um ihn kümmern. Schließlich ist deine Chanum Djan sehr müde.«

Meine Mutter war müde? Hatte sie sich etwa um die Hochzeit ihrer Tochter bemüht? Was hatte sie getan? Welchen besonderen Dienst hatte sie mir erwiesen? Und nun hatte sie auch noch die Amme zurückbefohlen. Ausgerechnet in meiner Hochzeitsnacht. In einer Nacht, in der die Angehörigen der Braut bis zum Morgen in ihrem Haus blieben und sie nicht allein ließen. Nach Ansicht meiner Eltern war mein Ehemann Rahim jedoch nicht soviel wert. Nach ihrer Ansicht mußte er mich unter allen Umständen akzeptieren und mich auf Händen tragen. Selbst, wenn sich herausgestellt hätte, daß ich etwas ausgefressen hatte und bereits zwei Kinder besaß, hätte mich Rahim dankbar annehmen müssen. Mich, die ich etwas Besseres war. Also erübrigte sich auch die Anwesenheit der Amme.

Gekränkt erhob ich mich von meinem Platz und sagte, »Ich gehe mir die Hände waschen.«

Die Amme rannte die Stufen hinab und brachte mir in der Gießkanne Wasser vom Hahn. Das Beckenwasser war schmutzig und verschlammt. Sie wußte, daß ich es nicht anrühren würde. Rahim begleitete mich. Die Amme goß das Wasser aus, und wir wuschen uns Mund und Hände und trockneten sie. Rahim ging, um das Windlicht anzuzünden und auf die Stufe des Korridors zu stellen, der zur Haustür führte, damit die Amme den Weg fand. Der bedauernswerte Firuz Chan wartete hungrig und durstig in der Kutsche. Obwohl ich darauf bestand, hatte es meine Amme nicht für nötig gehalten, ihm etwas zu essen zu geben. Sie sagte, »Was ist schon geschehen? Es ist nicht nötig, daß er bei Anbruch der Dämmerung zu Abend ißt. Er wird nach Hause gehen und dort zu Abend essen. Es ist doch noch nicht spät! Keine Angst, er wird schon nicht vor Hunger sterben.«

Die Amme begleitete mich über die Stufen in den Saal und öffnete dort die Tür zum kleineren Zimmer, das auch das Zimmer meiner Hochzeitsnacht sein würde. Sie hatte das Satin-Bettzeug auf dem Boden ausgebreitet. Sie brachte die beiden Lampen mit den tulpenförmigen Glasschirmen, in denen Kerzen brannten, und stellte sie in die Wandnische. Zwei helle, farbige Lampen mit der Abbildung Nasser-uddin Shahs, der mich mit seinem buschigem Knebelbart aus der Nische betrachtete.

Die Amme ergriff meine Hand und sagte, »Setz dich.«

Ich kniete mich auf die Bettdecke und legte die Hände auf die Knie. Wie ein geköpftes Huhn. Ich zitterte am ganzen Körper und blickte auf die Tür. Als sei ich in Rauch und Nebel eingehüllt. Ich erwartete etwas Unbekanntes, das anziehend und furchteinflößend zugleich war. Ich war allein, verlassen und vertrieben. Dennoch hatte ich mein Herz an den einzigen Beschützer gehängt, den ich fortan im Leben besitzen würde, und war voller Hoffnung.

Die Amme legte mir sechzig Tuman in die Hand und sagte, »Dies hat mir dein Agha Djan gegeben, daß ich es dir gebe. Gib es selbst aus . . .« Sie legte eine Pause ein und fügte hinzu, »Ich habe abgeräumt, aber ich hatte keine Gelegenheit, das Geschirr abzuwaschen. Deine Chanum Djan wartet. Sie hat gesagt, ich soll möglichst rasch zurückkehren. Dein Ehemann ist kein übler Mann. Bei Gott, er ist ansehnlich. Aber nimm gleich zu Beginn die Zügel in die Hand. Vergiß bloß nicht, wer du bist! Gib nicht von Anfang an nach. Ich wünschte mir, ich hätte heute nacht hierbleiben können, aber deine Chanum Djan hat es nicht erlaubt. Aber ich werde dich regelmäßig besuchen kommen.«

Ich verstand nicht, was sie sagte. Ich war durcheinander, mir schwindelte, und ich war aufgewühlt. Ich schwankte wie eine Betrunkene. Als würde ich träumen. Ich sagte, »Gib das Firuz Chan«, und drückte ihr zwei Tuman in die Hand.

Sie sagte, »Das ist zuviel.«

Ich sagte, »Macht nichts. Und das ist für dich.«

Und ich gab ihr drei, vier Tuman für sie selbst. Sie zierte sich und wollte es nicht nehmen. Beharrlich drängte ich es ihr auf. Sie küßte mich auf die Stirn, erhob sich und ging und schloß die Tür hinter sich. Dann hörte ich, wie die Salontür geschlossen wurde. Und dann das Geräusch ihrer Schritte auf den Stufen und ihr Geplauder mit Rahim, wie sie sagte, »Zu Ihren und Mahbubes Diensten«, und sie verabschiedete sich.

Ich hörte die schlurfenden Schritte, das Schließen der Haustür, das Getrappel der Pferde und das Geräusch der Kutschenräder, das im Elternhaus nie zu hören gewesen war. Wie dicht dieses Haus an der Gasse lag. Die Amme verschwand und mit ihr meine Vergangenheit und mein sorgloses, kindliches Leben. Ich mußte loslassen. Ich mußte mir diese Gedanken aus dem Kopf schlagen. Ich war in diesem Haus allein geblieben, mit Rahim, von dem ich nicht wußte, wo er steckte! Von dem ich nicht wußte, weshalb er nicht kam! Zu guter Letzt hatte ich meinen Kopf durchgesetzt. Was hatte ich bloß angerichtet? War dieses kleine Zimmer, das ich verwundert musterte, mein Haus? O weh, ich will meine Mutter. Agha Djan. Chodjasteh, damit wir uns raufen können. Manuchehr, um mit ihm zu spielen. Meine liebe Amme, Dadde Chanum, Firuz Chan und Hadj Ali, damit ich nicht merke, wann es Tag und wann es Nacht wird. Wann und wie das Essen gekocht wird. Wann man das Speisetuch ausbreitet und wieder zusammenlegt! Was sollte ich nun mit all dem Geschirr anfangen, das sich in der Küche aufgestapelt hatte? Nein, ich durfte nicht weinen. Ich wünschte mir, ich hätte all das nur geträumt, und morgens beim Erwachen würde ich in unserem eigenen Haus sein ... Ah, da kommt der Klang von Rahims Schritten, der die Stufen hinaufsteigt. Wie gut, daß ich seine Frau geworden bin. Wie gut, daß ich hier bin. Die Salontür wurde geöffnet und geschlossen. Wie öde das Leben in meinem Elternhaus war, wie fade. Die Tür des Zimmers, in dem ich saß, öffnete sich. Mein Elternhaus entfernte sich. Ich vergaß alles.

Rahim stand in der Tür. Er hatte sich an den Türrahmen gelehnt. Mit der Linken hob er das Windlicht empor, das er aus dem Hof mitgebracht hatte. Ich saß immer noch da, senkte jedoch nicht den Kopf. Das Licht der Lampe, das auf sein Gesicht fiel, erhellte es mehr als zur Hälfte. Seine Locken fielen ihm in die Stirn, und die eine Hälfte war heller als die andere. Das Licht beschien ihn und erhellte seinen Hals und seine Brust, die aus dem offenen Hemd hervorsah. Ich betrachtete seine dunkle Haut und die Adern, die unter den Muskeln hervortraten. Ich war verzaubert. Als betrachtete ich eine Statue oder ein Gemälde, das ich zu einem hohen Preis mit Mühe erstanden hatte. Er faszinierte mich. Es war kein Verlust. Ich hatte eine gute Wahl getroffen.

Das gewohnte anziehende und verschmitzte Lächeln lag auf seinen Lippen, und er sagte, »Endlich ...« Ich senkte den Kopf. Er sagte, »Nein, laß mich dich ausführlich anschauen.«

Wieder hob ich den Kopf und lächelte.

Er stand dort und musterte mich gründlich. Leise sagte er, »Weißt du, was ich all die Nächte durchgestanden habe, in denen du ruhig geschlafen hast?«

Erstaunt sagte ich, »Ruhig geschlafen?« Unwillkürlich streckte ich die Hände nach ihm aus und fuhr fort, »Jede Nacht waren meine Hände zum Himmel erhoben. Ich flehte zu Gott. Ich flehte ihn an, ›Gib ihn mir. Führ ihn zu mir.‹«

Behutsam trat er ein und schloß die Tür. Er stellte das Windlicht auf das Sims der Wandnische zwischen die beiden Lampen mit tulpenförmigen Glasschirmen. Sitzend wandte ich mich ihm zu. Als spräche er mit sich, sagte er, »Ich begreife ja nicht, was ich getan habe! Welch gutes Werk ich in Gottes Namen vollbracht habe, daß er mir dich als Belohnung schenkt. Noch immer schwindelt mir. Als würde ich träumen. Ich fürchte zu erwachen. Was ist bloß geschehen, daß du mir vom Himmel in den Schoß gefallen bist, Mahbube? Daß du jeden Tag wie der Vollmond in meinem dunklen Laden erschienen bist! Daß du mir den Atem geraubt hast, Mädchen?«

Nach langen Monaten schloß ich fröhlich die Augen und lachte aus ganzem Herzen.

Tantchen verstummte. Sie war seelisch und körperlich erschöpft. Sudabeh erhob sich leise von ihrem Platz. Sie ging in die Küche, um ein Glas Milch aufzuwärmen, Honig hineinzugeben und es der Tante zu bringen. Sie zögerte es absichtlich hinaus, damit sich die alte Frau ausruhen konnte. Es war fünf Uhr geworden. Als sie zurückkehrte, war Tantchen auf dem Sessel eingenickt. Sudabeh stellte das Milchglas auf den Tisch und starrte bekümmert in den Garten.

Tantchen schreckte hoch. Sudabeh reichte ihr das Glas Milch, »Trinken Sie, Tantchen. Falls Sie müde sein sollten, können Sie den Rest der Geschichte morgen früh weitererzählen.«

»Nein, mein Liebes, ich bin nicht müde. Es sind ja nicht die Geschichten aus Tausendundeiner Nacht, daß ich sie dir jeden Tag erzählen würde. Nur heute abend bin ich in der Laune und habe Verlangen danach.«

Sie verstummte und murmelte bekümmert, während sie die Milch Schluck für Schluck trank, als spräche sie mit sich, »Wenngleich sie sich kaum von Tausendundeiner Nacht unterscheidet.«

Tantchen reichte Sudabeh das Glas und fuhr fort.

Zweites Kapitel

Wo bin ich? Ist es schon Morgen? Der Samowar gluckerte. Ich bin müde. Die Sonne steht hoch. Wie hell es ist. Der Duft von frischem Brot. Ich bin noch schläfrig. Jetzt ist es zu früh. Ich warte, bis meine liebe Amme kommt und mich weckt . . . Plötzlich wachte ich auf. Ich bin hier. In Rahims Haus. In meinem Haus. Ich bin Rahims Frau. Wer hat denn den Samowar angesteckt? Ich rollte mich auf meinem Lager herum und starrte durch das Fenster in den Himmel.

Die Tür öffnete sich, und Rahim trat ein. »Willst du nicht aufstehen, du Schlafmütze?«

Ich lachte, »O, ich bin so hungrig, daß du es dir nicht vorstellen kannst.«

»Ich weiß. Der Samowar brennt. Das Frühstück steht bereit.«

»O weh, ich wollte aufstehen . . .«

»Sie brauchen nicht aufzustehen, wertes Fräulein. Ich habe den Samowar angeheizt. Ich habe dir frisches Brot gekauft. Das Geschirr habe ich auch schon abgewaschen.«

Beschämt sagte ich, »Das Geschirr? Gott lasse mich sterben!«

»Um Gottes willen, nein.«

Es war zwei Stunden vor Mittag, als wir das kleine Zimmer zum Frühstücken verließen. Der Samowar hatte aufgehört zu blubbern. Ich nahm ein Stück vom Ssangak-Brot. Es war knusprig. Doch der Käse war alt. Er roch nach Schimmel.

»Rahim, der riecht doch schimmlig.«

Er sagte, »Laß mich mal sehen.« Er roch an dem Käse, »So ein guter Käse! Ich hab ihn heute morgen selbst gekauft. Wo riecht der nach Schimmel? Iß und zier dich nicht so.«

Ich lachte. »Hätten wir doch bloß auch etwas Käse aus meinem Elternhaus mitgebracht.«

»Käse ist Käse. Welchen Unterschied gibt es da schon?«

Drei, vier Tage lang ging er nicht zur Arbeit. Dennoch war er hingegangen und hatte sich den neuen Laden angeschaut.

Ich sagte, »Rahim Djan, gehst du nicht zur Arbeit?«

Er sagte, »Scheuchst du mich aus dem Haus?«

»Ach, nein, um Gottes willen. Aber was wird aus deinem Geschäft?«

»Zunächst muß ich Ausrüstung kaufen. Ich habe kein Werkzeug. Aber mit Gottes Hilfe wird es schon gelingen.«

Ich rannte in unser Schlafzimmer und kehrte zurück, »Komm, nimm diese vierundfünfzig Tuman. Mein Agha Djan hat sie mir gegeben. Reicht das für den Anfang?«

»Es reicht schon, doch behalte dein Geld für dich. Dein Agha Djan hat es dir gegeben.«

Ich sagte, »Da gibt es doch kein du oder ich. Sobald dein Geschäft läuft, zahlst du es mir doppelt zurück.«

Er lachte und schob mir das Geld zu. Ich blieb beharrlich, und er widersetzte sich. Zum Schluß nahm ich das Geld und sagte, »Wenn du das Geld nicht annimmst, werfe ich es in den Ofen.«

Meine Miene war so entschlossen, daß er sagte, »Eine Widerspenstigere als dich habe ich noch nicht erlebt, Mädchen.« Er nahm mir das Geld aus der Hand und drückte sie so kräftig, daß ich vor Schmerz und Freude aufschrie. Er küßte meine Finger.

Nach einer kleinen Pause fragte ich skeptisch, »Rahim, denkst du nicht ans Militär?«

»Ans Militär?«, fragt er erstaunt.

»Ja, willst du nicht zum Militär? Wolltest du denn nicht Offizier werden?«

Plötzlich erinnerte er sich, »Doch, doch, natürlich ...« Er dachte ein wenig nach und fügte hinzu, »Aber zunächst muß ich das Geschäft einrichten, um mir deswegen keine Sorgen mehr machen zu müssen. Dann werde ich jemanden einstellen, der meine Stelle dort übernimmt ...« Er lachte schalkhaft, »Ja, ich werde einen Lehrling einstellen. Einen Schreinerlehrling. Allerdings nur, falls er sich nicht als Dauerverliebter erweist. Und dann gehe ich zum Militär.«

Wir lachten beide.

Mit der Führung eines Haushalts kannte ich mich nicht aus. Arbeiten hatte ich nicht gelernt. Am schlimmsten war, daß ich nicht wußte, wie man einkauft. Ich schämte mich, das Lebensmittelgeschäft, die Metzgerei und die Bäckerei aufzusuchen. Morgens stand er früh auf. Er kaufte Brot und heizte den Samowar an, dann wusch er, bis ich das Bettzeug aufgeräumt hatte, das Geschirr ab. Ich schämte mich noch mehr. Ich wollte nicht meinen Ehemann das Geschirr abwaschen lassen. Ich wünschte mir, wir hätten eine Dienerin und einen Diener. Doch das kam nicht in Frage. Das Leben zeigte sich von seiner wahren Seite. Leben bedeutete nicht nur *Qamars* Gesang. Nicht nur Hafis oder *Leili und Madjnun*. Nicht den Austausch von Briefen über die Mauer. Es gab keine heimlichen und verliebten Blicke und keine quälenden Seufzer mehr. Sondern es bedeutete auch dies: Brot, Fleisch und Wasser. Schwitzen und Geld verdienen. Sich abmühen und den Haushalt führen. Waschen, kochen und fegen. Dennoch war das Leben an seiner Seite schön. Einfach und anspruchslos.

Wenn er mich in der Küche, jener dunklen, unterirdischen Küche, beim Vorbereiten des Mittagessens sah, sagte er, »Du gleichst einer Perle, die in eine Kohlengrube gefallen ist.« Oder, »Bereite kein Mittagessen zu, Mahbube Djan. Wir essen kalt. Schade um deine Hände. Ich will nicht, daß sie verunstaltet werden.«

Das munterte mich auf. Ich erzählte ihm nichts von den Mühen der Arbeit. Er erlaubte mir unter keinen Umständen das Geschirr abzuwaschen. Wann immer er von der Arbeit zurückkehrte, wusch er nach der Mahlzeit das gesamte Geschirr ab. Er sagte immer, ›Deine Hände leiden. Du kriegst einen Buckel.‹ Dennoch begriff ich erst jetzt, was es bedeutete, den Hof zu kehren, Essen zu kochen und das Haus zu putzen. Jede noch so geringfügige Hausarbeit verrichtete ich angestrengt und widerstrebend. Ich litt unter dem Lärm der Kinder aus dem Viertel und den lautstarken Gesprächen der Nachbarn. Mein Elternhaus war so weitläufig, daß in seinen Hof und seine prächtigen Gebäude nie ein Laut gedrungen war. Nicht wie in dieses Haus von der Größe einer Walnußschale. Weshalb war dieses Viertel so laut und überfüllt? Die ohrenbetäubenden Schreie des Beckenreinigers, des Rote-Beete-Verkäufers und der fahrenden Händler. Die Rufe ›Wir kaufen alte Kleider, Schuhe, Mäntel, Jacken . . .‹ Das Gekreisch der Kinder. Das Kommen und Gehen der Passanten, ihre Gespräche und bisweilen das Geräusch von Pferdehufen und Rädern von Kutschen oder Karren. Ich horchte stets sorgfältig auf diese Geräusche und verglich sie mit denen unseres Viertels.

Die schlimmste Prozedur war das Ablassen des Beckenwassers in den Nächten, in denen die Reihe an uns war. Der Wassermeister des Viertels kam, und das Gefeilsche, ja Streiten der Nachbarn ums Wasser begann. Ich blieb im Bett. Da das Wetter allmählich kühl geworden war, zog ich die Bettdecke bis ans Kinn und lauschte der Unterhaltung des Wassermeisters mit Rahim, dem Hin und Her und dem Einlassen des Wassers in Reservoir und Becken. Anschließend kam Rahim herein. Er rieb sich die Hände und sagte, »Huh ... allmählich wird es kühl.«

»Was für ein Lärm und Hin und Her. Was hattet ihr denn zu tun?«

»Pah, welcher Lärm, Chanum Djan? Du hast ja keine Ahnung. Dieses Viertel ist doch sehr angenehm, meine Liebe. Du hättest unser Viertel erleben müssen!«

Ich fragte ihn nicht, wie es in seinem Viertel gewesen war. Ich wollte es nicht wissen. Ich war beruhigt, daß Rahim klugerweise sowohl das Becken als auch das Wasserreservoir hatte auffüllen lassen und nun halb erfroren aus der herbstlichen Luft zu mir zurückkehrte.

Meine andere Sorge galt dem *Hammam*. Hier gab es kein häusliches Bad, ich mußte ins öffentliche gehen. Und es gab keinen, der meine Bündel und Badeutensilien zum *Hammam* brachte. Ich mußte mir mein Bündel wie die liebe Amme und Dadde Chanum selber unter den Arm klemmen. Wollte ich ins *Hammam* gehen, grämte ich mich schon am Tag zuvor. Ich packte ein kleines Bündel mit dem Allernotwendigsten, um es unter dem Tchador tragen zu können. Ich ging früh hin und verlangte eine Badewärterin. Hier war ich nicht wie in unserem Viertel bekannt. Die Badewärterinnen übergingen die anderen nicht wegen meiner schönen Augen. Ich mußte warten, bis die Reihe an mir war, oder ich mußte mich selbst waschen. Hier lobte mich keine Badewärterin wegen meines schönen Körpers. Keine Spur von Massage oder Verhätschelung. Keine Spur von *Abgusht* und Sauer Eingelegtem vom Abend zuvor. Jedesmal, wenn Rahim ins *Hammam* ging, schlief ich, und er kehrte zurück, bevor ich erwacht war, worüber ich mich freute. Ich wollte ihn bei der Rückkehr vom *Hammam* nicht mit dem Bündel unter dem Arm sehen. Es erinnerte mich an Hadj Ali.

Ein anderes Problem war das Wäschewaschen. Ich wußte nicht, was zu tun war. Unsere gesamte Wäsche war schmutzig und war in einem Winkel der Vorratskammer neben der Hoftür aufgestapelt.

Als die Amme den ersten Monat kam und meine dreißig Tuman brachte, sagte ich, »Liebe Amme, laß unsere Wäscherin herkommen. Alle zwei Wochen einmal.«

Besorgt sagte sie, »Nein, meine Liebe. Sie wird doch nicht den langen Weg bis hierher kommen. Bis sie ankommt, ist es Mittag.« Ich begriff, daß sie es nicht für ratsam hielt, daß die Wäscherin meine Lebensumstände kennenlernte.

»Was soll ich sonst tun?«

»Ich werde eine hier aus der Umgebung finden. Ich muß den Ladeninhabern Bescheid sagen, daß sie nach einer Ausschau halten.«

An diesem Tag wusch die Amme unsere Kleider, und es gelang ihr vor Monatsende eine dünne, fleißige Frau für uns ausfindig zu machen. Die hieß Mohtaram und kam alle zwei Wochen, um unsere Kleider zu waschen. Rahim hatte damit nichts zu tun.

Nach dreißig Tagen kam Rahims Mutter uns endlich besuchen. Sie erschien mir als heitere und zu Scherzen aufgelegte Frau. Selbst wenn sie sich nicht im entferntesten mit meiner Chanum Djan oder gar den Tanten mütterlicherseits und väterlicherseits und der Frau des Onkels vergleichen ließ. Ihre Bewegungen waren flink. Sie bestand darauf, mir zu helfen. Ich sagte, »Chanum, ich habe wirklich nichts zu tun. Ich gehe nur auf einen Sprung etwas fürs Mittagessen einkaufen und kehre zurück.«

Sie bestand darauf und nahm mir das Geld ab, um selbst einzukaufen. Ich atmete erleichtert auf. Mehr als vor jeder anderen Arbeit schämte ich mich vor dem Einkaufen. Reis und Fett hatte die Amme aus meinem Elternhaus mitgebracht, doch meine ständige Sorge war der Einkauf von Fleisch und Grünzeug.

Sie wickelte sich den Tchador um die Hüfte, wusch und bereitete alles vor und setzte es auf. Ich hatte dagegen nichts einzuwenden, zierte mich jedoch in einem fort. Das reichte für zwei bis drei Tage. Aber was dann? Dann mußte ich wieder mit dem Korb in der Hand auf die Gasse.

Rahim kam, und wir aßen zu dritt zu Mittag. Meine Schwiegermutter war liebenswürdig zu mir. Ich war überaus höflich zu ihr. So, wie sich meine Mutter verhielt, so, wie man es mich gelehrt hatte. Nach dem Nachmittagstee zog sich meine Schwiegermutter den Tchador zum Gehen über. Ich wollte sie mit Rahim bis zur Haustür begleiten. Sie machte Umstände, und da ich beharrlich blieb, beschwor sie mich im Namen meines Vaters. »Nein, Mahbube Djan. Beim Leben deines Vaters, komm nicht mit. Es würde mich kränken.«

Sie ging mit Rahim nur bis zur Mitte des Hofs, nicht weiter. Blieb dort stehen und tuschelte mit ihm, sehr ruhig und behutsam. Rahim war außer sich. Empört wedelte er mit der Hand. Er schritt auf und ab und deutete auf das Fenster des Zimmers, in dem ich mich befand. Einmal kam er sogar bis nah an die Treppe und kehrte wieder zurück. Zuletzt richtete meine Schwiegermutter ihren Zeigefinger zornig auf ihn. Als würde sie ihm drohen. Allmählich wurden ihre Stimmen lauter. Ich hörte Rahim nur sagen, »Sprich leiser, sie hört es.«

Abermals begannen sie flüsternd zu streiten, und plötzlich drehte sich meine Schwiegermutter blitzartig um und eilte wütend zum Korridor und zur Haustür. Sie öffnete die Tür, trat hinaus und schlug die Tür heftig hinter sich zu. Rahim blieb eine Weile wie festgenagelt in der Mitte des Hofs stehen und starrte auf die Haustür. Dann senkte er den Kopf und grübelte. Schließlich kam er langsam auf den Saal, unseren kleinen und armseligen Saal zu und stieg mit gesenktem Kopf die Stufen hoch.

»Was ist los, Rahim?«

»Nichts. Sollte denn etwas los sein?«

»Nein. Aber es scheint, als hättest du mit deiner Mutter gestritten.«

»Nein, wir haben uns verabschiedet.«

Lachend sagte ich, »Nimmt man so Abschied?«

»Laß mich in Ruhe, Mahbube. Laß zumindest du mich in Frieden.«

Er sprach nicht zornig und aufbrausend, sondern als würde er mich beschwören. Er war außer sich. Konnte nicht stillsitzen. Ich schwieg. Ich wollte ihn nicht quälen. Gleich, welches Problem, er würde es entweder selbst lösen oder am Ende sein Herz bei mir ausschütten. Bis zum Abend war sein Verhalten gezwungen.

»Ißt du zu Abend?«

»Nein, ich habe keinen Appetit, Mahbub. Iß du allein.«

Das Fenstersims war nur einen halben Meter vom Fußboden entfernt. Rahim ging und setzte sich auf die Kante. Die Ellbogen hatte er auf die Knie gestützt und den Kopf gesenkt. Was quälte ihn? Was hatte seine Mutter gesagt? Sicher betraf es mich. Immerhin hatte Rahim gesagt, ›Sie hört es.‹ Bestimmt hatte er mich gemeint. Sicher war ich diejenige, die es nicht hören durfte.

Ich ging und setzte mich ihm zu Füßen, »Rahim Djan, wenn du

nicht zu Abend ißt, esse ich auch nichts . . . Sag, was geschehen ist!«

»Nichts Wichtiges, ich werde es selbst schon irgendwie richten.«

»Nun, sag mal, hab ich etwas Böses angestellt?«

Er hob den Kopf, lächelte mich wehmütig an und sagte, »Wäre es denn möglich, daß du etwas Böses anstellst?«

»Was dann? Was ist geschehen? Warum sagst du nichts?«

»Ich fürchte, es könnte dich betrüben. Ich werde mir schon selbst eine Lösung ausdenken.«

Es war zum Verrücktwerden. Was sollte das heißen! Wofür mußte er sich eine Lösung ausdenken? Was war an diesem Problem so quälend, daß es mich ebenfalls bedrücken würde, wenn ich davon erführe? Ungeduldig fragte ich, »Rahim, du treibst mich noch in den Wahnsinn. Sag um Gottes willen, was geschehen ist? Ich werde mich bestimmt nicht aufregen. So quälst du mich mehr. Weshalb redest du nicht?«

Er legte eine Pause ein und starrte auf seine Handflächen. Offenbar schämte er sich, es zu sagen. Schließlich sagte er stockend, »Ich habe etwas von jemandem geliehen. Das heißt, nicht ich, sondern meine Mutter hat es für mich geliehen. Nun fordert die Betreffende ihr Eigentum zurück.«

Ich wurde etwas ruhiger, »Nun, das macht doch nichts. Du hast mich erschreckt. Gib ihr ihr Eigentum zurück. Was war es denn überhaupt?«

Er starrte an die Zimmerdecke und hatte die Finger verschränkt. »Die Ohrringe, die ich dir zur Trauung geschenkt habe.«

Mir war, als hätte man mir eine Schüssel kaltes Wasser über den Kopf gegossen. Ich fror. Mir wurde schwach. Ich beherrschte mich, daß mir kein Seufzer entfuhr. Eine Weile herrschte Grabesstille. Beschämt fuhr er leise fort, »Ich wollte sparen und ihr das Geld zurückgeben. Doch meine Mutter sagt, es geht nicht. Die Betreffende fordert ihre Ohrringe zurück . . . Mahbub, ich werde dir statt dessen schönere kaufen.«

Ich war bestürzt. So einen Tag hatte ich nicht mal im Traum für möglich gehalten. Dennoch bedauerte ich ihn. Als würde sein Stolz wie eine Kerze dahinschmelzen und zu Boden tropfen. Ich legte ihm die Hand aufs Knie, »Rahim Djan, ich will dich, nicht die Ohrringe. Weshalb hast du es nicht früher gesagt? Ich bringe sie dir sofort.«

Ich stand auf und rannte in das Zimmer, das unser Schlafzimmer und unsere Abstellkammer war, brachte die Ohrringe und den Armreif, den mir seine Mutter gegeben hatte, und reichte sie ihm. Er sagte, »Weshalb den Armreif? Der gehört meiner Mutter. Das Geld dafür werde ich ratenweise zurückzahlen.«

Ich roch den Braten. Also hatte seine Mutter auch den Armreif verlangt. Die Frau, die mich von morgens bis abends umschmeichelt hatte. Dieselbe, die ich an Mutters Statt annehmen wollte, hatte sich als dermaßen heimtückisch erwiesen. Ich sagte, »Also hat deine Mutter den Armreif ebenfalls verlangt! Nimm alles und gib es zurück.«

Er erhob sich von seinem Platz, stellte sich ans Fenster und sagte, »Nun ja, sie sagt, ›Es sind Andenken an meinen Ehemann. Ich habe sie dir gegeben, um dein Ansehen zu wahren. Es war nötig, daß ich deiner Frau bei der Trauung etwas schenke‹. . .« Erneut legte er eine Pause ein und fügte hinzu, »Wenn sie dir gefallen, gebe ich meiner Mutter statt dessen das Geld. Ich zahle es in Raten zurück.«

Alles Gold und Geschmeide waren mir mit einem Mal zuwider. Ich sagte, »Nein, Rahim. Nimm sie und bring sie hin. Ich will nichts von dir. Ich hab dich doch nicht wegen Gold und Schmuck geheiratet.«

Abermals setzte er sich auf das Sims am Fenster und ergriff meine Hände, »Mahbube, ich stehe in deiner Schuld . . .«

Ich legte ihm die Hand auf den Mund. Für mich war der Winkel dieses kleinen Zimmers die Welt. Ich sagte, »Nein, sag nichts, Rahim. Sag so etwas nicht. Geschenkt.«

Er küßte meine Handfläche und sagte, »Ich werde diese kleinen Handgelenke mit goldenen Armreifen überhäufen. An diese zarten Ohren Diamantohrringe hängen. Um diesen weißen Hals ein Kollier legen. Du wirst schon noch sehen, Mahbube. Eines Tages, wenn ich reich geworden bin, werde ich es tun, und wenn ich dafür Tag und Nacht schuften müßte. Wetten, daß? Du wirst schon sehen. Laß dieses Jahr vorbeigehen. Laß diesen Laden ein wenig in Ordnung kommen . . . Ich werde zum Militär gehen, Mahbub Djan. Ich tu alles, was du verlangst.«

Ich zerfloß vor Freude. Vor Entzücken fiel ich ihm um den Hals. Zum Teufel mit dem Armreif, zum Teufel mit den Ohrringen . . .

Es schien, als würde die gesamte Welt aus Augen bestehen und mich anstarren. Ich hatte mir den Gesichtsschleier übergezogen und ging die Gasse entlang. Kinder, schmutzige und saubere, waren hier und da über die Gasse verstreut. Das Leben nahm seinen üblichen Gang, das Hin und Her der Karren und Droschken, die fahrenden Händler und die Hausfrauen, die einkaufen gingen, die gewöhnlichen Passanten und die Geschäftsleute bei ihrer täglichen Arbeit, beim Palavern mit den Kunden oder mit den Lehrlingen. Manche saßen auch vor Langeweile in der prallen Sonne und klaubten sich die Läuse vom Hemdkragen. Und ich, die Tochter von Bassir ol-Molk, ging mutterseelenallein und zu Fuß mit einem Korb in der Hand zum Lebensmittelgeschäft, zur Metzgerei und zum Gemüsehändler. Rahim wollte ich nichts von meinem Kummer erzählen, damit er sich nicht sorgte. Ich wollte ihm eine vorbildliche Ehefrau sein. Ich sagte, »Salaam, Agha, haben Sie Kräuter für Ssabzi-Pilav?«

Der Gemüsehändler sah mich erstaunt an und sagte in ordinärem Ton, »Is das hier etwa Unkraut?«

Was für ein unverschämter Taugenichts. Was war das für eine Art zu reden? Am liebsten hätte ich mich umgedreht und wäre gegangen. Doch wir hatten kein Mittagessen. Wenn ich es nicht hier kaufte, wo sonst? Er war der einzige Gemüsehändler im Viertel. Ich würde stets mit ihm zu tun haben. Vom Metzger verlangte ich zwei Kilo Fleisch. Er fragte, »Hast du Gäste, Schwester?«

Nein, wir hatten keine Gäste. Es gab nur Rahim und mich. Da jedoch für mein Elternhaus täglich nicht weniger als zwei bis drei Kilo Fleisch gekauft wurden und Hadj Ali auf Anordnung meiner Mutter stets zwei bis drei Portionen zusätzlich zubereitete, schämte ich mich, weniger als diese Menge einzukaufen. Noch genierte ich mich, ein *Ssier* oder ein *Tcharak* zu verlangen. Ich wollte sagen, ›Was geht es dich an, ob ich Gäste habe? Weißt du es besser als meine Mutter? Bist du erfahrener als Hadj Ali?‹ Doch anscheinend hatte der Kerl nicht ganz unrecht. Wir waren ja nicht mehr als zwei!

Ich sagte, »Nun gut, ein Kilo.«

Er musterte mich verwundert vom Scheitel bis zur Sohle, reichte mir das Fleisch und sagte grollend zu sich, »Die weiß selbst nicht, was sie will.«

Abermals war ich erbost, und abermals beherrschte ich mich. Die anderen Frauen kamen und stritten sich wegen zweieinhalb

Ssier Fleisch und einem Kilo Kräuter zwei Stunden lang mit Metzger und Gemüsehändler herum. Sie verlangten gutes Fleisch und Kräuter ohne Lehm, das frisch sein sollte. Mein Fleisch war stets sehnig und wurde nicht weich, und die Kräuter waren voller Lehm. Sobald Rahim das Fleisch zu Gesicht bekam, nahm er es zwangsläufig wieder mit, um es zurückzugeben und, wie ich es stets ausdrückte, gutes Fleisch zu besorgen. Doch langsam gewöhnte ich mich daran. Hin und wieder überfiel mich der Kummer über meinen Absturz aus dem bequemen Leben im Elternhaus. Nur gelegentlich. Wenn Rahim nicht da war. Wenn mich die Hausarbeit zu sehr belastete. Wenn ich sehr allein war.

Abermals kam der Monatserste und mit ihm die Amme. Sie brachte mir die dreißig Tuman und fragte, wie es mir ginge. Meine Eltern hatten keine Grüße aufgetragen. Sie fragte mich, ob ich zufrieden sei? Ob ich glücklich sei oder nicht? Selbstverständlich war ich es. Als sie sich hingesetzt hatte, fragte ich, »Liebe Amme, erzähl mir, wie es Chanum Djan geht? Geht es Agha Djan gut? Manuchehr, Chodjasteh, die Familie, geht es ihnen allen gut?«

»Ja, mein Kind, allen geht es gut. Gott sei Dank. Chodjasteh läßt grüßen.«

»Wie geht es Nozhat? Ihrem Ehemann, ihrem Sohn?«

Die Amme lachte, »Hoffentlich treffen Nozhat nicht die Verwünschungen. Wenn man bedenkt, wie sie ins Fettnäpfchen getreten ist!«

Aufgeregt fragte ich, »Was hat sie angestellt, liebe Amme, was denn?«

»Nichts, das Übliche. Sie hat eine ihrer üblichen groben Bemerkungen vom Stapel gelassen.«

»Wem gegenüber, liebe Amme? Erzähl mir. Was hat sie angestellt?«

Meine Amme sagte aufgekratzt, »Nichts. Sie war zu irgendeinem Fest eingeladen. Zufällig war die Tochter von Ata od-Doule auch dort, die, deren Bruder um deine Hand angehalten hat. Erinnerst du dich?«

»Ja, natürlich erinnere ich mich. Die junge Frau, die so auffallend häßlich war?«

»Ja . . ., die, die so übermäßig von sich eingenommen schien. Als die Unterhaltung in Schwung kam, sagte Ata od-Doules Tochter plötzlich ganz laut und öffentlich vom anderen Ende des Zimmers zu Nozhat, ›Nun, Nozhat Chanum, auf Ihr Wohl, ich habe gehört, daß Mahbube Chanum geheiratet hat. Meinen Glückwunsch.‹ Nozhat sagte, ›Ich hab sofort gemerkt, daß die mich verspotten und sticheln wollte. Ich hab gesagt, ›Das ist sehr nett von Ihnen‹, und begann mit der Dame an meiner Seite zu sprechen. Aber sie ließ nicht locker und sagte, ›Es scheint, als hätte sie sich verliebt.‹ Nozhat erwiderte dreist, ›Jawohl . . . und wie, Chanum. Sie hat sich über beide Ohren verliebt.‹ Daraufhin sagte die Tochter der Prinzessin, ›Als wir davon hörten, konnten wir es erst gar nicht glauben. Nicht, daß ich Sie kränken wollte,. . . aber ist es nicht schade um Mahbube Chanum? Mit einem Schreiner? Wir haben uns ja sehr gewundert.‹ Nozhat sagte, ›Da ich mich schon darauf vorbereitet hatte, schwang ich spöttisch meinen Hintern . . .‹ Mashallah, der Hintern meiner Nozhat Djan ist ja auch eine Wucht . . .«

Die Amme lachte. Ich lachte ebenfalls und sagte, »O, liebe Amme, Gott lasse mich sterben. Wie redest du denn?«

Währenddessen zitterte ich am ganzen Leib vor Kummer und Wut, ließ es mir jedoch nicht anmerken. Meine liebe Amme sagte, »Lüge ich etwa? Sie ist doch wirklich nicht schlecht gebaut . . . Ja, so wie sie dasaß, schwang sie ihren Hintern und setzte sich mit dem Rücken zu ihr. Sie ließ es sich nicht nehmen und sagte vor allen, ›Ach, nein! Weshalb haben Sie es nicht geglaubt, Chanum? Sie hat doch nichts Sonderbares getan, sie hat einen jungen Mann geheiratet. Und wenn er Schreiner ist, soll er doch. Arbeit ist keine Schande. Ihnen, die Sie in Adelskreisen verkehren, müßte so etwas doch bekannt vorkommen. Sonderbar war Tahere Chanums Tat, die ein Verhältnis mit dem Steuereinnehmer ihres Ehemanns hatte!‹«

Ich sagte, »O weh, liebe Amme, Gott lasse mich sterben. Hat sie das einfach so gesagt? Vor allen? Meinte sie Ata od-Doules Schwägerin? Ihre Tante mütterlicherseits? Und was hat sie geantwortet?«

»Die? Was hätte sie denn antworten sollen? Sie machte keinen Mucks. Dann verschwand sie unter dem Vorwand, sie hätte Kopfschmerzen. Deine Chanum Djan hat Nozhat gescholten, sie hätte sehr häßlich gesprochen. Doch meine Nozhat Djan hat gesagt, ›Weshalb? Die Leute laden tausenderlei Schande auf sich und tun ganz ungerührt. Sollte ich dann sitzen bleiben und mir die Sticheleien dieser potthäßlichen jungen Frau seelenruhig anhören? Nein, Chanum Djan. Ich bin nicht wie Sie, daß ich ständig auf diese und jene Rücksicht nehme und mich innerlich verzehre. Ich laß mich nicht wie Sie von dieser oder jener schikanieren. Laß sie sagen, Nozhat habe ein loses Mundwerk. Sollen sie mich respektieren. Diese Leute, die den Splitter im Auge der anderen sehen, aber nicht den Balken im eigenen, haben nichts Besseres verdient.«

Wie sehr die Amme und ich lachen mußten. Wie lieb und teuer mir Nozhat war. Sie hatte es der anderen heimgezahlt. Ich sagte, »Liebe Amme, gib Nozhat einen Kuß von mir. Gib ihr einen dicken Kuß auf ihre kugelrunden Wangen. Sag ihr, ›Hab recht schönen Dank. Du hast es ihr heimgezahlt.‹ Sag ihr, daß ich sie vermisse.«

Mein Kinn begann zu zittern, als müßte ich weinen. Ich beherrschte mich. Als die Amme ging, küßte ich sie. Als würde ich Agha Djan und meine Mutter küssen. Als würde ich Nozhat und Chodjasteh und Manuchehr küssen. Als würde ich den Staub auf dem Weg zu den geliebten Menschen küssen.

Nachdem sie gegangen war, legte ich das Geld in die Wandnische. Als Rahim mittags kam, war er fröhlich. Er hatte einen Auftrag bekommen. Ich fragte, »Von wem?«

»Von einem Schreiner, der in Arbeit erstickt. Er sagte, er hätte die Anfertigung sämtlicher Fenster und Türen für das Haus eines Aristokraten übernommen. Als er feststellte, daß er den Auftrag nicht rechtzeitig fertigstellen kann, hat er sich meine Arbeit angeschaut, und sie hat ihm gefallen. Einen Teil dieses Auftrags hat er mir übertragen.«

Er zog fünf Tuman aus der Tasche und legte sie neben mein Geld in die Nische. Er hatte sie als Vorschuß bekommen. Ich freute mich über seinen Auftrag. Ich wußte, seine Arbeit war tadellos, und er würde, falls er sich dahinterklemmte, rasch Karriere machen. Doch mißfiel mir, wie er sich ausdrückte. Ich mochte nicht, daß er Aristokraten sagte. Wenn er diesen Ausdruck benutzte, schien es, als würde er zu ihnen aufschauen. Und ich, als seine Ehefrau, würde gezwungenermaßen auf einer Stufe mit ihm auf sein Niveau hinabgezogen werden. Ich wünschte mir, er würde sagen, einer von uns ... oder ich weiß nicht was, irgend etwas, alles mögliche. Schließlich lebte die Tochter eines dieser Aristokraten in seinem Haus. Doch schien es, als wäre er sich dessen gar nicht bewußt. Hatte er kein

Verlangen aufzusteigen? Hatte er sich mit seiner Stellung in diesem Leben abgefunden und hielt sie für naturgegeben? Fühlte er sich nicht minderwertig? Verspürte er kein Verlangen, vorwärts zu kommen? Besaß er keinen Ehrgeiz aufzusteigen? Wollte er nicht über sich hinaus wachsen und den Gipfel erreichen? ... Ich wußte nicht, wie ich es ausdrücken sollte, doch war ich mißgelaunt. Besonders nachdem ich zuerst die Worte von Ata od-Doules Tochter gehört hatte, war ich jetzt ganz niedergeschlagen. In eine sonderbare Welt war ich eingetreten. Ich setzte ein Lächeln auf, um den Bekümmerten aufzumuntern. Der Ärmste begriff nicht, was mir Kummer bereitete. Er fragte, »Bist du traurig, Mahbube?«

»Worüber?«

»Ich weiß nicht.«

»Nein, ich bin nicht traurig. Ich habe nur Sehnsucht nach meiner Chanum Djan. Das ist alles.«

Er lachte und setzte sich neben mich. Er faßte mir unters Kinn und hob meinen Kopf. Voll Leidenschaft sah er mir in die Augen und sagte, »Daß du mir so etwas ja nie wieder sagst! Es ist allmählich an der Zeit, daß du selber eine Chanum Djan wirst.«

Sobald ich seine Augen aus so großer Nähe sah, so dicht an meinem Gesicht, so unbeschränkt, wurde mir ganz anders. Ich vergaß alle Adligen und Armseligen. Ich streckte mich, um seine Halsader zu küssen; sie roch nach Holz. Ich küßte sie nicht. Ich weiß nicht, weshalb ich das Verlangen verloren hatte. Es gefiel mir nicht.

Nachts saßen wir nach dem Abendessen im größeren Zimmer, das ich den Salon nannte. Ich hegte wahrhaft unerfüllte Wünsche. Es war sowohl Empfangszimmer als auch Wohn- und Eßzimmer. Wir besaßen keinen anderen Raum. Das gesamte Haus war nicht größer als ein Hühnerstall. Weshalb sollte ich also über den Mangel an Umgang und Geselligkeit betrübt sein? Ich hatte gar keinen Platz, um die Familienmitglieder, die ihre Nase hoch trugen, die Räume zählten und insgeheim das Mobiliar registrierten, zu bewirten. So zu bewirten, wie ich es mir wünschte. So, daß es nicht zu übler Nachrede und Getuschel führte.

Es war allmählich kalt geworden. Rahim baute mir einen kleinen Korsi. Wir stellten ihn in die Ecke des Salons und benutzten zu seiner Ausstattung die Decken, Matratzen und Rückenkissen, die ich als Aussteuer mitgebracht hatte. Ich besaß nichts, um es als Schmuck auf den Korsi zu legen. Ich erinnerte mich an das Stück Wollstoff, das mir die Amme mit meiner Aussteuer mitgebracht und das sie in die Truhe hinter dem Vorhang gelegt hatte. Ich holte es und legte es auf den Korsi. Nachts zündeten wir die Petroleumlampe an und stellten sie auf dem Messingtablett mit gewelltem Rand auf den Korsi. Das Abendessen aßen wir am Korsi. Wir tranken Tee und setzten uns aneinandergepreßt an eine Seite des Korsis. Ich las ihm die Liebesgedichte aus *Leili und Madjnun* oder Hafis vor.

Diene der Liebe, die wahre Gesinnung ist sie
Die Berufung aller Erleuchteten ist sie.

Er schlief entweder ein, oder er hörte zu und lachte. Er schien dafür kein Gespür zu besitzen.

Ich sagte, »Rahim, genießt du sie nicht? Gefallen sie dir nicht? Du taugst wirklich nur zum Offizier.«

Eines Nachts brachte er weißes Papier, Tinte und eine Bambusfeder und sagte, »Ich möchte ein Gedicht für dich aufschreiben, damit du merkst, daß auch ich etwas davon verstehe.« Dann setzte er sich neben mich unter den Korsi und schrieb mit wirklich schöner Schrift:

Ich verliere mein Herz, o, ihr Gottessuchenden,
Weh mir, daß das Geheimnis enthüllt werden wird

Plötzlich schlugen die Erinnerungen wie warme Wellen an mein Gesicht, und ich errötete. Ich überredete ihn, die bezaubernden Zeilen über der Nische an die Wand zu hängen.

Eines Nachmittags kam uns wieder seine Mutter besuchen. Ich geleitete sie höflich ans Kopfende des Korsi. Rahim beachtete sie nicht sonderlich. Ich schob das auf die Rückforderung des Armreifs und der Ohrringe, die sie mir zur Trauung geschenkt hatte. Ich bestand darauf, daß sie zum Abendessen blieb, und sie nahm ohne Umstände an. Sie redete pausenlos und lachte. Ihre Zähne waren weiß und kräftig. Hätte man ihr die Spuren der Zeit vom Gesicht gewischt, wären Rahims Nase und Lippen übriggeblieben. Doch ihre Augen waren klein, durchdringend und rätselhaft. Ich fiel nicht mehr auf ihre Schmeicheleien herein. Ich traute ihr nicht mehr. Sie sah mir kühn in die Augen, so als hätte sie mir nicht die Ohrringe entrissen, und redete über dies und das. Sie erzählte mir, wie ihre beiden älteren Kinder, die vor Rahim zur Welt gekommen waren, an verschiedenen Krankheiten gestorben waren. Beides Jungen. Daß Rahim ihr ein und alles sei. Daß er ihre Stütze und ihr Augapfel sei und wie sehr sie sich gewünscht habe, ihn als Bräutigam zu sehen. Aus Respekt vor meiner Schwiegermutter saß ich Rahim gegenüber, der sich bis zum Kinn unter dem Korsi verkrochen hatte.

Rahim grollte, »Mutter, wieviel du redest! Wie ein Wasserfall.«

In jener Nacht schliefen wir zu dritt unter dem Korsi, und ich wurde wieder trübsinnig. Morgens stand Rahim wie gewohnt früher auf und breitete in einem Winkel des Zimmers das Speisetuch für das Frühstück aus. Ich wollte aufstehen und ihm helfen, doch war ich müde und faulenzte.

Als ich mich an den Samowar setzte, um allen Tee einzuschenken, blitzten die Augen seiner Mutter auf, und sie fragte Rahim, »Rahim, will deine Henne etwa ihr goldenes Ei legen?«

Ich verstand die Bedeutung ihrer Worte nicht und fragte, »Was haben Sie gesagt, Chanum?«

Rahim sagte gleichgültig, den Ellbogen auf ein Knie gestützt und auf den Tee, den er in die Untertasse gegossen hatte, blasend, was mir stets mißfiel, »Nichts. Sie fragt, ob du schwanger bist. Nein, sie ist nicht schwanger.«

Seine Mutter hob eine Braue und sagte, »Als ich sah, daß Mahbube Djan nicht aufgestanden ist, um den Tee aufzusetzen, dachte ich mir, da ist etwas im Busch. Mahbube Djan, Rahim muß dich wirklich sehr begehren! Bei uns zu Hause hat er keinen Finger gerührt.«

Ich kochte vor Wut. Solche Bemerkungen hatte ich nicht erwartet. In meinem Elternhaus hatte sich niemand erlaubt, mich anzufahren, geschweige denn zu sticheln. Sanft und höflich erwiderte ich, »Nun ja, Chanum, auch ich habe zu Hause keinen Finger gerührt.«

Sie lachte schallend und sagte abfällig, »Nun, deshalb bist du ja auch so zimperlich geworden.«

Ein Kloß saß mir im Hals. Behutsam stellte ich das Teeglas auf den Boden und setzte mich. Ich wollte ihr eine grobe Antwort geben, doch ich konnte nicht. Der Anstand und die Achtung vor dem Alter verboten es mir. Die Rücksicht auf Rahim verbot es mir. So war ich erzogen worden. Ich konnte mich nicht darüber hinwegsetzen und meiner Zunge freien Lauf lassen. Zudem wegen nichts und wieder nichts. Wie diese neidische Frau, die meine Schwiegermutter war. Ich hätte mir gewünscht, Rahim würde mich unterstützen. Er hätte es tun müssen. Ich konnte und durfte seiner Mutter gegenüber nicht unhöflich sein, doch schien es, als bemerkte er gar nicht, wie verärgert und beleidigt ich war. Seine Mutter merkte es jedoch sehr wohl, und sie sagte, »O weh, Gott lasse mich sterben für dich, Kind, weshalb ißt du nichts? Junge Frau, bald wirst du gebären. Eine Frau muß essen, um bei Kräften zu sein.«

Sie hatte mich beleidigt und versuchte nun, die Spuren zu verwischen.

»Ich habe keinen Hunger.«

Sie frühstückte mit Appetit. Rahim auch. Plötzlich spürte ich Zorn und Rachsucht gegenüber den beiden. Ich spürte, daß ich mich in der Minderheit befand. Ich war allein und saß in der Falle. Ich wollte etwas entgegnen, mich beschweren. Das Zimmer verlassen und die Tür hinter mir zuschlagen. Rahim sagen, daß er seiner Mutter den Mund verbieten sollte. Ihr sagen, sie solle den Mund halten. Doch der Anstand verbot es mir. Stets hatte man mir eingeschärft: *Benimm dich wie eine Dame.* Als sich seine Mutter endlich verzog und mit Rahim, der zur Arbeit ging, das Haus verließ, flossen meine Tränen. Nicht aus Schwäche, sondern aus Wut, wegen meiner eigenen Ohnmacht, wegen Rahims Gleichgültigkeit und Unaufmerksamkeit.

Neujahr rückte näher, und ich sehnte mich wieder nach meinem Elternhaus. Die Amme war seit vierzig Tagen nicht gekommen. An diesem Morgen hatte ich mir die Tränen gerade abgewischt, als sie eintraf. Sie war verstört und durcheinander. Sie nahm mir das Frühstücksgeschirr ab, um es abzuwaschen. Während sie das Geschirr am Beckenrand abwusch, ging ich zu ihr und setzte mich neben sie, »Liebe Amme, haben mir Agha Djan und Chanum Djan nichts ausrichten lassen? Haben sie keine Grüße für mich aufgetragen?«

»Wallah, weißt du, Mahbube Djan, als ich fortging, herrschte zu Hause solch ein Durcheinander, daß du es dir nicht vorstellen kannst. Kuchen backen . . . das Kind betreuen . . . und dieser Firuz

Chan wird auch von Tag zu Tag träger. Und Dadde Chanums Hauptbeschäftigung ist Essen und Schlafen.«

»Frau Amme, lenk nicht ab. Haben sie mir Grüße ausrichten lassen oder nicht?«

Die Amme stellte das Teeglas umgekehrt auf das Sieb und sagte ohne mich anzusehen, »Um die Wahrheit zu sagen, nein.«

Zornig sagte ich, »Sie wollen mich quälen.«

Sanft erwiderte sie, »Sie sind selbst so geplagt, daß sie den Kummer mit dir vergessen haben.«

Mir sank das Herz in die Knie. Ich begann am ganzen Leib zu zittern.

»Was ist geschehen, liebe Amme? Weshalb?«

»Um die Wahrheit zu sagen, ich wollte es dir nicht erzählen, damit du dich nicht auch noch sorgst. Aber jetzt tu ich es, damit du nicht denkst, deine Eltern würden Tag und Nacht Freudentänze aufführen und nicht an dich denken.« Sie legte eine Pause ein und erhob sich. Sie nahm das Sieb mit dem abgewaschenen Geschirr, stellte es vor die Mauer in die schwache Sonne des Winterendes und sagte, »Seit deiner Hochzeit hat die Chanum ihrer Schwester ein paar Mal indirekt ausrichten lassen, sie könnten zur Besprechung kommen, falls sie Chodjasteh wünschten. Die hat es ständig auf die lange Bank geschoben. Vor rund zwanzig Tagen kam deine liebe Tante zu deiner Mutter. Die hatte sich erkältet, und deine Tante kam auf Krankenbesuch. Während des Gesprächs sagte sie, ›So Gott will, wirst du bald wieder gesund sein und dich um Haus und Hof kümmern können.‹ Und ich sagte, ›Ja, um die Hochzeit von Chodjasteh Chanum.‹ Deine Tante tat, als würde sie meine Anspielung nicht verstehen und sagte, ›Ach wo, Chodjasteh ist doch noch ein Kind.‹ Ich war erbost und sagte, ›Was an ihr ist noch kindlich? Bis vor ein paar Monaten drangen Sie noch darauf, sie beim »Kuchenessen« Ihrem Sohn versprechen zu lassen!‹ Währenddessen sagte deine abgezehrte Mutter unaufhörlich, ›Frau Amme, hör auf damit. Was redest du da? Ist Chodjasteh denn zu Hause versauert? Gib Ruhe und laß uns in Frieden!‹ Doch ich gab keine Ruhe. Deine Tante ließ es sich nicht nehmen und sagte, ›Schließlich war ja Mahbube auch bis vor ein paar Monaten nicht die Frau des Schreiners aus dem Viertel. Ich persönlich habe dagegen nichts einzuwenden, sondern würde es mir aus ganzem Herzen wünschen, doch mein

Sohn sagt, ›Ich werde nicht der Schwager eines Schreiners. Bei Gott, das sind die Worte meines Sohnes. Ich selbst weiß vor Kummer nicht aus noch ein.‹«

Ich kochte vor Wut. Chodjasteh hatte für mich büßen müssen. Meiner Leidenschaft wegen mußte sie leiden. Wie hatte die Tante meine kranke Mutter so rücksichtslos kränken können? Was für eine bösartige Frau. Die Amme erzählte weiter, und der Kopf begann mir zu schmerzen. Sie sagte, »Ihre Mutter hat gesagt, ›Es macht gar nichts, Schwesterchen. Schlechte Ware ist nur für ihren Besitzer. Gott behüte, daß Sie zugrunde gehen! Weshalb sollten Sie? Ihre Feinde sollen zugrunde gehen. Ich weiß, Sie trifft keine Schuld. Richten Sie Ihrem Hamid Djan meinerseits nur aus, man hätte solch einem Hanswurst wie ihm nicht erlaubt, um Chodjastehs Hand anzuhalten und ihr Tag und Nacht die Ruhe zu rauben, wenn sie nicht einen Verwandten gehabt hätte, für den man sich schämen müßte.‹«

»Die liebe Tante war beleidigt und verschwand. Seitdem behandelt sie deine Mutter von oben herab. Hoffentlich verzeihst du mir, Kind! Sie ist zwar deine Tante, aber eine sehr überhebliche Frau. Es stimmt, wenn man sagt, der Schuldner verwandelte sich in einen Gläubiger, wenn man ihm entgegenkommt. Seit diesem Tag vergießt deine Mutter blutige Tränen. Dein Agha Djan war dermaßen verstört, daß ihm erst heute eingefallen ist, daß seit Beginn des Monats sieben, acht Tage vergangen sind, und daß er dir deine monatliche Unterstützung noch nicht geschickt hat.«

Ich fragte, »Wie steht es mit Chodjasteh, wie geht es ihr?«

Ich war um meine Schwester sehr bekümmert. Die Amme sagte, »Sie läßt es sich überhaupt nicht anmerken. Sie sagt, ›Zum Teufel mit ihm. Ich hatte ja von Anfang an kein Auge auf ihn geworfen.‹ Aber eines Nachts weinte sie sich bei mir aus und sagte, ›Liebe Amme, denk bloß nicht, daß mir dieser Cousin einen roten Heller wert wäre! Du weißt ganz genau, daß ich von Anfang an nichts davon hielt, weit von der Familie am Kaspischen Meer zu leben. Aber es bedrückt mich, daß die, die uns bis gestern so schmeichelten, Agha Djan und Chanum Djan jetzt solch eine Schmach zugefügt haben. So viel zu den Verwandten. Gott verdamme sie. Gott segne alle Fremden. Anstatt meine Mutter in dieser Situation zu trösten, hat ihr die Tante Salz in die Wunden gestreut.‹«

Damit hatte ich einen Vorwand zu weinen. »Es ist meine Schuld, liebe Amme. Ich habe über meine Eltern Schande gebracht ... Ich bin der Grund. Ich habe Chodjasteh um den Ehemann gebracht.«

Die Amme umarmte mich und sagte, »Mein Kind, weshalb quälst du dich so? Die Unfähigkeit deines Cousins ist Schuld daran, seine Torheit. So ein liebes Mädchen hat er ziehen lassen. Das geht doch nicht. Wollte sich jeder, der seinen Schwager nicht mag, von seiner Frau scheiden lassen, würde es in dieser Stadt kein einziges Ehepaar geben. Laß das. Hast du nichts Besseres zu tun? Weinst du wegen Hamid? Bei der Figur? Wie ein kurzbeiniger Gockel. Eigentlich müßtest du dich für Chodjasteh freuen.«

Ich mußte über die Worte meiner Amme lachen. Ihre Beschreibung traf die Figur meines Cousins genau. Dennoch hatten sich meine Kopfschmerzen bis zu Rahims Rückkehr verschlimmert. Obwohl er inzwischen einen Anzug trug, stand sein Hemdkragen nach wie vor offen, und er roch nach Holz. Plötzlich schämte ich mich, daß meine Amme ihn in diesem Aufzug sehen würde. Sein Aussehen bestätigte Hamids Bemerkungen und die der Tante. Verlegen sagte ich, »Rahim, komm nicht in diesem Aufzug herein. Knöpf deinen Hemdkragen zu.«

»Weshalb?«

»Meine Amme ist zu Besuch.«

»Na und, sieht sie mich etwa zum ersten Mal?«

Erzürnt über die Vorfälle des Morgens sagte ich, »Nein, es ist nicht das erste Mal. Aber weshalb solltest du nicht gepflegt vor ihr erscheinen? Warte, so geht es nicht.«

Ich sah die Wut in seinem Blick aufblitzen, beachtete ihn jedoch nicht. Ich knöpfte ihm den Hemdkragen zu. Er stand ohne zu widersprechen im Korridor, seine schweigende Ergebenheit war jedoch nur durch seinen Zorn und Trotz bedingt. Er glich einer Vogelscheuche. In diesem Anzug sah er jämmerlich aus. Absichtlich spreizte er die Arme und betrat schlurfend den Hof. Leise sagte ich, »Rahim Djan, wasch dir um Gottes willen zuerst Gesicht und Hände.«

Schweigend beugte er sich vor, um sich Gesicht und Hände zu waschen, wandte sich dabei um zu mir und warf mir einen Blick zu, der vor Wut und Verachtung sprühte. Dann drehte er sich um und stieg lautlos die Stufen hinauf. Die Amme kam zur Treppe und begrüßte ihn. Er antwortete ihr sichtlich gleichgültig. Sie bedeutete mir hinter seinem Rücken, was denn geschehen sei. Ich biß mir auf die Lippe und schüttelte den Kopf. Das hieß, laß es sein, es ist nichts. Doch insgeheim kochte ich vor Wut. Weshalb behandelte er meine arme, ahnungslose Amme so? Weshalb durfte ich mich seiner Mutter gegenüber, die so eine böse Zunge hatte, nicht entsprechend verhalten? Ich selbst war schuld, es war meine eigene Unfähigkeit. Ich hätte sie beim Abschied nicht bis an die Haustür begleiten und sagen dürfen, ›Es war uns eine Ehre. Besuchen Sie uns wieder. Sie sind hier zu Hause.‹ Weshalb merkte Rahim das nicht? Weshalb war er so undankbar? Am meisten ärgerte ich mich über mich selbst.

Die Amme ging fort, und meine Kopfschmerzen wurden noch schlimmer. Es ging auf die Dämmerung zu. Ohne Rahim zu beachten, kroch ich unter den Korsi und legte mich schlafen. Er kam und setzte sich neben mich. Er war wieder guter Laune und fragte, »Was ist mit dir, Mahbube? Bist du verärgert?«

»Nein.«

»Doch, du hast etwas.«

Ich sagte, »Nein, mir tut der Kopf weh«, und ich begann zu weinen.

Er lachte, wie es Erwachsene bei verzogenen Kindern tun, »Na, na, wegen Kopfschmerzen muß man doch nicht weinen! Gleich werde ich dich kurieren.«

Er stand auf, brachte alle ihm bekannten pflanzlichen Medikamente und flößte sie mir ein. Er setzte Tee auf. Er wärmte das Mittagessen und brachte es mir. Erneut mußte ich an mein Elternhaus denken. An mein Elternhaus, in dem ich keinen Finger zu rühren brauchte. Ich erinnerte mich daran, wie die Amme stets den Kichererbsenteig knetete und ausrollte und wie ich die Formen ausstach und auf ein Blech legte. Dann nahm sie das Blech mit und brachte das fertige Gebäck, damit ich es in ein Gefäß schichtete. Die Walnüsse mahlte die arme Dadde Chanum, damit ich Walnußbrot backen konnte. Ein anderer brachte Wasser zum Kochen, damit ich den Reis hineinschütten, ihn dann probieren und sagen konnte, ›Nimm und gieß ihn ab, er ist so weit.‹ Und der arme Hadj Ali schüttete den Reis in das hölzerne Sieb. So hatte ich kochen gelernt. Was hatte ich jetzt in diesem Haus ohne jede Hilfe durchzustehen? Ich tat mir selbst leid. Also begann ich erneut zu weinen.

Rahim fragte, »Nun sag schon, was geschehen ist. Habe ich etwas Falsches getan? Vielleicht hat deine Amme etwas Unangenehmes gesagt.«

»Ach wo, bei Gott nicht.«

»Was dann, sag schon! Weil ich meinen Hemdkragen nicht zugeknöpft hatte?«

Ich merkte, daß er den Grund sehr wohl kannte. Er wußte, daß es wegen des offenstehenden Hemdkragens war. Wegen seines proletenhaften Auftritts vor meiner lieben Amme. Wegen seiner Gleichgültigkeit gegenüber dieser liebevollen Frau. Dennoch stellte er sich dumm. Ich sagte »Nein« und schluchzte.

Er sagte, »Weißt du, daß du sehr komisch weinst? Ich würde dich gern ärgern, damit du weinst und ich dir zuschauen kann. Zuschauen kann, wie dein Kinn zittert. Aber schließlich weint man doch nicht ohne Grund!«

Ich sagte, »Du weißt es nicht? Hast du nicht gehört, was deine Mutter morgens gesagt hat? Überhaupt, morgen brauchst du nicht aufzustehen, um das Frühstuck vorzubereiten. Ich bin doch nicht gelähmt.«

Er lachte und sagte, »Ach so, das hat dich geärgert. Es war doch keine böse Absicht. Hast du nicht mitbekommen, wie sehr sie dir geschmeichelt hat? Hast du nicht gesehen, wie betrübt sie war, als du nicht gefrühstückt hast?«

Ihre Gerissenheit und seine Beschränktheit erzürnten mich noch mehr. Ich sagte, »Wenn sie alles sagt, was ihr in den Sinn kommt, vergeht einem doch der Appetit!«

»Nun gut, meine Mutter hätte nicht so unverschämt sein dürfen. Bist du nun zufrieden? Jetzt weine nicht mehr. Willst du, daß ich vor Kummer vergehe?«

Plötzlich schämte ich mich. Ich schämte mich, daß er sagte, seine Mutter sei unverschämt gewesen. Er tat mir leid. Ich sagte, »O weh, red nicht so. Sie ist keineswegs unverschämt gewesen. Vielleicht habe ich mich geirrt. Vielleicht habe ich ihre Worte falsch verstanden.«

Er lachte und nahm mich in die Arme. Wir versöhnten uns.

»I, was für ein übler Gestank. Es stinkt nach frischem Brot.«

Rahim sagte, »Nicht zu glauben! Stinkt frisches Brot etwa?«

»Ja. Weshalb ist die Wandfarbe dieses Zimmers so grün? Von grüner Farbe wird mir schlecht.«

Er sagte lachend, »Nun gut, dann werde ich morgen Maler bringen, damit sie es rot streichen.«

Ich hatte Appetit auf rohen Reis. Ich pflegte mir eine Handvoll rohen Reis zu holen und ihn knirschend zu zerkauen. Es war rund zwanzig Tage vor Neujahr. Wir hatten den Korsi zusammengeräumt und schliefen nachts wieder im kleinen Zimmer. Die Amme hatte uns aus meinem Elternhaus Ssabzi und Gebäck für das Neujahrsfest mitgebracht, und mein Vater hatte mir zusätzlich zur monatlichen Unterstützung zwanzig Tuman für das Fest geschickt. Alle Gerüche ekelten mich an, Blumen, Gebäck, frisches Brot. Nur die frische Frühlingsbrise besänftigte mich, doch erst, wenn ich minutenlang gebrochen hatte und mein Magen nichts mehr zum Brechen enthielt. Dann spürte ich, wie mir der Frühlingswind über das Gesicht strich. Ich wusch mir Gesicht und Hände und fühlte mich besser. Rahim kam und half mir, ins Zimmer zurückzukehren. Ich sagte, »Komm nicht näher, rühr mich nicht an. Mir wird schlecht.«

»Von mir?«

»Ja, von dir. Du riechst nach Menschenwesen.«

Er lachte und sagte, »Wie riechen denn Menschenwesen?«

»Ich weiß nicht. Ich weiß nur, daß mir davon übel wird. Heute nacht mußt du im Salon schlafen. Ich möchte das Fenster bis zum Morgen offenstehen lassen.«

»Du wirst dir eine Lungenentzündung holen, Mädchen. Die Luft ist noch kalt.«

»Im geschlossenen Zimmer ersticke ich. Es stinkt nach Teppich und Vorhängen. Davon wird mir schlecht.«

Rahim lachte verwirrt und gequält, »Was ist das bloß für eine Krankheit?« Und ich war erstaunt, daß er diese Gerüche nicht wahrnahm. Wie konnte er etwas so Offensichtliches nicht bemerken? Funktionierte etwa sein Geruchssinn nicht?

Die Frau Amme traf mit ein paar Blumentöpfen mit Levkojen aus meinem Elternhaus ein. Ich wagte es nicht, ihr ebenfalls zu sagen, daß sie nach Menschenwesen roch. Also sagte ich nur, »O, liebe Amme, was sind das denn für stinkende Blumen? Nimm sie wieder mit, wir brauchen sie nicht.«

Rahim lachte verblüfft, »Na, bitte! Sogar die Levkojen stinken. Das hatte ich noch nicht gewußt.«

Die Amme erkannte meine Krankheit, »Meinen Glückwunsch, Mahbube Djan, du bist schwanger.«

Ich hatte das *Haft-Ssin* hergerichtet. Trotz meiner Bemühungen erschien es mir nach wie vor ärmlich. Rahim und ich saßen daneben. Es war süß und bitter zugleich. Süß, weil Rahim an meiner Seite war. Er war der Mann in meinem Haus. Er saß am Kopfende des *Haft-Ssin*, starrte mich unverwandt an und sagte, »Ich möchte beim Jahreswechsel dein Gesicht anschauen.«

Bitter war es, weil ich an den Jahreswechsel in unserem eigenen Haus denken mußte. An das *Tchaharshanbe-Ssuri* mit den jungen Leuten aus der Familie. Über das Feuer springen, Melonenkerne knakken und sorglos lärmen. An das *Haft-Ssin* unseres Hauses, das so opulent und reichhaltig war. Wir versammelten uns alle darum. Nur mein Vater pflegte sich auf den Sessel zu setzen und seine Golduhr aus der Westentasche zu ziehen. Kurz vor Jahreswechsel las er aus dem Koran vor. Er las das Gebet für den Wechsel. Dann blickte er erneut auf die Uhr. Der Kanonendonner ertönte. Wir küßten alle fröhlich die Hände unserer Eltern und unsere Gesichter und erhielten das Neujahrsgeld. Unverzüglich öffneten sich die Türen, und die gegenseitigen Besuche begannen.

Zum Haus meines Onkels und meiner Tante väterlicherseits und zur anderen Tante, der älteren Schwester meiner Mutter, und dann strömten die Verwandten bei uns herein. Nozhat und ihr Ehemann, der Onkel und die Tante väterlicherseits und die Tante mütterlicherseits, die uns Gegenbesuche abstatteten. Ihre Kinder und meine Onkel mütterlicherseits waren jünger als mein Vater. Meine jüngere Tante mütterlicherseits, die Cousinen und Cousins mütterlicherseits, die Cousinen und Cousins väterlicherseits . . ., die Verheirateten und alle jüngeren Familienmitglieder. Die Ledigen. Dann die Freundinnen und Freunde meiner Eltern und anschließend die Gegenbesuche bei Nozhat und allen Jüngeren, die zu Besuch gekommen waren. Zu Verwandten, Freunden und Bekannten. Und schließlich *Ssizdah Bedar* im Garten meines Onkels in Shemiran oder im Garten meines Vaters in Gholhak. Mit einer Schar Kinder aus der Familie, der Amme, Dadde Chanum und der Kinderfrau.

Dichtgedrängt saßen sie beieinander und breiteten das Speisetuch aus: *Ash reshte*, Ssekandjebin und Salat, gekochte Pferdebohnen und Ssabzi-Pilav mit Lammfleisch. Und danach Tee, Wasserpfeife, Knabberzeug und Gebäck. Um zu guter Letzt müde und erschöpft aus dem Garten zurückzukehren und tief und fest bis zum nächsten Mittag zu schlafen.

In Gedanken stellte ich mir meine Familie vor, wie sie beieinander saß. Vorgestern nacht, am *Tchaharshanbe-Ssuri*, hatten Rahim und ich zusammengesessen, Melonenkerne geknabbert und auf die Knallfrösche gehorcht, die die Kinder losließen, auf das Geklapper der Topfschläger, auf den Geruch von Rauch und Feuer. Was sollte ich jetzt tun? Wen hatte ich noch, um ihn besuchen zu gehen? Wer würde mich besuchen kommen?

Ich hatte mein Geld gespart und war mit der Amme heimlich in den Basar gegangen, um für Rahim eine Uhr mit Goldkette als Neujahrsgeschenk zu kaufen. Seine Westentasche sollte eine goldene Kette schmücken. Beim Jahreswechsel überreichte ich ihm das Neujahrsgeschenk. Er lachte hocherfreut und schenkte mir einen reich verzierten Holzrahmen, in dem sich eine Kalligraphie befand, die er geschrieben hatte.

Ich nahm ihm den Rahmen entzückt aus der Hand. Ich freute mich, daß er sich mit Dichtung und Kalligraphie beschäftigte. Ich sagte, er solle sie ebenfalls aufhängen. An die Wand des Zimmers, in dem wir schliefen, und er hängte sie auf. Ich wünschte, ich wüßte, was mein Vater in diesem Jahr Nozhat zu Neujahr geschenkt hatte. Und was Chodjasteh, Manuchehr und meiner Mutter. Mich hatte man ja vergessen. Es war, als könnte Rahim meine Gedanken lesen. Er sagte, »Des Derwischs Gabe ist ein grünes Blatt.«

Er tat mir leid, und ich küßte ihn aufs Gesicht, »Rahim Djan, gehen wir deine Mutter besuchen?«

»Nein, nicht nötig. Sie wird selbst herkommen.«

»Das gehört sich doch nicht. Sie ist deine Mutter. Das ist unhöflich.«

»Nein, das ist nicht schlimm. Ihr selber ist es so lieber.«

Ich beharrte nicht darauf. Ich merkte, er wollte nicht, daß ich das Haus seiner Mutter sah.

Seine Mutter kam. Für mich hatte sie eine Bahn billigen Kleiderstoff gekauft. Solchen, wie ihn meine Mutter der lieben Amme und

Dadde Chanum zu Neujahr schenkte. Mir zog sich das Herz zusammen. Ich ließ mir nichts anmerken und geleitete sie respektvoll ans Kopfende des Zimmers.

»Sehr schön. Vielen Dank, Chanum. Wie geschmackvoll! Zufällig benötigte ich dringend Kleiderstoff.«

Sie verdrehte geziert ihren Kopf und setzte sich affektiert. Mein nächster Gast war meine liebe Amme, die meine Schwiegermutter augenscheinlich nicht leiden konnte. Dennoch war mir die Amme ein teurer Gast. Im kleinen Zimmer gab ich Rahim verstohlen drei Tuman.

»Rahim Djan, gib das der Amme als Neujahrsgeschenk.«

Er zog die Brauen hoch und sagte erstaunt, »So viel?«

»Ja, um meinetwillen.«

»Aber was ist denn geschehen?«

»Sprich um Gottes willen leise. Sie wird dich hören. Gib es ihr um meinetwillen.«

Ich selbst hatte der Amme schon Neujahrsgeld geschenkt. Aber ich wünschte mir, daß Rahim sich als Edelmann und Herr erweisen sollte. Ich wünschte mir, daß meine Amme ihn als Herrn des Hauses anerkannte.

Wieder kam die Amme zu Besuch. Erneut hatten mir meine Eltern keine Nachricht geschickt.

»Liebe Amme, wie geht es Chodjasteh?«

»Dein Agha Djan bringt ihr Französisch bei. Er will ein Klavier kaufen, damit Chodjasteh das Klavierspiel übt. Sie hat zu dem Agha gesagt, ›Ich will eine Prüfung ablegen und die Namuss-Schule besuchen.‹ Dein Agha Djan hat gesagt, ›Ich werde dir die besten Lehrer besorgen, damit sie dich zu Hause unterrichten.«

Ein Stachel bohrte sich mir ins Herz. Nicht vor Neid, sondern vor Bedauern. Ich fragte, »Wollen sie sie nicht verheiraten? Gibt es denn keine Kandidaten für sie?«

Ich befürchtete, die Amme würde erneut sagen, sie sei wegen meiner Mesalliance sitzengeblieben. Ich betete, daß dem nicht so sein möge. Daß sie nicht meinetwegen büßen mußte. Die Amme sagte, »Weshalb sollte es keine Bewerber geben? Die gibt's schon. Aber weder sie noch der Agha akzeptieren sie. Einmal habe ich selbst gehört, wie dein Vater sagte, ›Chodjasteh ist tatsächlich noch ein Kind. Ich möchte, daß sie alle Künste vollkommen beherrscht und danach heiratet. Einen Ehemann, der sie für den entgangenen entschädigt. Der meine Sehnsucht nach dem für Chodjasteh und Mahbube auf einmal erfüllt.«

Ich war nicht mehr betrübt. Um Chodjasteh mußte ich mich nicht mehr sorgen. Doch Kummer erfüllte mein Herz. Ich spürte die Bitterkeit in den Worten meines Vaters, und das stimmte mich bitter.

Ich litt nach wie vor unter Brechreiz. Aus Einsamkeit und weil ich während der Neujahrstage und an *Ssizdah Bedar* zu Hause bleiben mußte. Die Eßlust machte mich empfindlich und nervös. Fortwährend übergab ich mich. Rahim kam in den Hof, um mich vom Beckenrand hochzuziehen und ins Zimmer zu bringen.

»Nein, Rahim. Hier darfst du nicht schlafen. Geh und breite dein Lager im Salon aus.« Er streichelte mich. Seine Hände waren rauh und rochen nach Holz. Es mißfiel mir. Eines Nachts konnte ich mich nicht mehr beherrschen. Plötzlich nahm ich eine Büchse von meinem Frisierkästchen und streckte sie ihm hin.

»Was ist denn das?«

»Nichts. Streich's dir auf die Hände. Es wird die Haut glätten.«

»Vermutlich wird dir von der Haut meiner Hände ebenfalls übel. Muß ich mir nun wie die Frauen so etwas auf die Hände streichen?«

»Nein, um Gottes willen ... Aber das ist doch nicht nur für Frauen ... Nun ja, es glättet deine Hände. Das ist für dich selbst angenehmer. Auch mein Agha Djan benutzt so etwas. Seine Hände sind so weich, wie du es dir nicht vorstellen kannst. Auch die jungen Männer benutzen es, Mansur ...«

Ich biß mir sofort auf die Lippe, doch er warf mir einen scharfen Blick zu, schleuderte die Büchse heftig in eine Ecke und erhob sich von seinem Platz. Ich dachte, er würde aufstehen, um sich in dem anderen Zimmer schlafen zu legen. Er sagte, »Weshalb redest du dich heraus, Mahbube? Ich werde so etwas nicht benutzen. Und falls es dir nicht gefällt, werde ich dich auch nicht mehr anrühren.«

Er schlug die Tür heftig zu, ging hinaus und verließ sogar das Haus. Was hatte ich nur angestellt? Weshalb hatte ich Ausflüchte gemacht? Doch es war keine Ausrede. Wußte er denn nicht, daß ich schwanger war? Ich hatte es ihm zuliebe gesagt. Ich wollte, daß er ein Herr ist. Sauber und gepflegt. Weshalb wollte er nicht etwas für sich tun? War es unter seiner Würde? Befürchtete er, daß es seiner Männlichkeit Abbruch tat? Befürchtete er, man würde sagen, er sei ein Pantoffelheld? Dennoch hätte ich es nicht sagen sollen. Ich war zimperlich geworden. Er hatte recht, unter dem Vorwand von Schwangerschaft und Eßlust sagte ich jeden Unsinn, der mir in den Sinn kam. Wo war er hingegangen? Wehe, er käme nicht zurück! Dann gab es nur noch dieses Haus und mich, mutterseelenallein! Das geschah mir recht. Ich hatte ihm Unrecht getan. Ich tu allen Unrecht. Ach, schon jetzt hatte ich Sehnsucht nach ihm. Ich erinnerte mich daran, wie er die Büchse fortgeschleudert hatte. An die Bewegungen seiner Hand und seiner Haare, den Zornesblitz in seinen Augen. Ich sehnte mich nach ihm. Ich wünschte ihn mir in diesem Augenblick an meiner Seite.

Es war bereits dunkel, als er zurückkehrte. Ich stellte mich schlafend. Er öffnete die Tür und kam die Treppen hoch. Schlurfend zog er die Füße nach. Er betrat den Salon, öffnete die Tür zwischen beiden Räumen und sagte, »Ich bin gekommen.«

Ich atmete ruhig und hielt die Augen geschlossen. Das sollte bedeuten, ich schlafe. Er sagte, »Stell dich nicht schlafend. Ich weiß, daß du wach bist.«

Er näherte sich mir, um mich zu küssen. Ich erhob mich, um ihn zu küssen. Sein Mund roch nach Wein. Ich sagte, »Mir geht es nicht gut, Rahim. Geh und laß mich schlafen.«

Er ging und legte sich im Salon schlafen.

Es war gegen Ende Mai. Mein Zustand besserte sich allmählich. Eines Freitagsmorgens wachte ich benommen auf.

»Rahim, ich langweile mich. Vor lauter Herumsitzen im Haus bin ich schon halb verschimmelt.«

Mürrisch fragte er, »Wohin soll ich dich bringen? In den *Delgosha*-Park?«

»Ja.«

Er sah mich an und lachte, »Steh auf, daß ich dich hinbringe.«

»Nicht jetzt. Gehen wir nachmittags auf die *Lalehzar*, gehen wir bummeln.«

Nach dem Mittagessen schlief ich müde und kraftlos ein. Das Geschirr war am Beckenrand stehengeblieben. Weder Rahim noch ich hatten Lust, es zu spülen. Bei Anbruch der Dämmerung legte ich den Tchador an und zog mir den Gesichtsschleier über. Wir nahmen uns eine Droschke und fuhren in die *Lalehzar*. Wir besuchten die Sehenswürdigkeiten. Die Sonne ging allmählich unter. Die Menschenmenge war staunenswert. Er fragte, »Willst du, daß wir spazierengehen? Etwas essen? Geht es dir gut?«

»Ja, mir geht's gut.«

Wir stiegen aus und gingen ein wenig zu Fuß. Es war sehr vergnüglich. Rahim wirkte in seinem Anzug mit Weste und der goldenen Uhrkette, die von seinem Westenknopf herabhing, noch begehrenswerter. Ein alter Mann, der mit einem Handkarren Speisen verkaufte, ging vorbei. Ich kann mich überhaupt nicht mehr erinnern, was es war. Jedenfalls war der Handkarren randvoll beladen. Rahim fragte mich, »Magst du etwas davon?«

Entzückt wie ein Kind sagte ich, »Ja, kauf es mir.«

Zwei junge Frauen und ein junger Mann gingen an uns vorbei. Beide Frauen hatten den Gesichtsschleier hochgeschlagen. Ihre Lippen und Wangen erschienen mir zu rot. Ihre Gesichter wirkten ordinär. Schamlose Augen, die mit Antimon geschminkt waren. Die eine hielt sich die Hand vor den Mund und lachte, und die andere, die lang und schlank war, sagte mit einer Stimme, die in Gelächter auszubrechen drohte, »Halt die Klappe, das gehört sich nicht.«

Der Mann, der sie begleitete, war mit den Gedanken anderswo. Es schien mir, als würde die Lange Rahim in die Augen schauen und ihm zublinzeln. Rahim wandte sich, während er dastand, halb um, und plötzlich kam es mir so vor, als würde ich den neckischen Blick und das halb verschluckte Lächeln, von dem ich dachte, daß es mir vorbehalten sei, auf seinen Lippen sehen. Es dauerte vermutlich nicht mehr als ein paar Augenblicke. Ich stand da und betrachtete ihn, und er verfolgte die Frauen mit Blicken. Er drehte sich um zu mir und fragte, »Wieviel soll ich kaufen?«

»Gar nichts.«

Erstaunt sah er mich an und sagte, »Was heißt das? Du warst doch hungrig!«

Ich ging vor ihm los und sagte erzürnt, »Jetzt bin ich es nicht mehr. Ruf eine Kutsche, ich will nach Hause.«

»Mahbub, weshalb tust du das?«

»Was soll ich tun? Ich bin müde. Ich will nach Hause zurück.« Und als hätte ich gerade erst bemerkt, daß er einen Anzug und Lederschuhe trug, sagte ich, »Heute hast du dich richtig in Schale geworfen! Die Knöpfe zugeknöpft und alles ganz manierlich. Lederschuhe!«

»Als würdest du das erst jetzt sehen. Du hast es selbst so gewollt. Weshalb redest du dich heraus?«

Wütend wandte ich den Kopf ab und wartete auf die Droschke, die in der Ferne sichtbar geworden war. Er trat einen Schritt vor, um die Droschke zu rufen. Unwillkürlich hob ich die Hand und schob den Gesichtsschleier hoch. Er wollte mir beim Einsteigen helfen. Ich zog meine Hand zurück und setzte mich in die Droschke. Mir war ganz heiß geworden. Vom Scheitel bis zur Sohle brannte ich vor Eifersucht und der Kränkung, die er mir vermeintlich zugefügt hatte. Ein junger Rumtreiber ging an der Droschke vorbei, und sein schamloser Blick fiel auf mein Gesicht. Er stieß einen Pfiff aus und entfernte sich. Rahim, der eingestiegen war, bemerkte erst in dem Augenblick, daß ich den Gesichtsschleier hochgeschlagen hatte. Er nagte an seiner Lippe. Seine Halsader trat hervor.

»Weshalb hast du den Gesichtsschleier hochgeschlagen? Willst du mich gegen die Leute aufbringen? Willst du, daß ich ihr Blut vergieße?«

»Nein, ich wollte, daß du weißt, daß auch ich den Gesichtsschleier hochschlagen kann.«

In galligem Ton erwiderte er, »Das hab ich doch von Anfang an gewußt.«

Damit hatte er ins Schwarze getroffen. Mitten in mein Herz. Doch ich lehnte mich seelenruhig an die abgenutzte lederne Rücklehne und sagte, »Gut, sehr gut, daß du es wußtest, als du mich geheiratet hast.« Und als ich sah, daß seine Schlagader vor Zorn geschwollen war, empfand ich Schadenfreude.

Bis zum Haus starrte er mich an, und ich betrachtete mit hochgeschlagenem Gesichtsschleier die Straßen und Wege. Ganz ungerührt. Doch in mir kochte es. Wir erreichten das Haus. Er öffnete die Tür und betrat nach mir den Hof. Mitten im Hof nahm ich den Tchador ab. Stieg die Treppen hoch und betrat das Zimmer. Wütend lief er mir nach. Sein Fuß verfing sich im Sieb, er schleuderte es mit einem Fußtritt in die Ecke, »Zum Teufel mit allen Sieben.«

Ich mußte lachen. Er kam hoch. Vor dem Salon streifte er die Schuhe ab. Ruhig trat er ein und schloß die Tür hinter sich. Äußerst vorsichtig knöpfte er sein Jackett auf und zog es aus. Ich saß in einem Winkel des Zimmers. Die Knie hatte ich angewinkelt, die Arme aufgestützt, und ich sah ihm zu. Er packte sein Jackett am Kragen und warf es wütend auf das Sitzkissen. Wandte sich mir zu und sagte schroff, »Gott verdamme meine Eltern, wenn ich das noch einmal anziehen sollte. Ich schwöre, nie wieder mit dir auszugehen. Du hast nicht einen Mann geheiratet, sondern dir nur einen Diener genommen, der dir das Geschirr abwäscht.«

Ich sprang auf, »Ich hab mir keinen Diener genommen. Und vom Geschirrwaschen bin ich auch noch nicht gestorben.« Hastig lief ich die Treppe hinunter. Die Luft war am frühen Abend noch kühl, doch ich achtete nicht darauf. Erbost setzte ich mich ans Bekken, um das Geschirr zu waschen. Ich stieß die Schüsseln an die Krüge und knallte die Töpfe auf die Erde. Ich sagte mir, gleich kommt er. Er muß kommen und mir das aus der Hand nehmen. Mich umwerben. Sich entschuldigen. Doch es dauerte eine Weile, und er kam nicht. Dann ging im Zimmer ein Licht an. Es war dunkel geworden. Er öffnete die Tür zum Eiwan und blieb dort stehen. Wieder lehnte er sich an den Türrahmen. Wieder jenes neckende Lächeln.

»Läßt du deinen Ärger an Schüsseln und Tellern aus?«

Ich antwortete nicht. Ich sah auch nicht zu ihm hin, sondern fuhr mit meiner Arbeit fort.

»Steh auf und komm. Du erkältest dich. Die Luft ist kühl.«

Ich schwieg. Ein Kloß saß mir im Hals. Dann sagte er, »Mahbub!«

Unwillkürlich wandte ich ihm den Kopf zu. Er hatte mit der Linken die Petroleumlampe hochgehoben und hielt sie neben sein Gesicht. Neben seine Locken. Und er streckte den rechten Arm, an dem sich der Ärmel bis zum Ellbogen hochgeschoben hatte, nach mir aus. Diese Muskeln und Adern, wie bei einer Statue, die ich stundenlang betrachten könnte. Wußte er, welche Wirkung er auf mich ausübte?

Wie ein Kaninchen, das von der Schlange gebannt wird, erhob ich mich von meinem Platz. Das Gefäß, das ich in der Hand hielt, sank auf den Grund des Beckens. Ich schaute nicht einmal, wohin ich trat. Unwillkürlich wischte ich meine Hände am Rock ab, um sie zu trocknen. Ich kam bei ihm an. Mein Kinn zitterte. Er sagte, »So.

So mag ich es. Wenn dein Kinn so zittert. Ich möchte mich satt an dir sehen.«

Wir betraten das Zimmer. Er schloß die Tür. Meine Tränen begannen zu fließen. Ich stellte mich vor ihn. Er ergriff meine Hand. Ich zitterte. Erst in dem Augenblick bemerkte ich, wie kalt mir war. Daß mich fror. Von der Wärme seiner Hand und der Kälte meiner eigenen fuhr mir ein Schauer durchs Rückgrat. Ich sagte, »An dem Abend, an dem du beleidigt warst und weggegangen bist, habe ich gemerkt, daß du Wein getrunken hast.«

»Es war aus Kummer wegen dir.«

»Meinetwegen?«

»Aus Kummer, daß du mich nicht mehr in dein Zimmer läßt.«

Von dieser Nacht an schlief er wieder in meinem Zimmer.

Ich glich einer rollenden Walze. Ich war hochschwanger. Die Amme kam uns öfter besuchen. Regelmäßig sah sie nach mir. An ihrem ständigen Kommen und Gehen erriet ich, daß meine Eltern sich sorgten. Es war kalt geworden. Meine Hände und Füße waren aufgequollen und mein Gesicht gedunsen. Meine Nasenlöcher hatten sich geweitet, und meine Lippen waren dick geworden. Ich mochte den Spiegel nicht. Ich sah häßlich aus.

»Liebe Amme, weshalb sehe ich so aus?«

Die Amme erwiderte ungeduldig, »Es wird schon wieder, mein Kind. Du wirst schon wieder. Herr Rahim, das ist die Anschrift der Hebamme, die Nozhat Chanums Kind zur Welt gebracht hat. Sie hat auch Manuchehr zur Welt gebracht. Sie ist sehr geschickt. Nehmen Sie sie. Sie werden sie brauchen.«

Rahim lachte, »Jetzt ist es doch noch zu früh, Frau Amme.«

»Nein, mein Lieber. Weshalb sollte es zu früh sein? Sie ist hochschwanger. Benachrichtige um Gottes willen sofort die Hebamme, wenn die Schmerzen einsetzen. Warte bloß nicht ab! Es könnte sonst sein, daß jemand sie vorher zu einer anderen Gebärenden holt.«

Rahim sagte, »Frau Amme, Hebammen gibt's mehr als genug. Sie muß doch nicht schon zwei Tage vorher hier zur Beobachtung sitzen. Sie verlangt einen Preis, als wär's das Blutgeld für ihren Vater.«

Die Amme beschwor ihn, »Und wenn schon. Für Mahbube ist nichts zu schade. Machen Sie sich um Gottes willen keine Sorgen ums Geld. Benachrichtigen Sie sie sofort. Schließlich sind Sie ein

Mann und ganz allein. Es könnte Sie, Gott behüte, vielleicht in große Schwierigkeiten stürzen.«

Ich war sehr betrübt. Ich versuchte, mir einzureden, Rahims Widerspruch sei nicht durch Knauserei bedingt, sondern durch Umsicht. Rahim sagte, »Hab keine Angst, Frau Amme. Wenn du sehr beunruhigt bist, werde ich gleich morgen meine Mutter zu Mahbube bringen, damit sie bis zur Geburt hierbleibt.«

Am nächsten Morgen räumte Rahim das Zimmer auf der anderen Seite des Hofs auf, das am Ende des Eingangskorridors lag, und seine Mutter zog vorübergehend bei uns ein. Ich war erleichtert. Das Einkaufen übernahm sie. Sie nahm mir das Fegen, Geschirrwaschen und Kochen ab, und es schien, als würde sie diese Arbeiten genießen. Für jede Arbeit bedankte ich mich zig Mal bei ihr. Sie sagte, »Was machst du nur für Umstände. Es ist das Haus meines Sohns. Da darf ich nicht wie ein Gast herumsitzen und keinen Finger rühren, damit sich andere für mich bücken.«

Ja, sie sagte, ›Es ist das Haus meines Sohns!‹

Die Wäscherin kam und klopfte an der Tür. Rahims Mutter öffnete die Tür. Sie sprach und tuschelte eine Weile mit ihr herum. Die Wäscherin stand unschlüssig neben dem Becken. Seitdem Rahims Mutter zu uns gekommen war und ich die schmutzige Wäsche nicht mehr in der Vorratskammer neben dem Zimmer, in dem sie schlief, stapeln konnte, faltete ich sie zusammen und legte sie in eine alte, halb kaputte Truhe aus Strohgeflecht unter der Treppe des Wasserspeichers. Rahims Mutter stieg die Stufen zum Salon hoch. Ich wollte die Wäscherin vom Fenster aus rufen, um ihr zu sagen, daß sie die Wäsche vom Wasserhahn des Speichers holen sollte. Meine Schwiegermutter trat ein und sagte, »Mahbube, wozu brauchst du eine Wäscherin? Ich kann doch deine Wäsche waschen.«

»Nein, Chanum. Was soll das heißen? Das ist nun wirklich nicht Ihre Aufgabe. Sie kommt immer, alle zwei Wochen. Später, wenn Sie uns wieder verlassen haben, habe ich niemanden mehr.«

Sie hob die Braue, »Wai, wai. Wie ihr euer Geld rauswerft! Zwei törichte junge Leute, die alles, was sie verdienen, in den Wind schießen.«

Ich wollte nicht, daß sie unsere schmutzige Wäsche anrührte. Sie war Rahims Mutter, meine Schwiegermutter, nicht die Wäscherin des Viertels.

Die Wäscherin wusch die Kleider, hängte sie im Hof auf die Leine und ging. Es war gegen Mittag, kurz bevor Rahim kam. Plötzlich sah ich, wie meine Schwiegermutter ein kleines Kupferbecken mit Wasser füllte und schlurfend in ihr Zimmer ging. Sie holte sich zwei oder drei Stück ihrer schmutzigen Wäsche und kehrte zurück. Setzte sich neben das Becken und begann sie zu waschen. Ich begriff nicht, was sie im Schilde führte. Weshalb sie ihre Wäsche morgens nicht der Wäscherin gegeben hatte. Plötzlich flammte die Wut in mir auf.

Ich war schwer geworden und bewältigte die Treppen nicht ohne Mühe. Vom Fenster aus rief ich, »Chanum, weshalb haben Sie Ihre Kleider nicht der Wäscherin gegeben, damit sie sie mitwäscht?«

Sie verrenkte affektiert den Hals, »Ich wasch sie selbst. Hatte etwa meine Mama oder mein Papa eine Wäscherin? Man stirbt doch nicht davon, zwei Stück Wäsche zu waschen!«

Ich spürte sehr wohl ihre bösartige Absicht, wußte aber nicht, was ich dagegen tun sollte. Ohne sie zu beachten, deckte ich das Speisetuch fürs Mittagessen. Ich hörte Rahims Schritte. Er betrat den Hof. Ich stellte mich ans Fenster und sah zu. Rahim warf einen Blick auf die Wäscheleine, die über den gesamten Hof gespannt war, und betrachtete dann seine Mutter.

»War denn heute die Wäscherin nicht da?«

»Doch, sie war da.«

»Warum hast du ihr denn deine Kleider nicht zum Waschen gegeben?«

»Nun ja, Mahbube hat mir keinen Ton gesagt. Sie hat mit keinem Wort erwähnt, ›Wenn du schmutzige Wäsche hast, bring sie und gib sie dieser Frau zum Waschen.‹ Macht nichts. Es sind ja nicht mehr als zwei Blusen.«

Ich zitterte am ganzen Körper. Solche Hinterhältigkeit war ich nicht gewöhnt. Ich spürte, daß seine Mutter Unfrieden stiften wollte. Daß sie zwischen uns Zwietracht säen wollte. Ich wußte nicht, ob Rahim es bemerkt hatte. Ich hörte nur seine Stimme, wie er sagte, »Dann hättest du sie ihr halt selbst zum Waschen gebracht. Arbeitet sie etwa umsonst? Sie bekommt doch ihr Geld. Und wenn du sie selbst waschen wolltest, wäre frühmorgens der richtige Zeitpunkt gewesen, nicht jetzt am Mittag. Willst du mich ärgern?« Er stieß mit dem Fuß gegen das Kupferbecken, »Räum das weg. Wenn dich irgend etwas stört, geh zurück nach Hause.«

»Ach was, mein Kind, ich bin gekommen, deiner Frau zu helfen. Wohin sollte ich denn gehen?«

»Was ich gesagt habe: Wenn du solche Mätzchen veranstalten willst, braucht meine Frau keine Hilfe.«

Ich empfand Schadenfreude. Der Ärger hatte sich aufgelöst.

Aus meinem Elternhaus schickte man eine Ausstattung fürs Neugeborene als Geschenk. Angefangen von Wachstuch, Windeln und der Schnur zum Abnabeln bis hin zu Winter- und Sommerbekleidung und handgestrickten Hemdchen und Jäckchen. Meine Mutter hatte großen Geschmack bewiesen und das Fliegennetz für das Neugeborene mit kleinen Schmetterlingen bestickt. Seine Mutter sah es von fern und beachtete es nicht. Sie kam nicht einmal näher. Ich wollte so schnell wie möglich entbinden, damit sie nach Hause zurückkehrte.

Die Hebamme war bei mir. Sie verlangte abgekochtes Wasser und saubere Tücher. Sie sagte mir, was ich zu tun hatte. Die Schmerzen schienen meinen Körper von innen zu sprengen. Jedesmal, wenn eine Wehe kam, sagte ich mir, sie würde nicht mehr aufhören. Daß ich es diesmal nicht aushalten könnte. Daß mir der Atem wegbleiben würde. Ich war in ein Meer gefallen, und die Wellen des Schmerzes hatten mich umzingelt. Eine Welle nach der anderen. Ich rang, um Atem zu holen, um einen Atemzug ohne Schmerzen. Ich wollte die Uhr zurückdrehen, zum Beispiel auf gestern Nacht. Oder daß die Zeit vorwärts fliegen würde, zur kommenden Nacht. Ich sehnte mich nach einem Augenblick, in dem ich zur Ruhe kommen würde. Rahim war bei mir. Ängstlich und treuherzig sah er mich an. Sein Haar fiel ihm wieder ins Gesicht. Seine Halsmuskeln, seine Halsader, die vor Aufregung und Sorge pochte. Seine rauhe Hand, die meine Hand hielt. Ich sah ihn und sah ihn nicht. In einem Nebel aus Schmerzen erkannte ich seine Stimme, seine Liebkosungen und Worte. Wenn ich zur Ruhe kommen und auf Linderung hoffen konnte, so nur durch ihn. Die Anwesenheit dessen, der mit mir litt, als er fragte, »Mahbube, hast du große Schmerzen?«

Aus Schmerz und Verwunderung und wegen des anhaltenden Drucks kamen die Atemzüge ruckartig. Ich preßte hervor, »Nein ... nein, die Geburt ist leicht.«

Ich atmete, als sei ich gerannt und schwitzte, und mein Ehemann wischte mir den Schweiß von der Stirn. Wo war meine Mutter? Weshalb kam sie nicht? Wann würden sie an mein Bett kommen? Wann würden sie sich an mich erinnern? Falls ich heute nacht sterben sollte, würden wir uns erst am Jüngsten Tag wiedersehen. Wieder kamen die Wehen.

Meine Schwiegermutter kam und ging. Die Hebamme verließ für einen Augenblick das Zimmer.

»Rahim Djan, komm näher.«

Er senkte seinen Kopf, »Sag, was möchtest du?«

»Gib der Hebamme ein gutes Trinkgeld.«

»Mach dir keine Sorgen, ich werde sie zufriedenstellen.«

Er küßte meine Stirn. Seine Hand zitterte in meiner. Meine Schwiegermutter trat ein und sah diese Szene. Mit einem falschen Lachen sagte sie, »Mahbube Chanum, läßt du auch jetzt nicht lokker? Laß erst einmal die Wehen des ersten zu Ende gehen und sorge dich dann um das zweite! Du bist wirklich ganz schön forsch!«

Ich sah sie scharf an und dann Rahim. Plötzlich füllten sich meine Augen wie zwei Schalen mit Wasser. Rahim hob den Kopf und sagte zu seiner Mutter, »Mutter, hältst du endlich den Mund? Bist du gekommen, um ihr zu helfen oder um sie zu quälen?«

Unter Schmerzen sah ich seine Mutter erschrocken an. Bei Rahims Art und Weise zu sprechen war ich zusammengezuckt. Ich war sicher, daß seine Mutter beleidigt sein und fortgehen würde. Wehe, wenn es sie gekränkt hätte. Wehe, wenn sie noch feindseliger werden würde. Wehe, wenn sie mich nicht mehr ausstehen könnte. Was die erste Vermutung betraf, so hatte ich mich geirrt. Seine Mutter lachte unverfroren und sagte, »Jawohl, ich halt die Klappe, damit deine Henne ihr goldenes Ei legen kann.«

Auch in Bezug auf die zweite Vermutung lag ich nicht ganz richtig. Meine Schwiegermutter verhielt sich nicht erst jetzt feindselig, sie hatte mich von Anfang an nicht ausstehen können. Ich fragte, »Rahim, was heißt das? Was bedeutet goldenes Ei?«

Seine Mutter sagte, während sie lachend das Zimmer verließ, »Das heißt, laß dein Kind zur Welt kommen und deinem Agha Djan ans Herz wachsen, dann wirst du sehen, wie er sechs *Dong* eines Dorfs auf deinen Namen überschreibt! Und wenn es nicht sechs *Dong* sind, drei werden bestimmt drin sein.«

Rahim sagte nichts, und ich begann erneut vor Schmerzen zu schreien.

Es war ein Junge, kugelrund und mollig, mit roten Bäckchen. Eingewickelt war er, noch feucht vom Wasser, in dem ihn die Hebamme gebadet hatte. Sein Kopfhaar war schwarz und spärlich, aber es wellte sich. Mir krampfte sich das Herz zusammen. Es war das Haar seines Vaters, gewellt und lockig. Er nuckelte geräuschvoll an seinem Daumen. Seine Augen waren wie die Augen der Katzenkinder geschlossen. Ich hatte mich auf meinem Lager, dessen Wachstuch die Hebamme entfernt und dessen Laken sie gewechselt hatte, sauber und bequem ausgestreckt. Rahim küßte mich auf die Stirn und gab mir einen *Ashrafi*. Ich wußte, seine Geschäfte liefen gut. Jeden Tag legte er die Einnahmen in die Wandnische. Jeden Tag bis zu dem, an dem seine Mutter in unser Haus gekommen war. Seitdem hatte er sein und mein Geld in die Schatulle gelegt und den Schlüssel mir anvertraut. Ich wunderte mich, ließ es mir jedoch nicht anmerken. Ich wußte, daß er mir den *Ashrafi* von diesem Geld gekauft hatte, aber ich wußte nicht, ob ich mich darüber freuen sollte. War dieser *Ashrafi* nicht geliehen? Ich wollte ihn fragen, hielt es jedoch nicht für ratsam. Jetzt hatte mir Gott ein Juwel geschenkt, mit dem verglichen Krüge voller *Ashrafi* nicht ein Staubkorn wert waren. Meinen Sohn.

Eine Woche verstrich. Mir ging es nicht gut. Ich wußte, daß manche Frauen nach der Entbindung an Depressionen litten. Ich Ärmste gehörte zu dieser Sorte. Rahim saß ein paar Nächte bei mir und betrachtete mich. Er betrachtete das Kind. Wie es trank. Er betrachtete meine ungewollten Tränen. Dann, eines Nachts, als ich das Kind küßte und herzte, sagte er, »Beachten Sie mich nicht mehr, Mahbube Chanum? Kommt Neues auf den Markt, wird das Alte überflüssig.«

Er war auf seinen eigenen Sohn eifersüchtig. Auf den Platz, den er in meinem Herzen eingenommen hatte. Ich hob den Kopf und lachte, »Du Neidhammel!«

»Laß ihn zumindest nachts bei meiner Mutter schlafen.«

»Aber das Kind braucht seine Milch. Laß es zwei, drei Monate hierbleiben, danach. Wenn es nachts zum Trinken nicht mehr aufwacht, gern. Dann kann deine Mutter es nehmen.«

Mißmutig sagte er, »Pah! Dann sag doch gleich, bis zu seiner Hochzeit. Auf Wiedersehen, meine Dame, ich gehe!« Und er ging tatsächlich. Er schmollte. Als er spät nachts zurückkehrte, roch sein Atem nach Wein.

Seine Mutter nahm morgens das Kind, und ich lag im Bett. Sie hatte fast alle Aufgaben an sich gerissen. Die Amme kam. Es war kalt und hatte geschneit. In meinem Zimmer hatten sie ein Kohlebecken aufgestellt. Meine Amme freute sich über meine Entbindung und sagte, kaum daß meine Schwiegermutter das Zimmer verlassen hatte, leise zu mir, »Liebes, paß auf, daß du und dein Kind nicht den Rauch einatmen . . .« Sie legte eine Pause ein und sagte dann, »Übrigens, still dein Kind, solange du kannst. Solange du stillst, kannst du nicht wieder schwanger werden.«

Ich war wirklich betrübt. Sah auch sie auf Rahim herab? Weshalb wollte sie nicht, daß ich noch ein Kind von ihm bekam? War es vielleicht auf Empfehlung meiner Mutter? Überbrachte sie deren Anweisung? Sie gab mir vierzig Tuman und sagte, »Die hat dir dein Agha Djan gegeben. Als Geschenk für das Neugeborene.« Und ging.

Es war die sechste Nacht. Ich erinnerte mich an die Entbindung meiner Mutter. Was für ein Fest war das gewesen! Das ausgelassene Vergnügen, das Kommen und Gehen! Und ich lag hier einsam und verlassen. Nur meine Schwiegermutter war da, und Rahim war noch nicht zurückgekommen. Als er kam, war er fast betrunken. Ich war wütend auf ihn. Ich hatte geweint. Das Kind war an meiner Seite eingeschlafen. Seine Mutter wusch im Hof das Geschirr ab. Ich war zu einem handfesten Streit bereit. Als ich jedoch sein betrunkenes Gesicht und sein schelmisches Lächeln sah, vergaß ich alles. Seltsam, wie Kummer und Traurigkeit sich beim Hören seiner Schritte verflüchtigten. Sie lösten sich in Luft auf. Ich begehrte ihn tatsächlich. Er sagte, »Salaam, meine wehleidige Dame!«

Das Wort wehleidig enthielt eine Spitze. Ich gab keine Antwort.

»Du liegst ja immer noch!«

»Ich habe Schmerzen. Ich kann nicht sitzen.«

»Ja, du hast vollkommen recht. *Rostams* Mutter mußte ebenfalls vierzig Jahre liegen.« Er lachte und torkelte vor Trunkenheit vor und zurück.

Ich lachte ebenfalls.

»Stell dich nicht so an, Rahim.«

»Verwöhn du mich nicht.«

Ich sagte, »Ich kann nicht. Du bist so süß, daß man dich nicht nicht verwöhnen kann.«

Er schaute mir in die Augen, und mir stockte der Atem.

»Was würde aus dir werden, wenn du nicht solch ein Mundwerk hättest, Mädchen!«

Er brachte seinen Kopf näher. Der Alkoholgeruch stieg mir in die Nase. »Hast du schon wieder diesen Dreck getrunken?«

»Ja, gefällt es dir nicht?«

»Nein, ganz und gar nicht. Trink nicht mehr davon.«

Er senkte seinen Kopf, um mich zu küssen. Plötzlich, wie auf Bestellung, öffnete seine Mutter die Tür und erschien zwischen den Türflügeln. Sie stemmte eine Hand in die Hüfte und sagte halb im Spaß, »Ihr könnt es anscheinend nicht lassen! . . . Es reicht. Ihr seid doch nicht mehr frisch verheiratet!«

Rahim wandte sich um. Er legte eine Hand aufs Knie, stützte sich mit der anderen auf den Boden und sagte betrunken und ziemlich unverschämt, wie mir vorkam, »Was, bitte schön, ist Ihrer Meinung nach wichtiger?«

»Schließlich ist es die sechste Nacht eures Kindes. Ihr müßt ihm einen Namen geben.«

Rahim wandte sich an mich, »Welchen Namen hast du gewählt, Mahbube Djan?«

Der Alkohol hatte seine Stimmung verändert und ihn beschwingt. Ich sagte, »Da mir Gott dich geschenkt hat, und du sein Vater bist, möchte ich ihn Enayat-ollah nennen.«

Er lachte schallend, »Da Gott mich dir geschenkt hat, müßte *ich* Enayat-ollah heißen . . .«

Seine Mutter verdrehte den Hals und sagte angewidert, »Hört auf damit. Laßt diese Mätzchen. Das ist doch kein Spiel. Wo bleibt der Respekt vor dem Alter? Üblicherweise wählen die Älteren den Namen für das Kind. Der Großvater, die Großmutter, irgend jemand.«

Protestierend erwiderte ich, »Chanum, die Großeltern haben zu ihrer Zeit Geschmack bewiesen und ihren eigenen Kindern Namen gegeben. Jetzt sind wir an der Reihe. Da wir seine Eltern sind, möchten wir ihn Enayat-ollah nennen.«

Plötzlich schossen ihr die Tränen aus den Augen. Beleidigt verließ sie mein Zimmer und den Salon. Sie setzte sich auf die erste Stufe und sagte weinend mit lauter Stimme, »Ich Unglückliche soll angeblich die Großmutter sein. Wie gut haben es die Ammen und Sklavinnen. Mich fragt niemand. Und das ist die Schuld meines eigenen Kindes. Sie brauchen mich nur als Dienerin, zum Einkaufen, Kochen, Abwaschen und Kinder hüten. Das ist mein Lohn. Asche auf mein Haupt, daß mir von Anfang an Unglück beschert war. Seht bloß, wie dieser Zwerg von einem Mädchen sich aufführt! . . .«

Rahim und ich sahen einander verwundert an. »Wohin gehst du, Rahim? Fang um Gottes willen keinen Streit an. Mir geht's nicht gut.«

Er antwortete nicht. Ich hörte seine Stimme vom Eiwan, »Was soll dieses Theater? Willst du dir eine Lungenentzündung holen und mir Ärger machen?«

Weinend antwortete sie, »Hab keine Angst, ich mach dir keinen Ärger. Ich werde dich in Ruhe lassen. Tut es dir leid? Würdest du mich wirklich als deine Mutter betrachten, würdest du mir mehr Achtung entgegenbringen.«

»Was meinst du damit? Willst du selber einen Namen aussuchen?«

»Nein, ich werde mich hüten. Was habe ich mich einzumischen? Ich darf nur seine Windeln waschen.«

»Ich sagte, sag, was für einen Namen du dir wünschst?«

»Welchen Namen? Den Namen deines Vaters, Almass Chan.«

»Gut, dann nenn ihn Almass. Da gibt's doch nichts zu flennen.«

Schweigen breitete sich aus. Die Tränen meiner Schwiegermutter waren versiegt. Mir sank das Herz in die Knie. Das Gesicht von Almass, dem schwarzen Eunuchen meiner Großmutter mit seiner fülligen und fleischigen Gestalt, kam mir in den Sinn.

Rahim betrat das Zimmer. Er schloß die Tür und sagte, »Eine erwachsene Frau! Was für einen Aufstand sie wegen eines Namens veranstaltet! Hätte sie doch von Anfang an gesagt, daß sie ihn Almass nennen will, und Ruhe gegeben.«

Flehend sagte ich, »Rahim Djan, Almass ist der Name von schwarzen Dienern! Es war der Name des Eunuchen meiner Großmutter. Ich mag ihn nicht.«

Ärger und Zorn heuchelnd sagte er, »Fängst du jetzt auch damit an? Ein Name ist ein Name. Ist denn ein schwarzer Diener kein

Mensch? Wenn du ihn nicht Almass nennst, schmollt meine Mutter und geht. Dann sitzen wir in der Patsche.«

»Warum regst du dich denn so auf? Ich habe nur ...«

»Du machst mich wütend. Für nichts und wieder nichts. Ständig suchst du nach irgendeinem Vorwand. Jetzt hat meine Mutter einmal etwas gesagt. Hat uns um etwas gebeten. Sieh bloß, was für einen Aufruhr du veranstaltest!« Beleidigt verließ er das Zimmer und schlief jene Nacht im Salon.

Wir nannten meinen Sohn Almass.

Allmählich konnte ich wieder aufstehen und umhergehen. Ich konnte mich um das Kind kümmern und langsam die Hausarbeit erledigen. Eines kalten und verschneiten Morgens sagte meine Schwiegermutter nach dem Frühstück, als Rahim zur Arbeit gehen wollte, »Nun, Rahim Djan, jetzt werde ich mich auch verabschieden.«

Ich war entzückt. Rahim fragte, »Wohin? Weshalb willst du schon so früh gehen?«

Meine Schwiegermutter sagte, während sie das Samowar-Geschirr aus dem Zimmer trug, »Nein, mashallah geht es Mahbube wieder gut. Und ich muß auch zurück zu meinem Haushalt. Allerdings nur, wenn du es für richtig hältst.«

Rahim stieg arglos die Treppen hinunter. Er wollte durch die Haustür und zur Arbeit gehen. Da sah ich, wie meine Schwiegermutter ihm einen Wink gab. Wieder begann das Getuschel. Er kehrte zurück und betrat das Zimmer. Meine Schwiegermutter verschwand in der Küche. Ich wußte, daß ihr Getuschel mir Ärger bereiten würde, wie gehabt. Er sagte, »Mahbube Djan, meine Mutter hat etwas ganz Vernünftiges gesagt. Sie sagt, ›Warum solltest du für zwei Haushalte zahlen? Meine Miete bezahlen?‹ Sie sagt, ›Ich werde mich hier in irgendeinem Winkel einrichten. Insbesondere, wo das Haus genügend Platz hat ...‹«

Ich sagte, »Aber Rahim ...«

»Was ist? Stört es dich?«

»Nein, aber dann wir wären nicht mehr unabhängig. Uns wären die Hände gebunden.«

»Ist dir meine Mutter etwa zur Last gefallen? Was hat sie getan? Hat sie dir etwa nicht gedient? Hat sie dir etwa die Hände gebunden, so daß du nicht unabhängig bist? Willst du, daß ich eine Miete extra bezahle? Na gut, ich werde ihr sagen, ›Pack sofort deine Siebensachen zusammen. Mahbube sagt, du mußt gehen.‹«

»O weh, Gott lasse mich sterben. Sag's nicht! Es wäre sehr unpassend. Wann habe ich je so etwas gesagt?« Insgeheim verfluchte ich seine Mutter. Ich wußte, daß sie schuld an dem Ärger war, antwortete jedoch gezwungenermaßen, »Na gut, soll sie bleiben. Tu, was du für richtig hältst.«

»Dann, Mahbub Djan, biete du es ihr ebenfalls an. Schließlich ist sie meine Mutter.«

Das fiel mir nun wirklich schwer. Ich wußte, daß ich ein Gesicht zog, sagte jedoch, »Geht in Ordnung.«

Er sagte, »Mit Gottes Segen«, und ging fort.

Es war, als hätte man mir Bleigewichte an die Beine gebunden. Ich ging in den Hof. Meine Schwiegermutter war nicht dort. Sie war in der Küche. Mühsam stieg ich die Stufen hinunter. Ich hatte noch Schmerzen. Sie beschäftigte sich mit dem Choresh-Topf. Ich sagte, »Chanum, Rahim hält es für angebracht, daß Sie hier bleiben. Daß Sie bei uns leben.«

Ich konnte mich nicht umgangssprachlich ausdrücken. Ich hätte mir gewünscht, meinem Zorn auf irgendeine Art und Weise Luft zu machen, konnte es jedoch nicht und haßte mich für meine Schwäche. Sie wandte den Kopf. Ihre Augen blitzten. Ich weiß nicht, ob vor Vergnügen oder aus purer Gehässigkeit. Sie sagte, »Wallah, Mahbube Djan, ich wollte mein Zuhause auf keinen Fall aufgeben. Aber Rahim hat darauf bestanden. ›Bleib hier und hilf Mahbube. Sie ist jung. Sie ist zu unbeholfen, um sich sowohl um den Haushalt als auch um das Kind zu kümmern.‹ Was blieb mir übrig? Hätte ich abgelehnt, wäre er betrübt gewesen. Ich sagte, ›Wenn du darauf bestehst, werde ich, sofern Mahbube Djan ebenfalls einverstanden sein sollte, bleiben.‹ Nun ja, ich bring es nicht übers Herz, euch zu Winteranfang allein zu lassen. Macht nichts, wenn es mir schlecht geht. Wenn ihr sagt, ›Bleib‹, werde ich mich fügen. Was sollte ich sonst tun? Er ist mein Kind. Ich kann ihn nicht leiden sehen.«

Wie gern hätte ich getan, wonach ich mich sehnte. Ihre Hand gepackt und sie aus dem Haus geworfen. Doch ich konnte nicht. Ich war unfähig dazu. Ich hatte es nicht gelernt. Hatte nicht gelernt, mich zu verteidigen. Wieder erinnerte ich mich an die Ermahnungen meiner Mutter: *Sei eine Dame, Mahbub Djan, sei eine Dame.* Ich platzte vor Wut und lächelte. Ich blieb stumm. Sie hatte durch ihre Hinterlist erreicht, was sie wollte. Sie blieb und bürdete mir die Verantwortung dafür auf.

Die Amme kam. Sie hatte mein Unterhaltsgeld mitgebracht. Leise sagte sie, »Ach, die ist ja immer noch da!«

»Es ist beschlossen, daß sie hier bleibt. Sie hat sich hier eingenistet. Unter dem Vorwand, zu helfen, ist sie gekommen und nicht mehr fortgegangen. Sag um Gottes willen meinem Agha Djan nichts davon! Sag's auch nicht meiner Chanum Djan.«

»Weshalb sollte ich es sagen? Damit sie sich noch mehr aufregen?«

Ich wechselte das Thema, »Wie geht es Chodjasteh?«

»Du wirst es nicht glauben, sie ist prächtig gewachsen, mashallah. Ein Gesicht wie ein Gedicht. Sie übt Klavier und hat verschiedene Lehrerinnen. Malt wunderschön . . .«

Ich verstand nichts mehr. Ihre übrigen Worte bekam ich nicht mit. Ich hatte mich in mich zurückgezogen. In mein eigenes Leben. Als hätte ich keine Ahnung von der Welt. Von der schönen, fröhlichen und glanzvollen Welt, die ich verlassen hatte. Der ich den Rükken gekehrt hatte. Ich war hinter ihr zurückgeblieben. Nachdem die Amme gegangen war, fragte meine Schwiegermutter, »Was hat die Frau Amme gesagt?«

»Nichts. Wir haben nur über unsere eigenen Angelegenheiten gesprochen.«

Sie verzog gekränkt den Mund und sagte laut und grollend, während sie hin und her ging und die tägliche Arbeit verrichtete, »Hab ich etwa gesagt, ihr hättet über mich gesprochen? Bin ich etwa eine Fremde? Sag wenigstens, ob sie das Unterhaltsgeld mitgebracht hat! Hab ich etwa gesagt, du solltest es mir geben? Ich hab mich ja daran gewöhnt, kostenlos zu schuften. Hättet ihr euch eine Dienerin genommen, würde es euch ganz schön was kosten . . .«

Ich fragte mich, verlangt sie Geld von mir? Nein, wie argwöhnisch von mir. War es denn möglich, so gemein und so gierig zu sein? So materialistisch zu sein, daß man im Haus des Sohns und der Schwiegertochter lebte und Forderungen stellte? Daß man finanzielle Ansprüche erhob? Dennoch ging ich, nachdem die Amme das Geld am nächsten Monatsersten gebracht hatte und gegangen war, zu ihr und sagte, »Chanum, diese zwei Tuman sind für Sie. Kaufen Sie sich einen Tchador davon. Ich kenne ja nicht Ihren Geschmack.«

Sie zierte sich und sagte, »Ach, was sagen Sie da, ich erwarte doch nichts!« Und sie nahm das Geld und steckte es in den Ausschnitt ihres Kleids.

Ich erinnerte mich an die Prinzessin, die für ihren Sohn um meine Hand angehalten hatte. An ihre Fingerringe, ihr gemessenes und würdevolles Verhalten. Sie war wirklich eine vollendete Dame. Ich sagte, »Ich weiß, daß Sie nichts erwarten, Chanum. Ich möchte es Ihnen schenken.«

Rahim kam und fragte, »Da fehlt etwas Geld. Du hast doch nicht etwa der Amme wieder etwas gegeben?« Und er lachte in einer Art und Weise, die mir geziert erschien.

Ich sagte, »Nein, ich hab es deiner Mutter gegeben.«

»Aus welchem Anlaß?«

»Sag ihr um Gottes willen nichts, Rahim. Schließlich müht sie sich in unserem Haus ab. Kümmert sich um das Kind und kocht das Essen. Sag um Gottes willen nichts, das gehört sich nicht.«

Ich erinnerte mich an das Lächeln von Ata od-Doules Sohn. Wie er gesagt hatte, ›Es scheint, als sei sie außerdem eine verspielte Katze.‹ Ich hörte Rahim sagen, »Na und, soll sie doch. Es ist ihre Pflicht. Sollte sie etwa herumsitzen und sich von uns bedienen lassen? Freie Kost und Logis. Sie müßte außer sich sein vor Freude, daß sie im Alter nicht mehr als *Band-andaz* arbeiten muß.«

Mir sank das Herz in die Knie. Ich hatte erfahren, was ich nicht wissen wollte. *Band-andaz*? Rahim hatte offensichtlich nicht mitbekommen, wie elend ich mich fühlte. Sein Verhalten glich dem seiner Mutter. Aber es war nicht seine Schuld, schließlich hatte sie ihn großgezogen. Ich spürte, daß ich in einen Sumpf geraten war, in dem ich immer tiefer sank. Rahim setzte sich an den Korsi, aß sein Mittagessen und lehnte sich zurück. Dann stand er auf und ging zu seinem Laden.

Ich war empört. Jetzt begriff ich den Grund für dieses ungebührliche Verhalten, diese Gemeinheit und diese Geldgier ... Wieder tröstete ich mich. Hör auf damit, Mahbube. Du hast es so gewollt. Was geht dich seine Mutter an? Ist denn deine eigene Tante, die niemanden eines Blicks würdigt, nicht ebenfalls geldgierig? Hat sie deine Mutter etwa nicht gequält? Ist sie etwa weniger hinterlistig? Doch wußte ich selbst sehr wohl, daß die beiden sich unterschieden wie Tag und Nacht. Meine Tante Keshwar war nach Art mancher bösartiger alter Frauen gierig und kleinlich. Dennoch war ihr Benehmen stets von Würde und Selbstbeherrschung geprägt. Sie war nicht so würdelos und schäbig wie meine Schwiegermutter. Aber schließlich war es meine Schwiegermutter, und ich mußte sie ertragen. Ich hatte es so gewollt. Die Suppe hatte ich mir selbst eingebrockt. Es wird sich schon wieder einrenken. Ich werde Rahim erziehen. Ihm allmählich die Augen öffnen. Ihm den Weg zeigen und ihm beibringen, das Richtige vom Falschen zu unterscheiden. Er wird zum Militär gehen. Offizier werden. Unter Leute kommen und es lernen. Ich mußte nur warten, bis das Jahr vorbei war. Er hatte es selber versprochen. Er hatte selbst um Aufschub bis zum Ende des Jahres gebeten.

Ganz allmählich nahm mir meine Schwiegermutter unter dem Vorwand, ich sei kindisch, unreif und unbeholfen und wegen tausend anderer Fehler, die sie mir vorhielt, die Zügel aus der Hand, und ich verwandelte mich in ein hilfloses Wesen, das nicht einmal über sein eigenes Kind verfügen konnte. Im zweiten Jahr nahm sie nach dem Neujahrsfest, das ebenfalls still und trostlos verlaufen war, das Kind zu sich. Tag und Nacht ließ sie es in Hof, Küche und anderswo hinter sich her laufen. Damals gab es keine Schnuller, für Babys stellte man Lutscher aus Zucker und Stoff her. Meine Schwiegermutter wickelte ein wenig Würfelzucker oder Kandis in einen sauberen Lappen, verknotete ihn und schob ihn meinem Sohn in den Mund. Zuvor nahm sie ihn jedoch in den eigenen Mund, um ihn anzufeuchten, damit sich das Kind schneller beruhigte und aufhörte zu weinen.

Ich sagte, »O weh, Chanum, er ist ein zartes Kind. Stecken Sie den Lutscher um Gottes willen nicht in Ihren Mund.« Oder ich sagte, »Chanum, lassen Sie das Kind nicht so viel im Hof herumlaufen, es wird sich erkälten. Lassen Sie mich ihm seinen Rotz abwischen, das ist nicht gut. Er wischt ihn sich mit seinem Handrücken ab. Das gehört sich nicht.«

Sie hob eine Braue und sagte, »Pah! Als hätte ich kein Kind großgezogen? Das Kind soll von meiner Spucke krank werden? Weshalb ist dann sein Vater nicht krank geworden? Mashallah, ein Baum von einem Mann! Ein Kind muß rennen und spielen. Hinfallen, um groß zu werden.« Oder sie sagte, »Sein Papa war als Kind im Haus nicht zu bändigen. Ständig lief er auf die Gasse, um mit Lehm zu spielen. Und jetzt ist er, wie du siehst, so kräftig wie *Rostam*, tausendmal mashallah. Der Anblick seiner stattlichen Gestalt ist ein Genuß.« Oder sie antwortete grollend, »Und wenn ihm der Rotz läuft, soll er doch! Ich kann dem Kind doch nicht alle Augenblicke den Rotz abwischen. Ich hab tausend Dinge zu tun! Als wären Brautwerber gekommen, vor uns selbst brauchen wir uns doch deshalb nicht zu schämen!«

»Es geht nicht ums Schämen. Ein Kind muß sauber sein, damit es nicht krank wird. Damit man ihm ins Gesicht sehen kann. Es widerstrebt einem . . .«

Sie schnitt mir das Wort ab, »Hab keine Angst, Liebste. Sie werden ihm nicht nur ins Gesicht sehen, sondern ihn auch noch bewundern. Ich geb dir mein Wort, daß sie ihn auch mit dieser laufenden Nase begehren werden. Ist denn sein Vater schlecht gelungen? Ich schwöre dir, daß die Aristokratentöchter ihn nicht in Ruhe lassen werden. Sie werden ihm schmeicheln und ihn anbeten.«

Ich begriff sehr wohl, was sie meinte. Ich registrierte ihre spitze Bemerkung und hätte ihr gern eine Abfuhr erteilt, wußte jedoch nicht, was ich sagen sollte. Ich fürchtete mich vor Krach und Auseinandersetzung. Befürchtete, daß Rahim verärgert sein würde. Fürchtete mich vor dem Ausgang der Angelegenheit. Ich, die ich mich nicht einmal den ehernen Schicksalsgesetzen fügte, hatte jetzt Respekt vor dieser alten Frau. Ich preßte die Lippen aufeinander und ging in mein Zimmer.

Allmählich fing mein Sohn an zu sprechen, und die ersten Worte, die er lernte, waren die Flüche und derben Ausdrücke, die seine Großmutter im Spaß oder im Ernst von sich gab. Die alte Frau nahm ihn gegen meinen Willen zum Gemüseladen, Lebensmittelgeschäft und zur Metzgerei mit. Sie legte sich mit den Händlern des Viertels an und beschimpfte sie. Mein Sohn lernte diese Worte in Windeseile. Abgesehen davon, waren die Bemerkungen und Witze meiner Schwiegermutter stets mit Flüchen und Kraftausdrücken gespickt. Worte wie Nichtsnutz, Lump und Bastard gingen ihr mühelos über die Lippen. Wenn mein Sohn etwas verlangte, das ich ihm nicht geben wollte, sparte er nicht mit solchen Ausdrücken. Sein Vater war von diesen Worten, die aus dem kindlichen Mund niedlich klangen, entzückt und sagte, »Sag es, Almass. Sag's, damit ich es dir gebe.« Und das Kind wiederholte und bekam etwas Eßbares zur Belohnung. Mutter und Sohn kugelten sich vor Lachen.

Ich sagte erzürnt, »Liebstes, diese Worte sind schlecht. Daß du sie mir ja nicht mehr verwendest. Wenn du noch einmal schlechte Worte verwendest, setzt es Prügel.«

Er streckte seine Zunge heraus, wackelte mit den Hüften und verzog den Mund. Ich schlug ihm auf den Mund. Seine Großmutter zog ihn beschützend in ihre Arme, befeuchtete Kandis mit ihrem Mund und gab ihn ihm. Ich wußte, der Mund, auf den ich schlagen mußte, war der Mund der alten Frau, aber mir blieb nichts anderes übrig. Stets mischten sich Rotz und Tränen meines Sohns. Einmal, zweimal, zig Mal säuberte ich ihn, doch erneut trieb er sich barfuß am Becken, an der Haustür, im Hof und in der Küche herum. Und wieder war alles wie zuvor. Die Hände rissig, die Knie schwarz vor Schmutz, und seine Tränen bildeten Furchen auf seinem verschmierten Gesicht. Was sollte ich tun, ich war in der Minderheit. Ich hatte keine Macht, weder über Rahim noch über seine Mutter. Ich sah, daß es keinen der beiden kümmerte, ob das, was mein Sohn tat, falsch oder richtig war. Alles an diesem Kind, sein Benehmen und seine Art des Sprechens erschien ihnen vollkommen normal und natürlich. Ich versuchte, ihm beizubringen, mich ›Chanum Jan‹ zu nennen, doch seine Großmutter sagte ständig, »Almass Jan, tu's nicht, deine *Nanneh* wird dich schimpfen!« Offenbar tat sie es aus reiner Bosheit. »Almass Jan, laß mich den Reis aufsetzen. Heiß, du wirst dich verbrennen! ... Geh zu deiner *Nanneh.*«

Barfuß watschelte er, wobei er sich mit den Händen an den Kanten festhielt, die Stufen der Küche hinauf und kam verdreckt und rußig zu mir. Nachts, wenn wir im Zimmer zusammensaßen, kam er, während Rahim Kalligraphie übte und ich stickte, an und sagte, »*Nanneh*, gib.«

Ich fuhr ihn an, »Hast du schon wieder ›*Nanneh*‹ gesagt? Sprich richtig, damit ich es dir gebe.«

Das arme Kind brach in Tränen aus. Meine Schwiegermutter verdrehte die Augen und sagte gequält, »Ach, was für Mätzchen! Das Kind geht auf sie zu, und sie quält es. Bringt es zum Weinen. Komm, mein Kind, komm in meine Arme.«

Das Kind schmollte und verzog sich in ihre Arme. Rahim sagte gelassen, »Das genügt. Du solltest es nicht übertreiben.« Und fuhr, an meinen Sohn gewandt, fort, »Nun gut, sie will, daß du sie Chanum Jan nennst. Sag ›Chanum Jan‹ und gib Ruhe. Was soll dieses ›*Nanneh*, *Nanneh*‹, Hundesohn!«

Es war eine seltsame Situation. Ich grämte mich, brachte jedoch kein Wort über die Lippen. Wer sollte dieses Kind erziehen? Wer sollte diese Mutter und diesen Sohn erziehen? Meine Bemühungen führten zu nichts. So sehr ich mich über ihr Verhalten wunderte, so sehr erstaunte sie meine Kritik. Wir sprachen nicht dieselbe Sprache.

Eines Nachts sagte Rahim zu seiner Mutter, »*Nanneh*, ich habe Lust auf Kalleh-Patcheh. Wollen wir es morgen essen?«

Seine Mutter sagte entzückt, »Ja, mein Sohn. Gib mir Geld, damit ich für dich einkaufe.«

Ich sagte, »Ach, Chanum, was für ein umständliches Essen! Die Zubereitung ist mühsam. Lassen Sie es lieber.«

Rahim sagte in primitivem Ton, der sich aus mir unerklärlichen Gründen von Tag zu Tag verstärkte, »Pah! Meine *Nanneh* kocht es doch nicht selbst. Morgen früh geht sie und kauft es im Basar.«

Der nächste Tag war ein Feiertag. Rahim wachte um neun Uhr auf. Meine Schwiegermutter war bereits frühmorgens fortgegangen und hatte das Kalleh-Patcheh an einem mir unbekannten Ort gekauft und in der Küche auf den Kohlen warmgestellt. Ich stand auf und holte zwei Porzellanschüsseln von meiner Aussteuer. Ich ging zur Küche, als ich sah, daß Rahims Mutter das Kalleh-Patcheh auf ein Messingtablett geschüttet hatte, es ächzend die Stufen herauftrug und auf dem Speisetuch neben dem Ssangak und dem sauer Eingelegten absetzte. Mit den Gefäßen in der Hand erstarrte ich. Ich sagte, »Chanum, ich war gerade dabei, die Schüsseln zu holen. Weshalb haben Sie es auf ein Messingtablett getan? Es gibt doch Schüsseln!« Rahim aß mit solch einem Heißhunger, daß er meine Worte gar nicht hörte. Seine Mutter nicht anders. Lachend setzte sie meinen Sohn neben sich und sagte, »Almass Jan, komm Kalleh-Patcheh essen, damit du stark und kräftig wirst. Schau, wie gut es schmeckt!«

Sie rollte ihm einen kleinen Happen in Brot und hielt ihn ihm vor den Mund. Das Kind weinte und schlug ihre Hand fort. Meine Schwiegermutter steckte sich den Happen in den Mund und sagte, »Dann iß es halt nicht, um so besser. Ich eß es selbst.«

Ruhig setzte ich mich hin und nahm meinen Sohn auf den Schoß. Ich wischte ihm Gesicht und Hände ab.

Mein Ehemann sagte, »Ißt du nicht, Mahbub?«

»Nein, ich hab keinen Appetit.«

Er lachte, »Um so besser, dann eß ich es selbst.«

Ihr Verhalten stieß mich ab. Es war an der Zeit auszusprechen, was mir schon lange auf der Zunge lag. Genug der Anspielungen und Andeutungen. Das Problem verlangte nach einer Lösung. Ich sagte, »Rahim Jan, hast du dich endlich entschieden?«

Verwundert fragte er, während er sich gerade einen Happen in den Mund schob, »Wie entschieden? Wofür?«

Ich fragte, »Geht es dir denn geschäftlich nicht gut? Bist du mit deinem Laden nicht zufrieden?«

»Doch, weshalb denn?«

»Nun, es war doch abgemacht, daß du dir einen Lehrling nimmst. Es war abgemacht, daß du zum Militär gehst. Willst du nicht hingehen und dich erkundigen?«

Er sagte, während er genußvoll an dem Happen kaute, »Hm, ja, ich werde hingehen. Eines Tages werde ich hingehen.«

Seine Mutter lächelte höhnisch. Ich blieb beharrlich, »Wann wird dieser Tag sein, Rahim? Es ist an der Zeit. Du mußt hingehen, solange du jung bist. Es heißt, daß man studieren müßte. Also, weshalb rührst du dich nicht?«

Er sagte, »Läßt du mich diesen einen Bissen essen oder willst du mir den Appetit verderben, Mahbube?«

Seine Mutter stand gesättigt auf, setzte sich an den Samowar und goß mit fettigen Händen Tee ein. Um das Thema zu wechseln, sagte sie, »Laß es gut sein, Mahbube Jan. Wo du schon kein Kalleh-Patcheh gegessen hast, trink wenigstens einen Tee.«

Zornig erwiderte ich, »Ich mag nicht.«

Ich stand auf, ging in unser Schlafzimmer und schlug die Tür zwischen beiden Zimmern kräftig zu. Ich hörte meine Schwiegermutter, die harmlos, aber so laut, daß ich es hören konnte, fragte, »Pah! Was hat die denn? Warum führt die sich so auf?«

Rahim sagte, »Laß sie in Ruhe, Nanneh. Gieß den Tee ein. Wahrscheinlich hat sie sich über etwas anderes geärgert.«

Ich hörte, wie er den Tee schlürfte. Meine Schwiegermutter sagte, »Sie ärgert sich über etwas anderes und läßt es an mir aus.«

Ihre Stimme senkte sich zu einem Flüstern. Wieder tuschelte sie ihm etwas ins Ohr und brachte ihn gegen mich auf. Plötzlich flog die

Zimmertür auf, und ein Türflügel knallte gegen die Wand. Ich sah seine Mutter, die ruhig am Samowar saß und deren Augen siegessicher funkelten. Rahim trug ein weißes Hemd samt Hose und Weste. Er wollte nach dem Frühstück außer Haus gehen. Wohin? Ich wußte es nicht. Sein Jackett hing an einem Nagel an der Wand des Schlafzimmers. Zunächst dachte ich, er sei gekommen, um sein Jackett zu holen. Wie üblich waren Hemdkragen- und Manschettenknöpfe geöffnet. Ich warf einen Blick auf das Jackett. Und dann auf ihn. Ich stand neben dem Fenster. Wütend fragte er, »Was ist mit dir los?«

Ruhig drehte ich mich um. Ich verschränkte die Arme vor der Brust und sah ihn an. Fettige Hände, offenstehender Hemdkragen, unordentlich, mit wirrem Haar und zornig. Ich blieb still.

»Weshalb hast du nichts gegessen?«

»Ich wollte nicht.«

»Wolltest du nicht oder warst du dir dafür zu schade? Was sind das für Mätzchen, die du veranstaltest? Darf man das vielleicht wissen?«

Ich sagte, »Begreifst du denn nicht? Begreifst du nicht, daß ich müde bin? Daß das kein Leben ist? Daß das Leben nicht nur Kalleh-Patcheh essen und Schlafen bedeutet? Daß dein Leben vergeht und du müßig herumsitzt? Willst du dir nicht eine anständige Arbeit suchen? Denkst du nicht an dieses Kind? Wer soll es erziehen? Bist du mit diesem armseligen Leben zufrieden? . . .« Mit der Hand zeigte ich auf Zimmer und Hof.

Er griff mit der Rechten an den Türrahmen. Ich sagte mir, jetzt wird die Tür fettig. Er brüllte, »Weshalb läßt du einen nicht im eigenen Haus in Ruhe leben? Was verlangst du von mir? Weshalb suchst du nach Ausflüchten? Muß denn ein einjähriges Kind erzogen werden? Braucht es einen Lehrer? Ich versteh ja nicht, was du sagst. Rede richtig, damit ich verstehen kann, was in dir vorgeht. Ich bin das, was ich bin. Hast du denn nicht von Anfang an Bescheid gewußt? Bin ich dir etwa nachgelaufen, ja? Du bist gekommen, hast mich gesehen, und es hat dir gefallen.«

Mein Sohn hatte aus Angst vor seinem Gebrüll zu weinen begonnen. Rahim schlug sich mit der Hand auf seine nackte Brust, »Du bist meine Frau geworden, meine, des Schreiners Rahim. Was verlangst du von mir? Am Anfang war an mir alles gut. Mein offener Hemdkragen, meine rauhen Hände, mein wirres Haar, mein

Umhang, mein langes Filzhemd, meine Stoffschuhe. Wie kommt es, daß jetzt plötzlich alles an mir schlecht ist? War ich nicht derjenige, *dem die Worte des Herzens zu sagen ist mein Begehr*?«

Er äffte mich nach. Aus dem anderen Zimmer ertönte das schadenfrohe Gelächter seiner Mutter. Ich sagte, »Rahim, Rahim, weißt du überhaupt, was du da sagst? Hör auf damit!«

Wieder schrie er, »Mittlerweile kommandierst du mich ständig herum. ›Rahim Djan, streich dir das auf die Hände, damit sie weich und geschmeidig werden. Rahim Djan, knöpf dir das Hemd zu, man kann deine Brust sehen. Das gehört sich nicht. Rahim Djan, kämm dir die Haare, damit sie unter dem Hut bleiben. Laß dir die Haare kurz schneiden. Benutz die Schüssel zum Essen. Zieh die Hacken deiner Schuhe hoch. Schließ die Knöpfe deines Jacketts. Tu dies, tu das!‹ Fehlte nur noch, daß du mich schminkst. Zig Mal täglich fragst du mit Anspielungen und Andeutungen, ›Rahim, gehst du nicht zum Militär? Wann gehst du endlich hin? Was ist daraus geworden?‹ War ich denn an dem Tag, als ich dir begegnete, Offizier? Wann habe ich dir gesagt, ich wollte zum Militär?«

Wütend fragte ich, »Hast du es nicht gesagt? Hast du es nicht an der Gartenmauer gesagt?«

»Nun gut, du hattest mich an der Gartenmauer in der Mangel, ob ich zum Militär gehen wollte. Ich hab, um dir einen Gefallen zu tun, etwas Dummes dahingesagt und bin dir nun etwas schuldig . . .«

Wutentbrannt schrie ich, »Hast du nicht an dem Tag, an dem die Chanum mir das Armband und die Ohrringe von der Hochzeit entrissen hat, gesagt, ich gehe zum Militär? Hast du nicht gesagt, ich kauf dir schönere dafür?«

Meine Schwiegermutter schrie aus dem anderen Zimmer, »Pah! Sag bloß, die Chanum ist auf Gold und Juwelen aus. Weshalb zieht ihr mich da hinein? Hast du keine Bessere als mich gefunden? Bist du auf dieses eine Paar Ohrringe versessen . . .«

Rahim schnitt ihr das Wort ab, »Machst du mir jetzt Vorwürfe? Muß ich die Wände hochklettern, um dir Schmuck zu kaufen? Werden etwa beim Militär Goldarmbänder und -ohrringe als Almosen verteilt? Du hast mich erledigt. Ich bin fertig. Ich werde mir meine Hände nicht einreiben. Dein Cousin muß sich die Hände einreiben. Ich eß doch kein unverdientes Brot, daß ich mir die Hände einreiben könnte! Und wenn ich sie einreibe, sind sie am nächsten Tag wieder genau wie vorher. Sieh mal, Mahbube, laß es dir ein für alle mal gesagt sein: Ich geh nicht zum Militär. Es ist doch nicht gratis. Man muß studieren, sich die Augen beim Rauch der Ölfunzel verderben. Es kostet . . .«

Ich sagte, »Die Kosten übernimmt mein Agha Djan.«

»Reib mir nicht das Geld deines Vaters unter die Nase. Ich bin das, was ich bin. Besser als das werde ich nicht. Ich hab doch eine Frau geheiratet, nicht einen Mann! Es ist, wie es ist, ob es dir nun gefällt oder nicht.«

Wieder war seine Halsader angeschwollen wie die eines Messerstechers und wirkte unschön unter der dunklen Haut. Sein Haar war ihm wild und furchterregend ins Gesicht gefallen. Die weißen Zähne hatte er grausam zusammengebissen. Die Hände grob wie ein Urmensch. In ihm war kein Fünkchen Selbstbeherrschung. Er hatte mir all das, was mir lieb und teuer war, unter die Nase gerieben und es verspottet. Ich sagte, »Es reicht, geh! Brüll nicht herum. Hör auf, damit du nicht noch mehr in meiner Achtung sinkst.«

Seine Mutter mischte sich ein, »Rahim Djan, reg dich doch nicht so auf, mein Sohn. Sonst schlägt das Essen nicht an. Mahbube hat nun mal was daher geredet, verzeih ihr. Sie hat es selbst schon bereut.«

Ich stellte mich an die Zimmertür und sagte, »Denken Sie, ich hätte nicht gehört, wie Sie ihm etwas einflüsterten? Sind Sie, jetzt, wo es so weit gekommen ist, zufrieden? Sie stecken doch hinter dem ganzen Ärger.«

Plötzlich schlug sie sich heftig gegen den Kopf und sagte mit lauter Stimme, »Asche auf mein Haupt, daß ich mich hier als Dienerin nützlich mache, mir lauter dummes Geschwätz anhören muß und keinen Ton dazu sage. Ich soll dahinter stecken? Nein, meine Liebe, ich hab damit nichts zu tun. Rahim ist in deiner Achtung gesunken. Deine Verliebtheit ist vorbei. Vorbei das Frohlocken. Du hast genug. Laß mich bloß nicht deutlicher werden!«

Rahim sagte gebieterisch, »Halt den Rand, Nanneh!«

»Ja, ich halte die Klappe. Das ist also mein Lohn. Verflucht sei mein Vater, wenn ich noch länger hier bleibe.«

Ich zog das weinende Kind in meine Arme. Ich zitterte wie Espenlaub. Meine Schwiegermutter stürzte hinaus, schnürte ihr Kleiderbündel und warf sich den Tchador über. Der Saum fegte über den Boden. Klagend warf sie die Haustür hinter sich zu und verschwand. Rahim wandte sich zu mir, »Bist du nun zufrieden? Ist es das, was du wolltest? Bitte schön!«

Er ging und setzte sich neben das Speisetuch. Er runzelte die Stirn. Nach einigen Minuten stand er auf, schleuderte mit einem Fußtritt eine Zuckerdose fort, die ihm im Weg stand, und kam in das Zimmer, in dem ich saß. Er nahm sein Jackett vom Nagel, griff sich das Geld aus der Wandnische und ging.

Ich brach in Tränen aus. Weinend wusch ich meinem Kind Gesicht und Hände und zog ihm die Kleidung an, die mir gefiel. Obwohl ich keine Kraft mehr in den Knien hatte, nahm ich das Tablett mit dem verfluchten Kalleh-Patcheh und leerte es. Ich putzte das Zimmer. Nahm mein Kind in die Arme und wiegte es mit Küssen und Streicheln in den Schlaf. Ich wusch das Geschirr ab. Das Haus war blitzblank sauber. Am Nachmittag wachte mein Kind auf. Ich spielte mit ihm und übte mit ihm Sprechen. Ich nahm es auf den Arm und ging mit ihm ein wenig auf der Gasse spazieren. Wir kehrten nach Hause zurück. Rahim war noch nicht zurückgekommen. Ich gab meinem Kind das Abendbrot und legte es schlafen. Rahim war immer noch nicht erschienen. Ich hatte mir einen Wecker gekauft. Er stand in der Wandnische über meinem Kopf. Es war zwei Uhr morgens, als er kam. Betrunken und angeschlagen. Er stand hinter der Tür, »Mahbub, bitte versöhnen wir uns miteinander.«

Ich gab keine Antwort. Er trat gegen die Tür. Ich sagte, »Mach keinen Lärm, das Kind schläft.«

»Zum Teufel, daß es schläft.«

»Hör auf damit, Rahim.«

Er fiel hinter der Tür zu Boden. Gedehnt sagte er, »Mahbub Djan, öffne die Tür«, und schlief ein.

Drei, vier Tage lang waren wir zerstritten. Wir sprachen kein Wort miteinander. Ich war jedoch froh, daß seine Mutter fortgegangen war, und hoffte, daß sie nicht zurückkommen würde. In der vierten Nacht kam Rahim nach Hause. Wieder hatte er getrunken. Das quälte mich mehr als alles andere. Mein Kind schlief, und ich stickte. Ohne ein Wort nahm er seine Kalligraphie-Utensilien und setzte sich neben mich. Ich beobachtete ihn heimlich. Unvermittelt fragte er, »Was soll ich schreiben?«

Ich antwortete nicht.

»Zier dich nicht so. Sag, was soll ich schreiben?«

»Was weiß ich? Was du willst.«

»Ich begehre dich.« Er nahm die Feder und schrieb *Mahbube, Mahbube, Mahbube.*

Unwillkürlich mußte ich lächeln, und mein tadelnder Blick wurde milder. Im Schein der Petroleumlampe raubten mir seine Augen erneut den Willen. Sein Lächeln hatte mir die Sinne verwirrt. Er streckte die Hand nach mir aus und sagte, »Mahbub!« Und ich ging wieder auf ihn zu.

»Mahbub Djan, ich muß meine Mutter holen.«

Wieder wurde ich traurig und sagte, »Nun, sie selbst wollte doch gehen.«

»Wohin soll sie gehen? Sie hat doch keinen eigenen Platz. Bestimmt ist sie nach Varamin zum Haus des Cousins gegangen. Sie wird zwei, drei Tage dort zu Gast sein, aber sie kann doch nicht ewig dort bleiben. Ich muß sie abholen gehen.« Ich blieb still. Er umarmte mich und sagte, »Macht es dich traurig?«

Wenn er mich umarmte, machte mich nichts traurig. Wenn er liebevoll war.

»Nein, weshalb? Geh und hol sie.«

Wieder trat diese Frau in unser Haus ein. Ich sagte mir, nun gut, es war meine eigene Schuld. Ich habe sie nicht in Frieden essen lassen. Ich suchte grundlos nach Vorwänden. Rahim hatte recht, ich hatte ihm das Vermögen meines Vaters unter die Nase gerieben. Er hat recht, Frau bleibt Frau, und Mann bleibt Mann. Ich hatte ihn vor seiner Mutter beschämt. Plötzlich tat er mir leid. Ich schämte mich für mein Benehmen. In derselben Nacht sagte ich, nachdem ich mich neben ihm ausgestreckt hatte, »Rahim Djan, es war meine Schuld. Du mußt mir verzeihen.« Er lachte und verzauberte mich erneut.

Es war wieder der Monatserste. Die Amme kam. Meine Schwiegermutter war zum Einkaufen ausgegangen. Meine Amme sagte, sobald sie mich sah, »Mein Kind, du bist ganz blaß. Was ist denn geschehen?«

»Nichts, liebe Amme.«

»Lüg mich nicht an. Ich wäre keinen roten Heller wert, wenn ich dich nicht kennen würde. Hattest du mit Rahim Agha Streit?«

»Nein, beim Leben meines Agha Djan.« Jetzt, wo ich bei seinem

Leben geschworen hatte, mußte ich die Wahrheit sagen. »Nun ja, wir haben uns gestritten. Aber das ist schon länger her. Sag es um Gottes willen nicht meiner Chanum Djan! In letzter Zeit ist Rahim etwas übellaunig gewesen.«

Die Amme sagte protestierend, »Wieder sagt sie, ›Sag es nicht meiner Chanum Djan.‹ Ich habe doch nicht den Verstand verloren, Mädchen. Aber schließlich bist du auch selbst daran schuld. Wie siehst du bloß aus? Mach dich ein wenig zurecht. Kauf dir ein paar Kleider. Du trägst immer noch die Kleider, die du aus deinem Elternhaus mitgebracht hast.«

»Wohin soll ich denn ausgehen?«

»Mußt du etwa irgendwohin ausgehen? Dein Ehemann ist jung. Er sieht gut aus. Zieh sie für deinen Ehemann an.«

Sie redete mir eine Weile gut zu, dann wechselte ich das Thema und fragte, »Was gibt's Neues, liebe Amme?«

»Gute Nachrichten!«

»Sag schnell, was für eine Nachricht?«

»Mansur Agha hat geheiratet.«

»Und weiter?«, fragte ich.

Sie sagte, »Ja, Mansur Agha. Frag mich, wen.«

»Nun gut, wen?«

Wieder bohrte sich mir ein Stachel in die Brust. Ich begehrte Mansur bestimmt nicht. Wenn es also nicht aus Eifersucht war, weswegen dann? Die Amme sagte, »Die Tochter von Herrn Giti-Ara.«

Ich hatte den Namen Giti-Ara schon gehört und kannte seinen guten Ruf. Ich war verblüfft, daß Mansur so eine hervorragende Wahl getroffen hatte. Es verdroß mich. Ich weiß nicht, weshalb ich mir gewünscht hatte, seine Wahl würde sich als unpassend und unwürdig erweisen. Gezwungen sagte ich, damit die Amme meine Verfassung nicht bemerkte, »Ach so, der, dessen Garten an Onkelchens Garten grenzt? Der ein Gelehrter und begabter Dichter ist?«

»Ja ... Dein Agha Jan sagt, sein Haus sei voll mit Büchern. Er sagt, er sei ein freisinniger Mann. Ein Ehrenmann. Weiß Gott, wie sehr er ihn achtet.«

Hochmütig und gleichgültig sagte ich, »Nun, soviel zu den Vorzügen ihres Vaters. Erzähl doch auch ein wenig über die Tochter. Das sagt doch nichts über ihre Vorzüge.«

Die Eifersucht ließ mich nicht los. Ich wollte Giti-Ara herabsetzen, um mein Mütchen zu kühlen, doch es gelang mir nicht. So sehr ich auch nach Fehlern und Mängeln suchte, ich fand keine. Herr Giti-Ara war ein gelehrter und geachteter Mann, daran bestand kein Zweifel. Da seine Ehefrau aus dem Hochadel war und da Prinzessinnen zumeist gut aussahen, mußte Mansur eine hübsche Frau bekommen haben. Ich zweifelte nicht mehr daran, daß ich eifersüchtig war. Natürlich hatte ich es nicht auf Mansur abgesehen, doch aus irgendeinem Grund hoffte ich in einem Winkel meines Herzens, ihm möchte kein gutes Schicksal beschieden sein. Er möchte stets mich begehren und sich nach mir sehnen. Er sollte nicht glücklicher werden als ich. Mir wurde schwach ums Herz. Ich fragte mich, was hattest du erwartet? Wolltest du, daß Mansur deinetwegen bis an sein Lebensende herumsitzt und Tränen vergießt? Ja, offenbar wünschte ich mir das insgeheim. Die Amme fügte hinzu, »Wallah, ich versteh ja nichts davon, aber es heißt, das Mädchen sei ebenfalls sehr gebildet. Offenbar dichtet sie sogar selbst.«

Ich wußte, daß Mansur den Künsten zugeneigt war. Ich hatte ihn auf der Tar spielen sehen. Ich fragte, »Vermutlich ist Mansur außer sich vor Freude?«

»Ach wo, davon ist keine Rede.«

»Hast du die Braut gesehen? Ist sie hübsch?«, fragte ich.

»Hübsch, was soll ich sagen? Aber man sagt, sie sei eine reizende Dame. Man sagt, ihr Vater hätte jede Mühe auf ihre Erziehung verwendet. Es heißt, daß sie, obwohl ein Mädchen, ihre Brüder an Bildung und Kunstfertigkeit überflügelt. Es heißt, ihr Vater hätte testamentarisch verfügt, daß man nach seinem Tod die Bibliothek ihr übergibt. Er soll gesagt haben, ›Es gibt keinen Unterschied zwischen Töchtern und Söhnen. Wenn mir meine Tochter nicht teurer ist als meine Söhne, so ist sie mir auch nicht weniger wert als sie. Diese eine Tochter wiegt alle ihre Brüder und Schwestern auf.‹ Ich habe sie nur einmal gesehen. Es war am Tag der Feierlichkeiten nach ihrem Hochzeitsfest. Sie hielt ihr Gesicht beharrlich mit dem Tchador bedeckt. Nur ihre Augen und Brauen waren zu sehen.«

Aufgeregt fragte ich, »Wie war sie denn?«

»Nicht übel. Mit aristokratischen Zügen halt. Man sagt, ihre Großmutter väterlicherseits stamme aus Georgien. Und die Georgierinnen sind ja berühmt für ihre Schönheit. Ihre Augen sind anscheinend grünlich.«

Erneut war ich verdrossen. »Wie heißt sie?«, fragte ich.

»Nimtadj.« Die Amme senkte ihre Stimme, als spräche sie über eine vertrauliche Angelegenheit, und fügte hinzu, »Aber es heißt, sie sei zwei, drei Jahre älter als Mansur Chan. Sie ist eine alte Jungfer, ungefähr vierunddreißig Jahre alt. Sie hat es Mansur Agha von vornherein gesagt, ›Mir liegt nichts am gesellschaftlichen Umgang und an Einladungen, aber ich werde Sie davon nicht abhalten. Sie können allein ausgehen.‹ Sie hat gesagt, ›Sie haben freie Hand, und ich ebenfalls. Ich ziehe es vor, mein Leben mit Beten und dem Führen des Haushalts zu verbringen. Und Sie können Ihren eigenen Angelegenheiten nachgehen. Allem, was Ihnen gefällt.‹«

Halb spaßend und halb spöttisch fragte ich, »Weshalb? Vielleicht ist sie sich zu schade, überall hinzugehen. Vielleicht ist sie darüber erhaben.«

Die Amme wedelte spöttisch mit der Hand und sagte lächelnd, »Ach was, hast du das wirklich geglaubt? Man meidet doch nicht grundlos Einladungen. Die junge Frau ist pockennarbig. Sie will nicht, daß man ihr Gesicht sieht.«

Erstaunt stellte ich fest, wie ich vor Wonne zerfloß. Wie gemein ich doch war! Auch Mansur hatte es nicht gut getroffen. Grundlos freute ich mich. Als würde jemand in mir ständig wiederholen, ›Geschieht ihm recht.‹ Ich ließ es mir jedoch nicht anmerken. Jetzt, wo ich die Wahrheit erfahren hatte und der Sache auf den Grund gekommen war, jetzt, wo alles nach meinen Vorstellungen verlaufen war, tat Mansur mir leid. »Der Ärmste! Weshalb hat er sie denn geheiratet? Eine alte, pockennarbige Jungfer?«

»Deine Tante meint, wegen des Geldes. Aber das glaube ich nicht. Es geht ihnen zwar nicht schlecht, aber auch nicht so gut, daß es einen jungen Mann wie Mansur blenden würde. Man sagt, einmal habe eine der gehässigen Frauen aus ihrer eigenen Familie gesagt, ›Wenn ich die Reiskruste des Linsen-Pilavs sehe, muß ich an dich denken.‹ Ihr Vater habe statt ihrer geantwortet, ›Meine Tochter verfügt statt über Schönheit über so viel Wissen und Vollkommenheit, daß den Gelehrten ihr Gesicht ebener als Porzellanmalerei erscheint. *O, Bruder, zeichne dich durch ein gutes Wesen aus.*‹ Und so ist es auch. Mansur nennt sie in einem fort ›Chanum‹. Er behandelt sie so respektvoll, daß du es sehen müßtest.«

»Was meint Onkelchen dazu?«, fragte ich.

»Dein Onkelchen liebt Mansur so sehr, daß er alles, was er sagt, akzeptiert.«

Ich sagte, »Nicht schlecht, liebe Amme. Ich würde gern wissen, welche Rechtfertigung die Tante, die über jeden ihre sarkastischen Bemerkungen macht, für ihre Schwiegertochter vorzubringen hat?«

»Keine. Wer traut sich schon, an der etwas auszusetzen? Sie würde sie in der Luft zerreißen. Am Tag des *Patachti* hat sie Nimtadj so oft mit ›Frau Prinzessin‹ angesprochen, daß alle es leid waren. Schließlich hat die junge Frau gesagt, ›Chanum, meine Mutter ist Prinzessin, ich doch nicht! Ich bin Mansur Aghas Frau. Nennen Sie mich bei diesem Namen.‹«

»Dann ist sie ja keine üble Frau.«

»Nein, wahrhaftig. Ich sag ja, alle loben sie. Man sagt, sie sei wirklich eine Dame. Sie hat Charakter. Das sagen nicht etwa nur ihre Angehörigen! Alle mögen sie, von den Fremden bis zu den Dienerinnen und Dienern. Es heißt, zwischen ihren Dienstboten sei es zum Streit gekommen, als sie eine davon in das Haus ihres Ehemanns mitnehmen wollte. Alle hätten gesagt, ›Ich will mit der Chanum mitgehen.‹ Man sagt, weil sie so gutherzig ist. Dein Onkelchen hat den Shemiraner Garten auf Mansurs Namen überschrieben. Und die junge Frau hat Mansur Agha gesagt, ›Bauen Sie mir ein Haus im Shemiraner Garten, ich werde dort leben.‹ So sehr Mansur Agha sie auch beschworen hat, ›Aber er liegt weit weg, und im Winter ist es dort kalt‹, sie hat geantwortet, ›Nein, mir liegt doch nichts am gesellschaftlichen Umgang. Wenn Ihnen meine Zufriedenheit am Herzen liegt, lassen Sie mich dort wohnen.‹ Und Mansur Agha hat gesagt, ›Aber gern.‹«

Plötzlich geriet ich in Versuchung. Ich stand auf und betrachtete mich im Spiegel in der Wandnische. Die Amme hatte recht. Wie sah ich bloß aus? Bei meiner Jugend und Schönheit besaß ich nicht mal ein neues Kleid. Unvermittelt sagte ich, »Liebe Amme, komm, laß uns einkaufen gehen. Ich will Stoff kaufen, den du Chanum Djans Schneiderin gibst, damit sie mir etwas näht.«

In den Straßen und Gassen suchten wir nach Stoff, Crêpe de Chine. Die Amme sagte, »Warum nur eins? Laß dir zwei auf einmal nähen, damit du wechseln kannst.«

»Aber in welcher Größe? An wem wird sie denn Maß nehmen?«

»Na, an Chodjasteh halt!«

»Ach was, ist sie denn schon so groß geworden?«

»Inzwischen ist sie eine Dame, maschallah. Nur ein wenig fülliger als du. Du bist ja nichts als Haut und Knochen, mein Kind.«

Mit kindlicher Fröhlichkeit fragte ich, »Wann bringst du mir die Kleider, liebe Amme?« – »In sieben oder acht Tagen.«

Als ich zurückkehrte, saß meine Schwiegermutter auf den Stufen des Vorraums und knabberte zusammen mit der Nachbarin Melonenkerne. Mein Sohn spielte am Beckenrand mit Wasser. Die Nachbarin wußte, daß ich sie nicht leiden konnte. Ich haßte diese schlampige, nachlässige Art und wie sie Melonenkerne knackten und tratschten. Sie grüßte, worauf ich abweisend antwortete und sie aufstand und fortging. Meine Schwiegermutter sah mich wütend an und fragte mit einem vielsagenden Lächeln, »Offenbar bist du heute gut gelaunt. Wo warst du denn?«

»Ich war mit meiner Amme Stoff kaufen. Sie hat ihn mitgenommen, um Kleider für mich nähen zu lassen.«

»Zum Wohlsein. Inschallah wirst du es zu einer Hochzeit oder Einladung tragen können.«

Ich reckte den Hals und verkündete stolz, »Tatsächlich steht eine Hochzeit bevor. Die von Mansur Agha.«

»Meine Glückwünsche. Mit wem?«

Ich plusterte mich auf und sagte, »Mit der Tochter von Herrn Giti-Ara. Man sagt, ihr Vater sei ein gelehrter Mann.« Und da sie nicht reagierte, begriff ich, daß ich es ihr in ihrer eigenen Sprache beibringen mußte. Ich sagte, »Ihre Mutter ist eine Prinzessin.«

Sie lächelte abschätzig, »Ach so, eine dieser abgetakelten Prinzessinnen?«

Ihre spitze Zunge war sehr verletzend. Aufbrausend sagte ich, »Seit wann ist die Ehefrau von Giti-Ara eine abgetakelte Prinzessin? Die besten Kreise Teherans kennen sie. Wenn Sie sie nicht kennen, steht das auf einem anderen Blatt.«

Ihre Antwort kam wie aus der Pistole geschossen. Ich hatte ihre Schamlosigkeit und Streitsucht unterschätzt. Sie verdrehte den Kopf und sagte, »Nun gut, dann stimmt sicher irgend etwas mit dem Mädchen nicht«, und ging in die Küche.

Sie hatte sich für meine Mißachtung der Nachbarsfrau gerächt. Wütend und verblüfft blieb ich stehen. Ich war eher wütend, weil sie richtig geraten hatte.

Auf Drängen der Amme zog ich die Kleider an, die man mir genäht und die sie mitgebracht hatte, und drehte mich vor ihren Augen im Kreis. Die liebevolle alte Frau lobte mich überschwenglich, als sei ich wirklich ihr eigenes Kind. Sie pries meine Figur und mein Gesicht. Sie zog meinen Sohn in ihre Arme, küßte ihn mütterlich und sagte dann vorsichtig, äußerst vorsichtig und behutsam, um mich möglichst nicht zu kränken, »Maschallah, was für ein Junge. Süßer als Honig . . . Aber Mahbub Djan, mein Kind, versuch, nicht mehr schwanger zu werden . . .« Und fügte, als sie meinen heftigen Blick sah, sofort hinzu, »Schließlich ist es dafür jetzt noch viel zu früh. Der hier ist noch ein Kleinkind.«

Ich sagte mir, das sind nicht ihre eigenen Worte. Es sind die Anweisungen meiner Mutter, die Gebote meines Vaters. Ich beschloß, möglichst schnell wieder schwanger zu werden. Meine Schwiegermutter betrat das Zimmer, um den Samowar zu holen, und sah das Kleid an mir. Verstimmt wandte sie den Kopf ab und ging hinaus. Sie sprach kein Wort, weder ein gutes noch ein böses. Meine Amme sagte, »Die ist doch neidisch auf dich!«

»Nein, liebe Amme, was redest du da?«

»Du kannst sagen, was du willst, ich hab doch mein Haar nicht mit Mehl weiß gefärbt.«

Insgeheim war ich aufgebracht. Inzwischen verstand ich die Gesten und Blicke meiner Schwiegermutter sehr gut. Ich sagte mir, ›Ich soll verflucht sein, wenn ich noch einmal schwanger werde. Solange die Dinge so stehen, reicht mir dieses eine für alle Zeiten.‹ Ich war zum Spielball geworden. Von beiden Seiten zerrte man an mir. Auf der einen Seite meine Eltern, auf der anderen meine Schwiegermutter und mein Ehemann, und ich wurde in Stücke gerissen.

Meine Menstruation sagte mir, daß ich auch in diesem Monat nicht schwanger geworden war.

Seit ein, zwei Monaten hatte ich abgestillt. Wieder war meine Schwiegermutter ärgerlich. Ständig lag sie auf der Lauer in Erwartung der Nachricht meiner erneuten Schwangerschaft. Sie sagte, »Das kommt nur davon, daß du so schwach und kraftlos bist. Du mußt dich kurieren lassen.«

Ich, die ich mich nicht sonderlich nach der Schwangerschaft sehnte, antwortete ihr gelassen, »Nein, Chanum, es ist keine Schwäche. Schließlich habe ich die ganze Zeit das Kind gestillt.«

»Wir kennen dich auch aus der Zeit, als du nicht stilltest. Da kommt man wohlgenährt und kräftig aus dem Elternhaus und wird sechs Monate lang nicht schwanger.«

Sie hörte nicht auf damit und ließ mich nicht in Ruhe. Ich wußte, daß ich ihrer spitzen Zunge nicht gewachsen war. Dennoch erwiderte ich, »Vielleicht liegt die Schwäche bei Rahim.«

Sie stemmte ihre Hände in die Hüfte, »Pah! Was noch? Wo ist dieses eine denn hergekommen? Almass Chans Sohn soll schwach sein? Damals, als Almass Chan seinen Säbel schwang, hielt er ein ganzes Viertel in Atem. Ich wurde schon schwanger, wenn er an mir vorbeiging. Daß fast alle meine Kinder gestorben sind, ist eine andere Angelegenheit.«

Allmählich erriet ich aus den Worten dieser Frau, deren Schwiegertochter ich geworden war, den Charakter dieser Familie. Ich begriff und wollte es nicht wissen. Jeden Augenblick kam ein neuer Kummer hinzu. Langsam begriff ich den Unterschied von edler und niederer Herkunft. Aber ich sagte mir, Rahim ist anders. Er ist gut und wird noch besser werden. Es wird sich alles regeln.

Ich war vom Hammam zurückgekehrt. Ich zog mein Kleid aus Crêpe de Chine an, das ich Rahim noch nicht gezeigt hatte. Ich kämmte mein Haar und schminkte mich. Legte Parfüm auf. Meine Schwiegermutter, die am Speisetuch für das Abendessen saß und auf Rahims Rückkehr wartete, musterte mich heimlich mit einem neiderfüllten Blick.

»Gute Reise. Wohin des Wegs? Hoffentlich zu einem guten Anlaß.«

»Nirgendwo hin. Hier, im Haus.«

Ich war gutgelaunt und munter. Ich war hübsch geworden. Länger und schlanker als früher. Ich war voll entwickelt und wußte es selber. Bei der Vorstellung von Rahims Reaktion wurde ich ganz schwach. Am Neid seiner Mutter erkannte ich, wie hübsch ich geworden war, und genoß es.

»Ist diese ganze Aufmachung für zu Hause?«, fragte sie.

Ich lachte, »Na klar, muß man denn nur zum Ausgehen adrett sein? Diese ganze Aufmachung ist für meinen Ehemann.«

Sie preßte vor Eifersucht und Mißgunst ihre Lippen aufeinander und sagte anzüglich, »Wallah, wenn ich mich kämmte oder meine

Wangen mit Wunderblumen rot färbte, bekam ich von meiner Schwiegermutter jede Menge Beschimpfungen zu hören. Sie sagte, ›Du hast Flausen im Kopf‹, und ließ nicht locker, ehe ich nicht von meinem Mann eine ordentliche Tracht Prügel bezogen hatte.«

Ungerührt sagte ich, »Ihre Schwiegermutter hat falsch gehandelt«, und nestelte weiter vor dem Spiegel an mir herum.

Sie verdrehte den Hals und fügte hinzu, »Ich weiß nicht . . . vielleicht konnte ich es nicht. Vielleicht war ich für solche Tricks nicht schlau genug.«

Rahim kehrte nach Hause zurück, und sie verstummte sofort. Ich weiß nicht, ob aus Angst oder aus Berechnung.

Rahims Lächeln und sein begehrender Blick verrieten mir, daß ich erfolgreich war. Nach dem Abendessen setzte er sich neben mich. Seine Mutter hob meinen Sohn hoch, der eingeschlafen war, und nahm ihn mit sich. Seitdem ich meinen Sohn abgestillt hatte, hatte sie beharrlich das Kind von mir getrennt und ließ es nachts bei sich schlafen. Nicht, daß es mich bekümmerte. Ich war es gewöhnt, eine Amme zu haben. In Familien wie der meinigen schlief ein Kind nachts selten bei seiner Mutter. Die Amme war wie eine zweite Mutter. Doch das Problem bestand darin, daß meine Schwiegermutter meinen Sohn gegen mich aufwiegelte. Sie versuchte, ihn so eng an sich zu binden, daß er niemals von seiner Großmutter getrennt leben könnte. Daß ich gezwungen war, mich in das Zusammenleben mit ihr zu fügen. Als sie hinausging, schob Rahim die Kalligraphie-Utensilien fort, rückte näher und fragte, »Was ist geschehen, daß deine Augen es wieder auf mich abgesehen haben?« Ich lachte. Erneut fragte er, »Mahbub, was tust du nur, daß du von Tag zu Tag hübscher wirst?«

Er hatte sich auf die Linke gestützt und sich zu mir hinüber gebeugt. Ich sagte, »Nichts. Ich habe nur einen guten Ehemann.«

»Nur das?«

Sein Blick, sein Lächeln und sein attraktives Wesen zogen mich zu ihm hin. Ein feiner, heftiger Regen fiel. Ich schloß meine Augen. Der Türklopfer ertönte. Zu dieser Nachtzeit? Rahim stand widerwillig auf, und ich zog mich widerwillig von ihm zurück. Er nahm das Windlicht und ging hinaus. Er öffnete die Haustür. Ich hörte Begrüßungsworte und Geplauder, die Schritte meiner Schwiegermutter und dann ihre Willkommensgrüße.

»Wunderbar, herzlich willkommen. Es ist uns eine Ehre. Na, so etwas, daß wir Sie hier begrüßen dürfen! Wie kommt es, daß Sie sich hierher verirren? Sieht man Sie auch mal wieder?«

Ich hörte die grobe Stimme eines Mannes. Sie sprachen durcheinander. Rahim betrat hastig das Zimmer, »Steh auf, Mahbube. Wir haben Besuch bekommen. Es ist der Cousin mit seinem Sohn und seiner Tochter.«

Er war so durcheinander, als wäre der Großwesir unangekündigt eingetroffen. Eilig räumte er das Zimmer auf. Er hob die Kalligraphie-Utensilien auf und legte sie an ihren Platz. Ich zog mir den Gebets-Tchador über und bereitete mich vor, der Familie meines Mannes zu begegnen. Die Tür öffnete sich. Meine Schwiegermutter sagte, »Nein, bitte treten Sie ein. Bei Ihrem Leben, es geht nicht. Sie müssen zuerst eintreten.«

Zwei stämmige Männer, die denen ähnelten, die in Shemiran oder Gholhak im Garten meines Onkels oder meines Vaters arbeiteten, standen im Eiwan. Sie trugen alte, billige Anzüge und streiften ihre abgetragenen Schuhe ab, die vor lauter Lehm doppelt so schwer waren. Sie betraten das Zimmer und brachten die Gerüche von Regen, Fußschweiß, Pfeife und verbranntem Holz und den Geruch von schmutziger, vom Regen durchnäßter Kleidung mit sich herein. Sie waren verdreckt, ungehobelt und hünenhaft. Von ihrem Aussehen und ihrem Geruch wurde mir übel. Hinter ihnen betrat eine junge, schmächtige Frau das Zimmer. Sie war zwar nicht hübsch, doch konnte man sie auch nicht als häßlich bezeichnen. Sie hatte einen olivfarbenen Teint, kleine Augen, schmale Lippen und eine Stupsnase. Insgesamt wirkte sie reizvoll und anziehend. Ihr Tchador und ihre Kleidung waren nicht viel besser als der Aufzug ihrer Begleiter. Sie zog die Schuhe aus und betrat das Zimmer. Ich bemerkte, daß ihre Strümpfe geflickt waren. Sie tat mir leid. Ihr Kleid war vorn mit Fettflecken und den Spuren der Hände, die sie daran abgetrocknet hatte, beschmutzt. Sie roch wie ein feuchtes Küchenhandtuch. Dennoch, dies waren die Verwandten meines Ehemanns. Die Höflichkeit gebot, sie zu respektieren, was ich auch tat.

Der hünenhafte Mann sagte gedehnt, »Ssam aleikum.«

Ich sagte, »Bitte, treten Sie ein. Herzlich willkommen. Wie schön, daß Sie gekommen sind.«

Sein Sohn und seine Tochter traten mit ihm zusammen ein. Seine Tochter begrüßte mich mit einem freundlichen Lächeln. Ich erinnerte mich an den Tag der Brautwerbung von Ata od-Doules Sohn. Erinnerte mich an seine Mutter, seine Schwester und die hübsche Schwägerin mit ihren bezaubernden Augen und ihrem schüchternen und würdevollen Lächeln. Nun ja, den jungen Mann hatte ich nicht gewollt, es war ja kein Zwang!

Die Männer kannten ihre Grenzen. Augenblicklich waren sie von meinem würdevollen Benehmen beeindruckt. Wie Diener hielten sie die Hände vor sich gefaltet. Sie setzten sich gleich neben die Tür. Die Frau war dreist. Sie ging und setzte sich ans Kopfende des Zimmers und antwortete meiner Schwiegermutter, »Nein, Tantchen, nein. Bei Ihrem Leben, wir haben schon zu Abend gegessen. Wir lehnen doch nicht aus Höflichkeit ab!«

Dennoch ging ich mit meiner Schwiegermutter in die Küche und half ihr, ein Tablett mit Dingen, die vom Abendessen übriggeblieben waren, vorzubereiten. Sie sagte, »Nein. So ist es nicht gut. Geh und hol eine deiner Porzellanschüsseln. Ich muß vor denen mein Ansehen wahren.«

Ich brachte die Schüssel, kochte aber vor Zorn. Nicht, weil ich die Schüssel bringen mußte, sondern weil sie versuchte, mir diesen groben und gewöhnlichen Kerl als wichtig und respektabel zu präsentieren. Sie wollte mich zwingen, mich vor ihnen zu verbeugen.

»Mahbub Djan, nimm du heute abend das Tablett mit den Speisen. Schließlich bist du die Herrin des Hauses. Sie erwarten es von dir. Du mußt dem Cousin schmeicheln. Er ist schnell gekränkt.« Indem sie mich demütigte, besänftigte sie ihre eigenen Minderwertigkeitsgefühle.

»Chanum, was ist der Cousin von Beruf?«, fragte ich.

Hochmütig antwortete sie, »Weißt du das nicht? Er ist einer von denen, die voll im Geschäft sind. Im Basar der Konfektionsverkäufer hat er einen Laden. Er verkauft fertig genähte Kleider. Laß dich nicht davon täuschen, daß sein Haus in Varamin ist. Er hat auch ein Haus in der Stadt. Er hat drei Frauen in Zeitehe. Anfangs war er ein kleiner Pächter in Varamin. Aber du müßtest mal sehen, was er jetzt für ein Einkommen durch das Konfektionsgeschäft hat! Alle drei Ssigheh-Frauen hat er in seiner Stadtwohnung untergebracht. Er sorgt für ihren Unterhalt, gibt ihnen Geld für Brot, Fleisch, Tee und

Zucker. Und sie nähen für ihn. Eine besser als die andere. Seine Geschäfte laufen prächtig.«

»Bedrückt es seine Ehefrau nicht? Hat sie keinen Kummer? Sagt sie nichts dazu?« fragte ich.

Sie fuhr mich an, »Weshalb sollte sie bedrückt sein? Sie hat alles, was sie braucht. Sie ist und bleibt die Hauptfrau. Diese beiden Kinder hat sie von ihm. Was will sie mehr? Die Welt ist doch kein Schlaraffenland. Die Ssigheh-Frauen haben die Arbeit, und sie hat das Vergnügen. Es heißt, er hätte bisher keine einzige Nacht im Haus der Ssigheh-Frauen verbracht. Sein richtiges Zuhause ist in Varamin. Die Ssigheh-Frauen sorgen für das Einkommen und daß die Geschäfte laufen.«

Ich wußte, weshalb er sich Frauen in Zeitehe genommen hatte. Im Basar der Konfektionsverkäufer, in dem man Kleider aus preiswertem Stoff nähte oder gebrauchte Kleider flickte, ausbesserte und verkaufte, waren günstige oder kostenlose Arbeiterinnen Gold wert. Dieser ungehobelte Kerl hatte schlauerweise bedürftige Frauen in Zeitehe genommen und für sich eingespannt. Aus Rivalität und um die Aufmerksamkeit ihres Ehemanns zu ergattern, schufteten sie Tag und Nacht und übergaben ihm die Erzeugnisse ihrer Arbeit, damit er sie verkaufte, und waren es zufrieden, im Gegenzug etwas zu essen und ein Dach über dem Kopf zu haben. Sie waren froh, unter dem Schutz eines Ehemanns zu stehen. Haßerfüllt richtete ich das Tablett mit dem Abendessen her.

Meine Schwiegermutter sagte bedächtig und gemessen, »Weißt du was? Denk nicht, daß ich als Gekränkte zu ihnen gegangen bin – natürlich habe ich ihnen nicht erzählt, daß das der Grund war. Ich sagte, ›Ich wollte euch einen Besuch abstatten.‹ Jetzt denken sie, daß ich beleidigt wäre, wenn sie mir keinen Gegenbesuch abstatteten. Nun gut, sie haben ja recht. Der Cousin ist ein sehr höflicher Mann. Die Ärmsten haben sich soviel Mühe gegeben. Sie sind sehr anständig. Sieh nur, sie haben Eier, Brot und Joghurt mitgebracht.«

Den Joghurt konnte man nicht essen, so sauer war er. Die Brote waren alt und dick. Ich weiß nicht weshalb, doch taten mir die Ssigheh-Frauen leid. Meiner Meinung nach war dieser Mann ein Schmarotzer. Doch meine Schwiegermutter pries ihn in einem fort und steckte sich Brotstücke in den Mund. Es schien, als schmeckte es ihr tatsächlich. Sie sagte, »Morgen werde ich Almass ein Ei geben, damit er stark und kräftig wird.«

Wir saßen im Zimmer. Meine Schwiegermutter schenkte den Tee ein, und der Cousin, ein älterer Mann, rauchte in einem fort Wasserpfeife. Der Gestank ihres Fußschweißes und ihrer verdreckten Kleidung raubte mir den Atem. Behutsam ging ich ins Schlafzimmer, schloß die Tür zwischen den Zimmern, öffnete das Fenster und atmete tief ein. Dann kehrte ich ins Zimmer zurück. Ich sah, wie der Cousin, dieser ungehobelte Kerl, sich an die Zimmerwand gelehnt hatte, an der Wasserpfeife zog und mit meiner Schwiegermutter in ein Gespräch vertieft war. Ich sah, wie sein Sohn die Beine wie ein Hinterwäldler mitten ins Zimmer hinein ausgestreckt hatte und wie ein Opiumsüchtiger ein Nickerchen machte. Ich sah, wie mein Ehemann in den Anblick der Tochter versunken war. Die Cousine zierte sich und kokettierte. Ich ließ es mir nicht anmerken. Ich sagte mir, ›Du irrst dich.‹ Sagte mir, ›Wer sind die schon?‹ Und zu ihr sagte ich, »Bitte, nehmen Sie vom Tee, Chanum.«

Rahim sagte mir in bedeutungsvollem Ton, »Sie heißt Koukab. Nenn sie ›Koukab Djan‹.«

Offenbar nannte er sie selber Koukab Djan. Er sagte es der Tür, damit es die Wand hörte, und die bedauernswerte Tür zerbrach vor verletztem Stolz. Das Herz brach ihr. Sie zürnte und sagte sich doch, ›Du phantasierst.‹ Koukab hielt den Zipfel ihres Tchadors so, daß ihre Vorderseite Rahim und mir zugewandt war und die Rückseite ihrem Bruder und Vater. Als verhüllte sie sich vor ihnen. Sie starrte in Rahims Augen und sagte leise, »Agha Rahim, mashallah ist alles an Ihnen tadellos. Auch Ihr Geschmack ist tadellos. Was für eine reizende Frau Sie haben!«

»Nicht so reizend wie Sie.«

Ich kochte. Es heißt, daß einem das Blut vor Wut in den Kopf schießt. Bestimmt war mir das Blut zu Kopf gestiegen, denn ich sah nichts. Als blickte ich durch einen brennenden Vorhang. Vor meinen Augen schäkerten sie miteinander. Sie benutzten mich als Vorwand zum Schäkern, und es schien, als würden weder ihr Bruder und Vater noch meine Schwiegermutter es sehen. Sie waren in Gespräche über eine Welt vertieft, die mir fremd war. Dinge, die nicht einen roten Heller wert waren. Über die Marktpreise im Basar, den Hexenschuß von Koukabs Mutter, die gestiegenen Stoffpreise und darüber, daß eine der Ssigheh-Frauen Stoffreste unterschlagen und eine Patchwork-Decke genäht hatte. Darüber, daß es dem Cousin weitaus besser gehen würde, wenn die Frauen anständig und mit voller Kraft arbeiteten. Über die Arbeit seines Sohns Karam auf dem Feld von Allah-yar Chan.

Es war Zeit zu Bett zu gehen. Meine Schwiegermutter sagte, »Mahbub Djan, ich werde heute nacht das Kind zu Ihnen bringen, damit es in Ihrem Zimmer schläft. Ich selber schlafe in der Vorratskammer. Und Sie, Cousin, schlafen zusammen mit Karam in meinem Zimmer. Ach, was redest du da, Koukab Djan? Was für Umstände? Es ist euer eigenes Haus. Für Koukab Chanum breiten wir das Bettzeug hier im Salon aus.«

Der Cousin mit seiner riesenhaften Statur erhob sich. Mir war, als füllte er die Hälfte des Raums aus. Grob und fordernd fragte er, »Nun gut, wo ist Ihr Zimmer? Wohin sollen Karam und ich gehen?«

Keine Spur der üblichen Höflichkeitsfloskeln. Er kannte sie gar nicht. Mit der rechten Hand raffte er die Beine seiner weiten Hose über den Knien und ging breitbeinig voran. Wie eine Frau, die ihren Rock schürzt, damit er sich nicht zwischen ihren Beinen verfängt.

Der knapp vierzehnjährige Karam, der seit seinem Eintreten nicht einmal gegrüßt hatte, trottete wie ein Kalb hinter seinem Vater her. Rahim und seine Mutter überboten sich in Eilfertigkeit. Sie überhäuften den Cousin mit Höflichkeitsbekundungen. Ich verstand nicht, was ihnen an diesem Mann so verehrens- und bewundernswert erschien. Ich fand keine Erklärung außer der, daß sie alle vom selben Schlag waren. Es war der sichtbare Ausdruck der Welt, in der mein Ehemann aufgewachsen war. Eine Welt, die ihn geprägt hatte, in der zu leben er genoß und in der er sich wohl fühlte. Sie waren genau jene Mischpoke, von der meine Mutter sagte, sie würde nicht zu uns passen. Von der Nozhat sagte, sie würde sich nicht für uns eignen. Genau der Pöbel, von dem mein Vater gesprochen hatte. Das war die andere Seite der Medaille. Das war Rahims Naturell. Der Stoff, aus dem er geformt war. Und ich hatte ihn begehrt und begehrte ihn noch immer.

Rahim, Koukab und ich blieben zurück. Rahim sagte, während er auf das kleinere Schlafzimmer, zuging, »Ich bringe dir gleich eine Matratze.«

Als sähe er mich gar nicht. Die Frau verdrehte schamlos den Hals und sagte, »Ach, ich fürchte, Sie werden davon Hüftschmerzen bekommen.«

Rahim wandte sich um. Wieder erschien das Lächeln auf seinem Gesicht. Mit wirrem Haar, der Blick eindringlich und entzückt, und mit offenstehendem Hemdkragen. Er musterte sie, die inzwischen den Zipfel ihres Schleiers hatte fahren lassen, und sagte, »Wie sehr du dich um meine Hüfte sorgst!«

Sie lachte und sagte, »Sehr.«

Ich betrat hinter Rahim das Zimmer und schloß die Tür. Streitsüchtig fragte ich, »Was soll das heißen, Rahim? Wir haben doch kein Bettzeug.«

Ich wies mit der Hand auf unser Bettzeug. Sein verzückter Blick, der sich beim Betreten des Zimmer verdunkelt hatte, fiel in meine Augen, »Und was ist das da?«

»Das ist doch unser eigenes!«

»Na und. Sie wollen es ja nicht mitnehmen.«

»Wo sollen wir dann selbst schlafen?«

»Auf dem Boden. Es ist doch nur für eine Nacht, nicht für Tausende. Schließlich ist das meine Familie. Sie sind in meinem Haus zu Gast. Ich komm doch nicht aus dem Stall!«

»Aber . . .«

»Nichts aber. Stört es dich? Ich gehe sofort und sage ihnen, ›Steht auf und geht nach Hause. Meine Frau rückt das Bettzeug nicht heraus.‹«

Er machte Anstalten. Ich lief ihm nach und packte ihn am Arm, »Rahim!«

Mit einer heftigen Bewegung riß er sich los. »Laß mich in Ruhe. Kann ich in meinem eigenen Haus nicht einmal zwei Leute zu Gast haben?«

»Tu das nicht, Rahim, das gehört sich nicht. Senk deine Stimme. Bewahr das Ansehen. Es wird die Gäste beleidigen. Nun gut, komm und nimm dieses Bettzeug mit.« Ruhig wandte er sich um und trug gekränkt alle drei Garnituren einzeln hinaus. Meine Satin-Bettwäsche, die bestickten Bettlaken. Er nahm sie mit und breitete sie im Zimmer am Ende des Hofs für seinen ungehobelten Cousin und dessen über und über mit Kot und Dung beschmutzten Sohn aus. Zweifellos würde mein Bettzeug morgen voller Wanzen sein. Ich war mir nicht sicher, ob sie wußten, wie man in solch einem Bettzeug schlief!

Die dritte Garnitur breitete er mitten im Salon aus und warf meine rosa Satin-Bettdecke darüber. »Bitte schön, Koukab Chanum. Sie müssen entschuldigen.«

»Vielen Dank.«

Mit Rahim und meinem Sohn streckte ich mich auf dem bloßen Boden auf dem Wollteppich aus und warf meinen Gebets-Tchador und das Kaschmirtuch, das ich aus der Truhe hervorgeholt hatte, über uns.

Rahim sagte, »Wirf das Tuch über das Kind. Ich will es nicht.«

»Aber du wirst dich erkälten, Rahim. Die Luft ist noch kühl.«

»Mir ist nicht kalt. Leg dich hin und schlaf. Warum quengelt dieses Kind so? Ich werde ihm eins auf den Mund geben!«

»Tu das nicht, Rahim. Es zahnt.« Er wandte mir den Rücken zu und legte sich grollend schlafen.

Ich war gerade am Einschlafen, als sich Rahim behutsam erhob. Die Zimmertür klickte, eine Pause entstand, und mit einem Klicken wurde sie wieder geschlossen. Mir schoß das Blut ins Herz. Ich erstarrte. Vielleicht träumte ich! Aber nein, ich war wach. Weshalb war ich so mißtrauisch geworden? Vielleicht war Rahim zur Toilette gegangen. Bestimmt, ganz bestimmt. Als würde er in anderen Nächten etwa nicht hingehen? Nur war ich dann nicht so argwöhnisch. Sorglos schlief ich ein und dachte nicht weiter darüber nach. Aber weshalb war das Geräusch der Salontür nicht zu hören? Mußte er die Tür etwa nicht öffnen und schließen?

Ich hörte ein kurzes und gedämpftes Lachen. Das Lachen einer Frau und dann nichts mehr. Ich setzte mich auf. Die ganze Welt erschien mir dunkel und düster. Nein, ich weinte nicht. Es gab nichts mehr zum Weinen. Dafür war es zu spät. Ich erstickte. Aus Rachsucht? Nein, aus Ehrgefühl. An der Kränkung, die er mir zufügte. Ansonsten war Rahim von dem Augenblick an, als das Klicken der Tür zu hören war, für mich gestorben. Sollte ich das Fenster öffnen? Nein, mein Sohn wird sich erkälten. Wie konnte er nur! Dazu mit dieser Frau! Vom Scheitel bis zur Sohle verdreckt, unrein, primitiv und nichtswürdig. Wie konnte er sie mir vorziehen? Wie konnte er nur? In meinem Haus, in meinem Bettzeug? Neben meinem Zimmer. Wie dreist und wie unverfroren. Wie er mich erniedrigte ... Aber nein. Ich bildete mir das nur ein. Gleich würde er die Stufen hinaufsteigen, und ich würde mich über meine häßlichen

Gedanken schämen ... Weshalb kam er denn nicht! Eine Viertelstunde verging, eine halbe ... Ich sah mich im Zimmer um. Als sähe ich diesen Raum zum ersten Mal. Als sähe ich dieses Haus zum ersten Mal. Sähe mich selbst dort, wo ich angekommen war. Ich betrachtete meinen Sohn, der sich arglos und unschuldig in der schmutzigen und erbärmlichen Kleidung, die seine Großmutter ihm verpaßt hatte, auf dem Boden neben mir ausgestreckt hatte. Ich war eher um ihn bekümmert. Wo sollte ich hingehen? Was sollte ich mit ihm tun? Sollte ich ihn in dieser Hölle zurücklassen oder mit mir nehmen? Wie konnte mein Ehemann diese Frau Bassir ol-Molks Tochter vorziehen? Bassir ol-Molks Tochter mit dem hübschen Gesicht und der gepflegten Aufmachung! Ach, wär ich doch tot. Die Dienerin meiner Mutter war sauberer und angesehener als diese Frau. Wenn mein Vater es erfahren würde. Nein, weshalb sollte er es erfahren? Es genügte, wenn meine Amme davon Wind bekäme ... Wie liebevoll war ich zu diesem Mann gewesen und nun! ... Was würde ich sehen, wenn ich die Zimmertür öffnete? O Gott, bestrafst du mich? Schamloser Kerl. Ich hatte mir gesagt, ich werde ihn erziehen, aber es war mir nicht gelungen. Ich hatte nicht gewußt, daß man die Natur eines Mannes nicht ändern kann. Ich hatte nicht gewußt, ein Guter würde immer gut bleiben, und falls er schlecht war, haftete *die Erziehung am Unwürdigen wie eine Walnuß auf einer Kuppel.* Schamlos fragte er mich, ›Kann ich in meinem eigenen Haus nicht einmal Gäste bewirten?‹ War das etwa dein Haus? Unverschämter Kerl ... Er war wie seine Mutter. Dreist und unverfroren. Kein Gefühl für gut und böse. Schamloser Blick. Undankbar. Siehst du nun, was ich mir selbst zugefügt habe? Mein Vater hatte recht, als er sagte, dieses Jüngelchen hätte keine anständige Herkunft. Wie oft hatte er es wiederholt! Wie sehr hatten sich alle den Mund fusselig geredet! Es war meine eigene Schuld. Ich hatte es mir selbst eingebrockt. Nun mußte ich dafür büßen. O Gott, was hatte ich nur verbrochen! ... Plötzlich fuhr ich zusammen. Kalter Schweiß bedeckte meinen Körper. War das nicht die Verwünschung, die mir mein Vater mitgegeben hatte? Wie schnell war sie in Erfüllung gegangen. O, Agha Djan, was hatte ich nur verbrochen! ... Was hatte ich nur verbrochen! Gott verdamme dich, Mahbube, was hattest du dich zu verlieben? Eine Stunde verging. Ich stützte meinen Kopf in die Hände. Weder dämmerte es, noch kehrte Rahim zurück. Ich streckte mich neben meinem Sohn aus. Mitten im Zimmer starrte ich mit geöffneten Augen auf den Ausschnitt des Fensters, der neben der Gardine zu sehen war. Ich starrte den Himmel solange an, bis er ergraute. Die Tür klickte . . . Ich schloß meine Augen. Rahim kam herein und streckte sich behutsam neben mir aus.

Am Morgen war mir elend zumute. Ich hatte Kopfschmerzen. Ich ging in die Küche und beschäftigte mich, indem ich meiner Schwiegermutter half. Ich wollte dieser nichtswürdigen Frau nicht ins Gesicht sehen. Wollte nichts von Rahim und seiner Familie sehen.

Rahim, der nicht zur Arbeit gegangen war, kam meine Abwesenheit im Zimmer nicht ungelegen. Er kam und ging und schwatzte in einem fort. Ich hörte seine Gespräche und sein Lachen mit dieser Frau, ihrem Vater und Bruder. Sie frühstückten und gingen nicht fort. Weshalb gingen sie denn nicht? Ich kochte vor Wut. Es wurde Mittagszeit. Meine Schwiegermutter sagte, »Geh du ins Zimmer. Es gehört sich nicht, es würde sie kränken. Ich werde das Mittagessen auftischen.«

»Nein, Chanum. Gehen Sie. Ich bleibe hier.«

Plötzlich legte sie die Kelle hin, stemmte die Hände in die Hüfte und sagte, »Was hast du, Mahbube? Warum bist du wieder mißmutig? Etwa deshalb, weil mein armer Cousin für eine Nacht zu uns gekommen ist?«

Ich sagte, »Lassen Sie mich in Ruhe, Chanum. Ich hab wirklich keine Lust! Fangen Sie nicht auch noch an, mich zu ärgern. Ich hab schon Kummer genug . . .«

Sie öffnete den Mund und sagte, »Pah! Du hast Kummer? Was ist denn passiert, daß du . . .«

Ich kehrte ihr den Rücken und stieg die Stufen hinauf. Ich stampfte mit den Füßen auf. Oben, am Ende der Treppe, begegnete ich Rahim im Hof. Leise und hastig sagte er, »Hör mal, Mahbube, daß du sie mir heute abend ja nicht fortgehen läßt! Besteh darauf, daß sie bleiben. Wenn du es nicht sagst, werden sie nicht dableiben.«

Dieser Mann hatte die Stirn – schämte er sich nicht? Ich wollte sagen, ›Zur Hölle damit, daß sie nicht dableiben. Sollen sie sich zum Teufel scheren!‹ Doch wenn ich das sagte, müßte ich erklären, weshalb ich nicht wollte, daß sie dablieben. Dann würde sich Rahim noch mehr herausnehmen. Dann wäre die Schamgrenze überschritten. Aber vielleicht irrte ich mich ja . . . vielleicht . . . vielleicht. Ich preßte die Lippen zusammen. Ich blickte ihn scharf an und entfernte mich.

Es war nicht nötig, sie zu bitten, dazubleiben. Sie blieben ungebeten da.

An diesem Abend war Koukab noch dreister geworden. Sie sagte zu meiner Schwiegermutter, »Heute abend bin ich an der Reihe. Sie haben gekocht, und ich werde das Geschirr abräumen und abwaschen.«

Meine Schwiegermutter wandte sich an mich und sagte, »Sieh, was für eine gute Hausfrau sie ist. Flink und gewandt, mashallah.«

Ihr spitze Zunge war giftgetränkt. Rahim sagte, »Dann werde ich dir dabei helfen.«

Sie trugen das Geschirr stapelweise zusammen hinaus, und es dauerte länger als nötig, bis sie zurückkehrten. Rahim erhitzt und Koukab still. Ich wollte aufstehen und sagen, daß ich es selber tun würde, aber ich hatte keine Kraft. Meine Fußsohlen waren erfroren, wie zwei Eisblöcke. Meine Schwiegermutter bemerkte es nicht oder ließ es sich nicht anmerken. Der Cousin rauchte Wasserpfeife. Er trank Tee und klagte über die Gier und Verfressenheit seiner Ssigheh-Frauen und über die Krankheit der schlauesten von ihnen. Sein stumpfsinniger Sohn, den scheinbar nichts berührte, hatte seine Füße mit den übelriechenden Socken erneut ausgestreckt und döste genußvoll vor sich hin. Wieder wurde es Schlafenszeit. Ich stellte mich schlafend, und Rahim tat dasselbe. Ich hatte den Eindruck, daß er sich an diesem Abend nicht sonderlich sorgte, ob ich noch wach war. Da er sich noch vor Ablauf der Zeit, die ich zum Einschlafen brauchte, und auf die Gefahr hin, daß ich noch wach war, behutsam von seinem Lager erhob. Er zögerte ein wenig. Erneut das Klicken der Tür. Erneut das Geräusch der sich schließenden Tür, und erneut meine Qualen, die entsetzlicher waren als Todesqualen. Unbeschreiblich. Erneut stieg mir das Blut zu Kopf. Meine Atemzüge verlangsamten sich. Ich rang nach Luft. Erneut setzte ich mich auf und preßte meinen Kopf zwischen den Händen. Erneut sah ich alles um mich finster. Ich holte tief Luft. O Gott, errette mich. Ach, was hatte ich nur verbrochen! Was hatte ich nur verbrochen!

Wieder fehlte mir morgens die Kraft zum Aufstehen. Als wäre ich eine Leiche. Ich sah Rahim nicht ins Gesicht. Ich betrachtete mich im Spiegel und erschrak über meine Gesichtsfarbe. Selbst einem Kind würde mein erbarmungswürdiger Zustand auffallen. Erstaunlich nur, daß diese Geschöpfe, die sich wie Würmer umeinander schlängelten, dieses Volk, das von moralischen Grundsätzen meilenweit entfernt war, mich scheinbar nicht sah und meinen Zustand nicht bemerkte. Daß sie mein Schweigen und meine Gleichgültigkeit nicht bemerkten. Sie saßen am Futtertrog. Ich war die Henne, die für sie goldene Eier legen sollte. Das genügte ihnen.

Es war der dritte Tag. Ich war in der Küche und vertrieb mir nutzlos die Zeit. Beschäftigte mich. Rahim stieg die Stufen herab. Er wollte mit mir sprechen. Ich wollte sein Gesicht nicht sehen. Prompt ertönten im Hof auch die Schritte seiner Mutter. Sie kam und stellte sich ans Ende der Küchentreppe. Sie stützte sich mit der Hand am niedrigen Kuppeldach des Treppenhauses ab und lauschte. Rahim sagte bittend, »Mahbube Djan, lad sie ein, auch heute nacht zu bleiben.«

»Tu es doch selbst. Was habe ich hier zu entscheiden!«

»Solange du sie nicht einlädst, werden sie nicht bleiben.«

Ich wandte ihm den Rücken und sagte, »Gestern nacht sind sie doch ohne weiteres ungebeten geblieben.«

»Aber jetzt will der Cousin fortgehen.«

Höhnisch fragte ich, »Jetzt? Kurz vor Mittag? Ist es jetzt Zeit, nach Varamin zu fahren? Hab keine Angst, sie werden sich selbst einladen. Selbst, wenn du ihnen sagen würdest, sie sollten gehen, würden sie hierbleiben.«

Seine Mutter hinkte lärmend die Stufen hinunter und sagte wütend, »Was heißt das, sie soll sie einladen, hierzubleiben? Vor lauter Heben und Abstellen der Töpfe bin ich ganz zerschlagen. Sie haben sich hier schön breit gemacht.«

Zum ersten Mal wollte ich sie umarmen und ihr faltiges Gesicht küssen. Sie erschien mir wie ein Engel, den Gott mir vom Himmel geschickt hatte. Rahim wandte sich an seine Mutter und hob die Stimme, »Was geht dich das an? Nicht nötig, daß du die Töpfe trägst!«

Wenn es um seinen Vorteil ging, vergaß er sogar seine Mutter und die Achtung ihr gegenüber. Er verstand es sehr gut, seine Mutter zurechtzuweisen. Seine Mutterliebe erwachte nur dann, wenn es sich um mich handelte. Ich sprach kein Wort. Ich sagte nicht mehr, ›Seid still, sprecht leise‹, oder, ›Es gehört sich nicht, die Gäste werden es hören.‹ Da ich für diesen Krach nicht verantwortlich war. An Gastfreundschaft hatte ich es nicht mangeln lassen. In keiner Hinsicht!

Seine Mutter fragte, während sie den Hals verdrehte und die Hüften schwang, »Was ist denn passiert, daß sich der Herr auf einmal so für den Cousin zerreißt?«

Rahim bemerkte ihren Seitenhieb und sagte, »Halt die Klappe.«

Ich widmete mich dem Anfachen des Brennholzes unter dem Topf.

»Ich werde sie nicht halten. Ich bin völlig erledigt. Sieh nur, was die Wanzen nachts in der Vorratskammer mit mir angestellt haben!«

Sie zog einen Ärmel bis zum Ellbogen hoch. Tatsächlich hatten die Wanzen ihr übel zugesetzt. Ihr Arm war über und über mit roten Pusteln übersät und angeschwollen. Sie fuhr fort, »Sie haben mich bei lebendigem Leib aufgefressen. Bis zum Morgengebet laufe ich nachts umher. Kratze mich an Kopf, Brust und Rücken. Ich sag's dir, Rahim, wehe, wenn du sie einlädst! . . . Und wenn sie selber bleiben wollen, werde ich heute nacht bei Koukab im Salon schlafen.«

Ich empfand Schadenfreude. Der Cousin und seine Sippe gingen, und Rahim ging mit, um sie auf den Weg zu bringen.

Es war Mittag geworden. Ich saß mit meiner Schwiegermutter im Zimmer. Plötzlich fragte sie unvermittelt, »Mahbub, wie blaß du bist! Wie bekümmert du wirkst!«

In der Annahme, daß sie – in ihrem Ärger über den Cousin wegen der Wanzenbisse – Mitgefühl für mich empfinden würde, öffnete ich ihr mein Herz. Ich brach in Tränen aus und sagte, »Es ist wegen Rahim.«

»Rahim? Was hat er denn angestellt?«

Schluchzend sagte ich, »Was er angestellt hat? Nachts ist er zu Koukab gegangen.«

Ich sagte es und bereute es. Meine Schwiegermutter riß die Augen auf, »Pah, was redest du da? Willst du mir jetzt Lügenmärchen aufbinden?«

»Es ist kein Lügenmärchen, Chanum. Welches Lügenmärchen? Es ist eine Schande.«

»Nein, meine Liebe. Das hast du dir eingebildet. Weder Rahim ist dazu fähig, noch Koukab.«

»Ich habe es selbst gesehen, Chanum. Ich bin doch kein Kind. Nachts blieb ich bis zum Morgen wach.«

»Gut, wenn du die Wahrheit sagst, hättest du ihn dir schnappen und ihn aus ihren Armen ziehen sollen. Weshalb bist du nicht hingegangen? Wärst du doch gegangen und hättest beide bloßgestellt.«

Sie hatte recht. Weshalb war ich nicht hingegangen? Weil es unmöglich war. Allein der Gedanke fiel mir schwer. Ich hätte es nie gekonnt. Nie wäre ich zu so einer Tat fähig gewesen.

»Ich fürchtete, daß Koukabs Vater kommen und daß es ein Blutbad geben würde.«

»Nein, meine Liebe. Du befürchtetest, daß Rahim gezwungen gewesen wäre, sie zu heiraten.«

»Sie zu heiraten? Diesen Abfall? Eher würde ich sterben, als daß er sie heiratete.«

Ich protestierte und litt doch. Ich kämpfte um jemand, der keinen Wert mehr für mich besaß, und wollte dennoch siegen.

»Weshalb sollte er sie nicht heiraten? Weshalb quält es dich? Hat es sie etwa nicht gequält, daß du ihr den Verlobten entrissen hast? Hast du dir etwa nicht Rahim geschnappt?«

»Ich habe ihn mir nicht geschnappt. Er begehrte sie nicht. Jetzt, wo er mich satt hat, hat er nur noch Augen für das Geschäkere dieses Weibsbilds.«

Über die gewöhnlichen Worte, die mir über die Lippen kamen, und über das Gezänk mit dieser Frau war ich selbst erstaunt. Ich bemerkte, wie ich nach und nach in diesem Sumpf versank, und konnte meine Zunge doch nicht im Zaum halten. Lachend sagte sie, »Wie kommt es, daß das Geschäkere dir zustehen sollte und Koukab nicht? Na eben, etwas Gutes ist bei allen begehrt. Mein Sohn sieht gut aus und ist attraktiv. Die Frauen und Mädchen lassen ihn nicht in Ruhe. Ist es etwa seine Schuld? Wie kommt es, daß er für dich gut ist und für Koukab nicht? Haben etwa Leute, die kein Geld haben, keine Gefühle?«

Ich erhob mich, »Das war das letzte Mal, daß ich Ihnen mein Herz ausgeschüttet habe. Noch heute werde ich diese Angelegenheit mit Rahim regeln.«

Wie eine Löwin schritt ich im Zimmer auf und ab. Seine Mutter lief im Hof auf und ab und grollte. Mein Sohn lief frei herum. Mal rannte er seiner Großmutter hinterher, mal kam er zu mir. Aus unserem Gebaren wurde er nicht schlau. Die Tür öffnete sich, Rahim trat ein und sagte zu seiner Mutter, »Sie sind fortgegangen. Bist du nun zufrieden?«

Seine Mutter sagte, »Weshalb sollte ich zufrieden sein? Deine Ehefrau ist noch zufriedener. Du müßtest mal sehen, was für einen Aufstand sie seit heute morgen veranstaltet hat!«

Rahim sagte, »Sie soll sich unterstehen.« Wütend nahm er zwei Stufen gleichzeitig und kam hoch. Die Luft war frühlingshaft mild. Es duftete nach Frühling. Er schlug die Zimmertür zu und trat ein. Stellte sich vor mich hin und sagte, »Sag mir endlich, was du eigentlich willst?«

»Weißt du es tatsächlich nicht? Schämst du dich gar nicht?«, fragte ich.

»Was hab ich denn verbrochen, daß ich mich schämen sollte? Habe ich jemanden umgebracht?«

»Denkst du, ich wär blöd? Denkst du, ich hätte nicht gemerkt, daß du nachts zu dieser Frau gegangen bist?«

Ich hatte nicht einmal Lust, ihren Namen zu erwähnen. Ich erwartete, daß Rahim leugnen würde. Daß er mir beweisen würde, daß ich mich irrte. Aber er erwiderte ungerührt, »Na und, bin ich halt gegangen. Hab ich gut gemacht. Was sagst du nun?«

Mir fielen die Augen aus dem Kopf. Ich schrie, »Bist du halt gegangen? Hast du gar kein Schamgefühl? Läßt deine Frau fahren und gehst zu diesem elenden Weibsbild? Spielst dich auch noch vor mir auf? Hat dieses schamlose Weib mit keinem Wort gesagt, ›Verschwinde‹?«

»Nein, hat sie nicht. Sie begehrt mich.«

Ich kehrte ihm den Rücken zu und äffte ihn nach, »*Sie begehrt mich.* Es reicht, Rahim, schämst du dich nicht? Schämt sich dieses Weib nicht? Hat sie kein Ehrgefühl?«

»Hattest du etwa Ehrgefühl? Wenn es schlecht ist, weshalb hast du es denn getan?«

»Was soll ich getan haben? Bin ich ins Zimmer gekommen und habe mich neben dich gelegt?«

»Du hattest kein Zimmer, sonst hättest du das auch noch getan.«

Der Pfeil traf ins Schwarze. Ein Stöhnen entfuhr mir. Verflucht sollte ich sein, daß ich ihn begehrt hatte. Ich sagte, »Du hast recht. Eine gemeine Frau wie ich verdient nur einen solchen Ehemann wie dich.«

Seine Stimme steigerte sich zum Geschrei, »Du spuckst große Töne? Bist du toll geworden? Was ist los? Was verlangst du von mir?«

Sein Blick war unstet, wie bei einem Tier, das man von seinem Weibchen getrennt hatte. Wie sehr ich jede Einzelheit seines Körpers und seine groben, häßlichen Hände verabscheute. War das etwa derselbe Rahim? Ich sagte, »Nichts. Von dir will ich gar nichts. Geh und tu, was du willst. Ich will nicht einmal mehr deine Visage sehen.«

Seine Mutter erschien, »Du willst also seine Visage nicht mehr sehen? Hast etwa Flausen im Kopf?« Und sie wandte sich an Rahim.

»Wenn du ihr zwei Kinder angeschafft hättest, würde sie den Mund nicht so voll nehmen. Wenn eine Frau nicht durch Kinder gebunden ist, kommt sie auf dumme Gedanken. Wenn sie gezwungen wäre, täglich Windeln zu wechseln und dem Kind die Scheiße vom Hintern zu wischen, hätte sie keine Gelegenheit mehr, die Verwandten ihres Ehemanns in Verruf zu bringen und seine Anwesenheit zu kontrollieren.«

Erbost ging sie in den Hof, um meinen Sohn zu beruhigen. Vom Fenster aus sagte ich, »Chanum, mischen Sie sich nicht ein. Achten Sie auf Ihre Würde.«

Der Frühlingswind spielte mit ihrem Rockzipfel und den Enden ihres Kopftuchs. Ich spürte den Frühling nicht und roch nicht den Duft der Heckenkirschen. Bemerkte nicht die Lieblichkeit dieser Jahreszeit und die prachtvolle Natur. Sie wandte sich zum Fenster und sagte, »Hast du mir etwa Würde gelassen? Ich weiß ja, weshalb du verdrossen bist. Ich weiß, weshalb du nach Vorwänden suchst. Du willst, daß Rahim zum Militär geht. Um ihn tut es dir nicht leid. Du willst nur, daß er eine Uniform und Stiefel trägt. Daß er sich einen Säbel umschnallt und Offizier wird, damit du dir Kleider aus Crêpe de Chine anziehen, deinen Hintern schwenken und vor den Leuten angeben kannst. Hab keine Angst, das Kleid aus Crêpe de Chine hast du dir schon nähen lassen. Den passenden Offizier wirst du auch noch finden. So unbeholfen bist du gar nicht.«

Flehend streckte ich die Arme zum Himmel aus und sagte, »Um Gottes willen.«

Ich war von allen Seiten umzingelt. Nun war ich auch daran noch schuld. Rahim fuhr auf wie ein verwundeter Bär. »Wo? Wo ist dieses Kleid?«

Ich schrie, »Laß das, Rahim. Was geht dich mein Kleid an?«

Ich liebte mein Kleid sehr. Ich hatte es hinter dem Vorhang an einem Nagel aufgehängt und mit einem alten Gebets-Tchador bedeckt, damit es nicht einstaubte.

Mit langen Schritten ging er ins Schlafzimmer. Ich konnte ihn nicht einholen. Er schob den Vorhang beiseite und packte das Kleid. Er faßte den Kragen mit beiden Händen, um ihn zu zerreißen. Seine Kraft reichte nicht. Wie ein Tier fiel er mit den Zähnen über das Kleid her, zerriß es dann mit beiden Händen und warf es aus dem Fenster in den Hof, »Hier, da hast du dein Kleid aus Crêpe de Chine! Daß ich Offizier werde, kannst du dir ebenfalls aus dem Kopf schlagen.«

Ich hatte ihn satt. Ich verabscheute ihn. Während ich mich ihm Schritt um Schritt näherte, starrte ich ihm in die Augen und sagte mit gemessenen Worten, »Ich könnte mich ohrfeigen, daß ich deine Frau geworden bin. Geh und sprich meinen Namen nicht mehr aus. Geh zu deiner Koukab Djan. Du verdienst nur solche Frauen. Überhaupt, geh doch und nimm sie dir. Ich soll verflucht sein, wenn ich etwas einzuwenden haben sollte.«

Ich wußte nicht, ob ihm mein Gesicht ebenso abstoßend erschien wie meinen Augen seins? Ebenso häßlich und Abscheu erregend? Er schrie, »Ich werde gehen und sie heiraten. Und wäre es nur, um dir eins auszuwischen, ich werde es tun.«

»Zum Teufel damit!«

Er war bis zur Mitte des Salons gegangen, als er sich umdrehte und sagte, »Zum Heiraten braucht man Geld. Wo hast du es hingetan?« Er suchte nach dem Geld in der Wandnische. Es war nicht dort. Er schrie, »Wo hast du das Geld hingetan?«

»Es ist Monatsende. Welches Geld? Du hast alles zu Pilav und Choresh gemacht, hast es zu Obst gemacht, Schale um Schale, und deiner hochwohlgeborenen Verwandtschaft in den Rachen gestopft.«

»Gut so. Geschieht dir ganz recht. Wo ist es? Wo ist dieses verdammte Geld?«

Er verlangte den Schlüssel zu meiner Truhe, die ich, seit seine

Mutter zu uns gekommen war, auf seine Anweisung hin verschlossen gehalten hatte. Den Schlüssel hatte ich unter dem Teppich versteckt und jedesmal, wenn ich das Haus verließ, mitgenommen.

Er schlug den Teppich um, nahm den Schlüssel und öffnete die Truhe. In ihr befand sich wenig Geld. Er nahm es heraus und warf, als er sah, wie wenig es war, einen Blick um sich und nahm dann den Kaschmirschal heraus. Ich schrie, »Wohin bringst du ihn?«

»Wohin es mir paßt.« Er trat näher. »Streif sie ab.«

»Was denn?«

»Die Armreifen.«

»Ich streife sie nicht ab. Schäm dich.«

»Ich habe gesagt, ›Streif sie ab.‹«

Er war wahnsinnig geworden. Ich glaubte zu träumen. Rabiat packte er meinen Arm und zog an den Reifen. Den Armreifen, die mir meine Schwester zur Trauung geschenkt hatte. Meine Handgelenke waren zerschrammt. Ich sagte, »Warte, ich streife sie selber ab.«

Er ließ meine Hand los, »Streif sie ab. Ich sag's dir im Guten.«

Ich zog die Armreifen aus und warf sie in seine Richtung, »Nimm sie und zieh Leine.«

»Dein Vater soll Leine ziehen.« Ich ging auf ihn los, »Halt's Maul. Erwähne den Namen meines Vaters nicht. Wasch dir dein Maul. Du bist es nicht mal wert, die Schuhe meines Vaters zu putzen. Nenn den Namen meines Vaters nicht in diesem gottverlassenen Haus, du unverschämter Nichtsnutz.«

»Nichtsnutz ist dein Vater. Unverschämt ist dein Vater. Wenn er Anstand gehabt hätte, hätte seine fünfzehnjährige Tochter nicht mein Geschäft vernichtet. Dieser Hundesohn von einem Vater ...«

Ich schrie, »Ein Hundesohn bist du, daß du jeder läufigen Hündin nachrennst. Daß du wegen Koukabs Verschwinden deine Mutter anbellst.«

Der Schlag ins Gesicht war so stark, daß ich ihn zunächst nicht spürte. Ich schwankte und stützte mich mit der Hand an der Wand ab. Damit hatte ich absolut nicht gerechnet. Vielleicht hatte ich insgeheim noch gehofft, daß er es bereuen würde. Mit diesem Schlag stürzte ich vom Himmel auf die Erde. Ich war am Boden zerstört. Diese Ohrfeige hatte mir die Augen für die Realitäten geöffnet. Mich quälte weniger der Schmerz als der Kummer. Eine Weile lang sah ich ihn fassungslos an. Mit einer Hand stützte ich mich an die Wand, mit der anderen hielt ich mein Gesicht. Ich sagte, »Recht hast du. Es war meine Schuld. Diese Ohrfeige hatte ich verdient. Es war ein übler Fehler, deine Frau zu werden. Aber ich werde keinen Augenblick länger in diesem Haus bleiben.«

Seine Mutter erschien besorgt an der Zimmertür. Sie trug meinen Sohn auf dem Arm, der den Mund verzogen hatte und uns verschreckt anstarrte. Sein Kinn zitterte, und er war nah dran zu weinen. Er war ganz verängstigt. Rahim sagte, »Geh doch. Möchte mal sehn, wohin?«

Ich sagte, »Du wirst schon sehen.«

Seine Mutter sagte in einem Tonfall, der plötzlich weich geworden war, »Mahbub Djan, komm und sei vernünftig.«

Rahim sagte, »Laß sie. Laß mich mal sehen, wie sie weg geht.«

Ich eilte ins Schlafzimmer. Nahm meinen alten Koffer und warf ein wenig von meiner Wäsche und meinen Kleidern hinein. Ich legte mir das Kollier meines Vaters um und steckte mir den Ring an, den mir meine Mutter gegeben hatte. Ich nahm den Ashrafi, den mir Rahim zur Geburt meines Sohns geschenkt hatte. Er sagte, »Gib her.«

Seine Mutter sagte, »Laß das, Rahim.«

»Ich habe ihn ihr gegeben. Ich will ihn zurück.«

Ich schleuderte den Ashrafi in seine Richtung. Er hob ihn sofort auf und steckte ihn zusammen mit den Armreifen in die Jacke. Ich ging zur Tür und nahm meiner Schwiegermutter mein Kind aus dem Arm. Ich nahm den Koffer auf, warf mir den Tchador über und verließ, unter der Last meines Sohns und des Koffers wankend, das Zimmer. Ich schlüpfte in die Schuhe. Einer von Rahims Schuhen lag vor mir. Die Ferse war niedergetreten. Erbost schleuderte ich ihn fort. Ich war wie er geworden. Der Schuh landete im Hof und blieb am Becken liegen. Ich mußte so schnell wie möglich fort. Fort, ehe ich mich in das Ebenbild dieser Mutter und dieses Sohns verwandelt hatte. Ich mußte fort, ehe ich unterging. Ich hatte Rahim nicht erziehen können, sondern war dabei, so wie er zu werden.

Ich stand mitten auf der Treppe, als Rahim aus dem Zimmer kam. Barfuß rannte er mir hinterher, und als er sah, daß ich wegen der schweren Last die Stufen langsam hinabstieg, sprang er von der Treppe in den Hof und rannte zur Treppe des Korridors, der zur

Haustür führte. Dort setzte er sich und versperrte mir den Weg. Die Arme hielt er vor der Brust verschränkt. Seine Mutter sagte, »Mahbube Djan, laß es sein. Gib auf.«

Rahim sagte, »Misch dich nicht ein.«

Ich kam bei ihm an und starrte sein wüstes Gesicht, starrte diesen niederträchtigen Taugenichts an. Jetzt erschien er mir wie ein gemeiner Lump. Ich sagte, »Verzieh dich. Laß mich gehn.«

Er antwortete nicht und starrte mich unverwandt an, während er sein schamloses Maul aufgesperrt hatte.

Ich sagte, »Geh beiseite. Ich will gehen.«

»Du willst gehen? Einfach so? Hast dir meine Habseligkeiten aufgeladen und willst weggehen?«

Ich sah auf den Koffer und setzte ihn heftig ab. »Nun verzieh dich endlich. Ich will gehen.«

»Nun, das war die eine Hälfte, aber die wichtigere fehlt noch!«

Entgeistert starrte ich ihn an. »Die wichtigere?«

Ruhig stand er auf, nahm mir meinen Sohn aus dem Arm und stellte ihn behutsam an der Mauer auf den Boden. Er trat beiseite und deutete mit der Hand auf die Tür, »Nun können Sie gehen. Brrr ...«

Mir sank das Herz in die Knie. Mein Sohn weinte. Ich erstarrte zu Stein. Der Tchador glitt mir vom Kopf. Hätte ich seine Ränder nicht mit den Händen festgehalten, wäre er zu Boden gefallen. Ich ging zur Mauer und lehnte mich eine Zeitlang an. Fassungslos starrte ich ins Leere, konnte jedoch nichts sehen. Dann stieß ich mich von der Mauer ab. Ganz langsam ging ich mit schleppenden Schritten und den Tchador hinter mir her schleifend auf den Salon zu. Ich war seine Gefangene. Er hatte meinen Sohn als Faustpfand genommen, und der ganze Radau hatte nichts anderes zur Folge gehabt, als daß der Schleier der Scham und der gegenseitigen Achtung zerrissen war. Ich hörte seine Stimme hinter mir, wie er zu seiner Mutter sagte, »Nanneh, hör gut zu. Sie hat kein Recht mehr, das Kind außer Haus zu bringen. Auch zum Hammam muß Almass mit dir gehen. Hast du verstanden? Ya Ali, ich gehe.« Und er ging.

Ich sehnte mich danach, aus diesem Albtraum zu erwachen und mich in meinem Elternhaus wieder zu finden. An dem Tag, als Ata od-Doules Sohn um meine Hand angehalten hatte. An dem Tag, als Mansur mich begehrt hatte oder jeder andere, jeder andere, der wie ich war. In diesem Haus war ich eine Fremde. Ich verstand ihre Bedürfnisse und Grundsätze nicht. Mit ihrer Kultur war ich nicht vertraut. Was hatte ich mir bloß eingebrockt!

Rahim kehrte drei Monate lang nicht nach Hause zurück. Er hatte mir seine Mutter dagelassen, damit sie mich wie eine barsche und grausame Gefängniswärterin bewachte. Damit sie meinen Sohn bewachte und in einem fort sagte, »Sie hat den Mann vertrieben . . . .. Bete, daß er Koukab so schnell wie möglich satt hat und zurückkehrt. Hab keine Angst, er wird sie nicht heiraten. So einfältig ist er nicht. Er wird sie für eine Weile als Ssigheh-Frau nehmen, bis über die Sache Gras gewachsen ist.«

Ich beachtete sie nicht. Für mich machte es keinen Unterschied, ob Rahim lebte oder tot war. Es machte auch keinen Unterschied, ob ich lebte oder nicht. Zu sterben wäre eine Erlösung gewesen. Aber was würde in diesem Fall mit meinem Sohn geschehen? Wie würde er sich entwickeln? Zu einem zweiten Rahim, einem Abbild seines Vaters? Ich war verzweifelt, und niemand war da, um mir zu helfen.

Abends saß ich bis spät in die Nacht und stickte. Ich konnte nicht einschlafen. Morgens, wenn es dämmerte, sah ich vergrämt in den blauen Himmel, der mir grau erschien. Ich besaß keine Kraft mehr. Ich konnte mich nicht erheben. Als hätte ich die ganze Nacht hindurch im Steinbruch gearbeitet. Ich war bedrückt, weil ein neuer Tag begonnen hatte und ich meinen Kopf vom Kissen nehmen mußte. Erneut das Gesicht meiner Schwiegermutter sehen mußte, was für mich eine Strafe bedeutete. Wenn doch nur Nozhat dagewesen wäre und mir gesagt hätte, was zu tun wäre. Mir gesagt hätte, was ich ihr antworten sollte. Aber nein, mein Vater erlaubte es ihr nicht. Sie nahm auf ihren Ehemann Rücksicht. Würde ich sie je wiedersehen? Ich fragte mich, was ich in diesem Haus tat. Einsam, müde, abgestumpft, fern von Mutter und Vater. Nicht mal mein Ehemann war da. Hatte ich etwa mein Elternhaus verlassen, um mit einer alten Frau zu leben, die sich an meinen Qualen weidete? Die Reue trieb mich an den Rand des Wahnsinns.

Die Amme kam und brachte mir das Geld. »Mahbube Djan, was ist geschehen? Geht es dir nicht gut?«

Ich wünschte mir, jemandem mein Herz auszuschütten. Daß mich jemand besänftigte. Daß mich jemand tröstete und mir die Tränen vom Gesicht wischte, die flossen, sobald ich den Mund öffnete. Sorgenvoll mein zitterndes Kinn betrachtete und vor Kummer und Bedauern seufzte. Dazu war die Amme da, und sie schüttelte bekümmert den Kopf. Sie sagte, »Laß es sein und kehr in dein Elternhaus zurück . . .«

»Was soll ich mit meinem Sohn tun? Ein Kind braucht einen Vater.«

»Was willst du denn sonst tun?«

»Ich warte ab. Er wird es bereuen. Es wird sich schon einrenken. Ich muß mich fügen und es ertragen. Alle Ehepaare streiten sich eben.«

»Sei nicht so naiv. Sei einem ehrlosen Menschen gegenüber nicht so tugendhaft, Mahbube. Die Augen dieser Frau sprühen vor Gemeinheit. Zuviel Tugendhaftigkeit ist von Übel! . . . Laß es dir von mir gesagt sein.«

Ich erzählte der Amme nicht, daß Rahim fortgegangen war. Erzählte nicht, daß er mich geschlagen hatte. Daß er mich ans Haus gekettet hatte. Ich sagte nur, wir hätten uns gestritten, und flehte sie an, meinem Vater nichts zu erzählen und es vor meiner Mutter zu verbergen.

Der Frühling wollte nicht vorübergehen. Diese verdammte Jahreszeit endete nicht. Jeder Tag und jede Nacht beschworen schmerzlich und qualvoll meine Erinnerungen herauf. Jeder Augenblick verstrich wie unter Folter und Qualen. Wann würde dieser Frühling enden? Wann würde mich der Duft der Heckenkirsche in Ruhe lassen? Der Duft von Erinnerungen, die so bitter geworden waren. Ich träumte, ich stünde in Rahims Laden, leidenschaftlich und verzückt. Und er lächelte mich an, zärtlich und verliebt. Ein warmer Regen fiel auf mein Gesicht. Aber ein Laden besaß ein Dach. Nein, es war doch kein Regen. Ich weinte. Es waren meine Tränen, die so heiß waren. Nur meine Tränen konnten so brennen.

Es wurde Frühsommer. Es war nachts. Ich saß in einer Ecke des Zimmers. In demselben, das ich sehnsüchtig den Salon nannte. Ich hatte die Petroleumlampe angezündet und den Docht hochgeschraubt, um besser sehen zu können. Ich stickte. Almass schlief an meiner Seite. Seine Großmutter kam die Treppen hoch und fragte, »Willst du nicht schlafen gehen?«

»Nein. Wollen Sie das Kind nehmen oder es heute nacht bei mir schlafen lassen?«

Seinen Namen brachte ich nicht über die Lippen. Mir ekelte vor dem Namen Almass. Für mich war er nur mein Sohn.

Sie sagte, »Er schläft ja schon. Er kann hier bleiben«, und sie ging fort.

Ich deckte meinen Sohn zu. Ich summte vor mich hin. Allmählich ergriff mich eine Art mystischer Unbekümmertheit. Der Kummer sank wie Weinstein auf den Grund meines Herzens, doch er verging nicht. Er war gegenwärtig. Bereit, wieder aufzusteigen und mich zu verzehren. Ein Schlüssel drehte sich im Schloß. Die Haustür wurde geöffnet und geschlossen. Schritte ertönten. Mir sank das Herz, nicht aus Liebe, sondern vor Abscheu und Übelkeit. Es war Rahim. Fröhlich und munter, als sei nichts geschehen. Er stieg die Treppe hinauf und stand in der Tür. Sein Äußeres war neu und gepflegt. Er trug ein neues Paar Schuhe, und ich bemerkte überrascht, daß er die Hacken nicht niedergetreten hatte. Er sagte, »Salaam.«

Ich antwortete, »Salaam.«

Er stellte einen Fuß auf die Türschwelle und bückte sich, um seine Schnürsenkel zu lösen. Ruhig sagte ich »Rahim!« Er hob den Kopf und lächelte. Angewidert wandte ich mich ab und fragte ihn, während ich mit gesenktem Kopf weiter stickte, »Wo warst du bis jetzt? Wo auch immer du gewesen sein magst, kehr gleich dorthin zurück.«

Er sagte, »Wird gemacht«, verknotete seine Schnürsenkel wieder und ging.

Dieses Mal kehrte er sechs Monate nicht zurück. Als er kam, war mein Sohn fast drei Jahre alt, und es war keine Rede mehr von Koukab. Ich wußte, daß er die Zeitehe aufgelöst hatte.

Ich wußte, daß er auch ihrer überdrüssig geworden war.

Auch diesmal kehrte er nachts nach Hause zurück. Seine Mutter war aufgeblieben. Mein Sohn war wach und sah ihm ins Gesicht. Unverfroren fragte er seine Mutter, »Willst du nicht schlafen gehen?« Seine Mutter erhob sich von ihrem Platz. Rahim sagte, »Nimm auch dieses Anhängsel mit.«

Er meinte unseren Sohn. Mein Herz war voller Haß. Er kam und setzte sich neben mich, »Mahbube Djan, du siehst immer noch hübsch aus! . . .«

Ich blieb still.

»Ich habe die Zeitehe aufgelöst. Bist du nun zufrieden?«

Ich wunderte mich über seine Einfältigkeit und Naivität. Er wußte nicht, daß nichts das Herz einer betrogenen Frau zufrieden stellen kann. Nichts außer Rache. Nur wenn es ihr gelang, den Betreffenden zu bestrafen.

Wenn sie schwieg, Nachsicht übte und sich unwissend stellte, geschah das, weil sie Rücksicht nahm auf Umstände, die stärker waren als ihre Rachegefühle. Der wichtigste davon war die Anwesenheit eines oder mehrerer Kinder, die auf die Mutter angewiesen waren, die ihre Daseinsberechtigung darstellten, die ihre Fürsorge benötigten. Doch eine betrogene Frau ist wie ein gefährlicher, untätiger Vulkan, der alles niederbrennt, wenn er die Möglichkeit findet auszubrechen. So heftig, daß er bei diesem Feuer auch selbst zu Asche werden kann. Ein Feuer, das aus dem Herzen emporsteigt und das ganze Dasein verzehrt.

Er näherte sich mir und flüsterte mir ins Ohr, »*Mein Herz verlier ich, ihr gottsuchenden Weisen.*«

Ich zitterte vor Ekel. Davor, daß er in den Armen einer schmutzigen Frau gelegen hatte. Davor, daß er mich für so naiv hielt. Daß er sich erneut des Zaubers bedienen wollte, mit dem er mich verführt hatte. Ich haßte ihn und dieses Gedicht, einfach alles. Ich stieß seine Hand zurück, die er nach mir ausgestreckt hatte, »Laß mich in Ruhe, Rahim. Rühr mich nicht an.«

Er hob die Stimme, »Willst du wieder einen Aufruhr veranstalten? Du hattest mich begehrt, jetzt bin ich wieder da.«

Er war zu dumm, als daß er meine tiefe Verwundung bemerkt hätte. Wie sehr sehnte ich mich, ihm zu sagen, ›Ich will dich nicht mehr. Der Rahim, den ich begehrte, ist gestorben. Ich wollte den jungen Mann, der anständig und ehrlich war. Der in Liebe zu mir entbrannt war. Der einfach und bescheiden war, ohne Ansprüche. Wie ich selbst.‹ Und daß ich den, den ich an seiner Stelle sah, diesen Wolf, diesen Aasfresser, der hier vor mir saß und schamlos lachte, niemals begehren würde. Daß ich ihn satt hatte und haßte. Doch ich traute mich nicht. Ich besaß nicht die Kraft. Ich war nicht in der Verfassung, Prügel zu beziehen. Ich scheute den Krach und den Aufruhr. Also ging ich wie ein ruhig und folgsam zur Schlachtbank trottendes Schaf mit ihm ins Nebenzimmer.

Niemand sah mehr mein Lachen. Meine größte Freude – falls überhaupt von Freude die Rede sein konnte – äußerte sich in einem gequälten Lächeln. Mein Sohn war ständig auf der Gasse unterwegs und wälzte sich mit zwei oder drei seiner Altersgenossen in Dreck und Staub. Gegen ihn und seine Großmutter konnte ich mich nicht durchsetzen. Ich war vollkommen besiegt. Zu den Tatsachen, die die Großmutter mit Stolz erfüllten, gehörte, daß ihr Enkel mit dem Sohn des Gewürzhändlers Agha Sseyyed Ssadegh spielte, der ein verhältnismäßig großes Haus in der Gasse neben unserem Haus besaß. Schon morgens schickten sie ihre Dienerin an unsere Haustür, »Veranlassen Sie, daß Almass kommt, um mit unserem Agha Morteza zu spielen.«

Ich sagte, »Nein, er darf nicht. Ist mein Kind etwa ein Ammenkind? Ist er etwa eine Amme, die man beschäftigt? Lassen Sie ihn nicht gehen.«

Sie hob die Brauen, »Pah! Was für Mätzchen! ›Eitel und blasiert, sich vor allem ziert.‹ Sein Agha hat gesagt, er darf gehen. Rahim hat es erlaubt. Der Mensch ist Gewürzhändler im Bazar. Nicht zu verachten. Er hat großen Einfluß. Wer sind *wir* schon? Warum soll Almass nicht hingehen, damit ich den Kopf frei habe und meine Arbeit erledigen kann?«

»Chanum, ich werde mich selbst um ihn kümmern.«

»Wenn du dich selbst um dein Kind kümmern könntest, täte es mir nicht so leid.« Mein Sohn rannte fröhlich davon und kehrte, was schlimmer war, mit Taschen voller Zucker und Kandis zurück. Meine Schwiegermutter fragte ihn, »Laß mich mal sehen, was haben sie dir gegeben?«

Ich trotzte und kaufte große Mengen Zucker und Kandis. Ich holte das Naschwerk und die Konfitüren hervor, die die Amme aus meinem Elternhaus mitgebracht hatte, häufte alles in ein Gefäß und stellte es mitten ins Zimmer. Sie aßen davon nach dem Mittagessen oder gegen Abend, aber offenbar wurde keiner von beiden davon satt. Offenbar genossen sie all dieses Naschwerk nicht so sehr wie jene Handvoll Zucker und Kandis. Ich sorgte mich um die Zukunft meines Sohnes.

Die Amme kam. »Liebe Amme, was gibt's Neues?«

»Nur Gutes. Nozhat hat endlich entbunden, Zwillinge. Zwei Mädchen, hübsch wie ein Strauß Blumen. Chodjasteh Chanum spielt Klavier, daß es eine Freude ist. Du müßtest sie sehen und hören. Manuchehr ist so reizend geworden, daß du es dir nicht vorstellen kannst, tausend Mal mashallah. Dein Agha Djan sagt, ›Setz deine Füße nicht auf den Boden, sondern auf meine Augen.‹ Als hätte dieses kleine Kind vierzig Jahre gelebt, so höflich und mustergültig . . .«

Ich hatte Sehnsucht nach allen. Ich verzehrte mich nach einem Wiedersehen. Nach Nozhat und ihren Kindern. Nach dem Klavierspiel von Chodjasteh. Nach Manuchehr, dessen Gestrampel und fröhliches Lachen in Onkelchens Garten mir noch vor Augen waren.

»Was sonst noch, liebe Amme?«

»Sonst noch? Daß dein Cousin Hamid Chan opiumsüchtig geworden ist. Tag und Nacht sitzt er am Holzkohlenbecken. Alles, was er in die Finger bekommt, stopft er in den Pfeifenkopf und läßt es in Rauch aufgehen.« Sie rückte etwas näher. »Übrigens, hatte ich dir das noch nicht erzählt?«

»Was hast du mir nicht erzählt?«

»Daß Mansur Agha geheiratet hat?«

»Er hat doch schon vor langer Zeit geheiratet. Du hast mir auch schon erzählt, daß er einen Sohn hat.«

Ungeduldig schüttelte sie den Kopf, »Ach wo. Diese Frau meine ich doch nicht. Er hat noch eine geheiratet. Er hat Giti-Aras Tochter eine Nebenfrau beschert. Sie heißt Ashraf os-Sadat. Ihr Vater war ein angesehener Mann, ein Beamter, ist aber verstorben.«

Ich sperrte vor Erstaunen den Mund auf, »Wirklich, liebe Amme?«

»Jahaa . . . Es wird zwei, drei Monate her sein. Ich hatte vergessen, es dir zu erzählen.«

Verblüfft sagte ich, »Das sieht Mansur gar nicht ähnlich! Was macht seine Frau jetzt?«

»Der arme Mansur. Er selbst wollte es doch nicht, Nimtadj Chanum hat ihn dazu gezwungen. Sie hat Mansur Agha gesagt, ›Bei Gott, du mußt noch eine Frau heiraten.‹ So beharrlich Mansur auch erklärt hat, ›Bei Gott und beim Propheten, ich will keine Frau‹, hat sie gesagt, ›Nein, das geht nicht. Du mußt heiraten. Ich möchte meine Zeit nur mit Andacht, Gebet und Fasten verbringen. Ich kann Ihnen nicht die gebührende Frau sein.‹ Die Ärmste ist doch pockennarbig! Sie hat es so gesagt, damit sie nicht an Achtung verliert. Schließlich hat sie sich selbst aufgemacht und Ashraf Chanum gefunden und für Mansur Agha geworben. Ein kleinwüchsiges, hellhäutiges, rundliches Mädchen. Nimtadj Chanum ist nun die Große und Ashraf die Kleine Chanum. Anfangs hat niemand Ashraf ernst genommen. Die Hauptfrau war Nimtadj Chanum. Aber sie hatte Pech, die junge Frau wurde schwanger. Daß es ja unter uns bleibt! . . . Die junge Frau hat sich als eine ganz Durchtriebene erwiesen. Man sagt, daß sie und Nimtadj Chanum nicht miteinander auskommen. Sie hat gesagt, ›Weshalb muß Nimtadj Chanum über alles entscheiden und die Erste sein? Soll sie die Lieblingsfrau sein, wo ich so hübsch bin?‹ Mit einem Wort, sie hat dem armen Mansur Chan das Leben zur Hölle gemacht. So oft er sagt, ›Ich hatte dir doch von Anfang an meine Bedingungen genannt‹, sagt sie, ›Das interessiert mich nicht. Nimtadj hat ihren Platz, und den will ich auch.‹ Sie hat ihrem Ehemann das Leben sauer gemacht. Und jetzt ist sie fast im dritten Monat schwanger. Mansur Chan sagt ständig zu Nimtadj Chanum, ›Es war deine Schuld, daß dieses Unheil über mich hereingebrochen ist.‹«

»Nun, und was sagt Nimtadj dazu?«

»Nichts. Sie ist stumm wie ein Fisch. Sie ist so damenhaft, daß du es dir nicht vorstellen kannst. Genau diese Großmütigkeit ist es, die Mansur Agha die Lippen verschließt. Nur einmal hat sie deiner Chanum Djan ihr Herz ausgeschüttet und gesagt, ›Ich schäme mich vor Mansur. Dieses Früchtchen habe ich ihm angeschafft.‹«

Also hatte es Mansur auch nicht besser getroffen als ich. Bedauernswerter Cousin! Ich empfand Schadenfreude und war erleichtert. Ich wußte nicht, weshalb ich vor Wonne zerfloß.

Erneut kam der Sommer. Die Sonne strahlte auf alles herab und ließ den Geruch von trockenem Holz aufsteigen. Der Geruch des Holzes stieg zusammen mit dem Geruch der Türfarbe auf. Wieder roch Rahim nach Holz. Wieder wurde mir vom Geruch der Schminke schlecht. Wieder hatte meine Schwiegermutter Ghormeh Ssabzi gekocht. Auch diesen Geruch konnte ich nicht leiden. Wieder war ich müde und lustlos. Wieder wurde mir vom Frühstück übel. Ich setzte mich an das Fenster, das wir wegen der Sommerhitze offenstehen ließen. Die Matten aus Schilfrohr hingen herab. Sie rochen nach Staub. Ich atmete tief durch. Ich setzte mich neben das Becken und erbrach mich. Ich sehnte mich nach Granatäpfeln. Rahim lachte. Meine Schwiegermutter sagte, »Ich gratuliere.« Es schien, als würde der Himmel in seiner gesamten Schwere über mir einstürzen. Um Gottes willen, bloß nicht. Siehst du nun? Ich war wieder schwanger!

Ich würde es der Amme nicht sagen. Ich wollte den Kummer meiner Eltern nicht vertiefen. Ich hatte Kummer genug. Rahim war noch forscher geworden. Er wußte nur zu gut, daß ich ihm hilflos ausgeliefert war. Ach! Wo blieb der Segenswunsch meines Vaters? Ich war diesem Ungeheuer hilflos ausgeliefert. Von Tag zu Tag wurde er ekelhafter. Er ging morgens nicht mehr zur Arbeit, und mittags kehrte er nicht heim. Nachts roch sein Mund nach Wein. Ich fürchtete, daß er am Ende auch noch opiumsüchtig werden würde.

»Rahim, wo warst du denn mittags?«

»Wo ich war? Bei der Arbeit. Ich war doch nicht im Delgosha-Park!«

»Du bist doch mittags nicht im Geschäft geblieben?«

»Hast du es vergessen? Wann bist du mich denn damals besuchen gekommen? War es nicht um ein Uhr mittags? Seit du meine Frau bist, hast du mich daran gehindert, mittags ins Geschäft zu gehen.«

»Weshalb schläfst du bis zum Mittag? Steh doch früher auf, um deine Arbeit zu erledigen, und komm statt dessen mittags heim.«

»Wozu heimkommen? Damit ich dich sehe, wie du entweder würgst oder wie ein Trauerkloß herumhockst?«

»Nun, ich bin eben schwanger. Mir geht es nicht gut.«

»Ich hab dich auch erlebt, als du es nicht warst ... Nicht mal mit sieben *Man* Honig bist du zu genießen.«

»Du hast mich über.«

»Ich hau dir eine runter, paß nur auf! Schikanier mich nicht so. Spielt sich auf als meine Gouvernante!«

Wenn ich wieder allein war, weinte ich. Mahbub, siehst du nun, was du dir eingebrockt hast? Siehst du, was du verbrochen hast? Rahim besaß keinen Funken Edelmut und Mitgefühl. Nicht den geringsten Anstand noch Mannhaftigkeit.

Ich war gerade erst einen Monat schwanger. Bereits frühmorgens hatte ich mein Bündel für das Hammam gepackt. Meine Schwiegermutter fragte, »Wohin?«

»Ich will ins Hammam. Komm, mein Sohn. Ich werde ihn mitnehmen.«

»Nein, das geht nicht.« Sie zog das Kind von meiner Hand fort und nahm es auf den Arm, »Almass geht mit mir. Sein Vater hat verboten, daß er mit dir geht.«

Erschöpft vom morgendlichen Erbrechen, der Niedergeschlagenheit, der anstrengenden Schwangerschaft und meinen Qualen, machte ich mich auf den Weg und verließ das Haus. Mittlerweile schämte ich mich nicht mehr, mit dem Bündel unter dem Arm ins Hammam oder einkaufen zu gehen, die engen Gassen zu passieren und mit diesem und jenem zu feilschen. Ich hatte mich daran gewöhnt. Nach und nach versank ich in dem Morast, der sich Ehe nannte. Gleich, welchen Weg ich einschlug, ich konnte Rahim keine Manieren beibringen. Ich wünschte mir, daß er sich entwickelte, Fortschritte machte und sich einen Namen erwarb. Aber er wollte nicht. Er quälte mich, und ich litt. Das war meine Ehe. Ich ging und war in Gedanken versunken. Trotz meines erbärmlichen Zustands ertrug ich den Dampf des überfüllten Hammam. Ich erreichte die Garderobe und setzte mich. Kleidete mich an und band mir das weiße Baumwollkopftuch um, damit es die Feuchtigkeit meiner Haare aufsog. Dann wurde mir plötzlich wieder übel. Ich konnte mich nicht mehr beherrschen und winkte einer vorbeigehenden Badewärterin, die sich einen Tchador über das Badetuch geworfen hatte. Sie bemerkte meinen Zustand und brachte mir eine Schüssel. Dann lachte sie und sagte, »Meinen Glückwunsch. Hast du Heißhunger?«

Ich nickte bestätigend. Sie lachte wieder.

»Zu diesem fröhlichen Anlaß muß es Kuchen geben! . . .«

Bekümmert sagte ich, »Für mich ist das doch kein fröhlicher Anlaß. Es ist ein Unglück.«

»Weshalb? Gott behüte. Verstehst du dich nicht mit deinem Ehemann?«

Plötzlich schossen mir die Tränen hervor. Ich hatte eine gefunden, der ich mein Herz ausschütten konnte. Vorsicht war nicht nötig, da es nicht meine Schwiegermutter war. Nicht nötig, vor ihr ein künstliches Lächeln aufzusetzen, da es nicht meine Amme war. Da meine Chanum Djan es nicht hören würde. Da sie es nicht erfahren und sich grämen würde. Kein Grund mehr, Rücksicht zu nehmen.

Wie gut hatte diese Frau, die mich nicht kannte, meinen Kummer erkannt! Wie treffend hatte sie alles mit einem Satz ausgedrückt! Ihr konnte ich mein Herz ausschütten. Ihr konnte ich mich anvertrauen und darauf setzen, daß es am nächsten Morgen keinen Aufruhr gab. Die Tränen flossen unaufhörlich.

»Quält er dich?«

Ich nickte.

»Schlägt er dich?«

»Ja.«

Ich schluchzte. Ich, Bassir ol-Molks Tochter, heulte wie ein Kind, das sich bei seiner Mutter über seine Spielkameradin beschwert, und wischte meine Tränen mit dem Zipfel des Kopftuchs fort. Vergebens, sie tropften nicht, sie überfluteten mich.

»Warum hast du es dann zugelassen, wieder schwanger zu werden?«

»Was sollte ich tun, ich kann doch nichts dafür! Wenn du wüßtest, wie viele schwere Dinge ich hebe! Ich fülle einen drei *Man* schweren Topf mit Wasser und trage ihn die Treppe rauf und runter. Ich esse Borretsch, damit es blutet. Ich springe von ganz oben. Was immer man mir geraten hat, habe ich getan. Jeden Trick und Kniff habe ich ausprobiert. Alles, was mir in die Finger gekommen ist, habe ich gegessen. Es hat nichts genützt. Ich weiß nicht, ob es nützt, wenn ich Opium esse!«

»Was sollte es nützen, wenn du Opium ißt? Du würdest selber eingehen, Mädchen.« Sie blickte um sich und sagte leise, »Diese Tricks nützen nichts. So klappt das nicht. Das Kind muß dir jemand wegmachen.«

Ich hob den Kopf. Ein Lichtblick. Ich hörte auf zu weinen und fragte, »Wer muß es wegmachen?«

»Willst du es tatsächlich abtreiben?«

»Ja, ganz bestimmt. Kennst du etwa jemanden?«

»Ja, ich kenne die Richtige.«

Vor Entzücken und Aufregung ergriff ich ihre Hand, »Wer ist es?«

»Was interessiert dich, wer es ist? Es ist eine Frau, deren Hauptbeschäftigung das ist. Im Monat treibt sie zehn Kinder ab.«

»Komm, laß uns gleich zu ihr hingehen.«

Ängstlich sah sie nach links und nach rechts, »Jetzt gleich doch nicht. Ich muß erst mit ihr sprechen. Aber sie ist ziemlich habgierig.«

»Geht in Ordnung. Ich bin einverstanden, egal, wieviel. Dein Botenlohn ist dir ebenfalls sicher.«

Sie sagte, »Ach was, mir geht es um dich. Was redest du da? Ich gäbe eine halbe Million für ein Haar von dir.«

Ich lachte. Sie kannte mich seit kaum einer Stunde und war bereit, mir zuliebe haufenweise Geld zu opfern. Ich fragte, »Wann wirst du mit ihr sprechen?«

»In den nächsten Tagen werde ich sie besuchen gehen. Falls sie einwilligt, gehen wir, wenn du nächstes Mal ins Hammam kommst, gemeinsam zu ihr.«

»Ach, dann ist es zu spät. Gerade ist der erste Monat vorbei. Ich flehe dich an, kannst du nicht morgen zu ihr gehen?«

»Aber ich habe doch hier zu tun. Ich habe Kundinnen.«

Ich drückte ihr drei Tuman in die Hand. Verblüfft starrte sie auf das Geld. Ich sagte, »Ich geb dir das Geld für alle deine Kundinnen. Geh und verabrede dich mit ihr, damit wir übermorgen zu ihr gehen und die Sache hinter uns bringen.«

Sie hatte sich erweichen lassen. Dennoch sagte sie, »Aber es geht nicht so schnell! Morgen nachmittag gehe ich zu ihr und werde es vereinbaren. Welcher Tag ist heute?«

»Sonntag.«

»Kannst du Mittwochmorgen kommen?«

»Ja, ich werde unter allen Umständen kommen.«

»Daß du dich nicht verspätest! Ich erwarte dich am Mittwoch.«

Man rief nach ihr, ›Roqieh, komm.‹ Sie hatte eine Kundin. Sie verabschiedete sich und ging fort.

Drei Tage später war es Mittwoch. Ich mußte mir einen Vorwand ausdenken, um ins Hammam zu gehen. Am Vortag aß ich mit Rahim, seiner Mutter und meinem Sohn zu Abend. Vor Freude über meinen Plan hatte ich wieder Appetit und bemühte mich, viel zu essen. Ich wollte am Tag darauf munter und bei Kräften sein. Meine Schwiegermutter musterte mich verstohlen, sie war überrascht. Trotz der Freude war ich nicht frei von Angst. Ich fürchtete mich. Ich war im Begriff, mein Leben am kommenden Morgen in die Hände einer gewöhnlichen Frau zu legen, die ich nicht kannte. Ich machte mir Sorgen um meinen Sohn. Wenn ich ihn ansah, wurde ich unruhig. Wenn ich daran dachte, daß er die Mutter verlieren könnte, preßte es mir das Herz zusammen. Wohl an die zwanzig Mal umarmte und küßte ich ihn. Ich küßte seine Hände, sein Haar und das runde, mollige Gesicht, dessen Haut vor lauter Spielen im Sand trocken geworden war.

»Almass Djan, daß du mir bloß nicht mehr den Sand anrührst! . . . Siehst du, wieviel Schorf auf deinem Gesicht und deinen Händen ist? Du könntest, Gott behüte, kahlköpfig werden. Almass Djan, daß du mir ja nicht mehr mit dem Wasser aus dem Becken spielst! Wisch dir das Wasser nicht ins Gesicht, mein Kind. Das Beckenwasser ist schmutzig, es ist schlammig. Du könntest dir, Gott behüte, ein Trachom zuziehen.« Als würde ich ihm mein Vermächtnis mitgeben.

Meine Schwiegermutter sagte spöttisch, »Ja, mein Kind, ich werde dir täglich einen Eimer Trinkwasser kaufen, damit du dir damit deinen Hintern abwaschen kannst!«

Sie lauerte darauf, daß ich wie vom Blitz getroffen aufspringen würde. Ich war jedoch zu froh darüber, daß ich sie und ihren Sohn überlisten würde, als daß ich wütend geworden wäre. Abgesehen davon hatte sie tatsächlich etwas Lustiges gesagt. Ich lachte schallend. Ich war zu ihrem Ebenbild geworden. Mein Sohn war noch wach und spielte, als ich mich an Rahim wandte und sagte, »Rahim Djan, ich bin müde. Wollen wir nicht schlafen gehen?«

Er war mit seiner Kalligraphie beschäftigt. Achtlos antwortete er, »Na gut, dann geh doch schlafen.«

»Ohne dich?«

Er hob den Kopf, sah mir in die schmachtenden Augen und sagte, »Dir wird doch von mir übel!«

Mit einem unverfrorenes Grinsen stellte er seine Zähne zur Schau. Ich lächelte mühsam, »Nun ja, das ist halt der Heißhunger. An einem Tag mag man es nicht, und am nächsten verlangt es einen danach.«

Meine Schwiegermutter schüttelte angewidert den Kopf, nahm das Kind unsanft auf den Arm und sagte, während sie das Zimmer verließ, »Eine Schande ist das! Diese Frau hat überhaupt kein Schamgefühl.«

Ich schnürte das Bündel für das Hammam. Ich nahm ein zusätzliches Kleid, ein paar Stoffreste, einen zusätzlichen Tchador und alles Geld mit, das im Haus war. Es waren an die siebzig Tuman. Die Amme war gerade erst gekommen und hatte das Monatsgeld gebracht. Der Rest stammte aus meinen Ersparnissen. Seit langem schon hatte mir Rahim kein Geld mehr für den Unterhalt gegeben. Gelegentlich ging er auch an die Truhe und nahm mein Geld. Hätte er das nicht getan, hätte ich sehr viel mehr haben müssen. Ich versteckte das Geld in meinem Bündel, zog mir den Tchador über und machte mich auf den Weg. Wie gewohnt, tauchte meine Schwiegermutter vor mir auf, »Wohin?«

Aufgrund von Rahims Befehl mußte ich nach jener vergeblichen Auseinandersetzung stets den Grund für das Verlassen des Hauses angeben.

»Ich gehe ins Hammam.«

Sie biß sich erstaunt in die Hand, »Wie das? Du warst doch erst vor drei Tagen im Hammam.«

Ich lachte aufreizend und antwortete dreist, »Nach dem Wie müssen Sie Rahim fragen. Es ist doch nicht meine Schuld!«

Sie zuckte zusammen und trat beiseite, »Du bist wirklich schamlos geworden, Mahbube.«

Wie ein Vogel schlüpfte ich aus dem Käfig.

»Hast du mit ihr gesprochen? Komm, laß uns gehen.«

»Warte, ich hab noch eine Kundin. Ich muß sie abfertigen.«

Ich hatte es eilig und sagte, »Laß sie. Ich geb dir das Geld dafür.«

»Nein, geht nicht. Sie ist eine von den Reichen. Wenn ich nicht zu ihr gehe, nimmt sie sich eine andere Badewärterin. Ich muß sie nur noch abschrubben. Ich erledige es und komme.«

Ich setzte mich ins Hammam und wartete. Ich war froh, daß ich sein Kind los werden würde. Ich hatte mein Gesicht verschleiert und zitterte dennoch am ganzen Körper. Ich befürchtete, daß jemand kommen und mich erkennen würde. Die Badewärterinnen kamen und gingen und sahen mich schief an. Schließlich kam Roqieh. Sie trug ein altes, geflicktes Kattunkleid und hatte ihren feuchten Tchador um sich gewickelt. Sie sagte, »Mach schnell. Es ist spät geworden.«

»Wir nehmen eine Kutsche.«

Wir fuhren durch die verwinkelten Gassen und näherten uns der Südstadt. Die Häuser wurden ärmlicher und bescheidener und standen dichter beieinander. Die meisten Menschen sahen ungepflegt aus. Sie hatten ihre eigene Sprache. Manche der jungen Männer hatten die Hacken ihrer Schuhe heruntergetreten, spreizten die Arme vom Körper ab und gingen breitbeinig. Ihre Knie waren leicht gekrümmt, und sie wippten beim Gehen mit dem Körper, als würden sie auf Sprungfedern treten. Andere hatten sich das Jackett über die Schultern geworfen und trugen ein Taschentuch in der Hand. Je näher wir dem Süden Teherans kamen, um so deutlicher änderten sich Verhalten und Sitten. All das war mir fremd, dennoch fuhr ich mit Begeisterung.

Ich fror. Die Kutsche hielt auf Roqiehs Anweisung an der Einmündung einer Gasse. Wir stiegen aus. Ich bekam keine Luft und zitterte. Ich atmete tief durch. Roqieh fragte, »Hast du Angst? Falls du es bereust, kehren wir um.«

Es schien, als würde auch sie sich fürchten. Ich sagte, »Nein, nein. Geh du vor.«

Ich kann mich erinnern, daß es eine blaue Holztür war. Roqieh ergriff den Türklopfer und klopfte. Sie rief, »Golin Chanum!«

Eine Frau sagte, »Komm rein. Tür is' offen.«

Wir stiegen die Stufen hinab und betraten einen Hof mit Backsteinpflaster. Das Haus war klein und ärmlich. Uns gegenüber befand sich ein Eiwan, dessen Dach von zwei blau bemalten Stucksäulen getragen wurde. Er hatte zwei Türen, die je in ein Zimmer führten. An der Hofmauer bei der Küche befand sich ein Becken, wenig größer als ein Waschbottich. Eine rund dreißigjährige Frau, die ein geblümtes langärmliges blaues Kleid und ein Kopftuch trug und insgesamt sauber und ansehnlich wirkte, steckte den Kopf aus der einen Eiwantür und winkte uns mit der Hand. Als ich eintreten wollte, sagte sie, »Nicht hier.«

Sie zeigte auf ein neben der Küche am Hof gelegenes Zimmer, das schmutzig und dunkel war. So groß wie eine kleine Vorratskammer. Sein Gemäuer verströmte den Geruch von Opium. Wir traten ein. Golin Chanum ging hin und her und sprach mit einer alten Frau, die sich in Hof oder Keller aufhielt, laut über die täglichen Aufgaben. Sie befahl ihr, einen Damkoni auf den Topf zu setzen, sobald das Wasser des Dampocht verkocht war. Ich fühlte mich unwohl und hatte den Eindruck, fremde Menschen in ihrem Haus zu stören. Schließlich betrat sie das Zimmer und sagte lachend zu mir, »Tja, die Suppe, die de dir einbrockst, mußte halt auslöffeln.«

Sie besaß einen Goldzahn. Plötzlich zuckte ich zusammen. Ich hatte den Eindruck, daß sie nicht mit anständigen Frauen zu tun hatte. Sie starrte mich an und sagte zu Roqieh, »Hoppla, das ist doch 'ne Orntliche!« Und mich fragte sie, »Haste 'nen Mann?«

»Ja.«

»Ich sag's dir, ich hab keine Lust auf sein Gemecker! Daß er mir ja keine Mätzchen macht! . . .«

Roqieh fiel ihr ins Wort, »Ihr Mann hat sie verlassen und hat sich eine Vierzehnjährige zur Frau genommen. Sei unbesorgt, es wird nichts passieren.«

»Wieviel Knete haste?«

»Wieviel willst du?«, fragte ich.

»Nu ja, unter dreißich, vierzich Kröten tu ich's nicht.«

Roqieh seufzte betreten auf. Ich sagte, »Geht in Ordnung.«

Als sie meinen ängstlichen Blick sah, sagte sie, »In Ornung? Leg dich hin, Hübsche. Wenn de Angst hast, iß'n Körnchen Opium, damit du nix spürst.«

Die Vorsorge kannte ich von der Hebamme meiner Mutter, die auch meinen Sohn zur Welt gebracht hatte. Ich gab ihr die sauberen Stoffreste, die ich mitgebracht hatte, und legte mich nach ihrer Anweisung auf eine große Wachsdecke, auf der sie ein Tuch ausgebreitet hatte. Die Ausstattung und ihre Vorbereitungen zeigten, daß sie in dieser Arbeit Erfahrung besaß und keine Anfängerin war. Sie verließ das Zimmer und kehrte mit einer Schüssel Wasser zurück. Sie legte mir etwas in die Hand und sagte, »Iß.«

»Was ist das?«, fragte ich.

»Na, Opium, halt. Iß, damit du keine Schmerzen hast.«

Ohne zu überlegen aß ich das Opium. Abwartend setzte sie sich und unterhielt sich mit Roqieh. Mitten im Reden fragte sie mich immer wieder, »Biste nich schläfrig?«

Ich machte mir Sorgen um Zuhause. Es war gegen Mittag. Langsam wurde ich schläfrig. Ich sah, daß sie eine Hühnerfeder in der Hand hielt. Kraftlos fragte ich sie, »Was ist das?«

Spöttisch hielt sie sie hoch und sagte, mich nachahmend, »Na, was is das? Kein Drachen, 'ne Hühnerfeder.«

Ein Schmerz durchfuhr mich, und ich jammerte. Ihre Hand hielt inne, »Was is, Prinzessin? Ich hab doch noch nix gemacht!«

Ich spürte den Schmerz, war jedoch zu matt, als daß ich hätte schreien können. Ich sagte mir, ›Gleich wird es vorbei sein, gleich.‹ Und Roqieh sah zu und stöhnte auf.

Golin Chanum sagte, »Nu ja, es klebt am Fleisch. Is ja nicht mit 'nem Kleber angeklebt. Heb deine Hüfte nicht. Ich hab dir gesagt, halt still. Heb deine Hüfte nicht.«

Der Schmerz überwältigte mich. Ich brüllte wie am Spieß.

Golin Chanum sagte, »Na bitte, jetz ist es vorbei. Da gab's doch nix zu zappeln!«

Die Hühnerfeder in ihrer Hand war blutgetränkt. Ich schlief ein.

Jemand rief mich, »Steh auf, steh auf. Willste nich nach Hause gehn?«

Offenbar hatten Roqieh und Golin Chanum zu Mittag gegessen, Wasserpfeife geraucht und ihren Tee getrunken. Ich wachte auf. Ich war erschöpft.

»Soll ich dir was zu essen bringen?«

»Nein, ich will nach Hause gehen. Wieviel Uhr ist es?«

»Zwei Uhr. Wenn ich dich gelassen hätte, hätteste bis abends geschlafen.«

Kraftlos und gedehnt sagte ich, »O weh . . . es ist sehr spät geworden.«

Ich richtete mich auf. Offenbar hatte man mich wie ein Baby eingewickelt. Sobald ich mich aufsetzte, floß ein Blutschwall aus meinem Körper. Zum Glück trug ich Windeln. Mühevoll zog ich den Beutel, in den ich das Geld getan und den ich mir in der Kutsche um den Hals gehängt hatte, oben aus dem Kleid und gab Golin Chanum dreißig Tuman. Ihr Blick fiel auf das übrige Geld, und sie schob den Betrag, den ich ihr geben wollte, fort. »Nee, meine Beste. Das is zu wenich.«

»Aber du hast gesagt, dreißig oder vierzig Tuman.«

»Mußte dann nur die dreißig Tuman gebn? Ich hatte 'nen Tach lang mit dir zu tun. Von morgens bis nachmittags. Annere Fraun kommen her. Ihre Arbeit is sofort erledicht, und dann stehn sie auf und gehn nach Hause. Du bist sehr wehleidig.«

Ich war zu erschöpft und glücklich, um mit ihr zu streiten. Ich fragte sie, »Bist du sicher, daß die Arbeit erledigt ist?«

»Pah, ich danke auch sehr. Hattest Glück, daß de im ersten Monat warst. War ja nix, nur 'n Klumpen Blut. Dann weißte noch nich, was ich alles fertich bring!«

Sie nahm mir zehn weitere Tuman ab und fragte, »Willste 'ne Kutsche?«

»Ja.«

Sie zog sich den Tchador über, und ich erreichte mit ihrer und Roqiehs Hilfe die Einmündung der Gasse. Sie besorgte mir eine Kutsche. Bei jeder Bewegung der Kutsche trat Blut aus. Ehe wir das Hammam unseres Viertels erreicht hatten, war ich nahe daran, ohnmächtig zu werden. Roqieh hatte es mit der Angst zu tun bekommen. Sanft drückte ich ihr fünfzehn Tuman in die Hand. Sie sagte, »Chanum Djan, ich steige hier aus.« Sie machte eine Pause und fragte, »Geht es Ihnen gut?«

»Keine Sorge. Mir geht es sehr gut. Geh in Frieden.«

Sie stieg aus. Sie wunderte sich über meine Großzügigkeit und war entzückt. Sie wußte nicht, wie viel mir ihre Hilfe bedeutete. Sie betrat das Hammam, drehte sich beim Gehen zweifelnd um und musterte mich. Ich gab dem Kutscher das Fahrgeld und sagte ihm, er solle mich bis in die Nähe des Hauses fahren. Ich besaß keine Kraft mehr. In meinem Unterleib breitete sich ein Schmerz aus, der sich nach und nach steigerte.

»Halt hier an.«

Die Kutsche blieb stehen. Ich saß nach wie vor an meinem Platz. Ich konnte mich nicht erheben, um auszusteigen. Der Kutscher fragte, »Weshalb steigst du denn nicht aus?«

»Ich kann nicht. Mir geht es nicht gut.«

Ich streckte die rechte Hand aus, doch so sehr ich mich auch bemühte, es gelang mir nicht einmal, mich nach vorn zu ziehen. Das Verdeck der Kutsche war geöffnet. Mit der linken Hand preßte ich mein Hammam-Bündel an mich. Ich weiß nicht, ob sich der Kutscher ängstigte oder ob er Mitleid für mich empfand. Plötzlich erhob er sich von seinem Platz, sprang herunter und fragte, »Wo ist dein Haus?«

Ich zeigte es ihm mit der Hand, »Es ist diese Tür hier.«

Er packte mich über dem Tchador an den Hüften und hob mich wie eine Spielzeugpuppe hoch. Er drehte sich um und setzte mich neben der Tür ab und klopfte ein Mal an der Tür. Dann sprang er auf den Kutschbock und fuhr rasch davon. Ich hörte die Stimme meiner Schwiegermutter, »Sie ist endlich gekommen.« Also war Rahim nach Hause gekommen.

Meine Beine schlotterten aus Angst vor Rahim und wegen der Blutungen. Sie knickten ein, und ich lehnte mich an die Tür. Ich rutschte auf die Erde. Das Hammam-Bündel glitt aus meiner Hand. Ich hatte einen Schwächeanfall.

Die Tür öffnete sich, und meine Schwiegermutter streckte den Kopf heraus. Sie sah zunächst auf die Gasse und dann, als sie niemanden erblickte, verblüfft nach links und nach rechts. Dann sah sie mich. Unvermittelt schlug sie sich auf den Kopf. »Rahim, komm. Komm doch.«

Rahim erschien und sah mich.

»Was ist los? Weshalb liegt sie da?«

»Ich glaube, sie ist ohnmächtig geworden. Trag sie ins Zimmer.«

Rahim ergriff mich mit einer Hand unter den Knien und mit der anderen unter dem Kopf und hob mich wie eine Feder hoch. Währenddessen sagte er, »Ihr Hammam-Zeug, Nanneh. Bring ihr Hammam-Zeug mit.«

Meine Schwiegermutter nahm mein Hammam-Bündel, schloß die Tür und rannte vor uns ins Zimmer. Als Rahim, der mich im Arm hielt, es erreichte, hatte sie meine Matratze ausgebreitet und ein Shamad darüber gelegt. Rahim warf, während er mich im Arm hielt, einen Blick auf meine schweißnasse Stirn und fragte mich, »Mahbub Djan, was ist geschehen? Ist dir im Hammam übel geworden?«

Meine Schwiegermutter sagte, »Leg sie auf den Boden. Sie war gar nicht im Hammam!«

Rahim fragte wütend, »Woran hast du das gemerkt?«

»An ihren Haaren, die trocken sind. Daran, daß sie dasselbe Kleid trägt wie heute morgen. Daß sie nicht wie nach einem Bad riecht . . .«

Rahim legte mich behutsam auf die Matratze. Dennoch durchzuckte mich bei der Erschütterung ein Schmerz, und wieder trat Blut aus.

Seine Mutter nahm mir den Tchador vom Kopf. Wegen der Hitze trug ich ein langes, weißes Hemd mit einem gerüschten, rosa gemusterten Rock, der mir bis an die Fußknöchel reichte. Sie sagte zu ihm, »Heb sie hoch, damit ich das Shamad unter ihr wegziehen kann. Rahim hob mich hoch, und seiner Mutter entfuhr ein Seufzer, »Schau, Rahim, sie hat eine Blutung!«

Rahim kniete sich neben meine Matratze und starrte auf das Blut, das meinen Rock und das Laken rot gefärbt hatte. Dann sah er mir entsetzt ins Gesicht. Meine Augen standen halb offen. Als sei ich in Dunst und Nebel eingehüllt. Ich hörte ihre Stimmen von fern. Er fragte, »Mahbub Djan, was ist geschehen? Bist du hingefallen? Aber, aber . . . weshalb denn?«

Seine Mutter schlug mit zitternden Händen meinen Rock hoch. Plötzlich erstarrte sie in dieser Haltung und sagte zornig, »Durchtriebenes Stück! Hingefallen? Nein, mein Lieber, sie ist nicht hingefallen. Sie hat sich das Kind wegmachen lassen.«

Rahim erstarrte wie vom Blitz getroffen. Mit offenem Mund glotzte er seine Mutter an. Er schluckte ein paar Mal seinen Speichel herunter und fragte dann, »Was? Was hast du gesagt?«

»Nichts. Sie hat das Kind abtreiben lassen.«

Plötzlich schwoll Rahims Halsader. Der Ausdruck seiner Augen veränderte sich. Er hob die Hand, um mir ins Gesicht zu schlagen, »Du hinterhältiges Biest! Du verdammte Hexe!«

Seine Mutter packte seine Hand in der Luft, »Was machst du denn da? Willst du sie umbringen? Sie wird an den Blutungen noch sterben. Geh und hol den Arzt.«

Es war Ende September, doch die Luft war noch warm. Dennoch zitterte ich vor Kälte. Sie schlossen die Türen und legten eine Decke über mich. Ich schlief ein. Ich erwachte. Es war nachts. Um mich herum herrschte reges Kommen und Gehen. Ich hatte Schmerzen. Jemand hielt meine Hand. Ich hatte Schmerzen im Kopf und im Unterleib. Aber sie waren nicht mehr so stark. Bei jeder Bewegung floß Blut aus meinem Körper. Man flößte mir etwas ein. Man wechselte mir die Windeln. Wischte mir den Schweiß von der Stirn. Es wurde Morgen. Ich jammerte, »Schließt die Fensterläden.« Ich wollte, daß das Zimmer dunkel war. Ich bemerkte nicht mehr, wann es Tag und Nacht wurde. Doch meine Schmerzen ließen allmählich nach. Ich fror nicht mehr und stöhnte nicht mehr. Ich erwachte. Was für eine angenehme Sonne. Ich war hungrig. Meine Schwiegermutter brachte mir Katschi. Sie war leichenblaß und abgemagert. Ihre Augen waren vor Schlaflosigkeit gerötet. Es gelang mir, mich aufzusetzen und mich an das Rückenkissen zu lehnen. Kraftlos fragte ich sie, »Was für ein Tag ist heute?«

»Samstag.«

»Habe ich so lang geschlafen?«

»Du hattest Glück, daß du am Leben geblieben bist. Gott weiß, wie viele Ärzte dich untersucht haben. Der arme Rahim. Er ist ganz erledigt. Vier Nächte lang haben er und ich kein Auge zugetan. Es war Gottes Wille, daß du am Leben geblieben bist.«

Erleichtert lehnte ich meinen Kopf ans Kissen und lächelte vor Freude.

Rahim kam. Als er merkte, daß es mir besser ging, setzte er keinen Fuß mehr in mein Zimmer. Wie froh ich war. Ich genas rasch. Tagsüber kam mein Sohn zu mir, und ich spielte fröhlich mit ihm. Nachts kam Rahim. Er setzte sich in den Salon und aß dort zusammen mit seiner Mutter zu Abend. Mein Abendessen brachte sie mir. Rahim schlief im Salon. Wie froh ich war. Ich wurde allmählich gesund. Ein Monat verging. Ich konnte wieder gehen. Doch die Amme war nicht gekommen. Allmählich machte ich mir Sorgen. Rahim betrat das Zimmer. Ohne Begrüßung starrte er mir in die Augen. Er glich einem Vulkan kurz vor dem Ausbruch. Das merkte ich an seinem Blick. Er sagte, »Ich brauch Geld.«

»Die Amme ist diesen Monat noch nicht gekommen. Ich habe kein Geld.«

»Ich sagte, ›Ich brauch Geld.‹ Was hast du mit dem Geld gemacht?«

»Ich habe es ausgegeben.«

»Zum Töten ausgegeben? Bist hingegangen und hast mein Kind abgetrieben? Wem hast du dein ganzes Hab und Gut gegeben? Sag mir, zu wem du gegangen bist?«

Ich spürte, daß es gleich zu einem Ausbruch kommen würde. Lustlos wandte ich mich ab und setzte mich ans Fenster.

»Ich habe mein ganzes Geld unter die Lampe mit dem tulpenförmigen Schirm gelegt. Nimm es und geh.«

Ohne ein Wort hob er die Lampe an und nahm das Geld. Er stellte sie wieder an ihren Platz und ging. Ich fühlte mich wie ein geköpftes Huhn. Tag und Nacht bereute ich mein Tun. Kein Tag verging, an dem ich mir nicht sagte, ›Was hast du dir bloß eingebrockt, Mahbube.‹

Nach und nach wurde ich unruhig. Die Amme hatte sich außergewöhnlich verspätet. Was sollte das bedeuten? Tausend Gedanken gingen mir durch den Kopf. War Chanum Djan krank geworden? War meinem Agha Djan etwas zugestoßen? Rahim fragte, »Ist die Amme noch nicht gekommen?«

»Nein, ich weiß nicht, weshalb. Ich mache mir Sorgen.«

Er lachte hämisch, »Hab keine Angst. Nichts ist geschehen. Sie hat die Gelder geschnappt und ist mit ihnen durchgebrannt.«

Unsere Beziehung war frostig geworden. Rahim hatte sich in einen Stutzer verwandelt. Er trug einen Hut und einen Anzug mit Weste. Er hatte sich einen Schnurrbart wachsen lassen. Er strich sich Pomade ins gescheitelte Haar. Sein Aussehen erschien mir lächerlich. Hunderte Male spazierte er vor dem Spiegel auf und ab. Selbst nach einem Monat redeten wir kaum miteinander. Ich wunderte mich. Weshalb machte er mir keine Vorwürfe? Weshalb gab es kein Zeter und Mordio? Er war mit sich beschäftigt. Er bewunderte sich im Spiegel und erwartete offensichtlich, daß ich auf irgendeine Weise ebenfalls Bewunderung für ihn äußerte. Mittlerweile wurde mir jedoch vom Anblick der lächerlichen Visage dieses gewöhnlichen und beschränkten Mannes übel. Ein Mann, der kein Urteilsvermögen besaß und keine Würde. Und was seinen Charme betraf, falls je die Rede davon gewesen sein sollte, so wirkte er nicht mehr auf mich. Mittlerweile erschien mir ein gepflegter Mann als Mann. Ein Mann, der Charakterstärke besaß, gebildet und gelehrt war. Wie mein Onkel, mein Vater, wie Mansur und Ata od-Doules Sohn, den ich Närrin abgewiesen hatte – *was hatte ich mir da nur eingebrockt.* Inzwischen sehnte ich mich nach einem Mann, der großmütig und strebsam war. Einem Mann, der sanftmütig und mitfühlend war und der einen beschützte. Einem, der die Schmerzen linderte, an den man sich anlehnen konnte. Inzwischen ließ ich mich nicht mehr von einem schönen Gesicht und einer stattlichen Erscheinung täuschen. Ich suchte nach einem Menschen. Rahim begriff nicht, wie und weshalb er in meiner Achtung gesunken war, und es kümmerte ihn auch nicht. Und für mich spielte ebenfalls keine Rolle, ob und wie er existierte.

Eines Morgens wachte ich auf, munter und erfreut, daß mein Plan erfolgreich gewesen war. Ich zog mir ein gutes Kleid an und schminkte mich. Strich mir Antimon auf die Lider und legte Rouge auf. Ich hatte so lange getrödelt, bis Rahim endlich fortgegangen war. Meine Schwiegermutter fragte, sobald sie mich sah, »Heute scheinst du ja prächtig gelaunt zu sein! Was ist denn geschehen?«

»Nichts, ich bin nur guter Laune.«

»Weshalb?«

»Nichts, einfach so.«

»Schmiedest du wieder Pläne?«

Es klopfte an der Tür. Die Amme war gekommen. Obwohl sie sich um ein Lächeln bemühte, machte sie doch ein Gesicht, daß mir das Herz in die Knie sank. Unwillkürlich rannte ich barfuß die Stufen hinunter und überschüttete sie mit Fragen.

»Liebe Amme, wo warst du? Was ist geschehen? Lüg nicht. Ich merke es an deinen Augen. Ist irgend etwas mit meinem Agha Djan? Mit Chanum Djan? Was sonst? Ich weiß, daß irgend etwas vorgefallen ist. Sag schon, schnell.«

Die Amme sagte, »Verflucht sei der Sheitan. Beiß dir auf die Zunge, Mädchen. Weder deinem Agha Djan ist etwas geschehen, noch deiner Chanum Djan. Nichts ist passiert. Willst du mir nicht einen Tee anbieten?«

Sie setzte sich und trank ihren Tee. Ich war außer mir vor Sorge. Sie legte mein Geld, das sich einen Monat verspätet hatte, mit beiden Händen vor mich hin. Ich war nervös.

»Du mußt entschuldigen, daß es sich verspätet hat. Wir waren sehr beschäftigt.«

Ich sagte, »Amme, ich ertrage es nicht mehr. Du bringst mich noch um! Sag endlich, was ist geschehen?«

Sie senkte den Kopf und zeichnete die Blumen des Teppichs nach. »Was soll ich sagen, Mahbube? Es wird dich bedrücken ... aber, aber, Ashraf Chanum ...«

»Ashraf Chanum? Mansurs Frau? Was ist mit ihr? Sag's endlich!«

»Sie ist bei der Geburt gestorben.«

Mit dem Zipfel des Kopftuchs wischte sie sich ihre Tränen fort. Meine Schwiegermutter und ich starrten sie an. Unwillkürlich wischte ich mir mit der Hand den Lippenstift von den Lippen. »Sie ist bei der Geburt gestorben? Was soll das heißen?«

»Im siebten Monat kamen die Wehen, so füllig war sie geworden. Sie aß und schlief nur, Gott hab sie selig. Außerdem war sie kleinwüchsig. Zum Schluß glich sie einem Faß. Ihre Arme und Beine waren wie Kissen angeschwollen. Wenn man sie berührte, dellte sich die Stelle ein und färbte sich weiß. Es dauerte, bis sie sich wieder glättete. Kein Schuh paßte ihr mehr. Zuletzt trug sie ein Paar von Mansur Aghas Schuhen. So sehr man ihr riet, ›Iß weniger, mäßige dich, geh umher, damit du leichter entbindest‹, sie hörte nicht darauf. Vor vierzig oder fünfzig Tagen bekam sie plötzlich die Wehen. Im siebten Monat setzten die Blutungen ein. Sie litt drei Tage und Nächte. Mansur Chan brachte ihr jeden Arzt und jedes Medikament, das es in der Stadt gab. In den entlegensten Winkeln spürte er sie auf und brachte sie an ihr Lager. Die ärmste Große Chanum. Ich meine Nimtadj Chanum. Trotz der vielen Dienerinnen und Angestellten war sie selbst zur Magd der Nebenfrau geworden und bediente sie. Aber was nützte es? Am dritten Tag ist es mit ihr zu Ende gegangen.«

»Und was wurde aus dem Kind? Ist es ebenfalls gestorben?«

»Nein. Es ist ein süßer, hellhäutiger, stämmiger Junge. Gepriesen seien Gottes Werke. Ein Siebenmonatskind, das heil und gesund ist. Die Große Chanum hat ihm eine Amme besorgt, die es stillt. Sie hat das Kind zu sich genommen. Sie sagt, ›Ich stelle mir vor, ich hätte zwei Söhne.‹«

»Und wie geht es Mansur? Bedrückt es ihn sehr?«

»Es bedrückt ihn schon, aber, daß es unter uns bleibt, doch nicht so sehr, wie es hätte sein müssen. Es scheint, als würde sich die Große Chanum mehr grämen. Ihren eigenen Sohn läßt sie links liegen und kümmert sich nur um den Sohn der Nebenfrau. Dauernd hält sie das Kind im Arm. Wir waren die ganze Zeit über dort. Entweder ging ich hin, und deine Chanum Djan kümmerte sich um Manuchehr, oder sie ging, und ich blieb mit Manuchehr zurück. Nozhat und Chodjasteh waren Tag und Nacht bei der Großen Chanum.«

Meine morgendliche Fröhlichkeit verzog sich wie eine sonnenbeschienene Wolke. Ich war über das Unglück einer Frau bekümmert, die ich nie gesehen hatte. Über Mansurs Sorgen. Über die Duldsamkeit und den Großmut von Nimtadj Chanum. Über die Wege des Schicksals und dieses schlimme Ende. Ich wunderte mich über meine Zähigkeit, daß ich trotz der unhygienischen Umstände bei der Abtreibung am Leben geblieben war.

Rahim kehrte spät in der Nacht nach Hause zurück. Mein Sohn

schlief im Zimmer seiner Großmutter am anderen Ende des Hofs. Wir aßen zu Abend, als sie sagte, »Heute war die Frau Amme hier.«

Sie war wie eine Spionin, die über meine Tätigkeiten Bericht erstattete. Rahim sagte, »Prima, was für eine gute Nachricht. Also ist das Geld eingetroffen.«

»Laß mich in Ruhe, Rahim. Ich hab keine Lust.«

»Wann hast du denn Lust?«

Seine Mutter sagte spöttisch, »Morgens warst du ja ganz munter. Aber seitdem die liebe Amme gekommen ist und die Nachricht von allen Todesfällen der Stadt überbracht hat, bist du wie ausgewechselt.«

Rahim wandte sich neugierig an mich, »Todesfälle? Nachricht von wessen Tod?«

Plötzlich hatte ich das Gefühl, daß er womöglich nicht ungern vom Tod meines Vaters gehört hätte. Er wußte, daß ich in diesem Fall einen angemessenen Anteil vom Erbe erhalten würde. Ich sagte, »Ashraf, Mansurs Frau«, und brach in Tränen aus.

Er sagte, während er jedes Wort einzeln betonte, »Oho . . . o . . . und ich dachte, es wäre Gott weiß was passiert! Die . . . zweite . . . Frau . . . deines . . . Cousins . . . stirbt bei der Geburt. Du hast sie doch niemals gesehen. Wozu Trübsal blasen? Jährlich sterben Tausende bei der Geburt. Mußt du um alle trauern?«

Ich sagte tadelnd, »Rahim, sie war eine junge Frau. Schließlich zeichnet sich die Menschheit durch Menschlichkeit aus.«

Spöttisch sagte er, »Pah . . . so ist das also! Wie kommt es, daß damals, als du dir dein eigenes Kind hast wegmachen lassen, keine Menschlichkeit gefragt war?«

Seine Mutter sagte böse, während sie mir im Sitzen den Rücken zeigte und mit ihrem Hinterteil wackelte, »Wallah, das meine ich auch.«

Der Vulkan in Rahims Herz, den ich für erloschen hielt, brach durch die äußere Asche, »Du gehst . . . du gehst und treibst dein eigenes Kind ab, mein Kind, ohne mein Wissen und ohne meine Erlaubnis, und kommst dann und vergießt für Ashraf Chanum Krokodilstränen? Bist du etwa ein Mensch? Wen versuchst du hier für dumm zu verkaufen? . . .«

Ich sagte, »Das war kein Kind. Es war ein Klumpen Blut. Ich ließ es abtreiben, weil ich meine Gründe hatte.«

»Du hattest deine Gründe? Sag mir doch bitte, welche, zum Beispiel?«

Meine Schwiegermutter sagte, »Mein Lieber, der Grund ist, daß sie sich vergnügen will. Damit sie sich jeden Morgen schminken und sich herausstaffieren kann. Daß du dich abrackerst. Daß ich sie bedienen und sie sich als Herrin des Hauses aufspielen und anordnen kann, ›Sieh sie nicht an. Sprich nicht mit ihr. Heirate Koukab nicht. Wehe, wenn du einer anderen Frau ein Kind anschaffst!‹ Aber selber läßt sie sich dein Kind wegmachen, um frei zu sein. Damit sie, sobald etwas vorfällt und du an ihr etwas aussetzt, ihren Sohn an der Hand nehmen und schnurstracks nach Hause zu ihrer Chanum Djan gehen kann.«

Ich sagte, »Chanum, werden Sie nicht ausfallend. Weshalb bewahren Sie nicht Ihre Würde?«

Rot vor Zorn sprang Rahim von seinem Platz auf. »Lügt sie etwa? Lügt sie?«

Das Licht der Petroleumlampe fiel auf sein hochrotes Gesicht, seine geröteten Augen und seinen buschigen Schnauzbart. Er preßte die Zähne zusammen. Wie abstoßend mir dieses Gesicht erschien. Ich wußte selbst nicht mehr, in was ich mich bei ihm verliebt hatte. Ich sagte, »Rahim, gib um Himmels willen Ruhe.«

»Du willst kein Kind von mir, oder? Ist es unter deiner Würde? Bin ich jetzt pfui? In der Schreinerei wolltest du mich ja verschlingen. Erinnerst du dich?«

»Damals war ich ahnungslos und naiv. Jetzt begreife ich, was ich verbrochen habe.«

Seine Ohrfeige knallte wie ein Peitschenhieb auf mein Gesicht. Dieses Mal griff meine Schwiegermutter nicht ein. Sie sagte nur genüßlich, »Das hattest du verdient.«

Während ich mir mit der einen Hand die Wange hielt, wandte ich mich ihr zu und fragte, »Chanum, beten Sie?«

Spöttisch erwiderte sie, »Nein, nur du tust es.«

Ich sagte, »Sie beten und säen Zwietracht zwischen einem Ehepaar? Schämen Sie sich nicht, das Feuer zu schüren und dann vor Gott hinzutreten? Fürchten Sie nicht das Jenseits? Was für einen Nutzen haben Sie davon? Was nützt Ihnen mein Elend? Was habe ich Ihnen getan? Habe ich Sie denn nicht stets respektvoll behandelt? Fürchten Sie Gott. Sie haben mich sehr enttäuscht.«

Meine Stimme steigerte sich zu einem Wehklagen. Es war mir nicht mehr wichtig, ob die Nachbarn es hörten. Ob sie hinter der Haustür oder auf dem Dach ihres Hauses standen und heimlich Ausschau hielten. Ich sagte den beiden nicht mehr, daß sie ihre Stimmen senken sollten. Daß wir vor den Nachbarn unser Ansehen verlieren würden. Ich war wie sie geworden. Rahim stieß durch die zusammengepreßten Zähne hervor, »Was hast du? Was schreist du so?«

»Rahim, behandle mich nicht so. Du hast dir doch keine Leibeigene gekauft. Ich hab mein Kind abtreiben lassen. Hab ich gut gemacht. Weißt du, weshalb? Deinetwegen. Wegen deiner Mutter und ihrer boshaften Anspielungen. Ich will nicht. Ich will kein Kind mehr. Soll ich schwanger werden, um mich deinen Quälereien und denen deiner Mutter noch mehr auszuliefern? Ich hab die Nase voll. Ich wünschte, ich könnte in die Wüste gehen und alles hinter mir lassen ... Ihr habt mich um den Verstand gebracht. Wie lange soll ich noch Rücksicht nehmen? Wie oft soll ich noch nachgeben? Paß auf, daß ich nicht irgendwann fortgehe und mein Kind mitnehme!«

Er stemmte die Hand in die Hüfte, »Daß du fortgehst und dein Kind mitnimmst? Darauf kannst du warten, bist du schwarz wirst. Ich werde dir so viele Kinder anschaffen, daß dir keine freie Minute mehr bleibt. Dieses eine hast du dir ja wegmachen lassen, aber was wirst du mit den kommenden anstellen? Von jetzt ab mußt du jährlich eins gebären.«

Er packte meine Hand und zog mich zum Schlafzimmer.

»Laß das, Rahim. Mir geht es nicht gut. Ich bin krank. Laß mich in Ruhe.«

Seine Mutter erhob sich, verließ das Zimmer und schlug die Tür heftig hinter sich zu. Ihre Intrige war erfolgreich gewesen. Ich entzog Rahim meine Hand. Er sagte, »Du behauptest, krank zu sein? Dir fehlt überhaupt nichts.«

Er packte mich an den Haaren und zog. Vor Schmerz erhob ich mich und ließ mich, getrieben von den Schmerzen am Kopf, in das andere Zimmer ziehen. Er warf mich zu Boden. Mein Körper war von der Abtreibung und den Blutungen noch geschwächt und schmerzte. Der Sturz auf den Boden zerstörte meinen letzten Widerstand. War diese verhaßte Umarmung dieselbe, die ich einst begehrt hatte? *O weh, was hatte ich mir nur eingebrockt.*

Wieder gab mir meine Monatsblutung die frohe Botschaft, daß ich nicht schwanger geworden war. In ihrer Wut glichen Rahim und seine Mutter angeschossenen Panthern. Er fragte, »Bist du nicht schwanger?«

»Nein.«

»Freust du dich?«

Ich log vor Angst, »Nein.«

»Die Nacht ist lang. Keine Bange, bis zum nächsten Monat haben wir dreißig Nächte Zeit.«

Und wieder setzte im nächsten Monat die Regelblutung ein, die mir Nachricht von der Befreiung gab.

Ein, zwei, drei, sechs Monate, ein weiteres Jahr verging. Mein Sohn war fünf Jahre alt, und ich wurde nicht mehr schwanger. Ich war beruhigt. Nachts flehte ich nicht mehr zu Gott, er möge Rahim die Beine brechen, damit er nicht nach Hause zurückkehrte. Rahim befahl mir, »Geh zum Arzt.«

Ich suchte ihn auf, nur aus Angst vor Rahim. Der Arzt gab mir ein paar Kräuter und unwirksame Medikamente. Rahims Mutter war bei mir. Sie war mitgekommen, um sicherzustellen, daß ich zum Arzt ging. Sie steckte mein Rezept ein und wachte jeden Abend darüber, daß ich die Medikamente einnahm. Sie setzte sich vor mich hin und sah zu, wie ich sie herunterschluckte. Gezwungenermaßen schluckte ich sie und betete, sie möchten nicht wirken, sie möchten nutzlos sein. Was sie auch waren. Die Hühnerfeder hatte Wirkung gezeigt. Meine inneren Organe waren zusammengewachsen. Täglich hundert Mal dankte ich Gott. Rahim und seine Mutter waren wütend und enttäuscht.

Die Amme kam. Gekränkt sagte ich, »Liebe Amme, du bist schon wieder zu spät gekommen. Ich hatte schon Löcher in die Tür gestarrt.«

»Du ahnst nicht, mein Kind, was für eine gute Nachricht ich habe.«

»Was ist geschehen? Sag schon.«

»Es ist Chodjastehs Hochzeit.«

Ich sprang vor Freude auf. Die Last, die mich sechs Jahre lang bedrückt hatte, war von mir abgefallen. Chodjasteh hatte nicht mehr unter meiner törichten Liebe zu leiden.

»Wer? Wer? Wie denn? . . .«

»O weh! Halt still, Mädchen, damit ich es dir erzählen kann.«

Ich umarmte die Amme und küßte sie heftig ab.

»Ach, du schnürst mir ja die Luft ab, Mahbube. Ich selbst habe Chodjastehs Hochzeit angestiftet.«

»Du? Wie denn?«

Sie setzte sich und begann wie eine Mutter, die ihrem Kind ein hübsches Märchen erzählen will, sich schmatzend die Lippen anzufeuchten, »Also, das kam folgendermaßen. Ich wurde krank und lag auf der Nase. Ich hustete. Ich kam um vor lauter Husten. So sehr mich deine Chanum Djan zu kurieren versuchte, es hat nicht geholfen. Schließlich hat meine liebe Chodjasteh, Gott segne ihre hübsche Gestalt, gesagt, ›Chanum Djan, so geht es doch nicht. Meine liebe Amme geht zugrunde. Ich werde sie ins Krankenhaus bringen.‹ Sie nahm mich an der Hand. Ich bin aufgestanden und habe mich gewaschen. Wir sind zu einem Krankenhaus gefahren. Ich weiß nicht mehr, wo es lag. Da war ein Arzt, mein Kind, du glaubst nicht, wie höflich und gutaussehend. Sein Anblick war eine Wonne. Chodjasteh blieb vor Staunen die Spucke weg. Er war erst kürzlich aus Europa zurückgekehrt. Als er mich das erste Mal untersuchte, stand Chodjasteh draußen vor dem Zimmer. Er gab mir die Medizin und sagte, ›Mütterchen, es wird dir bald besser gehen. Geh in Frieden.‹ Aber als er Chodjasteh sah, die den Gesichtsschleier hochgeschlagen hatte – du weißt doch, daß sie mit dem Tchador das Gesicht nicht richtig verhüllt –, sagte er zu mir, »Chanum, setzen Sie sich, damit ich Sie noch einmal gründlich untersuche, um sicherzugehen . . .‹«

Die Amme und ich lachten. Sie fuhr fort, »Ich weiß nicht mehr, was er dann sagte, weil Chodjasteh ihn auf Französisch fragte. Offenbar erkundigte sie sich nach meinem Zustand. Dann haben sie eine Weile in der fremden Sprache miteinander gesprochen. Kurz und gut, der Herr Doktor hat sich bis über beide Ohren in sie verliebt. Er sagte, ›Kommen Sie nächste Woche wieder.‹ Und wir sagten, ›Wird gemacht.‹«

»Und dann?«, fragte ich.

»Nichts, in der nächsten Woche sind wir wieder hingegangen. Abermals sagte er, ›Kommen Sie nächste Woche wieder.‹ Wieder sind wir hingegangen. Am Ende habe ich zu Chodjasteh Djan gesagt, ›Mein Kind, weißt du was? Ich komme nicht mehr mit. Geh du selber hin. Mir geht es, wallah, wieder gut, aber der Herr Doktor hat mir das Thermometer so oft unnötig in den Mund gestopft, daß mein ganzer Mund wund ist. Beim letzten Mal fragte der Doktor Chodjasteh plötzlich, ›Erlauben Sie, daß ich bei Ihrem Vater vorspreche?‹ Chodjasteh antwortete, ›Ich muß meinen Vater fragen.‹ Unterwegs sagte ich zu ihr, ›Chodjasteh Djan, es scheint, du hättest dich ebenfalls in ihn verguckt.‹ Sie sagte, ›Ja, liebe Amme. Als ich ihn sah, erschien er mir wie ein Engel! Aber wenn mein Agha Djan nein sagt, werde ich mich fügen. Ich will ihm nicht wieder das Herz brechen. Wie . . .‹ »Die Amme biß sich auf die Lippe.

»Sag, liebe Amme, wie wer? Wie ich? Sie hat recht. Es kränkt mich nicht. Eine vernünftige Bemerkung ist doch nicht kränkend.«

»Ja, mein Kind. Sie sagte, ›Dieser eine Kummer genügte für alle Zeiten.‹ Schließlich ist der Herr Doktor gekommen, und sie haben sich mit ihm besprochen. Dein Vater ist ja aus Freude über diesen Schwiegersohn fast wieder jung geworden. Der junge Mann hat die Herzen der gesamten Familie erobert. Zunächst wollte er eine bescheidene Feier veranstalten und dann seine Frau in ihr gemeinsames Haus mitnehmen. Er sagte, ›Ich halte nichts von Formalitäten.‹ Dein Agha Djan sagte, ›Wie Sie wünschen, doch dann bleibt meine Sehnsucht zum zweiten Mal unerfüllt.‹ Daraufhin kam seine Mutter aus der Provinz nach Teheran. Sie ist das Oberhaupt der Sippe. Es heißt, sie hätte alle jungen Leute der Familie ermuntert zu studieren. Alle schätzen sie. Sie ist eine starke Frau. Keiner wagt es, ihr zu widersprechen. Keiner tut einen Schritt, ohne sich vorher mit ihr zu besprechen. Was für eine Dame! Hoch gewachsen und schlank. Das Haar wie Watte. Sie flicht ihre Zöpfe und trägt ein weißes Kopftuch aus Samt. Die Kleidung zurückhaltend und ordentlich. Sie kam zu Besuch und hat die üblichen Höflichkeiten ausgetauscht, hat sich nach dem Befinden aller erkundigt. Sie ist fast wie ein Mann. Sie ist allein gekommen, hat mit deinem Vater wie von Mann zu Mann gesprochen und gesagt, ›Mostafa will zwar kein Fest veranstalten, aber dafür kann doch die junge Frau nichts! Sie ist jung und hat ihre Träume. Wie oft wird man Braut? Ich habe auch meinen Wunschtraum. Die Hochzeitsfeier muß stattfinden, und zwar in aller Form.‹ Dein Agha Djan sagte zum Doktor, ›Sie können sich glücklich schätzen, solch eine Ratgeberin zu besitzen.‹ In zwei Monaten wird am Vorabend des Feiertags der Geburt der Hazrat-e Fatemeh

(Friede sei mit ihr) ihr Hochzeitsfest stattfinden. Du glaubst nicht, was für ein Hochbetrieb bei uns herrscht!« Sie legte eine Pause ein und sagte unschlüssig, »Komm du doch auch, Mahbube Djan.«

»Hat Chanum Djan gesagt, daß ich kommen soll?«, fragte ich.

Sie dachte ein wenig nach und murmelte zögernd, »Nein. Aber wenn du kommst, werden sie dich doch nicht hinauswerfen!«

»Nein, liebe Amme. Laß mich in Ruhe. Streu mir nicht Salz in die Wunden.«

Ich hatte meinem Sohn ein Nachtkäppchen gekauft. Er mochte es sehr und trug es ständig. Es war mit geometrischen Mustern in Rot, Grün und Blau verziert. Jedesmal, wenn er hinfiel, sagte er, »Nanneh, puste drauf. Es ist staubig geworden.«

»Sag Chanum Djan, damit ich puste.«

»Gut, Chanum Djan. Und jetzt puste drauf.«

Und meine Schwiegermutter hob pikiert die Braue.

Tantchen zog eine kleine Nachtkappe aus dem Buchsbaumkästchen und zeigte sie Sudabeh.

»Das ist sie. Die trug er. Mit seinem runden, pausbäckigen Gesicht erschien er mir wie eine Puppe.«

Die Amme hatte gesagt, daß man eine Woche vor der Hochzeit die Mitgift überbringen würde. Sie hatte gesagt, daß man am Vorabend der Hochzeit die Brautgeschenke bringen würde. Ich zog meinem Sohn ordentliche Kleidung an und hüllte mich in den Tchador, um los zu gehen. Ich wollte mich mit meinem Sohn hinstellen und aus der Ferne der Übergabe der Brautgeschenke zusehen. Ich wollte, daß mein Sohn die Pracht des Hauses seines Großvaters zu sehen bekam. Ich wollte in irgendeiner Art und Weise an der Freude und am Jubel zu Chodjastehs Hochzeit teilnehmen. Meine Schwiegermutter stellte sich mir in den Weg, »Wohin willst du so kurz vor Anbruch der Dämmerung?«

»Man wird Chodjasteh die Brautgeschenke überbringen. Wir gehen zuschauen.«

»Wenn sie deine Anwesenheit gewünscht hätten, hätten sie dich eingeladen. Nein, meine Liebe, das geht nicht. Rahim hat gesagt, du hättest kein Recht, das Kind mitzunehmen.«

»Gut, dann gehe ich allein.«

»Was für eine List hast du dir schon wieder einfallen lassen? Wenn du gehen willst, geh, aber dann mußt du Rahim selber Rede und Antwort stehen.«

Ich sah ein, daß es sich nicht lohnte. Ich konnte es nicht ertragen, geschlagen zu werden. Ich war erschöpft und abgemagert. In meinem Kleid sah ich jämmerlich aus. Es war genug. Es lohnte nicht den Aufruhr. Wieder sagte ich mir, ›Du hast es gewollt, Mahbube. Das war die Suppe, die du dir selber eingebrockt hast. Mit Engelszungen hat man auf dich eingeredet und dir davon abgeraten. Du hast gesagt, ich will es und tue es. Das hast du nun davon. Nun bade es aus.‹ Ich wollte in mein Zimmer zurückkehren. Mein armer Sohn, der sich auf das Ausgehen gefreut hatte, brach in Tränen aus.

Meine Schwiegermutter sagte, »Kind, geh und spiel vor der Tür. Willst du zu Agha Sseyyeds Haus gehen?« Mein Sohn ging hinaus, und ich kehrte müde und angewidert in die beiden Zimmer zurück, über die ich verfügen konnte.

Mein Sohn war fünf und stand kurz vor seinem sechsten Lebensjahr. Es war gegen Ende des Winters. Als ich eines Frühmorgens aufwachte, hatte es geschneit. Nach dem Frühstück hatte ich mich mit meinem Sohn bis zum Kinn unter dem Korsi verkrochen. Er hatte seinen kleinen Körper an mich gelehnt und döste. Rahim war vom Dach gestiegen und schippte nun den Schnee im Hof. Obwohl mein Sohn darauf bestanden hatte, mit seinem Vater in den Hof zu gehen, hatte ich es ihm nicht erlaubt. Rahim betrat das Zimmer und rieb sich die Hände vor Kälte. Er versank auf der anderen Seite des Korsi unter der Decke. Seine Wangen und sein Gesicht waren vor Kälte gerötet. Er wandte sich an meinen Sohn und sagte scherzend, »Oh, Almass Chan, wie kalt das Wetter geworden ist!«

Ich sagte zu meinem Sohn, »Siehst du nun, wie gut es war, daß du nicht in den Hof gegangen bist! Sonst hättest du dich erkältet.«

Rahim sagte lachend, »Ja, mein Lieber, soll dein Vater sich erkälten. Weshalb solltest du hinausgehen?«

Ich lachte und küßte meinen Sohn auf den Kopf. Er preßte sich an mich. Rahim fragte, wobei er mir in die Augen starrte, unseren Sohn scherzend, »Almass Djan, magst du nicht, daß wir dir ein Brüderchen oder Schwesterchen beschaffen?«

Ich lachte und sagte, »Schäm dich, Rahim.«

Er erhob sich, »Schade, daß ich gehen muß.«

Wie gut aufgelegt er war! Er ging ins Nebenzimmer und ließ die Verbindungstür offenstehen. Ich wunderte mich. Wohin wollte er, der an normalen Tagen nicht arbeiten ging, bei diesem Schneewetter gehen? »Wohin?«, fragte ich.

In verlockendem Ton sagte er, »An einen schönen Ort.« Er ging und nahm sein Jackett vom Nagel. Er holte den Schlüssel meiner Truhe unter dem Teppich hervor.

»Was willst du, Rahim?«

»Geld.«

»Geld ist doch keines mehr übrig. Es ist Monatsende. Dieses Geld ist für unsere tägliche Ausgaben.«

»Nun gut, dann muß man es halt ausgeben!«

Wie leicht konnte er die Behaglichkeit von einem Augenblick auf den anderen ignorieren. Ich fragte ihn, »Willst du wieder Wein trinken gehen?«

»Ich will gehen und tun, was mir gefällt. Hast du etwas einzuwenden?« Er frisierte sich und sagte, »Ich gehe jetzt und empfehle mich.«

Mein Sohn schlief. Ich erhob mich. Seit zehn oder fünfzehn Tagen war ich nicht mehr ins Hammam gegangen. Meine Schwiegermutter wußte es genauer. Wegen der Kälte war mir nicht danach zumute, aber es half nichts. Man konnte nicht den ganzen Winter über nicht ins Hammam gehen. Die Sonne kam zwischen den Wolken hervor, breitete ihre wärmenden Strahlen auf dem Schnee im Hof aus und schien durch das Fenster auf den Korsi. Ich schob die Fensterläden zur Seite, damit die Sonne das Zimmer besser wärmen konnte. Mein Sohn schlief unter dem Korsi. Ich nahm mein Hammam-Bündel und ging zu ihm in den Salon. Er schlief noch immer. Als ich die Tür öffnete, wachte er von dem Geräusch auf und begann zu weinen, »Ich komm auch mit. Ich komm auch mit.«

Ich kniete mich neben ihn, »Wohin willst du mitkommen? Ich gehe gerade ins Hammam.«

Obwohl er das Abschrubben und Haarewaschen verabscheute, erhob er sich von seinem Platz und stellte sich auf das Laken des Korsi. Seine großen Augen standen voller Tränen. Rahims Augen!

Er schniefte in einem fort. Sein kleiner weißer Adamsapfel war zum Küssen. Er sagte erneut, »Ich komme auch mit.«

»Magst du, daß ich dir die Hände abschrubbe. Magst du, daß ich dir die Haare wasche?«

Er nickte bejahend, zog eine Schnute und sagte, »Ja.«

Ich lachte schallend, »Du Schlingel. Wenn du dableibst, bekommst du etwas Feines von mir.«

»Was?«

Ich wußte, daß er die Körner des indischen Hanfs mochte, die wir an jenem Tag nicht im Haus hatten. Ich log, »Weizen- und Hanfkörner.«

Vor Freude hüpfte er auf und ab, »Gib, gib.«

»Ich werde der Chanum sagen, daß sie sie dir gleich bringt.«

Ich rief nach seiner Großmutter. Sie sagte, »Komm, laß uns gehen, Almass Djan. Ich will dir Weizen- und Hanfkörner geben. Gleich wird deine Mutter zurückkehren. Komm bloß schnell zurück, Mahbube! . . . Schnell, schnell.«

Als ich das Haus verließ, kletterte mein Sohn gerade auf einen kleinen Schneehaufen, am Rand des Hofs, und die Wintersonne, die auf sein Nachtkäppchen schien, ließ dessen fröhliche Farben aufleuchten. Meine Schwiegermutter trug ein Tablett mit Reis schlurfend die Treppe hoch und rief, »Almass Djan, mein Kind, komm, laß uns im Zimmer den Reis putzen.«

Ich kehrte vom Hammam zurück. Die Sonne schien. Der Schneefall dieses Tages war das letzte Aufbäumen des Winters gewesen. Ich ging gemächlich und munter. Die Sonne wärmte meinen Körper. Für meinen Sohn hatte ich die Körner des indischen Hanfs gekauft.

Ich bog in unsere Gasse ein und zuckte beim Anblick der Menge, die sich dort gesammelt hatte, zusammen. Dieses liederliche Volk war sogar im Winter auf den Gassen unterwegs. Und so viele! Was für ein Auflauf! Viel zu groß, als daß man ihn mit dem üblichen Klatsch von Nachbarn beim Knacken von Kürbiskernen erklären konnte. Was hatten die Männer hier zu suchen? Und so viele? Ich war rund hundert Schritt von der Menge entfernt. Ich hörte einen Schrei. Offenbar war unserem Nachbarn etwas zugestoßen. Die Frau des Nachbarn kreischte. Nein, ich irrte. Sie stand dort bei unserer Haustür und sah mich an. Sie hatte sich nicht einmal vollständig verschleiert. Wir starrten einander an. Ich hatte meinen Gesichtsschleier hochgeschlagen. Sie trug einen Gebets-Tchador. Es war, als wären unsere Augen durch eine Gerade miteinander verbunden. Meine Augen blickten fragend, und ihre in Qual versunken. Die Besitzerin dieser Augen litt und trauerte. Dann durchtrennte sie dieses Band und wandte sich schmerzerfüllt von mir ab. Jemand sagte, »Seine Mutter ist gekommen.«

Mir sank das Herz in die Knie. Was sollte das heißen? Meinten sie mich? Was war los? Was war geschehen? Ich rannte. Die Haustür stand offen. Ich drängte die Menge beiseite. Sämtliche Bewohner des Viertels waren da. Im Korridor zum Hof standen zwei oder drei Personen. Einer der Jungen, der häufig mit Almass auf der Gasse spielte, stand ebenfalls dort. Sein Gesicht war gerötet, offenbar von Schlägen und vom Weinen. Ich hörte ein Kreischen. Es war die Stimme meiner Schwiegermutter. Ich hockte mich entsetzt hin, packte den Jungen an seinen mageren Schultern und fragte, »Was ist passiert? Was ist passiert? Sag schon.«

Er winkelte den Arm über dem Kopf an, um sich vor möglichen Schlägen zu schützen und begann zu plärren. Ich wußte nicht, wie mir zumute war. Zwei Frauen aus dem Viertel standen mitten im Hof dem Flur gegenüber. Ich erhob mich und stieg die Stufen zum Hof hinunter. Meine Schwiegermutter war barhäuptig und riß sich ihre zerzausten weißen und rötlichen Haare aus und schlug sich auf die Brust. Als sie mich erblickte, schrie sie, »O weh . . ., bist du gekommen? Komm und sieh, was für ein Unglück dir widerfahren ist!« Sie schlug sich auf die Oberschenkel und beugte sich vor und zurück, »Komm und sieh, wie mir das Herz zerbricht.«

Ich blickte mich im Hof um. Auf einem Holzbrett lag ein kleiner Körper unter einem weißen Tuch. Ich wußte nicht, was vorgefallen war. Wer war dieser kleine Körper? Ich wollte es nicht wissen. Je später ich es begriff, desto besser. Aber eine Stimme in mir sagte, ›Es ist Rahim. Es ist Rahim!‹ Und ich starrte von dem Punkt aus, an dem ich wie festgenagelt stand, auf das weiße Tuch. Mit einem Blick wie zwei züngelnden Flammen, die den Stoff durchbohren wollten und sich davor fürchteten. Jemand lag da. Rahim lag da. Aber Rahim war doch im Geschäft! Rahim war doch nicht so klein! Meine Schwiegermutter stieß einen Schrei aus und schlug sich an die Brust, »O weh, mein Ali Asghar . . ., o weh, mein Ali Asghar . . .«

Nein, ich durfte es nicht glauben. Weshalb hatte sich die Sonne so verfinstert? Weshalb kam ich mir hier so fremd vor? War ich das, die da stand? Starrten die Leute mich an? Unmöglich, daß es mir zugestoßen war. Anderen vielleicht, aber nicht mir. Ali Asghar war ein Kind gewesen. O weh, war das also Almass? Dort, unter diesem weißen Tuch? Das Hammam-Bündel fiel mir aus der Hand. Ich rannte los. Jemand versuchte, mich am Arm festzuhalten. Der Tchador glitt mir vom Kopf. Ich erreichte das weiße Tuch. Ich bückte mich, um es beiseite zu schlagen. Ich traute mich nicht. Mit weit aufgerissenen Augen starrte ich auf das Weiße, wollte es jedoch nicht sehen. Je später, desto besser. Solange ich es nicht gesehen hatte, wußte ich es nicht. Wenn ich es sehen würde, wäre es vorbei. Ich schlug das Tuch beiseite und sah es. Sein rundes, pausbäckiges Gesicht mit den langen Wimpern und dem hellem Teint, völlig naß. Mit nassen Haaren. Aber er war doch nicht ins Hammam gegangen. Weshalb war es denn naß? Seine Augen waren geschlossen. Seine Augen, die denen seines Vaters glichen. Plötzlich bemerkte ich es. Zum ersten Mal bemerkte ich, wie sehr er Nozhat ähnelte. Mit diesen vollen Lippen und kugelrunden Wangen. Als würde Nozhat schlafen. O weh . . . Ich wußte, daß ich mich, wann immer ich Nozhat sehen würde, stets an ihn erinnern würde. Vorausgesetzt, ich würde Nozhat wiedersehen. Und ich sagte laut, »Falls ich Nozhat wiedersehe. Falls ich Nozhat wiedersehen werde.«

Stimmen hinter mir sagten durcheinander, »Sie ist wahnsinnig geworden. Die Ärmste, sie ist durchgedreht«, und ich schrie, »Falls ich Nozhat wiedersehen werde.«

Ich wollte aufstehen. Was war denn das? Was war mit meinem Rücken geschehen? Ich konnte mich nicht mehr aufrichten. Meine Knie blieben gebeugt. Ich schleppte mich zur Mauer. Als würde die Sonne nicht mehr scheinen. Ich murmelte, »O Mutter. O Vater.«

Niemand war da.

»O liebe Amme, willst du mir nicht helfen?«

Jemand sagte mitleidig, »Komm, setz dich hierher.«

Ich folgte wie ein Lamm. Es war offenbar ein Schemel oder etwas Ähnliches. Vier oder fünf Frauen und Männer hatten mich umringt. Die Augen der Frauen voller Tränen, die Gesichter der Männer mürrisch und verschlossen. Natürlich, weshalb war es mir nicht eher eingefallen? Meine arme, gewöhnliche Schwiegermutter besaß doch nicht soviel Verstand. Da Rahim nicht zur Stelle war, da wir keinen Mann im Haus hatten, hatte sie die Hände in den Schoß gelegt und wehklagte. Ich hob den Kopf. Ich richtete mich mühsam wieder auf. Ich atmete flehentlich und mit offenem Mund. Hechelnd sagte ich, »Um Gottes willen . . . gehen Sie und holen Sie einen Arzt . . . der Mann des Hauses ist nicht da.«

Ich wußte nicht, weshalb sie einander ansahen. Weshalb sie die Köpfe senkten. Weshalb sie sich nicht rührten.

»Geht doch und holt einen Arzt! . . .«

Einer sagte sanft, »Es nützt nichts mehr.«

Das Wort ›nichts mehr‹ kreiste in meinem Hirn, und plötzlich kam ich wieder zur Besinnung. Was sollte ›nichts mehr‹ bedeuten? Bedeutete ›nichts mehr‹, daß es zu spät war? Bedeutete es, daß Almass gestorben war? . . .

Als ich sprach, wunderte ich mich über meine Stimme. Darüber, daß meine Kehle so trocken war. Ständig versuchte ich, den nicht vorhandenen Speichel herunterzuschlucken, um sprechen zu können, aber es gelang mir nicht. Meine Unterlippe sprang auf. Meine Mundwinkel klebten zusammen. Als hätte man mir eine Kugel in die Kehle gepreßt. Meine Stimme kam tief, rauh und belegt aus der Kehle. »Was ist geschehen?«, fragte ich.

»Er ist ins Becken gefallen.«

Was sollte das bedeuten? Bestimmt hatten sie sich geirrt. Unser Becken war doch nicht tief. Seine Großmutter war doch da gewesen.

»Ins Becken? Welches Becken?«

»Das Becken im Haus von Agha Sseyyed Taghi, dem Gewürzhändler.«

»Ist er tot?«

Schweigen.

Ich schrie, »Ist er tot? . . .«

So unversehens hatte ich ihn verloren. Wie ein Fisch war er mir aus den Händen geglitten und entflohen. Aller Leute Kinder waren gesund. Alle hielten sie die Hände ihrer Mütter. Jetzt würden alle nach Hause gehen. Froh darüber, daß dieses Unglück nicht ihre Söhne getroffen hatte. Es war nur mir zugestoßen. Sie würden sagen, »Siehst du, mein Kind, hatte ich dir nicht gesagt, du sollst nicht ans Becken gehen?« Und ich, mutterseelenallein, mitten in diesem Hof . . . Außerdem wurde ich nicht mehr schwanger.

Ich kippte um wie eine Kerze. Jemand fing mich auf, »Geht und holt ihren Mann. Sie ist ohnmächtig geworden.«

Ich bekam nicht mehr mit, was um mich herum geschah. Trauer und Klage kann man doch nicht beschreiben. Als Rahim kam, hatte man mich ins Zimmer gebracht. Er stieg die Stufen hoch. Seine Augen waren gerötet. Die Verhätschelungen widerten mich an. Weshalb kümmerten sie sich so sehr um mich? Weshalb ließen sie es nicht zu, daß ich in den Hof ging? Ich sagte, »Rahim, hol ihn hierher. Draußen ist es kalt.« Ich hatte meine Hand flehentlich ausgestreckt.

Rahim lehnte sich mit roten Augen an den Pfeiler und starrte mich wortlos an.

Das Haus war wie ausgestorben. Es herrschte Waffenstillstand. Meine Schwiegermutter auf der einen Seite des Hofs und ich auf der anderen. Rahim hielt es nicht aus. Ständig ging er aus dem Haus. Ich wünschte, er wäre bei mir. Daß ich meinen Kopf auf seine Schulter legen könnte und er meine mageren Schultern streichelte. Ich wünschte mir sagen zu können, ›Rahim, der Kummer bringt mich um, hilf mir.‹ Ich wünschte mir, daß er antworten würde, ›Tu's nicht, Mahbub Djan, tu dir das nicht an.‹ Ich wünschte mir, daß er nachts wie ich wach blieb und die Decke anstarrte. Daß er meine Tränen sehen würde, die lautlos auf das Kopfkissen rollten. Aber Rahim war nicht da. Er war mir keine Stütze. Mir schien, als würde ich zwischen Himmel und Erde hin und her taumeln.

Die Amme kam. Ich hörte, wie sie mit meiner Schwiegermutter sprach. Zehn, fünfzehn Tage waren vergangen. Ich sah, wie sie weinend die Treppe hochstieg. Sie schloß mich in ihre Arme. Ich sagte, »O weh, Amme, Amme, Amme!« Und meine Tränen schossen hervor.

Zur Dämmerung ging die Amme fort, kehrte jedoch bald wieder zurück.

»Weshalb bist du zurückgekehrt, liebe Amme?«

»Ich bleibe bei dir. Ich werde ein paar Tage bei dir bleiben.«

»Was hat Chanum Djan gesagt?«

»Was sie gesagt hat? Sie weint und klagt.«

»Und mein Agha Djan?«

»Er sitzt allein im Zimmer, läßt das *Tasbieh* durch die Finger gleiten und ist stumm wie ein Fisch. Er ist kreidebleich.«

Nachts streckte sie sich neben mir aus. Rahim schlief im Nebenzimmer. Ich flüsterte, vergoß Tränen und schüttete ihr mein Herz aus. »Liebe Amme, seine Handrücken waren vom Lehm ganz rissig geworden und brannten. Liebe Amme, wenn er fluchte, schlug ich ihn auf den kleinen Mund . . . Liebe Amme, wenn ich mich mit Rahim stritt, fürchtete er sich und weinte . . . Liebe Amme, ich hatte keine Weizen- und Hanfkörner für ihn.«

Die Amme weinte, »Hör auf damit, Mahbube, du wirst dich noch selber umbringen. Man muß ein Kind doch erziehen. Alle schlagen ihre Kinder. Sollte etwa niemand mehr sein Kind züchtigen, aus Angst, es könnte eines Tages ins Becken fallen?«

Der Kummer peinigte mich und trieb mich in den Wahnsinn. Ständig zitterte mein Kinn. Ständig weinte ich. Sobald ich essen wollte, wurde ich an ihn erinnert. Wo war er jetzt? War er hungrig? War er allein? Nicht, daß er sich etwa vor der Dunkelheit fürchtete. Oh, weh, liebe Amme ... Die Amme sagte, »Rahim Chan, machen Sie einen Ausflug mit ihr. Nehmen Sie sie auf eine Wallfahrt mit.«

Rahim schüttelte bedauernd den Kopf. Das bedeutete, es würde nichts nützen.

Ich konnte meine Schwiegermutter nicht mehr ertragen. Rahim sprach ebenfalls nicht mit ihr. Hundert Mal hatte ich ihr gesagt, ›Laß nicht zu, daß dieses Kind sich auf der Gasse herumtreibt.‹ Vom Hören ihrer Stimme im Hof bekam ich eine Gänsehaut. Es war die Stimme Ezraels.

Ich wollte nicht durch diese Gasse gehen. Ich wollte nicht das Haus des Spezereienhändlers Agha Sseyyed Taghi sehen. Die Todesstätte meines Sohns. Ich sah nicht in den Winkel des Hofs. Als hätte man ihn noch immer unter jenem weißen Tuch aufgebahrt. Nachts schlief ich nur mühsam ein. Aber was für ein Schlaf! Was hätte ich um hundert schlaflose Nächte gegeben. Ich mochte nicht schlafen, ich fürchtete mich davor. Ich träumte, er sei im Zimmer, und wachte auf. Er saß am Korsi und preßte sich an mich. Ich wachte wieder auf. Er rannte mir weinend hinterher. Ich schreckte hoch. Auch wenn ich ihn im Traum sah, war es mit Schmerz und Kummer verbunden, da ich wußte, daß es eine Täuschung war. Ich wußte, daß ich träumte. Nacht für Nacht rief in meinem unruhigen Schlaf und meinen qualvollen Träumen eine Frau nach jemandem. Ich hörte es aus der Ferne, aus sehr weiter Ferne.

Mein Ali Asghar ... o, mein Ali Asghar ...

Drei Monate vergingen, und nach und nach glätteten sich die Wogen meiner Qual. Äußerlich verlief das Leben in seinen normalen Bahnen, auf seinem Grund hatten sich jedoch Kummer und Schmerz abgelagert, die bei der geringsten Erschütterung an die Oberfläche stiegen und meine Seele verfinsterten. Es waren Qualen, die nicht zu beschreiben sind, und ich wünschte mir von Gott, niemand möge je solche Qualen spüren.

Rahim überwand den Kummer rascher als ich. Eines Morgens sah ich völlig verblüfft, daß er meinen Holzkamm genommen hatte, sich frisierte und seinen Schnauzbart in Fassung brachte. Sich nach links und nach rechts wandte und sich im Spiegel über dem Kamin musterte. Wie konnte er nur so unbekümmert sein!

Ich ließ ihn nicht an mich heran. Wie könnte ich? Ich sollte hier fröhlich sein, und mein Kind dort . . . Nein, ich konnte es nicht. Es lag nicht in meiner Hand. Einige weitere Monate vergingen. Ich war benommen vor Kummer. Ich hatte keine Lust zu Streit und Gezänk. Wann kam Neujahr? Wann war es vorbei? Wann war der Frühling vergangen, ohne daß ich ihn bemerkt hatte?

Eines Nachts saßen Rahim und ich nach dem Abendessen im Salon. Ich stickte. Ich hatte keine andere Beschäftigung. Rahim saß mir gegenüber. Ich hob den Kopf und sah ihn an, als wäre ich nach langer Zeit aus dem Schlaf erwacht. Nicht oberflächlich, sondern sorgfältig. Als sei er nach längerer Zeit von einer Reise zurückgekehrt, so daß ich ihn begutachtete. Er hatte sein Haar eingeölt und zur Seite gekämmt.. Das linke Bein hatte er ausgestreckt, das rechte Knie angewinkelt und die rechte Hand darauf abgestützt. Ruhig und sorglos. Er rauchte. Neuerdings war er ein Raucher geworden. Rechts neben ihm stand ein Aschenbecher auf dem Teppich. Sein Atem roch nach Alkohol. Er drückte sich vor der Arbeit, wie gewöhnlich. Er erhob sich von seinem Platz. Er brachte seine Holzkiste, in der sich seine Kalligraphie-Utensilien befanden, und stellte sie neben sich. Er tunkte die Bambusfeder in das Tuschefäßchen und begann zu schreiben. »Was schreibst du?«, fragte ich.

Er drehte das Papier um zu mir, *Mein Herz verliere ich, ihr gottsuchenden Weisen.*

Ich erschauerte.

»Wie sehr dir dieses Gedicht gefällt! Hast du es nicht schon einmal geschrieben?« Mit der Hand deutete ich auf die Wand über der Nische.

Er lachte und sagte, »Alle paar Jahre sehne ich mich danach, es wieder zu schreiben.« Er beendete das Gedicht und legte es in die Wandnische zum Trocknen.

Als ich am nächsten Morgen aufwachte, schien groß die Sonne. Ich verspürte kein Verlangen, aufzustehen. Ich besaß keine Hoffnung mehr. Es war gegen Mittag, als ich mich erhob und in den Salon ging. Die Kalligraphie lag nicht mehr an ihrem Platz. Rahim hatte sie mitgenommen.

Es war gegen Ende des Sommers. Die Amme kam. Wir saßen im Salon und tranken Tee. Sobald ich sie erblickte, wurden alte Wunden aufgerissen, und ich brach in Tränen aus. Die Amme sagte, »Hör auf damit, mein Liebes. Weshalb quälst du dich so? Wann willst du endlich davon ablassen?«

»Liebe Amme, das ist doch nicht mein einziger Kummer. Ich werde nicht mehr schwanger.«

Unwillkürlich sagte die Amme, »Um so besser. Gott sei Dank. Bei diesem lüsternen Ehemann, der . . .« Sie biß sich auf die Lippe.

»Was?«

»Nichts, ich hab nichts gesagt.«

»Sag schon, Amme. Ich weiß, daß du irgend etwas weißt.«

»Woher sollte ich es wissen? Ich hab einfach nur so daher geredet.«

Ich sah ihr eindringlich in die Augen und sagte energisch, »Sag es, Amme.«

»Was soll ich sagen? Wallah, es ist nichts. Dadde Chanum, die Frau von Firuz, ist ein, zwei Mal an seinem Geschäft vorbeigegangen. Sie sagte, sie hätte etwas gesehen.«

»Was, zum Beispiel?«

»Wallah, ich weiß es nicht. Ihren Worten ist doch nicht zu trauen. Sie hat nur diese Anspielung gemacht.«

»Was hatte sie bei seinem Geschäft zu suchen?«

»Wallah, sie hatte eurer Tante eine Nachricht überbracht. Mittags hatte man sie da behalten. Nach dem Mittagessen wollte sie umkehren und ist unterwegs an Rahim Aghas Geschäft vorbeigekommen.«

»Rahim Aghas Geschäft und Tante Keshwars Haus, weißt du, wie weit die voneinander entfernt sind?«

»Eben, ich habe es doch gesagt. Ihren Worten ist nicht zu trauen. Sie lügt.«

»Nein, sie lügt nicht. Bestimmt ist sie vor lauter Neugierde hingegangen, um ihn zu bespitzeln,. . . aber lügen tut sie nicht . . .«

»Nun sag aber um Gottes willen bloß nichts zu Rahim Agha! . . . Er würde es mir übelnehmen.«

»Ich bin doch kein Kind, liebe Amme!«

Ich hatte bereits zuvor etwas geahnt, aber ich wollte es nicht glauben. Ich stellte mich dumm. Es war mir gleichgültig. Dennoch war mir etwas aufgefallen. Daran, daß er mittags nicht nach Hause kam, an seinem Anzug, an seinem Haarebürsten, seiner Kalligraphie, an *Mein Herz verliere ich . . .*

Ich aß zu Mittag. Rahim war nicht zu Hause. Ich stellte mich schlafend. Meine Schwiegermutter schlief in ihrem Zimmer. Vorsichtig nahm ich den Schleier und meine Schuhe und schlich auf Zehenspitzen zum Korridor. Ich hüllte mich in den Tchador und zog mir den Gesichtsschleier über. Ich zog die Schuhe an und verließ das Haus. Seit Mittag war erst eine halbe Stunde vergangen. Eilig ging ich durch eine baumbestandene Straße und einige Gassen. Rahims Geschäft besaß zwei Türen. Die Haupttür führte auf die Straße. Sie war jedoch geschlossen. Ich betrat die Seitenstraße und lugte in ein Gäßchen, parallel zur Hauptstraße, auf das eine kleine Tür des Geschäfts führte. Sie stand offen. Das Geräusch der Säge war zu hören. Sonst tat sich nichts. Ich ging bis an das Ende der Seitenstraße und kehrte zurück. Immer noch tat sich nichts. Ein paar Mal ging ich verstohlen auf und ab. Wäre jemand auf der Straße gewesen, hätte er angesichts meines Verhaltens bestimmt Verdacht geschöpft. Doch sie war wie ausgestorben. Die Menschen waren alle in ihrem Mittagsschlaf versunken. Es war das dritte oder vierte Mal, und ich wollte schon zurückkehren. Eine sehr klein gewachsene junge Frau bog von der Haupt- in die Seitenstraße ein. Ich stand am anderen Ende der Seitenstraße und war weit entfernt. Dennoch bückte ich mich, wie um Staub vom Saum meines Tchadors zu schütteln, und sah sie, wie sie in das Gäßchen einbog, an dessen Ende sich die Tür von Rahims Geschäft befand. Sie hatte ihren Gesichtsschleier hochgeschlagen. Ganz langsam näherte ich mich mit klopfendem Herzen. Das Geräusch der Säge war nicht mehr zu hören. Vorsichtig lugte ich in das Gäßchen. Die junge Frau war dick und füllig. In ihrem abgetragenen, verblichenen Tchador glich sie einem Melonenkürbis. Ich sah nicht ihr Gesicht, da sie zu weit entfernt war, aber ich sah, wie sie kokettierte. Es schien mir, als würde ich auch ihr Lachen hören. Eine Hand kam aus dem Geschäft und packte ihren vom Tchador bedeckten Arm. Die junge Frau wollte um sich schauen, ob jemand sie sah. Ich zog mich zurück. Als ich wieder hinsah, war niemand in dem Gäßchen. Rahim hatte sie in das Geschäft gezogen. Es dauerte ein, zwei Minuten. Ich kochte vor Zorn. Nicht aus Kummer über den Verlust einer Liebe. Ich fühlte mich wie am Boden zerstört. Daß dieser gemeine Kerl dieses nichtswürdige Mädchen ebenso behandelte, wie er mich einst behandelt hatte. Er glich einer Spinne, die erneut ihr Netz gesponnen hatte, um die Fliege zu fangen. Der Tod meines Sohns hatte unserer Liebe den Todesstoß versetzt. Wie ein geschliffener Säbel hatte er mit einem Hieb unsere Herzen voneinander getrennt, und nun streute Rahim durch sein schamloses Verhalten Salz in diese Wunde.

Die junge Frau verließ das Geschäft und ging auf die Seitenstraße zu. Ich zog mich zurück und kehrte eilig zur Hauptstraße zurück. Ich hatte diese kaum erreicht, als sie an mir vorbeiging. Sie atmete heftig. Ich weiß nicht, ob vor lauter Erregung oder wegen ihrer Dickleibigkeit. Sie war dabei, ihren Gesichtsschleier herabzuziehen. Nur einen Augenblick lang konnte ich ihr feistes Profil sehen, das gerötet war. Wie ein aufgequollener Hefekloß. Eine breite Nase, als hätte man mit der Faust draufgeschlagen, die in ihrem Gesicht versank und deren Spitze ohne Übertreibung bis an ihre Lippen reichte. Da lobte ich mir doch Koukab ... Ich erinnere mich nur noch an das abstoßende Profil und die kurze, dickleibige Gestalt, die vorbeiwalzte und sich entfernte. Unwillkürlich heftete ich mich an ihre Fersen. Zwei Gassen weiter bog sie rechts ab und verschwand am Ende einer Sackgasse zwischen den Flügeln der niedrigen Holztür eines kleinen Hauses. Verwirrt stand ich mitten auf der Gasse und blickte mich um. Ich wollte gerade umkehren, als eine Frau die Tür des einzigen Hauses links von mir öffnete. Sie fragte, verblüfft über mich, die ich ratlos nach rechts und links schaute, »Chanum, kann ich Ihnen helfen? Wessen Haus suchen Sie?«

Ich sammelte mich und ging direkt auf sie zu. Ich war dankbar, daß der Gesichtsschleier mein Gesicht verhüllte. Es war, als würde mir jemand die Worte in den Mund legen, »Chanum, ich wollte um die Hand des Mädchens aus diesem Haus anhalten. Für meinen Bruder. Aber vorher wollte ich ein paar Erkundigungen einholen, was für Menschen es sind. Kennen Sie sie?«

Unter dem Tchador zitterte ich am ganzen Körper. Die Frau warf einen verstohlenen Blick auf das Haus und sagte anzüglich, »Ach wo! ... Die haben doch keine Tochter. Die kriegen keine Kinder!«

»Und wer ist dann dieses rundliche, kurz gewachsene Mädchen?«

»Die, die auf einem Auge schielt? Das ist die Tochter der Schwägerin von Chawar Chanum. Die Tochter des Bruders ihres Ehemanns. Meistens treibt sie sich hier herum.«

Ich empfand Schadenfreude. Asche auf dein Haupt, Rahim. Das war, was du verdientest. Ich fragte, »Wie heißt sie?«

»Sie heißt Ma'sume.«

»Was für einen Beruf hat ihr Vater?«

»Ihr Vater ist Polizist.«

»Was für eine Art Mädchen ist sie? Ist sie gebildet, kann sie was?«

Sie lachte, »Was sie kann?« Dann senkte sie ihre Stimme und sagte leise, »Aber Sie haben es um Gottes willen nicht von mir gehört! Sie sind ein ganz übles Pack, Chanum. Sie eignen sich nicht für Sie. Das Mädchen ist liederlich. Es läßt sich nicht bändigen. Seine arme Tante ist völlig verzweifelt, doch wenn sie etwas sagen will, prügelt ihr Ehemann sie grün und blau. Die Leute aus dem Viertel haben viel unter ihnen zu leiden. Aber das ist noch gar nichts. Sie müßten erst einmal ihre Brüder sehen. Dash Akbar ist berüchtigt.«

»Wie sind sie denn?«

»Er ist ein richtiger Messerheld. Ein Dieb und Wegelagerer. Sie sind wie die Tiere. Weh dem, der ihnen in die Quere kommt. Der eine arbeitet in der Seifensiederei und der andere jeden Tag anderswo. Einen Tag knetet er beim Bäcker den Teig, am nächsten steht er im Gemüsegeschäft und am übernächsten ist er Lehrling beim Kalleh-Paz. Er ist so bösartig, daß ihn niemand behalten will. Es sind richtige Schläger. Ihre Mutter webt Schrupplappen fürs Hammam und stellt *Ssefidab* her. Es ist eine schlimme Bande. Sie eignet sich nicht für Sie.«

»Sie sagten, ihr Onkel wäre Gendarm?«, fragte ich.

»Ja . . . ein ganz durchtriebener. Er betrügt und erpreßt alle. Da kennt er weder Freunde noch Nachbarn.«

Ich war sprachlos. Wo hatte Rahim die nur aufgetrieben?

Die Frau sagte, »Aber treten Sie doch bitte ein, und trinken Sie ein Glas Sherbet. So geht es doch nicht.«

»Ich danke Ihnen sehr, aber ich muß gehen. Ich habe noch einen weiten Weg vor mir.«

»Chanum Djan, behalten Sie diese Worte um Gottes willen für sich! . . . Ich habe es Ihnen nur aus Mitleid erzählt. Es wäre schade um Ihren Bruder, wenn er sich ins Verderben stürzte. Daß Sie es ihnen bloß nicht erzählen! Wir würden nur Scherereien bekommen.«

»Ich bitte Sie, Chanum, ich bin doch nicht naiv. Alles, was Sie gesagt haben, bleibt unter uns.«

Ich kehrte langsam nach Hause zurück. Ich wollte möglichst spät ankommen. Verwundert stellte ich fest, daß es mich nicht sonderlich bekümmerte. Tatsächlich war ich überhaupt nicht betrübt. Es war mir egal. Als wäre ich von allem weit entfernt. Diese Probleme betrafen mich nicht. Ich empfand keinen Kummer. Mein Herz war aus Stein. Kummer und Freude betrafen jene, die eine Seele hatten. Die lebendig waren und in diesem Leben Hoffnung und Ziele besaßen. Ich hatte so viele Demütigungen erlitten, und meine Seele stand unter solch einem Druck, daß ich wie gelähmt war. Ich hatte mein Empfinden verloren. Ich konnte weder fühlen noch klar denken. Ich war apathisch geworden. Welcher Schicksalsschlag, grausamer als der Tod meines Sohns, hätte meine Schmerzen und meinen Kummer noch weiter schüren können? Mein Herz war erfüllt davon, so daß nichts mein Unglück hätte vergrößern können. Ich hatte vergessen, wie sich ein Leben ohne Kummer und Schmerzen anfühlte. Die Herbstsonne schien auf die Platanenblätter und zeichnete helldunkle Muster auf Erde und Mauern. Das Bächlein, an dem ich entlangging, lief wie ein kleiner Junge murmelnd neben seiner Mutter her. Ich spürte, wie mir jemand auf Schritt und Tritt folgte und leise nach mir rief, leise wie ein Seufzer. War es Almass? Mitten im Wasser? Ich sah Gespenster. Ich träumte mit offenen Augen. Müßig schlenderte ich weiter.

Nach und nach belebte sich die ruhige Straße. Alle und alles waren auf ihr zugange, nur mein Almass nicht. Vom Alborz-Gebirge wehte eine kühle Brise, die den Herbst ankündigte. Wie gern hätte ich mich in der Herbstsonne unter diese Platanen an den Bach gesetzt und die Bäume angestarrt, damit meine Augen sich entspannen konnten. Damit meine müden Beine sich erholen konnten. Damit Kummer und Schmerzen von mir abfielen. Damit die Welt zu Ende ging. Tatsächlich lag in dieser ruhigen Straße, im Fließen dieses Bachs und in Licht und Schatten der Platanenblätter, die in der herbstlichen Sonne leuchteten, eine Ruhe, die mich besänftigte und an ein heiteres und sorgenloses Leben erinnerte. An das Lehnen an ein Rückenkissen neben einem Schiebefenster, das hochgeschoben worden war. An das Dösen in der Sonne, die sich im Zimmer ausbreitete und einem auf den Rücken schien. Da ich nicht wollte, daß diese Empfindungen vorübergingen, verlangsamte ich meinen Schritt, um später zu Hause anzukommen.

Ich betrat das Haus und schritt durch den Korridor in den Hof. Wie gewöhnlich bemühte ich mich, nicht nach links zu sehen. Dorthin, wo mein Sohn vor einigen Monaten neben einem Schneehaufen unter einem weißen Laken gelegen hatte. Aber es war nicht nötig, da die widerliche Gestalt meiner Schwiegermutter, die vor dem Korridor im Hof stand, meinen Blick auf sich zog. Sie stand da und hatte die Hände in die Hüften gestemmt. »Wo warst du?«

»Draußen.«

Ich straffte mich und versuchte, an ihr vorbeizugehen. »Ich hatte gesagt, ›Wo warst du?‹«, fragte sie.

»Was geht Sie das an, Chanum? Bin ich etwa eine Gefangene?«

»Dein Ehemann hat Anweisung gegeben, daß jeder, der dieses Haus betritt oder verläßt, es mit meiner Erlaubnis tut. Darf ich nicht wissen, was hier vor sich geht? Darf mein armer Junge nicht wissen, was in seinem eigenen Haus geschieht?«

Abfällig erwiderte ich, »In seinem eigenen Haus? Seit wann ist er Hausbesitzer? Er hat Ihnen etwas Falsches erzählt. Dies ist mein Haus, Chanum. Sie haben es sehr schnell vergessen.«

Sie zuckte zusammen, räumte jedoch nicht das Feld, »Das interessiert mich nicht. Sag, wo bist du gewesen?«

Höhnisch bemerkte ich, »Wenn Sie nur halb soviel Aufmerksamkeit wie auf mein Kommen und Gehen auf Ihren Enkel verwendet hätten, wäre er jetzt am Leben.«

Meine Stimme nachahmend, sagte sie, »Und wenn Sie tatsächlich ins Hammam gegangen wären, statt sich das Kind wegmachen zu lassen, wären Sie jetzt nicht unfruchtbar.«

Der Pfeil traf ins Schwarze. Zorn flammte in mir auf, und meine Stimme steigerte sich zu einem Geschrei, »Keine Bange, Ihre neue Schwiegertochter wird Ihnen ein Kind gebären.« Als ich sah, daß sie mich mit offenem Mund anstarrte, fügte ich hinzu, »Wissen Sie, wohin ich gegangen bin? Auf Brautschau. Ich war gegangen, weil ich um ihre Hand anhalten wollte. Meinen Glückwunsch. Ich bin gegangen, um für Sie um Ma'sumes Hand anzuhalten. Ihr Sohn hat wirklich eine gute Wahl getroffen. Diesmal passen sie zueinander wie die Faust aufs Auge. Es stimmt schon, jeder Topf findet seinen Dekkel. Die neue Schwiegertochter paßt gut zu Ihresgleichen. Ihr Onkel ist Gendarm, ihre Brüder sind Seifensieder und Messerstecher, und ihre Mutter webt Schrublappen fürs Hammam. Wie finden Sie das? Gefällt es Ihnen? Gleich und gleich gesellt sich gern ...«

Zunächst verstand sie nicht, was ich sagte. Sie starrte mich an und sagte, »Das kannst du meinem Sohn nicht anheften. Der Ärmste schuftet von früh bis spät ...«

Ich schnitt ihr das Wort ab, »Ich habe es selbst gesehen. Mit diesen beiden Augen. Er hat das Mädchen in das Geschäft hineingezogen ...«

Es hatte sie überzeugt. Offenbar freute sie sich sogar. Lachend sagte sie, »Ach so! ... Du bist also verärgert, weil jemand in Rahims Geschäft mit ihm geschäkert hat? Das ist doch nicht sein erstes Mal! Na und, sollen die Mädchen doch zu Hause bleiben. Was kann mein Sohn dafür? Was hat er verbrochen? Er ist doch noch jung und nicht hundert Jahre alt! Die Mädchen lassen ihn nicht in Ruhe. Von den Aristrokatentöchtern bis hin zur Nichte eines Gendarms, wie du dich ausdrückst ... Man kann nie genug haben!« Ihre Worte waren mit Anspielungen gespickt und schmerzhafter als der Biß einer Viper.

»Nein, man kann nie genug haben. Überhaupt, soll er doch gehen und sie heiraten. Jedem das Seine. Sie verdienen nichts Besseres als die dreiste und schamlose Koukab oder dieses Mädchen, das nicht einmal seinen Namen schreiben kann und für das Ihr Sohn Kalligraphien von Hafis' und Saadis Gedichten schreibt. Er ist verdorben. Es ist nicht seine Schuld. Im übrigen wünsche ich mir von ganzem Herzen, daß er dieses Mädchen heiratet, damit es mitsamt seiner Familie euch die Hölle heiß macht, so daß ihr das Gute zu schätzen lernt. Ihr Sohn begreift nicht, was eine anständige Frau aus gutem Haus bedeutet! Seit einiger Zeit liegt er auf der faulen Haut und lungert herum. Das hat ihn verdorben. Es ist an der Zeit, daß sich eine findet, die ihm eins überzieht und ihm Geld für den Lebensunterhalt abfordert, damit er zur Vernunft kommt. Damit er zurechtgestutzt wird. Ich kann nicht mehr. Was immer ihr gesagt und getan habt, ich habe nachgegeben. Ihr tanzt mir auf der Nase herum. Aber ihr habt euch geirrt. Meine liebe Amme hatte recht, als sie sagte, daß zuviel Anständigkeit von Übel ist.«

»Deine liebe Amme soll sich unterstehen. Was hat mein Sohn verbrochen? Vermutlich stellt ihm das Mädchen nach. Hast du etwa nicht genau dasselbe getan? Hat man Töne! Was habe ich dir denn getan? Was ist in dich gefahren? Du hättest eben nicht seine Frau werden sollen. Außerdem hat er doch noch nichts Schlimmes getan. Vermutlich will er heiraten und Kinder, damit er eine Stütze im Alter hat. Du bekommst ja keine mehr. Selbst, wenn er tatsächlich heiraten wollte, geht dich das nichts an! Du wohnst hier, hast zu essen und einen Ehemann, der dich beschützt. Andere Männer heiraten zwei oder drei Frauen, und kein Laut dringt aus ihrem Haus. Nur du machst Mätzchen, nur du schreist Zeter und Mordio, sobald du sieben Häuser weiter die Stimme einer Frau hörst. Kommt meine Verwandte her, sagst du, sie sei Rahims Geliebte. Siehst du auf der Straße eine Frau, sagst du, Rahim wolle sie heiraten. Alle müssen sich zusammenreißen, damit die Gnädigste nicht womöglich beleidigt ist. Überhaupt, weißt du was? Selbst wenn Rahim nicht heiraten will, ich werde die Ärmel hochkrempeln und ihn unter allen Umständen wieder verheiraten.«

In der Schlacht, die wieder losgegangen war, war ich diejenige, die unterging. Die in den Abgrund gezogen wurde. Mein Inneres wurde ausgehöhlt, und ich verwandelte mich in ein Abbild derer, mit denen ich zusammenlebte. Rahims Mutter räumte das Feld nicht. Sie war eine hartnäckige Kämpferin, die die Auseinandersetzung genoß. Ich wandte ihr den Rücken zu. Sinnlos, sich mit ihr anzulegen. Während ich die Stufen hochstieg, um in mein Zimmer zu gehen, sagte ich, »Sieh nur, mit wem ich mich anlege!«

Rahim kam bei Einbruch der Nacht nach Hause. Seine Mutter sprang auf und zog ihn in ihr Zimmer. Zehn Minuten, eine Viertelstunde, eine halbe Stunde verging, bis ich den Klang seiner Schritte hörte, wie er den Hof überquerte und die Stufen hochstieg. Seine Stirn lag in Falten. Ich saß neben dem Samowar und sagte »Salaam.«

»Salaam zur Hölle. Wo, zum Teufel, hast du dich heute nachmittag herumgetrieben?«

»Hat deine Mutter Bericht erstattet?«

»Ich fragte, ›Wo, zum Teufel, hast du dich herumgetrieben?‹«

Gelassen antwortete ich, »Nirgendwo. Ich war traurig und dachte mir, ich mache einen Spaziergang. Ich kam an deinem Geschäft vorbei, und Ma'sume Chanum war anwesend. Da dachte ich mir, es sei ratsamer, nicht zu stören.«

Einen Augenblick lang starrte er mich mit offenem Mund an. Er konnte nicht glauben, daß ich so gut Bescheid wußte. Seine Mutter betrat das Zimmer und setzte sich wieder streitlustig und kampfbereit in eine Ecke. Rahim nützte den Augenblick, um sich wieder in die Gewalt zu bekommen. »So ist das also! Du hast mich also bespitzelt?«

»Na und, schließlich hätte ich es ja doch gemerkt. Wenn du die neue Braut ins Haus gebracht hättest.« Ich wandte mich meiner Schwiegermutter zu und fügte höhnisch hinzu, »Übrigens müssen Sie wissen, Chanum, daß Ma'sume Chanum schielt. So kann sie Rahim Aghas Schönheit doppelt sehen.«

Rahim trat vor, versetzte mir einen Fußtritt und sagte, »Treib's nicht so weit, daß ich dich unter meinen Füßen zertrete! . . . Kaum ist man wieder zu Hause, gibt es nichts als Ärger!« Und er ging, um sich sein Jackett zu holen.

Ich hatte mich an dieses Verhalten gewöhnt und sagte, ohne mich um den Fußtritt zu kümmern, »Ich hab doch gesehen, wie der Herr Tag um Tag nicht ins Geschäft ging, und wenn, dann nachmittags um zwei. Sag bloß, er hatte ein Rendezvous!«

»Und wenn schon. Geschieht dir ganz recht. Hattest du sonst etwas einzuwenden?«

»Ich habe nichts einzuwenden, aber vielleicht haben ihr Onkel, der Gendarm, und der Seifensieder und Messerstecher von einem Bruder etwas einzuwenden.«

Ich konnte das Entsetzen in seinen Augen sehen. Er trat näher und sagte, »Willst du mich ins Verderben stürzen? Wenn du sie nur noch ein einziges Mal erwähnst, bekommst du eine Ohrfeige, daß dir die Zähne aus dem Mund fliegen.«

Seine Mutter schaltete sich ein, »Neuerdings spuckt sie große Töne. Mein Haus! Mein Geschäft! Das Haus gehört mir. Das Geschäft ist mein Eigentum. Rahim hat hier nichts zu melden.«

Er wandte sich mir zu und sagte, »Ja? Hast du das gesagt?«

Ich wandte mich an seine Mutter und fragte, »Hatte ich ein Wort über das Geschäft verloren?«

»Nein, du hast nur davon gesprochen, daß Rahim heiraten will.«

Rahim war still. Er ging im Zimmer auf und ab. Nach einer Weile fragte er, »Wer hat dir denn gesagt, ich will heiraten?«

»Wer es gesagt hat? Deine Mutter sagt, ich könnte keine Kinder mehr bekommen!« Ich brach in Tränen aus und fügte weinend hinzu, »Sie sagt, ›Rahim will einen Erben.‹ Ich habe selbst gesehen, wie das Mädchen vor dem Geschäft mir dir schäkerte.«

Seine Mutter sagte, »O weh . . . wie empfindlich! . . . Jetzt ist die gnädige Frau beleidigt!«

Rahim wandte sich an sie, »Steh auf und geh in dein Zimmer. Den ganzen Ärger hast du angezettelt.« Seine Mutter verließ grollend den Salon.

Er setzte sich auf das Fenstersims und stützte den Kopf in die Hände. Nach einer Weile sagte er sanft, als würde er zu sich selbst sprechen, »Kann ich nicht einen Tag in dieses gottverdammte Haus zurückkehren, ohne daß es Zeter und Mordio gibt? Kann ich nicht auch nur eine Nacht ruhig schlafen? Mahbube, weshalb läßt du mich nicht in Frieden leben?«

»*Ich* lasse dich nicht? Weshalb hast du jeden Tag ein Techtelmechtel mit einem anderen Frauenzimmer? Unter dem Vorwand, arbeiten zu wollen, bleibst du im Geschäft und machst Schweinkram? Sag mir doch, was mir fehlt? Bin ich blind? Bin ich taub? Oder hinke ich etwa? Da setzt du dich hin, schreibst eine Kalligraphie und schenkst sie diesem Mädchen, das aussieht wie eine Eule.«

»Wer sagt denn, ich hätte ihr eine Kalligraphie geschenkt? Ich bin doch nicht lebensmüde. Du hast sie doch selbst gesehen! Sie sieht aus wie eine Eule, wie du es ausdrückst. Na ja, sie kommt ins Geschäft und provoziert mich. Ich schwör dir, ich hab einen Heidenrespekt vor ihren Brüdern. Ein, zwei Mal bin ich mit ihnen Schnaps trinken gegangen. Einmal hat das Mädchen eine Nachricht von ihren Brüdern überbracht. Das war's. Nun läßt sie nicht mehr locker. Jedes Mal kommt sie unter einem anderen Vorwand ins Geschäft. Du willst also nicht, daß ich zum Mittagessen dort bleibe? Wird gemacht, ich tu's nicht mehr. Mal sehen, ob du noch einen Vorwand findest? Soll ich etwa dich, Bassir ol-Molks Tochter, mit diesem Aussehen und dieser Würde, wie du es ausdrückst, aufgeben und die Tochter einer Frau heiraten, die Schrupplappen webt und *Ssefidab* herstellt? Wo ist dein Verstand geblieben? Möge ich tot umfallen, falls ich je wieder mittags ins Geschäft gehe. Mensch, es war ein Fehler! Ich bereue es! Bist du nun zufrieden?«

Ich traute mich nicht, ihm zu sagen, daß ich alles gesehen hatte. Gesehen hatte, daß er selbst sie an der Hand gepackt und in das Geschäft hineingezogen hatte. Ich wollte in Frieden leben. Jetzt hatte er doch eingelenkt. Jetzt hatte er es doch bereut. Besser, daß ich ebenfalls einlenkte.

Er kam und setzte sich neben mich, »Gießt du mir keinen Tee ein?« Ich schenkte ihm Tee ein und stellte ihn vor ihn hin. Er widerte mich an. Meine Hand zitterte. Er ergriff sie und küßte sie, »Siehst du, was du dir selbst antust? Wenn ich mit ansehen muß, wieviel Kummer du hast und wie du dich selbst aufreibst, blutet mir das Herz. Denk auch mal an mich. Ich bin doch nicht aus Stein. Wie ist es meinem Kind ergangen und wie meiner Frau, die ich allmählich verliere.«

Bei der Erinnerung an meinen Sohn kamen mir erneut die Tränen, »Deine Mutter sagt, sie will dir eine andere Frau suchen. Sie sagt, ›Ich will, daß mein Sohn einen Erben hat.‹ Sie sagt . . .«

»Sie soll sich unterstehen. Wenn ich ein Kind will, dann von dir, nicht von jeder dummen Pute. Ich begehre dich, Mahbub Djan. Ich will dein Kind. Hast du das noch immer nicht begriffen? Nun war es Gottes Wille, daß ich von dir kein weiteres Kind bekommen soll. Ich kann doch nicht gegen Gott und gegen das Schicksal ankämpfen. Soll ich heiraten und dich leiden lassen? Nein, Mahbube. So schlecht bin ich nun auch wieder nicht. Wir bleiben zusammen. Wir haben einen Bissen zu essen, den teilen wir uns. Solange wir leben, bleiben wir zusammen. Und wenn ich sterbe, bist du von mir erlöst. Komm nur gelegentlich an mein Grab und sprich ein Gebet für mich.«

Ich warf mich ihm in die Arme. Die Tränen liefen mir übers Gesicht, »Sag das nicht, Rahim. Gott behüte. Und wenn schon, dann möge Gott mich vor dir sterben lassen. Wenn du heiraten willst, habe ich nichts dagegen. Geh und heirate.« Ich erinnerte mich an Nimtadj Chanums Großmut und ereiferte mich, »Überhaupt werde ich selbst die Ärmel hochkrempeln und dir eine Frau aussuchen. Aber nicht solch einen Müll, sondern die Tochter eines angesehenen Mannes. Ich werde dir eine anständige Frau beschaffen.«

»Laß mich in Ruhe, Mahbube. Was soll ich mit einer zweiten

Frau? Ich komm schon mit der ersten nicht zurecht. Du und meine Mutter, ihr seid wie Hund und Katze. Ihr habt mir meinen Seelenfrieden geraubt. Wehe, wenn eine Nebenfrau hinzukäme. Hör auf damit. Schenk uns einen Tee ein. Der hier ist ja kalt geworden.«

Der Druck, der auf mir lastete, schwand. Ich war erleichtert. Wieder fiel sein liebevoller Blick in meine Augen. Wieder weckte sein spitzbübisches Lächeln Gefühle in mir, die ich für erloschen hielt. Ich war die Gefangene meiner Sinne. Ich war jung, sehr jung. Gerade erst einundzwanzig oder zweiundzwanzig, auch wenn ich den Kummer und die Schmerzen von fünfzig Jahren durchlitten hatte. Ich dachte, ich wäre beim Tod meines Sohns ebenfalls gestorben. Ich war wie eine Tote, die sich verwundert zusah, wie sie trotzdem atmete. Wie ich umherging, aß, schlief und wieder erwachte. Ich wußte nicht, wie lange noch? Und das war das Schmerzhafte daran. Ich hätte es nicht für möglich gehalten, daß sich in meiner Brust je wieder das Verlangen nach der Umarmung meines Ehemanns rühren würde. Doch so geschah es.

Mitternacht war vorbei. Wir waren wach, hatten uns nebeneinander ausgestreckt. Diesmal hielt er meine Hand in seiner Hand und die Zigarette in der anderen, anders als in anderen Nächten, in denen er einschlief, sobald er sich neben mich legte. Wie sehr ich dieses Schweigen und diese Ruhe liebte. Wir starrten beide an die Decke. Ich sah nur seine Augen glänzen und die rötlich glühende Zigarettenspitze.

Während er an die Decke starrte, wehte seine Stimme sanft wie eine Brise durch das Zimmer, »Ich dachte, du liebst mich nicht mehr.«

Ebenso sanft erwiderte ich, »Du liebst mich nicht.«

Er lächelte und drückte meine Hand. Ich spürte seine Atemzüge an meinem Hals. Vor lauter Liebe und Entzücken schossen mir die Tränen hervor. Wie konnte der Besitzer eines solchen Gesichts gemein sein? Ich irrte. Ich war schlecht. Ich dachte nur an mich. Was hatte ich bloß getan, daß er dachte, ich würde ihn nicht mehr lieben? Es schien, als könnte er Gedanken lesen. »Damals, als du dir das Kind hast wegmachen lassen, sagte ich mir, daß du mich wahrscheinlich nicht mehr ausstehen kannst. Ich hab mich gefürchtet. Dauernd hab ich gefürchtet, du würdest unter dem Vorwand, ins Hammam zu wollen, wieder fortgehen und nicht mehr zurückkehren.«

Ich sagte »Rahim! . . .«, doch meine Tränen ließen mich nicht zu Wort kommen.

Er drückte die Zigarette in dem Aschenbecher neben sich aus und drehte sich zu mir um. Er stützte seinen Kopf auf die linke Hand. Er hatte sich über mein Gesicht gebeugt und musterte mich in der Dunkelheit. Mit den Fingern seiner rechten Hand wischte er mir die Tränen weg und sagte wie jemand, der zu einem Kind spricht, »Na, na, du weinst? Schäm dich was, Mädchen!«

Ich schluchzte und genoß seinen besänftigenden Ton, weinte jedoch um so heftiger. Als wäre ein Damm gebrochen, der meine Tränen zurückgehalten hatte. Die Qualen meines Herzens, die ich niemandem hatte mitteilen können, lösten sich jetzt in Tränen auf und strömten mit ihnen heraus. Seine Liebkosungen rissen den Schorf, der sich über den alten Wunden meines Herzens gebildet hatte, auf und linderten sie auf diese schmerzhafte Weise. Hätte ich in dem Augenblick den letzten Seufzer getan, hätte mich Gott in dieser Nacht zu sich genommen, ich hätte mich nicht beschwert. Nein, sicher nicht. Worüber sollte ich mich noch beschweren? Was wollte ich mehr? Gott schuldete mir doch nichts. Ich sagte, »Quäl mich nicht mehr, Rahim. Ich könnte es nicht mehr ertragen. Ich habe niemanden mehr außer dir. Sei du meine Zuflucht. Steh mir bei.«

Spaßend sagte er, »Was redest du da? Bassir ol-Molks Tochter soll niemanden mehr haben? Wenn du dich einsam und verlassen nennst, wie sollten sich dann andere bezeichnen? Sag das bloß nicht anderswo! Die Leute würden dich auslachen. Der arme Rahim soll der einzige sein für die reiche Mahbube Chanum?«

Seine Demut, und daß er mir zuliebe endlich seine Nichtigkeit eingestanden und meine Überlegenheit anerkannt hatte, rührten mich. Ich empfand Mitleid für ihn. Ich konnte mich nicht ausstehen. Ich schämte mich für mein Verhalten. Ich hielt ihm die Hand vor den Mund und sagte, »Sag das nicht, Rahim. Rede nicht so. Du bist mein ein und alles. Du bist mir wichtiger als alle Schätze der Welt. Ich würde sogar auf einer Strohmatte mit dir leben. Ich bin deine Frau. Du bist mein Gebieter. Laß jeden, der lachen will, aus vollem Herzen lachen. Soll es jedem, dem es mißfällt, doch mißfallen. Da gibt es doch kein du und ich. Was mir gehört, gehört auch dir. Ich hatte dich begehrt. Ich würde sterben, wenn dir nur ein Härchen gekrümmt werden würde. Ich bin stolz auf dich, egal, wie du bist. Ich habe dich begehrt und stehe dazu. Ich bereue nichts.«

»Stimmt das wirklich, Mahbube?«

»Stell mich auf die Probe, Rahim. Tu es.«

»Nicht, Mahbub Djan. Tu dir das nicht an. Ich kann deine Tränen nicht ertragen.«

Wie hatte ich nur diese heißen Küsse vergessen können? Sie schmeckten nach Zigarette. Er sah mich an. Er sagte, als hätte er mich seit Jahren nicht mehr gesehen, »Du bist abgemagert, Mahbub. Du hast dich verändert. Deine Wangen sind nicht mehr rundlich. Wie schmal dein Gesicht geworden ist. Deine Augen sind größer geworden. Dein Blick ist nicht mehr verspielt.«

»Bin ich häßlich geworden?«

»Nein, Mahbub Djan. Du bist eine Frau geworden, eine Dame.«

Als er morgens zur Arbeit gehen wollte, rief er nach seiner Mutter und sagte so laut, daß ich es im Zimmer mit Leichtigkeit hören konnte, »Nanneh, Mahbub kann gehen, wohin es ihr gefällt. Daß mir nicht noch einmal zu Ohren kommt, du hättest sie abgehalten.«

Was für Tage das waren! Tage, in denen ich vor Kummer über den Tod meines Sohns und durch die wieder entflammte Liebe meines Ehemanns aufgewühlt und trunken war. Tage der Bitterkeit und Süße und Nächte der mystischen Versenkung.

Rahim war seitdem mittags nicht mehr im Geschäft geblieben. Abends bei Anbruch der Dämmerung kam er nach Hause. Sein Atem roch nicht mehr nach Alkohol. Er trat nicht mehr die Hacken seiner Schuhe herunter. Sein Anzug war sauber und ordentlich. Die Amme kam und brachte das Geld. Ich legte es in die Wandnische, und Rahim rührte es nicht an. Als wäre es Feuer, an dem er sich die Hand verbrennen würde. Als wäre es eine Schlange, die ihn beißen würde. Seine Mutter sah ihn scheel an, biß sich vor Bedauern auf die Lippe und schüttelte den Kopf. Tagsüber, wenn er nicht zu Hause war, knurrte sie, »Sie hat ihn verhext.« Oder, »Nun hat sie ihre Ruhe. Tag und Nacht klebt er an ihr.«

Ich tat, als hörte ich nicht. Für mich spielte es keine Rolle mehr. Wenn Rahim auf diese Einflüsterungen nicht reagierte, wovor sollte ich mich dann fürchten? Mußte man sich etwa mit dem pfeifenden Wind herumzanken? Stritt man etwa mit dem grollenden Sturm? Nein, man mußte abwarten. Man mußte die Fenster schließen und sich in die Umarmung des Liebsten flüchten, in Rahims Umarmung.

Die Amme kam. Ich ging mit ihr auf die *Lalehzar* zu einer armenischen Frau, die die Hochzeitskleider meiner Schwestern genäht hatte. Ich beauftragte sie, mir ein Taftkleid zu nähen. Aus fließendem blauem Taft mit weißem Umlegekragen und winzigen Perlmuttknöpfen. Während sie mir das Kleid anprobierte, sagte sie in ihrem reizenden armenischen Dialekt, »Was für einen schönen Körper du hast! Dein Ehemann hat Glück gehabt. Er sollte dich sehr schätzen. An seiner Stelle würde ich dich keinen Augenblick aus den Augen lassen.«

Erstmals nach langer Zeit lachte ich wieder lauthals. Meine Amme freute sich. Ich kaufte mir hochhackige Schuhe und Parfüm. Haarschmuck und Ohrringe. Lippenstift und Schminke, und all das für die Nächte, für den Anbruch der Dämmerung, für den Augenblick, an dem Rahim nach Hause kam. Falls Gott einem gütig gesonnen war, falls es ein Paradies auf Erden geben und Glückseligkeit eine Bedeutung haben sollte, so war es nichts anderes als Liebe und der Friede eines Ehepaars, das unter einem Dach lebte. Nichts anderes als die Sehnsucht einer Frau, die in Erwartung der Rückkehr ihres Ehemanns die Stunden zählte. Nichts anderes als die Ungeduld eines Mannes, der zu seiner gepflegten Frau nach Hause eilte, von der er wußte, daß sie sehnsüchtig und ungeduldig auf die Tür starrend neben einem Samowar saß, dessen Wasser sprudelte, und neben einem Speisetuch, auf dem das Abendbrot gedeckt war. Eine Frau, die ein liebliches Lächeln und sanfte Hände besaß.

Der erste Herbstmonat war vergangen und der November angebrochen. Abends brachte Rahim Geld heim und legte es in die Wandnische. Er brachte Obst mit. Stets kehrte er mit vollen Händen nach Hause zurück. Mir war klar, daß er allmählich älter wurde. Er ging auf die dreißig zu. Er war zur Besinnung gekommen. Er war gereift und vernünftig geworden. Er war auf den rechten Weg zurückgekehrt. Obwohl der zweite Herbstmonat begonnen hatte, war die Luft noch nicht sehr kühl. Die gelben und roten Blätter der Platanen in der herbstlichen Sonne versetzten einen in Entzücken. Oder vielleicht hatte mein Herz sich verjüngt. Es hatte sich besänftigt und war voller Hoffnung.

Eines Abends traf Rahim müde ein, setzte sich erschöpft und

trank Tee, »Großartig, Mahbub Djan. Wie hübsch du geworden bist.«

»War ich vorher nicht hübsch?«

»Du bist noch hübscher geworden.«

Er küßte mich und setzte sich in eine Ecke, war jedoch in Gedanken versunken. Ich fragte, »Rahim Djan, soll ich das Abendbrot bringen?«

Er brummelte etwas.

»Bist du nicht hungrig?«, fragte ich.

»Um ehrlich zu sein, ich hab keinen Appetit. Iß du dein Abendbrot.«

»Wenn du nichts ißt, esse ich auch nichts. Weshalb hast du keinen Appetit? Ist denn irgend etwas vorgefallen?«

»Nein, nichts ist vorgefallen. Ich seufze nur über mein Pech.«

Mir sank das Herz in die Knie, »Was ist geschehen? Sag es, Rahim, um Gottes willen. Was ist geschehen? Weshalb weichst du aus?«

Mir schlotterten die Knie. Ich konnte kein Unglück mehr ertragen. Er zögerte und murmelte dann, »Wallah, ein angesehener Schreiner, einer, der Großaufträge übernimmt, Türen und Fenster von großen Gebäuden und Ämtern, der auch Tische und Stühle baut, er behauptet, man hätte die Anfertigung der Türen und Fenster der Paläste von Reza Shahs Söhnen ihm übertragen. Ich weiß nicht, ob es stimmt. Jedenfalls ist dieser Mensch gekommen, hat sich meine Arbeit angesehen, und sie hat ihm gefallen. Vor einigen Tagen kam er zu mir und sagte, ›Ich will ein Drittel all meiner Aufträge dir übertragen. Aber die Auftraggeber dürfen es nicht erfahren, da sie mich kennen und die Aufträge wegen meines guten Rufs und meiner Geschicklichkeit mir übertragen haben. Sollten sie merken, daß ich die Arbeit dir anvertraut habe, würden sie ihre Aufträge zurückziehen. Bist du damit einverstanden?‹«

Aufgeregt und hastig sagte ich, »Nun, dann hättest du annehmen sollen. Du hättest sagen sollen, du wärst einverstanden. Worauf wartest du noch?«

»Nun ja, ich würde gern annehmen. Wenn ich drei oder vier dieser Aufträge übernehmen würde, könnte ich die Kunden kennenlernen, mir allmählich einen Ruf erwerben und selbst Aufträge übernehmen. Aber das Problem ist, daß er sagt, ich müßte auch Kapital einbringen. Aber ich hab doch keins. Man braucht Holz, Werkzeuge und tausend andere Kleinigkeiten. Mit leeren Händen geht es nicht!«

»Wieviel Kapital ist denn nötig?«

Er überlegte und sagte dann, »Es spielt keine Rolle, wieviel. Ich hab doch keinen Rial.«

»Nun gut, dann muß man sich eine Lösung ausdenken. Leih es dir von jemandem, Rahim.«

Beschämt senkte er den Kopf und sagte, »Ich habe ihm gesagt, ›Leihen Sie mir etwas Geld, damit ich das Material besorgen und mit der Arbeit beginnen kann. Sobald ich meinen Lohn erhalte, werde ich es Ihnen zurückzahlen.‹ Der gute hat nichts dagegen. Er hat es akzeptiert. Aber er sagt, ›Du mußt irgendein Pfand oder so etwas ähnliches hinterlegen.‹«

Ich zerbrach mir den Kopf. Was war zu tun? Plötzlich schoß mir ein Gedanke durch den Kopf, »Also gut, Rahim, wie wär's, wir verpfändeten das Geschäft?«

»Nein, wie denn? Das Geschäft nützt doch nichts. Es ist zu klein. Es ist nicht soviel wert. Er akzeptiert es nicht.«

Ich wunderte mich. Dennoch sagte ich, »Gut, dann verpfänden wir das Haus. Wie wär das? Reicht das oder nicht?«

Er dachte nach und sagte, wobei er mit dem Finger Linien auf dem Teppich nachzog, »Meiner Meinung nach geht das in Ordnung. Aber er muß es ebenfalls akzeptieren. Tut er es nicht, verpfänden wir beides.«

»Nun schlag ihm erst einmal das Haus vor und sieh zu, was er dazu sagt. Triff die Vorbereitungen. Ich habe gegen die Verpfändung des Hauses nichts einzuwenden.«

Er hob den Kopf, sah mir aber nicht in die Augen. Er starrte an die Decke und sagte, »Nein, ich möchte nicht, daß du dich aufmachst und mit uns zum Notariat und sonstwohin gehst. Weshalb solltest du mit lauter Männern herumfeilschen? Willst du das Haus verpfänden?«

»Na und, wo immer wir hingehen, gehen wir zusammen hin. Ich bin doch nicht allein!«

»Nein, das gehört sich nicht. Wenn du das Haus verpfänden möchtest . . . schlage ich vor . . .«

»Was schlägst du vor?«

»Wie soll ich es sagen? Meiner Meinung nach ... wäre es besser, du würdest das Haus ... vorher auf meinen Namen überschreiben. Dann würde ich es verpfänden.«

Ich fuhr zusammen. Ich war erleichtert, daß er mich nicht ansah, da ich ihn fassungslos anstarrte. Ich witterte Unrat. Schon von Anfang an hatten seine weitschweifigen Erklärungen mich nicht überzeugt. Im Grunde meines Herzens mißtraute ich ihm, wollte es mir jedoch nicht eingestehen. Ich wollte nicht, daß unsere gute Beziehung sich wieder verschlechterte. Ich sagte, »Was ändert es schon, Rahim Djan? Da gibt es doch kein dein oder mein! Wir gehen auf einen Sprung zum Notariat oder lassen den Notar zu uns nach Hause kommen, damit wir es hier unterschreiben.«

Er sagte, »Ich kann doch den alten Notar nicht wegen der Verpfändung eines Grundstücks ins Haus schleppen. Ich mag aber auch nicht, daß meine Frau zum Notariat mitgeht. Wie du sagst, gibt es doch kein dein oder mein. Morgen gehen wir hin, und du läßt das Haus auf meinen Namen überschreiben. Die übrigen Laufereien erledige ich.«

Ich sagte, »Weshalb hast du es so eilig? Weshalb morgen? Laß es mich doch ein wenig überdenken ...«

Indem er den aufsteigenden Zorn zu verbergen suchte, sagte er, »Wozu überdenken? Der Mann hat es eilig. Wenn ich mich ziere, gibt es hundert andere wie mich, die ihn darum anflehen. Er sitzt doch nicht untätig herum, bis du dir deine Gedanken gemacht hast. Vertraust du mir etwa nicht?«

»Doch, Rahim Djan. Es geht nicht um das Vertrauen, aber ...«

Allmählich wurde seine Stimme lauter, »Wo liegt dann das Problem? Willst du das Haus nicht auf meinen Namen überschreiben? Hast du Angst, ich würde dich um dein Haus bringen? Scheust du dich davor?«

Ich war entgeistert. Wieder verschloß sich mein Herz vor ihm. Sein Blick hatte erneut einen feindseligen Ausdruck angenommen. Kühl erwiderte ich, »Ich bin doch noch ganz durcheinander. Mir ist noch nicht klar, worum es sich wirklich handelt.«

»Bist du durcheinander oder vertraust du mir nicht? Hatte ich's nicht gesagt, du liebst mich nicht!«

»Was soll das, Rahim? Was hat das mit Liebe zu tun?«

»Was sonst hat mit Liebe zu tun? Ich hab doch mein Verhalten geändert. Einen ganzen Monat lang hab ich getan, was du wolltest. Ich hab nach deiner Pfeife getanzt. Sagtest du, ›Geh nicht zur Arbeit‹, sagte ich, ›Wird gemacht.‹ Sagtest du, ›Komm abends früher nach Hause‹, sagte ich, ›Wird gemacht.‹ Sagtest du, ›Ich will gehen, wohin es mir gefällt‹, sagte ich, ›Tu das.‹ Und dann sagst du immer noch, ›Ich muß erst sehen, worum es sich handelt.‹ Es handelt sich darum, daß du es nicht übers Herz bringst, das Haus auf mich zu überschreiben.«

Überrascht fragte ich, »Also diente dieser eine Monat nur dazu, gute Stimmung zu machen? Wolltest du, daß ich mein Haus auf dich überschreibe?«

»Du machst mich noch verrückt! Glaubst du, ich will dich übers Ohr hauen?«

Ich protestierte, »Rahim!«

»Da gibt's kein Rahim. Überschreibst du das Haus auf mich oder nicht? Ein Kind hast du ja nicht. Und für deinen Unterhalt sorge ich . . . egal, ob das Haus auf deinen Namen lautet oder auf meinen. Willst du dein Haus ins Jenseits mitnehmen? Willst du, daß nach dir deine Brüder und Schwestern es an sich reißen?«

Gelassen sagte ich, »Ach so . . . darum geht es also. Also war die ganze Geschichte von Schreinerarbeiten für die Gebäude von Aristokraten, Ämter und Paläste der Söhne Reza Shahs und Beteiligung und Verpfändung nur ein Vorwand? Alles nur leere Versprechungen? Hast du dich also einen Monat lang zusammengenommen, keinen Schnaps getrunken und dich nicht mit Weibern herumgetrieben, um mich weich zu kochen? Jetzt, wo mein Sohn nicht mehr ist, willst du, daß ich das Haus auf deinen Namen überschreibe, damit es nicht an einen anderen gerät? Willst mir mein Hab und Gut entreißen und dann die Koffer packen? Nein, mein Lieber, darauf kannst du lange warten.«

Plötzlich wurde ich wach. Es fiel mir wie Schuppen von den Augen. Soviel Torheit hatte ich mir nicht zugetraut. Wie kam es, daß ich es nicht früher bemerkt hatte? Die Maske war ihm vom Gesicht geglitten, und seine Fratze kam zum Vorschein. Während er mit der Faust auf den Wollteppich aus meiner Aussteuer schlug, schrie er, »Du mußt das Haus auf meinen Namen überschreiben. Hast du das verstanden?«

Gleichgültig erwiderte ich, »Ich werde das Haus niemandem überschreiben.«

»Untersteh dich! Du wirst schon sehen. Wenn du es nicht auf meinen Namen überschreibst, hast du dir die Folgen selbst zuzuschreiben.«

»Wozu sollte ich es dir überschreiben? Vermutlich, damit du Ma'sume Chanum herbringst!«

»Na klar, daß ich sie herbringe. Geschieht dir ganz recht. Damit sie zehn Kinder gebiert. Damit du Unfruchtbare vor Eifersucht platzt.«

»Und dann bleibe ich hier und schaue zu?«

»Nein, du wirst dich in das Haus deines Agha Djan begeben. Desjenigen, der dich mit einem Fußtritt aus dem Haus geworfen hat.«

Seine Halsmuskeln waren vor Wut angeschwollen. Seine dunkle, abscheuliche Ader trat hervor. Er äffte mich nach, »*Sei du meine Stütze, Rahim . . . Ich hab doch niemanden außer dir.*«

Ich sagte, »Hör auf damit, Rahim. Bist du schon wieder tollwütig geworden?«

»Tollwütig ist dein Vater, der Hundesohn.«

»Halt den Mund. Erwähn den Namen meines Vaters nicht.«

»Ich soll den Mund halten?«

Seine Ohrfeige traf blitzschnell mein Gesicht, und dann prasselten seine Fausthiebe und Fußtritte auf mich nieder. Als würde er sich für den vergangenen Monat entschädigen. Dann ließ er müde und wütend von mir ab und setzte sich auf das Fenstersims. Ich war gedemütigt und wie zerstört. Er fragte, »Wirst du das Haus auf meinen Namen überschreiben?«

»Nein, nein und nochmals nein. Sobald du deine Ma'sume Chanum heiratest, wirst du auch ein Haus von ihr bekommen.«

»Nein, ich werde kein Haus von ihr bekommen. Sie wird die Herrin dieses Hauses werden, und du wirst ihre Kinder bedienen. *Ich* bin doch nicht unfruchtbar, du bist es. Ich will Söhne. Ich will Erben. Meine Mutter hatte recht, ich brauche eine Stütze im Alter.«

Ich erhob mich. Seine Mutter, die das Zimmer betreten hatte, sah entzückt zu. Erneut war der Waffenstillstand aufgehoben. Ich wandte mich an Rahim und lachte zornig, »Du bist ja sehr vornehm, oder? Sehr gelehrt? Würden deine Ländereien verwahrlosen? Fürchtest du, die Dynastie würde zugrunde gehen? Deshalb willst du einen Thronfolger! Nimm doch einmal an, du setzt ein paar mißratene Bälger in die Welt. Besser kinderlos bleiben, wenn du sie nicht durchfüttern kannst. Ein paar Seifensieder und Messerstecher weniger. Ein paar Bettler und Wegelagerer weniger. Kinder mit einem Vater wie dir und der schielenden Ma'sume als Mutter sollte es besser nicht geben. Kinder, die sich in Staub und Dreck wälzen müssen, kahl oder blind werden und schließlich weiß Gott wo enden.«

Erneut sprang er auf und schlug mir so kraftvoll ins Gesicht, daß mir übel wurde. Er schrie, »Hatte ich dir nicht gesagt, du sollst die Klappe halten? Denkst du, du wärst besonders hübsch? Hast du dich schon im Spiegel gesehen? Du siehst aus wie eine Schwindsüchtige. Wie das heulende Elend . . . Ich sag's dir, entweder überschreibst du mir dieses Haus oder du endest als Leiche.«

Ich legte mir meinen Handrücken auf die Lippen. Als ich ihn wegnahm, triefte er vor Blut. Seine Mutter sagte gespielt wohlwollend, »Gute Frau, gib endlich Ruhe. Hör auf damit. Weshalb machst du ihn so wütend, daß er dich verprügelt? Du weißt doch, wie hitzköpfig dein Ehemann ist. Am Ende wirst du es ja doch tun müssen, also tu es bald und erlöse dich.«

»Darauf könnt ihr lange warten.«

Rahim schrie, »Du willst es nicht hergeben? Ich werd's dir schon zeigen. Ich werde dir alle Kleider vom Leib reißen, so daß du zu Hause hocken und so lange hungern mußt, bis du zur Vernunft kommst.«

Ungestüm lief er ins Nebenzimmer und nahm alles Geld, das in der Wandnische lag. Er öffnete mein Kästchen und nahm mein Geld und meine Diamantringe heraus. Er knurrte, »Verdammtes Weibsbild. Weder mit Güte noch mit Geschrei ist ihr beizukommen. Ich werde dir die Hölle heiß machen, daß dir Hören und Sehen vergeht.«

Seine Mutter sagte, »Hab ich's nicht gesagt? Sagte ich nicht, sie hat ein großes Mundwerk? Sagte ich nicht, verhätschle sie nicht so sehr, sonst kannst du sie nicht mehr im Zaum halten? Bitte schön, jetzt ist ihre Zunge so lang! . . .«

Mit der rechten Hand schlug sie sich auf die linke Ellenbeuge – so lang. Ich sagte, »Nein, meine Liebe, ich hatte auch vorher ein Mundwerk. Alle haben ein Mundwerk. Niemand ist stumm. Nur wahren eben manche das Ansehen. Benehmen sich. Schamlosigkeit macht doch keine Mühe! Zurückhaltung fällt schwer. Die hat nicht jeder. Aber das kümmert Sie nicht. Denken Sie, ich würde mir alles gefallen lassen, weil ich zu Anfang nachgegeben habe? Es war meine Schuld. Möge ich verflucht sein, daß ich es selber getan habe. Geschieht mir ganz recht, daß ich es erdulden muß. Vom ersten Jahr an hab ich es bitter bereut. Ich hab begriffen, daß ich das schlimmste Exemplar gewählt hatte. Alle hab ich fahren lassen, nur um mich an Ihren Sohn zu hängen . . .«

Sie schnitt mir das Wort ab, »Nein, meine Liebe, hättest du einen besseren als meinen Sohn gefunden, hättest du den nicht fahren lassen. Wahrscheinlich hast du niemand anderen als meinen Sohn verdient . . .«

Rahim stürzte, ohne uns zu beachten, aus dem Nebenzimmer herein und fragte, »Wo ist dein Kollier?«

Entsetzt wich ich zurück. An diesem Abend hatte ich seinetwegen das Kollier umgetan. Es war ein Erinnerungsstück meines Vaters. Ich legte meine Hand darauf, »Ich gebe es nicht her.«

Er packte meine Hand und drehte sie mir auf den Rücken. Er war kein Mensch mehr. Er hatte sich tatsächlich in ein reißendes Tier verwandelt. In ein Schwein. In einen Wolf. Ein seltsames Tier, das eher Abscheu als Angst erregt. Mit der rechten Hand riß er mir das Kollier mit einem Ruck vom Hals. Er wandte sich an seine Mutter und sagte, »Weh dir und weh ihr, falls sie ab morgen noch einen Fuß außer Haus setzt.« Er rannte zur Haustür und verriegelte sie. Er kehrte zurück und sagte zu mir, »Du hast bis morgen früh Zeit zum Nachdenken. Vielleicht kommst du zur Vernunft. Ich will dieses Haus und werde es bekommen, egal wie. Besser, wenn du es im Guten herausrückst.«

Er ging in das Zimmer seiner Mutter, und sie schliefen nachts beide dort. Bis Mitternacht blieb ich wach neben der Petroleumlampe sitzen. Ich konnte nicht einschlafen. Gesicht, Mund, Hand, mein ganzer Körper schmerzte und brannte, sogar mein Nacken vom Abreißen des Kolliers. Aber der eigentliche Schmerz saß in meinem Herzen. Wo war der Rahim geblieben, dem ich in der Schreinerei begegnet war? Wann war er fortgegangen? Weshalb war er gegangen? War es meine Schuld oder seine? Weshalb hatte ich nicht zugelassen, daß Koukab dablieb? Was hätte Koukab an meiner Stelle getan? Paßte sie nicht besser zu ihm? Verstand sie diesen Mann nicht besser als ich?

Ich war müde. Es reichte. Keine Spur von Tränen. Ich saß da wie eine Statue. Man konnte nicht einmal behaupten, ich hätte auch nur einen Gedanken im Kopf. Ich starrte auf die Blumenmuster des Teppichs. Bei wem sollte ich mich beschweren? Über wen sollte ich mich beschweren? Selbst hatte ich mich blindlings ins Verderben gestürzt. Nun war es zu spät. Es war nicht wieder gutzumachen. Ich wußte nicht, was tun. Ich wußte nur, daß ich es nicht länger ertragen konnte. Nein, es war genug. Die Liebe hatte mich zugrunde gerichtet. Sie hatte mich verbrannt. Mein Herz war zerrissen. Meine Seele war gestorben. Erst jetzt begriff ich, was das Leben bedeutete. Ich begriff, daß man mit dem Leben nicht spaßen konnte. Es war kein Spiel. Es bestand nicht nur aus Leidenschaften. Der Abgrund, in den ich gestürzt war, die Hölle, in die ich kopfüber gefallen war, hatte mich reifen lassen. Ich wußte, das Schicksal war nicht die liebevolle Hand einer Mutter, die mir über den Kopf strich. Das Antlitz der Welt entsprach nicht dem liebevollen und lächelnden Gesicht meines Vaters, das mir vor Augen stand. Das Schicksal war nicht, wie ich mir vorgestellt hatte, ein Spielball, den wir nach Belieben annehmen und, wenn wir genug haben, mit einem Stups fortstoßen können. Die Realität war, was mir gegenüberstand und viel zu bitter, als daß ich sie hätte benennen können. Nach und nach hatte ich die Bedeutung der Worte meines Vaters begriffen und konnte sie jetzt am eigenen Leib erleben.

Ich weiß nicht mehr, wann ich einschlief und wieder erwachte. Die Petroleumlampe brannte noch. Die Nacht war noch pechschwarz. Ich löschte das Licht, legte mich an derselben Stelle auf den Teppich und versank in einen qualvollen, unruhigen Schlaf. O Tag, beeil dich. O Nacht, wie geduldig und ausdauernd du bist. Wann wirst du endlich enden? Wie lange wollte mich diese Finsternis noch gefangen halten? Wann würde sie von mir ablassen? O Kummer und Schmerzen, laßt mich frei oder tötet mich. O Herr, erlöse mich. Nicht stückweise, sondern auf einmal. Erlöse mich von mir selbst.

Der Himmel graute, und es war noch immer dunkel. Ich erwachte. Was für eine Nacht hatte ich durchlitten! Ich setzte mich auf. Ich schlang die Arme um meine Knie und lehnte mich an die Wand. Ich starrte durch das Fenster auf den Hof. Auf den Winkel an der Mauer, auf Almass' Platz. Ein Seufzer kam aus meiner Brust.

Ich sah Almass, wie er die Stufen hinaufkam. Wie er sich neben mich setzte. Wie er Weizen- und Hanfkörner verlangte. Wie er, verstört über den Streit zwischen seinem Vater und mir, weinte. Wie er erlöst worden war.

Die Tür öffnete sich, und meine Schwiegermutter betrat mit dem Samowar das Zimmer. Wann war es hell geworden? Wann war die Sonne aufgegangen?

Ich saß weiterhin still und reglos. Sie sah mich und wunderte sich. Einen Augenblick lang blieb sie mit dem Samowar in den Händen stehen, »Ach! Warst du die ganze Zeit hier?«

Ich antwortete nicht. Sie trat vor, breitete aus, was zum Samowar gehörte, und stellte ihn an seinen üblichen Platz. Sie setzte sich neben mich und sagte hinterhältig, scheinbar wohlwollend, »O weh, sieh nur, wie er dich zugerichtet hat! Mach ihn bloß nicht wütend! Sonst schlägt er dich noch zum Krüppel. Das hat er von seinem Vater geerbt. Er ist jähzornig. Geh und überschreib das Haus auf seinen Namen und mach Schluß mit diesem Ärger. Wallah, ich will für euch beide nur das Beste.«

Rahim trat schlurfend ein, »Nanneh, es nützt nichts, wenn du ihr gut zuredest. Die ist dickköpfig. Die läßt sich nicht breitschlagen. Geh beiseite, die versteht nur eine Sprache.« Er pflanzte sich breitbeinig neben mir auf und stemmte die Hände in die Hüfte. Er fragte, »Überschreibst du das Haus auf meinen Namen?«

Ich antwortete nicht. »Hatte ich nicht mit dir gesprochen? Hockt da wie ein Trauerkloß und stiert vor sich hin. Ich hatte gefragt, ›Überschreibst du das Haus auf meinen Namen?‹«

Ich hob den Kopf. Meine Lippe brannte. Offenbar war sie geschwollen. Ich sagte, »Nein.«

Er trat mir gegen das Bein, »Nicht zu fassen, dieses Weibsbild! Sieh sie dir an, wie eine Aussätzige. Es ist eine Strafe, sich ihre Visage ansehen zu müssen.« Er wandte sich an seine Mutter, »Nanneh, ich geh. Wenn ich zurückkehre, hast du diese Teppiche zusammengerollt. Ich will sie verkaufen. Ich brauche Geld.«

Er setzte sich in Bewegung. Seine Mutter fragte, »Willst du kein Frühstück?«

»Gib es der zu essen, damit sie noch bissiger wird.«

Ich wußte, daß Kollier, Fingerring und mein Geld in seiner Jakkentasche waren. Er ging bis zur Mitte der Treppe, kehrte jedoch zurück und betrat das Zimmer, in dem wir schliefen. Er nahm die Lampen mit den tulpenförmigen Schirmen aus der Wandnische und sagte beim Gehen zu seiner Mutter, »Die nehm ich auch mit. Ich brauche Geld.« Als hätte ihn jemand um eine Erklärung gebeten.

Ich blieb an meinem Platz sitzen, starr und ohne ein Wort zu sagen.

Seine Mutter sagte, »Bist du nun zufrieden? Gleich wird er gehen und alles verkaufen. Bis zum Abend hat er die Hälfte für Schnaps und Wein ausgegeben.«

Ich zuckte die Achseln. Sie setzte sich zum Frühstücken hin. Ich erhob mich, betrat das Nebenzimmer und schlug die Tür heftig zu. Ich konnte ihren Anblick nicht ertragen, geschweige denn, mit ihr Seite an Seite sitzen und frühstücken. Mein Gesicht schmerzte. Ich ging zum kleinen Spiegel in der Wandnische. Bei dem Anblick fuhr ich zusammen. Die ganze rechte Seite meines Gesichts hatte sich von der Ohrfeige der vergangenen Nacht blau verfärbt. Mein rechtes Auge war halb geschlossen und der Mundwinkel, den sein Fausthieb getroffen hatte, war angeschwollen und violett. Ich war entsetzt und wunderte mich, wie ich überlebt hatte. Ich wunderte mich, wie ich seine Fausthiebe und Fußtritte einigermaßen heil überstanden hatte. Mein rechtes Ohr schmerzte noch immer von seiner Ohrfeige. Die Stimme seiner Mutter ertönte, die wütend sagte, »Das Wasser des Samowars kocht. Alles ist bereit. Du kannst essen oder es sein lassen.«

Ich hörte, wie sie das Zimmer verließ und die Treppe hinabstieg. Ein Geistesblitz durchfuhr mich. Ich hatte mich entschlossen. Eilig nahm ich meinen Koffer und warf meine Kleider und etwas Krimskrams hinein. Ich legte mein Buchsbaumkästchen samt Inhalt in den Koffer. Warf mir den Tchador über und ging die Stufen hinab. Meine Schwiegermutter sprang wie ein verwundeter Leopard auf und stemmte die Hände in die Hüften, »Gute Reise! Wohin, bitte schön?«

»Ich will fortgehen. Ich hab es satt.«

»Wohin gehen? Willst du einfach sang- und klanglos abhauen ...? In diesem Haus herrscht Zucht und Ordnung. Hast du denn nicht gehört, was dein Ehemann gestern nacht gesagt hat?«

»Welcher Ehemann? Ich habe keinen Ehemann mehr!«

Sie machte große Augen, »Nein, so was! Das sind ja ganz neue Töne!«

Ich ließ meiner Zunge freien Lauf und sprach aus, was mir seit Jahren auf dem Herzen gelegen hatte, »Dieser Nichtsnutz, dieser Unmensch ist nicht mein Ehemann. Ich schäme mich, ihn einen Mann oder Ehemann zu nennen.«

Sie lachte, »Hast du etwas an seiner Männlichkeit auszusetzen?«

»Nein, ich habe etwas an seiner Mannhaftigkeit auszusetzen. Seine Gemeinheit und Untüchtigkeit. Seine Gewalttätigkeit und Ehrlosigkeit. Du kannst nicht verstehen, was ich meine. Er auch nicht. Er hat es nicht gelernt. Von wem hätte er es lernen sollen? Von wem hätte er Edelmut lernen sollen? Recht hat er, wenn er nicht weiß, was Anstand bedeutet! Was Ehre bedeutet! Mich schwache Frau tritt er, aber vor den messerstechenden Brüdern Ma'sumes hat er Respekt. Vor einer Frau läßt er die Muskeln spielen, aber wenn Männer ins Spiel kommen, versteckt er sich hinter dem Rock seiner Mutter. Dann wird er ganz fügsam. Friedlich und lammfromm. Seine Mannhaftigkeit erschöpft sich in Schnauzbart und Anzug.«

Ich siezte meine Schwiegermutter nicht mehr. Ich nannte sie nicht mehr Chanum, da sie keine war. Diese Anrede verdiente sie nicht. Sie war Ziwar, die Band-Andaz. Ich wollte vor der Wahrheit nicht länger die Augen verschließen. Es war nicht länger nötig, den guten Ruf meines Sohns dadurch zu wahren, daß ich seine Großmutter als respektabel hinstellte. Es gab keinen Sohn mehr. Oder vielleicht auch nur aus dem einfachen Grund, daß ich mich ihnen angeglichen hatte. Ich hatte von ihnen gelernt. Ich hatte ihre Sprache gelernt. Ich hatte Gut und Böse vergessen. Ich hatte den Sinn für normale Umgangsformen und würdevolles Verhalten verloren.

Sie setzte sich auf den Treppenabsatz und sagte, »Hast du den Hausstand meines Sohns zusammengepackt und willst gehen?«

»Welchen Hausstand? Besaß dein Sohn etwa je einen? Als er mich heiratete, gab es nur ihn samt wollenem Umhang und einer Unterhose. Sollte er inzwischen einen Hausstand besitzen?«

Gelassen erwiderte sie, »Du läßt den Koffer da und gehst dann.«

Ich sagte, »Aber gern.«

Ruhig kehrte ich um und stieg die Stufen hoch. Sie beruhigte sich, erhob sich und ging grollend davon. Ich betrat das Zimmer, das einst meine Liebeslaube gewesen war. Ich staunte über meine

Ruhe und Kaltblütigkeit. Ich schloß die Tür. Ich war erst jetzt zur Besinnung gekommen. Was wolltest du aus diesem Haus mitnehmen, Mahbube? Wie kannst du es über dich bringen, noch einmal diese Kleider anzuziehen? Diese Schuhe anzuziehen? Dir diese Haarnadeln ins Haar zu stecken? Was willst du mit all diesen Dingen, die von deinem Leben mit diesem nichtsnutzigen Tier zeugen? Wozu brauchst du diese Sinnbilder verschenkter Jugend, zerstörter Hoffnungen, von verletztem Stolz und Gefühlen? Vernichte sie, vernichte alles.

Ich nahm die Schere. Ich öffnete den Koffer und zerschnitt jedes Kleid einzeln, zerriß es dann und warf es auf den Boden. Meine Schuhe konnte ich nicht zerschneiden. Ich nahm eine Rasierklinge und schnitt die Ränder ein. Ich schnitt mich, aber es war, als würde ich es nicht spüren. Ich raste. Ich zog das Matratzenbündel in die Mitte des Zimmers, löste jedoch nicht den Knoten des Überwurfs, sondern zerfetzte ihn mit der Rasierklinge. Ich zog die Decken und Matratzen heraus und fiel mit Schere und Rasierklinge über die Satinüberzüge her. Dann wandte ich mich den Matratzen zu. Ich zerfetzte sie mit einer Wonne, als wären sie Rahims Schlagader. Als wären sie die Zunge meiner Schwiegermutter. Als wäre es meine Brust oder mein schlummerndes Glück. Ich murmelte, »Von wegen. Denkst du, ich würde sie dir überlassen? Da hast du dich aber gründlich verrechnet.«

Dann fiel ich mit derselben Rasierklinge über die Wollteppiche her. Gebückt schritt ich sie ab, schnitt mit der ganzen Kraft meiner rechten Hand hinein und genoß es. Ich freute mich auf Rahims Reaktion, seine Sprachlosigkeit, seinen Zorn und seine Ohnmacht. Das Lächeln der Rache lag auf meinen Lippen. Auf meinen blau verfärbten und geschwollenen Lippen und auf meinem zerschundenen Gesicht.

Ich hob den Samowar auf. Er war noch heiß. Ich kippte das Wasser über dem Bettzeug und den Teppichen aus. Die Kohlen fielen aus dem Rauchabzug des Samowars auf das zerfetzte Bettzeug. Ich nahm meinen schwarzen Taft-Tchador aus Yazd und faltete ihn. Ich wußte, daß meine Schwiegermutter ein Auge auf ihn geworfen hatte. Um mir die Hand nicht zu verbrennen, hob ich mit dem Tchador die Kohlenstücke einzeln auf und warf jedes Stück auf einen anderen Teppich. Die Teppiche rauchten an verschiedenen

Stellen. Der schwarze Tchador war vor Hitze zerlöchert. Ich stellte mich hin und sah zu. Mein Blick fiel auf das Buchsbaumkästchen. Sollte ich es zerbrechen? Ich wollte es ebenfalls verbrennen. Meine Vergangenheit damit begraben. Aber ich sagte mir, Almass' Nachtkäppchen ist darin. Es enthält die Erinnerung an jenen wunderbaren Frühling und an deine Rebellion. Deine jugendlichen Sehnsüchte sind in ihm verborgen. Behalte es als mahnende Erinnerung. Ich wollte es öffnen und Almass' Nachtkäppchen herausnehmen, fürchtete mich jedoch. Ich fürchtete, es könnte die Büchse der Pandora sein, von der mir mein Vater erzählt hatte. Ich fürchtete, ein Zauber würde mich ergreifen, wenn ich sie öffnete. Ich würde nachgeben. Ich würde bleiben und dem Übel verfallen und könnte den Qualen und Schmerzen nicht mehr entfliehen. Ich weiß auch nicht, wie es kam, daß ich das Kästchen plötzlich unter den Arm nahm. Ich zog mir den Tchador wieder über den Kopf und ging die Treppe hinunter – mit diesem Buchsbaumkästchen, das du hier siehst. Sobald ich die Hofmitte erreicht hatte, erschien meine Schwiegermutter, wie ein Geist aus der Flasche, dem man das Haar angezündet hat, und setzte sich auf die Treppe zum Korridor.

»Du bist ja schon wieder unterwegs, Mädchen! Schämst du dich gar nicht? Die Prügel, die du gestern bezogen hast, hätten einen Elefanten umgeworfen. Hast du noch immer nicht genug?«

Ich sagte, »Geh beiseite. Laß mich vorbei.«

»Ich geh nicht.«

»Ich hab doch meinen Koffer im Zimmer gelassen. Nun laß mich gehen.«

»Was ist denn das da unter deinem Arm?«

»Das gehört mir. Es geht dich nichts an.«

»Alles, was in diesem Haus ist, gehört meinem Sohn und geht mich sehr wohl etwas an.«

Ich sagte, »Gott sei Dank hat dein Sohn nichts übriggelassen, das dir oder mir gehören würde. Ich sagte, ›Geh aus dem Weg.‹«

Mit ihrer schrillen Stimme schrie sie, »Schämst du dich nicht? Unverschämtes Weibsbild! Würdest du dich, wenn ich beiseite gehen würde, mit deiner unbeschreiblichen Visage aus dem Haus trauen? Wallah, dein Anblick ist eine Schande. Denkst du ...«

Ich fiel ihr ins Wort und fragte ruhig, »Also willst du nicht Platz machen?«

»Nein.«

Ich bückte mich langsam und stellte das Kästchen auf dem Treppenabsatz ab. Ich nahm den Tchador ab, faltete ihn und legte ihn aufs Kästchen. Dann wandte ich mich ihr zu. Ich streckte die linke Hand aus, packte ihr vom Kopftuch bedecktes Haar und knurrte durch die zusammengebissenen Zähne, »Hatte ich nicht gesagt, geh beiseite?«

Mit aller Kraft zog ich sie an den Haaren hoch, so daß sie sich von der Treppe erhob und schrie, »Die Hand soll dir brechen.« Sie versuchte, sich zu verteidigen und mich zu kratzen. Mit der Rechten packte ich ihre Hand und biß so kräftig hinein, daß ich dachte, meine Zähne würden in ihrem Fleisch aufeinanderstoßen. Wie ich es genoß. Sie stieß einen Schrei aus, daß man ihn sicher sieben Häuser weiter noch hörte. Daraufhin ließ ich sie los, nicht aus Furcht vor ihrem Geschrei, sondern weil ich es so wollte. Die Spuren meiner Zahnreihen hatten sich deutlich in ihr Handgelenk eingegraben. Mit der anderen Hand rieb sie sich die Bißstelle, und beide gleichzeitig bemerkten wir meine körperliche Überlegenheit. Sie war klein und schmächtig. Wie ein dreizehnjähriges Kind. Und ich wunderte mich, wie sehr ich mich all die Jahre vor dieser kleinen Gestalt gefürchtet hatte. Ich wußte nicht, weshalb ich es nicht eher getan hatte! Sie begann zu schreien, zu jammern und zu fluchen. Ich sagte, »Halt den Mund. Halt endlich den Mund . . .« Ich konnte ihre Schreie nicht ertragen. Wie Hammerschläge durchfuhren sie meinem Kopf. Wieder sagte ich, »Wirst du endlich deinen Mund halten?«

Ich preßte ihr die eine Hand kräftig auf den Mund und packte sie mit der anderen am Nacken. Vor Angst waren ihr die Augen aus den Höhlen getreten. Ich schleifte sie zur linken Seite des Hofs, wo man einst den Leichnam meines Sohns aufgebahrt hatte, und stieß ihren Rücken heftig an die Mauer. Ich wollte, daß sie ohne meine ausdrückliche Aufforderung begriff, daß sie sich auf den Mauervorsprung setzen sollte, und trat ihr, da sie es nicht tat, von hinten gegen die Fußknöchel. Ihre Beine fuhren nach vorn. Wie ein Fisch entglitt sie meinen Händen. Ihre Hüfte prallte zunächst gegen den Vorsprung und glitt daran ab. Dann stürzte sie zu Boden. Jammernd sagte sie, »Au, ich hab mir alles gebrochen. Au, ich hab mir die Hüfte an der Mauer geschrammt. Ich bin ganz wund. Du bringst mich noch um. Fahr zur Hölle.« Und sie brach in Tränen aus.

Sie jammerte und wehklagte lauthals. Sie schlug sich mit der Faust auf die Brust und fluchte. Ich hockte mich vor sie hin. Wie eine Lehrerin, die ihrer ungehorsamen Schülerin droht, fuchtelte ich mit dem Zeigefinger vor ihrem Gesicht herum und sagte, »Hatte ich nicht gesagt, du sollst den Mund halten? Sagte ich nicht, du sollst keinen Laut von dir geben? Hatte ich es nicht gesagt?« Und hielt ihr erneut heftig den Mund zu. Meine Kraft hatte mich ermutigt, und ich genoß es. Wieder weinte sie, diesmal aber lautlos.

»Heul nicht. Ich sagte, du darfst nicht mal weinen. Gib ja keinen Laut von dir.«

Ich packte den Knoten ihres Kopftuchs an ihrer Kehle, zog ihren Kopf nah an mein blutunterlaufenes und verquollenes Gesicht und sagte leise und drohend, »Sperr deine Ohren auf und hör mir gut zu. Ich gehe durch diese Tür da.« Ich drehte mich um und deutete mit dem Finger der linken Hand auf den Korridor und die Haustür. »Du bleibst hier sitzen, bis dein nichtsnutziger Sohn nach Hause kommt. Weh dir, wenn du anfängst zu schreien. Sollte ich meinen Fuß aus dem Haus setzen und dich schreien hören, und wenn es am anderen Ende der Gasse sein sollte, ich kehre zurück. Ich erwürge dich und werfe dich in das Becken, damit alle denken, du seist ertrunken. Hast du das verstanden?«

Mit entsetztem Blick nickte sie. Sie konnte vor Angst nicht sprechen. Als hätte sie gespürt, daß ich nicht spaßte. Als hätte sie begriffen, daß ich rasend geworden war und daß man es mir zutrauen konnte. Ich war nicht weniger entsetzt als sie, da ich plötzlich bemerkte, daß ich ohne weiteres dazu fähig war und daß ich es bereitwillig tun würde. Es war keine leere Drohung, nicht nur Einschüchterung. Ich war überzeugt von dem, was ich sagte, und es wäre mir nicht schwergefallen, es auszuführen. Ich begriff, daß ich sie beim nächsten Wort, bei der kleinsten Klage oder angesichts einer Träne augenblicklich erdrosseln würde.

Eine Minute lang hockte ich ruhig da und starrte sie in Erwartung einer Bewegung oder eines Schreis an. Ich betete zu Gott, daß sie still bleiben und mir keinen Vorwand liefern würde. Diesmal erhörte Er meine Bitte. Die alte Frau war verängstigt. Sie saß reglos da, wie erstarrt. Ruhig erhob ich mich von meinem Platz.

Ich trat ihr gegen die Knie. Welch guter Lehrer Rahim doch war, ein Meister im Quälen und Foltern. Und als was für eine gelehrige Schülerin hatte ich mich erwiesen. Hatte Rahim es ebenso genossen, mich zu verprügeln? Ich sagte, »All die Jahre habe ich dich respektvoll behandelt. Du hattest es nicht verdient. Ich wußte nicht, daß du die Sprache von Flüchen und Prügel besser verstehst. Du hast es dir verdient.«

Ruhig hüllte ich mich in den Tchador und nahm das Kästchen unter den Arm. Ich drehte mich nicht um, um den Hof, das Haus oder den leeren Platz meines Sohns zu betrachten. Ich kannte seinen Platz. Er lag auf dem Friedhof. Ihn konnte ich später besuchen. Kein Grund für einen Abschiedsblick. Ich öffnete die Tür, trat hinaus, schlug sie heftig hinter mir zu und war frei. Ich war nicht mehr an ihn gefesselt. Der Segenswunsch meines Vater hatte sich erfüllt. Es war die Jahreszeit, in der ich geheiratet hatte. Es war Herbst.

Drittes Kapitel

Ich lief durch die Gassen. Eine wiederauferstandene Tote, die umherwanderte. Ich war furchtbar müde. In meinem Kopf tobte es. Auf den Straßen Pferdegetrappel, knirschende Droschkenräder und Handkarren, lärmende Händler, das Gewimmel der Menschen und gelegentlich ein vorbeifahrendes Automobil. Ich hatte Kopfschmerzen. Wohin sollte ich gehen? Wohin? Mein Vater hatte gesagt, ›Solange du seine Frau bist, bist du nicht meine Tochter. Betritt nicht mein Haus.‹ Wohin sollte ich gehen? Zu meinen Schwestern? Mit diesem Aussehen? Sollte ich hingehen und sie vor ihren Ehemännern blamieren? Sollte ich zu Tante Keshwar gehen? Die Feindin meiner Mutter erfreuen? Sollte ich zu Onkelchens Haus gehen? Zu seiner Frau? Sollte ich mich mit diesem Äußeren erniedrigen? Wohin sollte ich gehen? Ich werde zu Mirza Hassan Chans Haus gehen. Zu Esmat Chanum, der *Hawu* meiner Mutter. Komme, was wolle. Ich wußte, daß ihr Haus zwei Gassen vom Haus meiner Tante entfernt lag. Ich wußte, daß sie *Tar* und Geige unterrichtete und in ihrem Viertel bekannt war. Ich nahm Richtung auf das Haus meiner Tante. Langsam und zu Fuß. Wozu sich beeilen? Auf dieser Welt erwartete mich niemand. Ich ging an der Hoftür des baumreichen Gartens meiner Tante vorbei und betrachtete sehnsüchtig die von der Herbstsonne vergoldeten Baumwipfel. Ich nahm die zweite Straße und bog links ab. Rechterhand zog sich die Mauer des Gartens meiner Tante scheinbar endlos in die Ferne. Diesen und jenen fragend fand ich das Haus. Eine Holztür, die einen Türklopfer in Gestalt eines Löwenkopfs trug. Ich blieb vor der Tür stehen. Was tat ich hier? Was für einen Skandal beschwor ich da herauf! Ich mußte umkehren. Aber wohin? Ich hatte alle Brücken hinter mir abgebrochen. Ich hatte mir keine Möglichkeit zur Rückkehr übriggelassen. Nun blieb mir kein anderer Ausweg. Der Kummer wallte in meinem Herzen auf und stieg mir in die Kehle. Ich zauderte. Ich spürte die herbstliche Kälte. Ziellos blickte ich links und rechts. Ehe ich es mir anders überlegen konnte, packte meine Hand, scheinbar ohne einen Befehl des Gehirns, den Löwenkopf und klopfte ein Mal.

Die Tür öffnete sich unverzüglich. Ein junger Mann öffnete sie.

Er trug einen Anzug und eine Pahlavi-Kappe auf dem Kopf. Ich vermutete, daß es Hadi war, Esmat Chanums Sohn. Offensichtlich hatte er die Absicht, außer Haus zu gehen. Ich hatte mein Gesicht völlig verhüllt. Ich sagte, »Salaam.« Meine Stimme klang so leise und traurig, daß ich mich selbst wunderte. Das war nicht die Stimme, mit der ich am Morgen gesprochen hatte.

»Salaam. Was wünschen Sie?«

»Ich habe mit Esmat Chanum zu tun.«

»Ihr werter Name?«

»Ich ... ich ... bin Bassir ol-Molks Tochter. Bitte richten Sie Esmat Chanum aus, es sei Mahbube.«

Er zog die Tür auf und sagte verlegen, »Entschuldigen Sie. Ich hatte Sie nicht erkannt. Bitte treten Sie ein. Betrachten Sie es als Ihr eigenes Haus.« Er trat beiseite. Der Hof war sauber und hell. Ich trat ein. Er schloß die Tür hinter mir und sagte, »Ich gehe sofort meiner Mutter Bescheid sagen.«

Er tat ein paar Schritte und verschwand links durch eine Tür. Ich sah mich im Hof um. Es schien, als sei ich unversehens aus einer lärmenden Arena in die Stille eines Klosters eingetreten. Als hätte ich den Basar der Kupferschmiede durchschritten und eine abgeschiedene Bibliothek betreten. Wie ruhig, wie angenehm. Als würde das Gebäude an sich schon mit seinen Steinen, Ziegeln und Fenstern Besonnenheit ausstrahlen. Würde, Beschaulichkeit und Gediegenheit.

Der kleine Hof war sauber und gepflegt. Er war mit Backsteinen gepflastert. In der Mitte befand sich wie in allen Häusern ein kleines rundes Becken. Linkerhand hatte sich Weinlaub an einem Spalier vor der Mauer üppig ausgebreitet. In einem Winkel des Gärtchens standen ein paar entzückende Chrysanthemenbüsche – im Gegensatz zu meinem eigenen Haus, in dessen Gärtchen Rahim kein einziges Mal etwas angepflanzt hatte. Ich hatte es ihm hundert Mal gesagt, doch es war zwecklos. Dafür war er nicht empfänglich. Mit Schönheit und Anmut hatte er nichts im Sinn.

Mir gegenüber zogen am Ende eines ein Meter breiten Eiwans, der durch eine Treppe vom Hof getrennt war, drei grüne Türen mit quadratischen Fenstern, die von innen mit einfachen weißen Vorhängen geschmückt waren, die Blicke auf sich. Die Vorhänge waren in der Mitte gerafft, als hätte man die Spitzen zweier Dreiecke aufeinandergesetzt. Die Sonne fiel durch die Blätter des Weinstocks, und ihre Strahlen ließen Türen und Fenster erglänzen. Alles wirkte sauber und wie frisch geputzt. Im Haus war es so still, daß ich im Stehen eingeschlafen wäre, wenn Esmat Chanum später gekommen wäre. Sie kam jedoch und hinter ihr kam Hadi. Esmat Chanum hatte mich bis zu jenem Tag nicht gesehen. Sie hatte außer meinem Vater keinen von uns gesehen. Ich überlegte mir, wie sie aussehen mochte. Beim Anblick ihrer Gestalt beruhigte ich mich. Sie war groß und mager. Sie erschien mir viel älter als meine Mutter. Ich weiß nicht, ob wegen des Alters oder wegen des schweren Schicksals. Sie hatte schmale Lippen, auf denen ein schüchternes Lächeln lag. Eine kleine und schmale Nase, nicht sehr große Augen und dunkles Haar, das unter ihrem Kopftuch zu sehen war. Sie hatte ihre schmalen Brauen hochgezogen, und ihre Augen schauten groß. Es war nicht zu erkennen, ob aus Sorge oder aus Verständnis. Ihr Gesicht war hell und voller Sommersprossen. Die Haut unter ihren Augen war faltig. Insgesamt machte ihr Gesicht einen harmlosen und anspruchslosen Eindruck. Ein normales Gesicht. Eines, dessen Besitzerin bemüht war, ihrem Beschützer zu dienen. Nicht aus Berechnung und wegen des persönlichen Vorteils, sondern lediglich, um ihm eine Freude zu bereiten. Sie gehörte zu der Sorte Mensch, die mit allen mitfühlen. Zu denen, die man nicht nicht mögen konnte. Sobald sie mich sah, kam sie mir in der Begrüßung zuvor, »Salaam, Mahbube Chanum. Weshalb stehen Sie hier? Bitte, treten Sie ein. Herzlich willkommen.« Sie öffnete die mittlere Tür, die in ein kleines, adrettes Wohnzimmer führte, in dem preiswerte Teppiche lagen und ein paar schwere Möbel standen. Es war offensichtlich, daß das Zimmer selten genutzt wurde. »Entschuldigen Sie, Mahbube Chanum. Bitte treten Sie ein. Haben Sie schon gefrühstückt? Hadi Djan, lauf und hol etwas zu essen.«

Ich log, »Ja, Chanum, vielen Dank. Nein, Hadi Chan, bitte machen Sie keine Umstände.« Vor Hunger war mir ganz flau im Magen.

Sie sagte, »Dann trinken Sie bitte eine Schale Tee. Sie ist Ihrer nicht würdig.« Sie lächelte mich so liebevoll an, daß ich mir auf die Lippe biß, um nicht in Tränen auszubrechen.

Sie ließ die Zimmertür offenstehen. Ich setzte mich auf einen Sessel neben das Fenster. Sie zog die Vorhänge beiseite, damit mehr

Sonne ins Zimmer fallen konnte. Die Sonnenstrahlen fielen auf meine linke Körperhälfte. Wie eine Hand, die mich streichelte und meinen ausgekühlten, müden Körper wärmte.

Ein paar Minuten vergingen mit regem Treiben. Hadi kam. Er trug ein relativ großes, rundes Kupfertablett. Seine Mutter, die nach ihm eintrat, zog einen Beistelltisch vor mich. Ich sagte, »Bitte machen Sie keine Umstände.«

»Ich bitte Sie! Was für Umstände? Wir haben doch nichts getan! Sie müssen entschuldigen.« Hadi stellte das Tablett auf den Tisch, mit Tee, Zucker, Brot, Butter und Sauerkirschenmarmelade.

Es war, als verstünde Esmat Chanum etwas von Psychologie. Sie sagte, »Bis Sie es sich haben munden lassen, gehe ich kurz in die Küche. Ich bin gleich wieder zu Diensten.«

Sie verließ mit Hadi das Zimmer. Im Hof tuschelten sie miteinander. Offenbar schickte sie Hadi, der auf den Ausgang verzichtet hatte, einkaufen und ging selbst in die Küche.

Sobald Esmat Chanum verschwunden war, setzte ich mich wie eine dicke, verfressene Katze in die Sonne. Ich ließ den Zipfel meines Tchadors los und aß mich satt, während ich den Hof, die Blumen und die strahlende herbstliche Sonne betrachtete.

Esmat Chanum kam und nahm das Frühstückstablett mit. Ihre Gelassenheit versetzte mich in Erstaunen. Ich hatte den gewöhnlichen Gang des Lebens vergessen. Sie kehrte zurück und setzte sich neben mich. Ich hatte mich wieder vollkommen verhüllt, und sie sah mich verwundert an. Es war offensichtlich, daß sie sich fragte, weshalb ich mein Gesicht auch vor ihr verbarg. Ich wußte, daß ihr tausend Fragen auf der Zunge lagen. Weshalb war ich dort? Wo war mein Ehemann? Zweifellos hatte sie etwas gewittert. Sie vermutete etwas, war jedoch zu höflich, es sich anmerken zu lassen. Sie kannte ihre Grenzen. Sanft fragte sie, »Wie geht es dem Agha? Weshalb ist er nicht mitgekommen?«

Meine Gedanken irrten ab. Ich war durcheinander. Abwesend fragte ich, »Wie bitte? Was hatten Sie gesagt?«

»Ihr Ehemann. Ich fragte, wie es Ihrem Ehemann geht?«

Ich sagte, »Ich habe keinen Ehemann mehr.« Tränen füllten meine Augen. Ich senkte den Kopf, damit sie sie nicht sehen konnte.

Sie machte große Augen und sperrte den Mund auf. Erstaunt

fragte sie, »O weh, weshalb denn? Was ist geschehen? Haben Sie gestritten? Reden Sie nicht mehr miteinander?«

Mit gesenktem Kopf antwortete ich, »Dafür ist es schon viel zu spät.« – »Weshalb? Was hat er denn getan?«

Ich zog mir den Tchador vom Kopf und wandte ihr mein violett verfärbtes, geschwollenes Gesicht zu. Mit der rechten Hand schlug sie sich auf den Handrücken der Linken und sagte, »O, Gott lasse mich sterben. Ich werde Hadi sagen, daß er sofort geht und einen Arzt holt.«

»Nein, Esmat Chanum. Tun Sie das um Gottes willen nicht. Ein Arzt ist nicht nötig. Es wird schon von selbst heilen. Es ist ja nicht das erste Mal.«

»Es ist nicht das erste Mal? Hat er Sie schon öfter geschlagen? Gott lasse mich sterben. Der schamlose Kerl. Sieh nur, was er angerichtet hat!«

Ich sagte, »Macht nichts. Ich hab mich daran gewöhnt. Lassen Sie Hadi Chan zur Schule gehen.«

»Heute ist die Schule doch geschlossen. Es ist Eid-e Mab'ass. Hadi wollte woanders hingehen. Es war nichts Wichtiges.«

Also war heute ein Feiertag. Ich hatte sogar den Überblick über die Feier- und Trauertage verloren. Ich fragte, »Also ist heute ein Feiertag? Ist Hassan Chan auch zu Hause?«

»Mein Bruder ist ausgegangen. Aber zu Mittag kehrt er zurück. Wenn er bloß früher zurückkehren würde, damit wir entscheiden, was zu tun ist! Tut es sehr weh?«

»Mein Gesicht? Nein. Hier tut es weh.« Ich deutete auf mein Herz und plötzlich schossen mir die Tränen hervor. Ich konnte sie nicht mehr zurückhalten. Sie flossen, und ich wurde ihrer nicht Herr. Ohne um Mitleid heischen zu wollen und ohne Vorankündigung. Ohne, daß ich weinen wollte, schossen sie unaufhörlich hervor. Ich wollte nicht vor dieser Frau weinen. Ich wollte ihr meine Verzweiflung nicht zeigen. Ich schämte mich, meine Schwäche und mein Unglück vor ihr zur Schau zu stellen. Ich fürchtete, die Tränen würden mich in ihren Augen herabsetzen. Aber ich konnte nichts dafür. Ich, die nicht einmal *Shemr* bändigen konnte. Ich, die ich vor Stolz den Kopf in den Wolken trug, wurde nun von allen bemitleidet. Wenn nur die Quelle versiegen würde. Hätte ich mir nur das Bein gebrochen und wäre nicht hergekommen. Welch schwere

Strafe für ein Auge, das gesehen, und ein Herz, das begehrt hatte. Nun mußte ich hier sitzen, in diesem Haus, im Haus dieser Frau, der Hawu meiner Mutter, die von nichts wußte, so daß sie mich mit offenem Mund fassungslos anstarrte. Daß ihr Sohn bekümmert die Hände faltete und dich vom Hof aus voller Mitleid und Bedauern verstohlen musterte. Daß Hassan Chan kommen und eine Lösung für dich finden würde. Was hatte ich nur verbrochen. Weine nur, damit sie dich eingehend mustern können. Aber nein, Esmat Chanum vergoß mehr Tränen als ich. Sie konnte nicht mehr aufhören. Ich sagte, »Sehen Sie nur, wie ich Ihnen an einem Feiertag zur Last falle! Ich habe auch Ihnen die Laune verdorben. Ich hatte vollkommen vergessen, daß heute ein Feiertag ist. Ich werde mich gleich wieder auf den Weg machen.«

Sie sagte, »Ich bitte Sie. Was sind das für Worte? Das hier ist Ihr eigenes Haus. Denken Sie etwa, ich ließe Sie gehen? Bei Gott, es beleidigt mich, wenn Sie so etwas sagen. Hat Ihr Vater uns nicht soviel Gutes getan? . . . Sollten wir etwa jetzt, wo seine Tochter einen Tag lang bei uns zu Gast ist, sie in diesem Zustand gehen lassen?«

Erneut flossen meine Tränen. Weshalb hörten sie nicht auf? Weshalb sprudelten sie gegen meinen Willen? Dennoch fühlte ich mich ruhiger und war erleichtert. Ich wünschte mir, mein Gesicht auf ihre Schulter zu legen und ihr wie einer Freundin das Herz auszuschütten. Wie warmherzig diese Frau war. Sie war mir fern und doch sehr nah. Ich fragte, »Wußten Sie, daß ich mich von mir aus in ihn verliebt hatte?« Sie wußte es. »Wußten Sie, daß ich mit Gewalt seine Frau geworden bin?« Sie wußte es. Ihr eigener Bruder hatte Rahim mitgenommen und einen Anzug für ihn gekauft. »Wußten Sie, daß ich einen Sohn bekam?« Sie wußte es. Mein Vater hatte es ihr erzählt. »Wußten Sie, daß mein Sohn im Becken ertrunken ist?« Sie wußte es. »Wußten Sie, daß es mir das Herz gebrochen hat?« Ihre Tränen bekundeten, daß sie es wußte und mit mir empfand. Schließlich hatte sie ebenfalls einen Sohn.

Der Ruf zum Mittagsgebet ertönte, als sie das Mittagessen auftrug. So sehr ich darauf drängte, auf Hassan Chans Rückkehr zu warten, sie hörte nicht. Ihrer Ansicht nach war ich hungrig. Ich war geschwächt. Seit der vergangenen Nacht hatte ich nichts gegessen. Sie sagte, »Das Frühstück zählt doch nicht.«

Ich mußte etwas essen. Ich mußte ein wenig zu Kräften kommen. Im Wohnzimmer saß ich zusammen mit Hadi und seiner Mutter um das Speisetuch, das auf dem Boden ausgebreitet war, und aß zu Mittag. Hadi betrachtete verstohlen mein Gesicht, sagte aber nichts. Sollte er es doch sehen. Mit mir war es vorbei, da spielte es keine Rolle mehr, wie viele davon wußten. Nach dem Mittagessen setzte ich mich auf Esmat Chanums Drängen wieder in den Sessel am Fenster in die Sonne und trank Tee. Ich war beruhigt und erleichtert. Ich streckte meine Beine aus. Den Kopf hatte ich an die Rückenlehne gelehnt und genoß die herbstliche Sonne. Nun fürchtete ich mich nicht mehr vor Rahims Rückkehr. Nun knirschte ich aus Empörung über seine Mutter nicht mehr mit den Zähnen. All das war jetzt weit von mir entfernt. Es gehörte der Vergangenheit an. Ich schlief dort ein.

Gegen drei Uhr nachmittags wurde ich von Esmat Chanum geweckt, die mir sanft die Stirn streichelte. Ich öffnete die Augen und versuchte, mich zu erinnern, wo ich mich befand. Die Sonne war über meinen Körper gewandert, und der Winkel, in dem ich saß, lag im Schatten. War es Rahim? Seine Mutter? Nein, ach so. Wie gut, es war Esmat Chanum, die sanft und mütterlich sagte, »Mahbub Djan, Liebstes, wach auf. Hassan Chan möchte mit dir sprechen.«

Hassan Chan war jünger, als ich ihn mir vorgestellt hatte, obwohl sein Haar grau meliert war. Er war von mittlerer Größe und besaß eine relativ große Nase. Seine Lippen waren voll, und sein Oberkörper war leicht vorgebeugt. Es war nicht festzustellen, ob er sich krümmte oder einen kleinen Buckel hatte. Seine tiefe Stimme klang väterlich. Als er eintrat, war mir der Tchador auf die Schultern gefallen. Ehe ich mich rühren konnte, grüßte er mich. Ich stand vor ihm auf. Noch ehe er sich gesetzt hatte, sagte er, »Chanum, wie hat dieser Mann Sie zugerichtet? Wie konnte er das bloß tun? Wie hat er es übers Herz gebracht? Eine so vornehme Dame wie Sie?«

Ich sagte mir, wehe, wenn du weinst! Ich riß mich zusammen. Dennoch wurden meine Augen feucht. Er fragte, »Wofür haben Sie sich nun entschieden? Möchten Sie, daß ich vermittle?«

»Nein, ich will mich scheiden lassen.«

Er war weder verblüfft, noch widersprach er mir.

»Weiß Ihr Vater Bescheid?«

»Nein, ich bin zunächst hierher gekommen. Ich war durcheinander. Ich wußte nicht, was tun. Aber ich werde mich empfehlen. Ich gehe in mein Elternhaus zurück.«

»Nein, Chanum, das ist überhaupt nicht ratsam. Es wäre nicht ratsam, wenn Ihre Frau Mutter Sie in diesem Zustand sehen würde. Warten Sie, bis ich zuerst Ihrem Vater Bescheid sage, daß er herkommt und Ihren Zustand sieht und dann entscheidet, was zu tun ist!«

Esmat Chanum sagte, »Mein Bruder hat recht. Würden Sie sich nach so vielen Jahren in diesem erbarmungswürdigen Zustand vor Ihrer Mutter zeigen, sie würde, Gott behüte, sterben. Wir müssen nach Ihrem Agha Djan schicken.«

Ich konnte nicht glauben, daß eine *Hawu* für die andere Mitgefühl empfand. Die Erfahrungen der vergangenen sechs, sieben Jahre hatten mich hartherzig werden lassen. Ich glaubte, alle Menschen dieser Welt seien unbeherrscht, gehässig und eigennützig. Nach und nach kehrte die Erinnerung an die Grundregeln menschlichen Verhaltens wieder und setzte sich in meinem Bewußtsein fest. Hassan Chan sagte, »Hadi, kannst du auf einen Sprung zu Herrn Bassir ol-Molks Haus gehen?«

Hadi erwiderte diensteifrig, »Weshalb könnte ich nicht, lieber Onkel? Selbstverständlich kann ich.«

Er war ebenfalls um mich bekümmert. Er wollte mir einen Dienst erweisen. Seine Mutter grub sich sanft die Nägel in die Wange und sagte, »Gott lasse mich sterben. Hadi ist doch bislang noch nie zum Haus des Agha gegangen. Der Agha hat es uns verboten. Die Chanum würde es möglicherweise bemerken, und es würde sie verärgern.«

Hassan Chan winkte ungeduldig ab. »Ich weiß schon, was ich tu.« Er verließ das Zimmer und kehrte mit einem verschlossenen Umschlag zurück. Er reichte ihn Hadi und sagte, »Du gehst zum Haus von Herrn Bassir ol-Molk, klopfst an die Tür des *Biruni* und sagst, du hättest mit dem Agha zu tun. Wehe, du gehst hinein! Selbst, wenn sie darauf bestehen, tust du es nicht. Sag, es sei dir nicht erlaubt, einzutreten. Du gibst nur den Umschlag einem der Diener und schärfst ihm ein, ihn dem Agha persönlich auszuhändigen. Sag, es eilt.«

Besorgt fragte ich, »Was haben Sie in dem Brief geschrieben?«

In seinem beruhigenden Ton antwortete er, »Keine Bange, meine

Tochter, ich habe es nicht sehr ausgeschmückt. Ich habe geschrieben, ›Bitte bemühen Sie sich her, damit wir uns persönlich über Mahbube Chanums Probleme unterhalten können.‹ Ich habe mit meinem eigenen Namen unterschrieben. Das ist alles.«

Vor Scham war ich wie schweißgebadet. Ich verfluchte Rahim. Ich hob den Kopf und sagte zu Hadi, »Entschuldigen Sie bitte, Hadi Chan, ich bereite Ihnen Umstände. Es wird Sie ermüden.«

Er lächelte unschuldig und sagte freundlich und mit kindlicher Verlegenheit, »Nein, bei Gott, beim Leben meiner Mutter, es wird mich nicht ermüden. Ich gehe und kehre sofort zurück.«

Wie naiv er war, wie unschuldig. Sechzehn Jahre, das Alter der Unschuld. Das Alter des Optimismus. Die Zeit der Ahnungslosigkeit. Die Zeit der Liebe und Freundschaft. Genau die Zeit, in der man ausgleitet und kopfüber stürzt. So, wie es mir geschehen war.

Hadi ging, und mein Herz begann zu klopfen. Ich konnte nicht länger still sitzen. Ich wanderte umher und setzte mich wieder. Knetete die Hände. Nach so vielen Jahren würde mein Vater kommen. Ich würde ihn wiedersehen. Das heißt, sofern er mich wiedersehen wollte und kommen würde.

Hassan Chan und Esmat Chanum trösteten mich. Mein Mund war ausgetrocknet. Mir war kalt. Esmat Chanum reichte mir Sherbet. Es ging ihr nicht sehr viel besser als mir. Hassan Chan saß am Rand des Eiwan, hatte den Ellbogen aufs Knie gestützt, ließ das Tasbieh durch die Finger gleiten und schüttelte bedauernd den Kopf. An der Tür klopfte es. Hassan Chan sagte, »Gehen Sie ins Zimmer, bis ich ihn auf Sie vorbereitet habe.«

Ich rannte ins Zimmer und spähte durch den Vorhang. Esmat Chanum öffnete die Tür. Zunächst sah ich meinen Vater eintreten und danach Hadi, doch für den hatte ich keine Augen mehr. Ich wollte nicht, daß mich mein Vater in diesem Zustand sähe. Statt der verwöhnten, munteren Tochter, die wie ein Rebhuhn umherstolzierte und deren Augen vor Stolz funkelten, eine geschlagene und gedemütigte Frau. Mein Vater rief, kaum daß er eingetreten war, »Hassan Chan.«

Doch es war nicht nötig, ihn zu rufen. Hassan Chan ging auf ihn zu, um ihn zu begrüßen. Mein Vater unterhielt sich mit ihnen. Ich sah sein Gesicht durch das Fenster. Sein Haar war über den Ohren ergraut. Sein Gesicht war schmaler geworden und wirkte reifer. Sein

Schnurrbart war von weißen Strähnen durchzogen. Er war schmaler geworden und wirkte noch liebevoller und sanftmütiger. Dennoch war sein Gesichtsausdruck finster und mürrisch, jedoch besorgt. Während sie sich flüsternd unterhielten, nahm seine Besorgtheit von Minute zu Minute zu. Seine Kleidung war wie gewöhnlich sauber, gebügelt und akkurat. Ich sah die goldene Uhrkette auf seiner Weste. Die linke Hand hatte er in die Westentasche gesteckt und hielt sich mit der Rechten das Kinn. Sein Blick, der Verstehen und Erstaunen verriet, war eindringlich auf Hassan Chan gerichtet und schweifte gelegentlich zu Esmat Chanum ab, die ihrem Bruder ab und zu ins Wort fiel. Dann herrschte eine Weile Schweigen. Schließlich holte mein Vater tief Luft und stellte eine Frage. Hassan Chan, der mir den Rücken zugewandt hatte, wies mit dem Daumen auf das Wohnzimmer hinter sich. Die Sonne war am Untergehen. Mein Vater eilte zwei Schritte auf das Zimmer zu und blieb dann stehen. Offenbar fühlte er sich nicht sehr viel wohler als ich. Er rief, »Mahbube!« Tränen stiegen mir in die Augen. Er trat einen weiteren Schritt vor, »Weshalb kommst du denn nicht heraus?« Seine Stimme klang ruhig und bedrückt.

Ich senkte den Kopf, öffnete die Tür und lehnte mich an den rechten Türflügel. Ich stand im Profil da. Die linke unversehrte Hälfte meines Gesichts war auf den Hof gerichtet. Ich hielt den Kopf gesenkt, und meine Haare bedeckten mein Gesicht auf beiden Seiten. Ich hatte die Fäuste geballt, um nicht zu weinen. Leise sagte ich, »Salaam.«

Zu meiner Überraschung stellte ich fest, daß er meine Stimme gehört hatte und »Salaam« erwiderte. Er trat näher und stellte sich vor mich hin. Die lädierte Hälfte meines Gesicht war durch die Haare verdeckt und dem Wohnzimmer zugewandt. Mein Vater versuchte, mein Gesicht zu sehen. Er wollte nach so vielen Jahren das Gesicht seiner Tochter sehen, und ich hatte Angst, es ihm zu zeigen. Mein Blick war auf die Spitzen seiner schwarzen, glänzenden Schuhe gerichtet. Leise fragte er, »Hast du Schiffbruch erlitten?«

Ich sagte, »Rügen Sie mich nicht, Agha Djan.« Und meine Tränen tropften zwischen unsere Füße auf den Boden. Mein Lebtag hatte ich nicht so große Tropfen gesehen.

Er sagte, »Nein, ich rüge dich nicht. Es war richtig, daß du gekommen bist. Wann immer man weiterem Schaden vorbeugt, ist es von Nutzen.« Seine Stimme zitterte. Er verstummte und holte tief Luft. Dann faßte er sich und sagte, »Heb deinen Kopf. Sieh mich an, damit ich es sehe.«

Ich rührte mich nicht.

»Bist du mir böse?«

Ich schüttelte verneinend den Kopf.

»Weshalb willst du mir dann nicht ins Gesicht sehen?«

Tränenerstickt sagte ich, »Ich will schon . . .«, und hob dann langsam den Kopf.

Meine Augen waren voller Tränen. Zunächst zeigte er keine Reaktion, nur seine Augen hatten sich vor Erstaunen geweitet. Er sah mich genauer an. Als hätte man ihm statt seiner Tochter eine andere untergeschoben. Hassan Chan und seine Schwester betrachteten uns beide voller Bedauern und Mitleid. Plötzlich kam mein Vater wieder zu sich. Er fuhr sich mit den Fingern seiner linken Hand durchs Haar, warf zornig den Kopf zurück und sagte, »Weh . . .«. Dann verstummte er. Er nahm die Hand vom Kopf und sah mich an. Er sagte, als spräche er zu sich, »Sieh nur, was er angerichtet hat!« Er fragte mich, obwohl er die Antwort bereits kannte, »Wer hat dich so übel zugerichtet?«

»Rahim, Agha Djan, Rahim.« Ich begann zu schluchzen.

Er begann wie ein eingesperrter Tiger auf und ab zu schreiten. Er ging nach links und nach rechts und kehrte wieder zurück zu mir.

»Dein Ehemann hat dir das angetan? Ein Mann? Seiner rechtmäßigen Ehefrau? Seiner unbescholtenen, wehrlosen Ehefrau? Seiner Anvertrauten? Ich spucke auf diesen Abschaum!«

Hassan Chan sagte sanft, »Und offenbar war es nicht das erste Mal.«

Mein Vater sah mich an, »Sagt er die Wahrheit? Und du bist trotzdem bei ihm geblieben? Hast es ertragen? Hast mit ihm zusammengelebt?«

»Ich dachte mir, es würde sich vielleicht einrenken, Agha Djan.«

»Sich einrenken? Nein, meine Liebe. *Eine üble Natur bessert sich niemals, denn ihr Grund ist übel.* Er hat dich die ganze Zeit über verprügelt, und du hast keinen Ton von dir gegeben? Du hast ihn nicht verlassen? Sieh nur, was er mit dir angerichtet hat. Was für ein übles Tier! Dazu mit einem Mädchen, das wegen dieser nichtswürdigen Existenz auf alles verzichtet hat. Mit meiner Tochter. Einem Mädchen, das nie ein böses Wort gehört hatte . . .« Seine Stimme erstarb. Einen Augenblick lang sah ich Tränen in seinen Augen schimmern. Sofort kehrte er mir den Rücken zu und begann wieder auf und ab zu gehen. Nach einer Weile sagte er, »Denkt er, er hätte eine Wehrlose getroffen? Ich werde ihm die Hölle heiß machen. Weshalb bist du bloß geblieben, Mädchen? Weshalb hast du es solange ausgehalten, Mahbube? Weshalb?«

Seine Stimme war sanft und tadelnd. Ich sagte, »Wegen meines Sohns, Agha Djan.«

Er sagte nichts, wurde aber kreidebleich. Ich bereute meine Worte. Er faltete die Hände auf dem Rücken. Sein Rücken hatte sich gekrümmt. Er starrte auf den Boden und blieb stumm. Esmat Chanum vergoß lautlos Tränen. Mein Vater sagte, »Ich weiß, du hast sehr gelitten.«

Schluchzend sagte ich, »Agha Djan, keiner weiß, wie sehr. Keiner weiß es!«

Er wartete, bis meine Tränen versiegt waren. Er öffnete ein paar Mal den Mund, um zu sprechen. Doch seine Lippen bebten, und es gelang ihm nicht. Dann sagte er, »Nun, jetzt ist es vorbei. Red nicht mehr darüber. Mach dir keine Sorgen mehr. Ich werde selber alles in Ordnung bringen. Außerdem ist nichts Schlimmes passiert. Du kannst zurückkehren. Du bist herzlich willkommen. Den Schaden hat er, daß er eine Frau wie dich verloren hat. Ich versteh ja nicht, daß er ein Schmuckstück wie dich nicht zu schätzen wußte. Es ist sein Unglück. Zum Unglück solcher Leute gehört, daß sie den Wert göttlicher Gaben nicht zu schätzen wissen.«

Hassan Chan sagte, »Sie haben wirklich recht, Agha. Was versteht ein Esel von Kandis- und Zuckerpreisen?«

Wir gingen ins Zimmer und setzten uns. Hadi servierte uns Tee. Mein Vater fragte, »Was willst du jetzt tun?«

»Ich will mich scheiden lassen.«

»Das ist das einzig Richtige. Aber denk trotzdem noch einmal gut darüber nach.«

»Seit dem zweiten Jahr nach der Hochzeit habe ich darüber nachgedacht, Agha Djan.«

Mein Vater überlegte kurz und sagte dann, »In diesem Zustand kann ich dich ja nicht nach Hause mitnehmen. Deine arme Mutter würde vor Schreck tot umfallen.«

Hassan Chan sagte, »Das ist auch meine Meinung.«

Mein Vater wandte sich an ihn und sagte, »Erlauben Sie, daß Mahbube eine Weile hierbleibt? Solange, bis ihre Schwellungen im Gesicht abgeheilt sind. Dann werde ich selber herkommen und sie mitnehmen.«

Hassan Chan und Esmat Chanum sagten unisono, »Ich bitte Sie, sie soll es als ihr eigenes Haus betrachten. Sie kann bei uns bleiben, solange es ihr gefällt.«

Beim Gehen langte mein Vater in seine Jackentasche und drückte mir eine Handvoll Scheine in die Hand. Er küßte mich weder bei der Ankunft noch beim Fortgehen. Ich wußte, weshalb! Schließlich war ich nach wie vor Rahims Frau.

Nachts breitete Esmat Chanum ihr saubersten Bettzeug im rechten Zimmer für mich aus. Sie legte mir alles Nötige wie Kamm, Spiegel und Handtücher ins Zimmer. Alles war sauber und neu. An einem Tag ging sie sogar zum Basar und kaufte mir ein Kleid, Unterwäsche und Strümpfe. So sehr ich darauf beharrte, sie wollte kein Geld annehmen. Sie ließ mich keinen Finger rühren. Sie sagte, »Du bist geschwächt, mein Liebes. Es ermüdet mich doch nicht, einen Teller zusätzlich abzuwaschen oder dem *Abgusht* etwas mehr Wasser hinzuzufügen. Kümmer dich um dich selbst.«

Nachts setzte sie sich neben mich, bestand jedoch darauf, daß ich mich auf meinem Lager ausstreckte. Ein, zwei Stunden lang schütteten wir einander das Herz aus und genossen das Beisammensein. Manchmal trafen wir uns auch mit Hassan Chan im Wohnzimmer und unterhielten uns über dies und das, wobei Hassan Chan gelegentlich sanft auf der Tar spielte. Mit Hadi unterhielt ich mich über die Dar ol-Fonun Schule. Er war ein strebsamer, talentierter Schüler und genoß das Lernen. Mein Vater hatte die Kosten für seine Ausbildung übernommen. Er hatte versprochen, ihn zu unterstützen, solange er lernte.

Nachts, wenn ich mit Esmat Chanum allein war, machte ich meinem Herzen Luft, »Esmat Chanum, ich bekomme kein Kind mehr. Ich will mich behandeln lassen. Ich weiß nicht, ob es nützen wird?«

»Weshalb sollte es nicht nützen, meine Liebe. Inshallah wird es nützen. Aber quäl dich nicht zu sehr. Wozu willst du Kinder? Du bist doch selbst noch ein halbes Kind. Bei Gott, Kinder sind nur eine Last. Möge Gott allen, die welche haben, sie erhalten. Aber wenn sich die, die keine haben, deswegen grämen sollten, sind sie wirklich töricht.«

»Esmat Chanum, ich bin eine dieser Törichten. Ich gräme mich nicht. Dazu ist es zu spät. Ich bin nur mutlos. Ich bin lädiert. Ich bin unfruchtbar geworden. Ich kann keine Kinder mehr bekommen, und das nur wegen dieses üblen Kerls.«

Esmat Chanum bückte sich zu mir herab, küßte mich auf den Kopf und wischte mir die Tränen fort. Was mich an diesem Heim begeisterte, war seine Ruhe, Reinlichkeit und seine Ordnung. Was mich zu dieser liebevollen Frau, ihrem Bruder und ihrem Sohn hinzog, war der Friede, der in ihrem Haus herrschte. Anfangs wunderte ich mich, daß frühmorgens niemand im Hof mit den Schuhen schlurfte. Ich war erstaunt, daß niemand lauthals meckerte oder daß sie einander nicht keifend riefen. Weshalb veranstaltete man in diesem Viertel nachts nicht Zeter und Mordio, so daß die Toten sich im Grabe umdrehten? Anfangs war ich jedem und allem gegenüber mißtrauisch. Das Mißtrauen hatte mir dieses verfluchte Haus beschert. Ich mißdeutete jedes Wort und jede Gebärde. Hinter jeder Geste vermutete ich eine böse Absicht. Lächelte Esmat Chanum ihren Sohn an, so glaubte ich, sie würde sich über mich mokieren. Begrüßte Hadi mich nicht sofort, sagte ich mir, er wünsche sich, ich würde das Haus bald verlassen, damit sie sich wieder ausbreiten konnten. Langte Hassan Chan vor meinen Augen in seine Jacke und gab Esmat Chanum Geld, damit sie Hadi zum Einkauf von Zucker, Tee und Tabak schickte, so glaubte ich, sie erwarteten insgeheim Kostgeld von mir. Allmählich beruhigte ich mich jedoch. Ich gewöhnte mich wieder an ein normales Leben. Ich wurde wieder mit den guten Sitten aus der Vergangenheit vertraut. Die erlernte Schlechtigkeit fiel von mir ab. Endlich gelang es mir, mich aus dem Sumpf zu ziehen. Die Bedeutung des Lebens zu begreifen. Zu begreifen, daß eine Frau bei einsetzender Dämmerung nicht vor Furcht zu zittern braucht, wenn ihr Ehemann von seiner Arbeit zurückkehrt. Esmat Chanums Zuwendung und die Liebenswürdigkeiten ihres Sohns und ihres Bruders heilten nicht nur mein zerschundenes Gesicht und meine verschwollenen Lippen, sondern besänftigten auch mein müdes Herz. Ich kam zur Ruhe. An einigen Abenden spielte Hassan Chan mit unserer Zustimmung gedämpft auf der Tar. Obwohl er, wie ich wußte, dem Wein zugeneigt war, sah ich ihn während meines Aufenthalts in diesem Haus kein einziges Mal in meiner Gegenwart daran nippen.

Am Sonntag, dem vierten Tag, kam mein Vater und begutachtete mich. Die Schwellung meiner Lippe war zurückgegangen, und mein geschundenes Gesicht hatte sich gelblich gefärbt. Er sagte, »Jetzt ist kaum noch etwas davon übrig. Es geht dir schon wesentlich besser. Ich werde dich Freitagmorgen abholen.«

Ich sagte, »Agha Djan, weiß meine Chanum Djan Bescheid?«

»Nein, ich habe es niemandem gesagt. Donnerstagabend werde ich sie schonend darauf vorbereiten.« Esmat Chanum war nicht im Zimmer. Beschämt senkte ich den Kopf und sagte, »Werden Sie ihr erzählen, wo ich während dieser Zeit gewesen bin?«

»Es bleibt mir nichts anderes übrig. Was sollte ich ihr sonst sagen?«

Vielleicht würde es das erste und letzte Mal sein, daß mein Vater Esmat Chanums Namen und den ihres Bruders in unserem Haus meiner Mutter gegenüber erwähnen würde, und das nur meinetwegen. Wegen meines Eigensinns und meiner Sturheit. Wegen meiner Verfehlung.

Bis zum Morgen des Freitags war ich um meine Mutter bekümmert. Frühmorgens schreckte ich oft aus dem Schlaf, wälzte mich stundenlang in meinem Bett und zerbrach mir den Kopf. Mein Leben zog wie auf einer Filmleinwand an mir vorbei. Am Ende war ich schweißgebadet und konnte es nicht länger ertragen. Ich setzte mich ruckartig auf, stützte den Kopf in die Hände und sagte mir, ›Ach, was habe ich nur verbrochen.‹

Am Freitagmorgen kam mein Vater. Ich war bereit. Ich erkannte seine Kutsche aus der Ferne. Firuz Chan saß mit demselben buschigen Schnauzbart und krausem Haar auf dem Kutschbock wie immer. Er war ein wenig ergraut, als hätte man ihm Kreide aufs Haupt geschüttet. Voller Neugierde und Bedauern musterte er mich verstohlen. Die Kutsche war wie Kutscher und Herr in die Jahre gekommen. Offenbar erriet mein Vater meine Gedanken. Entschuldigend meinte er, »Die Kutsche ist ziemlich heruntergekommen. Wir müssen uns allmählich nach einem Automobil umsehen.«

Firuz Chan sagte, »Salaam, kleine Dame!«

Mit dieser Begrüßung fühlte ich mich in die wunderbare vergangene Welt zurückversetzt. Wieder saß mir ein Kloß im Hals, und ich sagte beim Einsteigen, »Aleike Salaam, Firuz Chan. Du bist alt geworden!«

»Chanum, die Pferde, die Kutsche und ich, wir alle sind alt geworden. Man muß uns zum Abdecker schicken.«

Er spielte auf meinen Vater und dessen Entschluß an, ein Automobil zu kaufen. Mein Vater sagte, »Die Pferde und die Kutsche vielleicht, aber du mußt dir etwas Mühe geben, zu faulenzen aufhören und Autofahren lernen.« Er lachte.

Der Kutscher sagte, während er die Pferde mit der Peitsche antrieb, lachend über die Schulter, »Für mich ist es zu spät. Ich habe nur gelernt, die Pferde anzupeitschen.«

»Dann werde ich dich solange anpeitschen, bis du es lernst.« Wir lachten alle drei. Wir waren fröhlich, jeder auf seine Art und Weise, jeder in seine eigenen Gedanken und Sehnsüchte versunken.

Ach, wieder dieselbe Straße, dieselbe Gasse und derselbe kleine Basar und ... dieselbe verdammte Schreinerei, deren Tür glücklicherweise noch vernagelt war. Dann ... die Gartenmauer unseres Hauses und ... wir waren da.

Mein Herz klopfte wie wild. Ich wußte nicht, wie mir zumute war. Mein Vater hatte gesagt, meine Schwestern würden mit ihren Ehemännern und Kindern zum Mittagessen kommen, um mich zu sehen, doch sie waren noch nicht eingetroffen.

Als ich eintrat, schien es, als sei eine Prinzessin eingetreten. Meine liebe Amme, Dadde Chanum, Hadj Ali und sogar das neue Dienstmädchen, das meine Mutter eingestellt hatte, kamen mich begrüßen. Wo war denn meine Mutter? Wo war Manuchehr?

Die Amme, Dadde Chanum und die junge Dienerin reichten mich einander weiter und küßten mich, und ich sah nur auf die Fenster des Hauses. Zerstreut fragte ich, »Hadj Ali, wie geht es dir?«

»Ach, Chanum, ich bin alt geworden. Und hören kann ich überhaupt nicht mehr. Ich bin richtig schwerhörig geworden.«

Als sei er vorher nicht schwerhörig gewesen.

Mein Vater, der fröhlich war oder es vortäuschte, sagte, »Schon gut, Hadj Ali, dein Ghormeh Ssabzi ist angebrannt. Man kann es bis hierher riechen.«

Hadj Ali lachte und humpelte davon. Mein Vater befreite mich aus der Umarmung der anderen und sagte, »Es reicht. Wo ist Chanum Bozorg?«

Meine liebe Amme sagte, »Im Fünftüren-Zimmer. Seit heute morgen sitzt sie in einem Sessel. Ihr fehlt die Kraft aufzustehen.«

Wir gingen auf das Haus zu. Ich hob den Kopf, und das Herz sank mir in die Knie. Am Kopfende der Treppe hatte sich ein kleiner Junge hinter dem Pfeiler versteckt und lugte neugierig hervor. Er glich Almass überhaupt nicht, doch sein Verhalten entsprach vollkommen Almass' Verhalten. Ich rief, »Manuchehr!«

Er wich zurück und versteckte sich hinter dem Pfeiler.

Ich nahm zwei Stufen auf einmal und umarmte ihn. Er war verschreckt. Mein Vater sagte, »Mein Söhnchen, sag deiner Schwester guten Tag. Das ist Mahbube.«

Manuchehr sagte, »Salaam.«

Ich küßte und herzte ihn. Ich hatte mich vor ihn gehockt, um auf derselben Höhe zu sein. Ich suchte in ihm nach einer Spur meines Sohns. In meinen Armen reckte er den Kopf und sagte zu meinem Vater, »Nozhat ist meine Schwester. Chodjasteh ist meine Schwester.«

Ich drückte ihn an mich und küßte ihn, »Ich bin es ebenfalls, mein Liebstes, ich bin es ebenfalls.«

Ich öffnete die Tür des Fünftüren-Zimmers. Meine Mutter saß auf dem Samtsessel. Ich blieb an der Tür stehen und sagte, »Salaam, Chanum Djan.«

Sie streckte ihre Hände aus und stöhnte, »Bist du gekommen, Mahbub? Bist du endlich gekommen? Ich dachte, ich würde sterben und dich nicht wiedersehen. Ich sagte mir, du würdest nicht wiederkommen. Solange nicht wiederkommen, bis du an meinem Grab stehen würdest.«

Ihre Augen waren gerötet. Der Tchador glitt mir vom Kopf, und ich rannte los. Ich flüchtete mich in ihre Arme, die den Geruch der Mutter verströmten. Den Geruch von Geborgenheit und Kindheit. Ich küßte ihr Gesicht und ihre Hände. Dieselben Hände, die mich einst gezwickt hatten, doch nicht so heftig, wie sie es hätten tun sollen. Ich legte meinen Kopf auf ihre Brust, die vor Kummer meinetwegen bebte, und beruhigte mich.

Manuchehr war verstimmt. Er trat vor. Er war eifersüchtig auf mich, daß unsere Mutter mich umarmte und so liebevoll küßte. Er begann zu weinen, zwängte sich mühsam zwischen uns und setzte sich auf ihren Schoß. Meine Mutter wischte sich die Tränen ab und lachte, »Du Neidhammel! Du bist doch schon groß und ein Mann, schäm dich.«

Manuchehr deutete auf mich und sagte, »Die ist doch noch größer! Weshalb schämt sie sich nicht?« Auf diese vernünftige Bemerkung gab es keine Antwort.

Meine Schwestern trafen mit ihren Ehemännern und Kindern ein. Meine Eltern waren gealtert. Meine Mutter besaß nicht mehr ihre frühere Frische und ihren Elan. Ich wußte nicht, ob aus Altersgründen oder aus Kummer über meine Niederlage. Mein Vater war ruhiger und ausgeglichener geworden. Nozhats Ehemann war gereift, ihre Kinder waren groß geworden. Chodjasteh hatte einen Ehemann. Sie hatte eine neue, fröhliche und flinke Dienerin. Vielleicht war mein Anblick auch für sie interessant und sehenswert. Es schien, als wäre ich aus einer anderen Welt gekommen. Sobald ich mich von ihnen abwandte, musterten sie mich neugierig, gaben sich jedoch gleichgültig, wenn ich sie wieder ansah. Alle sahen würdig aus und waren korrekt und sauber gekleidet. Ich wunderte mich über ihre ruhige Art zu sprechen, ihren friedlichen Umgang miteinander und darüber, daß sie nicht schallend lachten. Ich verglich Rahim mit den Ehemännern meiner Schwestern und war vor Scham wie schweißgebadet. Einst hatte mich Chodjasteh in diesem Haus gefragt, was mir an ihm gefallen würde, und es hatte mich gekränkt. Jetzt stellte ich mir selber diese Frage und fand keine Antwort.

Nozhat hatte drei rundliche, übermütige Kinder. Sie sahen alle gleich aus, als kämen sie aus demselben Model. Sie hatte eins nach dem anderen geboren. Das erste war ein Sohn und die anderen beiden Töchter. Ihr Ehemann war nach wie vor von ihrer molligen Figur hingerissen. Aber Chodjasteh war eine richtige Dame geworden. Schlank, hochgewachsen und besonnen. Redegewandt und elegant. Ihr Verhalten und ihre Worte waren anziehend und graziös. Wenn sie Klavier spielte, war es eine Wonne. Der Duft ihres Parfüms war betörend. Sie hatte eine sechs Monate alte Tochter, zart und anschmiegsam wie eine Puppe. Meine Schwestern küßten mich voller Mitleid und Bedauern. Ihrer Ansicht nach war ich abgemagert und sah kränklich aus. Ich sollte mich pflegen und mich nicht mehr grämen. Nun sei alles vorbei, und ich sei erlöst. Ich küßte ihre Kinder, die verschämt und mit gesenkten Köpfen wieder zurücktraten. Chodjastehs Ehemann war ein vollendeter Gentleman. Das Gespräch mit ihm schenkte mir Ruhe. Höflich und liebevoll setzte er sich neben mich, ergriff meine Hand und redete tröstend und besänftigend auf mich ein, so daß ich beinahe wieder in Tränen ausgebrochen wäre. Nach und nach gewöhnte sich meine Familie wieder an mich, und ich fand wieder meinen Platz in ihrem Kreis. Nozhat zog mich beiseite und sagte, »Mahbub, du mußt dir ein paar ordentliche Kleider kaufen.«

Während der ganzen Zeit erwähnte mein Vater meinen Ehemann und unsere Ehe mit keinem Wort.

Am nächsten Morgen rief mein Vater nach dem Frühstück die Amme zu sich, »Frau Amme, morgen gehst du zu diesem Kerl und sagst ihm, daß er am Montagnachmittag eine Stunde vor der Dämmerung herkommt.« Wir wußten alle, wer dieser Kerl war.

Eine Stunde vor Anbruch der Dämmerung war ich aufgewühlt und hatte wieder Herzklopfen. Diesmal nicht aus Liebe, sondern aus Haß und Angst. Wieder war mir die Kehle wie zugeschnürt. O Herr, wie lange mußte ich noch zittern? Wie lange noch mußte ich mich grämen? Wie lange vor Aufregung einen trockenen Mund haben? Wie lange denn noch? Ich war so schwach und kraftlos, ich zitterte derart und war innerlich so leer, daß ich fühlte, ein starker Wind hätte mich fortgeweht.

Vor Einbruch der Dämmerung setzte sich mein Vater ins Fünftüren-Zimmer. Er sagte nicht, daß ich mich zu ihm setzen sollte. Es war auch nicht ratsam. Ich stellte mich hinter die Tür, genau wie an dem Tag, an dem Rahim um meine Hand angehalten hatte. Firuz setzte sich auf Anweisung meines Vaters auf die Treppe am Eingang zum *Andaruni*. Hadj Ali stand am Becken und hatte ergeben die Hände gefaltet. Dadde Chanum kam und ging. Die Stimme meiner Amme ertönte, »Bitte, hier geht's lang.«

Sie sagte nicht ›Bitte schön‹. Das war angesehenen und geachteten Menschen vorbehalten. Den Gebildeten, den anständigen Schwiegersöhnen. Aber ›komm‹ zu sagen schickte sich ebenfalls nicht. Es war würdelos und häßlich. Schließlich war er immer noch mein Ehemann.

Ich hörte den Klang seiner Schritte, wie er die Treppe hochstieg, »Yallah« sagte und das Fünftüren-Zimmer betrat.

Plötzlich ekelte ich mich vor der Art und Weise, wie er die Schuhe abstreifte, wie er grüßte, demütig die Hände übereinanderlegte und den Kopf senkte. Sein ganzes Verhalten widerte mich an. Eigentlich ekelte ich mich nicht vor ihm, sondern vor mir selbst, daß ich ihn einst begehrt hatte. Ich sah ihn jetzt so, wie ich ihn vor sechs, sieben Jahren hätte sehen müssen. An dem Tag, an dem er gekommen war und um meine Hand angehalten hatte. An dem Tag, an dem Chodjasteh mich fragte, ›*Den* begehrst du?‹ Einen gewöhnlichen, ungebildeten, unsteten und liederlichen Mann, diesmal zwar im Anzug, doch mit schmutzigem Hemdkragen, der wieder offenstand. Nicht etwa aus verzweifelter Verliebtheit, sondern aus gleichgültiger Nachlässigkeit. Sein Anzug war zerknittert und ausgebeult und sein ganzer Aufzug ungepflegt. Das Haar zerzaust, als hätte er es seit längerem nicht mehr gekämmt. Er trug einen Dreitagebart, und seine Lippen waren trocken und aufgesprungen. Er blickte finster und mürrisch drein. Er wirkte in diesem Haus fehl am Platze, geschweige denn, daß er der Schwiegersohn dieses älteren, geachteten Manns sein sollte, der würdevoll dasaß und ihn vom Scheitel bis zur Sohle musterte. Rahim war verwirrt und schien ein wenig betrunken zu sein. Eine Weile lang verharrte er mit gesenktem Kopf. Dann hob er langsam den Kopf und sah fassungslos und mit halboffenem Mund um sich. Als sähe er diesen Ort zum ersten Mal. Als könnte er nicht glauben, daß die Tochter dieses Hauses seine Ehefrau war. Als würde er träumen.

Mein Vater sagte ruhig und in befehlendem Ton, »Setz dich.«

Rahim wollte sich auf den Boden setzen. Mein Vater deutete mit der Hand auf den Sessel, der am weitesten entfernt stand, und sagte, »Nicht hierhin, dort.«

Das Geschehen wiederholte sich. Beide verhielten sich genauso, wie sie sich am Tag meiner Brautwerbung verhalten hatten. Rahim gehorchte und setzte sich. Schweigen breitete sich aus, und dann sagte mein Vater, »Ich danke dir.«

Rahim sagte mit gesenktem Kopf, wobei er seine Hutkrempe knetete, »Wallah, ich habe doch nichts getan, was der Rede wert wäre!«

Mein Vater fragte ebenso ruhig, »Was wolltest du sonst tun? War meine Tochter dir eine schlechte Ehefrau? Hat sie dich vernachlässigt? Worüber hast du dich zu beschweren?«

Unter der ruhigen Oberfläche spürte ich den Zorn meines Vaters. Es war die Ruhe vor dem Sturm. Ein Vulkan, der bereit war, Feuer zu speien und alles zu verbrennen. Aber Rahim war arglos und einfältig. Ihm fehlte der Scharfsinn. Er konnte die Situation nicht einschätzen. Er war unbedarft, und die Sanftheit meines Vaters und sein fragender Ton ermutigten ihn, kühn zu werden. Er änderte plötzlich seine Haltung und sagte in forderndem Ton, »Ihrer Tochter ist zu danken! Sie ahnen nicht, wie sie meiner Mutter die Hölle heiß gemacht hat!«

Mein Vater fragte weiterhin ruhig, »Was hat sie zum Beispiel angestellt?«

»Was sie angestellt hat? Was hat sie nicht verbrochen! Sie hat mein gesamtes Hab und Gut in Brand gesetzt. Sie hat meine Mutter geschlagen. Die arme alte Frau wäre vor Entsetzen fast tot umgefallen.«

Mein Vater schnitt ihm das Wort, »Sie hat dein Hab und Gut in Brand gesetzt? Welches Hab und Gut? Was hat sie verbrannt? Sag es, damit ich für den Schaden aufkomme.«

Rahim druckste ein wenig herum und sagte dann, »Nun ja, natürlich war es ihre eigene Aussteuer. Die Teppiche, das Bettzeug ...«

Mein Vater sagte, »Gut, soviel dazu. Aber nun zu deiner Mutter. Wie oft hat sie deine Mutter im Monat geschlagen?«

Rahim sagte wie jemand, der die Missetaten eines rüpelhaften Kindes petzt, »Nur an dem Tag, an dem sie gekränkt das Haus verlassen hat.«

Mein Vater fragte, »Nur an diesem einen Tag? So geht es doch nicht. Ich muß sie hart bestrafen und werde es auch tun. Denn hätte ich sechs, sieben Jahre unter dieser Frau gelitten, hätte ich sie täglich verprügelt. Meine Tochter muß wegen dieser Unfähigkeit bestraft werden.« Er schwieg und lächelte grimmig.

Rahim hob den Kopf und sah ihn verblüfft an. Erst in diesem Augenblick begriff er, daß mein Vater ihn verhöhnt hatte. Durch den Türspalt sah ich sein Gesicht deutlich und genau. Seine Augen waren verquollen. Zweifellos hatte er während der vergangenen zehn, fünfzehn Tage Schnaps getrunken. Er hatte die ganze Zeit benebelt verbracht. Also hatte er ebenfalls gelitten. Doch ich empfand kein Mitleid mehr mit ihm. In mir war kein Funken Mitleid. Ich genoß seine Qualen.

Mein Vater sagte wütend, »Du Kerl hast dich nicht geschämt, meine Tochter mit Fausthieben und Fußtritten derart zuzurichten? Und dann beschwerst du dich noch wegen deiner Mutter? Würde etwa ein anständiger Mann, ein geachteter Mann, ein Mann mit einem Funken Ehrgefühl im Leibe seine eigene Frau, seine Anvertraute verprügeln? Dazu noch eine wehrlose Frau, die alles aufgegeben hat, um einem liederlichen Taugenichts wie dir zu folgen? Nennt man das etwa Mannhaftigkeit? Schämtest du dich nicht, deiner Frau ihren Schmuck und ihr Geld abzunehmen, um ihr gesamtes Hab und Gut für Schnaps oder im Räuberviertel für Frauen auszugeben, die noch übler sind als du?«

Ich erstarrte hinter der Tür. Vor Erstaunen riß ich die Augen auf. Rahim tat dasselbe. Verblüfft fragte er, »Ich? Ich? Wer behauptet, ich sei ins Räuberviertel gegangen? Mahbube lügt.«

»Halt den Mund. Erwähne nicht den Namen meiner Tochter, ehe du dich nicht rituell gereinigt hast. Sie soll lügen? Sie hat keinen blassen Schimmer davon. Ich hatte angeordnet, daß man dich überwacht. Ich habe dich diese sechs, sieben Jahre beobachtet, um zu sehen, wann du dich endlich schämen würdest! Wann meine Tochter es endlich leid sein würde! Wann sie endlich von deinen Saufereien und deinem Schweinkram genug haben würde, aber du Armseliger hast diese Frau nicht zu schätzen gewußt. Du wußtest diesen Engel, den dir der Himmel geschenkt hat, nicht zu schätzen. Niemand hätte es so lange mit einem liederlichen, mittellosen Ehemann ausgehalten wie sie.«

Rahim sagte, »Wie hätte ich sie schätzen sollen? Hätte ich sie auf Händen tragen und auch noch dankbar sein sollen?«

Allmählich wurde er unverschämt. Mein Vater bemerkte es sofort und sagte, »Rede wie ein Mensch. Diese Worte waren überflüssig. Du mußt dich von meiner Tochter sofort scheiden lassen, drei Mal. Unwiderruflich. Hast du das verstanden?«

Rahim wurde kreidebleich. Ich kannte ihn nur zu gut. Er wurde bleich, wenn sein Vorteil auf dem Spiel stand, wenn er wütend wurde oder wenn er sich fürchtete. Ich kannte mich in seinen Reaktionen aus.

»Weshalb sollte ich mich von ihr scheiden lassen? Sie ist meine Frau. Ich liebe sie. Ich werde mich nicht von ihr scheiden lassen.«

»Du liebst sie? So sehr, daß du sie grün und blau geschlagen hast? Was hättest du getan, wenn sie gestorben wäre? Nun? Ich werde dir die Hölle heiß machen, damit du endlich lernst, wie ein Mann seine Ehefrau zu behandeln hat. Denk bloß nicht, daß meine Tochter dann in dein Haus zurückkehren würde! ... Nein, sondern nur, damit du zur Räson kommst. Damit du eine andere Unglückselige, die später einmal auf dich hereinfällt und diese Hölle betreten wird, nicht ebenso behandelst. Damit es dir eine Lehre ist.«

Dreist erwiderte er, »Na und, alle Ehepaare streiten sich und reden nicht mehr miteinander! Anstatt ihr gut zuzureden, daß sie in ihr Heim zurückkehrt, schüren Sie das Feuer? Mahbube begehrt mich, ich weiß es. Ich begehre sie ebenfalls. Ich laß mich nicht scheiden.«

Mein Vater rief, »Mahbub, komm mal herein.«

Ich trat mit erhobenem Kopf ein, stolz und gleichgültig, in meinem neuen Kleid aus Crêpe de Chine, das ich mit der Amme gekauft hatte, mit Zobelfellschuhen, sorgfältig frisiert, geschminkt und parfümiert, ohne den Tchador. Ich wollte an diesem Tag absichtlich hübsch, elegant und makellos sein. Ich wollte, daß er mich noch einmal und zum letzten Mal voll und ganz zu sehen bekam. Vor Erstaunen sperrte er den Mund auf und starrte mich eine Weile fassungslos an.

Er erhob sich ruhig von seinem Platz und sagte, »Salaam.«

Ich antwortete nicht. Wie eine Dame, die ihrem Diener begegnet. Für ihn empfand ich nur Überlegenheit und Rache. Ich ekelte mich vor der Vorstellung, daß er einst meinen Körper berührt hatte. Ich ekelte mich vor ihm, vor mir, am meisten jedoch vor meinem Körper. So oft ich mich auch im Hammam wusch, so oft ich die alten Kleider wegwarf und neue kaufte, es reichte nicht. Er sagte, »Mahbub!«

»Fahr zur Hölle.«

Ich hatte es von ihm gelernt. Einst hatte er mich in seinem Haus in seinen Klauen gefangengehalten. Wie eine Taube mit gebrochener Schwinge war ich ihm und seiner Mutter ausgeliefert gewesen. Ich hatte mir ihre Flüche und Beschimpfungen anhören müssen und nicht widersprechen können, da ich mutterseelenallein und schutzlos war. Nun hatten sich unsere Rollen vertauscht.

Mutlos und verzweifelt sah er zunächst meinen Vater und dann mich an und fiel in den Sessel, »Dein Agha Djan will, daß du geschieden wirst.«

»Nicht mein Agha Djan will es, ich will es.«

»Weshalb?«

»Was für ein unverschämter Kerl! Weißt du immer noch nicht, weshalb?«

»Hast du mich nicht begehrt?«

»Das war früher. Jetzt begehre ich dich nicht mehr. Ich war noch ein Kind und einfältig. Hätte ich Verstand besessen, hätte ich mich nicht für einen so widerlichen Taugenichts wie dich entschieden.«

Plötzlich sagte er scharf, »Dann werde ich dich nicht freigeben. Darauf kannst du warten, bis dein Haar ebenso weiß wird wie deine Zähne.«

Mir schlotterten die Knie. Ich setzte mich neben meinen Vater auf einen Sessel und starrte ihn an. Davor hatte ich mich gefürchtet. Ich wußte, daß er so etwas sagen würde. Daß er es als Faustpfand verwenden würde. Ich kannte ihn nur zu gut. Er erhob sich und lachte dreist und schelmisch wie gewohnt. Mein Vater sagte, »Mach den Mund zu und setz dich.«

Rahim wurde laut. Jetzt, wo er die Trumpfkarte in der Hand hielt, war er wieder aufsässig geworden und markierte den wilden Mann. Durch sein unverschämtes Geschrei wollte er meinen Vater vor den Dienstboten herabwürdigen und ihn einschüchtern. Er schrie, »Es gibt nichts mehr zu besprechen, weswegen ich sitzenbleiben müßte. Sie wollen mich zwingen. Ich sag's Ihnen, ich gebe meine Frau nicht frei. Ich liebe sie und laß mich nicht von ihr scheiden. O ihr Gläubigen, helft mir. Habt ihr keinen Anstand mehr? Dieser Mann will mich gewaltsam von meiner Frau trennen. Den Nagel vom Finger trennen.«

Der Vulkan brach aus, und die See schäumte. Die Wut meines Vaters brach heraus, und er brüllte, »Senk deine Stimme, du Bastard. Willst du mich etwa mit deinem Gebrüll erschrecken, du schamloser Nichtsnutz? Bist du mit meiner Tochter genauso umgesprungen? Kannst du nicht zwei Worte vernünftig reden? Was hast du? Willst du dich auch hier aufspielen? Denkst du, sie würde sich aus Angst um ihren Ruf einem Niemand wie dir wieder fügen? Ich spucke auf das Grab deines nichtsnutzigen Vaters. Je anständiger und höflicher man dich behandelt, desto unverschämter wirst du? Denkst du, ich könnte nicht laut werden? Denkst du, es gibt keinen unflätigeren Menschen als dich? Denk nicht, daß ich um meinen

Ruf fürchte! Hätte ich es getan, hätte ich meine Tochter nicht solch einem Bastard wie dir gegeben. Ich wäre ehrloser als du, wenn ich meine Tochter nicht von dir scheiden lassen würde ...«

Ich saß wie eine Statue da. Die Diener standen verstört bereit, um zur Verteidigung ihres Herrn einzugreifen. Im Hof gruben sich meine Amme und Dadde Chanum die Nägel ins Gesicht. Meine Mutter, eingehüllt in den schwarzen Tchador, steckte ihren Kopf durch die Tür und sagte protestierend, »Agha! Agha!«

Zum ersten Mal in ihrem Leben fuhr mein Vater sie an, »Gehen Sie hinaus und schließen Sie die Tür, Chanum.« Meine Mutter ging und schloß die Tür hinter sich.

Mein Vater sagte leise, aber drohend, »Sperr deine Ohren auf und hör gut zu, was ich dir sage. Du tätest gut daran, die Scheidungsurkunde zu unterschreiben. Es wäre dein Vorteil. Tust du es, um so besser. Tust du es nicht, werde ich erstens ...«

Mit seinen Fingern zählte er es einzeln auf.

»Erstens, falls du meiner Tochter nicht jeden Monat in meiner Gegenwart das Geld für den Lebensunterhalt zahlst, wird sie dein Haus nicht mehr betreten. Außerdem muß es der Frau angemessen sein. So haben es Gott und die Propheten gewollt, und so will es auch das Gesetz. Meine Tochter muß eine Dienerin haben. Teppiche, Bettzeug und anderen Hausrat. Du mußt ihr mindestens zweimal jährlich Geld für Kleider, Schuhe und einen Tchador geben. Die Ausgaben für das Hammam, Medizin und den Haushalt bezahlen. Soviel dazu. Zweitens teile ich dir mit, daß meine Tochter das Haus und den Laden auf meinen Namen überschrieben hat. Also mußt du ihr auch eine Wohnung besorgen ...«

Rahim fiel ihm ins Wort, »Womit soll ich das bezahlen?«

»Genau, da liegt das Problem. Aber das ist noch gar nichts. Die Hauptsache kommt noch. Du mußt ihr auch das Brautgeld voll und ganz auszahlen. Du weißt ja, es ist nicht wenig. Du weißt, das Brautgeld gilt als Schuld, und du mußt es auf Abruf auszahlen. Das heißt, daß die Frau jederzeit ihr Brautgeld verlangen kann. Egal, ob vor der Scheidung oder danach. Hast du das gut verstanden?«

Rahim streckte die Hand aus und sagte, »Eine haarlose Handfläche schlägt man doch nicht ab!«

Seine Hand erschien mir grob und häßlich. War ich zuvor blind gewesen? Mein Vater sagte, »Aber ich tu es. Ich werde anordnen, daß man sie solange mit Holzstöcken schlägt, bis ihr Haare wachsen. Meine Tochter hat mir auch ihr Brautgeld vermacht. Entweder zahlst du es aus, oder ich werde dich ins Gefängnis werfen lassen, damit du solange dort bleibst, bis dein Haar ebenso weiß sein wird wie deine Zähne.«

Rahim verstummte. Das Lachen war ihm vergangen. Mein Vater fuhr fort, »Aber wenn du in die Scheidung einwilligst, werde ich dir erstens das Brautgeld erlassen. Zweitens werde ich den Laden auf deinen Namen überschreiben lassen.«

»Was ist mit dem Haus?«

»Das würde dir im Halse steckenbleiben. Wie unverschämt er doch ist! Was für ein Bastard!«

»Ich will auch das Haus. Ich kann doch nicht auf der Straße leben.«

Mein Vater sagte, »Überleg es dir gut. Nur den Laden. Und wenn du nicht einwilligst, werde ich nach Ma'sumes Onkel, dem Polizisten, und nach ihren ungehobelten Brüdern schicken lassen. Ich werde ihnen alles erzählen. Den Laden und das Brautgeld meiner Tochter werde ich auf Ma'sume Chanums Namen überschreiben lassen. Und meine Tochter wird nötigenfalls vor jedem Gericht bezeugen, daß du mit diesem Mädchen ein Verhältnis hast, so daß du sie heiraten mußt und ihren verkommenen Brüdern ausgeliefert bist. Nun ist es an dir zu entscheiden.«

Ach, wie sehr ich es genoß. Ich empfand Schadenfreude. Ich wollte aufspringen und meinen Vater abküssen. Es stimmte, wenn es hieß, man solle jede Sache dem Sachkundigen überlassen.

Rahim war verzweifelt. Er wußte sich keinen Rat und war leichenblaß. Er fragte, »Wann soll ich mich von ihr scheiden lassen? Wohin muß ich gehen?«

»Gleich morgen früh bei Sonnenaufgang kommst du an die Haustür und gehst mit Firuz Chan zum Notariat. Ich habe schon die entsprechenden Anweisungen gegeben. Du wirst unterschreiben. Hast du das verstanden? Dreimalige Scheidung. Sobald du unterschrieben hast, werde ich dir das Brautgeld erlassen und den Laden im selben Notariat auf deinen Namen überschreiben.«

»Woher soll ich wissen, daß Sie Ihr Versprechen halten?«

»Daher, daß ich nicht so schäbig bin wie du.«

Ich war über die Schlagfertigkeit und Lebenserfahrung meines

Vaters entzückt. Rahim fragte, »Wer bezahlt die Notariatskosten?«

Mein Vater sagte, »Ich«, und erhob sich, um das Zimmer zu verlassen.

Das bedeutete, daß Rahim ebenfalls zu gehen hatte. Ich drehte mich ebenfalls um, um das Zimmer zu verlassen. Rahim sagte, »Mahbub!«

Mein Vater wandte sich abrupt um und fragte grob, »Was hast du mit ihr zu tun?«

Ich war stolz und hocherfreut, daß mein Vater mir so deutlich den Rücken stärkte.

Rahim sagte, »Bitte erlauben Sie, daß ich kurz mit ihr allein spreche. Darf ich mich nicht von ihr verabschieden?«

Mein Vater war unschlüssig. Er warf mir einen Blick zu. Er fürchtete, daß ich mich wieder erweichen lassen würde. Er wußte ebenfalls, daß Rahim mich wieder beschwatzen wollte. Daß er sich wieder einschmeicheln wollte. Er fürchtete, daß er mich wieder in seinen Bann ziehen könnte. Beide Männer glaubten noch, mein Herz sei so sanft und zerbrechlich wie ehedem. Dasselbe naive und gutgläubige Mädchen, das sich durch einen Blick und eine wilde Haarlocke in die Falle locken läßt. Wie simpel die Männer doch sind, sie sind wie die Kinder. Ich trat auf Rahim zu, stellte mich vor ihn und sagte kalt, entschlossen und hochmütig, als würde ich zu einem Fremden sprechen, »Sag, was hast du mit mir zu tun?«

Mein Vater sagte, während er das Zimmer verließ, »Ich bin gleich hier in der Nähe.«

Das war eher an Rahim gerichtet denn an mich. Wehe, wenn er mich quälen würde! Wehe, wenn er mich wieder schlagen würde! Mein Vater verließ das Zimmer und schloß die Tür. Rahim hob den Kopf und sah mir in die Augen.

»Wie hübsch du geworden bist, Mahbub!«

Ungerührt erwiderte ich, »Für solches Gerede ist es zu spät.«

Verzweifelt sah er um sich und sagte, »Du gehst? Ohne Abschied?«

Ich sagte, »Du hast dich ja in der letzten Nacht gründlich von mir verabschiedet!«, und fügte hämisch hinzu, »Übrigens, wie geht es deiner Mutter?«

»Ich hab sie zum Haus des Cousins geschickt.«

»Ach nein? Das ist dir sechs Jahre zu spät eingefallen.«

»Komm und sei doch vernünftig, Mahbub. Kehr in dein Heim zurück.«

Ich sagte, »Nein, ich werde mich nicht mehr übertölpeln lassen. Darauf kannst du lange warten.«

»Liebst du mich nicht mehr, Mahbub?«

Ich schwieg. Ich dachte über seine Frage nach. Ich erforschte mein Herz und fand endlich die Antwort, »Nein. Du selbst hast es nicht zugelassen. Dein übler Charakter hat dein Äußeres überdeckt.«

Ich stand nach wie vor kalt und abweisend vor ihm. Er hob den Kopf und sah mich flehentlich an, »Ich weiß, daß ich dir Unrecht getan habe. Aber ich schwöre bei Gott, daß ich es bereue. Es war auch deine Schuld. Du tatest alles, was ich verlangte. Du hast immer zurückgesteckt. Du verhieltst dich so, daß ich dachte, du würdest mich so sehr lieben und begehren, daß ich mich um dich nicht zu kümmern bräuchte. Jetzt begreife ich, daß ich mich irrte. Ich werde Buße tun, Mahbube Djan, ich werde Buße tun.«

Ich grinste höhnisch. Ich genoß das Gefühl von Macht und Überlegenheit.

»So, so ... Des Wolfes Buße ist der Tod. Sowie ich zurückkehre, wirst du deinen Laden wieder in einen Treffpunkt für Frauen verwandeln, die laut meinem Vater schlimmer sind als du.«

»Ich verspreche es. Ich habe einen Fehler gemacht. Laß mich deine Hand küssen. Du selber hast mich verhätschelt. Ich sagte mir, ›Als ich weder Haus noch Laden besaß, hat sich eine Frau wie Mahbube in mich verliebt. Ist mir nachgelaufen. Rührte sich nicht von der Schwelle meiner Ladentür. Also werde ich vermutlich jetzt, wo ... jetzt, wo ...‹«

»Was sollte jetzt sein? Jetzt, wo du zwei Hemden mehr am Leib trägst?«

»Sag, was du willst. Ich dachte, ich würde noch eine wie dich ergattern. Eine bessere als dich. Ich war sehr naiv. Ich dachte, du bist unbedarft. Du würdest nichts mitbekommen. Ich sag die Wahrheit. Es war deine Schuld. Du hast mich verhätschelt. Und ich war halt jung. Ich hatte doch nicht hundert Jahre auf dem Buckel. Bei Gott, du bist mir ebenfalls etwas schuldig. Laß mich jetzt deine Hand küssen.«

Ich sagte, »Du hast recht. Ich bin dir ebenfalls etwas schuldig, und zwar ganz dringend schuldig. Jetzt ist es an der Zeit, diese Rechnung zu begleichen. Seit sechs oder sieben Jahren will ich dir diesen Dienst erweisen.«

Ich hob die rechte Hand und schlug sie ihm mit aller Kraft blitzschnell ins Gesicht. Der Schlag war so stark, daß sein Kopf nach rechts gerissen wurde. Sein zerzaustes Haar wogte auf und ab und fiel ihm zitternd wieder in die Stirn. Meine Handfläche schmerzte von der Wucht des Schlags und der Rauheit seines Barts. Sie brannte und kribbelte. Einen Augenblick lang verharrte er in diesem Zustand. Dann beugte er den Kopf herab. Er nahm meine Rechte, führte sie an seine Lippen und küßte sie. Meine Hand wurde heiß. Waren es etwa seine Tränen, die auf meinen Handrükken tropften? Barsch entriß ich ihm meine Hand. Es waren keine Tränen. Meine Hand war von dem Blut, das ihm aus der Nase tropfte, feucht geworden. Voller Abscheu und Rachsucht wischte ich mir die Hand an meinem Rockzipfel ab. Er hob den Kopf und sagte, »Du hast mein Blut vergossen, Mahbub. Bist du nun zufrieden? Hast du nun dein Mütchen gekühlt?«

Ich hatte mein Mütchen an ihm gekühlt, aber doch nicht ausreichend. Der Abdruck meiner fünf Finger hatte sich auf dem Gesicht eingeprägt, für das ich, hätte man ihm nur eine Schramme zugefügt, einst vor Kummer und Sehnsucht eingegangen wäre. Jetzt starrte ich auf den Hals und die sich abzeichnende Ader, für die ich einst mein Dasein geopfert hätte und gestorben wäre, wenn ich sie hätte küssen können. Was fürchtete ich den Tod! Aber jetzt? ...

Ich sagte, »Nein, ich bin noch nicht zufrieden. Ich wäre dann zufrieden, wenn ich diese unverschämte Ader mit einer Klinge durchschneiden könnte. Ich hätte dann mein Mütchen gekühlt, wenn dieses Blut aus deinem Hals geflossen wäre.«

Er packte erneut mein Handgelenk und bettelte, »Ich liebe diese Tigerin, Mahbube, diese Tigerin in dir. Nicht das fügsame, hilflose Lamm, das ich zu Hause hatte. Laß dich nicht scheiden, Mahbube Djan. Tu's nicht. Ich würde zugrunde gehen.«

Zornig und siegessicher lachend antwortete ich, »Also war ich in deinen Augen ein hilfloses Lamm? Ist eine Frau nur dann ein hilfloses Lamm, wenn sie nachgiebig ist?« Ich entzog ihm meine Hand und sagte, »Laß mich in Ruhe. Fahr zur Hölle.«

Jammernd sagte er hinter mir, »Mahbub, Mahbub Djan, wie

bringst du es nur übers Herz?« Und als ich die Tür hinter mir schloß, »Du Undankbare.«

Seither habe ich mein Lebtag für niemanden mehr solch eine brennende und verzehrende Liebe und solch bitteren Haß empfunden.

Am übernächsten Tag war ich geschieden. Rahim hatte mein Haus geräumt und Firuz Chan den Schlüssel ausgehändigt. Ich befahl, man solle es verschließen. Ich konnte den Anblick dieses Hauses nicht mehr ertragen. Man würde später sehen, was mit ihm geschehen sollte.

Mein Vater saß im Fünftüren-Zimmer, und ich, die ich die Urkunde unterschrieben hatte, betrat das Zimmer. Wie am Tag meiner Trauung hatte er seinen Kopf an die Rückenlehne des Sessels gelehnt und die Füße in die Mitte des Zimmers gestreckt. Seine Handgelenke lagen auf den Armlehnen und seine Hände hingen herab. Durch die linke Hand ließ er ein Tasbieh gleiten. Ich trat vor und sagte, »Es ist vorbei, Agha Djan. Ich bin erlöst.«

Ich kniete mich neben den Sessel und küßte seine rechte Hand. Er strich mir liebevoll über den Kopf. Eine Weile lang streichelte er mein Haar und murmelte dann sanft, »Jetzt bist du wieder meine Tochter.«

Das war alles. Fortan hörte ich weder aus seinem Mund noch aus dem Mund der anderen ein Wort des Tadels. Mein Vater hatte es verboten.

»Mahbub Djan, wohin gehst du? Nimm mich auch mit«, »Mahbub Djan, heute nacht schlaf ich bei dir«, »Nein, Mahbub Djan soll mich umziehen.«

Manuchehr hing wie eine Klette an mir. Er war nicht von mir zu trennen. Mittlerweile war ich ihm vertraut. Er hatte sich in meinem Herzen eingenistet. Stand ich, kam er angerannt und umklammerte meine Beine. Ging ich, folgte er mir wie ein Schatten. Er war mein Sohn geworden. Mein Bruder. Mein Goldstück. Ich lachte und sagte scherzend, »Manuchehr, klammerst du schon wieder?«

Ich kitzelte ihn, und er krümmte sich vor Lachen. Setzte ich mich, sprang er von hinten auf mich und küßte mich mit seinen feuchten Lippen ab. War ich in Gedanken versunken, kam er zu mir und spielte an mir herum. Ich sagte, »Laß mich in Ruhe, Manuchehr. Heute abend hab ich wirklich keine Lust!«

Sofort begriff er, daß ich nicht scherzte, sondern die Wahrheit sagte. Dann ließ er sich ruhig neben mir nieder, beobachtete mich verstohlen und verzog den Mund, als wolle er gleich weinen. Ich sagte, »Manuchehr Djan, geh und spiel. Gleich wird es meinem Kopf besser gehen.«

Er sagte, »Ich hab auch Kopfschmerzen und keine Lust zu spielen.«

Alle Augenblicke sah er mich an und fragte, »Geht es dir jetzt gut, Schwesterchen? Geht es dir jetzt besser?« so daß ich lachen mußte und die Arme öffnete.

»Wie hartnäckig du bist, Kind.«

Er sprang mir auf den Schoß und lachte lauthals.

Ich war seine Mutter geworden, seine Amme und seine Lehrerin. Und seine kleine Existenz schenkte mir Ruhe und Frieden.

Alle kamen mich besuchen. Tante Keshwar musterte mich neugierig vom Scheitel bis zur Sohle. Die Frau des Onkels, die ebenso siegessicher wie betrübt lächelte, sah mich tadelnd und mitleidig an. Die Tante mütterlicherseits, deren kurzbeiniger Sohn ein Mädchen mit noch kürzeren Beinen geheiratet hatte, verzehrte sich vor Neid über Chodjastehs glückliche Heirat und vor Kummer über die Sucht ihres anderen Sohns, die seine äußere Erscheinung und ihr Leben verfinstert hatte. Und meine leidgeprüfte Mutter empfand Schadenfreude.

Alle kamen, bis auf Mansur. Mansur und seine Frau, von der es hieß, sie sei im sechsten Monat schwanger. Ich beschwerte mich keineswegs. Ich erwartete es nicht. Er hatte recht. Ich hatte ihm übel mitgespielt. Außerdem dachte ich nicht weiter an ihn. Der Winter war gekommen und das Gesetz zum Ablegen des Tchadors in Kraft getreten. Wir waren alle viel zu sehr mit diesem unerwarteten Ereignis beschäftigt, als daß wir uns über die Besucher den Kopf zerbrachen. Nach wie vor wurde um meine Hand angehalten. Es waren alles geachtete, aber meist ältere Männer, die geschieden oder verwitwet waren oder ältere, verbrauchte Frauen hatten und ausnahmslos kleine oder größere Kinder im Schlepptau hinter sich her zogen. Allein die Tatsache, daß sie um meine Hand anhielten, betrübte mich. Ich sorgte mich um mein Los und fürchtete mich vor meiner Zukunft. Mein einziger Trost war der Seelenfrieden, den ich in meinem Elternhaus zurückgewonnen hatte, und der achtjährige Manuchehr, der meinen Kummer mit seinen sanften kleinen Händen besser als alle anderen zu lindern verstand.

Meine Mutter und meine liebe Amme umflatterten mich wie Schmetterlinge. Meine Mutter tat nichts ohne meine Zustimmung. Gelegentlich besuchte ich Hassan Chan, erzählte es aber meiner Mutter nicht. Nicht, daß ich es vor ihr verheimlichen wollte, sondern nur, um sie nicht zu kränken. Meine Mutter merkte es, ließ es sich aber nicht anmerken. Sie wußte nur allzu gut, welchen Dienst sie ihrer Tochter erwiesen hatten. Sie fragte, »Mahbub Djan, wohin gehst du?«

»Ich habe zu tun.«

Manuchehr hüpfte auf und ab und sagte, »Ich komm mit. Ich komm mit.«

Meine Mutter, die wußte, was es bedeutete, ich hätte zu tun, sagte, »Nein, mein Liebling, du kannst nicht mitgehen. Dort ist doch kein Platz für Kinder!« Und zu mir sagte sie, »Mahbub, nimm diesen Marmeladentopf mit«, »Mahbub, nimm auch diese Schüssel Baqlava mit«, »Mahbub, wenn ich dir Tee und einen Zuckerhut gäbe, würdest du ihn mitnehmen?« Einmal reichte sie mir sogar einen Kaschmirschal und sagte, »Nimm den auch mit.«

Ich antwortete, als sprächen wir in Geheimsprache, »Chanum Djan, das erwartet doch niemand von mir.«

»Es geht doch nicht darum, wer was erwartet. Ich selbst will, daß du es mitnimmst.«

Ich kehrte von Hassan Chans Haus zurück. Als ich zu Hause eintraf, war die Amme gerade dabei, das Speisetuch für das Mittagessen zu decken. Meine Mutter war nicht im Zimmer. Die Amme sagte unbefangen, »Gestern nacht hat Mansur Aghas Frau entbunden.«

Der Stachel des Neids bohrte sich mir ins Herz, des Kummers und der Trauer. »Meinen herzlichen Glückwunsch. Was ist es?«

»Ein Mädchen. Mansur Agha ist außer sich vor Freude. Als man Nimtadj Chanum sagte, ›Du hast eine Tochter geboren‹, hat sie gesagt, ›Genau die hatte ich mir von Gott gewünscht.‹ Und Mansur Agha . . .«

Meine Mutter, die gerade das Zimmer betrat, bemerkte, wie mir zumute war, und sagte, »Ach . . ., na wenn schon. Was hast du, Frau

Amme? Sie hat doch nicht den Chyber-Paß erobert! Täglich entbinden Hunderte, sie ist nur eine davon.«

Doch der Kummer, nicht gebären zu können, wurde wieder in mir geschürt. Ich wußte, daß sich mir, anders als Nimtadj Chanum oder jeder anderen Frau, dieser Wunsch nie mehr erfüllen würde. Ich würde nie wieder Mutter werden können. Gott verfluche dich, Rahim.

Zwei, drei Tage später fragte mich meine Mutter, »Mahbub Djan, kommst du, daß wir Nimtadj Chanum besuchen gehen?«

»Ich komme nicht mit.«

»Ach! Gott lasse mich sterben. Weshalb kommst du denn nicht mit? Die Frau deines Cousins hat entbunden.«

»Hat Mansur etwa seine Cousine besucht, daß ich seine Frau besuchen gehe? Hat sich Nimtadj etwa nach mir erkundigt?«

»Die arme Nimtadj setzt doch keinen Fuß außer Haus. Sie sagt allen, ›Wallah, Sie müssen entschuldigen, aber ich bin zu sehr damit beschäftigt, mich um den Haushalt und das Kind zu kümmern.‹ Schließlich ist die Ärmste herzkrank. Die Geburt war schädlich für sie. Es war Gottes Wille, daß sie heil davongekommen ist ...«

Die Amme fiel ihr ins Wort, »Chanum, das sind nur Ausreden. Das Problem liegt anderswo. Sie will nicht, daß jemand ihr Gesicht sieht. Wallah, das ist doch kein Gesicht, als hätten es die Raben mit ihren Schnäbeln ...«

Meine Mutter schnitt ihr das Wort ab, »Es reicht, Frau Amme. Red nicht so vor mir, ich kann es nicht leiden. So eine reizende Frau. Sie tut keiner Fliege etwas zuleide.«

Ich sagte, »Geht ihr hin. Ich werde Nozhat besuchen gehen. Heute abend hat ihr Ehemann eine Einladung, und sie ist allein.«

Die Amme und Manuchehr begleiteten meine Mutter. Manuchehr ging mit, weil er sich darauf freute, das Baby zu sehen, andernfalls hätte er mich nicht losgelassen. Als sie zurückkehrten, fragte ich, »Nun, wie sieht das Baby aus?«

Meine Mutter erwiderte gleichgültig, »Nun ja, es ist halt ein Baby. An einem Neugeborenen läßt sich doch nichts erkennen«, und sie verließ das Zimmer.

Die Amme sah ihr nach, bis sie sich überzeugt hatte, daß sie sich entfernt hatte, und sagte dann leise, »Ein Mädchen wie ein Blumenstrauß. Hellhäutig, rotbäckig und rundlich. Augen so groß wie Untertassen. Ihr Anblick ist eine Wonne. Meinst du, Manuchehr hätte von ihr abgelassen? Er wollte sie nach Hause mitnehmen. Er hat sie so oft abgeküßt und an sich gedrückt, daß das Baby zu weinen begann. Und Ihre Mutter hat ihm kräftig auf die Hand geschlagen.«

»Was hat Nimtadj Chanum gesagt?«, fragte ich.

»Nichts. Die Ärmste hat es sich überhaupt nicht anmerken lassen. Ständig sagte sie, ›Er ist doch noch ein Kind. Lassen Sie ihn mit ihr spielen.‹ Aber es war offensichtlich, daß sie ganz unruhig war.«

»Wie soll sie heißen?«

»Mansur Agha will sie Nahid nennen.«

Wieder kam das Neujahr. Ein Neujahr, das für mich ein richtiges Fest bedeutete. Die gewohnte Aufregung wie früher. Dieselbe Freude beim Kuchenbacken, die ich vergessen hatte. Derselbe Frühjahrsputz, Einkaufen gehen und Tchahar Shanbeh Ssuri wie vor sieben Jahren. Wie vor der Zeit, in der ich Unheil über mich gebracht und mich selber ins Unglück gestürzt hatte. Nozhat samt Ehemann und Kindern, Chodjasteh, der Doktor und ihre Tochter kamen uns zu Tchahar Shanbeh Ssuri besuchen. Meine Mutter lud auch meine Tante und mein Onkelchen mit ihren Töchtern ein, wovon eine verheiratet und die andere verlobt war. Mansur, der ebenfalls eingeladen war, kam mit seinen beiden Söhnen, Nimtadj Chanums Sohn und dem Sohn der seligen Ashraf.

Er war sehr höflich und formell, ja, er wirkte beinah abweisend. Er begrüßte mich und erkundigte sich nach meinem Wohlergehen. Offenbar war er mir immer noch böse. Sein Gesicht war wie das aller anderen Familienmitglieder gereift. Er war elegant und geschniegelt, höflich und zuvorkommend wie gewohnt, aber er war stiller geworden. Ernst und steif. Ich lärmte mit den Cousinen, Schwestern und den Kindern. Wir sprangen über das Feuer. Ich nahm Manuchehr auf den Arm und hüpfte mit ihm über das Feuer. Ich packte den Doktor an der Hand und zwang ihn, drüber zu springen. Nozhats Ehemann fürchtete sich, seinen Anzug zu versengen. Dann sprang ich mit seinen beiden Söhnen einzeln über das Feuer. Mein langes Haar flatterte mir um Gesicht und Schultern. Mein Gesicht wurde vom Feuer erhellt und war gerötet. Ich trug einen Faltenrock und eine warme Bluse. Ich fühlte mich frei und unbeschwert. Mansur hatte die Arme vor der Brust verschränkt und stand mürrisch vor der Mauer des Hauses. Der Widerschein des

Feuers erhellte auch sein Gesicht. Gleichgültig betrachtete er mich, die Kinder und seine und meine Schwestern und wechselte gelegentlich ein paar Worte mit seinen oder meinen Schwägern. Während der ganzen Zeit hatte er nicht ein einziges Mal gelächelt.

Müde und keuchend ging ich beiseite. Mein Onkelchen nahm meinen Kopf in seine Hände und küßte mich. Ich wußte, daß er mich sehr lieb hatte. Er sagte, »Wenn du lachst, geht mir das Herz auf.«

Dieses Neujahr war mein schönstes.

Nozhat sagte, »Onkelchens Frau hat alle zu *Ssizdah Bedar* zu sich in den Garten in Shemiran eingeladen, damit Nimtadj Chanum dabei sein kann.«

Lustlos erwiderte ich, »Ich komm nicht mit. Wozu sollten wir uns auf den beschwerlichen Weg bis nach Shemiran machen?«

Nozhat lachte, »Na gut, dann komm halt nicht. Da gibt's doch nichts zu streiten. Wohin sollten wir sonst gehen?«

»Wir fahren zu Agha Djans Garten, nach Gholhak.«

Wir fuhren nach Gholhak. Meine Amme hatte ein Tamburin mitgebracht. Nozhat und Chodjasteh waren mit ihren Familien gekommen, und die Cousinen hatten meinetwegen auf den väterlichen Garten verzichtet und waren ebenfalls nach Gholhak gekommen. Alle wollten mit mir zusammensein, und ich wollte in ihrer Mitte sein.

Meine ältere Cousine sagte, »Mahbub, du bist dünner geworden und noch gewachsen. Ich finde, du bist sehr grazil geworden.«

Nozhat zog sie auf und sagte, als würde ich nicht neben ihnen sitzen oder als würde sie über einen Gegenstand sprechen, »Jetzt begreife ich endlich, was grazil bedeutet. Sie hat nicht mal die Kraft zu atmen. Umfaßt man ihre Taille mit den Händen, berühren sich die Fingerspitzen. Ich meine ja, sie sollte sich ein bißchen um ihre Ernährung kümmern, statt sich dauernd Kleider, Schuhe und Parfüm zu kaufen. Als hätte man die rundliche Mahbube von vor Jahren mitgenommen und statt ihrer diese hier zurückgebracht.«

Wie wahr, daß jene Mahbube verschwunden war. Sie war gestorben.

Ich machte mich mit meinen Schwestern, Cousinen und den Kindern zu einem Spaziergang auf. Wir zogen die Schuhe aus und stiegen in den Bach. Ein sprudelnder Bach, der sich kühl und erfrischend in den Garten ergoß und schäumend am anderen Ende hinausfloß. Wir kletterten die Bäume hinauf. Wir stiegen auf einen Esel. Nozhat mit ihrem fülligen Körper lief uns keuchend hinterher, und wir kugelten uns vor Lachen. Die Männer waren auch spazierengegangen und würden bis zum Mittag nicht zurückkehren. Ich verknotete nach allgemeinem Drängen vor aller Augen Grashalme. Den ersten lachend und in der Hoffnung auf einen Ehemann, den zweiten betrübt aus Sehnsucht nach einem Kind.

Nachmittags erschien – kaum hatte man Salatblätter und Ssekandjebin, gekochte Pferdebohnen und Ash Reshte aufgetischt, die Männer spielten Backgammon, und Dadde Chanum sang zum Rhythmus des Tamburins, ›*Steig nicht auf den Baum, er zerkratzt dir die Beine, er zerreißt dir das Kleid*‹ – Mansurs schwarzer Chevrolet auf der Bildfläche. Mansur kam mit seinen beiden Söhnen, die laut Chodjasteh wie Opferlämmer neben ihm her liefen, heranspaziert.

Er begrüßte alle und setzte sich. Kaum hatte er sich gesetzt, wurden alle, Mann wie Frau, ruhig und hörten auf zu scherzen und sich zu necken. Er war weder mürrisch noch übellaunig, wirkte aber, wie Nozhat stets sagte, steif wie ein Stockfisch. Chodjasteh knurrte Nozhat und mir leise ins Ohr, »Wo ist denn der hergekommen?«

Nozhat murmelte, »Der ist gekommen, um uns sein Auto vorzuführen«, und sie lachte lautlos.

Ihr fülliger Leib bebte vor Lachen und reizte Chodjasteh und mich ebenfalls zu lachen. Unsere Mutter warf uns einen scharfen Blick zu und erhob sich, um Mansur die Salatblätter hinzustellen. Er hatte sich auf die Kante der Holzliege gesetzt, die ein Kelim bedeckte, hatte die Beine übereinandergeschlagen und war mit Chodjastehs Ehemann, dem Doktor, ins Gespräch vertieft. Ich schämte mich vor ihm, doch er beachtete mich gar nicht. Offenbar dachte er genau wie ich an sein trauriges Los. Mansur war zugegebenermaßen ein gutaussehender Mann. Elegant und umgänglich. Seine Umgangsformen waren tadellos. Ganz nach Art der Westler. Doch mir war er vollkommen gleichgültig. Ich wußte nur allzu gut, daß er sich noch über mich ärgerte und Rachegefühle empfand. War er etwa nur gekommen, um mir seinen Glanz und seine Herrlichkeit unter die Nase zu reiben?

Ich erhob mich von meinem Platz und rief nach der Amme. Ich

ging ein paar Schritte mit ihr und sagte, »Liebe Amme, ist noch Ash übrig, damit du ihn Agha Mansurs Chauffeur bringen kannst? Bring ihm auch einen Tee.«

Statt meiner Mutter, die müde war und es vorzog, sich auszuruhen, hatte ich zu Hause die Führung des Haushalts übernommen. Sie überließ mir die hausfraulichen Pflichten gern und war beruhigt. Die Amme ging. Ich blieb stehen, sah auf den Garten und war in Gedanken versunken. Manuchehr spielte mit den übrigen Kindern Fangen und strich um meine Beine. Es schien, als würde ich träumen. Die gewohnten Gedanken übermannten mich, und ich verging aus Kummer über die Vergangenheit und aus Sorge über die Zukunft. Nein, so konnte es nicht weitergehen. Ich mußte zur Namuss-Schule gehen und eine Prüfung ablegen, studieren und dann Lehrerin werden. Ich mußte mich irgendwie beschäftigen. Ich kam mir überflüssig vor. Ich mußte etwas tun, damit ich vor Ungewißheit nicht verrückt wurde. Ja, ich wollte Lehrerin werden.

Wieder umkreiste mich Manuchehr. Er packte mich am Rock und lugte lachend nach seinen Spielkameraden. Ungeduldig zog ich seine Hand von meinem Rock und sagte, »Manuchehr, geh woanders spielen. Ich habe keine Lust.« Und ich wandte mich um.

Erst in dem Augenblick sah ich ein kurzes Aufblitzen. Ein Aufblitzen in Mansurs Augen, der mich vom Scheitel bis zur Sohle musterte. Ernst und eindringlich. Es dauerte nur einen Augenblick. Dann wandte er sich ab. Die Zeitspanne war so kurz, daß ich glaubte, mir etwas eingebildet zu haben. Dennoch sank mir das Herz in die Knie. Nicht aus Liebe zu Mansur, sondern weil ich mich angstvoll fragte, was Mansur an diesem Tag in unseren Garten geführt hatte. Bis zur Abenddämmerung und zur Rückkehr war uns beiden unbehaglich zumute. Mansur ebenso wie mir. Bis zur Dämmerung saß er stocksteif da, wie Nozhat es nannte, und sprach nur ein paar Worte. Er lächelte nicht einmal. Die Angelegenheit war viel zu ernst. Meine Mutter fragte höflich, um auch ein Wort mit ihm gewechselt zu haben, »Wie geht es Nahid Djan?«

Plötzlich hellte sich Mansurs Gesicht auf. Als sei die Sonne aufgegangen, erschien ein Lächeln auf seinen Lippen und er antwortete, »Gut, sehr gut. Sie ist ein süßes Mädchen geworden. Sie küßt Ihre Hand.«

Meine Mutter sagte, »Ich küsse ihr reizendes Gesicht.«

Chodjasteh setzte die Worte meiner Mutter fort, »Sie ist wirklich reizend. Ich habe noch kein so hübsches Kind gesehen.«

Wieder fuhr mir vor Kummer ein Stachel ins Herz. Grundlos wurde ich auf Mansur wütend. Ich warf ihm einen Blick zu, der sich mit seinem kühlen, gleichgültigen Blick kreuzte. Hätte ich die Kraft besessen, hätte ich mit meinen Augen Kanonensalven auf ihn abgefeuert. Mansur bemerkte es sehr wohl, starrte mir jedoch weiterhin gleichgültig in die Augen.

Der Sommer verging ebenso wie der Herbst, und es wurde Winter. Während dieser Zeit sah ich ihn dann und wann, im Haus meines Onkelchens oder zu Hause, bei Nozhat oder bei meinen Cousinen. Doch jener heimliche Blick wiederholte sich nicht mehr, und ich war darüber erfreut. Vielleicht hatte ich mich auch von Anfang an geirrt. Es schickte sich nicht. Diese Blicke schickten sich nicht. Besser, es gab sie nicht. Sein bewundernder Blick hatte mir, obwohl er nur flüchtig war, gefallen. Wie alle Frauen genoß ich es, die Bewunderung anderer zu erregen und ihr Lob zu hören. Doch wenn ein Mann glaubte, daß die Freude über diese Bewunderung möglicherweise Nachgeben bedeutete, irrte er sich gewaltig. Die Liebe hatte mich einmal gefangengenommen und zugrunde gerichtet. Danach erschien sie mir wie eine Kammer meines Herzens, die sich geschlossen hatte. Oder vielleicht war ich älter und vernünftiger geworden. Vielleicht hatte die Natur ihre Pflicht mir gegenüber erfüllt. Hatte ihren Lauf genommen und mich dann mir selbst überlassen. Ich sehnte mich danach, mich noch einmal zu verlieben, in jemanden wie zum Beispiel Mansur. Mit derselben Begeisterung und Leidenschaft, mit derselben Hingabe. Ach, würde ich doch nur wieder krank werden, hilflos und wahnsinnig vor Liebe. Aber ich wußte, es war nicht mehr möglich. Es war vorbei. Ich hatte Schiffbruch erlitten, wie mein Vater sagte, und zwar übel.

Es regnete und schneite durcheinander. Ich kehrte in Hut und Mantel und mit dem Regenschirm in der Hand nach Hause zurück. Ich stieg die Stufen hinauf und zog den Mantel aus. Den Schirm gab ich der Amme. Sie war unglücklich und verhielt sich nicht wie gewohnt. Sie wollte etwas sagen, konnte aber nicht. Vermutlich hatte meine Mutter es ihr verboten. Die Lichter im Flur brannten. Ich fragte, »Wo ist Manuchehr, Frau Amme?«

»In seinem Zimmer. Er macht Hausaufgaben.«

Meine Mutter erschien. Mit leiser Stimme sagte sie, wobei sie mich zu sich winkte, »Komm, Mahbube, ich hab mit dir zu tun.«

»Was ist los, Chanum Djan?«

»Mansur Agha sitzt seit heute nachmittag hier und sagt, ›Ich habe mit Mahbube persönlich zu tun. Ich möchte etwas mit ihr besprechen.‹«

»Mit mir?«

»Das sagt er.«

»Wo ist er jetzt?«

»Im Fünftüren-Zimmer.«

»Kommen Sie doch auch herein, Chanum Djan.«

»Nein. Geh du allein und sieh, was er mit dir zu tun hat. Wozu brauchst du mich?«

Meine Mutter, meine Amme und ich ahnten etwas. Meine Mutter lächelte der Amme mit den Augen zu.

»Salaam.«

Er stand mit dem Rücken zur Tür und schaute aus dem Fenster. Er wandte sich ruhig um. Steif und formell. Die Hände hatte er auf dem Rücken verschränkt.

»Salaam . . .«

»Sie ahnen nicht, wie es draußen schneit!«

»Wie sollte ich es nicht wissen? Ich sehe es doch.«

Ich lächelte. Ich hatte etwas Dummes gesagt. Ich suchte nach einem Thema, um das Schweigen zu brechen. Das Schweigen war gefährlich. Es würde ihn vertrauter werden lassen. Es würde ihn ermuntern, vertraulich zu werden und das zu sagen, was ich nicht hören wollte. Ich ging zum Ofen und hielt die Hände darüber. Ich hörte das Brennholz knistern. »Haben Sie etwas gegessen?«, fragte ich.

»Ja, ich habe ausgiebig gegessen.«

Ich ging zur Tür und verlangte mit lauter Stimme nach Tee. »Bitte trinken Sie noch einen Tee. So geht es doch nicht. Ich für meinen Teil erfriere vor Kälte. Ein Tee paßt herrlich zu diesem Wetter.«

Er sagte, »Was immer Sie befehlen, ich gehorche.«

Ich sah ihm in die Augen. Sie blickten kühl und ernst. Doch seine Worte waren vielsagend. Verwirrt sagte ich, »Warum stehen Sie denn? Bitte setzen Sie sich doch.«

Ich zog einen Stuhl an den Ofen und setzte mich. Mitten in meiner Beklommenheit und Verblüffung zog er einen Stuhl an die andere Seite des Ofens und setzte sich ebenfalls. Die Amme brachte Tee und bot ihn ihm an. Ich freute mich. Je mehr Personen im Raum waren, desto unbesorgter war ich. Ich hatte keine Lust mehr auf ein Liebesabenteuer. Keine Lust mehr auf solche Kindereien. Die Amme stellte einen kleinen Beistelltisch zwischen uns und ging hinaus. Ich wußte, daß sie durch den Türspalt zusehen würde, vergaß sie jedoch augenblicklich, denn Mansur kam ohne Umschweife auf die Hauptsache zu sprechen.

»Mahbube, ich bin gekommen, um mit dir zu sprechen. Die Zeit ist jetzt reif dafür.«

Ich geriet durcheinander. Ich wollte aufstehen und stellte das Teeglas, das sich in einem silbernen Halter befand, auf den Tisch und sagte, »Gut, dann lassen Sie mich auch Chanum Djan Bescheid sagen.«

Er beugte sich vor und packte mich am Handgelenk. Er zwang mich, mich wieder hinzusetzen, ließ jedoch meine Hand nicht los. »Ich hatte gesagt, nur mit dir.«

Meine Hand lag unter seiner auf meinem Knie. Als würde Nozhat sie halten oder Chodjasteh. Aber ich sah, daß er errötete. Er drückte mir nicht die Hand, senkte jedoch den Kopf. Einen Augenblick lang sah er unsere Hände an und zog dann behutsam seine Hand zurück. Eine Weile herrschte Schweigen. Ich bemühte mich nicht mehr, es zu brechen. Er hatte gesagt, was er sagen wollte. Er schlug die Beine übereinander, verschränkte die Arme vor der Brust und starrte in die Flammen des Ofens.

»Mahbube, ich möchte dich noch immer heiraten.«

Ich zitterte am ganzen Leib. In Gedanken sah ich die leidgeprüfte Gestalt einer Frau, deren Gesicht trotz all ihrer Hochherzigkeit und Besonnenheit durch die Pocken entstellt war. Eine Frau, die ein Mädchen im Säuglingsalter besaß und die ihren eigenen Sohn und den ihrer Hawu betreute. Ich wurde auf Mansur wütend. Ich sah mich auf Koukabs Niveau herabgesetzt. Mansur hatte mich nicht einmal darum gebeten. Sein Tonfall klang fast schon gebieterisch. Als hätte er ein Anrecht auf mich. Als hätte ich auf solch einen Antrag gewartet und vor lauter Sehnsucht nach diesem Augenblick die Stunden gezählt. Ich sagte, »Ich bin noch immer nicht bereit, deine Frau zu werden.«

Er erhob sich und stellte sich wieder ans Fenster, um den Schnee zu betrachten. Seine Hände steckten in den Taschen. Er schwieg eine Weile und sagte dann ganz behutsam, wie ein Vater, der sein Kind ermuntert, über einen Rinnstein zu springen, »Du wirst es werden. Du mußt es werden.«

Verblüfft sperrte ich den Mund auf. Ich sagte, »Mansur, du hast eine noble Frau. Ich hab sie ja nicht gesehen, habe es aber gehört. Liebevoll, geachtet und gebildet. Ich habe gehört, wie man sie für ihre Würde lobte. Sie zieht den Sohn ihrer Hawu, deinen Sohn, vorbildlich groß. Und dann kommst du, obwohl deine Frau vor kaum einem Jahr entbunden hat, und willst mich heiraten?«

Er faßte sich an die Stirn, als hätte er Schmerzen. Als wäre er beschämt. Er sagte, »Denkst du, ich wüßte das nicht selbst? Ich habe es hundert Mal zu Nimtadj gesagt. Seit dem Tag, an dem sie hörte, daß du dich hast scheiden lassen, sagt sie, ›Du mußt Mahbube heiraten. Wenn du nicht gehst und um ihre Hand anhältst, werde ich es tun.‹ Aber ich willigte nicht ein. Sie war schwanger. Ich wollte sie nicht quälen. Und danach stillte sie das Kind. Außerdem ist ihr Herz nicht ganz gesund. Aber jetzt wird sie das Kind entwöhnen. Sie will es so. Sie zwingt mich dazu. Mit Ashraf war es genauso. Nur wollte ich es damals nicht, aber jetzt will ich es. Ich begehre dich wirklich, Mahbube.«

Er wandte sich um, trat näher und legte seine Hand auf die Rücklehne meines Stuhls. Er beugte sich so weit herab, daß ich mir sagte, gleich wird er mich küssen. Prompt dachte ich mir, daß ich in diesem Fall aufstehen und aus dem Zimmer gehen oder ihm ins Gesicht schlagen müßte. Aber er küßte mich nicht, sondern sagte nur, »Mahbube, ich begehre dich. Von Anfang an begehrte ich nur dich. Du mußt meine Frau werden. Das weißt du ganz genau. Sag nur, wann?«

»Niemals.«

»Weshalb?«

»Weil du eine Frau hast, und zwar eine gute Frau. Ich hab mich auch ein Mal verliebt. Ich war verrückt nach ihm. Ich habe geheiratet, was ich zutiefst bereue. Ich kann niemanden mehr lieben, Mansur. Nicht, daß ich noch an diesen schamlosen Kerl denken würde! Keineswegs. Es ist nur, daß ich dafür nicht mehr empfänglich bin. Ich habe kein Verlangen mehr danach. Ich kann für niemanden mehr so leidenschaftlich empfinden. Ehemann, Liebe und Verliebtheit, all das ist mir mittlerweile zuwider. War es Leidenschaft, so war es ein für alle Mal genug. Vielleicht war es auch mein Pech, daß ich dem nichtswürdigen Schreiner Rahim begegnen mußte und beim ersten Anblick mein Herz an ihn verlor. Wie ein geprügelter Hund trottete ich ihm hinterher. Aber wenn ich dich sehe, Mansur, so besonnen, großmütig und würdevoll, dann erscheinst du mir wie ein Bruder. Daß es dir bloß nicht mißfällt! . . . Aber ich begehre dich nicht. Weshalb sollte ich dann deine Frau quälen? Ich habe es am eigenen Leib gespürt. Ich weiß, was es bedeutet, wenn man einen Mann liebt, der sich mit einer anderen Frau vergnügt. Wie man sich dabei fühlt! Wie es schmerzt. Ich weiß es nur allzu gut. Abgesehen davon weiß ich, wie sehr Nimtadj Chanum dich begehrt. Weshalb sollte ich ihr das Herz brechen? Bei Gott, es wäre eine Sünde.«

Mansur setzte sich und sagte sehr sanft und liebevoll, »Ich weiß, daß du mich nicht liebst. Ich erwarte es auch nicht. Aber du bist es falsch angegangen. Du dachtest, Eheleben sei gleichbedeutend mit blinder Liebe und blinde Verliebtheit gleichbedeutend mit ewigem Glück. Als du dann merktest, daß Rahim nicht der Abgott war, den du dir in deiner Phantasie erschaffen hattest, wurde dir alles zuwider. Oder? Aber so ist es nicht, Mahbube. Das Glück scheut blinde Verliebtheit wie der Teufel das Weihwasser. Du hast schon einmal einen Fehler begangen, tu es nicht noch mal. Solltest du einen Fehler an mir entdecken, weis mich ab, andernfalls werd meine Frau. Laß die Zuneigung diesmal ganz sacht in dein Herz einsickern. Ich erwarte nicht die Liebe und Zuneigung, die du für Rahim empfunden hast. Aber laß mich dir dienen. Laß mich deinen Kummer lindern. Laß mich dein Ehemann sein. Dann kommt die Zuneigung von selbst. Liebe ist wie Wein, Mahbube. Du mußt sie jahrelang hegen und pflegen, damit sie nach und nach zu ihrem wahren Geschmack heranreift. Damit sie berauschend wird. Andernfalls ist es wie bei hohem Fieber, es klingt rasch ab. Gib mir eine Chance. Vielleicht gelingt es mir, dich glücklich machen.«

»Du hast recht, Mansur. Was für ein hohes Fieber es war, das mich ins Verderben stürzte. Ich sagte mir, ›O Gott, weshalb quälst du mich? Was für eine Sünde habe ich begangen, daß du mir zürnst? Daß ich Rahim begehre und nicht Mansur mit all seinen Vorzügen. Weshalb . . .‹«

Er fiel mir ins Wort, »Kreide es nicht Gott an, Mahbube. Weshalb sollte Er es auf ein fünfzehnjähriges Mädchen abgesehen haben? Das war das Werk des Teufels. Die Macht der Natur. Es ist das Geheimnis der Schöpfung, das Bassir ol-Molks Tochter am Kragen packt, zu einer Schreinerei schleift und sich in einen jungen, heißblütigen Schreinerlehrling verlieben läßt. Das habe ich erst später begriffen. Anfangs, als du seine Frau wurdest, damals, als du meine Würde mit Füßen getreten hast und ich in meinem Stolz zutiefst verletzt war, sagte ich mir, ›Sieh nur, wem zuliebe sie mich verkauft hat!‹ Aber nach längerem Nachdenken sagte ich mir, man muß Leili mit den Augen Madjnuns sehen. Ich spucke auf dich, grausame Natur. Daraufhin habe ich Nimtadj geheiratet. Meine Mutter sagte, ›Tu's nicht, Mansur, tu dir das nicht an.‹ Ich sagte, ›Chanum Djan, ich begehrte Mahbube, aber es sollte nicht sein. Jetzt, wo es so ist, heirate ich nur Ihretwegen. Was ändert es für Sie, wen ich heirate, ob sie hübsch ist oder häßlich?‹ Als wollte ich mir ins eigene Fleisch schneiden. Es ist eine lange Geschichte. Meine Mutter sagte, ›Mahbube soll verflucht sein.‹ Ich erwiderte, ›Chanum Djan, verfluchen Sie sie. Verfluchen Sie sie nur, damit es mich noch härter trifft. Gott hat sie verdammt, so daß ich unglücklich geworden bin. Nun verfluchen Sie sie nur immer weiter! . . .‹«

Ich sagte, »Mansur, hör auf damit.«

»Nein, das war erst der Anfang. Du bist doch unglücklich, oder? Du sagst, du könntest dich, so sehr du dich auch bemühst, in niemanden mehr verlieben. Dann werd doch meine Frau. Mach wenigstens *mir* eine Freude. Komm und tu ein gutes Werk, Mahbube. Ich werde dich heiraten, ob du willst oder nicht. Beim letzten Mal habe ich einen Fehler gemacht. Ich war jung und töricht. Ich spielte den unglücklichen Helden. Ich hätte in dem Augenblick, in dem du sagtest, du begehrtest mich nicht, nicht nachgeben sollen. Ich hätte dich unter allen Umständen aufs Notariat bringen und heiraten sollen. So wäre es für uns beide von Vorteil gewesen.«

Ich müßte lügen, wenn ich behaupten wollte, daß ich seine Worte und seine Bewunderung nicht genoß. Ich erhob mich. Er fragte, »Wohin?«

»Ich gehe Tee holen.«

»Setz dich. Ich hab heute abend so viel Tee getrunken, daß ich sterbe. Ich will, daß du meine Frau wirst. Wenn ich dich anschaue, muß ich mich wundern, wie sehr du dich in diesen paar Jahren verändert hast. Statt dich altern zu lassen und zu zerbrechen, hat all der Kummer dich noch hübscher gemacht. Du bist attraktiver geworden und weißt es selbst nicht. Deine jugendliche Pummeligkeit ist verschwunden. Du bist schlanker geworden und noch gewachsen. Dein Blick wirkt abgeklärter. Dein Gesicht ist fraulicher und lieblicher geworden. Deine Umgangsformen sind anmutiger geworden. Nicht umsonst wünschte ich mir schon als Kind, daß du meine Frau wirst.«

»Und was ist mit Nimtadj Chanum?«, fragte ich.

»Ach! Das ist ein anderes Thema. Wir haben im Gegensatz zu allen Neuvermählten in der Hochzeitsnacht nur zusammengesessen und miteinander gesprochen. Sie sagte, ›Ich habe sehr viel durchgemacht. Gott weiß, wie oft man mich verspottet hat. Damit, daß meine jüngeren Schwestern verheiratet sind und ich übriggeblieben bin. Damit, daß niemand meinetwegen an die Haustür geklopft hat. Unter alldem habe ich sehr gelitten. Deshalb habe ich Gott mein Leid geklagt. Ich bat Ihn, er möge mir einen achtbaren und angesehenen Ehemann bescheren. Selbst, wenn er nur dem Namen nach mein Ehemann sein sollte. Ich weiß, daß ich älter bin als Sie. Daß ich pockennarbig bin. Und ich erwarte auch nichts von Ihnen. Seien Sie nur mein Ehemann. Selbst, wenn sie nachts nicht bei mir sind, spielt es keine Rolle. Ich wäre damit einverstanden. Es genügt mir, wenn es heißt, Nimtadj hätte einen guten Ehemann bekommen. Bereits ab heute nacht steht es Ihnen frei, sich eine weitere Frau zu nehmen. Eine junge, hübsche und gesunde Frau. Sie müssen es sogar tun. Sie sollten meinetwegen nicht leiden. Versprechen Sie mir nur eins. Daß sie mich respektieren. Daß Sie mich nicht tadeln und anderen nicht erlauben, mich zu demütigen. Das ist alles.‹

Seit dieser Zeit habe ich ihr kein böses Wort gesagt. Sie bestand darauf und hat hartnäckig Ashraf für mich ausgewählt. Sie sagte, ›Ich weiß, daß einem jungen, gutaussehenden Mann wie Ihnen das Zusammenleben mit mir schwerfällt.‹ Ich habe es von Anfang an mit Ashraf besprochen und eine entsprechende Vereinbarung mit ihr getroffen. Aber sie hat sich bereits nach dem ersten oder zweiten Monat nicht mehr daran gehalten. Sie sagte, ›Weshalb soll Nimtadj die Große Chanum sein und ich die Kleine? Weshalb gehst du eine Nacht zu ihr und kommst die andere zu mir? Weshalb läßt du dich nicht von ihr scheiden?‹ Und ich sagte, ›Von dir würde ich mich scheiden lassen, aber nicht von Nimtadj. Diese Frau ist ein Engel.‹

Nach deiner Scheidung sagte Nimtadj zu mir, ›Ich weiß, daß du Mahbube begehrst. Geh und heirate sie.‹ Ich entgegnete ihr, ›Bist du schon wieder auf Ärger aus?‹ Sie sagte, ›Nein, sie unterscheidet sich von Ashraf wie der Tag von der Nacht. Sie ist aus derselben Familie wie du, hat eine angesehene Familie und Kinder . . .‹«

Mansur unterbrach sich. Lächelnd vervollständigte ich seinen Satz, »Und Kinder bekommt sie nicht mehr. Oder? Hat sie das gesagt? Hat sie nicht gesagt, falls du ein blutjunges Mädchen heiraten würdest, würde deine Ehefrau wieder in deiner Achtung sinken, sobald es schwanger werden würde? Hat sie das nicht gesagt?«

»Ja, das hat sie gesagt. Sie sagte, ›Jemand wie sie würde mich nicht auszustechen versuchen. Sie würde dir nicht meine Kinder verleiden, um sich mit ihren eigenen bei dir einzuschmeicheln.‹ Sie sagte, ich müßte eines Tages doch heiraten, und du wärest in jeder Hinsicht die passende. Sie hat recht, Mahbube. Es genügt, wenn du sie respektierst. Laß sie die Herrin des Hauses sein und gönn es ihr, die Große Chanum zu sein. Die Herrin meines Herzens bist du.«

Gekränkt sagte ich, »Du hättest zunächst mit meinem Agha Djan sprechen müssen.«

»Damit du mir wieder eine Abfuhr erteilst? Damit du wieder sagst, du willst nicht? Schon mit fünfzehn warst du eigensinnig und rebellisch. Soll ich etwa jetzt mit deinem Vater sprechen? Ich hör nicht mehr auf deine Worte. Ich begehre dich, Mahbube. Es genügt, wenn du Nimtadj akzeptierst, den Rest regle ich.«

»Ich habe noch nicht mal ja gesagt, und du stellst schon Bedingungen?«

»Du wirst ja sagen, du mußt es tun. Denk gut darüber nach.«

Ich reckte den Kopf, wie damals in Onkelchens Garten, und erwiderte zornig, »Willst du mich tadeln? Willst du mir die Zeit, als ich fünfzehn war, unter die Nase reiben? Mein Vater hat mich nicht getadelt, wer gibt dann dir das Recht, es zu tun? Ich bekomme keine Kinder mehr. Freut es dich sehr? Brauchst du mich nur zu deinem Zeitvertreib? Für die Nächte? Zum Vergnügen? Damit ich die Geliebte der Nacht bin?«

Ich wußte nur zu gut, daß ich nicht so sprechen durfte. Ich wußte, daß ich reichlich laut geworden war. Wie Rahims Mutter hatte ich geschrien und war ausfallend geworden. Aber ich konnte nichts dafür. Ich war mit den Nerven am Ende. Dennoch war es nicht nur der Zorn, der mich hatte laut werden lassen. Es waren nicht nur Kummer und Bedauern, obwohl ich unter dem Unglück, das ich mir selbst zugefügt hatte, litt und darüber klagte, daß ich mich verstümmelt hatte und keine Kinder mehr bekommen konnte. Dagegen rebellierte, daß Gott mich bestrafte. Aber das war es nicht allein. Während der sechs, sieben Jahre mit dem Schreiner Rahim hatte ich meine Lektion gelernt. Ich war eine eifrige Schülerin gewesen. Ich war streitsüchtig und gehässig geworden und beherrschte Schmähungen wie im Schlaf. Ich verlor rasch die Fassung und hatte meine einstige Gelassenheit und Selbstbeherrschung nicht mehr. Ich hatte wie mein ehemaliger Mann die guten Charaktereigenschaften verlernt. Ich war auf sein Niveau herabgesunken. Ich verschloß die Augen und sprach das aus, was mir über die Lippen kam.

Mansur sah mir verblüfft in die Augen. Offenbar hatte er dieses Verhalten von mir nicht erwartet. Ich sah, wie in seinen Augen der Kummer aufblitzte. Ich sah, wie sein Kinn, das meinem glich, vor Bedauern zitterte. So wie mein Kinn vor Zorn zitterte. Er starrte mich an und sagte dann sehr bedächtig, »Wenn es dir gefällt, kannst du es so auffassen.«

Plötzlich wünschte ich mir, er würde wieder meine Hand ergreifen. Er tat es nicht und sagte, »Denk gut darüber nach«, und ging.

Meine Mutter freute sich, mein Vater freute sich, Onkelchen und seine Frau freuten sich. Ich wußte nicht, was tun. Ich erforschte mein Herz nach der Liebe zu Mansur, die nicht existierte. Nicht einmal von Zuneigung und Anziehung war die Rede. Denn schließlich besaß ich keine Gefühle mehr. Mein Herz war kalt, wie aus Stein. Täglich sagte ich mir hundert Mal, ich würde sagen, ›Nein, ich will nicht. Wozu sich grundlos versündigen? Ich begehre ihn doch nicht, weshalb sollte ich dann Nimtadjs Herz brechen? Weshalb sollte ich sie quälen?‹ Dann sah ich jedoch die sehnsüchtigen Blicke meiner Mutter und die Hoffnung in den Augen meines Vaters. Ihr erwartungsvolles Schweigen zwang mich dazu. Ich wollte ihnen nicht wieder Kummer bereiten.

Wann immer das Gespräch auf Mansur kam, leuchteten die Augen meiner Mutter, und mein Vater lächelte. Ich wußte, daß er meine Mutter gebeten hatte, mit mir darüber nicht zu sprechen. Mich nicht unter Druck zu setzen. Mein Vater war zu klug, als daß er mir eine Zwangsehe aufgenötigt hätte. Er fürchtete meine erneute Niederlage. Er sorgte sich um meine zerbrechliche Seele. Ich wußte jedoch, daß ich früher oder später heiraten mußte. Doch wen? Zweifellos hatte ich keine großen Aussichten mehr. Kein junger Mann hätte sich bereit gefunden, eine geschiedene Frau zu heiraten, die keine Kinder bekommen konnte. Der Grund dafür war nicht nur mein Jawort gegenüber Rahim, sondern auch, daß ich mit Roqieh in die Südstadt gegangen war und einen Teil von mir hatte entfernen lassen. Mit einer Hühnerfeder hatte ich mein zukünftiges Glück zerstört. Ich wußte nur zu gut, daß ich nie wieder so leidenschaftlich lieben würde, und hoffte, nie wieder solch bitteren Haß zu spüren.

Jetzt, wo ich das leidenschaftlich Begehrte errungen und das enttäuscht und bestürzt Verworfene überwunden hatte, wußte ich, meine einzige Erlösung von diesem eintönigen Leben würde eine erneute Heirat sein. Die einzige Erlösung von der monotonen Wiederholung allmorgendlichen Erwachens und allabendlichen Einschlafens, von der Langeweile am Tag und nächtlichen Tränen, vom Gefühl der Leere und der Todessehnsucht. Obwohl ich mich in eine kalte und gefühllose Frau verwandelt hatte, wußte ich, Mansur würde der einzige Mann sein, den ich an meiner Seite ertragen konnte. Ich wollte zur Ruhe kommen. Ich suchte nach einem Lebensziel. Ich freute mich darauf, meine niedergeschlagenen Eltern zufriedenzustellen, und wußte bei vernünftiger Betrachtung, daß Mansur die beste Wahl sein würde. Diesmal wollte ich vernünftig und besonnen sein und dem Rat meiner Eltern folgen. Sie erwarteten von mir, für den Rest meines Lebens die Kleine Chanum zu sein. Es blieb mir nichts anderes übrig, schließlich war es besser als Einsamkeit. Für diese Erkenntnis hatte ich einen hohen Preis zahlen müssen. Ich schickte Mansur die Nachricht, »Ich werde deine Frau.«

Er ließ auf dem Ehevertrag drei Dong des Gartens in Shemiran als Brautgeld auf meinen Namen eintragen. Aber weh mir, von einem Hochzeitsfest war nicht die Rede. Wegen Nimtadj konnten wir nicht feiern. Es hätte ihr das Herz gebrochen. Das war mehr, als sie hätte ertragen können. Eines Abends kamen der Onkel und seine Frau, die Brüder und Schwestern, die Cousinen und Cousins mit ihren Ehegatten und Kindern und die Tanten mütterlicherseits und väterlicherseits ohne Anhang uns besuchen, wie zu einem Fest. Ich bewirtete sie zusammen mit der Amme. Wir saßen zusammen und plauderten und lachten. Wir tranken Tee und aßen Kuchen, und der Geistliche kam und traute uns. Meine Sehnsucht nach einem Hochzeitsfest blieb abermals unerfüllt.

Mansur brachte mich zu seinem Haus im Garten in Shemiran. Das stattlichere Gebäude im nördlichen Teil des Gartens gehörte Nimtadj und ihren Kindern. Mansur brachte mich zum südlichen Teil, wo ein hübsches neugebautes Häuschen mit zwei, drei Zimmern stand, das vom Hauptgebäude rund hundert Meter entfernt war. Dazwischen befanden sich ein gefülltes Wasserbecken, Obstbäume und ein paar Beete vor dem nördlichen Gebäude und ein Beet vor dem südlichen Haus. Letzteres hatte man für Ashraf Chanum gebaut. Es wurde mein Zuhause.

Nimtadj war nicht zu Hause. Sie war mit ihren Kindern für einen Monat auf Wallfahrt nach Mashhad gegangen. Ich wußte, weshalb. Sie hatte das Haus uns überlassen. Ich wußte, welcher Aufruhr in dieser Nacht, in der Mansur glücklich war, in ihrem Herzen tobte.

In meinem kleinen Haus fehlte es an nichts. Entweder hatte mein Vater die Einrichtung als Aussteuer übergeben oder Mansur hatte sie angeschafft. Von meinem vorigen Haus unterschied es sich wie der Tag von der Nacht. Mansur war liebevoll und von mir hingerissen. Sein Entzücken erinnerte mich an meine Vergangenheit. Ich war freundlich zu ihm. Er tat mir leid. Ich empfand zwar nichts für ihn, und er war mir gleichgültig, doch bemühte ich mich, ihn es nicht merken zu lassen.

Man hatte die Satin-Bettwäsche auf einem Bett mit Sprungfedern und bronzenen Füßen und Gitterstäben ausgebreitet. Ich stand am Fenster und betrachtete Nimtadjs Haus. Es bildete den Hauptteil des Anwesens. Mansur saß auf dem Bettrand und sah zu mir her.

»Weißt du, Mahbube, nicht nur dein verwirrtes Haar, das dir auf die Schultern fällt, hat mir das Herz geraubt. Es ist nicht nur dein Gesicht, was so wunderschön ist. Du wirkst trunken wie ein Sufi.«

Ich lachte und sagte, »In Gesellschaft bist du nie so überschwenglich, sondern kühl und mürrisch. Niemand würde glauben, daß Mansur auch solche Worte beherrscht. Erinnerst du dich an den Abend des Tchahar Shanbeh Ssuri? Du warst so ernst, steif und schlechtgelaunt, daß ich dich gern gefragt hätte, woran du denkst! Weshalb dich nichts auf der Welt interessierte? Was für Gedanken dich beschäftigten, daß du am Leben und der Freude der anderen nicht teilnehmen wolltest!«

Er sagte, »Wirklich? Willst du es wissen? In dem Augenblick, in dem du über das Feuer sprangst, als dein Haar frei flatterte und dein Gesicht sich gerötet hatte, in dem Augenblick, als du mich nicht beachtetest, sah ich dich an, und du erschienst mir wie die Verkörperung dieses Gedichts:

Trunken, das Haar verwirrt und offen das Gewand,
Ghaselen auf deinen lachenden Lippen, eine Karaffe in der Hand

und ich wußte, daß du mich insgeheim begehrtest, was du vielleicht selbst noch nicht wußtest.«

Ich lachte geziert, »Was redest du da? Ich habe an dem Abend überhaupt nicht an dich gedacht.«

»Weshalb hast du mich dann nicht beachtet? Weshalb hast du alle außer mir dazu ermuntert, über das Feuer zu springen? Weshalb neckten mich Chodjasteh und Nozhat, während du mich übersahst? *Hätte es Leili nach anderen verlangt, weshalb zerbrach sie meinen Kelch?*«

Er lächelte und sprach sanft. Seine Stimme klang ernst und männlich und trotz aller Entschiedenheit tröstend.

Ich wünschte, er würde weiterreden, und ich könnte zuhören. Den Gedichten von Hafis lauschen, die er mit sanftem, ruhigem Tonfall rezitierte. Ich wünschte, das Feuer im Wandofen würde nie erlöschen. Seine Worte waren liebevoll und sanft und bezeugten Kultiviertheit und Wissen. Sein Plaudern besänftigte mein müdes Herz, das sich nach Liebkosung sehnte und das nach Zuneigung dürstete. Seine Blicke wirkten wie Balsam auf mein wundes Herz. Ich wußte, auf ihn konnte ich mich verlassen. Ich wußte, er würde mir beistehen. Er war ein Mann, der seine Ehefrau respektierte.

Er spielte für mich auf der Tar – nur zu meinem und seinem

Wohlgefallen. Die Tage rannen friedlich und geruhsam dahin wie ein Bach, der eine Böschung herabfließt. Die Lichter in Nimtadjs Haus brannten nur einen Monat lang nicht.

An dem Tag, an dem Nimtadj mit ihren Kindern und Ashrafs Sohn von der Wallfahrt nach Mashhad zurückkehrte, schlief ich friedlich neben Mansur. Es war zehn Uhr morgens. Der Lärm des Kommens und Gehens und das Gekreisch der Kinder weckten uns. Mansur sprang aus dem Bett und sah die Kinder durch das Fenster. Sie waren einen Tag zu früh zurückgekehrt. Er kleidete sich blitzschnell an und wiederholte ständig, »Zieh dich an, Mahbube. Mach schnell. Die Chanum ist gekommen. Wir müssen sie besuchen gehen.«

Ich sprang aus dem Bett und drehte mich kopflos im Kreis. Ich öffnete meinen Kleiderschrank, um ein passendes Kleid zu finden, kämmte mir das Haar und ging mir das Gesicht und die Hände waschen. Doch Mansurs ständiges ›Chanum‹ machte mich wahnsinnig. Es kränkte mich, daß er sagte, wir müßten sie empfangen gehen. Ich war doch nicht beschränkt, sondern kannte meine Pflichten nur zu gut. Wenn Mansur doch nur aufhörte, Anweisungen zu geben und mich zu verwirren. Dennoch lächelte ich. Ich war gerade dabei, meine Schuhe anzuziehen. »Wird gemacht, Mansur Djan. Ich bin gleich bereit.« Zugleich kochte ich vor Zorn. Am liebsten hätte ich alles in Brand gesteckt.

Ich frisierte mich nicht. Ich wollte weiter kein Aufheben um mich machen. Es war nicht nötig. Wozu sollte ich mich selbst darstellen, wenn die Rivalin ihre eigenen Mängel akzeptiert hatte? Wenn sie bereits im Voraus besiegt war? Mansur sagte, »Binde dein Haar zusammen, Mahbube. Laß es nicht so wild herumhängen.«

Ich war dabei, mein Haar hochzustecken, als Nimtadjs Dienerin die Nachricht brachte, ihre Chanum sei auf dem Weg. Sie hätte sich erst ein wenig frischmachen wollen und würde in ein paar Minuten eintreffen.

Ich hatte gerade erst mein Haar zusammengesteckt, als die Tür sich öffnete und eine Dame in einem weißen, geblümten Gebets-Tchador eintrat. An der Art und Weise, wie sie ihr Gesicht mit dem Tchador verhüllte, merkte ich, daß es Nimtadj war. Nur ihre Augen waren sichtbar. Obwohl sie sehr groß und mandelförmig waren, konnte man die Spuren der Pocken auf ihren Lidern erkennen.

»Salaam.«

Ihre Stimme klang munter und fröhlich. Die Haarnadel, die ich mir eilig ins Haar gesteckt hatte, löste sich und mein Haar breitete sich aus. Vielleicht hätte ich, wenn Mansur nicht so ausdrücklich darauf bestanden hätte, die Nadel fester ins Haar gesteckt oder statt einer gleich drei oder vier genommen.

Ich sagte, »Ach, *ich* wollte Sie begrüßen kommen.«

Sie musterte mich vom Scheitel bis zur Sohle, »Was macht es für einen Unterschied? Außerdem sind Sie die frisch vermählte Braut. Es war meine Pflicht.«

Aus ihren Worten war keine Spur von Eifersucht oder Spott zu hören. Ihr Tonfall entwaffnete den ärgsten Feind. Ich vergaß Mansur. »Bitte begeben Sie sich ins Gästezimmer. Gott lasse mich sterben, der Ofen brennt ja auch noch nicht!«

»Nein, nein. Ich will Sie nicht stören. Ich werde mich ins Wohnzimmer setzen. Dort unter dem Korsi ist es bequemer.«

»Bitte schön. Herzlich willkommen.«

Sie war größer als ich, ungefähr so groß wie Mansur. Sie setzte sich an den Korsi. Sein Feuer war erloschen. Ich zündete den Ofen an. Ich spürte ihre Blicke auf meinem Rücken, meinem Haar und meinem ganzen Körper. Ich sagte, »Gleich werde ich zu Diensten sein. Sie müssen entschuldigen.«

Meine Dienerin hatte Tee zubereitet und servierte ihn. Sie brachte auch Kuchen und Naschwerk. Sie musterte uns beide verstohlen und ging fort. Der Ofen wurde warm. Mansur war zu den Kindern gegangen. Wieder hatte er seine ernste und steife Miene aufgesetzt. Ich setzte mich seitwärts auf die Decke und machte ihr meine Aufwartung, »Sie sind herzlich willkommen, Chanum Bozorg.« Mit dieser Anrede zeigte ich, daß ich ihre Überlegenheit akzeptiert hatte.

Sie sah mich still an und sagte dann, »Du bist wirklich sehr hübsch.« Dann zog sie ein Päckchen unter ihrem Tchador hervor und reichte es mir, »Es ist nichts wert. Ein Mitbringsel aus Mashhad.«

Es war Kandis und jede Menge Safran.

»Vielen Dank. Sie haben sich Umstände gemacht.«

Dann legte sie eine kleine Schachtel auf das Messingtablett, das auf dem Korsi lag. »Ich hätte Sie eher besuchen müssen, um Ihnen zu gratulieren. Aber leider war ich auf Reisen. Das ist nur ein unwürdiges Begrüßungsgeschenk. Bitte nehmen Sie es an.«

Ich öffnete die Schachtel. In ihr lag ein goldenes Kollier. Es war ein Bestechungsversuch, die Ankündigung der Kapitulation. Es war das Geschenk eines schwachen Herrschers an einen siegreichen Sultan. Ich empfand Mitleid für sie. Leise murmelte ich, »Das war nicht nötig. Das war wirklich nicht nötig.«

Plötzlich war das Haus vom Lärm der Kinder erfüllt. Die Söhne, ihr eigener und der Sohn der verstorbenen Ashraf, waren beide gleichermaßen sauber und ordentlich gekleidet. Sie machte keinen Unterschied zwischen ihnen. Ich begann zu zweifeln. Wer hielt die Trümpfe in der Hand? Sie oder ich? Auf meine Bitte hin schickte sie ihre Dienerin fort, damit sie Nahid brachte. Ich küßte die Knaben. Beide waren sie Lausbuben, doch sehr höflich. Ganz offensichtlich war die Dame, die für sie die Mutterpflichten übernommen hatte, ihrer Sache gewachsen. Man brachte Nahid und legte sie mir in die Arme. Ich wurde ganz schwach. Ich wünschte mir, sie würde mir gehören, sie würde mein Kind sein. Sie fremdelte nicht, sondern beugte sich zu dem Naschwerk auf dem Tisch vor und grapschte danach. Sie war so entzückend und bezaubernd, daß sie von jedem alles bekommen hätte. Die Knaben waren müde und gingen fort. Nahid schlief ein. Ich deckte sie mit der Decke des Korsi zu, damit sie sich nicht erkältete. Sie war fein und zart. Ich weiß nicht, wie es kam, daß ich mir wünschte, Nimtadj mein Herz auszuschütten. Ich sagte, »Sie haben es aber gut.«

Sie war verblüfft, »Ich soll es gut haben?«

»Ja, mit diesen zauberhaften Kindern, mashallah.«

Ihre Augen nahmen einen traurigen Ausdruck an, und sie verstummte. Dann zog sie sich behutsam den Tchador vom Kopf und sagte, »Sieh genau hin, damit du dich nicht bedauerst.«

Ich zuckte zusammen. Wie hatten die Pocken sie zugerichtet! Auf ihrem Gesicht und ihrem Hals gab es bis hin zu den Ohrläppchen keine einzige heile Stelle. Am schlimmsten stand es um ihre Haare. Man konnte sie beinahe zählen. Die Ärmste hatte sie in der Hoffnung, daß sie dichter wuchsen, mit Henna bestrichen. Jetzt verstand ich sehr gut, weshalb Mansur mich gebeten hatte, mein Haar zusammenzubinden. Ich schämte mich. Ich fühlte mich wie ein Schuft. Ich schämte mich meines langen, fülligen Haars. Ich war von ihrer starken und liebenswürdigen Persönlichkeit beeindruckt. Sie kam mir charakterlich überlegen und achtungeinflößend vor. Plötzlich schloß ich sie ins Herz. Man konnte nicht feststellen, ob sie in gesunden Tagen hübsch oder häßlich gewesen war! Nur ihre vollen und leicht aufgeworfenen Lippen waren halbwegs von den Pocken verschont geblieben. Sie lächelte schwach und fragte bekümmert, »Habe ich es noch immer gut?«

Unwillkürlich sagte ich, »Ich bin ebenfalls lädiert. Ich kann keine Kinder mehr bekommen.« Meine Augen füllten sich mit Tränen.

»Ich weiß.« Sie verstummte. Dann sagte sie leise und mit gesenktem Kopf, »Ich bin mit einer Bitte zu Ihnen gekommen. Daß Sie mich nicht bei Mansur ausstechen, zumal ich nicht seine Lieblingsfrau bin, besonders jetzt, wo ich Sie gesehen habe. Ich habe Kinder. Lassen Sie es nicht zu, daß sie ihren Vater verlieren. Stürzen Sie uns nicht ins Elend. Das ist alles.«

Trotz ihrer Häßlichkeit, trotz ihrer Not und Schwäche und obwohl sie mich anflehte, strahlte sie eine Würde aus, daß ich von ihrer Persönlichkeit in Bann gezogen wurde. Ich sagte, »Ich werde mich unterstehen. Ich wußte von Anfang an, daß Sie Kinder haben. Selbst wenn der Agha es Ihnen an etwas mangeln lassen wollte, würde ich es nicht zulassen. Erst soll er mich hinauswerfen, dann kann er mit Ihnen anstellen, was ihm gefällt.«

Ich sprach aus tiefstem Herzen, es war keine Heuchelei oder Übertreibung. Ich traute mich nicht einmal, meinen Ehemann ihr gegenüber Mansur zu nennen. Ich wollte nicht, daß sie die Vertrautheit zwischen ihm und mir spürte. Ich wollte sie nicht leiden lassen. Sie sagte, »Denken Sie bloß nicht, ich hätte von Mansur verlangt, jede zweite Nacht bei mir zu verbringen! Ich erwarte von ihm nichts anderes, als mein Ehemann zu sein, der mich beschützt. Es genügt mir, daß Gott mir diese Kinder geschenkt hat und daß meine Feinde sich nicht freuen können. Der bloße Respekt genügt mir. Ich will nur seinen Namen tragen. Ich will nur, daß diese Kinder unter seinem Schutz aufwachsen.«

Ich sagte, »Ich könnte es nicht ertragen, wenn Ihren Kindern ein Härchen gekrümmt würde, Chanum. Bei keinem Kind könnte ich es ertragen. Ich hatte selber einen Sohn.« Und die Tränen liefen mir über das ganze Gesicht. Ich sagte mir, ›Verdammt noch mal. Fängst du schon wieder an zu flennen? Kannst du dich wieder nicht beherrschen? Schon wieder ...‹ Aber diese alte Wunde heilte nicht, sie würde nie heilen.

Sie wurde verlegen und sagte, »Entschuldigen Sie bitte, daß ich Ihnen Kummer bereite. Gleich am frühen Morgen ...«

»*Sie* haben mir keinen Kummer bereitet. Diesen Schmerz habe ich mir selbst zugefügt. Dieses Elend habe ich teuer bezahlt. Es gibt keinen Tag, an dem ich mir nicht sage, ›Was habe ich bloß verbrochen.‹«

Sie erhob sich von ihrem Platz, küßte mich auf den Kopf und sagte liebevoll, »Viele würden gern mit dir tauschen. Eine davon bin ich.« Sie hüllte sich in ihren Tchador und ging.

Ich saß allein am Korsi und sah aus dem Fenster. Ich wunderte mich über das Spiel des Schicksals. Wir drei bildeten ein absurdes und bedauernswertes Dreieck. Wir besaßen alles und doch nichts. Nimtadj wünschte sich nur Kinder, den Namen ihres Ehemanns zu tragen und unter seinem Schutz zu stehen. Alles andere kümmerte sie nicht. Mansur wünschte sich eine junge, hübsche Frau, die ihn für das pockennarbige Gesicht seiner Ehefrau entschädigte, und ich, weh mir. Ich hatte einen Ehemann und doch keinen. Ich hatte Kinder und doch keine. Meine Anwesenheit in diesem Haus war notwendig, doch spielte sie im Leben von Mansur und Nimtadj keine Rolle. Wir waren zwei Frauen, die einander ergänzten und sich als Rivalinnen notgedrungen erdulden mußten. Die Gegenwart der anderen hatte uns Glück beschert, doch litten wir zugleich unter ihr. Das war das Kismet, das mir zuteil geworden war, und das war das Schicksal, das ich Mansur und Nimtadj zugefügt hatte.

In der winterlichen Kälte hatten wir es uns in dem Häuschen am Ende des Hofs warm und gemütlich eingerichtet. Mit Dienerin, Diener und Gärtner an meiner Seite hatte ich nicht viel zu tun. Eigentlich hatte ich gar nichts zu tun. Auf der Nordseite meines Hauses führte eine Tür zu einem Eiwan. Im Frühling stellte man dort Bougainvillea und Lobelien auf und im Sommer Töpfe mit Jasmin. Im Hauseingang befand sich ein kleiner Treppenabsatz, auf den ich einen Läufer gelegt hatte. Neben die Tür hatte ich einen Holztisch mit Intarsien gestellt und darüber einen verhältnismäßig großen Bronzespiegel gehängt. Auf den Intarsientisch stellte ich stets eine Vase mit Blumen. Dem Spiegel gegenüber hatte ich eine Garderobe aus Walnußholz anbringen lassen. Auf den Tisch folgte eine Tür, die in mein Empfangszimmer führte. Die Zimmer waren mit Teppichen reich ausgelegt, sie waren mit schweren Möbeln bestückt und mit Gemälden geschmückt, die Mansur ausgesucht hatte. Das Haus besaß eine mystische Ausstrahlung. Dennoch war ich von Trauer erfüllt. Wie ein rastloser Geist irrte ich durch die Räume und wünschte mir, all das gegen einen kleinen Jungen zu tauschen. Einen Jungen, der ein buntes Nachtkäppchen trug und am Beckenrand spielte.

Mansur liebte die Malerei und das Tar-Spiel. Er liebte Bücher und trank gelegentlich Wein. Auf der linken Seite des Hauses befanden sich zwei Räume, die durch eine Tür miteinander verbunden waren. Unser Schlafzimmer besaß ein Fenster, das auf den Hof führte, und das Wohnzimmer, das dahinter lag und von Osten Licht erhielt, besaß einen Kamin, der später einem Ölofen Platz machte. Ich liebte dieses Zimmer sehr. Es war verhältnismäßig groß. Neben das Fenster hatte ich ein Sofa gestellt und zu beiden Seiten des Kamins schwere Sessel, vor denen je ein kleiner Tisch stand, der mit Deckchen geschmückt war, die ich selbst bestickt hatte.

Dennoch stellte ich im Winter auch noch einen kleinen Korsi neben den Kamin. Er war so geschmackvoll hergerichtet, daß sein Anblick alle entzückte. Obwohl sich Mansurs Bibliothek in Nimtadjs Wohnung befand, die selbst gerne las, hatte er für die Nächte, die er bei mir verbrachte, ein paar Bücher mitgebracht und oben in das Regal gegenüber dem Fenster gestellt. Es waren Bücher, die die Aufmerksamkeit jedes Kenners auf sich zogen. Im Winter, wenn der Schnee bereits ganz Shemiran in Weiß gehüllt hatte und weiterhin Flocke um Flocke vom Himmel rieselte, kochte ich ihm jeden zweiten Abend – wenn die Reihe an mir war – Tee. In der kleinen Küche auf der Rückseite des Hauses, die auf den Innenhof führte, bereitete ich ihm eigenhändig die Speisen zu, die er liebte. Das Gebäck, in dessen Herstellung ich es vor lauter Langeweile und Einsamkeit zur Meisterschaft gebracht hatte, schichtete ich auf das Kupfertablett, das auf dem Korsi stand. Ich zog mir hübsche Kleider an und legte Parfüm auf. Ich ließ mein Haar bis auf die Hüften fallen und wartete auf ihn. Er kam und setzte sich. Mittlerweile war er nicht mehr steif und mürrisch. Sobald er durch die Tür trat, wurde er ganz zärtlich und rief, »Mahbub Djan.« Und ich starb vor Eifersucht bei der Vorstellung, daß er Nimtadj genauso ansprach.

Vielleicht sogar im selben Tonfall? Nannte er sie ebenfalls Liebste? In meiner Gegenwart sprach er sie stets mit Chanum an. Aber umgekehrt tat er es mit mir genauso. Ich wunderte mich über meine grundlose Eifersucht. Ich war doch nicht in Mansur verliebt. Weshalb begehrte ich ihn dann mit Haut und Haaren? Weshalb begehrte ich sein Herz und seine Seele zugleich? Ich wollte, daß er mir allein gehörte. Daß er nur mich umwarb. Mein Instinkt hatte die Oberhand gewonnen. Wie alle Frauen oder sogar stärker als jede andere war ich besitzergreifend geworden.

Er setzte sich und betrachtete mich. Er aß zu Abend, las in seinen Büchern und starrte mich erneut an, wie ich umherging. Wie ich mich mit etwas beschäftigte. Den Tisch deckte und wieder abräumte. Wie ich lachte oder betrübt war. Er sagte, »Wehe, wenn du dir die Haare abschneiden läßt, Mahbube! Laß sie auf die Schultern fallen.« Jedesmal, wenn er rief, »Mahbub Djan«, erinnerte ich mich an Rahim und bereute es. Hätte ich mir das nicht angetan, hätte ich nicht die falsche Wahl getroffen, wäre ich jetzt nicht die Kleine Chanum, wäre ich nicht unfruchtbar und würde Mansurs Kind auf dem Arm tragen. Obwohl ich seine Kinder wie meine eigenen betrachtete, lagen zwischen ihnen und meinem Liebling Welten.

Wann immer die Reihe an Nimtadj war, sagte ich mir, ›Du hast ihn selber in Nimtadjs Arme getrieben‹, und an jedem Tag, an dem die Reihe an mir war, freute ich mich, ihn wiederzusehen, ihn in Besitz zu nehmen und mit ihm zusammen zu sein. Ich sagte mir, dieses Gefühl entspringt nicht der Liebe, sondern dem Wunsch, Nimtadj zu übertrumpfen. Aber eine Stimme in mir rief, ›Du hast ein kostbares Juwel verloren. Du hast dir eine Konkurrentin heraufbeschworen, und jetzt wirst du bestraft.‹ Ich beugte mich dieser Strafe.

Mansur kam zu mir und spielte für mich auf der Tar.

»Mansur Djan, spiel leiser. Nimtadj wird es hören und traurig werden.«

Wollte er mich küssen, »Mansur Djan, zieh die Vorhänge zu. Nimtadj wird es sehen. Das schickt sich nicht.«

Tagsüber, wenn Mansur seinen Geschäften nachging, kamen die Kinder unbekümmert zu mir gelaufen. Sie beschwatzten mich so lange, bis ich ihnen alles Naschwerk, das sich im Haus befand, hinstellte. Im Sommer schloß sich Mansur dieser sorglosen Schar an. Ich genoß ihr kindliches Geschrei und ihren Schabernack und sah ihnen sehnsüchtig zu. Unwillkürlich kaufte ich Beutel um Beutel mit gerösteten Weizen- und Hanfkörnern, und alle Kinder wußten, daß sie zu mir kommen mußten, wenn sie danach gelüstete. Kinder sind schlau. Sie wußten ganz genau, daß ich in sie vernarrt war, und sie liebten mich ebenfalls sehr. Den Speiseplan bestimmte Nimtadj. Einstellung und Kündigung der Dienstboten waren Nimtadjs Sache. Auch die Erziehung der Kinder war ihre Aufgabe.

Wenn mich die Kinder besuchen kamen, watschelte Nahid hinter ihnen her. Nimtadjs Haus besaß zwei Stockwerke und war weit größer und prunkvoller als meines. Da Nimtadj Kinder hatte und ich keine. Ich ging sie oft besuchen. Nimtadj kam seltener zu mir, nicht aus Bosheit, sondern weil sie zu beschäftigt war. Im Haus setzte sie nur ein Kopftuch auf und verbarg ihr Gesicht vor niemandem. Ihre Dienerin, die sie auch großgezogen hatte und sehr liebte, verzog bei meinem Anblick stets das Gesicht. Im Haus war sie die einzige, die mich nicht leiden konnte. Ab und zu gab ich den Kindern Unterricht. Ich spielte mit Nahid, die zahnte und in meine Hand beißen wollte. Die Kinder wuchsen heran, die Erwachsenen wurden älter, und die Älteren wie mein Vater . . .

Das Telefon klingelte langanhaltend. Die Kinder schubsten einander, um den Hörer abzunehmen, ihre Hände reichten jedoch nicht an ihn heran. Es war meine Chanum Djan. Mir sank das Herz in die Knie. Ich wußte, mein Agha Djan war krank. Ich ging ihn oft besuchen. Doch an diesem Tag sagte meine Mutter mit belegter Stimme, mein Vater hätte nach mir verlangt. Er wollte mit seiner Tochter sprechen. Als wir mit Mansurs schwarzem Chevrolet eintrafen, waren bereits alle versammelt. Mein Vater bat jedes seiner Kinder einzeln zu sich und sprach mit ihm. Jedes von ihnen verließ das Zimmer mit Tränen in den Augen.

Mein Vater rief nach mir und fragte, »Ist Mahbub noch nicht gekommen?« Ich trat ein. Mansur begleitete mich. Mein Vater sagte, »Bist du gekommen, meine Tochter?«

Ich kniete neben seinem Bett, »Ja, Agha Djan. Wie geht es Ihnen?«

»Schlecht, liebe Tochter. Sehr schlecht.«

Wieder zitterte mein Kinn. Wann hatte ich zu weinen begonnen? Ich wußte es nicht. Ich sagte, »Agha Djan . . .«

»Weine nicht, meine liebe Tochter. Wir müssen alle sterben.«

»Ach, nein. Ich weine doch . . .«

Mansur setzte sich ans Bett meines Vaters. Seine Augen waren ebenfalls gerötet. Er ergriff die Hand meines Vaters, »Salaam, lieber Onkel.«

»Ich wünsche dir ein langes Leben, mein Sohn. Ich vertraue dir Mahbub an. Es beruhigt mich, zu wissen, daß du auf sie acht gibst. Weißt du, wie stolz du mich gemacht hast, als du Mahbube geheiratet hast?«

Mansur lächelte wehmütig, »Sagen Sie das nicht, lieber Onkel.«

»Nein, nein, nur keine Ausflüchte. Hör mir zu, Mahbube. Ich habe das Haus, das ich dir einst gekauft hatte und das du wegen der Scheidung auf meinen Namen überschrieben hattest, verkauft. Habe ich etwas Falsches getan?«

Der Anblick meines Sohns unter dem weißen Laken neben der Mauer stand mir vor Augen. Ach, hätte ich doch diesen Teil des Hauses ausschneiden und mitnehmen können. Dann hätte ich ihn ebenfalls in dieses Kästchen gelegt. Ich sagte, »Nein, Agha Djan, das war ganz richtig.«

Mein Vater, der meine Vollmacht besaß, sagte, »Statt dessen habe ich dir ein Stück Land in Gholhak gekauft. Neben unserem Garten. Natürlich habe ich auch etwas von meinem Geld dazu getan. Es sind nicht mehr als vier- oder fünfhundert Quadratmeter. Aber immerhin ist das auch etwas. Ich wollte wissen, ob du damit zufrieden bist?«

»Ich bin immer mit Ihnen zufrieden gewesen, Agha Djan.«

»Mahbub, laß nicht zu, daß Manuchehr sich Sorgen macht. Ich habe es auch deinen Schwestern gesagt. Manuchehr muß studieren. Er muß gehen können, wohin er will. Spart nicht an den Kosten. Natürlich von seinem eigenen Anteil. Aber er muß die besten Schulen besuchen. Die Verantwortung für ihn übertrage ich dir. An erster Stelle gilt dein Wort – und dann die Meinung deiner Mutter. Vielleicht will er ins Ausland gehen, und deine Mutter wird aus mütterlicher Anhänglichkeit dem nicht zustimmen. Aber du mußt für ihn eintreten. Es steht ihm frei zu tun, was richtig ist. Alles, was sein Fortkommen und seinen Aufstieg fördert. Du bist für ihn verantwortlich. In dieser Angelegenheit vertrittst du mich. Hast du das verstanden?«

Ich hatte begriffen, daß ich Manuchehr wie meinen eigenen Sohn betrachten sollte. Wie einen Sohn, den es nicht mehr gab. Doch die Tränen flossen unerbittlich. Sie ließen mich nicht zu Atem kommen, geschweige denn zum Sprechen. Mansur sagte, »Lieber Onkel, akzeptieren Sie mich ebenfalls? Im Namen Mahbubs und in meinem Namen verspreche ich es Ihnen. Sie können ganz unbesorgt sein.«

Mein Vater sagte, »Ich wünsche dir ein langes Leben, mein Sohn. Ich bin unbesorgt.« Er verstummte und erklärte dann seinen letzten Willen. Nacheinander führte er die Anteile seines Vermögens auf, die auf Mansur und mich kamen, obwohl er es zuvor bereits schriftlich verfügt hatte. Dann sagte er, »Mahbub Djan, ich weiß, du gehst oft zu Esmat Chanum. Dennoch beauftrage ich dich, es auch weiterhin zu tun. Versage ihr und ihrem Sohn nicht deine Unterstützung. Sie hat niemanden.«

»Selbstverständlich gehe ich hin, Agha Djan. Auch wenn Sie es nicht gesagt hätten, hätte ich mich nicht von ihnen abgekehrt.«

Er lachte und strich mir mit der Hand über den Kopf und sagte, »Du bist noch immer ein Trotzkopf. Nun steh auf und geh. Ich will schlafen.«

Die Tränen gaben mich nicht frei.

»Steh auf, Mädchen. Was soll das? Ich bin doch noch da!«

Ich erhob mich. Die Nächte, in denen wir Hafis' Gedichte lasen, die Nacht von Manuchehrs Geburt, der Tag meiner Vermählung, der Tag, an dem Rahim wegen der Scheidung in unser Haus gekommen war, und das Gebrüll meines Vaters, all diese Szenen spulten sich wie ein Film vor meinem inneren Auge ab. Am lebhaftesten erinnerte ich mich an Rahims Beschimpfungen. Die Schimpfwörter, mit denen er mich bedacht hatte. Wie er mich mit ›Bastard‹ und ›Hundesohn‹ angeschrien hatte. Wie er diesen gütigen und geachteten Mann beschimpft hatte. Plötzlich wünschte ich mir, Rahim wäre da, damit ich ihm die Schlagader durchschneiden könnte. Ich beugte mich herab. Meine Hand lag noch in der meines Vaters. Ich fragte, »Agha Djan? ...« Wieder war meine Kehle wie zugeschnürt. Ich atmete tief durch und fragte, »Agha Djan ... haben Sie ... mir verziehen?«

Wäre ich doch verstummt und hätte ihn nicht gefragt. Seine Augen füllten sich mit Tränen. Er drückte fest meine Hand, die Hand einer Beschämten, hob sie hoch und küßte sie.

Das Leben nahm wieder seinen gewohnten Gang. Wieder wurde es Frühling, Herbst, Sommer und Winter. Ich war verzweifelt. Ich wünschte mir ein Kind, doch es war nicht möglich. Weshalb mußte ich stets das Unmögliche begehren? Ich beschloß, mich um eine Behandlung zu kümmern. Ich begann mit Hausmitteln und tat alles, wozu man mir riet. Ich suchte ungebildete Dienstmädchen, alte Mütterchen und Quacksalber auf, nichts nützte. Ich wußte es von Anfang an. Ich wußte besser als alle, was ich mir angetan hatte. Ich fürchtete mich, ausgebildete Ärzte aufzusuchen. Ich kannte ihre Antwort im voraus. Dennoch sagte ich Mansur, ich wolle mich ernsthaft um die Heilung kümmern. Er lachte und sagte, »Was für eine gute Idee, Mahbub Djan.«

Aber er schien nicht besonders erfreut. Ich spürte, daß es ihm gleichgültig war. Daß er es nur mir zuliebe sagte. Kinder hatte er, daran mangelte es ihm nicht. Ich wußte das nur zu gut und war erbittert. Nimtadj wußte, daß ich mich um eine Heilung bemühte, und ihre Befürchtungen standen ihr ins Gesicht geschrieben. Ich bat Chodjastehs Ehemann um Hilfe. Er stellte mich einigen Spezialisten unter seinen Kollegen vor. Ich suchte sie auf und saß unruhig in ihren Wartezimmern herum. Der Geruch der Medikamente stieg mir in die Nase und flößte mir Hoffnung ein. Mir klopfte das Herz im Hals wie an dem Tag, an dem ich fröhlich zur Abtreibung in die Südstadt gefahren war. Die Ärzte waren höflich und liebenswürdig. Anfangs lächelten sie alle und waren optimistisch. Sie sagten, für eine junge

Dame wie mich bestünde Hoffnung. Nach einer Weile jedoch, wenn ich untersucht worden war und die Arzneien ohne Erfolg eingenommen hatte, verflog ihr Lächeln. Sie wurden ernst und mürrisch. Schüttelten bedauernd den Kopf und stammelten irgend etwas. Ich starrte auf ihre Münder, als wollte ich die positive Antwort aus ihnen herausziehen. Wie eine Angeklagte, die auf den Urteilsspruch des Richters wartet. Begnadigung oder Todesurteil. Sobald sie meine Verfassung bemerkten, wandten sie mir den Rücken zu, um mir nicht in die Augen sehen zu müssen, und sagten ruhig, ich solle die Hoffnung nicht aufgeben. Gott sei groß. Alles sei möglich, wenn Er es wolle. Wieder ging ich zu einem anderen Arzt, abermals eine lange Behandlungsphase und abermals dieselbe Antwort.

Ich war so erschöpft, daß ich jegliche Hoffnung verlor. Ich kränkelte, war überempfindlich geworden und jähzornig. Aber nur Mansur gegenüber. Vor allen anderen nahm ich mich zusammen. Nimtadj behandelte ich respektvoll. Ich hielt mich zurück und weinte nur nachts an Mansurs Seite. Ich machte ihm das Leben schwer und fürchtete, ihn dadurch noch mehr in Nimtadjs Arme zu treiben. Schließlich flüchtete ich mich zu Nozhat, »Nozhat, ich sterbe vor Kummer.«

Sie sah mich traurig an, »Tu's nicht, Mahbub. Tu dir das nicht an.«

Meine Stimme wurde laut, »Was soll ich denn tun? Ich kann nichts dafür. Ich bin auf Nimtadj eifersüchtig. Ich wünsche mir, daß Mansur leidet und unglücklich ist. Daß Mansur nur mir gehört, nur mit mir zusammenlebt . . .«

Nozhat schnitt mir das Wort ab und sagte ebenso tadelnd wie tröstend, »Mahbub, daß es dir ja nicht mißfällt, aber du bist streitsüchtig geworden. Du bist aufsässig geworden. Du suchst Streit. Offenbar bist du zur Gelassenheit nicht geschaffen. Du bist wie deine Schwiegermutter geworden. Wie Rahims Mutter . . . Agha Djan und Chanum Djan haben uns nicht so erzogen. Dieses Verhalten schickt sich nicht für dich. Du bist rechthaberisch geworden. Du suchst nach Ausflüchten, um deine eigene Schuld anderen anzuhängen. Du versuchst, harmlose Menschen zu quälen. Beneidest du sogar die arme Nimtadj, der dein Anblick, der Anblick deines Gesichts und deiner Haare sicher eine ständige Qual bedeutet? Dieses Unglück hast du dir selbst zuzuschreiben. Du mußt es auf dich nehmen. Das hast du dir selbst eingebrockt.«

Sie hatte recht. Sie sagte genau das, was ich mir zuvor hundert Mal selbst gesagt hatte. Klagend fragte ich, »Was soll ich tun, Nozhat? Sag mir, was soll ich tun?«

»Mach eine Reise. Verlaß Teheran für ein, zwei Monate. Entferne dich von deinem Zuhause. Fahr nach Mashhad. Geh und bitte Imam Reza (Friede sei mit ihm) um Hilfe. Vielleicht erhört er dich. Geh und ruh dich etwas aus. Damit du Mansur wieder besser zu schätzen weißt und er dich.«

Ich lächelte bitter, »Ich glaube nicht, daß es für ihn eine Rolle spielt, ob ich da bin oder nicht.«

Nozhat warf mir einen bösen Blick zu.

Mansur fragte entgeistert, »Zwei Monate? . . .«

»Ja, Mansur. Ich muß gehen. Ich muß endlich wieder zur Ruhe kommen.«

Er sah mich mit einem liebevollen Lächeln an, »Du? Du willst zur Ruhe kommen? Das kann ich nicht glauben. Ich kenne keinen feurigeren Menschen als dich. Du kennst keine Ruhe.« Er lachte und fuhr fort, »Und genau das Feuer ist es, was mich verzehrt.«

Ich machte mich mit meiner lieben Amme auf den Weg. Sie war die einzige, die meine Qualen verstand und sie teilte. Sie war die einzige, die meinen Sohn gesehen hatte. Wir quartierten uns im Haus eines entfernten Verwandten meiner Mutter ein. Meine tägliche Beschäftigung bestand darin, zum Haram zu gehen. Stundenlang saß ich dort und starrte auf den Schrein. Als sei zwischen ihm und mir eine innige Verbindung entstanden. Als würde ich mit meinen Blikken alle Schmerzen aus meinem Inneren ausschütten und Ruhe finden. Im ersten Monat flehte ich Gott und Imam Reza Tag und Nacht um Heilung an.

»Nur einen Sohn, nur einen.«

Die tägliche Wiederholung einer Bitte. Als würde ich eine Beschwörungsformel unablässig herunterbeten. Jeden Morgen sagte ich, »Liebe Amme, gestern nacht habe ich von einer Taube geträumt.«

»Das bedeutet etwas Gutes, mein Kind. Du wirst ein Kind bekommen.«

»Liebe Amme, ich habe von einem großen Becken mit klarem Wasser geträumt.«

»Inshallah eine gute Nachricht. Du wirst geheilt werden, mein Kind. Wasser bedeutet Licht.«

»Liebe Amme, ich habe von einem Herrn im Strahlenkranz geträumt. Er hat mir einen Spiegel geschenkt.«

»Bah, bah, Imam Reza hat dich geheilt.«

Dann öffnete mein Blick sich nach und nach für die Realitäten. Ich akzeptierte die Wahrheit, zögernd und widerstrebend. Als hätte mich jemand mit seinen weisen Ratschlägen getröstet. Als hätte mich jemand beschwichtigt und besänftigt. Ich fürchtete, dieser Friede würde nur vorübergehend sein. Ich fürchtete, dieses Wasser, das mir über die Feuersbrunst im Inneren geschüttet worden war, könnte sich mit der Rückkehr nach Teheran und zunehmender Entfernung von Imam Reza plötzlich in Nichts auflösen. Daß meine innere Flamme wieder auflodern, mich verzehren und mein Leben in Asche verwandeln würde. Ich traute mir nicht. Ich fürchtete mich vor meinen heftigen Gefühlen. Im zweiten Monat flehte ich Tag und Nacht, »O Imam Reza, besänftige mein Herz. Wenigstens das muß doch möglich sein! Das kann doch nicht so schwierig sein! Gib, daß mein feuriges Herz sich abkühlt. Laß mich durch den Tod erkalten oder lösch mein inneres Feuer.«

Ich weinte und bettelte nicht mehr. Ich war zu einer mystischen Ergebenheit gelangt. Ich hatte meine hoffnungslose Lage demütig akzeptiert und sehnte mich bei der Rückkehr nach Mansurs Umarmung.

Ich traf in Teheran ein und fuhr nach Shemiran. Alle kamen zu meiner Begrüßung. Die Kinder, die fröhlich und aufgeregt auf ein Mitbringsel warteten. Nahid, die von Tag zu Tag hübscher wurde, und Nimtadj, die beschämt lachte und sagte, ich hätte ihnen sehr gefehlt. Mansur war nicht zu Hause. Er traf ein, als wir uns alle in Nimtadjs Gebäude zum Abendessen um den Tisch versammelt hatten. Er war wie gewohnt kühl und ernst. Offenbar hatte er vergessen, daß ich auf Reisen gewesen war. Erst begrüßte er Nimtadj und beantwortete den Gruß der Kinder, dann wandte er sich an mich, die ernst und besonnen dasaß, so wie er. »Herzlich willkommen. Hast du eine schöne Zeit gehabt?«

Ich weiß nicht, weshalb ich an den Abend des Tchahar Shanbeh Ssuri denken mußte, an den Vers:

Hätte es Leili nach anderen gelüstet
Weshalb zerbrach sie meinen Kelch?

Ebenso förmlich antwortete ich ihm, »Danke, ich kann nicht klagen.«

Im Deckenlicht sah ich, daß sich in seinem Haar vereinzelt weiße Strähnen zeigten. Allmählich dünnte sich sein Stirnhaar aus. Er war stämmiger geworden, ein wenig fülliger. Die Kinder waren alle gesund und lebhaft. Ashrafs Sohn war wie gewohnt unruhig und unartig. Er trat unter dem Tisch nach dem Bein seines Bruders und zog an Nahids Haarschleife, bis sich beide über ihn beschwerten. Alle, sogar Nimtadj, schienen aufgeblüht und wirkten fülliger. Es schien, als hätte meine Abwesenheit allen gut getan. Ein feines Lächeln umspielte meine Mundwinkel. Mansur warf mir einen Blick zu, in dem ich Verwunderung aufblitzen sah. Nur für einen Augenblick. Dann war da wieder der kühle und ernste Blick, der den überlegenen Abstand des Familienoberhaupts zu seinen Hausgenossen ausdrückte. Ich wußte sehr wohl, daß hinter dieser förmlichen und kühlen Miene ein heftiges Feuer brannte. Ein Feuer, das bei seinem Eintritt in mein Zimmer aufflammte und ihn in einen zärtlichen, stürmischen und leidenschaftlichen Mann verwandelte.

Als ich Gute Nacht sagte und in mein eigenes Haus zurückkehrte, war Mansur derart in die Lektüre seiner Zeitung vertieft, daß er mir nicht einmal antwortete.

In meinem Zimmer hatte ich mich ruhig auf einem Sessel ausgestreckt. Ich trug eine blau-rosa gestreifte Seersucker-Bluse und einen langen Rock. Das Haar hatte ich gelöst und hatte mir das Kollier mit Ashrafi-Münzen umgelegt, das Mansur mir geschenkt hatte. Ich liebte es sehr. Nicht, weil es so wertvoll war, sondern weil es Mansurs Geschenk war.

Er trat ruhig durch die Tür und schloß sie hinter sich. Er starrte mich an, als würde er eine Porzellanfigur bestaunen. Er war von meiner Schönheit fasziniert. Ich streckte meine Hand aus. Ergeben und voller Verlangen kam er auf mich zu und schloß mich heftig in seine Arme. Er sagte nur, »Solange ich lebe, darfst du nicht mehr ohne mich verreisen.«

Ich lachte. Das Licht brannte. Er hatte sich auf das Sitzkissen gesetzt, das ich anstelle des Korsi hingelegt hatte, spielte auf der Tar und nippte am Wein. Ich sagte, »Mansur, Nahid wird noch mal ein hübsches Mädchen werden.«

Er nippte an seinem Weinglas und sagte, »Ja, sie wird wie ihre Mutter. Hätte sie nicht die Pocken bekommen, wäre sie eine hübsche Frau geworden. Nahid gerät nach ihrer Mutter.«

»Aha«, murmelte ich und glühte vor Eifersucht.

Er war angeheitert und wurde gesprächig. Er sagte, »Die Ärmste war nicht immer so häßlich. Die Pocken haben sie entstellt. Sie ist bis zum Schulteransatz vernarbt.«

Also war ihr übriger Körper unversehrt. Also hatte sie eine hübsche Figur. Ganz bestimmt. Hochgewachsen und schlank und hellhäutig, wie sie war, ging sie nicht, sondern schritt leicht und graziös einher. In ihrem Verhalten und ihrer Art zu gehen glich sie einer Prinzessin, und jeder, der hinter ihr herging, wurde neugierig auf das Gesicht, das zu diesem schönen Körper gehörte. So war das also! Er sagte nichts über ihren Körper. Also mußte er hübsch und anziehend sein. Ich sagte, »Aber offenbar hat sie zugenommen.«

Unaufmerksam oder vielleicht gleichgültig sagte er, »Schließlich ist sie wieder schwanger.«

Ich war wie vor den Kopf gestoßen. Neid und Eifersucht überkamen mich. All die Gebete und all der mystische Frieden lösten sich in Luft auf. Wieder erwachte der Instinkt. Das Verlangen, Besitz zu ergreifen und die Erste zu sein. Der Widerwille, den Mann meines Lebens mit einer anderen zu teilen. Die Erwartung, das Herz in der Brust meines Ehemanns würde nur für mich schlagen. Eine verständliche Erwartung, die mir vom ersten Tag an verboten war. Ich hatte von der verbotenen Frucht gekostet und war aus dem Paradies vertrieben worden. Was erwartete ich denn? Weshalb betrog ich mich selber? Weshalb wollte ich mir nicht eingestehen, daß Mansur sie ebenfalls umarmte? Ich glich einer Frau, die ihren Ehemann zum ersten Mal in flagranti ertappt, doch ich bemühte mich, Ruhe zu bewahren. Ich wollte mich nicht mehr selbst täuschen.

»Im wievielten Monat ist sie?«

»Der dritte Monat ist fast vorbei.«

Ach so. Also hatte sich Mansur, während ich den Ärzten die Türen einrannte, in ihren Armen über mich lustig gemacht. In den Tagen und Nächten, in denen ich in Mashhad Gott demütig um Hilfe angefleht hatte, hatte Nimtadj wegen ihrer Schwangerschaft Heißhunger gehabt und sich damit bei Mansur eingeschmeichelt. Sie spielten mit mir. Ich kochte vor Wut und sagte, »Herzlichen Glückwunsch.«

Vor lauter Zorn und Eifersucht war meine Stimme belegt. Mansur bemerkte es nicht oder ließ es sich nicht anmerken. Ich erhob mich, um das Zimmer zu verlassen. Er sagte, »Mahbub, komm und setz dich neben mich.«

»Ich habe Kopfschmerzen, Mansur. Ich geh schlafen.«

Er sah mich verliebt an und fragte tadelnd, »Ausgerechnet heute nacht, wo ich da bin?«

Er spürte, daß ich wütend war, und wußte nur zu gut, weshalb. Ich wunderte mich noch mehr als er über meine Eifersucht. War das nur der Instinkt oder entwickelte ich allmählich Zuneigung zu Mansur? Fing ich an, ihn zu mögen? Ja, ich verliebte mich gerade wieder. Diesmal sanft und zögernd. Der Wein war dabei, seine Blume zu entfalten. Deshalb war ich wieder eifersüchtig geworden.

Nicht grundlos wartete ich nachts sehnsüchtig auf ihn und erwachte morgens aus Vorfreude auf ihn. Es war nicht Gewohnheit, es war Zuneigung. Eine Zuneigung, die ich mir nicht eingestehen wollte. Ich fürchtete mich. Ich hatte Angst davor mich zu verlieben und wußte nicht, daß ich bereits verliebt war. Noch war mein Körper jung und kämpfte gegen meine erschöpfte Seele an. Ich fürchtete mich auch vor meinem Körper, da ich bemerkte, daß er mich wieder besiegt hatte. Mein Herz war wieder entflammt und drängte mich, die sich danach sehnte, der Welt zu entsagen und sich in einen Winkel zurückzuziehen, wieder mitten in die Freuden des Lebens. Aber diesmal geschah es ganz langsam und bedächtig. Waren meine Gebete zum Teil doch erhört worden?

Ich wandte mich wieder zur Tür. Mansur flehte, »Wende dich nicht ab von mir, Mahbube.«

Ich sagte, »Eine Nacht bedeutet doch nicht für immer, *Rahim Djan*«, und biß mir sofort auf die Lippe.

Wie vom Blitz getroffen erstarrte er. Er starrte mich an, ich ihn ebenso. Dann feuerte er die Tar zu Boden. Ich sagte mir, sie ist zerbrochen. Er trat vor, packte mich an den Schultern und sagte, »Sieh mich an. Sieh mich gut an. Ich bin Mansur, nicht Rahim. Ich bin nicht der, nach dem du dich sehnst. Ich bin derjenige, mit dem du dich notgedrungen abgeben mußt. Der, vor dem du fliehst.«

Er ließ meine Schultern los und begann umherzugehen. Dann stützte er sich mit einer Hand an den Türrahmen und griff sich mit der anderen an die Stirn. Er imitierte meine Sprechweise, »Mansur Djan, lösch das Licht. Spiel nicht auf der Tar. Zieh die Vorhänge zu. Tu dies nicht, tu das nicht. Lach nicht. Stirb. Nimtadj wird es hören ... Das sind nur Ausflüchte, Mahbube, lauter Ausflüchte. Ich weiß, du begehrst mich nicht. Aber was soll ich tun, damit du mich nur halb so begehrst, wie ich dich? Ich weiß es wirklich nicht. Ich würde alles hergeben, damit du dich in mich verliebst. Vom ersten Mal an, als du mich abgewiesen hast, bis heute habe ich deinen Rahim Djan beneidet. Ich mit all meiner Pracht und Herrlichkeit, wie du es nennst, sehnte mich danach, seinen Platz einzunehmen. Sag, Mahbube, sag, was soll ich tun, damit du mich begehrst? Die Eifersucht frißt mich langsam auf.«

Er war wütend. Seine Stimme zitterte, aber er brüllte nicht. Er beschimpfte mich nicht und schlug mich nicht. Sogar beim Streiten war er besonnen. Doch ich war auch nicht besonders gelassen. Ich war ebenfalls wütend. Ich war aus der Haut gefahren und war nach dem Leben in Rahims Haus immer noch aufbrausend. Es brauchte seine Zeit, bis ich zur Ruhe kam. Ich sagte, »Ich habe mich geirrt, Mansur. Dieser Name ist mir herausgerutscht. Ich habe sieben Jahre lang mit ihm zusammengelebt. Nicht sehr glücklich. Aber ich nannte ihn jeden Tag bei diesem Namen, gezwungenermaßen. Ich hatte mich daran gewöhnt. Und jetzt ist mir sein Name auch nicht aus Zuneigung, sondern aus Gewohnheit aus dem Mund gerutscht. Du bist eifersüchtig? Ja, was soll *ich* denn sagen? Bin ich kein Mensch? Habe ich kein Herz? Bin ich denn aus Eisen? Nimmst du etwa Rücksicht auf mich? Deine Frau ist schwanger. Während ich den Ärzten die Türen einrannte, hast du am anderen Ende des Hauses mit ihr geschlafen. Ich darf zusehen und keinen Ton sagen. Nicht, daß ich mich etwa beschweren wollte. Sie ist auch keine schlechte Frau. Es ist nur mein Unglück. Ich kann nichts dafür. Ich leide. Wie lange soll ich mich noch damit abfinden? Ich kann es nicht ertragen, dich in ihrem Zimmer und in ihren Armen zu wissen. Sieh her, was bin ich schon, Mansur? Ein Blatt im Wind. Was habe ich denn? Ich liebe deine Kinder. Ich liebe Manuchehr, aber ich habe nichts Eigenes. Niemand ist an mich gebunden. Es spielt keine Rolle, ob ich da bin oder nicht. Jeden Tag frage ich mich,

›Mahbube, was tust du hier? Was hast du als Eindringling in dieser Familie verloren?‹ Ich sage mir, ›Du dienst zum Zeitvertreib. Man hat dir wirklich einen passenden Namen gegeben. Du bist die Geliebte der Nacht.‹ Aber dann höre ich wieder deine Schritte, und mein Herz zuckt zusammen. Wieder warte ich auf dich. Und wenn ich die Tar sehe, auf der du nachts spielst, wenn ich deine Bücher, deinen Hut, deinen Spazierstock sehe und dein Hemd auf dem Bett, muß ich an dich denken und komme wieder zur Ruhe. Ich versuche, mich mit der Hälfte von dir, die mir gehört, zu trösten. Einst habe ich Rahim leidenschaftlich geliebt, aber jetzt verabscheue ich ihn, mich und diese Welt. Ich werde mir diese falsche Entscheidung niemals verzeihen. Aber ich weiß nicht, vielleicht ist für mich der Name Rahim auch ein Zeichen der Liebe. Vielleicht bedeutet er Zuneigung. Vielleicht bedeutet es, wenn ich dich Rahim Djan nenne, daß ich dich liebe, daß ich außer dir niemanden und nichts habe. Ich bin nicht wie Nimtadj. Ich habe nur dich. Ich bin an dich gebunden und begehre dich aus tiefstem Herzen. Ich lüge nicht, wenn ich sage, daß ich die einstigen heftigen Gefühle nicht mehr aufbringen kann. Ach, wenn es doch nur so wäre. Aber es geht nicht mehr. Dennoch, was sollte es anderes bedeuten als Liebe, wenn ich morgens erwache, weil ich mich auf dich freue, und nachts von dir träume? Was sollte Liebe anderes bedeuten? Weshalb bist du so ungerecht? Was ist es, wenn nicht Liebe, wenn ich mich vor Eifersucht verzehre und es mir nicht anmerken lasse, wenn ich deinem Seelenfriedens und Glück zuliebe den Kummer erdulde? Du schreist mich zornig an, und ich sehne mich im selben Augenblick nach deiner Umarmung. Wenn das nicht Liebe bedeutet, was bedeutet es dann? Laß mir ein wenig Zeit. Begreif meine Qual. Ach, könnte ich dich doch nur ein Jahr lang so lieben, wie ich Rahim geliebt habe. So blindlings, so leichtgläubig, so . . . so heißblütig und entfesselt. Aber das war keine Liebe, das war Wollust, Mansur. Eine Wollust, die aufloderte und verglühte.«

Mansur starrte mich fassungslos an, und ich ihn ebenso verwirrt. Erst dann begriff ich, was ich gesagt hatte. Was ich getan hatte. Erst in dem Augenblick ging mir auf, was es mit den Qualen der vergangenen sechs, sieben Jahre auf sich gehabt hatte, und ich sagte sanft, wie jemand, der im Schlaf spricht, »Ja, Mansur, jetzt erst begreife ich. Es war wirklich die pure Wollust.«

Mansur ließ sich langsam in den Sessel gleiten. Er hatte sich beruhigt. Er stützte die Ellenbogen auf seine Knie und legte den Kopf in die Hände. Er trug Hemd, Hose und eine Weste. Er war großmütig und rechtschaffen. Ich mochte ihn, sogar sehr. Ruhig und bekümmert sagte er, »Aber ich liebe dich genau so, wie du es beschrieben hast. Genau so ungezügelt. Gott verfluche dich, Mahbube. Sieh, was du dir und mir angetan hast. Denkst du, ich wäre ohne dich froh? Mit dir zusammen froh? Denkst du, ich wäre mit dieser Situation, mit diesem Leben zufrieden? . . .« Mit der rechten Hand deutete er auf das andere Haus und fuhr fort, »Täglich hundert Mal sage ich mir, ›Ach, würde Mahbube doch schwanger werden. Ach, wären diese Kinder doch nur von ihr. Nachts schließe ich die Augen und suche in Nimtadjs Wesen nach dir. Denkst du, es fiele mir, einem Mann, der sich für fortschrittlich hält, leicht, zwei Frauen zu haben? Mit der einen die Gäste zu empfangen und mit der anderen spazierenzugehen? Zu Festlichkeiten oder ins Café zu gehen? Von verschiedenen Frauen Kinder zu haben? All das hast du mir eingebrockt. Du hast auch mich unglücklich gemacht, Mahbube. Aber ich weiß nicht, weshalb ich trotz dem Unheil, das du über mich gebracht hast, und trotz deinem aufbrausenden Wesen dich noch immer so begehre. Als würdest du über einen Liebeszauber verfügen. Ich bemerke sehr wohl, daß du mit Nimtadj gut auskommst. Daß du sie zuvorkommend behandelst. Ich wünschte, Nimtadj hätte sich als unverträglich erwiesen. Ich hätte mich von ihr scheiden lassen können und wäre erlöst. Aber was kann ich dafür, daß sie so harmlos und gutmütig ist? Ich lebe nicht aus Liebe mit ihr zusammen, sie tut mir nur leid. Sie erwartet auch keine Zuneigung von mir. Ich leide selbst darunter. Eine Frau zu erdulden, auf die ich aus Mitleid und nicht aus Verlangen zugehe, ist keine geringe Qual. Also quäl du mich nicht auch noch. Stürz mich nicht noch mehr ins Elend.«

Er verstummte und erhob sich von seinem Platz. Er begann umherzugehen. Seine Umgebung nahm er gar nicht wahr. Sein Fuß stieß an die Tar, die einen Klang von sich gab. Er bückte sich nicht einmal, um sie aufzuheben. Er war in Gedanken versunken. Offenbar wußte er nicht, womit er beginnen sollte. Schließlich wandte er sich zu mir um und fuhr fort, »Kannst du dich noch erinnern, wie unbarmherzig du mir gesagt hast, du würdest mich nicht begehren?

Du würdest mir einen Schreinerlehrling vorziehen? Weißt du, was du mir angetan hast? Nein, du hast nur an dich selbst gedacht. Nur du und deine Wünsche zählten. Ich wünschte, ich hätte über dich verfügen können, und wußte nicht, weshalb. Um dich unter meinen Füßen zu zerquetschen oder um dich zu umarmen. Weißt du, daß ich an diesem Tag aufs Pferd gestiegen und bis zum Nachmittag durchgeritten bin? Und daß ich mich wunderte, daß mein Gesicht feucht vor Tränen war? Weißt du, daß ich nicht mehr nach Hause zurückkehren wollte? Ich ging zur Moschee von Shah Abdol Azim und bin zwei Tage lang dort geblieben. Ich wollte irgendwo sein, wo ich fremd war. Wo mich keiner etwas fragte. Damit mein Kummer, mein verletzter Stolz und die Schmerzen meiner quälenden Liebe zu dir allmählich abklingen konnten. Weißt du, daß ich im Herbst jenes Jahres zwei Monate im Garten von Shemiran verbrachte? Tagsüber besuchte ich meine Mutter in der Stadt und täuschte Unbekümmertheit vor, um ihrer Neugierde und ihren Fragen zu entgehen. Um die traurigen und verstörten Blicke meines Vaters nicht sehen zu müssen. Und nachts kehrte ich nach Shemiran zurück. Ich fuhr den ganzen langen Weg, setzte mich dann hin und spielte Tar. Nimtadjs Vater, der die Lichter in unserem Haus brennen sah, kam mich aus dem benachbarten Garten besuchen. Wir saßen zusammen und unterhielten uns. Oder ich ging sie besuchen. Er war ein gebildeter Mann. Er fragte nicht, was mich quälte und mein Herz bedrückte. Aber er sagte etwas Weises. Er philosophierte und sagte,

›Diese Zeiten, bitterer als Gift, werden entschwinden
Und Zeiten süß wie Zucker sich wieder einfinden‹

Ich lachte und sagte, ›Bestimmt werden sie sich einfinden, doch nur nach großer Trübsal.‹

Allmählich kam ich durch die Begegnungen mit ihm zur Ruhe und konnte mich wieder zusammennehmen. Dann erzählte er mir von unabänderlichen Schicksalsschlägen. Er wollte mich trösten. Er wollte mir indirekt sagen, mein Kummer sei keiner. Kummer und Qualen bedeuteten etwas anderes. Sie bedeuteten, daß ein bildhübsches Mädchen mit zwölf Jahren die Pocken bekommt. Daß die Eltern sich täglich hundert Mal den Tod des Mädchens und ihren eigenen Tod wünschten. Das bedeutete Qual. Alles andere sei Undankbarkeit. Nimtadj verhüllte ihr Gesicht nicht vor mir. Sie kam gar nicht auf den Gedanken, daß ich sie fragen würde, ob sie meine Frau werden wollte. Sie kam und ging und sah mich teilnahmsvoll an. Sie empfand Mitleid mit mir. Plötzlich, ich weiß selber nicht, wie es dazu kam, hielt ich bei ihrem Vater um ihre Hand an. Vielleicht sagte ich mir, ›Wenn ich schon unglücklich bin, laß mich zumindest eine andere glücklich machen!‹ Vielleicht wollte ich mich an dir rächen. Mich an mir selbst rächen. Ich zürnte allem und jedem. Ich schloß einfach die Augen und faßte diesen Entschluß. Weder der Widerstand meines Vaters noch die Klagen und Verwünschungen meiner Mutter wirkten. Schließlich hatte ich auch ein Herz, aber es ging mir viel elender als dir. Du weißt nicht, wie oft ich nachts, wenn ich neben Nimtadj schlief, vor Eifersucht, daß du im Haus dieses Schreiners schliefst, aus dem Schlaf schreckte und wie ich litt! Gott verfluche dich, Mahbube. Weshalb zwingst du mich, dir das zu erzählen? Willst du mich demütigen?«

Er ließ sich in den Sessel fallen und starrte zu Boden. Ich kniete mich neben ihn, um ihm in die Augen zu sehen. Er hob den Kopf nicht. Ich fragte, »Zürnst du mir, Mansur?« Er antwortete nicht. Ich brach in Tränen aus und sagte, »Ich hab dir mein Herz ausgeschüttet, um mich von dieser Bürde zu befreien. Laß mich dir mein Herz ausschütten, Mansur, nur gelegentlich. Sonst werde ich noch vor Kummer eingehen.« Ich schluchzte und fragte ihn, »Willst du mich nicht ansehen?«

»Nein, ich will deine Tränen nicht sehen.«

Ich lächelte, während mir die Tränen herabliefen, und sagte, »Wie ist es jetzt? Jetzt lache ich doch.«

Er lachte mich an, »Sagte ich nicht, du würdest einen Liebeszauber besitzen?«

Ich träumte, ich würde laufen. Ich rannte durch die Gasse unseres Hauses bis zum Eingang des Basars. Ich trug den Tchador oder auch nicht. Mir standen Tränen in den Augen oder auch nicht. Jemand sah mich an, und doch war niemand da. Keuchend erreichte ich Rahims Geschäft. Der Abend dämmerte. Eine laue Brise wehte. Offenbar war es Frühling. Die Blumen dufteten. Der Duft der Mahbube-ye Shab. Rahim stand im Schatten. Er kehrte mir den Rücken zu. Ich sagte mir, ›Gott sei Dank. Glaubst du nun, daß du alles nur geträumt hast? Ich bin doch nicht mit Rahim verheiratet. Wir wollen erst heiraten. Alles Geschehene war ein Albtraum, ein schrecklicher Albtraum. Rahim steht hier vor mir, unschuldig und nichtsahnend.‹ Leise und sanft wie ein Lufthauch rief ich bittend, »Rahim . . .« Und meine Stimme dehnte sich wie ein Seufzer.

Ruhig wandte er sich um und kam auf mich zu. Es war nicht Rahim, es war Mansur. Er trat vor, streckte seine Hand nach mir aus und sagte sehnsüchtig, »Bist du endlich gekommen, Koukab? Komm.«

Ich schreckte aus dem Schlaf und erkannte die Wahrheit. Ich sah alles, wie es wirklich war, und akzeptierte es. Ich akzeptierte Mansur und meine eigene Situation. Ich akzeptierte Nimtadjs Schwangerschaft. Die Wahrheit war, daß ich Koukab war. Daß ich die Geliebte der Nacht war. Daß ich mich allmählich in Mansur verliebt hatte und von ihm abhängig geworden war. Daß dies das Schicksal war, das mir auf die Stirn geschrieben stand. Daß mir in diesem Leben nichts Besseres beschieden war.

Nimtadjs Dienerin kam und verkündete mir, obwohl sie wußte, daß ich es bereits wußte, schadenfroh die gute Nachricht von Nimtadjs Schwangerschaft. Ich gab ihr Geld als Belohnung für die frohe Botschaft. Ich belohnte diejenige, die mir das Glück meiner Rivalin verkündet hatte. Für Nimtadj kochte ich Ash Reshte und Katchi. Speisen für die Schwangerschaft. Ich wartete, bis Nimtadj einen weiteren Sohn gebar. Nahid entwickelte sich zu Mansurs Liebling.

Wir verkauften das väterliche Haus, und zwei, drei Jahre darauf fuhr Manuchehr nach Europa. Für meine Mutter kauften wir ein Haus in einem der nördlicheren Viertel der Stadt, und sie zog mit der Amme, die alt und gebrechlich geworden war, um. Nach Manuchehr reiste Mansurs älterer Sohn nach Europa. Er fuhr nach Großbritannien. Ashraf Chanums Sohn hatte die Natur seiner Mutter geerbt. Er war rebellisch. Er hatte nichts Richtiges gelernt. Er verschleuderte sein eigenes Vermögen und das seiner Mutter. Er machte stets Kummer und tut es noch immer. Mansur litt darunter, doch seinen Sohn kümmerte es nicht. Er merkte, daß sich sein Vater um seine Zukunft sorgte, änderte sich jedoch nicht. Dann bekam Nimtadj eine Herzkrankheit. Ihr Zustand verschlimmerte sich von Tag zu Tag. Je schlechter es ihr ging, desto häufiger scharten sich die Kinder um mich. Wie Küken, die unter meinen Flügeln Zuflucht suchten. Nimtadj rief mich zu sich und übergab die Kinder in meine Obhut. Sie sagte, »Nahid, kümmer dich besonders um Nahid, Mahbub Chanum. Die anderen drei sind Söhne. Die werden sich selbst zu helfen wissen. Nahid ist noch sehr jung. In ein paar Jahren ist es Zeit für sie, zu heiraten. Ohne Mutter ...«

Ich sagte, »Nimtadj Chanum, was reden Sie da? Sie haben doch nichts.«

»Nein, wir brauchen keine Ausflüchte zu machen. Hör mir zu. Ich sorge mich über meinen Tod hinaus. Wegen Nahid. Wenn es an der Zeit ist, zu heiraten, kümmer dich wie eine Mutter um sie.«

Ich sagte, »Um ehrlich zu sein, wünsche ich mir, daß Nahid Manuchehrs Frau wird. Ich weiß nicht, ob Sie damit einverstanden sind?«

Manuchehr war in Europa und studierte eifrig. Er war jung. Auf den Fotos wirkte er gutaussehend. Er war vermögend. Ich wußte, daß Nimtadj dieser Heirat nicht abgeneigt war. Dabei stand Nahid Manuchehr in nichts nach. Sie war hübsch, elegant, gebildet und sprach fließend Französisch. Sie konnte gut malen. Sie war sportlich. Mansur hatte sich mit ihr all seine Wünsche erfüllt. Außerdem war sie, was noch viel wichtiger war, ein vernünftiges und freundliches Mädchen. Sie sprach und verhielt sich besonnen. Für mich empfand sie eine besondere Zuneigung, ohne jedoch ihre Mutter zu kränken.

Nimtadj war verstummt und dachte nach. Ich fragte, »Sind Sie damit einverstanden, Chanum?«

»Wenn sie es selbst will. Nur, wenn sie es will.« Dann ergriff sie meine Hand und sagte beschwörend, »Nicht mit Zwang, Mahbube Djan, bitte nicht. Berate sie, aber zwing sie zu nichts. Darum bitte ich dich, da ich weiß, daß dein Wille Mansurs Wille ist. Er richtet sich nach dir. Ich fürchte, daß er sie, Gott behüte, deinetwegen zwingen könnte, Manuchehrs Frau zu werden. Denn Mansur liebt dich sehr. Er will dir keinen Kummer bereiten.«

Ich lachte und sagte, »Erstens gehört Nahid nicht zu den Mädchen, die sich zu etwas zwingen lassen. Diese Zeiten sind vorbei. Zweitens liebt Mansur weder Sie noch mich. Soweit ich weiß, liebt Mansur nur eine Frau auf der ganzen Welt. Nur eine Frau betet er an, und das ist Nahid. Seien Sie unbesorgt.« Sie lächelte und beruhigte sich. Wieder war ich zum Vormund bestellt.

Es gab nur noch Mansur und mich. Die Kinder und das große Haus. Noch immer sehnte ich mich nach einem Kind. Aber jetzt hatte ich Mansur für mich allein. Ich brauchte ihn mit keiner mehr zu teilen. Nach dem Tod ihrer Mutter ließen die Kinder nicht mehr von mir ab. Als fürchteten sie sich, mich auch noch zu verlieren. Nahid rannte mir, wenn sie aus der Schule kam, von einer Einladung zurückkehrte oder wenn die Brautwerber kamen, nach und stöberte mich auf. Sie erzählte mir alles. Sie lief mir von einem Zimmer ins andere hinterher, gleich, wohin ich ging. Wurde sie müde, rief sie, »Ach, es reicht. Setzen Sie sich endlich. Ich will ein paar ernste Worte mit Ihnen reden. Vor lauter Nachlauferei bin ich ganz erledigt.«

Ich sagte, »Hast du also bis jetzt nur gescherzt?«, ließ alles liegen und stehen und setzte mich. Ich kritisierte ihre Bewerber nie zu Unrecht. Ich erklärte ihr meine Meinung, sowohl über ihre Vorteile als auch über ihre Nachteile. Dann sagte ich, »Nun geh und setz dich mit deinem Vater zusammen und entscheide dich.«

Sie wußte nicht, was für ein Aufruhr in meinem Herzen tobte und wie erleichtert ich war, wenn sie die Bewerber zurückwies.

Manuchehr kehrte von seinem Studium zurück, und wir alle gingen ihn besuchen. Abends war die ganze Familie ins Haus meiner Mutter eingeladen. Nahid war fast zwanzig Jahre alt. Sie trug ein cremefarbenes Kostüm. Sie hatte sich dezent geschminkt und trug das Haar gelöst. Sah ich sie an, dankte ich den Pocken, daß sie das Gesicht ihrer Mutter entstellt hatten. Ich wußte nur zu gut, hätte Nimtadj nicht die Pocken bekommen, hätte ich keine Chance gehabt. Ich betrachtete Nahids Gesicht und war entzückt. Manuchehrs Frau müßte so aussehen. Manuchehr zog mich beiseite, »Wer ist das, Schwesterchen?«

»Das ist doch Nahid.«

»Was? Das verwöhnte, bleichgesichtige Mädchen von damals?«

»Red keinen Unsinn. Sie war verwöhnt, aber niemals bleichgesichtig. Ihre Bewerber rennen ihr die Tür ein.«

»Dann halt doch für mich um ihre Hand an, ehe die Schwärmer sie entführt haben.«

Am Tag des *Mahr Boran* fungierte ich als Mutter der Braut. Das Brautgeld mußte so und soviel betragen. Die Hochzeit mußte so und so ausgerichtet werden. Manuchehrs Anteil am Garten in Shemiran mußte als Brautgeld auf dem Ehevertrag eingetragen werden.

Nozhat sagte halb scherzend, »Ach! Hältst du zur Braut oder zum Bräutigam, Schwesterchen?«, und sie lachte gekünstelt. Nahid flüsterte mir ins Ohr, »Ich glaube nicht daran, daß Brautgeld Glück bringt.«

Ich glaubte es auch nicht, war jedoch für sie verantwortlich. Ich wandte mich zu Nozhat und sagte, »Ich halte zu beiden, Schwesterchen. Wäre Nahid meine eigene Tochter, würde ich sie einem jungen Mann wie Manuchehr beidhändig und gratis überreichen. Ein Mädchen wie Nahid ist zu respektabel, als daß man sich um ihr Brautgeld streiten dürfte. Aber ich habe jetzt eine moralische Verpflichtung. Ich bin für sie verantwortlich. Bei allem, was ich tue, denke ich mir, ihre Mutter hätte es vielleicht besser gemacht. Vielleicht ist ihre Mutter noch nicht einverstanden. Vielleicht habe ich nicht mein Möglichstes getan. Und wenn ihr nicht wollt, daß Manuchehr sein Grundstück überschreibt, dann werde ich meins in Gholhak auf ihren Namen überschreiben lassen.«

Alle verstummten. Mansur lächelte mich an. Nahid saß neben mir, und Gott allein weiß, wie sehr ich mir gewünscht hätte, Nahid wäre unsere gemeinsame Tochter gewesen. Gott weiß, wie sehr ich die Vergangenheit bedauerte.

Nahid heiratete und ging außer Haus. Ich blieb mit Mansur und seinem kleinen Sohn übrig. Mansur war an meiner Seite. Er war meine Stütze. Er sagte, »Mahbube, hast du Hassan Chan besucht? Wo ist Hadi? Was macht er?«

Hadi Chan war Generaldirektor geworden.

Unser behagliches Leben hielt sieben weitere Jahre an. Ich besaß eine kleine, vollkommene Familie. Ich war glücklich und zufrieden. Nach und nach vergaß ich die Vergangenheit. Aber die Natur erlaubte mir nicht, glücklich zu werden. Alles begann mit einem ›Aua‹. Mansur schreckte aus dem Schlaf und griff sich an die Hüfte, »Aua!«

Hastig fragte ich, »Was ist denn geschehen?«

»Es ist nichts. Offenbar habe ich mich erkältet.«

Doch er hatte sich nicht erkältet. Es war Krebs. Er begann sich gerade zu zeigen. Ich war verzweifelt und wußte nicht, was tun. Ich hatte Mansur gerade erst zu schätzen begonnen und begriffen, wie viel er mir wert war. Je magerer und schwächer er wurde, desto mehr begehrte ich ihn. Ich belagerte alle Arztpraxen und Krankenhäuser. Es nützte nichts. Ich wollte ihn zur Behandlung ins Ausland schicken, doch man erklärte mir, es würde nichts helfen. Es war zu spät. Ich sah ihn, wie er kraftlos auf seinem Lager lag. Er bestand nur noch aus Haut und Knochen. Er hatte sich gelblich verfärbt, doch ich begehrte ihn nach wie vor. Ich erinnerte mich an mein Leben, das an seiner Seite behaglich gewesen war. Ich erinnerte mich an seinen verstohlenen Blick an Ssizdah Bedar und hätte am liebsten geschrien. Mein ruhiges und angenehmes Leben rieselte wie Sand durch meine Finger und zerrann. Ich bemühte mich, ihn zu stützen, doch mir fehlte die Kraft. Ich wollte ihn nicht verlieren. Das war nicht fair. Ich bemerkte nicht mehr, wann es Tag wurde und wann Nacht, ich war dem Wahnsinn nah. Ich versuchte alles. War das Liebe? Wenn es nicht Liebe war, was war es sonst? Er sagte, »Mahbube, geh nicht fort. Setz dich neben mich und erzähl mir etwas. Verwirre dein Haar, das mich ein Leben lang verwirrt hat. Zieh neue Kleider an, damit mir das Herz aufgeht. Ich will mich satt sehen an dir, damit ich dein Bild vor Augen habe, wenn ich gehe.«

Ich flehte ihn an, »Mansur, was redest du da? Du wirst nirgendwo hingehen.«

»Ich würde gern bleiben, aber es geht nicht. Was bleibt mir übrig? Es liegt nicht in meiner Hand. Ich selbst kann es auch nicht glauben. Ich will es nicht akzeptieren.«

Chodjastehs Ehemann kam ihn ständig besuchen. Er setzte sich zu ihm und erzählte ihm von Gott und der Welt. Mansur war noch umgänglich. Solange er keine Schmerzen hatte, war er der gewohnte gastfreundliche, gebildete und gesellige Mansur. Ich kann mich gut erinnern, wie er eines Nachts halb im Scherz sagte, »Herr Doktor, verzeihen Sie mir alles. Ich habe Ihnen sehr viel Mühe bereitet.« Und er fügte lachend hinzu, »Es genügt, wenn Sie mit mir zufrieden sind, dann wird für mich aus dem Höllenfeuer ein Blumengarten.«

Der Doktor lachte bekümmert und sagte, »Sie sind für das Paradies bestimmt, mein Herr. Es steht Ihnen mit all seinen *Huris* ganz allein zur Verfügung. Jemand muß sich um Sie kümmern.«

Mansur deutete auf mich und sagte, »Wallah, ich weiß nicht, weshalb man so darauf beharrt, mich aus diesem Paradies zu vertreiben:

Die Liebste ist bei mir, was verlange ich mehr?
Die Pracht dieser Gefährtin genügt für ein Leben«

Er fieberte, und es ging ihm schlecht. Er hatte Schmerzen und war schweißgebadet. Seine Hand lag in meiner, und er tröstete mich mit philosophischen Betrachtungen. Ich sagte, »Mansur, Gott allein weiß, wie sehr ich es bereue. Ach, hättest du mich doch an jenem Tag im Garten mit Schlägen zum Notar gebracht und geheiratet.«

Er lächelte mühsam und antwortete, »Man muß schon einen sehr schlechten Geschmack haben, um dich zu schlagen.«

Mir blutete das Herz. Mansur legte eine Pause ein und fuhr fort, »Ich mache mir Sorgen um meinen Sohn, Mahbube. Was wird mit meinem Nachkömmling geschehen, wenn ich nicht mehr da bin?«

Es preßte mir das Herz zusammen, aber ich sagte, »Und wozu bin ich gut? Zähle ich etwa nicht? Bin ich ihm denn nicht wie eine Mutter gewesen? Habe ich mich etwa bisher nicht um ihn gekümmert? Habe ich ihn nicht großgezogen? Denk bloß nicht, es war nur deinetwegen! Ich liebe ihn ebenso wie du. Wenn er neben mir sitzt, denke ich, es wäre mein eigener Sohn. Ich werde verrückt, wenn er sich auch nur eine Stunde verspätet.«

»Ich weiß, Mahbube. Aber du bist noch jung. Du mußt wieder heiraten. Ich habe nichts dagegen. Selbst wenn ich eifersüchtig wäre . . .«

Ich schnitt ihm das Wort ab. Ich stand auf und holte den Koran aus der Wandnische. Ich setzte mich wieder neben ihn und fragte, »Vertraust du dem Koran, Mansur?«

»Weshalb denn?«

»Ich schwöre bei diesem Koran, daß ich nach dir nie wieder heiraten werde. Sei unbesorgt. Und bei diesem Koran schwöre ich, deinem Sohn wie eine Mutter zu sein. Sowohl deinetwegen als auch meinetwegen. Danke Gott, daß ich keine Kinder mehr bekommen habe. Sag, daß dein Sohn mir gehört. Gott hat ihn mir statt meines Sohns geschenkt.«

Er stieß einen sehnsüchtigen Seufzer aus und schloß die Augen. Er war geschwächt. Er sagte, »Gott weiß, wie sehr ich mir gewünscht hätte, dieser Sohn wäre in Wirklichkeit von dir. Daß alle von dir gewesen wären.«

Ich sagte, »Das war meine Strafe. Statt dessen habe ich dir deine Kinder gestohlen«, und ich lachte.

Er lachte, »Gott verfluche dich, Mahbube.«

»Er hat es schon getan. Wie will er mich noch verdammen?«

Ich beugte mich zu ihm hinab und küßte ihn auf seine fiebrige Stirn und seine fiebrigen Lippen.

Man riet mir, ich solle für seine Heilung etwas spenden. ›Verkauf das, was dir am liebsten ist und gib das Geld eigenhändig drei bedürftigen Kranken.‹ Ich ging und holte mein Ashrafi-Kollier, das er mir geschenkt hatte, um es zu verkaufen. Alle sagten, es wäre schade drum. ›Verkauf es nicht. Geh und laß es schätzen und spende den Gegenwert.‹ Ich erwiderte, ›Es ist ja nicht weniger schade um Mansur als darum.‹ Ich verkaufte es und spendete das Geld. Es nützte nichts. Was immer ich versuchte, es half nichts. Seine Hand lag in meiner Hand. Seine Augen blickten in meine. Er rief nach mir, als er starb. Ich war wieder allein. Plötzlich hatte ich meine Zuflucht verloren. Erst jetzt begriff ich richtig, was Schutzlosigkeit bedeutet, und gab mir Mühe, sie seinen jugendlichen Sohn nicht spüren zu lassen. Ich war dem letzten Kind des Mannes, der mein Leben wieder aufgerichtet hatte, eine gute Mutter. Sein Tod hatte mein Herz in Flammen aufgehen lassen. *Ich war unfertig, reifte heran und verglühte.* Mansur war mein ein und alles. In der Hoffnung auf ihn hatte ich die Tage begonnen. Im Vertrauen auf ihn hatte ich geatmet und gelebt. Die Zuneigung, die ich für ihn empfand, hatte sich nach und nach in meinem Herzen eingewurzelt, und das Ausreißen dieser Wurzeln hätte mittlerweile meinen Tod bedeutet.

Obwohl Manuchehr und Nahid es nie zugelassen haben, daß ich allein blieb und allein lebte, ist sein Platz in meinem Herzen stets leergeblieben. Seine Tar hängt immer noch an der Wand meines Zimmers, und ich betrachte sie nachts. Wenn ich an die Vergangenheit denke, sehe ich sie an. Als hielte er sie in den Händen und zupfte sie sacht mit dem Plektrum. Als lächelte er und sagte, ›Gott verdamme dich, Mahbube.‹ Sein Blick ist liebevoll und tröstend. Die Erinnerung an ihn schenkt mir Frieden.

Tantchen verstummte. Die Nacht war angebrochen. Die Laternen im Hof verströmten in der winterlichen Kälte ein milchiges Licht. Keine von beiden dachte daran, die Lichter anzuzünden. Keine von beiden verlangte es nach Helligkeit. Tantchen wischte sich ihre Tränen fort. Sudabeh tat dasselbe, beugte sich vor und küßte ihr die Hand. Diese alte, runzlige Hand, die ein feiner Karneolring schmückte. Diese kleine Hand, die zu küssen einst die Sehnsucht vieler junger Männer war.

Tantchen sagte, »Einst dachte ich, ein Wunsch meines Vaters hätte sich nicht erfüllt. Nämlich der, daß ich anderen als warnendes Beispiel dienen sollte. Heute nacht habe ich begriffen, daß ich mich irrte. Ich bin zu einem warnenden Beispiel geworden. Für dich, die ich von Herzen liebe. Du ähnelst mir. Es kommt mir fast vor, als wärst du ich. Ich wünsche mir, daß du gut auf dich acht gibst. Ich möchte, daß du weißt, der nächtliche Wein ist nicht den Morgen der Trunkenheit wert.«

Tantchen verstummte und versank in Gedanken. Plötzlich erinnerte sie sich an ihre Beinschmerzen und stöhnte, »Ich sterbe noch vor Schmerzen.« Dann hob sie den Kopf zum Himmel, »O Herrgott, es reicht. Laß sie nicht hundert Jahre alt werden. Vergib ihr und nimm sie zu dir.«

Sie verschloß das Kästchen und hängte sich den Schlüssel um den Hals.

Die Hoftür öffnete sich, und Manuchehrs Wagen fuhr ein. Er kehrte mit seiner kleinen Tochter und seinem kleinen Sohn vom Skifahren zurück. Tantchen erhob sich von ihrem Platz. Bevor die Kinder fröhlich ins Zimmer laufen und beim Anblick ihrer Tränen traurig werden konnten, bevor Manuchehr, dessen spärliches weißes Haar seinem liebevollen Gesicht noch mehr Würde verliehen, eintreten und beim Anblick des Kummers seiner Schwester, die ihm wie eine Mutter war, betrübt werden konnte, wollte sie auf ihren Stock gestützt das Zimmer verlassen.

Sudabeh sagte, »Aber mein Fall liegt anders, liebes Tantchen. Weder bin ich fünfzehn, noch ist er ...«

Sie verschluckte den Rest ihrer Worte. Während sie noch dastand, lächelte die Tante sie freundlich an und ergänzte ihren Satz, »Ja, weder bist du ein fünfzehnjähriges Mädchen, noch ist er ein Schreinerlehrling. Aber in gewisser Weise unterscheiden sich auch eure Welten voneinander. Wenn das so ist, wenn zwei Menschen nicht zueinander passen, gleich, in welcher Art und Weise, kann das ihr Leben zerstören. Es gibt doch nicht nur eine Sorte Unglück, Sudabeh! Davon gibt es viele Arten und Sorten.«

Tantchen machte sich auf den Weg. Sudabeh war völlig in Gedanken versunken. Sie versuchte, sich zu entscheiden, doch das war mittlerweile keine einfache Angelegenheit mehr. Sie begehrte den nächtlichen Wein und fürchtete sich vor dem Morgen der Trunkenheit. Vielleicht würde die Natur wieder siegen. Würde sich die Geschichte etwa wiederholen?

Tantchen humpelte davon, und Sudabeh betrachtete erstaunt und bewundernd ihren verschrumpelten Körper. Sie konnte sie sich nur schwer als junge, grazile Frau in prächtigen Gewändern mit fülligem und gelöstem Haar vorstellen, träumerisch und mit einem Herz voller Leidenschaft. Dennoch war sie jetzt stolz darauf, daß sie ihr ähnelte. Sie spürte, wie sehr sie diese alte Frau, der der Kummer der Zeiten das Herz gebrochen hatte, liebte und verehrte. Es war ein Schatz an Erfahrungen, der davonhumpelte. Sudabeh wußte nicht, daß ihr Tantchen den nächsten Winter nicht mehr erleben sollte.

Glossar

Abgusht: traditioneller Eintopf aus Lammfleisch und Bohnen.

Agha: türkisch »Herr«, respektvolle Anrede.

Ali Asghar: neugeborener Sohn des Imam Hossein, der 680 bei der Schlacht von Kerbela mit seinem Vater und dessen Gefährten von den Truppen des damaszenischen Kalifen Yazid niedergemetzelt wurde, Märtyrer der Schiiten.

Almass: Diamant, euphemistischer Name für einen schwarzen Diener.

Andaruni: »das Innere«, innerer, für Frauen bestimmter Flügel des Hauses.

Ashrafi: alte persische Goldmünze, Gewicht 3,75 Gramm.

Ash reshte: dicke Suppe aus Nudeln, Bohnen und Kräutern.

Band-andaz: Berufsbezeichnung für eine Art traditionelle Kosmetikerin, die vor allem Gesichtshaare mit Fäden auszupft.

Behlimu: eine Art Eisenkraut, der gesüßte Sud aus den Blüten dient der Saftherstellung.

Bereshtuk: geröstetes Brot.

Biruni: »das Äußere«, Teil des iranischen Hauses, den zu betreten nur den Männern gestattet ist.

Chanum: türkisch »Dame«, respektvolle Anrede.

Dadde (Chanum): schwarze Amme oder Aufwärterin.

Damkoni: Topfabdeckung aus Stoff zum Dämpfen von Reis.

Dampokht: Reisgericht mit Linsen.

Dar ol-Fonun: erste polytechnische Schule Irans, gegründet 1852.

Delgosha: berühmter Vergnügungspark im Süden Teherans.

Dong: ein Sechstel, der sechste Teil von Immobilien.

Djan: Kurzform des Koseworts *Djanam*, wörtlich »mein Leben«, mein Liebstes.

Eid-e Mab'ass: Fest aus Anlaß des ersten Auftretens des Propheten Mohammad als Prophet.

Eiwan: Veranda.

Enayat-ollah: Gunst, Gnade Gottes, Eigenname (ursprünglich für Almass vorgesehen).

Ezrael: Todesengel.

Fatemeh: Tochter des Propheten Mohammad. Ihre Grabmoschee mit vergoldeter Kuppel ist das Hauptheiligtum der Stadt Qom, ca. 60 km südlich von Teheran.

Ghormeh Ssabzi: Eintopf aus Lammfleisch mit einer speziellen Kräutermischung.

Halim Bademdjan: Vorspeise aus zerstoßenen Auberginen mit Molke.

Haft-Ssin: »Sieben S«. Traditionelles persisches Neujahrsgedeck mit sieben Früchten oder Gegenständen, die mit dem Buchstaben S beginnen und Glück, Wohlstand und Fruchtbarkeit symbolisieren, u. a. Apfel, Knoblauch, Kräuter, Mehlbeeren, Narzissen, Weizenkeimlinge und Münzen.

Hammam: Bad. Bis vor rund 70 Jahren besaßen die meisten iranischen Wohnhäuser kein eigenes Bad. Zur Körperreinigung standen (und stehen auch heute) öffentliche Hammams mit professionellen Badewärter/innen bereit.

Zu deren Aufgaben zählt u. a. das Abschrubben der Badegäste mit speziellen Waschlappen, Rasieren, die Ausgabe von Handtüchern usw.

Haram: wie Harem, bezeichnet den Heiligen Bezirk innerhalb einer Moschee.

Hawu: Mitfrau, bezeichnet das Verwandtschaftsverhältnis zwischen Ehefrauen desselben Mannes.

Hazrat: Titel der Propheten und Imame samt Nachkommen.

Hochzeit und Scheidung

Band-andazi: Entfernen der Gesichtshaare mit verzwirbelten Fäden, traditionelle kosmetische Behandlung. Traditionsgemäß wird der Braut vor der Hochzeit aus Schönheitsgründen die Gesichtsbehaarung mit verzwirbelten Fäden ausgezupft.

Einmalige Scheidung: nach islamischem Recht gilt nur die dreimalige Scheidung als endgültig. Die Frau kann sich nur im Fall von Impotenz oder Geisteskrankheit von ihrem Mann scheiden lassen.

Kuchenessen: Zeremonie, die nach Annahme der Brautwerbung und vor der Trauung stattfindet, wobei der Mann seiner Zukünftigen Kuchen ins Haus schickt.

Mahr Boran: Übergabe des Brautgelds. Zeremonie, bei der die Eltern des zukünftigen Paars über das Brautgeld verhandeln.

Patachti: Feierlichkeit, bei der die Angehörigen und Freunde die Braut zum ersten Mal nach der Hochzeit besuchen.

Ssigheh: nur bei Schiiten praktizierte Ehe auf Zeit.

Trauungsbeauftragter: wörtlich Kontraktor. Islamischer Geistlicher, der bei der Trauung den Ehevertrag zusammen mit den entsprechenden Suren rezitiert und nach Erwähnung des Brautgelds und der Aussteuer traditionsgemäß die Braut dreimal nach ihrer Zustimmung fragt. Nach islamischem Recht wird die Ehe als Vertrag mit entsprechenden Sanktionen behandelt.

Trauungstafel: wörtlich »Speisetuch der Trauung«. Traditionsgemäß sitzt die Braut vor der Eheschließung im Brautzimmer auf einem Schemel vor einer mit Glückssymbolen und -speisen reich gedeckt auf dem Boden ausgebreiteten Tischdecke. Der Geistliche im Nebenraum fragt nach Rezitation der entsprechenden Koransuren, ob er sie als Anwalt bei der Eheschließung vertreten dürfe. Erst nach ihrem Jawort darf der Bräutigam das Brautzimmer betreten, und die Eheschließung kann zivilrechtlich besiegelt werden.

Zir Lafzi-Geschenk: Geschenk, das der Braut versprochen wird, damit sie der Ehe zustimmt.

Gilan: ans Kaspische Meer grenzende Provinz im Norden Irans mit feuchtem Klima.

Houzchaneh: Raum mit einem kleinen Wasserbecken, worin man sich an heißen Tagen aufhält.

Huri: liebliche Jungfrauen, die nach islamischer Vorstellung dem Gläubigen im Paradies zuteil werden.

Imam Hossein: Sohn Alis (Schwiegersohn des Propheten), dritter Imam der Zwölfer-Schia. Fiel im Kampf um das Kalifat in der Schlacht bei Kerbela.

Imam Reza: achter Imam der Zwölfer-Schia. Sein Grabmal in Mashhad ist die Hauptpilgerstätte der Schiiten im Iran.

Kalleh-Patcheh: preiswerter Eintopf aus Hammelköpfen und -klauen.

Kalleh-Paz: Hersteller und Verkäufer von Kalleh-Patcheh.

Katchi: nahrhafte Speise aus Mehl, Fett und Safran.

Korsi: niedriger rechteckiger Tisch, bedeckt mit einer Decke, unter den ein Bekken mit glühenden Kohlen gestellt wird, an dem man sich die Füße wärmt.

Lavashak: dünnes, blattförmig gewalztes Erzeugnis aus Sauerfrüchten, Naschwerk.

Leili und Madjnun: klassisches Liebespaar des Orients und Symbol der unerfüllten Liebe, berühmt durch das Epos von Nizami (1141-1209).

Mahbube, Mahbub: die Geliebte oder Beliebte, Eigenname.

Mahbube-ye shab: Levkoje, zugleich »Liebling, Geliebte der Nacht« (Wortspiel).

Mahd-e Oulia: wörtlich »Höchste Wiege«, Titel der Mutter des Shahs, hier die Mutter des Qadjarenkönigs *Nasser-oddin Shah*.

Man: Gewichtsmaß, knapp 6 Kilo.

Mashallah: »wie es Gott beliebt« (arabisch), Ausruf der Bewunderung und gegen den bösen Blick.

Nanneh: lautmalende, umgangssprachliche Bezeichnung für Mutter.

Nasser-oddin Shah: (1831-96), bedeutendster Herrscher der Qadjaren-Dynastie.

Nazanin: die Reizende, Eigenname.

Noql: Konfekt aus Zuckersirup, wohlduftenden Gewürzen und Mandelkernen.

Pahlavi-Schirmkappe: steife zylindrische Schirmkappe, typische Kopfbedeckung des Begründers der Pahlavi-Dynastie *Reza Shah*.

Qadjaren: persische Dynastie turkmenischer Herkunft (1799-1925).

Qamar-ol-Molk Vaziri: berühmte iranische Sängerin (1905-1958).

Qanat: unterirdischer Bewässerungskanal.

Qaraqorut: säuerliches, schwärzliches Erzeugnis aus gekochter Molke, Naschwerk.

Rautenkörner: Räucherwerk, das als Glücksbringer zu besonderen Anlässen wie Hochzeit und Geburt angezündet wird.

Rey: Dorf südlich von Teheran. Die erste, gegen 1885 erbaute Eisenbahnlinie der Hauptstadt führte nach Rey.

Rostam: persischer Sagenheld. Der Überlieferung (Buch der Könige) nach litt seine Mutter Rudabeh bei der Geburt so sehr, daß man Rostam mit einem Kaiserschnitt zur Welt bringen mußte.

Ssardar Ssepah: »Heerführer«, Titel Reza Shahs (1877-1944) vor seiner Selbstinthronisation, bezeichnet seine Stellung als Kommandeur der persischen Kosakentruppen.

Ssangak: eine Art Fladenbrot, das auf Steinen gebacken wird.

Ssefidab: Puder aus Kreide und tierischem Knochenmark, wird traditionell zur Körperreinigung verwendet.

Ssekandjebin: Sirup aus Pfefferminze, Essig und Honig, in den Salatblätter getunkt werden.

Sseyyed: Nachkomme des Propheten (arabisch).

Ssier/Tcharak: Gewichtseinheit; 74,24 Gramm. Ein *Tcharak* entspricht 10 *Ssier.*

Ssizdah Bedar: letzter (dreizehnter) Tag des persischen Neujahrsfests, den man traditionsgemäß außer Haus verbringen sollte, da es am dreizehnten Tag von bösen Geistern heimgesucht wird. Nach altem Brauch verknoten heiratsfähige Mädchen zu *Ssizdah Bedar* Grashalme und wünschen sich dabei einen Ehemann.

Shah Abdol-Azim: berühmte Grabmoschee in *Rey*, zu Beginn des 20. Jahrhunderts noch südlicher Vorort Teherans.

Shamad: dünnes, weißes Leintuch, dient in den Sommermonaten als Decke.

Sherbet: Obst- oder Kräutersaft, s. *Behlimu.*

Shemr: General, der *Imam Hossein* bei der Schlacht von Kerbela erschlug.

Tar: persisches, der Laute ähnelndes Saiteninstrument.

Tasbieh: dem Rosenkranz vergleichbare Kette mit Perlen aus Halbedelsteinen, mit der die Muslim/innen Koransuren beten.

Tchador: verhüllender Ganzkörperschleier. Im Dezember 1936 erließ *Reza Shah* im Zuge sozialer Reformen ein Gesetz, das Frauen das Tragen des *Tchadors* verbot.

Tchaharshanbe Ssuri: am Vorabend des letzten Mittwochs vor dem persischen Neujahr werden nach altiranischem (zoroastrischem) Brauch kleine Feuer entzündet, über die man springt, um alles Üble dem Feuer zu übergeben und von diesem Kraft und Gesundheit zu erhalten.

Termeh: reichbestickter brokatähnlicher Wollstoff.

Topfschläger: am Abend des *Tchaharshanbe-Ssuri* ziehen Kinder und Jugendliche verkleidet von Haus zu Haus und schlagen vor der Haustür auf Töpfe oder Topfdeckel, um von den Bewohnern kleine Gaben in Form von Süßigkeiten u. ä. zu erhalten.

Varamin: ehemals ein Dorf nördlich von Teheran, seit den sechziger Jahren Teil des Stadtgebiets.

Vanjakad: Koransure gegen den bösen Blick. Mit dem Pusten um den Körper sollen böse Geister vertrieben werden.

Wallah: »bei Gott« (arabisch).

Wai: »O weh«, Ausruf des Bedauerns.

Ya Ali: »O Ali«, Anrufung Alis, des Schwiegersohns des Propheten Mohammad, zur Ermunterung.

Yazd: Wüstenstadt im Zentrum Irans, berühmt für ihre handgewebten Seiden- und Brokatstoffe.

Zitate aus Gedichten in der Übersetzung von Susanne Baghestani, mit Ausnahme des Mottos, das wir in der Übertragung von Joseph von Hammer-

Purgstall mit einigen Veränderungen durch Sandra Ghandtchi drucken, der für die Überlassung ihrer informativen Arbeit über den *Morgen der Trunkenheit* (Würzburg: Ergon-Verlag 2000) zu danken ist.

»Hab den Mut zu leben, denn sterben kann jeder.«

Als Frida ein kleines schwarzes Notizbuch geschenkt bekommt, ahnt sie noch nicht, wofür sie es eines Tages benötigen wird. Auf der ersten Seite steht die Widmung: »Hab den Mut zu leben, denn sterben kann jeder.« Und Frida hat Mut. Sie trotzt den vielen persönlichen Rückschlägen und nimmt sich vom Leben, was sie will. Doch Frida lebt geborgte Tage. Ihr schmerzender Körper erinnert sie stets an ein Geheimnis, das sich in ihrem Notizbuch offenbart: Vor Jahren schloss sie einen Pakt mit einer geheimnisvollen Gestalt, die sie fortan begleitet, bis eines Tages der Zeitpunkt einer letzten Zusammenkunft bevorsteht …

Das geheime Buch der Frida Kahlo ist ein fesselnder Roman, der die geheimnisvolle Seite des extremen Lebens der Künstlerin schildert, aber auch ein kulinarischer Roman, mit vielen raffinierten, persönlichen Kochrezepten von Frida Kahlo.

Eine Geschichte von Abenteuerlust und weiblichem Freiheitsdrang.

Ein Neuanfang sollte es werden, als Harriet und Joseph Blackstone von England nach Neuseeland aufbrachen. Von einem Leben in Wohlstand träumten sie, aber als Joseph im Fluss neben seinem Haus einen Schimmer von Gold entdeckt, kennt er nur noch ein Ziel. Er lässt Harriet und seine Mutter zurück und macht sich auf zu den Goldfeldern, zusammen mit vielen anderen Glückssuchern. Auf der Suche nach ihrem Mann reist Harriet ihrem eigenen Traum entgegen.
»Rose Tremain schreibt die besten historischen Romane unserer Zeit.«
Evening Standard

Rose Tremain, Die Farbe der Träume. Roman
Aus dem Englischen von Christel Dormagen. insel taschenbuch 4002.
459 Seiten

»**Herzzerreißend schön.**« ***Vogue***

Im Jahr 1922 wandert der junge Metzgermeister Fidelis Waldvogel nach Amerika aus, um dort sein Glück zu suchen – im Gepäck einen Koffer voller Würste, mit deren Verkauf er die Reise in die Neue Welt finanziert. In Argus, North Dakota, gründet er ein Geschäft, eine Familie und einen Gesangverein. Aber erst als Fidelis und seine Frau Eva der Artistin Delphine begegnen, beginnt ihr amerikanisches Abenteuer.

»Eine fast im Flüsterton erzählte Geschichte voller kleiner und großer Gefühle. Was folgt, wird sie süchtig machen … ein Meisterwerk.«
Cosmopolitan

Louise Erdrich, Der Club der singenden Metzger
Roman. Aus dem Amerikanischen von Renate Orth-Guttmann.
insel taschenbuch 4014. 503 Seiten

»Rundum das, was man einen wunderbaren Schmöker nennt.«

Elke Heidenreich

Als der junge Daniel den geheimnisvollen »Friedhof der Bücher« betritt, ahnt er nicht, daß sein Leben eine dramatische Wende nehmen wird. *Der Schatten des Windes*, das Buch, das er für sich auswählen darf, wird ihn nicht mehr loslassen. Immer mehr taucht er in die Handlung des Romans ein, und auch sein eigenes Leben scheint sich den Gesetzen dieser Geschichte zu unterwerfen …

»Sie werden alles liegenlassen und die Nacht durch lesen!«

Joschka Fischer

»Zafón erzählt farbig, intensiv und so lebendig, dass seine Figuren neben uns zu stehen scheinen. Um uns leise ins Ohr zu flüstern, dass gleich ein neuer Schicksalsschlag Daniels Leben verändern und ihn Schritt für Schritt erwachsen machen wird. Man vertieft sich in dieses Buch, vergisst die Welt um sich herum und taucht mit Haut und Haaren ein in Zafóns wunderbares Labyrinth.« *Radio Bremen*

Carlos Ruiz Zafón, Der Schatten des Windes. Roman. Aus dem Spanischen von Peter Schwaar. insel taschenbuch 4013. 562 Seiten

Die fabelhafte Welt des Jean-Marie

Eigentlich will Jean-Marie zur See fahren. Aber dann improvisiert er für eine englische Baronin eine Mahlzeit. Und die trägt ihm eine Empfehlung an ein altehrwürdiges 3-Sterne-Restaurant in Paris ein. Dort tafeln Aristokratinnen und Anarchisten, große und kleine Ganoven, Mätressen und Maharadschas. Noch interessanter geht es aber in der Küche zu – hier begegnet Jean-Marie der wahren Liebe seines Lebens.

Köstlich und leicht wie ein Soufflé, lebensklug und witzig wie ein Tischnachbar im Paradies: die Geschichte eines jungen Mannes, der nach Paris kommt und dort leben, lieben und kochen lernt – nur nicht in dieser Reihenfolge.

Idwal Jones, Die Sterne von Paris. Ein Roman der kulinarischen Abenteuer. Aus dem Englischen von Andrea Fischer.
insel taschenbuch 4021. Etwa 230 Seiten